KB190949

루카치
소설론
연구

A Study on Lukács's Novel Theory

From *The Theory of the Novel* to *Solzhenitsyn*

by Kim Kyong-Sig

Copyright © Kim Kyong-Sig, 2024
All rights reserved.

ACANET, PAJU KOREA 2024.

이 책은 저작권법에 따라 보호를 받는 저작물이므로 무단 전재와 무단 복제를 금하며
이 책 내용의 전부 또는 일부를 이용하려면 반드시 저작권자와 아카넷의 동의를 얻어야 합니다.

대우학술총서 649

루카치 소설론 연구

『소설의 이론』에서 『솔제니친』까지

김경식 지음

아카넷

책머리에

아직 한창 젊었을 때 나는 왜 나이 많은 교수들은 새 공부를 담은 글을 쓰지 않는지 궁금했다. 내 나이가 이제 그 교수들의 나이 언저리에 이르고 보니 그들은 새 공부를 하지 않았던 것이 아니라 할 수 없었다는 것을, 새 글을 쓰지 않았던 것이 아니라 쓸 수 없었다는 것을 절감하게 된다. 그리하여, 육칠십 대가 되어서도 제대로 된 새 글을 계속 써내는 분들을 보게 되면 글의 내용보다도 글 쓴 사람의 학문에 대한 정성의 깊이와 호기심의 강도, 그가 공부를 계속하기 위해 심신에 기울였을 노력의 크기부터 헤아리게 된다.

눈에 살짝 탈이 난 이후 공부 영역을 넓혀나갈 힘이 더 이상 솟아나지 않아, 오랫동안 함께했던 공부 모임을 떠난 지도 벌써 수년이 지났다. 그래도 순전히 사적이지만은 않은 의미가 있는 일을 하고자 하는 마음은 아직 남아 있어, 루카치에 관한 글을 쓰고 번역하는 일만은 어떤 식으로든 이어가고자 했다. 그 일을, 내가 미미하나마 객관적 가치가 있는 '물건'을 만들어낼 수 있는 거의 유일한 일로 생각했기 때문이다. 그러면서 루카치에 관해 옛날에 썼던 글들을 다시 읽어보니 생각도 문장도 나아진 것 같지 않았다. 앞으로 나아질 가망도 별로 없어 보였다. 그래서 루카치 공부를 확장하기보다는 그동안 쓰다만 글들을 완성하는 작업부터 하기로 했는데, 그 작업의 결과가 이 책이다.

루카치의 소설론과 관련된 책을 쓸 뜻을 세운 것은 아주 오래전의 일이다. 실제로 집필에 착수한 적도 몇 차례 있었지만 이런저런 이유로 번번이 중단되고 말았다. 이번에 미흡하게마나 이 일을 끝낼 수 있었던 것은 대우재단의 지원 덕이 크다. 책을 쓸 생각을 하면서 맨 먼저 착수한 작업은 마르크스주의 시기 루카치의 소설론을 정리하는 일이었다. 이 작업의 일부를 요약한 연구계획서로 한국연구재단의 지원을 받게 되어[1] 원고를 집필하던 중 우연찮게 대우재단의 저술 지원 사업을 알게 되었다. 그래서 원래 계획했던 작업, 즉 루카치의 마르크스주의 소설론뿐만 아니라 전(前) 마르크스주의 시기의 소설론도 같이 다루는 책을 쓰는 작업으로 응모했고, 다행히 지원을 받게 되었다. 덜 궁핍한 마음으로 이 작업을 마칠 수 있게 해준 대우재단에 감사한다.

이 책 전반부에서 『소설의 이론』을 다룰 때 2007년에 출판한 번역서를 기본 텍스트로 삼았지만, 인용할 때 다르게 번역한 대목이 적지 않다. 오역을 고친 것은 바로잡았음을 밝혔지만 표현을 바꾼 것은 특별한 경우가 아니면 따로 밝히지 않았다. 루카치의 저서 중 비교적 폭넓은 독자층이 있는 거의 유일한 책이 『소설의 이론』인데, 안 그래

1 과제명: 「게오르크 루카치의 역사유물론적 장편소설론이 남긴 것」, 과제번호: 2020S1A5B5A17089629

도 읽기 어려운 책을 잘못된 번역 때문에 오독하게 만드는 일은 없어야 하지 않겠는가. 그래서 내가 번역한 책에 있는 오역들이 늘 마음에 걸렸는데, 이 책을 쓰면서 그중 일부를 고쳐 알릴 수 있게 되어 다행이라 생각하며, 차제에 개정판을 내겠다는 약속을 해둔다. 내가 옮긴 다른 텍스트들에서 인용할 경우에도 오역이 있으면 고치고 바로잡았음을 밝혔는데, 지금까지 내가 한 번역들에 있을 수 있는 이런 오류를 한두 곳이라도 교정해줄 수 있는 독자를 만난다면 큰 다행일 것이다.

책 말미에 「부록」으로 루카치의 약력을 실었다. 내가 번역한 『삶으로서의 사유: 루카치의 자전적 기록들』에 실은 「게오르크 루카치 연보」를 보충한 것인데, 이 책을 쓰면서 인용하거나 소개한 루카치의 텍스트들을 추가하였다. 여기에 루카치의 텍스트 중 우리말로 옮겨 있는 것을 적어놓았으니, 번역된 루카치의 글을 직접 찾아 읽고자 하는 독자들에게 얼마간 도움이 될 것이다. 「부록」에서 확인할 수 있겠지만 우리말로 출판된 루카치의 텍스트 대다수는 아주 오래전에 번역되었다. 그중에는 2000년대에 들어와 이루어진 몇몇 번역서보다 훨씬 더 양질인 것도 있지만 다시 번역할 필요가 있는 책들이 많은 것도 사실이다. 하지만 루카치의 글을 재번역할 사람도 없고 그런 책을 낼 출판사도 지금으로서는 없을 터라 과거에 번역된 글들을 읽을 수밖에 없는데, 아무리 부실한 번역이라 하더라도 없는 것보다야 있는 게 낫다. 하다못해 독일어 원문이나 영역본을 읽는 데라도 도움이 될 것이다. 나도 그런 식의 도움을 받았다.

이 책의 각 장은 그 자체로 완결된 형식을 취하고 있기 때문에 따로 읽어도 무방하다. 그러나 루카치의 초기작인 『소설의 이론』에서부터 그의 마지막 실제비평인 『솔제니친』까지 그의 장편소설론을 연대기적 순서에 따라 두루 다루었으니, 이 책을 통독하면 그의 소설론뿐만 아니라 그의 사유 전체에 대한 상(像)이 어느 정도 형성될 수 있으리라 생각한다. 물론 언제나 그렇듯이 이 책에도 빈 곳과 성긴 곳이 너무 많다. 앞으로 다른 방식을 통해 빈 곳을 메워나가는 공부를 계속할 수 있기를 바랄 뿐이다.

끝으로, 이 책에서 '소설' 또는 '장편소설'로 적은 것은 모두 독일어 Roman을 옮긴 말임을 밝혀둔다. Roman은 영어로는 novel, 프랑스어로는 roman, 러시아어로는 роман과 교환될 수 있는 단어이다. 이 문학 형식은 상당한 규모를 내적 요건으로 하는 것이기 때문에 '장편소설'로 옮기는 것이 더 적당해 보인다. 하지만 그렇게 하면 순전히 분량의 측면에만 초점이 놓이는 문제가 생긴다. 독일의 경우 Epik(서사문학)이라는 범주 하에 규모뿐만 아니라 각 형식의 원리에 따라 Epos(서사시), Roman(로만/장편소설/소설), Novelle(노벨레/중편소설/단편소설), Erzählung(이야기/'작은 이야기'라는 의미의 소설/단편소설), Kurzgeschichte(단편)라는 각기 다른 이름을 가진 종(種)들이 배치되는 반면, 우리는 '소설'이라는 공통의 이름 하에서 순전히 분량에 따라 장편소설, 경장편소설, 중편소설, 단편소설 등으로 분류한다. 애당초 분류체계 자체가 다르기 때문에 Roman을 '소설'로 옮기나 '장편소설'로 옮기나 딱 들어맞는 번역은 못 된다. 그래서인지 우리말로 쓴 글들에서 '소설'과 '장편소설'이 두루 섞여 사용되는 것을 볼 수 있는데, 나도 이 책에서 '장편소설'과 '소설'이라는 말을 같이 썼다는 것을, 즉 이 책에 등장하는 '소설'과 '장편소설'이라는 말은 모두 독일어 Roman을 가리키는 말이라는 것을 밝혀둔다.

가장 먼저 집필에 들어간 「서장」을 완성한 후 너무 긴 시간이 지났다. 「서장」을 쓸 당시에는 생기가 있었지만 벌써 시들해진 느낌이 드는 정보와 문장이 적지 않다. 아쉽지만 어쩔 수 없다. 그래도 아무쪼록 이 책이 루카치의 장편소설론'들'에 대한 종합적 이해에 도움이 되기를, 그리하여 그의 사상을 새로 또는 다시 공부하는 사람들이 생기고, 그런 사람들이 그의 사유에서 역사화할 것과 현재화할 수 있는 것이 무엇인지를 진지하고 구체적으로 사고하는 데 일조할 수 있게 되기를 바란다.

2024년 가을

김경식 씀

차례

일러두기

1. 독일어판 『게오르크 루카치 저작집(*Georg Lukács Werke*)』(Darmstadt · Neuwied · Berlin: Luchterhand, 1962~1986; Bielefeld: Aisthesis, 2005~2024)에서 인용할 경우, 음영체로 괄호 안에 권수와 쪽수를 적었다.
2. 『카를 마르크스-프리드리히 엥겔스-저작집(*Karl Marx-Friedrich Engels-Werke*)』에서 인용할 경우, 괄호 안에 'MEW'라는 약어와 함께 음영체로 권수와 쪽수를 적었다.
3. 본서 제1부에서 『게오르크 루카치: 1902~1917년에 주고받은 편지(*Georg Lukács: Briefwechsel 1902~1917*)』(Éva Karádi · Éva Fekete 엮음, Stuttgart: Metzler, 1982)에서 인용할 경우, 괄호 안에 'BW'라는 약어와 함께 음영체로 쪽수를 적었다.
4. 본서 제1부에서 한국어판 『소설의 이론』(게오르크 루카치 지음, 김경식 옮김, 문예출판사, 2007)에서 인용할 경우, 괄호 안에 음영체로 쪽수만 적었다.
5. 인용문에 [대괄호]로 넣은 구절은 인용자나 옮긴이가 첨부한 말이다.

서장
오늘날의 루카치와 그의 장편소설론들

어떤 사상이나 이론의 '현재성(Aktualität)'을 가늠하는 외적 지표가 그것과 관련된 연구, 번역, 출판 등이 얼마나 활발하냐에 있다면, 지금 한국에서 루카치 죄르지(Lukács György)[1]의 사유는 '현재성'과는 거리가 멀다. 루카치 사유의 최종 도달점이라 할 수 있는 후기 존재론 전체가 2018년에 완역되긴 했지만[2] 이 작업이 한국연구재단의 지원 덕분에 가능했다는 사실은 역설적이게도 루카치의 사유가 한국에서는 이미 '역사적인 것'이 되었음을 방증해준다. 루카치, 그중에서도

1 'Lukács György'는 헝가리어에 따른 표기이다. 국내 문헌에서는 루카치의 정식 이름이 '루카치 죄르지', '죄르지 루카치', '게오르그 루카치', '게오르크 루카치' 등으로 표기되고 있는데, 이 책에서는 독일어 이름인 'Georg Lukács'에 따라 '게오르크 루카치'로 통일하여 적는다.

2 게오르크 루카치, 『사회적 존재의 존재론』 전 4권, 권순홍·이종철·정대성 옮김, 아카넷, 2016~2018; 『사회적 존재의 존재론을 위한 프롤레고메나』 전 2권, 김경식·안소현 옮김, 나남, 2017.

특히 마르크스주의자 루카치는 영리를 외면할 수 없는 민간 출판사가 독자의 자발적 수요를 기대하고 출간할 만한 책의 저자는 더 이상 아니게 된 것이다. 이런 상황에서도 몇 년 전 '루카치 다시 읽기'라는 기획 아래 한 권의 루카치 연구서(『루카치의 길: 문제적 개인에서 공산주의자로』, 산지니, 2018)와 두 권의 번역서(『삶으로서의 사유: 루카치의 자전적 기록들』, 산지니, 2019; 『루카치가 읽은 솔제니친』, 산지니, 2019)를 발표했지만, 이 작업은 그저 루카치 전공자 한 사람의 '외로운' 연구 결과로만 남아 있을 듯하다. 이런 자평이 지나친 것 같지는 않은데, 지금 한국의 대학이나 연구자 집단에서 루카치가 진지하게 학습되고 논의되는 광경을 기대하기란 어렵기 때문이다. 사정이 이렇게 된 데에는 루카치 사유 자체가 지닌—시류에 맞지 않는다는 의미에서의—'반시대적(unzeitgemäß)' 성격 탓이 가장 클 것이다. 세계를 근본적으로 바꿀 수 있다고 믿는 사람들의 힘이 지극히 미미해진 한국에서, 자본주의적인 세계질서와 생활형식(Lebensform)의 발본적인 극복을 주창한 루카치의 사유는 너무 쉽게 '시대착오적'인 것으로 치부되고 있는 형편이다. 이와 전혀 무관하지만은 않은 현상으로서 같이 고려해야 할 것은, 날이 갈수록 심해지는 인문대학의 침체와 위축, 그리고 그 흐름의 선두에 있는 독문학과의 상황이다. 독일어권 문화를 전문적으로 연구하는 학문적 역량을 키울 수 있는 토대 자체가 부실한, 앞으로 더 부실해질 것으로 예상되는 조건에서 독일도 아닌 헝가리 출신 사상가, 그것도 '골수 마르크스주의자'로 정평이 나 있는 인물이 독일어로 쓴 텍스트들을 '정확히' 읽고 '주체적으로' 수용하는 일이 제대로 이루어지기란 적어도 지금 한국에서는 무망한 일이다.

하지만 외국의 사정은 조금 다르다. 소련과 동유럽의 '현실사회주의' 블록이 붕괴하고 신자유주의의 광풍이 몰아치면서 거의 사라지다시피 했던 루카치 학술대회가 십여 년 전부터 독일뿐만 아니라 유럽 여러 도시에서 열리고 있는 것이나, 루흐터한트 출판사가 중도에 포기했던 독일어판 루카치 전집 발간이 아이스테지스 출판사를 통해 이어지고 있는 것은,[3] 루카치에 대한 학문적 이론적 관심이 다시 일고 있다는 증좌이다. 특히 2021년에는 루카치 서거 50주년을 맞아 독일을 위시한 여러 나라에서 여러 주제와 형태로 루카치의 사유를 탐색하고 평가하는 작업이 이루어진 바 있다.[4] 이 와중에 브라질을 위시한 남미의 몇몇 나라에서 루카치 수용이 활발해지고 있다는 소식과 또 다른 '현실사회주의' 국가 중 하나인 중국의 후난 사범대학 및 난징 대학에서 루카치 전집과 단행본 발간을 준비 중이라는 소식은 이른바 중심부 자본주의 국가들과는 다른 조건에서 이루어질, 루카

3 독일어판 『게오르크 루카치 저작집(*Georg Lukács Werke*)』 발간은 서독의 루흐터한트 출판사에서 1962년부터 1986년까지 진행되었다. 저작집 제9권 『이성의 파괴(*Die Zerstörung der Vernunft*)』 발간으로 시작된 이 작업은 1986년 저작집 제14권 『프롤레고메나. 사회적 존재의 존재론을 위하여(*Prolegomena. Zur Ontologie des gesellschaftlichen Seins*)』 2분책을 끝으로 중단되었다. 그로부터 한참 뒤에 아이스테지스 출판사가 루카치 저작집 발간 작업을 이어받아 2005년에 저작집 제18권 『자전적 텍스트들과 대화들(*Autobiographische Texte und Gespräche*)』을 출판했고, 이어서 2016년에는 저작집 제1권 1분책을, 2018년에는 제1권 2분책을 냈으며, 2021년에 저작집 제3권 1분책을 출간했다. 2024년 하반기 출간 예정인 저작집 제3권 2분책이 나오면 마침내 독일어판 루카치 저작집이 완간을 맞게 될 것인데, 총 열여덟 권으로 구성된 이 저작집이 루카치의 모든 글을 다 담고 있는 것은 아니기 때문에 엄밀한 의미에서의 '전집'이라고는 할 수 없다.

4 루카치 서거 50주년을 맞아 이루어진 행사와 관련 기사, 출판 소식 등은 국제 게오르크 루카치 협회 공식 페이스북(https://www.facebook.com/Lukácsgesellschaft/?locale=de_DE)과 다음 사이트에서 볼 수 있다. https://www.lana.info.hu/en/Lukács-50-2/(2023년 4월 4일 최종 접속).

치 수용의 새로운 양상을 기대케 한다.[5] 동구 사회주의 블록의 붕괴 이후 거의 사라지다시피 했던 루카치 연구가 다시 세계 각지의 연구자들에 의해 조금씩 활성화되고 있는 이러한 상황에 대해 독일의 연구자 파트릭 아이덴-오페(Patrick Eiden-Offe)는 2021년에 발표한 한 글에서 "약 십여 년 전부터 루카치 이론의 본격적 르네상스가 관찰될 수 있다"[6]고 말한 바 있다.

하지만 정작 루카치의 '조국' 헝가리에서는 상황이 딴판이다. 우익 민족주의 성향의 빅토르 오르반(Viktor Orbán)[7]이 이끄는 권위주의 정부가 2010년부터 지금까지 장기집권하고 있는 가운데 루카치는 헝가리 역사에서 '삭제'되고 있는 중이다. 루카치의 흔적을 지우려는 작업의 상징적 사례로 부다페스트의 성 이슈트반 공원에 설치되어 있었던 루카치 동상을 철거한 일을 들 수 있다. 그 동상은 헝가리 학술원이 철학에 기여한 루카치의 업적을 기리기 위해 1985년에 설치한 전신상이었는데, 빅토르 오르반이 이끄는 피데스 당이 제1당으로 있는 부다페스트 시의회가 반유대주의적인 극우 파시스트 정당인 요비크 당의 제안을 받아들임으로써 철거가 이루어졌다(2017년 3월). 그리고 그 자리에는 발린트 호먼(Bálint Hóman)을 기리는 기념물이 세워

5 국제적인 루카치 수용에 관한 최근의 소개로는 다음의 글을 참고할 만하다. Rüdiger Dannemann, "Umwege und Paradoxien der Rezeption. Zum 50. Todestag von Georg Lukács"(2021), http://zeitschrift-marxistische-erneuerung.de/article/3833.umwege-und-paradoxien-der-rezeption.html(2023년 4월 4일 최종 접속).

6 Patrick Eiden-Offe, "Lebensform Revolution. Zum Projekt einer neuen Lukács-Biografie", *Lukács 2019/2020. Jahrbuch der Internationalen Georg-Lukács-Gesellschaft, 18. Jahrgang*, Rüdiger Dannemann 엮음, Bielefeld: Aisthesis, 2021, 215쪽.

7 헝가리어 어순에 따르면 '오르반 빅토르(Orbán Viktor)'로 표기해야 하지만, 본서에서 헝가리 인명은 영어 어순에 따라 '이름-성' 순으로 적는다.

졌는데(2018년 5월), 그는 과거 미클로시 호르티 체제에서 파시스트들의 소련 침공을 지원하고 40만 명 이상의 헝가리 유대인들을 강제수용소로 보낸 법령을 만든 죄로 2차 세계대전 후 종신형에 처해졌다가 1951년에 옥사한 인물이다.

헝가리에서 루카치에 대한 기억을 지우려는 헝가리 정부의 작업 중 더 치명적인 것은 게오르크 루카치 아카이브(Das Georg-Lukács-Archiv)를 없애버린 일이다. 루카치가 살았던 집을 개축하여 1972년에 건립한 루카치 아카이브는 루카치를 연구하는 세계 전역의 학자들에게 중요한 학술적 의미를 갖는 공간이었다. 그래서인지 빅토르 오르반 정부는 일찍부터 이 아카이브를 폐쇄하려 시도했고, 이에 맞서 세계 각지의 학자와 연구자들이 성명서 등의 형태로 반대 의사를 표명했으나, 헝가리에서 루카치와 관련된 어떠한 연구도 재생하지 못하게 만들려는 집권 세력의 '만행'을 끝내 막을 수 없었다. 루카치 아카이브에 보관되어 있었던 루카치의 유고와 자료들은 '디지털화' 작업을 한다는 명목으로 헝가리 학술원 도서관으로 이관되었는데, 2012년부터 시작된 이 이관 작업은 2018년 3월에 완료되었다. 그렇게 옮겨진 자료들에 대한 일반인들의 접근은 지금까지도 불가능한 상태에 있다.[8]

8 루카치 동상의 철거와 아카이브 폐쇄에 관해서는 인터넷 신문 기사인 "Erinnerung in Orbáns Ungarn: Wo ist Georg Lukács?"(2019년 7월 24일) 참조. https://taz.de/Erinnerung-in-Orbans-Ungarn/!5613088/(2023년 2월 20일 최종 접속). 루카치 아카이브의 설립부터 폐쇄 결정이 내려지기까지의 내력에 관해서는 다음의 글을 참조하라. Miklós Mesterházi, "Größe und Verfall des Lukács-Archivs. Eine Chronik in Stichworten. Zugleich ein Nachruf"(2016), https://www.lana.info.hu/de/archiv/chronik/(2023년 3월 21일 최종 접속).

한 세계적 사상가의 아카이브를 폐쇄하고 멀쩡히 있던 동상, 그것도 정치적 활동이 아니라 학문적 업적을 기리기 위해 세워진 동상까지 철거하는 일은 '정상적'인 국가에서는 있을 수 없는 일이다. 이처럼 무리한 일은 "자유주의와 반파시즘과 사회주의"를 "헝가리 민족에게 해악적인 것"으로 천명한 오르반 체제의 공식적 이데올로기에 따라 이루어졌는데, 이들의 선전에 따르면 루카치는 "공산주의 살인자", "유대 '세계화주의' 지식인"이며, 그의 관념은 "헝가리 정신에 이질적인" 것이다.[9] 요컨대 공산주의자이며 유대인이라는 사실이 루카치를 헝가리 역사에서 삭제할 명분이 되고 있는 것이다. 하지만 오르반 정부가 루카치를 아무리 '삭제'하려 해도 그가 남긴 흔적을 다 지울 수는 없을 것인데, 20세기 헝가리와 유럽의 정신사에 그가 남긴 족적은 한순간에 지울 수 없을 만큼 깊고도 넓기 때문이다.

20세기 헝가리의 역사에서 루카치를 말끔히 들어낼 수 없듯이 우리 문학사에서도 루카치는 망각될 수 없는 존재이다. "루카치는 20세기를 대표하는 마르크스주의 미학자이고, 특히 한국에서는 한두 사람이나 전공 영역이 아니라 한 세대의 사유에 영향을 미쳤던 인물임에 이론의 여지가 없다"[10]는 서영채의 말은, 적어도 미학과 문학 분야에서는 크게 과장된 말로 들리지 않는다. 특히 문학인들에게 루카치가 미쳤던 영향은 유례가 없을 정도로 강력했던바, 그를 우리 현대

9 인용한 곳은 인터넷 기사 "Return the Lukács statue and reopen the Lukács Archives in Budapest!"(2017년 4월 5일). https://www.transform-network.net/de/blog/article/return-the-Lukács-statue-and-reopen-the-Lukács-archives-in-budapest/(2023년 3월 21일 최종 접속).

10 서영채, 「루카치 『소설의 이론』 세 번 읽기」, 《문학과사회》 114호, 2016년 여름, 196쪽.

문학의 한 시기에 깊이 '내재화'되어 있는 외국인이라고 말해도 무방할 정도이다. 이것이 전혀 지나친 말이 아니라는 것은 2008년 12월에 출간된 한 사전이 밑받침해준다. 지난 백 년간의 한국문학을 다룬 『100년의 문학용어 사전』(한국문화예술위원회 지음, 아시아, 2008)에서 루카치는 김지하와 황석영보다도 더 많이 거명됨으로써 이 사전에서 가장 많이 인용된 인물이 되었다.[11] 하지만 유감스럽게도 이러한 영향의 강도만큼 전문적 연구의 두께가 쌓이지는 못했는데, 이는 시류가 바뀜에 따라 이 땅에서 루카치에 관한 학문적 이론적 연구가 거의 사라지게 된 한 가지 이유이기도 할 터이다. 우리나라에서 이루어진 루카치 수용의 역사와 전반적인 연구 양상에 관해서는 이미 다른 글에서 소개한 바 있으니[12] 여기서는 본서의 주제와 관련된 지점에 한정해 수용과 연구 상황을 간략히 살펴보도록 하겠다.

우리나라에서 루카치 수용은 같은 동아시아 국가인 중국[13]이나 일본[14] 못지않게 오랜 역사를 가진다. 이미 1920년대 후반에 이른바 '후

11 이와 관련해서는 《중앙일보》의 기사 「한국문학 '100년의 향기' 담았다」(2009년 1월 3일, 20쪽) 참조. https://www.joongang.co.kr/article/3442949#home(2023년 4월 4일 최종 접속).

12 한국에서 이루어진 루카치 수용의 역사와 연구 양상에 관한 조금 더 자세한 소개는 김경식, 『게오르크 루카치: 과거와 미래를 잇는 다리』(한울, 2000), 33~67쪽, 그리고 김경식, 『루카치의 길: 문제적 개인에서 공산주의자로』에 수록된 두 번째 글 「루카치 공부하기의 어려움: 인문학 공부의 기초와 관련하여」를 참고하라.

13 중국의 루카치 수용사는 Qiankun Li, "Georg Lukács in China"(*Lukács 2017/2018. Jahrbuch der Internationalen Georg-Lukács-Gesellschaft. 17. Jahrgang*, Rüdiger Dannemann 엮음, Bielefeld: Asthesis, 2018), 151~162쪽을 참고하라.

14 일본의 루카치 수용사에 관해서는 Junji Nishikado, "Georg Lukács in Japan"(*Lukács 2016. Jahrbuch der Internationalen Georg-Lukács-Gesellschaft. 16. Jahrgang*, Rüdiger. Dannemann 엮음, Bielefeld: Asthesis, 2016), 243~253쪽을 참고하라.

쿠모토주의(福本主義)'를 통해 루카치의 이론이 식민지 조선의 사회주의 정치와 문학에 간접적인 방식으로 영향을 미쳤을 것으로 짐작되며, 1930년대 후반에 이루어진 임화와 김남천 등의 문학비평에서는 루카치라는 이름이 직접 등장하는 것을 목격할 수 있다.[15] 하지만 한국전쟁을 거친 후 남한에서 마르크스주의가 절대적으로 금기시된 상황에서 루카치의 텍스트가 출간되는 일은 당연히 불가능했으며, 그를 명시적으로 인용하는 글조차 등장하기 힘들었다. 1966년 1월《창작과비평》(1966년 겨울호)의 창간과 함께 그의 문학론이 다시 다루어지기 시작하지만, 1980년대 전반기까지 이어진 사상적 통제 탓에 그에 대한 본격적 소개는 1980년대 중반 이후에야 비로소 가능해진다. 그리하여 1980년대 중후반부터 1990년대 초까지 루카치의 텍스트를 번역하고 연구한 성과들이 '폭발적'으로 쏟아지지만, 소련과 동유럽의 사회주의 블록이 붕괴하고 주로 프랑스 쪽에서 발원한 여러 형태의 '포스트' 담론들이 밀려들어오면서 루카치에 대한 논의는 시나브로 사라지고 말았다.

이렇게 '길고도 짧은' 루카치 수용사에서 우리는 루카치가 거의 전적으로 문학론의 차원에서만 연구되었다는 것을 확인할 수 있다. 그의 문학이론이나 문학비평을 다룬 글 외에 그의 미학이나 철학, 정치사상 등을 따로 깊이 있게 다룬 연구 성과는 몇몇 석·박사학위 논문을 제외하면 거의 없다시피 하다. 루카치의 문학론과 미학뿐 아니라 정치이론, 철학 등도 비교적 폭넓게 연구하고 수용했던 중국이나 일

15 이에 관한 조금 더 자세한 소개는 본서의 제6장 「루카치의 중기 장편소설론」 2절을 보라.

본과 달리 한국에서는 리얼리즘 이론가로서의 루카치가 거의 독점적으로 부각되었다. 연구의 시선은 그가 1930년대 초부터 1950년대 중반까지 쓴 글들에 집중되다시피 했으며, 관심이 가장 많이 쏠렸던 것은 그가 조탁한 리얼리즘론이었다. 그런데 이 대목에서도 특이한 것은, 그의 리얼리즘론에 대한 연구자들의 관심이 그의 장편소설론에 대한 진지한 관심으로는 이어지지 않았다는 점이다. 사실 그가 개진한 리얼리즘 담론 대부분이 장편소설에 관한 성찰에 근거한 것인 이상 그의 리얼리즘론은 자연히 장편소설론으로서의 성격도 갖는다. 그러니만큼 하나의 독자적 문학 형식으로서의 장편소설에 대한 그의 미학적 장르론적 측면에서의 고찰도 연구되었을 법한데, 유감스럽게도 이 분야에서 눈여겨볼 만한 성과는 거의 없다. 물론 한국문학 연구자들이 식민지 시기 사회주의 문학론이나 1970~1980년대 '민족문학론'을 다루면서 루카치의 마르크스주의 장편소설론을 같이 논한 경우는 있다. 또한 루카치가 마르크스주의로 전향하기 전에 쓴『소설의 이론(*Die Theorie des Romans*)』에 대한 연구도 — 개괄하는 수준을 넘어섰다고 보기 힘든 것들이 대부분이긴 하지만 — 없는 것은 아니다. 하지만 오롯이 루카치의 장편소설론만을 연구의 대상으로 삼고 고찰한 성과는 이진숙의 석사학위 논문, 그리고 임한순과 김경식의 글 외에는 찾아보기 힘든 게 사실이다.[16] 이 세 편의 글도 루카치의 장편소설론 전체를 포괄하고 있지는 못한데, 루카치가 말년에 집대성한 미학

16 이진숙, 「루카치의 소설이론에 대한 비판적 고찰」, 서울대학교 독어독문학과 석사학위 논문, 1994; 임한순, 「루카치의 소설론: 『소설의 이론』을 중심으로」, 《소설과 사상》 제8권 제2호, 1999년 여름; 김경식, 「루카치 장편소설론의 역사성과 현재성」, 《창작과비평》 제160호, 2013년 여름.

과 존재론적 사유의 연장선상에서 시도한 소설론 관련 작업에 대한 고찰은 세 글 모두에서 빠져 있다.

이러한 결핍은 비단 우리나라에만 국한된 현상이 아니다. 『소설의 이론』에 관한 연구 성과는 헤아리기 힘들 정도로 많을뿐더러 지금도 계속 생산되고 있는 외국에서도 마르크스주의적 관점에서 시도된 그의 문학론을 장편소설론의 측면에서 본격적으로 고찰한 글은 눈에 잘 띄지 않는다. 루카치가 1930년대 중반에 제출한 장편소설론과 『소설의 이론』을 같이 다루고 있는 글들은 있지만, 그런 글들도 후기 루카치의 소설론 관련 사유에는 눈길을 두지 않는다. 논문이나 에세이가 아니라 연구서에 한정해서 볼 때, 그리고 내가 읽을 수 있는 독일어와 영어로 된 텍스트에 한정해서 볼 때, 루카치가 1930년대 중반에 제출한 장편소설론과 『소설의 이론』을 같이 다루고 있는 갈린 티하노프(Galin Tihanov)의 연구[17]와 『소설의 이론』을 중심에 놓고 이와 비교하는 차원에서 루카치의 리얼리즘 문학론을 다루고 있는 제이 번스타인(Jay M. Bernstein)의 연구[18], 그리고 카린 브레너(Karin Brenner)의 학위 논문[19]이 눈에 띄는 성과이지만, 이 세 사람의 연구를 미학적 장르론적 관점에서 루카치의 장편소설론을 고찰한 것이라고 보기는 어렵다. 그리고 이 세 연구자도 후기 루카치의 소설론 관련 작업에는 눈길을 두지 않았다.

17 Galin Tihanov, *The Master and the Slave: Lukács, Bakhtin, and the Ideas of Their Time*, New York: Oxford University Press, 2000.

18 Jay M. Bernstein, *The Philosophy of the Novel: Lukács, Marxism and the Dialectics of Form*, Minneapolis: University of Minnesota Press, 1984.

19 Karin Brenner, *Theorie der Literaturgeschichte und Ästhetik bei Georg Lukács*, Frankfurt am Main · Berlin · New York · Paris: Peter Lang, 1990.

국내외의 연구 현황을 이렇게 성기게나마 개관했을 때 루카치의 장편소설론에 대한 미학적 연구도 부족하지만 특히 '노년' 루카치에 대한 관심이 빈약하다는 것을 확인할 수 있다. 루카치 사유의 전개 과정을 시기로 구분할 때 흔히 '전기 루카치'와 '후기 루카치'로 양분하는데, 이는 특히 문학 연구자들의 글에서 빈번히 이루어지는 일이다. 1910년대 전(前) 마르크스주의 시기의 루카치, 또는 『역사와 계급의식(*Geschichte und Klassenbewußtsein*)』(1923)까지의 루카치를 '전기 루카치'로, 1930년대 초부터 1950년대 중반까지의 리얼리즘 이론가 루카치를 '후기 루카치'로 분류하곤 하는데, 이들의 글을 보면 두 시기 사이의 불연속성과 연속성의 관계를 파악하는 방식에서는 차이가 있지만 루카치가 1950년대 중반부터 생을 마감할 때까지 매진했던 미학과 존재론 작업을 몰각하는 점에서는 대동소이하다. 몇 년 전 우리말로 다시 번역된 『영혼과 형식』의 「머리말」을 쓴 주디스 버틀러(Judith Butler)도 이 점에서는 예외가 아니다.[20] 그의 글에서 노년의 루카치는 고려 대상이 되지 않는다. 버틀러와 달리 루카치에 정통할 뿐만 아니라 루카치의 사유에 큰 영향을 받았던 프레드릭 제임슨(Fredric Jameson)은 조금 다르다. 루카치 일생의 사유를 '서사'라는 "하나의 문제복합체에 대한 진전된 탐구 및 확장"[21]으로 파악하는 한 글에서 그는, 버틀러와는 달리 1960년대 루카치의 작업을 몰각하지는 않는다.

20 주디스 버틀러, 「머리말」, 『영혼과 형식』, 게오르크 루카치 지음, 홍성광 옮김, 연암서가, 2021, 12~38쪽. 버틀러의 이 「머리말」은 2010년에 출간된 『영혼과 형식』 영역본 신판을 위해 쓴 글이다. Judith Butler, "Introduction", *Soul and Form*, Georg Lukács 지음, Anna Bostock 옮김, New York: Columbia University Press, 2010, 1~15쪽.

21 프레드릭 제임슨, 「제3장 죄르지 루카치」, 『맑스주의와 형식: 20세기의 변증법적 문학이론』, 여홍상·김영희 옮김, 창비, 2019(개정판 2쇄), 201쪽.

그는 루카치의 일생을 "불연속적인 '시기'들로 나누어" "초기 루카치가 후기의 리얼리즘 이론가를 깎아내리는 데 일조"하게 하는 식의, 서구의 루카치 연구에서 흔히 볼 수 있는 일반적인 서술 방식에 반대하면서 오히려 루카치의 "초기 저작들"은 "후기 저작들에 비추어서만 완전히 파악될 수 있"다는 입장을 피력한다. 하지만 그런 그에게도 후기 루카치는 리얼리즘 이론가로서의 루카치이지 1960년대의 루카치 — 그의 글에서 "최후의 루카치"로 표현된 — 는 아니다. "최후의 루카치"를 "맑스주의의 관점에서이지만, 젊을 때의 신칸트학파적인 이론적 과제로 되돌아간", 다시 말해 "출발점으로 되돌아간" 루카치로 해석함으로써 결과적으로 "그의 사업 전체의 실패와 헛됨을 시사하"는 방식의 해석 틀을 거부하는 입장을 견지하지만, 그렇다고 해서 그가 "최후의 루카치"에 대해 특별한 눈길을 두는 것 같지는 않다.[22] 루카치의 일생의 작업을 "서사에 대한" "평생의 지속적 성찰"[23]로 파악하는 글의 성격 탓에 1960년대의 루카치, 즉 문학이 더 이상 작업의 중심 대상이 아니게 된 루카치가 고찰에서 제외된 측면도 있겠지만, 애당초 제임슨에게 "최후의 루카치"는 진지한 이론적 고찰의 대상이 아니었을 수도 있다. 마르크스주의를 "자본주의에 대한 '과학', 더 정확히 말하면 (…) 자본주의의 내재적 모순들에 대한 과학"[24]으로

22 같은 책, 200~201쪽.

23 같은 글에서 제임슨은 "루카치의 작업이 서사에 대한, 즉 서사의 기본 구조들 및 서사와 거기 표현된 현실의 관계, 그리고 더 추상적이고 철학적인 다른 이해양식들에 비해 서사가 지니는 인식론적 가치 등에 대한 평생의 지속적 성찰이라 할 수 있다는 점"(201쪽)을 밝히고자 한다.

24 Fredric Jameson, "Fünf Thesen zum real existierenden Marxismus", *Das Argument*, 214호, 1996, 175쪽.

이해하면서 "마르크스주의가 존재론이 아니며, 존재론도 철학이 아니어야 한다"는, 다시 말해 "하나의 철학 체계로 거론될 수 있는 마르크스주의가 없다"[25]는 입장을 가진 제임슨으로서는 마르크스 사상의 골간을 일종의 '통일 과학'으로, "보편 철학"[26]으로, 그것도 '존재론'으로 재구축하고자 한 루카치 최후의 작업을 적극적으로 받아들이기 어려웠을 것으로 보이기 때문이다. 아니, 어쩌면 그가 아직 루카치의 존재론을 접하지 못했을 수도 있다. 그도 그럴 것이, 앞서 소개한 글이 수록되어 있는 책 『마르크스주의와 형식(*Marxism and Form: Twentieth-Century Dialectical Theories of Literature*)』이 출간된 1971년에는 아직 루카치의 존재론이 출판되지 않았다. 루카치가 1960년대 후반에 짧은 글이나 대담을 통해 존재론의 요지를 소개한 적이 있어서 제임슨이 이런 글들을 읽었을 가능성은 있지만, 존재론 작업 전체는 1980년대 중반이 되어서야 공개된다.[27] 『마르크스주의와 형식』을 쓸 당시의 제임슨은 루카치의 존재론뿐 아니라 '후기 미학'[28]도 충분히

25 프레드릭 제임슨, 「장 쉬둥과의 인터뷰」, 『문화적 맑스주의와 제임슨: 세계 지성 16인과의 대화』, 신현욱 옮김, 창비, 2014, 299쪽.

26 Georg Lukács, "Nachwort", *Georg Lukács Werke, Band 4. Probleme des Realismus I. Essays über Realismus*, Neuwied·Berlin: Luchterhand, 1971, 676쪽. 앞으로 독일어판 『게오르크 루카치 저작집』에서 인용할 경우에는 본문에 권수와 쪽수를 병기한다.

27 『헤겔의 거짓 존재론과 진정한 존재론(*Hegels falsche und echte Ontologie*)』(1971), 『마르크스의 존재론적 근본원리(*Die ontologischen Grundprinzipien von Marx*)』(1972), 그리고 『노동(*Die Arbeit*)』(1973)이 먼저 출판되었고 존재론 전체는 한참 뒤에야 완간된다. 1984년에 저작집 제13권으로 『프롤레고메나(*Prolegomena zur Ontologie des gesellschaftlichen Seins*)』와 『사회적 존재의 존재론을 위하여(*Zur Ontologie des gesellschaftlichen Seins*)』 제1부가 출간되며, 1986년에 저작집 제14권으로 제2부가 출간된다.

28 '후기 미학'은 '초기 미학'과 구분해서 부르는 말이다. 청년기에 루카치는 두 차례에 걸쳐 미학 집필에 착수했으나 둘 다 완성하지는 못했다. 1차 세계대전 이전에 쓴

숙지하지는 못했던 듯하다. 이 글에서 그는 "루카치에게 상징주의란 단지 다양한 문학기법 중 하나에 그치지 않고 리얼리즘적인 것과는 질적으로 다른 세계파악 양식"이라고 하면서 그 '상징주의'를 '상징적 양식'이라는 말로 표현하기도 하는데,[29] 루카치가 문학사조 내지 문학 유파로서의 '상징주의'에 대해 비판적인 것은 사실이지만, 그리고 제임슨이 참조하고 있는 1930년대의 작품인 「서사냐 묘사냐? 자연주의와 형식주의에 대한 논의를 위하여(Erzählen oder beschreiben? Zur Diskussion über den Naturalismus und Formalismus)」(1936)에서 '상징'이 자연주의적인 기법을 가리키는 말로 사용되고 있는 것이 사실이지만, '상징'이라는 개념 자체가 루카치의 문학론 일반에서 부정적인 것으로 쓰이고 있는 양 서술해서는 안 된다. 그도 그럴 것이 루카치의 '후기 미학'에서 '상징' 또는 '상징적 양식'은 제임슨의 말과는 정반대의 의미로 사용되기 때문이다. 루카치의 후기 미학에서 '상징'은 '알레고리'와 대극적인 관계에 있는 예술적 양식 원리로서 진짜 예술적인 것, 리얼리즘적인 것과 동류의 용어이다.[30]

루카치의 사유 세계 전반을 폭넓게 조망하면서 빼어난 통찰력을 보

원고는 *Frühe Schriften zur Ästhetik I, Heidelberger Philosophie der Kunst(1912~1914)*라는 제목으로, 전쟁 발발 이후에 쓴 또 다른 원고는 *Frühe Schriften zur Ästhetik II, Heidelberger Ästhetik(1916~1918)*이라는 제목으로 1974년에 『게오르크 루카치 저작집』 제16권과 제17권으로 출간되었는데, 이 둘을 '초기 미학'이라 부른다. '후기 미학'은 1950년대 중반 무렵부터 쓴 『미학의 범주로서의 특수성에 대하여(*Über die Besonderheit als Kategorie der Ästhetik*)』와 특히 『미적인 것의 고유성(*Die Eigenart des Ästhetischen*)』을 가리키는 말이다.

29 프레드릭 제임슨, 앞의 책, 235쪽.

30 '상징'과 '알레고리'에 대한 루카치의 견해는 Georg Lukács, *Die Eigenart des Ästhetischen. 2. Halbband*(Neuwied · Berlin: Luchterhand, 1963), 727~775쪽을 참고하라.

여주고 있는 제임슨의 글에서 굳이 이런 지엽적 문제를 들추어낸 데는 까닭이 있다. "나는 일흔 살이 되어서야 진짜 작품을 시작했다"[31]고 말한 루카치를 잊어서는 안 된다고 생각하기 때문이다. 그런 그에게 자신의 후기 미학과 존재론에 대한 충분한 관심이 결여된 연구자들의 태도는 분명 마뜩하지 않을 것이다. 그렇다고 해서 루카치가 자신이 노년에 이룬 이론적 성취를 그 이전의 마르크스주의적 작업과 특별히 구분 짓는 노력을 했느냐 하면 그렇지는 않다. 그는 1930년부터 전개한 자신의 이론적 활동을 "성숙한 마르크스주의 시기"(7:7)의 활동으로 총괄하면서 유기적이고 연속적인 발전이 이루어진 것으로 이해한다. 이에 반해 그는 자신의 일생에서 1918년 12월 중순 헝가리 공산당에 입당함으로써 마르크스주의 및 공산주의에 투신하기 이전과 이후를 선명하게 구분한다. 그러한 구분에 따라 그는 공산당에 입당한 이후 실천적 정치가이자 이론가로서 활동한 십여 년의 시간을 "마르크스주의 수업시대"(2:11) 또는 "삶과 사유의 수업시대"[32]라고 지칭하는데, 그에 따르면 그 "수업시대"는 「블룸-테제(Blum-Thesen)」(1928년 또는 1929년[33])와 더불어 "종결"(2:34)된다. 「블룸-테

31 István Eörsi, "The Story of a Posthumous Work: Lukács' Ontology", *The New Hungarian Quarterly* 16호, 1975년 여름, 106쪽. Cornel West, "Lukács: A Reassessment", *Minnesota Review* 19호, 1982년 가을호에서 재인용.

32 게오르크 루카치, 「삶으로서의 사유」, 『삶으로서의 사유: 루카치의 자전적 기록들』, 김경식·오길영 편역, 343쪽.

33 루카치는 독일어판 『게오르크 루카치 저작집』 제2권 「서문」(1967)에서 집필 연도를 1929년으로 적고 있는데(2:38), 「블룸-테제」 일부가 수록되어 있는 같은 책의 출처 소개란에는 1928년에 집필된 것으로 적혀 있다(2:726). 지금까지 이루어진 루카치 연구를 보면 1928년에 집필한 것으로 보는 쪽이 다수이지만, 헝가리의 루카치 연구자 라슬로 일레스는 1929년 1월에 집필했다고 주장한다. László Illés, "Die 'erzwungene Selbstkritik' des Messianismus im Vorfeld der Realismus-Theorie von Georg Lukács",

제」로 촉발된 정치적 파문을 계기로 정치 일선에서 물러나 다시 이론적 활동에 매진하면서 맞이하게 된 1930년부터의 시기를 그는 "성숙한 마르크스주의 시기"라고 부르면서 연속된 것으로 보는데, 독일어판 『게오르크 루카치 저작집』 제2권의 「서문」(1967)에서 루카치는 특히 1930년을 그의 사유의 진화 과정에서 결정적인 분기점으로 보고 있다.[34] 당시 모스크바의 '마르크스-엥겔스-레닌 연구소'에서 연구원으로 일했던 루카치는 아직 출판되지 않았던 마르크스의 『경제학-철학 수고』의 원고를 접하는 한편, 미학적 동지 미하일 리프쉬츠(Michail Lifschitz)를 만나게 된다. 『경제학-철학 수고』의 독서로 "이론적 충격"을 받은 루카치는 진정한 마르크스주의를 위한 "새로운 시작"의 길, 종국적으로는 "사회적 존재의 존재론에 이르는 길"을 걷게 되었다고 한다(2:38/39). 다른 한편 리프쉬츠와의 공동 작업을 통해서는 고유한 마르크스주의 미학의 구축을 목표로 하여 나아간 길, 그리하여 마침내 『미적인 것의 고유성』에 다다르게 된 길을 시작할 수 있었다고 한다(2:39/40). 1967년의 「서문」에서 이루어지고 있는 이런 식의 회고에서는 1930년부터 말년까지의 사유의 진화 과정에서 연속성이 강조될 뿐이지 그 과정에서 이루어진 변화는 잘 부각되지 않는다. 하지만 나는 루카치가 "일흔 살이 되어서야 (…) 시작"한 작업, 따라서 1950년대 중반 무렵부터의 그의 사유에는 그 이전 사유와의 연

Hungarian Studies 8권, 1993년 2호, 219쪽. 본서에서 나는 1928년에 집필된 것으로 적는다.

34 「블룸-테제」와 관련해서는 김경식, 『게오르크 루카치: 과거와 미래를 잇는 다리』, 81~87쪽에서 자세하게 다루었으니 참고하라. 1930년의 "새로운 시작"과 관련해서는 같은 책의 92~94쪽을 참고하라.

속성뿐만 아니라 질적인 변화로 봄직한 측면도 있다고 생각한다. 그래서 "마르크스주의 수업시대"를 마친 이후 전개된 "성숙한 마르크스주의 시기"를 다시 '중기 루카치'와 '후기 루카치'로 세분화하고자 하는데, 이렇게 별도로 '후기 루카치'를 설정하는 것은 아직까지 충분히 알려지지도 해석되지도 않은 그의 후기 미학과 존재론의 이론적 가치를 부각시키고자 하는 의도에 따른 것이기도 하다. 이 책에서 나는 마르크스주의자로 전향하기 이전의 루카치를 '초기 루카치', "마르크스주의 수업시대"의 루카치를 '수업기 루카치', 제임슨이 "후기 루카치"라고 불렀던 1930년부터 1950년대 중반까지의 루카치를 '중기 루카치', 제임슨의 글에서 "최후의 루카치"로 표기된 그 이후의 루카치를 '후기 루카치'로 지칭하고, 이에 따라 그의 장편소설론도 '초기 장편소설론', '중기 장편소설론', '후기 장편소설론'으로 나누어 고찰할 것인데, 물론 이러한 시기 구분은 논의의 편의를 위한 성격이 강하기 때문에 다른 기준에 따라 다른 방식으로 이루어질 수도 있다. 어쨌든 나는 이러한 시기 구분에 입각해 중기 루카치의 저작들, 심지어 초기 루카치와 수업기 루카치의 저작들마저도 후기 루카치의 저작들에 비추어서만 완전히 파악될 수 있다고 주장하고 싶은데, 이러한 입장은 내가 루카치에 관해 쓴 첫 번째 책에서 이미 피력한 바 있다. 그때 한 말을 여기에 다시 한 번 적어본다.

> 이 글에서 루카치에 관한 이해의 폭을 넓히고 새로운 접근의 발판을 만들고자 하면서 강조한 지점은 그가 말년에 도달한 사상적 귀결점이다. 물론 그의 삶과 사유의 행로는 결코 단선적인 '목적론적' 이해를 허용하지 않는다. 그야말로 '부단한 갱신'의 참모습을 보여주기에 족한 것이 그의 역

정이기에 청년기 루카치나 『역사와 계급의식』의 루카치, 혹은 1930년대의 루카치도 각각 그 나름의 고유한 사유를 내포하고 있으며, 또 생산적인 대화를 나눌 수 있는 소지를 지니고 있다. 그렇다고 하더라도 루카치의 후기 사상이 그의 사상의 전모를 파악하기에 유리한 거점이 될 수 있다는 사실이 부인되는 것은 아니다. 루카치 사상의 발전 과정에서 포기된 것은 무엇이며 완숙된 것은 무엇인지, 단초로만 남아 있는 것은 무엇이며 끝까지 밀고나간 것은 무엇인지를 파악하기 위해서 그 과정의 귀결점에서 되돌아보는 것은 당연하고도 합리적인 접근법이다. 그럼에도 국내에서는 루카치의 후기 사상에 관한 연구가 거의 전무했다고 해도 과언이 아닌데, 이렇게 보면 한국에서 루카치는 떠들썩했던 수용에도 불구하고 정작 제대로 된 대접은 받지 못했다고 할 수 있다.[35]

혹시나 있을지도 모를 오해를 피하기 위해 거듭 강조하건대, 후기 작품의 지평에서 초기 작품을 본다고 해서 루카치 사유의 진화 과정을 성숙의 과정으로만, 그래서 초기 작품은 후기 작품의 미성숙한 전(前) 단계로만 봐야 한다는 뜻은 아니다. 루카치 사유의 진화 과정에는 불연속적 국면들이 있고 중단된 사유들도 있다. 루카치 스스로는 극복했다고 여기는 단계들에서도 후기 작품으로 온전히 '지양'될 수 없는 측면들, 그 자체로 생산적이고 계발적인 발상들이 추적되고 탐색될 수 있다. 그래서 초기부터 후기에 이르기까지 그의 사유를 순차적으로 추적하는 작업이 꼭 필요한데, 그렇다고 해서 최종적으로 도달한 지점에서 그곳까지의 도정을 조망할 수 있는 안목의 필요성이

35 김경식, 『게오르크 루카치: 과거와 미래를 잇는 다리』, 7쪽.

약화되는 것은 아니다. 더욱이 루카치의 후기 사상에 대한 연구가 부족한 한국의 지적 상황에서는 이러한 안목의 중요성을 한층 더 강조할 필요가 있다. 하지만 위 문장을 쓴 지 이십여 년이 지난 지금도 우리의 연구 상황은 전혀 바뀌지 않았다. 아니, 오히려 더 악화되었다. 루카치에 대한 전문적인 연구가 거의 사라져버린 가운데 가끔씩 소환되는 루카치는 다른 이론을 돋보이게 하는 어두운 배경화면 이상의 역할을 하지 않는 경우가 태반이며 이해가 부정확한 때도 자주 있다. 이러한 상황에서 루카치의 전(前) 마르크스주의 시기 장편소설론('초기 장편소설론')을 대표하는 『소설의 이론』뿐만 아니라 마르크스주의적 장편소설론 전체, 즉 1930년대에 집중적으로 제출된 '중기 장편소설론', 그리고 그것과 연속되면서도 차이를 포함하고 있는 '후기 장편소설론'까지 총괄적으로 고찰하는 본서는, 지금까지 국내외에서 이루어진 루카치 연구에서 비어 있었던 곳을 보완하는 학문적 의미를 갖는다. 나아가 루카치 문학론의 핵심을 조금 새로운 측면에서 재조명하는 장이 됨으로써 전체적 루카치, 온전한 루카치에 다가가는 데 기여할 수도 있으리라 본다. 그의 장편소설론 전체에 대한 연구는 그의 사상 전반을 이해하는 데에도 분명 도움이 될 것인데, 서사에 대한 그의 일관된 관심은 '새로운 인간'에 의해 이룩될 '새로운 세계'에 대한, 그의 한평생에 걸친 사상적 모색과 추구에 의해 궁극적으로 규정된 것이기 때문이다.

『루카치의 길: 문제적 개인에서 공산주의자로』에서 나는 이러한 모색과 추구를 루카치의 "근본적 지향으로서 '공산주의로 가는 길'"이라고 정식화한 바 있다. 그리고 그가 추구한 그 '공산주의'의 내실은 소련 및 동유럽에서 '체제'로 구현된, 그리하여 실패로 판명된 '역사적 공산주의'와는 달리 '자유 공생주의'로 요약될 수 있다고 했다.[36] 대다수 인간을 소외시키고 대다수 인간이 소외되는 과정으로 점철된 '소외의 인류사' 속에서 간헐적으로 표출되었던 해방의 힘들을 계승하고 발전시키는 가운데, 소외의 인류사가 절정에 다다른 현재의 자본주의 체제를 허무는 투쟁 행위와 '진정한 인류사'가 개시되는 새로운 세계를 만드는 창조 작업에 동참함으로써 스스로 자유롭게 되어가는 인간들, 투쟁과 창조의 활동 과정에서 생성되는 연대와 공감력을 통해 자본주의적 실존형식인 추상적 '개별특수성(Partikularität)'을 극복하고 진정한 자율적 개체성을 실현해가는 그 새로운 인간들이 중심이 되어 인간과 인간, 인간과 자연이 공생하는 세상을 만들어가는 과정을, 루카치가 추구한 '공산주의'의 요체로 본 것이다. 이러한 견지에서 봤을 때 공산주의자 루카치가 수십 년에 걸쳐 개진했던 문학이론과 문학비평은 그러한 방향으로 인간을 변화시키고자 하는 내재적 동력에 의해 추동된 작업이라 할 수 있다. 장편소설에 관한 그의 이론적 고찰 또한 예외가 아닐 터인데, 그의 철학이나 미학, 문학론 같은 것보다 훨씬 협소한, 장편소설론이라는 한정된 주제를 다루는 이 책에서, 오히려 그렇기 때문에 그의 근본적 지향이 좀 더 선명하게, 구체적으로 드러날 수 있기를 기대해본다.

한때 우리 문학계 한쪽에서 장편소설의 '종언' 혹은 '부흥'을 둘러싼 성찰과 모색이 전개된 적이 있는데,[37] 아쉽게도 의미 있는 통찰을 생

36 이와 관련해서는 김경식, 『루카치의 길: 문제적 개인에서 공산주의자로』, 산지니, 2018, 8~11쪽을 참고하라.

37 《창작과비평》 2007년 여름호에 수록된 특집 「한국 장편소설의 미래를 열자」에서부터 시작된 논의가 띄엄띄엄 이어졌는데, 대략 2010년부터 2013년 사이에 집중적으로 이

산하지는 못했다. 그 과정에서 고전적인 장편소설론을 재고할 필요성이 제기되면서 외국 이론가들의 논의를 다룬 연구 성과가 나오기는 했지만[38] 지금 우리 문학에 바탕을 둔 이론적 성과는 낳지 못했다. 문학에 대한 미학적 장르론적 연구가 더 이상 관심사가 아니게 된 학계의 상황, 또는 이론적 비평적 사유의 무능 탓도 있겠지만, 본격적인 사유 대상으로 삼을 만한 범례적인 작품들이 당장에 없는 것도 생산적인 논의로 발전할 수 없었던 한 가지 이유가 아닐까 싶다. 그런데 앞으로의 창작 여건도 현재 우리의 생활형식이 계속되는 한 결코 나아질 것 같지 않다. 우리 삶에서 장편소설의 의미 있는 영향력은 과거에 비해 점점 더 작아질 수밖에 없을 것이며, 장편소설을 수많은 오락거리 중 하나로 몰아대는 조건은 더욱더 강화될 것이다. 하지만 상황과 조건이 그렇다고 해서 장편소설 전체가 사소화되란 법은 없다. 삶의 실상, 삶의 진실에 대한 창조적 깨달음을 유발하는 고유한 예술적 역능을 가진 형식으로서의 장편소설에 대한 믿음을 가진 소설가들은 여전히 존재할 것이며, 그들이 드물게 빚어낸 성과에 기대어, 그러한 성취에 촉발되어, 인간의 삶에 대한 탐구를 이어가는 이론적 사유들도 사라지는 일은 없을 것이다.

장편소설이 사람살이에서 하는 역할이 축소되고 사소화되어가는 상황에 대한 절망의 사상적 표현은 가라타니 고진(柄谷行人)의 「근대문학의 종언」에서 읽을 수 있다.[39] 그런데 문학을 대하는 가라타니의

루어진 그 논쟁의 개요에 대해서는 계간 《자음과모음》, 2014년 봄호에 수록된 강경석의 글 「장편소설이라는 아포리아」를 참조하라.

38 『다시 소설이론을 읽는다: 세계의 소설론과 미학의 쟁점들』(황정아 엮음, 창비, 2015)과 『소설을 생각한다』(비평동인회 크리티카 엮음, 문예출판사, 2018)가 이에 해당한다.

이러한 입장은 그리 새롭지 않은데, 이미 19세기 초반에 헤겔이 제시한 '예술의 종언' 내지 '예술의 과거성' 테제를 그런 입장의 맨 앞자리에 있는 것으로 볼 수 있기 때문이다. 물론 헤겔에게는 예술만이 문제적일 뿐 현실 자체는 역사의 최종 국면에 도달한 것으로 긍정된다. 그리고 '예술의 종언'이라는 진단 자체도 예술의 '발전'(여기서 발전 개념은 가치 평가적 의미를 내포하지 않는다)을 부인하는 것은 아니었다. 그의 '예술의 종언' 테제는 예술이 점했던 시대적 중요성이 과거지사가 되었다는 진단이자 그가 설정한 이상적 미(美)의 실현 가능성이 소멸된다는 것을 말하는 것이지, 예술의 다양성의 증대, 예술의 발전을 부인하는 것은 아니었다.[40] 이렇게 보면—물론 극히 단순화해서 말하는 것인데—가라타니의 입론은 당대의 역사적 현실에 대해 긍정적이고 낙관적이었던 헤겔을 현실 비판적이고 비관적인 입장에서 '반복'한 것이라고 말할 수도 있겠다. '근대문학의 종언'을 선언한 그이지만 그 선언이 오락과 위안으로서의 문학은 계속 번창할 수 있다는 것을 부인하는 것은 아니며, 헤겔이 자기 시대를 철학의 시대로 설정했듯이 그가 문학의 영토를 떠나 '사상'의 길로 나아간 점은 이런 생각을 더욱 그럴듯하게 만든다.

헝가리의 사상가 루카치의 입장은 이 두 사람과는 다르다. 문학, 특히 장편소설이 지닌 위대성과 그 힘에 대한 그의 믿음은 흔들림이

39 가라타니에게 '근대문학의 종언'론은 무엇보다도 장편소설의 운명에 관한 담론이다. 그는 "근대문학의 종언은 근대소설의 종언"이라고 말하고 있다. 인용한 곳은 가라타니 고진, 「근대문학의 종언」, 『근대문학의 종언』, 조영일 옮김, 도서출판b, 2006, 56쪽.

40 박배형, 「헤겔 미학에 대하여」, 『헤겔 미학 개요: 「미학강의」 서론 해설』, 서울대학교 출판문화원, 2014, 39~45쪽 참조.

없다. 헤겔이 '예술의 종언'을 진단한 바로 그 시대에 가장 중요한 예술 형식으로서 장편소설이 생성·개화하며, 그것이 지닌 힘은 자본주의 사회에서는 물론 그 사회의 모순을 극복한 새로운 사회에서도 풍성하게 발현·발휘될 수 있다는 것이 그의 주장이다. 헤겔과 가라타니가 근대 사회 또는 자본주의 사회의 예술 내지 문학의 운명에 대해 '종언'이라는 도발적이자 단정적인 진단을 내리고 있다면, 루카치는 '종언' 대신에 '예술에 불리함'을 뜻하는 '예술적대성(Kunstfeindlichkeit)'이라는 문제 설정을 통해 그러한 '불리함'을 돌파할 수 있는 예술의 길을 모색하고 주창하기를 멈추지 않았다.[41] 루카치는 헤겔과는 달리 자기 당대의 현행적 상황에 대해서는 비관적이되, 가라타니와는 달리 인류의 미래에 대해서는 낙관하는 그런 자세, 그가 말한 "세계사적 낙관주의"[42] 또는 "전망과 연관된 낙관(Zuversicht in Bezug auf die Perspektive)"[43]을 끝까지 견지하면서 암울한 현재와 맞서 싸우기를 생애 마지막 순간까지 멈추지 않았다. 그리고 그 싸움에서 문학이 중요한 역할을 할 수 있고 또 해야만 한다는 소신도 굽히지 않았다. 바로 이러한 '반시대적' 자세와 소신이야말로 인류의 종말보다 자본주의의

41 이와 관련된 좀 더 자세한 논의는 김경식, 『루카치의 길: 문제적 개인에서 공산주의자로』, 134~147쪽을 참고하라.

42 Georg Lukács, "Das Problem der Perspektive"(1956), *Georg Lukács, Schriften zur Literatursoziologie*, ausgewählt und eingeleitet von Peter Ludz, Neuwied·Berlin: Luchterhand, 1961, 257쪽.

43 루카치가 1961년 1월 23일 프랑크 벤젤러(Frank Benseler)에게 보낸 편지에서. 인용한 곳은 "Briefwechsel zur Ontologie zwischen Georg Lukács und Frank Benseler", *Objektive Möglichkeit. Beiträge zu Georg Lukács' "Zur Ontologie des gesellschaftlichen Seins"*, Rüdiger Dannemann·Werner Jung 엮음, Opladen: Westdeutscher Verlag, 1995, 73쪽.

종말을 상상하기가 더 어렵게 된 현재의 '상징계'에서 루카치가 설 자리를 더 옹색하게 만드는 원인 중 하나일 것이다. 하지만 인류의 공멸을 막기 위해서라도 현재의 자본주의(그리고 이와 연루된 '현실사회주의')와는 다른 세상을 모색하고 그런 세상을 사는 인간의 힘을 키워나가야 한다면, 그리고 그러한 모색과 힘의 증대를 — 예술가의 자기의식 유무와는 무관하게 — 소명으로 하는 예술의 길을 포기하지 않는다면, 루카치의 장편소설론은 결코 망각해서는 안 될 이론적 유산으로, '과거와 미래를 잇는 다리'로 남아 있을 것이다.

물론 그 '다리'는 '다리들' 중 하나이다. 현실 자체가 그렇듯이 역사적으로 존재했으며 또 지금도 창작되고 있는 장편소설 또한 그것에 다가가는 하나의 특권적 이론을 용납하지 않는다. 다중성과 역동성, 현재성과 지속성을 그 자체의 본질적 속성으로 가지는 예술의 한 갈래로서의 장편소설의 세계를 제대로 탐사하기 위해서는 여러 각도에서 그린 길들이 포개져 구성되는 입체적인 지도가 필요하다. 본서가 루카치의 장편소설론을 통해 개진하고자 하는 길은 그런 길들 가운데 하나로서, 지금껏 꽤 많은 이들에 의해 탐색되었지만 여전히 다시 또는 새로 탐사할 여지가 있는 길이다. 아니, 미적 평가와 판단이 '상대주의적이고 개별특수주의적인 취향(der relativistisch-partikularistische Geschmack)'의 문제로 치부되고 문학 연구나 비평은 쇄말주의와 전문가주의에 의해 주도되는 것이 지금 한국의 주된 지적 경향이기에, 루카치가 이론적 자기쇄신을 거쳐 제시한 그 길, 유물론적이고 역사적인 총체적 사유의 소산인 미학적 길의 필요성은 오히려 더 커졌다고 주장하고 싶다. 이른바 '소설의 위기'로 논의되곤 하는 현상은 단순히 문학 내적인 문제가 아니라 지금 인류가 봉착한 거대한 복합적 위기의 한 증후로 읽힐 수 있다. 지금 인류는 문화와 가치의 위기, 인간다운 삶의 위기, 심지어 인류 생명 전체의 위기를 운위해도 그리 큰 과장으로 들리지 않을 형국에 처해 있다. 상황이 이러하다면 지금이야말로 이러한 대위기를 직시하고 극복할 수 있는 '큰 생각'이 요구되는 시대라 할 수 있겠는데, 장편소설에 관한 사유 또한 그런 큰 생각의 일환으로 이루어지기를 요청받고 있지 않은가. 현실은 정반대의 길을 가고 있는 듯이 보이지만, '흐름을 거스르는' 사유는 언제나 있기 마련이며, 그런 사유에게 루카치의 장편소설론은 여전히 의미 있는 한 가지 참조점이 될 수 있을 것이다.

앞에서 사용한 '중기 장편소설론'이니 '후기 장편소설론' 같은 말을 보면 알 수 있듯이 루카치의 장편소설론은 하나가 아니다. 소련과 동유럽의 현실사회주의의 붕괴와 더불어 루카치의 사유가 급속도로 망각되어간 상황 속에서도 여전히 새로운 독자를 만나고 있는, 그의 저작들 중 거의 유일한 작품인 『소설의 이론』에서 개진된 소설론('초기 장편소설론')과, 그가 공산주의자로 전향한 뒤 십여 년에 걸친 '마르크스주의 수업시대'를 끝내고 '성숙한 마르크스주의 시기'에 접어든 이후 전개한 소설론—「소설(Der Roman)」(1934/1935) 및 이에 딸린 글들, 그리고 「소설」을 둘러싼 논쟁에서 제기된 문제들에 대한 답변을 포함하고 있는 「서사냐 묘사냐?」(1936)와 『역사소설(*Der historische Roman*)』(1936/1937)로 대표되는 '중기 장편소설론'—사이에는 사유의 의미구조를 제공하는 세계관과 역사관, 인간관과 미학적 입장에서 근본적인 차이가 있다. 또한 스탈린 체제의 일국사회주의 노선에 건 희망과 집단적 주체로서의 프롤레타리아계급의 혁명성에 대한 믿음이 아직 가슴속에 살아 있었던 1930년대 중반의 루카치가 시도한 이 '중기 장편소설론'과 스탈린주의의 극복과 만신창이가 된 마르크스주의의 재구축을 위해 마지막 열정을 쏟았던 1960년대의 루카치가 제시한 새로운 소설론의 단초—특히 『솔제니친(*Solschenizyn*)』(1971)에서 그 싹이 제시된 '후기 장편소설론'—사이에도 간과할 수 없는 차이가 보인다. 그리고 이 모든 차이에도 불구하고 그 속에 관류하는 연속성 또한 엄연히 존재한다.

본서에서 우리는 루카치의 그러한 장편소설론'들'을 전체적으로 살펴보고자 하는데, 일차적인 목표는 그의 장편소설론들을 최대한 충실히 '이해'하는 것이다. '이해'에는 당연히 해석자의 생각, 해석자의 선입견이 작용하는데, 루카치의 텍스트라는 '물질적' 자료가 자의적인 이해에 제동을 거는 최소한의 방어막이 되어줄 것이다. 텍스트 자체를 존중하면서 그 텍스트를 지금 가능한 한도 내에서 최대한 이해해보려는 시도인 본서는, 루카치의 장편소설론에 초점을 맞추고 있지만 독자들이 루카치의 지적인 진화 과정을 따라갈 수 있도록 각 장 전후에 루카치 사유의 발전 과정을 짧게 서술할 것이다. 이렇게 하면 각 장편소설론이 놓인 역사적 이론적 맥락을 이해하는 데 조금이나마 도움이 되리라 생각한다.

제1부는 『소설의 이론』에 대해 고찰한다. 한국에서 루카치의 저작들 대부분은 지난 1990년대 이후 거의 '망각'되고 말았지만 『소설의 이론』만은 여전히 대중성마저 지닌 고전적 텍스트 취급을 받고 있다. 사실 이 텍스트는 유럽의 근대 장편소설을 다루는 역사적 미학적 이론의 계보에서 일종의 '원천'을 이루는 것이니만큼 서양의 근대 장편소설을 연구하는 사람이라면 읽을 수밖에 없는 책이다. 게다가 루카치를 이해하기 위해서도 꼭 읽어야 할 텍스트인데, 전(前) 마르크스주

의 시기의 루카치를 '결산'하는 책이자 그 이후 루카치가 나아간 방향을 예측케 하는, 루카치에게 있어서는 일종의 사상적 변곡점을 이루는 책이기 때문이다. 이처럼 중요한 텍스트이지만 유감스럽게도 이 책은 몹시 난해하다. 이 책은 전반적인 정조와 시적인 문체 때문에 어느 정도 대중성을 갖지만 이 책을—그것도 번역서를 통해서—'이론적'으로 독파하기란 결코 쉬운 일이 아니다. 여기에서 나는 지금까지 피상적인 개괄이나 단편적이고 자의적인 인용에 그쳤던 『소설의 이론』 수용 수준을 딱 한 단계 정도 끌어올리는 것으로 '만족'하고자 한다. 『소설의 이론』에 대한 보다 정밀한 분석과 비판적인 해석은 차후의 과제로 남겨두고, 여기에서는 텍스트의 골자를 이해하는 데 초점을 맞출 것이다.

'성숙한 마르크스주의 시기' 루카치의 장편소설론을 다루는 제2부는 '리얼리즘의 승리' 문제에 대한 루카치의 사유를 고찰하는 것으로 시작한다. 엥겔스의 '리얼리즘의 승리' 명제에 기대어 루카치가 개진하고 있는 '리얼리즘의 승리론'은 고유한 리얼리즘 개념을 그 전제로 포함하고 있다. 따라서 '리얼리즘의 승리론'에 관한 우리의 고찰은 중기 루카치의 리얼리즘관을 보다 포괄적인 맥락에서 이해할 수 있게 하는 경로가 될 수 있다. 그것은 또한 그의 장편소설론에 대한 이해를 풍부하게 하는 데에도 도움이 될 수 있는데, 그도 그럴 것이 엥겔스의 그 명제가 애초에 장편소설을 대상으로 제시되었듯이 루카치가 말하는 '리얼리즘의 승리' 또한 기본적으로 장편소설에서 이룩되는 일이기 때문이다. 엥겔스의 '리얼리즘의 승리' 명제에 대한 루카치의 이해와 자기화 방식은 그가 그 명제를 처음 접했던 1930년대 초부터 말년에 이르기까지 조금씩 변해간다. 그렇기 때문에 '리얼리즘의 승리' 문제에 대한 그의 논설들이 전개되어나가는 과정을 살펴보면 그의 마르크스주의 문학론의 주안점이 바뀌어가는 양상의 일면까지 엿볼 수 있을 것이다.

이러한 포괄적 바탕 위에서 루카치의 중기 장편소설론을 고찰할 것인데, 이때 초기 장편소설론과의 비교도 이루어질 것이다. 루카치의 초기 소설론과 중기 소설론은 미학적 현상과 역사적 조건을 통일적으로 사유하는 점에서나, '큰 서사문학(die große Epik)'이라는 범주 아래에서 장편소설을 고찰하는 이론적 구도에 헤겔 미학이 끼친 영향이 지대하다는 점에서나 많은 유사성을 지닌다. 하지만 두 소설론을 같이 놓고 보면 서로 다른 역사관, 즉 종말론적 역사관과 발전사적 역사관이 장편소설에 대한 미학적 파악과 장편소설의 발전사에 대한 이해에서 어떤 차이를 낳는지, 미적인 것과 역사적인 것을 종합하고자 하는 동일한 이론적 지향이 관념론에 근거할 때와 유물론에 근거할 때 어떠한 차이를 낳는지가 확연히 드러난다. 여기에서는 초기 장편소설론과의 대조를 통해 드러나는 중기 장편소설론의 기본적인 특징을 서술하는 가운데 루카치의 중기 장편소설론의 방법론과 이를 통해 파악된 장편소설 형식의 기본 원리들을 이해하는 데 집중할 것이다.

이어서 다룰 루카치의 후기 장편소설론은 하나의 '이론'으로 전개된 것이라 보기는 어렵다. 생애 말년에 자본주의 체제와 사회주의 체제가 동시에 위기에 봉착함으로써 열린 새로운 역사적 지평 속에서 새로운 이론적 안목으로 장편소설을 재조명하는 과감한 시도를 개시하기는 했지만, 그러한 시도를 장편소설에 대한 새로운 '이론'으로 발전시킬 시간이 그에게는 남아 있지 않았다. 우리가 루카치의 후기 장편소설론을 파악할 때 중심 텍스트로 고찰할 『솔제니친』에 수록된 「솔제니친의 장편소설들(Solschenizyns Romane)」(1969)을 집필하고 불과 이 년 뒤인 1971년에 그는 세상을 떠났다. 하지만 『솔제니친』, 그중에서도 특히 「솔제니친의 장편소설들」에는 『미적인 것의 고유성』에서 종합된 그의 미학적 입장과 그가 1960년대 내내 매진한 마르크스주의 존재론의 사유가 스며들어 있다. 미학과 존재론을 집필하는 과정에서 루카치는 헤겔의 목적론적 역사철학의 영향이 강하게 배어 있었던 마르크스주의 역사이론 전체를 재구축하게 되는데, 그 결과 그의 장편소설론도 중기 장편소설론이 크게 의존했던 헤겔 미학의 틀에서 많이 벗어나게 된다. 변화된 역사적 조건에서 미학과 존재론 작업을 통해 획득한 새로운 이론적 안목과 개념들을 통해 루카치는 지난 시기에 자신이 구축했던 문학론과 장편소설론 일부를 역사화하고 상대화하기에 이르는데, 그 결과 개별 작가에 대한 평가도 그 이전과 상당히 달라지는 대목들이 적지 않다. 예컨대 '중기 루카치'에서 '후기 루카치'로 이행하는 과정에 쓰인, 1957년에 이탈리아어로 처음 출판된 『비판적 리얼리즘의 현재적 의미(*Il significato attuale del realismo critico*)』(독일어판은 1958년에 『오해된 리얼리즘에 반대하여(*Wider den mißverstandenen Realismus*)』라는 제목으로 서독에서 출판)에서 이루어진 프란츠 카프카(Franz Kafka)에 대한 평가와 1960년대 루카치의 카프카 평가는 다르다. 그렇다고 해서 1930년대 초부터 1950년대 중반까지 루카치가 제시한 마르크스주의 문학론·소설론과 『솔제니친』 사이의 불연속성만 일방적으로 강조될 수는 없다. 마르크스주의로 전향하기 전에 집필된 『소설의 이론』과 1930년대에 제출된 마르크스주의 장편소설론 사이에서도 연속성을 확인할 수 있는데, 하물며 동일한 세계관. 즉 마르크스주의적 입장에서 개진된 중기 장편소설론과 후기 장편소설론 사이에 연속성이 관류하지 않을 수 없다. 하지만 이러한 연속성은 일정한 변형을 겪는 식으로 관철되는데, 우리는 동일한 마르크스주의적 입장에서 개진된 두 가지 장편소설론 사이의 '통일성과 차이의 통일성'을 포괄적으로 고찰하고자 한다.

마지막 장인 「종장」에서는 앞서 논의한 내용들을 요약하는 대신 루카치의 일생 전체에 걸친 사유의 진화 과정을 '연속성과 불연속성의 통일'이라는 루카치의 자기이해를 통해 살펴보는 가운데 루카치 수용의 문제점을 간단히 짚어볼 것이다. 이어서 루카치 수용의 열린 가능성을 타진하고 루카치가 남긴 '마지막 문장'을 음미하는 것으로 대단원의 막을 내릴 것이다.

제1부

루카치의
초기
장편소설론

제1장
초기 루카치와 『소설의 이론』

1. 『소설의 이론』 신판 「서문」

1958년 1월, 2차 세계대전의 결과로 분단된 독일의 반쪽 서독에서 루카치의 책이 처음 출간되었다. 종전 후 그의 모국인 헝가리에서는 물론 분단된 독일의 다른 반쪽인 동독에서도 그는 '마르크스주의의 교사'로 여겨졌으며 그가 쓴 글들이 잇달아 출판되었다. 하지만 1956년 10월에 일어난 헝가리 민중봉기 이후 상황은 딴판이 되고 말았다. 봉기의 여파로 이 두 나라에서는 그의 글은 물론 그의 이름마저도 비방할 목적이 아닌 한에서는 더 이상 거론할 수 없게 되었다. 이렇게 그가 동독에서 완전히 축출되고 나서야 비로소 서독은 그를 공론장에 등장시킬 수 있었는데, 그렇게 처음 출간된 책이 『오해된 리얼리즘에 반대하여』이었다.

1955년 가을에 강연을 위한 자료로 초안이 작성된 이 책은 1956년

9월에 최종 완성되어 출판을 기다리고 있었다. 하지만 곧이어 헝가리 민중봉기의 물살에 휩쓸린 루카치는, 그 봉기를 진압한 소련 당국에 의해 루마니아로 추방되어 약 반년간 그곳에서 억류 생활을 해야만 했다(1956년 11월 22일~1957년 4월 11일). 일체의 정치적 활동을 하지 않는다는 조건으로 귀국한 이후 헝가리와 동독에서는 더 이상 출판이 불가능했기 때문에 이 책은 헝가리어도 독일어도 아닌 이탈리아어로 처음 발간되었다. 1957년 이탈리아의 토리노에서 『비판적 리얼리즘의 현재적 의미』라는 제목으로 출간된 이 책의 독일어판은, 이제 동독이 아닌 서독의 클라센 출판사에서 『오해된 리얼리즘에 반대하여』라는 제목을 달고 세상에 나왔다. 이후 1960년대에 들어와 서독에서는 루카치의 텍스트들이 연이어 출판되는데, 그중 특기할 것은 독일 출신 사상가 테오도르 아도르노(Theodor Adorno)나 발터 벤야민(Walter Benjamin)을 위해서도 아직 준비되지 않았던 저작집이 발간되기 시작한 일이다. 독일어판 루카치 저작집 발간은 이미 헝가리 민중봉기 전부터 구상되었던 일인데, 이것이 서독의 루흐터한트 출판사를 통해 현실화됨에 따라 그 첫 번째 책으로 제9권 『이성의 파괴(*Die Zerstörung der Vernunft*)』가 1962년에 출판되었다. 이후 루카치 저작집 발간을 계속했던 루흐터한트 출판사는 루카치에게 『소설의 이론(*Die Theorie des Romans*)』을 단행본으로 재출판할 것을 권유했는데, 당시 그는 『소설의 이론』을 자신의 사상적 진화 과정에서 이미 극복한 시기의 산물로 여겼기 때문에 출판을 썩 내켜하지는 않았다. 주저하던 끝에 마침내 재출판을 결정한 그는 1963년에 발간된 『소설의 이론』 신판을 위해 책 맨 앞에 자기비판적인 성격을 띤 긴 「서문」을 붙였다.

『소설의 이론』 신판 「서문」은 1962년 7월에 쓰였다. 이 글이 근 반세기 전에 쓴 자신의 글에 대해 심히 비판적인 내용을 담고 있지만 그렇다고 해서 일각에서 말하듯 헝가리 정부의 눈치를 보고 쓴 글은 아니었다. 이 무렵 그는 헝가리 내에서 요주의 인물로 공적 활동은 물론이고 출판마저도 금지된 상황에서 연구와 집필만 할 수밖에 없는 처지에 있었다.[1] 하지만 국외로 '밀반출'되는 글에서는 자신의 목소리를 담을 정도의 상황은 되었다. 당시 헝가리 정부에게 루카치는 "삼킬 수도 뱉어낼 수도 없"는 "목구멍에 걸린 가시"[2] 같은 존재였다. 다시 마르크스로 돌아가자고 일관되게 주장하고 레닌의 중요성을 역설하는 사상가를, 마르크스-레닌주의를 표방하는 국가가 공공연히 '뱉어버리기'란 곤란한 일이었다. 뿐만 아니라 이미 그는 헝가리 정부가 함부로 '처리'할 수 없을 정도의 명망과 위상을 지닌 국제적 인물이 되어 있었다. 그렇다고 해서 그를 그냥 '삼킬' 수도 없었는데, 그의 주장은 당시 헝가리 정부로서는 도저히 감당할 수 없을 정도로 급진적이었기 때문이다. 루카치는 자신의 이러한 위치를 잘 알고 있었으며, 그 위치를 활용하여 서독과 이탈리아 등으로 자신의 글을 "편안한 마음으로 밀수"[3]하는 일을 계속했다. 『소설의 이론』 신판 「서문」도 그렇게 '밀반출'한 글 중 하나이다.

1918년 12월 중순 헝가리 공산당에 입당한 이후 루카치는 자신의 과거와 철저히 단절하고자 했다. 루카치에게 전(前) 마르크스주의 시

1 이 시기 루카치가 처해 있었던 상황에 관해서는 본서 제7장 「후기 루카치와 장편소설론」 1절에서 조금 더 자세하게 다루었으니 참고하라.

2 이슈트반 외르시, 「마지막 남긴 말의 권리」, 『삶으로서의 사유: 루카치의 자전적 기록들』, 게오르크 루카치 지음, 김경식·오길영 편역, 산지니, 2019, 19쪽.

3 게오르크 루카치, 「삶으로서의 사유: 게오르크 루카치와의 대담」, 같은 책, 294쪽.

기에 쓴 글들은 오로지 비판과 극복의 대상일 뿐이었다. 『소설의 이론』도 그러한 대상 중 하나였는데, 가령 1938년에 발표한 「문제는 리얼리즘이다(Es geht um den Realismus)」에서 루카치는 『소설의 이론』에 대해 "관념론적 신비주의로 가득 차 있고 역사적 발전 과정을 평가하는 데 있어서도 오류투성이인지라 모든 점에서 반동적인 작품"(4:334)이라고 혹평한 바 있다. 후기로 가면서 자신의 초기 저작에 대해 점점 더 관대해지기는 하지만 1962년에 쓴 「서문」에서도 기본적으로 비판적이기는 마찬가지였다. 이런 비판적 거리두기는 「서문」에서 『소설의 이론』 저자에 대해 '나'라고 하지 않고 '저자'라고 지칭하는 데에서도 확인된다. 그런 가운데에서도 『소설의 이론』이 장편소설론과 관련해 이룬 성취를 은근히 말하기도 하는데, 한 예로 '시간'의 문제를 소설론에 도입한 것을 말하는 대목을 들 수 있다.[4] 하지만 책에 대한 전체적 평가에서는 대체로 부정적인데, 「서문」 말미에서 루카치는 독자들에게 이 책을 '단호히 거부'할 것을 권한다. 1920~1930년대의 주요 이데올로기들의 전사(前史)를 아는 데에는 얼마간 도움이 될 수 있겠지만 방향을 잡기 위해 이 책을 읽으면 '방향 상실'만을 초래할 뿐이라는 것이다(19).

그 후 지금까지 인류의 역사는 「서문」에서 루카치가 올바른 방향이라고 생각한 것과 닿아 있는 쪽으로 나아가지 못했다. 그가 삶의 터전으로 삼았던 '현실사회주의'는 긍정적 유산을 찾기에는 너무 부정적인 방향으로 고착되어 갔으며, 그 체제가 붕괴된 지 삼십여 년이

4 게오르크 루카치, 『소설의 이론』, 김경식 옮김, 문예출판사, 2007, 9쪽 참조. 본서 제1부에서는 이 책에서 인용할 경우 본문에 쪽수를 병기한다. 표현을 바꾼 곳이 여럿 있는데, 오역을 바로잡은 것이 아닌 이상 이를 따로 밝히지 않는다.

지난 현재 우리는 그 체제를 실제로 그랬던 것보다 더 부정적으로, 오로지 부정적으로만 보게 만드는 문화적 이데올로기적 환경 속에서 살아가고 있다. 루카치가 생각한 올바른 방향과는 정반대의 경향이 더욱 힘을 더해간 것이 루카치 사후 지금까지의 역사였다고 할 수 있는 것이다. 이러한 조건에서 마르크스주의자이자 공산주의자로서의 루카치의 작업이 빛바랜 역사적 유물 취급을 받는 것은 어쩌면 당연한 일일 것이다. 이에 반해 바로 그 루카치가 방향 상실만을 낳을 뿐인 글이라 자평한 전(前) 마르크스주의 시기의 작품『소설의 이론』은, 아직 안착할 곳을 찾지 못한 '문제적 개인'의 절실한 모색에 따른 깊고 섬세한 사유와, 철학적 담론으로서는 희귀한—반체계성을 의도적으로 지향하는, 그래서 '철학의 미학화', '철학의 에세이화'를 낳은 포스트모던한 철학 담론에게는 기꺼운—시적 문체, 이탈리아 출신의 저명한 문학이론가 프랑코 모레티(Franco Moretti)가 "다시는 반복되지 않을 기적"이라고 한 그 "에세이의 스타일"의 힘으로 독자들과의 만남을 계속 이어가고 있다. 노발리스(Novalis)의 '아름다움'과 막스 베버(Max Weber)의 '지식' 간의 불협화를 스타일의 엄청난 형성력으로 해소하고자 한『소설의 이론』과 달리 "문학이론의 미래"는 이 근본적 불협화를 해소하려 하지 않고 그대로 받아들이는 데 있을 것이며, 따라서『소설의 이론』의 스타일은 "문학이론의 미래"를 위해서는 "다시 반복되어서는 안 될" "기적"이라는 것이 모레티의 생각이긴 하지만,[5]

5 참고하고 인용한 곳은, 프랑코 모레티,「루카치의『소설의 이론』에 대하여」, 강동호 옮김,《문학과사회》114호, 2016년 여름, 190쪽. 원문에 따라 번역을 약간 바꾸었다. 원문은 Franco Moretti, "Lukács's *Theory of the Novel*", *New Left Review* 91호, 2015년 1/2월) 모레티가 바랄 법한 "문학이론의 미래"는 아마도 과학주의적 방법론에 입각한

『소설의 이론』이 루카치의 저작 중 가장 많은 독자가 여전히 찾아 읽고 있으며 앞으로도 읽게 될 작품임은 분명해 보인다.

2. 『소설의 이론』의 발생사와 영향

1) 『소설의 이론』의 발생사

루카치는 1885년 4월 13일 오스트리아-헝가리 이중군주국 시절의 헝가리 부다페스트에서 태어났다. 헝가리에 동화된 유대인으로서 자수성가하여 헝가리 일반신용은행의 은행장이자 황실의 추밀 고문관이 된 아버지 요제프 뢰빙게르(József Löwinger)와 오스트리아 빈의 부유한 유대인 집안 출신이었던 어머니 아델레 베르트하이머(Adele Wertheimer) 사이에서 2남 1녀 중 둘째로 태어났을 때 그의 이름은 죄르지 베르나트 뢰빙게르(György Bernát Löwinger, 헝가리어 어순으로 표기하면 Löwinger György Bernát)였다. 하지만 1890년 부친이 유대인의 성(姓)인 '뢰빙게르'를 헝가리인의 성 '루카치'로 바꾸고 1899년 귀족 칭호를 받게 됨에 따라 루카치의 이름은 '세게디 루카치 죄르지 베르나트(Szegedi Lukács György Bernát)(독일어로 표기하면 Georg Bernhard Lukács von Szegedin)로 바뀐다. 독일에서 1911년에 발간된 『영혼과 형식(*Die Seele und die Formen*)』을 보면 저자의 이름이 "게오르크 폰 루카

길일 것이다. 실제로 그는 생물학적 진화론을 문학에 적용하여 장편소설 형식의 진화 과정을 '객관적'으로 관찰·분석하고 유형화하는 작업을 시도하고 있다.

치"라고 적혀 있는데, 1918년 12월 헝가리 공산당에 입당한 이후 발간된 루카치의 저작에서는 귀족 집안 출신임을 나타내는 '폰(von)'은 더 이상 사용되지 않는다.

개신교 계통의 김나지움에 재학 중이던 열일곱 살에 연극평을 발표하면서 공개적인 집필 활동을 시작한 루카치가 맨 처음 쓴 책은 『근대 드라마의 발전사(*Entwicklungsgeschichte des modernen Dramas*)』였다. 이 책의 초고는 1906~1907년 베를린에서 헝가리어로 집필되었다. 루카치는 이 초고를 1908~1909년에 대폭 수정하여 1911년 두 권의 책으로 출판한다(*A modern dráma fejlődésének története*).[6] 한편 루카치는 이 책의 초고 집필이 끝난 무렵부터 일련의 에세이들을 집필하기 시작하는데, 1907년에 집필하여 1908년 《서구(*Nyugat*)》에 처음 발표한 「낭만주의적인 삶의 철학: 노발리스(Zur romantischen Lebensphilosophie: Novalis)」를 필두로 하여 연이어 쓴 에세이들은 두 권의 책으로 묶였다. 1910년에 헝가리어본이, 1911년 11월에 독일어 증보판이 나온 에세이집 『영혼과 형식』, 그리고 1913년에 부다페스트에서 헝가리어로 출판된 에세이집 『미적 문화(*Esztétikai kultúra*)』가 그것이다. 이 두 책에 실린 글 대부분은 『근대 드라마의 발전사』 초고에 대한, 개작에 가까운 수정 작업을 하던 와중에 쓰였기 때문에, 이 세 권의 책에 수록된 글들은 거의 같은 시기에 집필된 것으로 봐도 무방하다. 이 시기(1908~1911년)를 루카치는 말년에 쓴 자서전 초고 「삶으로서의 사유(Gelebtes Denken)」에서 "에세이 시기"라고 지칭하고 있는데, 그 지칭

6 독일어 번역본은 루카치 사후 십 년 뒤인 1981년에 『게오르크 루카치 저작집』 제15권으로 출판되었다.

은 에세이와는 성격이 다른 일종의 문학사회학적 저작인 『근대 드라마의 발전사』까지 담기에는 일면적인 게 사실이다. 이런 점에서 루카치의 제자였던 죄르지 마르쿠시(György Márkus)가 루카치의 전(前) 마르크스주의 시기 저작 전체에서는 **"형이상학적 실존적 분석과 역사적 분석의 지속적인 병행 상태"**[7]가 발견된다고 한 것은 설득력이 있는 말이다. 하지만 루카치 자신은 이와는 조금 다른 측면에서 자신의 지적 진화 과정을 설명하는데, 1968년에 집필한 「예술과 사회(Művészet és társaldom)」[8]에서 노년의 루카치는 『근대 드라마의 발전사』에서 『영혼과 형식』을 거쳐 『소설의 이론』으로 이어지는 과정을 추상적인 사고가 점점 더 구체성을 향해 나아간 것으로 서술한다.

루카치의 회고에 따르면 『근대 드라마의 발전사』의 방법론은 당시 헝가리에서 이루어지던 문학사 연구의 지배적 경향들과 명백히 대립하는 것이었다. 당시 대학에서 지배적이었던 공식적 관점은 텐느주의적인 실증주의조차도 거의 혁명적인 것으로 여길 정도로 보수적이었다면, 이러한 공식적 관점에 반대하는 사람들 다수는 이폴리트 아돌프 텐느(Hippolyte Adolphe Taine)의 영향 하에 있었다고 한다.[9] 『근대 드라마의 발전사』뿐 아니라 당시 루카치가 쓴 에세이들도 이 두 경

7 György Márkus, "Die Seele und das Leben. Der junge Lukács und das Problem der 'Kultur'", *Die Seele und das Leben. Studien zum frühen Lukács*, Agnes Heller 외 엮음, Frankfurt am Main: Suhrkamp, 1977, 124쪽. 강조는 마르쿠시.

8 「예술과 사회」는 1910년부터 1960년까지 반세기 동안 루카치가 쓴 글 중에서 몇 편을 뽑아 묶은 『예술과 사회(*Művészet és társaldom*)』(Budapest: Magreto, 1968)의 「서문」으로 쓴 글이다. 참조하고 인용한 글은 이 글을 영어로 옮긴 "Art and Society" (*Mediations* 제29권 2호, 2016년 봄)이다.

9 Georg Lukacs, "Art and Society", *Mediations* 제29권 2호, 2016년 봄, 7쪽.

향과는 대립하는 것이었는데, 그렇다고 해서 마르크스주의와 결합된 것은 아직 아니었다. 김나지움에 재학 중일 때부터 마르크스를 읽어 왔기 때문에 마르크스주의의 영향이 전혀 없진 않았지만 그 당시 루카치의 마르크스 이해는 게오르크 지멜(Georg Simmel)의 철학과 사회학에 큰 영향을 받은 것으로서, 마르크스를 뛰어난 사회학자로 이해하는 수준에 머물러 있었다. 「예술과 사회」에서 루카치는 당시 자신이 쓴 글들은 "부르주아 관념론적인 성격"을 지닌 것이라 자평하면서 다음과 같이 말한다.

> 내 글들의 부르주아 관념론적인 성격은, 사회와 문학 사이의 직접적이고 실재적인 연관들을 출발점으로 삼지 않고 오히려 이 문제를 다루는 분과 학문들 — 사회학과 미학 — 의 종합을 개념화하고 의식적으로 만들어내려고 시도했다는 사실에서 나타났다.[10]

이러한 인위적 작업에서 "추상적 구성물들"이 생겨났는데, 『근대 드라마의 발전사』가 "추상적인 사회학적 성질"을 띤 것이라면, 『영혼과 형식』은 추상적이기는 마찬가지지만 전자와는 "반대 방향에서 추상적인 철학적 일반화"에 의거한 것이었다고 한다.[11] 하지만 그런 가운데에서도 "구체적인 것을 향한 작업"은 약간의 진전을 이루었는데, 『영혼과 형식』 헝가리어본 출판 이후에 집필되어 독일어본에 추가 수록된 「비극의 형이상학: 파울 에른스트(Metaphysik der Tragödie: Paul

10 같은 책, 7~8쪽.
11 같은 책, 8쪽

Ernst)」에서 "인간의 특정한 전형적 행위형식들의 내적 구조와 일반적인 성질을 이해하려는, 그리고 삶의 갈등을 묘사하고 분석함으로써 그 행위형식들을 문학적 형식들과 연결하려는 시도"를 한 점에서 구체적인 것을 향한 진일보가 이루어졌다고 한다.[12] 하지만 이러한 접근 방식에도 불구하고 「비극의 형이상학: 파울 에른스트」는 여전히 비극의 성질을 실제 역사적 사건과 많이 분리하고 있는데, 여기에서 "구체적인 내용의 방향으로" 한걸음 더 나아간 것, "이미 훨씬 더 분명하게 역사의 철학으로서의 성질"을 띠게 된 것이 바로 『소설의 이론』이었다는 것이 루카치의 설명이다.[13]

『소설의 이론』은 무엇보다도 1차 세계대전의 산물이다.[14] 전쟁 발발 전 루카치는 베를린 유학 시절을 거쳐 1912년부터 정착하게 된 독일 하이델베르크에서 교수 자격을 취득하기 위한 미학 논문을 집필하고 있었다. 하지만 1914년 여름에 발발한 전쟁은 루카치로 하여금 순수한 학술 작업인 미학 집필에 집중할 수 없게 만들었다.

그는 전쟁 초기부터 전쟁에 반대하는 입장을 가지고 있었다. 하지만 루카치와 마찬가지로 유럽의 근대 문명이 초래한 과도한 합리주의와 지나친 개인주의, 소외와 개별화(Vereinzelung)에 환멸을 느끼고 있었던 루카치 주위 독일 지식인 다수의 입장은 달랐다. 전쟁이 격화되고 장기화되면서 입장을 바꾼 사람들도 있었지만 전쟁 초기에는

12 같은 곳.

13 같은 책, 9쪽.

14 2절 1)의 아래 부분과 3절은 김경식, 『루카치의 길: 문제적 개인에서 공산주의자로』(산지니, 2018)에 수록된 「루카치의 전(前) 마르크스주의적 사상의 측면들: 『소설의 이론』을 중심으로」의 일부 내용을 이 책의 구성과 내용에 맞게 수정 및 보완하고 재구성한 것임을 밝혀둔다.

대부분이 서유럽의 합리주의·개인주의·민주주의 문명에 맞서 독일이 수행하는(수행한다고 선전된) 전쟁을 지지하거나 용인했다. 루카치가 쓴 첫 번째 책 『근대 드라마의 발전사』의 이론적 배경을 제공했던, 그리하여 루카치가 직접 베를린 대학에 가서 강의를 듣고 사적인 세미나도 함께 했던 게오르크 지멜이 그러했으며, 그 이후 루카치가 마침내 안착할 지적 공동체를 찾은 듯이 느꼈던 하이델베르크에서 사귄 막스 베버와 에밀 라스크(Emil Lask) 또한 예외가 아니었다. 하지만 루카치에게 1차 세계대전은 "최초의 보편적인 전쟁이자 동시에 보편적으로 몰이념적이고 이념 적대적인 전쟁"[15]에 지나지 않았다. 에밀 라스크가 국가에 대한 의무를 내세워 자진 입대했다가 전사한 데 반하여, 조르주 소렐(Georges Sorel)의 아나르코-생디칼리슴(Aanarcho-syndicalisme)의 영향을 받았던 당시 루카치에게 근대 국가란 "조직된 부도덕", "조직된 죄"[16]일 뿐이며, 그런 근대 국가가 요구하는 병역 의무란 "가장 비열한 노예제"[17]에 불과한 것이었다. 그는 전쟁에서 "스스로 창조한 세계이지만 이미 그 자신이 그 속에서 어떻게도 할 수 없는 수동적 존재로 전락해버린 현대인의 비극"[18]을 보았다. "전

15 게오르크 루카치, 「삶으로서의 사유」, 『삶으로서의 사유: 루카치의 자전적 기록들』, 김경식·오길영 편역, 334쪽.

16 Georg Lukács, "Ethische Fragmente aus dem Jahren 1914~1917", 121쪽, 123쪽. Ernst Keller, *Der junge Lukács. Antibürger und wesentliches Leben, Literatur- und Kulturkritik 1902~1915*, Frankfurt am Main: Sendler, 1984, 212쪽에서 재인용.

17 1915년 5월 4일 루카치가 독일의 극작가 파울 에른스트에게 보낸 편지. 인용한 곳은 *Georg Lukács: Briefwechsel 1902~1917*, Éva Karádi·Éva Fekete 엮음, Stuttgart: Metzler, 1982, 352쪽. 앞으로 이 책에서 인용할 때에는 괄호 안에 'BW'라는 약어와 함께 쪽수를 병기한다.

18 Mary Gluck, *Georg Lukács and His Generation 1900~1918*, Cambridge/M. A.: Harvard University Press, 1985, 180쪽. 임철규, 「루카치와 황금시대」, 『왜 유토피아인

쟁"과 "전쟁에 대한 주위의 정신병적 열광"(6)은 유럽적 근대에 대해 그가 기존에 갖고 있었던 절망감을[19] 더욱 깊게 만들었으며, 그 절망의 깊이에 비례하여 새로운 세상에 대한 갈구를 더욱더 절실하게 만들었다.

1920년 베를린 소재 파울 카시러 출판사에서 단행본으로 출판된 지 사십삼 년 만에 다시 출간되는 『소설의 이론』 신판을 위해 1962년에 쓴 「서문」에서 루카치는 이 책을 집필할 당시의 심사(心思)를 다음과 같이 회고한 바 있다.

> 중부유럽제국이 러시아를 물리칠 가능성이 있는데, 그렇게 되면 차르 체제가 붕괴될 수 있다. 이에 대해 나는 동의한다. 서구가 독일에 승리를 거둘 가능성도 있는데, 그 승리로 호엔촐레른 가와 합스부르크 가가 무너진다면, 나는 이에 대해서도 동의한다. 하지만 그럴 경우 누가 우리를 서구 문명으로부터 구해줄 것인가 하는 문제가 생겨난다(그 당시의 독일이 최종 승리를 거둘 것이라는 전망은 끔찍한 악몽처럼 느껴졌다)(6).

당시 루카치는 대부분의 반전평화주의자들과는 달리 동맹국뿐 아니라 서유럽의 민주주의에도 반대하는 입장을 가지고 있었다. 러시아의 차르 체제, 독일과 오스트리아-헝가리 제국, 그리고 영국과 프

가』, 민음사, 1994, 169쪽에서 재인용.

19 유럽적 근대에 대한 루카치의 비관적 입장은 그의 첫 번째 저서인 『근대 드라마의 발전사』에서 이미 분명하게 표현된다. 이에 대한 간명한 정리는 Rüdiger Dannemann, "Ursprünge Radikalen Philosophierens beim frühen Lukács. Chaos des Lebens und Metaphysik der Form", *Lukács 2006/2007: Jahrbuch der Internationalen Georg-Lukács-Gesellschaft* 10/11호, Bielefeld: Aisthesis, 2007, 41~43쪽을 참고하라.

랑스로 대표되는 서유럽 문명 모두에 대해 비관적인 이러한 입장, 『소설의 이론』 신판 「서문」에서 "세계의 상태에 대한 항구적인 절망의 기분"(6)이라고 표현한 이러한 입장은 그러나 오로지 절망적이기만 한 것은 아니었다. 그것은 "누가 우리를 (…) 구해줄 것인가"라는 물음으로 표현되는 종말론적 구원의 열망과 닿아 있는데, 루카치는 이에 대한 희미한 답을 러시아 작가들, 그중 특히 톨스토이와 도스토옙스키의 작품 속에서 찾을 수 있으리라 믿었다. 이러한 믿음은 『소설의 이론』을 발표했던 무렵에 쓴 한 짧은 서평, 즉 러시아의 신비주의 철학자 블라디미르 솔로비예프(Wladimir Solovjeff)의 글에 관해 쓴 서평에서 분명히 드러나는데, 여기서 그는 러시아 문학이 자신에게 지니는 의미를 분명히 밝히고 있다. 다소 길지만 관련 대목을 그대로 인용한다.

> 솔로비예프는 그의 동시대인인 러시아의 세계사적 작가들과 마찬가지로 '유럽적' 개인주의(그리고 이로부터 생겨나는 혼란과 절망과 신의 부재)를 벗어나 그것을 내면 깊숙한 곳에서부터 극복하고자 하며, 그렇게 정복한 자리를 새로운 인간 및 새로운 세계로 대체하고자 한다. 당연하게도 그 작가들에게는, 그들이 진짜 작가로 머물러 있었던 한, 새로운 인간이, 그리고 낡은 것에 대한 그의 대립이 거의 전적으로 중요했다. 이 점에서, 오직 이 점에서만 그들은 진실로 환시자(Visionär)이자 포고자(布告者)일 수 있었다. 그들이 새로운 세계에 대해 말할 수 있었던 것은, 예전의 유토피아들과 내용상으로만 구분될 뿐 본질적으로는 차이가 없는 순전한 유토피아였다. 하지만 그들은 새로운 인간을—나는 여기에서 도스토옙스키의 미슈킨 공작과 알로샤 카라마조프, 그리고 톨스토이의 플라톤 카라타예프

와 같은 인물들을 생각하고 있는데—보았으며, 그를 현실로서 다른 현실 맞은편에 세울 수 있었다. 그의 현존재의 바로 이 구체적이고 생생한 실재성이야말로 이 작가들에게 그들이 지니는 진정한 세계사적 의의를 보장해준다. 여기에는 '유럽적' 발전이—비록 동경하고 추구하기는 했지만—자기 스스로 형성할 수 없었던 뭔가가 실제로 있다. 일련의 절망적인 문제들에 답을 가져올 수 있는 그 무언가가 말이다.[20]

이렇게 루카치는 톨스토이와 도스토옙스키의 작품에서 "'유럽적' 개인주의"의 인간과는 전혀 다른 유형의 "새로운 인간"을 발견했으며, 거기에는 "'유럽적' 발전"이 찾아낼 수 없었던, "일련의 절망적인 문제들에 답을 가져올 수 있는 그 무언가가 있다"고 생각했다. 아마도 이러한 문제의식이 루카치로 하여금 미학 논문을 중단하고 '마침내' 도스토옙스키에 관한 책을 쓰게 한 내적 동력이었을 것이다. 그는 도스토옙스키라는 창을 통해 러시아의 대지와 민중 속에서 희미하게 빛을 발하는 새로운 인간과 새로운 세계(정확히 말하면, 새로운 문화)의 조짐을 확인하고 그 정체를 파악하고자 했으며, 그러는 가운데 새로운 "형이상학적 윤리와 역사철학"(BW, 345)을 정초하고자 했다.

사실 도스토옙스키에 대한 루카치의 관심은 당시 지식사회에서 특별하거나 새삼스러운 것이 아니었다. 독일과 헝가리에서는 1차 세계대전이 발발하기 훨씬 전부터 도스토옙스키를 "건널 수 없는 문화적 차이의 상징"이자 "정신적 재생의 희망"으로, 심지어는 "우리의 수호

20 Georg Lukács, "*Solovjeff, Wladimir: Die Rechtfertigung des Guten*. Ausgewählte Werke, Bd. II. Jena 1916", *Archiv für Sozialwissenschaft und Sozialpolitik* 42권, 1916/1917, 978~979쪽.

성인 중 한 사람"이라고까지 부르면서 추앙하는 분위기가 만연했는데,[21] 루카치 또한 그러한 분위기 속에 있었다. 러시아 문학은 산업화되고 합리화되고 개인주의화된 서구 자본주의적 근대성에 대한 윤리적 문화적 대안을 찾던 유럽 지식인들에게 유럽적인 것과는 이질적인 이상적 이미지를 제공했다. 처음에는 투르게네프가, 그 뒤 19세기 후반부터는 톨스토이와 도스토옙스키가 주목받았으며, 20세기 초가 되면 특히 도스토옙스키가 열렬히 수용되었다. 그들에게 도스토옙스키는 극도로 합리화된, 영혼 없는 서구의 근대성과는 대조되는 신비로운 슬라브적 영성의 정점에 있는 인물이었다. 하이델베르크에서 루카치가 가담한 '막스 베버 서클'에서도 도스토옙스키는 항상 주요한 토론의 대상이었으며(베버 자신이 도스토옙스키 전문가였다), 전쟁 중 병역 때문에 부다페스트로 돌아가 벨러 벌라주(Bela Balázs)와 함께 조직한 '일요 서클'에서도 도스토옙스키는 키르케고르와 함께 토론의 단골 주제였다. 게다가 루카치의 경우에는 1913년 늦여름에 만나 그의 첫 번째 아내가 된 옐레나 안드레예브나 그라벵코(Jeljena Andrejewna Grabenko)의 영향까지 가세했다. 테러리스트 전력이 있는 러시아 아나키스트로 소개 받은(실제로 그녀가 테러리스트였는지는 확실치 않다) 그녀는, 새로운 인간 유형을 찾고 있던 루카치로 하여금 러시아 문학은 물론이고 러시아 테러리스트의 세계로까지 관심을 확장케 하는 데 주요한 역할을 했다.

루카치가 남긴 기록 중 도스토옙스키 연구서 집필에 관한 최초의

21 Galin Tihanov, *The Master and the Slave. Lukács, Bakhtin, and the Ideas of Their Time*, New York: Oxford University Press, 2000, 167~168쪽.

언급은 1915년 3월, 그가 하이델베르크에서 파울 에른스트에게 보낸 편지에서 발견된다. 여기에서 그는 1912년부터 매진했던 미학 작업을 일시 중단하고 도스토옙스키를 다루는 책을 준비하고 있노라고 밝히고 있다.

> 이제야 마침내 나의 새 책, 도스토옙스키를 다루는 책에 착수합니다(미학은 일시적으로 중단 상태에 있습니다). 한데 그것은 도스토옙스키보다 훨씬 더 많은 것을 포함하게 될 것입니다. 나의 — 형이상학적 윤리와 역사철학 등등의 많은 부분을 말입니다(BW, 345).

이어서 그는 "특히 첫 부분에서는 서사문학 형식의 많은 문제가 논의될 것"(BW, 345)이라고 밝히고 있는데, 하지만 채 오 개월도 안 된 8월 2일 에른스트에게 보낸 편지를 보면 도스토옙스키 작업이 중단되었다는 것을, 그리고 이로부터 『소설의 이론』이 따로 완성되었다는 것을 확인할 수 있다.

> 나는 너무 방대하게 된 도스토옙스키 책을 중단했습니다. 거기에서 (한 편의) 긴 에세이, 소설의 미학이 완성되었습니다(BW, 358).

편지에서 확인되는 이러한 일정은 『소설의 이론』을 "1914년 여름에 구상해 그해 말부터 그다음 해 초까지의 겨울에"(5) 썼다는, 신판 「서문」에서 루카치 자신이 기억하고 있는 일정과는 다소 차이가 있다. 이는 「서문」을 작성할 당시 루카치의 착각일 수도 있지만, 작업이 어느 정도 진척된 후 파울 에른스트에게 알렸을 가능성도 배제할 수 없다. 도스토옙스키를 다루는 책을 집필하려는 계획은 전쟁 발발 직후 구체화되었고 그 뒤 겨울부터 집필이 시작되었으리라 추측해 볼 수 있는 것이다. 아니면, 『소설의 이론』 초고를 1914~1915년 겨울 동안 먼저 집필한 후 그 본론에 해당하는 도스토옙스키 연구서 집필에 착수했을 수도 있다. 이렇게 『소설의 이론』 집필 시점을 정확히 확정할 수는 없다 하더라도 어쨌든 그 "완성"을 알리는 것은 1915년 8월 2일자 편지가 처음이다(그래서 대부분의 연구자들은 『소설의 이론』 집필 시기를 '1914~1915년'으로 적는다). 이 편지에서 그는 "(한 편의) 긴 에세이, 소설의 미학이 완성되었다"고 하는데, 이것이 바로 『소설의 이론』이다.

아래에서 다시 말하겠지만 『소설의 이론』은 원래 도스토옙스키 연구서의 「서론」으로 집필된 것이었다. 결국 이것만 '완성'되고 '본론'인 도스토옙스키론은 구상과 메모로 그치고 말았는데,[22] 표면적으로는 병역 때문에 중단된 것이지만 — 위 인용문에서 도스토옙스키 책이 "너무 방대하게" 되었다고 말하고 있는 데서도 엿볼 수 있듯이 — 당시의 루카치로서는 도저히 감당할 수 없을 정도로 주제가 확장되고 규모가 커짐에 따라 좌초될 수밖에 없었다. 이렇게 보면 그 좌초한 기획의 예기치 못한 부산물이 『소설의 이론』인 셈이다.

루카치에게 『소설의 이론』은 교수자격청구 논문의 집필을 중단하고서라도 쓰지 않을 수 없었던, 그만큼 강력한 역사적 실존적 문제

22 이 구상과 메모들은 루카치 사후 이 년 뒤인 1973년에 하이델베르크의 한 은행 보관함에서 발견된 여행 가방에 보존되어 있었다. 루카치가 하이델베르크를 떠나면서 1917년 11월 7일에 보관한, 하지만 이후 그 존재에 대해 한 번도 말한 적이 없었던 이 가방에 들어 있었던 도스토옙스키 관련 원고는 J. C. 니리에 의해 정리되어 1985년에 출판되었다. Georg Lukács, *Dostojewski. Notizen und Entwürfe*, J. C. Nyiri 엮음, Budapest: Akadémiai Kiadó, 1985.

의식으로 추동된 기획의 소산이다. 루카치가 하이델베르크 대학에서 교수로 자리잡아 탁월한 학문적 능력을 꽃피울 수 있기를 바랐던 사람들에게 루카치의 그러한 '일탈'은 매우 실망스러운 것이었다. 막스 베버도 그렇게 실망한 사람 중 하나였다. 비록 루카치가 신판 「서문」에서 "토마스 만과 막스 베버는 이 책에 동의를 표명한 독자"(9/10)라고 적고 있지만, 루카치가 도스토옙스키 작업에 빠져 있었던 동안에는 사정이 달랐던 것 같다. 도스토옙스키 연구서 집필을 접은 후 다시 하이델베르크 대학에서 교수자격을 얻기 위해 준비하던 루카치에게 베버가 보낸 1916년 8월 14일 자 편지에는 이런 대목이 있다.

> 당신이 돌연 도스토옙스키 쪽으로 선회한 것은 저 (라스크의) 견해[23]에 정당성을 부여하는 듯했습니다. 그렇기 때문에 나는 당신의 이 작업『소설의 이론』을 증오했으며 아직도 증오하고 있습니다. 그도 그럴 것이 원칙적으로 나도 [라스크와] 같은 생각이니까요. 체계적인 연구를 끝내고 그 사이에 다른 일을 안 하는 게 당신에게 정말로 견딜 수 없는 고통이자 압박이라면, 만약 그렇다면, 무거운 마음으로 당신에게 충고하고자 합니다. 교수자격 취득을 그만두세요. 당신이 그것을 할 '자격이 없기' 때문이 아니라 그것이 당신에게, 그리고 학생들에게도 궁극적으로는 도움이 되지 않기 때문입니다. 그렇다면 당신의 직업은 다른 것이 될 것인데, 그렇지만 당신이 옳다고 여기는 것을 하게 되겠지요(BW, 372).

23 여기서 베버가 말하는 "(라스크의) 견해"란 루카치는 "천생 에세이스트"라 "체계적인(전문적인) 연구에 머물러 있지 않을 것"이기 때문에 "교수자격을 취득해서는 안 된다"는, 루카치의 친구이기도 했던 에밀 라스크가 전쟁 전에 베버에게 털어놨던 생각을 말한다(BW, 372).

루카치의 이후 삶은 결과적으로 라스크와 베버의 생각이 옳았다는 것을 보여준다. 루카치가 택한 '소명으로서의 직업(Beruf)'은 전문적이고 체계적인 연구와 교육을 하는 대학교수가 아니라—막스 베버가 "다른 일"이라고 한 것에 포함될—실천적 이론가이자 이데올로그였으니 말이다. 하지만 1916년 당시에 루카치는 다시 교수가 되기 위한 작업에 들어갔다. 그 전후로 베버는 루카치를 물심양면으로 도왔는데, 그가 증오한다고 한 『소설의 이론』도 그의 주선으로 《미학과 일반예술학지(誌)(*Zeitschrift für Ästhetik und allgemeine Kunstwissenschaft*)》에 두 번에 나뉘어 발표될 수 있었다(1916년 제11권 3호, 225~271쪽; 4호, 390~431쪽). 하지만 그 과정이 그리 녹록치 않았는데, 당시 베를린 대학 교수이자 이 잡지의 발행인이었던 막스 데소이르(Max Dessoir)는 루카치의 원고를 게재하는 과정에서 중간 전달자 역할을 했던 막스 베버에게 보낸 1915년[24] 12월 20일 자 편지에서 루카치의 원고 중 제2부만이 학술지인 잡지의 성격에 부합한다면서 제1부를 생략하는 게 좋겠다는 의견을 전한다. 설사 제1부를 그냥 둔다 하더라도, 제1부 제1장—"별이 총총한 하늘이 갈 수 있고 가야만 하는 길들의 지도인 시대 (…) 는 복되도다"(27)라는, 한국의 독자들에게 특히 유명한 문구로 시작하는 바로 그 제1장—이 포함된 초반부를 빼달라는 게 그의 요청이었다.[25] 그리고 몇 가지 지엽적인 수정 요구와 함께 제목도 "큰 서사문학의 형식들. 역사철학적 시론"으로 할 것을 제안한다

24 인용한 책에는 "1913년 12월 20일"(BW, 364)로 적혀 있는데 이는 오식임이 분명하다.

25 데소이르는 "(교정지) 29쪽에서 시작"(BW, 364)하기를 요청하고 있는데, 루카치가 베버에게 보낸 1915년 12월 30일 자 편지의 내용으로 보건대 29쪽은 제1부 제3장이 시작되는 부분으로 짐작된다.

(BW, 364).

베버를 통해 잡지 발행인의 요구를 전달받은 루카치는 원래 생각하고 있었던—위에서 소개한 편지에 등장하는—"소설의 미학" 또는—아르놀트 하우저(Arnold Hauser)의 주장에 따르면—"소설의 철학"[26]이라는 제목을 "소설의 이론"으로 변경하고 "큰 서사문학의 형식들에 관한 역사철학적 시론"이라는 부제를 다는 성의를 보이는 것으로 그치고, 제1부 또는 제1부 전반부의 생략 요구는 받아들이지 않는다. 베버에게 보낸 1915년 12월 30일 자 편지에서 루카치는 데소이르의 요구를 받아들일 수 없는 이유를 소상히 밝히고 있는데, 그의 주장을 요약하면 다음과 같다. ① 그리스 문화와 중세를 다루는 것은 현시대의 역사철학적 이해를 위해 필수불가결한 일이다. ② 삶과 본질, 내면성과 외부세계 같은 개념들이 미학적 형식적 의미를 분명히 가지기 위해서는 서사문학과 극문학의 차이가 다루어져야만 한다. ③ 서사문학 형식들을 분류하는 것은 꼭 필요한데, 그러지 않을 경우 제2부의 유형론과 작품 선별을 정당화할 도리가 없다. ④ "완결된 유기체적 세계"와 "초월적이고 내면적인 관습적 세계"의 차이를 다루는 것은 소설 형식 일반의 존재를 정초하는 데 필요불가결한 전제조건이다. ⑤ 초반부가 삭제된다면, '마성(das Dämonische)'에 관한 제1부의 결론이나 제2부의 시간 개념이 이해될 수 없을 것이며, 또 자연과 관습의 문제성을 알지 못한다면『빌헬름 마이스터의 수업시대(*Wilhelm Meisters Lehrjahre*)』의 문제성을 이해 가능하게 만들 수 없을 것이다. 이

26 이는 아르놀트 하우저의 증언에 따른 것이다. 이에 대해서는 본서 제2장에서 다시 논할 것이다.

러한 이유들을 밝힌 뒤 루카치는, 자신의 독자들은 초반부를 필요로 한다고 확신한다. 초반부가 없으면 그들은 결론을 이해할 수 없을 것이라고 강한 어조로 주장한다(BW, 365). 요컨대 제1부 전반부와 그 뒷부분 사이에는 내용상으로 밀접한 연관성이 있고 제2부의 내용 또한 제1부를 전제로 한다고 주장함으로써 제1부 전반부를 삭제하라는 데수아르의 요구를 받아들일 수 없다고 밝힌 것인데, 막스 베버의 중재가 성공한 덕분이었는지 루카치는 한 부분도 생략하지 않은 원고를 잡지에 실을 수 있었다. 이때 그는 본문 첫 면에 각주를 달아 글의 취지를 따로 밝히고 있는데, 그 각주를, 다소 길지만 그대로 소개한다.

> 다음의 논술『소설의 이론』은 한 가지 이상의 연관에서 단편적이다. 이 논술은 도스토옙스키를 다루는 미학적 역사철학적 저작의 서론 장으로 쓰였으며, 그 본질적 목표는 소극적인 것이었다. 즉 문학 형식 및 그것의 역사철학적 연관성과 관련해서, 도스토옙스키 — 새로운 인간의 고지자로서, 새로운 세계의 조형자로서, 새로운 옛 형식의 발견자이자 재(再)세례자로서 — 가 부각되는 배경을 그리는 것이 목표였다. 그래서 희망컨대, 그의 작품들과 그가 지니는 역사철학적 의의에 대한 적극적 분석이, 여기에서는 암시만 된 많은 것을 보충적 대비를 통해 참으로 명료하게 만들었으면 한다. 군 입대로 나는 작업을 중단할 수밖에 없었다. 이로 인해 설사 저작 전체가 완성된다 하더라도 언제 그럴 수 있을지가 불확실해졌기 때문에, 논문을 이 형태로 발표할 생각을 하게 되었다. 이 논문은 한정된 한 가지 주제를 이 정도 분량으로 가능한 한도 내에서나마 진력을 다해 철저히 다루고 있다. 물론 이 논문은 — 외적인 상황 때문에 — 의도적인 체계

적 분류가 빠졌을 뿐 아니라 몇몇 대목에서는 마지막 마무리도 부족한데, 그렇더라도 독자 여러분은 이를 내 탓으로만 돌리지마시기를, 그리고 이 글을 읽을 때 가능한 한 적극적으로 수행된 것에, 즉 이 단편의 특정 문제에 주목해주시기를 부탁드린다.[27]

사실 이런 식의 설명 또한 데소이르의 불만에 대한 나름의 조치일 수 있는데, 그래서인지 루카치는 1920년에 그의 글을 단행본으로 출간할 때 이 각주를 삭제했다. 그런데 단행본에서 각주를 없앤 더 본질적인 이유는, 도스토옙스키 연구서 집필은 더 이상 불가능하다는 판단이 그에게 분명해졌기 때문이 아니었을까 싶다. 『소설의 이론』은 더 이상 '서론'이 아니라 하나의 독자적 작품으로서 세상에 내놓을 만하다는 생각도 가세했을 듯한데, 그렇다면 굳이 '서론'으로서 '소극적인' 목표를 지닌 글의 성격을 밝히는 각주를 그냥 둘 필요는 없어진 것이다. 하지만 이 각주는 『소설의 이론』 집필 당시 루카치의 문제의식을 이해하는 데에는 분명히 도움이 된다. 하기야 막스 베버조차도 루카치에게 보낸 1915년 12월 23일 자 편지에서 "**당신을 알지 못하는** 모든 이들에게 첫 부분들은 거의 이해될 수 없다는 생각을 나도 가지고 있습니다"(BW, 363. 강조는 베버)라고 말한 마당이니, 루카치 자신도 글의 취지를 본문 바깥에 따로 밝혀둘 필요성을 느꼈을 수 있다. 아무튼 여기에서 그는 포괄적 체계성의 부족을 자인하면서 그럴 수밖에 없는 이유를 밝히고 있는 셈인데, 이에 따르면 『소설의 이론』

27 Georg Lukács, *Die Theorie des Romans, Ein geschichtsphilosophischer Versuch über die Formen der großen Epik*, Bielefeid: Aisthesis, 2009, 17쪽.

은 '소설'의 '이론'을 목표로 쓰인 것이 아니다. 보기에 따라서는 『소설의 이론』을 '소설'의 '이론'이라는 잣대로만 평가하지 말아달라는 암묵적 요구로도 읽힐 수 있는 말이다.

2) 『소설의 이론』의 기본 성격과 영향

『소설의 이론』에서 루카치가 서사시 및 장편소설을 위시한 서사문학의 형식들을 탐구하고 근대 장편소설의 역사적 미학적 유형론을 제시하고 있긴 하지만, 서사문학의 장르론이나 소설사 집필이 그의 주된 목표는 아니었다. 『하이델베르크 예술철학(1912~1914)(*Heidelberger Philosophie der Kunst(1912~1914)*)』에서 루카치는 "진정한 경전적 작품들의 역사적 초(超)역사적 특성"을 인식하고 그것들에서 "한 단계, 한 시대의 역사철학적 의미"를 간파해내는 것을 과제로 하는 "예술의 역사철학자"(16:230/231)에 대해서 말한 적이 있는데, 『소설의 이론』 전반에 걸쳐 그가 하고 있는 일은 이와 유사한 것이었다. 후기 미학인 『미적인 것의 고유성』의 「서문」 중 청년기를 회고하는 대목에서도 루카치는 이와 연관된 말을 하고 있는데, 이미 『소설의 이론』에서만 하더라도 그의 관심은 "역사철학적인 문제들로 더 많이 쏠려 있었고, 미학적인 문제들은 그 문제들에 대한 증상이나 징후에 지나지 않았다"(11:31)고 한다. 그러니까 『소설의 이론』 당시 루카치의 관심의 초점은, 이러한 증상 또는 징후의 해독(解讀)을 통해 유럽의 정체, 유럽의 근대성을 유럽의 전체 역사 속에서 파악하고, 나아가 현재의 역사적 순간에 가능하고 필연적인 삶의 좌표와 방향("갈 수 있고 가야만 하는 길들"(27))을 찾는 데 놓여 있었던 것이다. 이러한 작업을 위해 그가 택한 매체는 "큰 서사문학"이었는데, 그도 그럴 것이 "큰 서사문학은 모든 것을 규정하는 결정적인 초험적(transzendental) 근거에 있어서 경험적"(49)이기 때문에, 다시 말해서 "큰 서사문학은 역사적 순간[28]의 경험에 결부된 형식"(183)이기 때문에 역사를 역사철학적으로 조감하는 매체로 적합하다고 판단했을 것이다. 따라서 『소설의 이론』을 체계적이고 과학적인 장편소설론이나 본격적인 소설사의 차원에서 읽는 것은, 루카치가 원래 설정했던 목표를 포괄하지 못하는 부분적 독서가 되기 십상이다. 그것은 "오늘날 우리는 어떻게 살 수 있고 살아야만 하는가?"[29]라는, 이른바 '에세이 시기' 전체를 규정했던, 하지만 체계적이고 과학적인 미학을 집필하면서 잠시 억제되었던 문제의식이 다시 전면에 부상한 국면에서 쓰인 '(한 편의) 긴 에세이'였다.

이렇게 "갈 수 있고 가야만 하는 길들"(27)을 찾고자 하는 절박한 문제의식에 강하게 규정되어 있는 『소설의 이론』에 대해 — 앞서 보았다시피 — 후기 루카치는 방향을 잡는 데는 부적절한 책이라고 평가하긴 했지만, 그의 말처럼 특정 시기의 이데올로기의 흐름을 알기 위해서만 읽을 만한 책은 아니다. '초험적 집 없음(die transzendentale Obdachlosigkeit)', '초험적 고향 없음(die transzendentale Heimatlosigkeit)', '제2의 자연(die zweite Natur)' 등의 용어가 주요하게 작동하는 이 책은, 서구의 근대성을 가장 예민하게 진단한 선구적 텍스트 중 하나로 꼽히면서 동시대 사상가들의 사유에 적지 않은 영향을 미쳤다. 뿐만 아

28 2007년에 출간된 『소설의 이론』 번역서에서 "역사적 순간"을 "사회적 순간"(183)으로 적는 실수를 범했기에 바로잡는다.

29 Georg Lukács, *Die Seele und die Formen*, Neuwied · Berlin: Luchterhand, 1971, 69쪽.

니라 장편소설에 관한 이론적 담론으로서도 "거의 이미 고전이 된 작품"[30]이며, "철학적 미학의 한 척도를 세웠다"[31]는 아도르노의 평가가 과장으로만 들리지 않는 텍스트이다. 삶과 형식의 문제, 예술 형식과 결부된 총체성 범주, 장편소설을 구성하는 요소들의 추상성, 이러한 추상성에서 비롯되는 위험에 빠져들지 않기 위해 장편소설이 견지해야 하는 세계에 대한 비타협적 태도, 장편소설 고유의 과정적 성격, "문제적 개인"으로서의 소설 주인공, 소설 주인공의 심리와 연관된 "마성", 장편소설의 형식 원리로서의 반어, 장편소설에서 시간이 갖는 새로운 기능, 장편소설에서 "위대한 순간"이 갖는 의미 등등에 관한, 『소설의 이론』 이후 수많은 소설론에서 거듭 재론되는 선구적인 통찰과 인식들을 포함하고 있을 뿐만 아니라 "장편소설이 근대의 대표적 장르로 부상하는 현상을 근거 짓는 데 성공"[32]한 본격적 시도라는 점에서도 이 책이 '소설'의 '이론'으로서 거둔 성취는 결코 작은 것이 아니다. 이런 식으로 『소설의 이론』은 장편소설을 고찰하는 여러 이론적 방향 중 한 방향으로서의 자격이 충분한 '역사적 철학적 소설미학'의 바탕을 놓은 책으로 볼 수 있는바, 미셸 푸코(Michel Foucault)의 표현을 빌자면 『소설의 이론』의 루카치는 마르크스나 프로이트 같은 "담론성(discursivité)의 창설자"라고는 할 수 없겠지만, "그 속에서 다른 저자들과 다른 책들이 각기 자리잡게 될 이론, 전통,

30 Lucien Goldmann, *Soziologie des Romans*, Darmstadt · Neuwied: Luchterhand, 1972(2쇄), 17쪽.

31 테오도르 W. 아도르노, 「강요된 화해」, 『문제는 리얼리즘이다』, 게오르크 루카치 외 지음, 홍승용 옮김, 실천문학사, 1985, 192쪽.

32 Rolf-Peter Janz, "Zur Historität und Aktualität der *Theorie des Romans* von Georg Lukács", *Jahrbuch der deutschen Schillergesellschaft* 22호, 1978, 696쪽.

연구 분야의 저자"로서 "'관(貫) 담론적' 위치"에 있다고 볼 수는 있을 것이다.[33]

실제로 『소설의 이론』이 장편소설에 관한 이후의 사유에 미친 영향은 적지 않았는데, 우선 20세기 서구에서 전개된 주요 담론만 훑어보더라도, 헤르베르트 마르쿠제(Herbert Marcuse)의 박사학위 논문인 「독일 예술가소설(Der deutsche Künstlerroman)」과 루시앙 골드만(Lucien Goldmann)의 『소설 사회학을 향하여(*Pour une sociologie du roman*)』에서 『소설의 이론』이 미친 직접적인 영향을 확인할 수 있으며, 아도르노와 벤야민의 소설관이나 미하일 바흐친(Mikhail Bakhtin)의 소설론에서도 『소설의 이론』의 이론적 통찰 일부를 수용하거나 그것과 대결한 흔적을 찾을 수 있다.[34] 그리고 1930년대 이래 루카치가 본격적으로 구축하기 시작한 소설론 역시 『소설의 이론』의 인식과 대결한 끝에 마르크스주의자 루카치가 나름대로 이룩한 이론적 자기쇄신의 산물로 볼 수 있다. 하지만 1970~1980년대에 들어와 구조주의 및 포스트구조주의가 크게 부상하면서 역사를 인간 진보의 매개체로서 파악

33 미셸 푸코, 「저자란 무엇인가」, 『미셸 푸코의 문학비평』, 김현 엮음, 문학과지성사, 1989, 256쪽과 257쪽에서 인용. 김현이 "'초담론적인(transdiscursive)' 입장"이라 옮긴 것을 "'관(貫) 담론적' 위치"로 바꾸었음을 밝혀둔다.

34 벤야민의 「이야기꾼(Der Erzähler)」과 아도르노의 「동시대 소설에서 화자의 위치(Standort des Erzählers im zeitgenössischen Roman)」에서 『소설의 이론』이 직접 인용된다. 바흐친의 소설 담론에서는 루카치의 이름이 직접 거론되지는 않지만 루카치와의 긴장이 분명히 감지된다. 실제로 바흐친은 1924년 레닌그라드에서 『소설의 이론』을 번역하려고 시도한 바 있는데, 바흐친 연구자 중에는 바흐친의 도스토옙스키 연구가 『소설의 이론』이 책 말미에서 제기한 요구를 이행한 것이라 보는 사람도 있다. 이와 관련해서는 Tanja Dembski, *Paradigmen der Romantheorie zu Beginn des 20. Jahrhunderts: Lukács, Bachtin und Rilk*, Würzurg: Königshausen·Neumann, 2000, 14쪽 이하 참조.

하는 휴머니즘적인 역사관과 역사 파악의 도구로서의 변증법의 유효성이 문제시되며, 소설론 영역에서도 소설 형식과 역사를 통일적으로 사유하면서 소설에서 역사 자체를 읽어내는 역사주의적 접근법이 쇠퇴하기 시작했다. 그 대신 "역사주의적 소설론에 대한 대안적 모델들—푸코주의, 바흐친주의, 탈식민주의, 페미니즘, 퀴어 등의 모델들—이 1980년대 후반부터 잇따라 나타난다."[35] 지식세계의 이러한 지형변화 속에서 루카치의 마르크스주의 소설론뿐 아니라 전(前)마르크스주의 시기의 저작인 『소설의 이론』에서 제시된 소설론도 '역사화'되는 추세가 강화되었는데, 그런 가운데에서도 『소설의 이론』은 서사학, 문학론, 장르시학, 소설사 등의 연구에서 계속 흔적을 남겼다. 독일에서 이루어진 작업만 보더라도 질비오 비에타(Silvio Vietta), 디터 벨러스호프(Dieter Wellershoff), 위르겐 H. 페테르젠(Jürgen H. Petersen), 빅토르 츠메가치(Viktor Žmegač), 크리스토프 보데(Christoph Bode), 한스-게오르크 포트(Hans-Georg Pott) 등의 작업에서 『소설의 이론』이 미친 영향을 확인할 수 있다.[36] 독일 이외에 여러 나라 연구

35 Ian Duncan, "History and the Novel after Lukács", *Novel: A Forum on Fiction* 제50권 3호, 2017년 11월, 388쪽.

36 이들의 작업에 미친 『소설의 이론』의 영향에 대해서는 Werner Jung, "Die Zeit—das depravierende Prinzip. Kleine Apologie von Georg Lukács' Romanpoetik", *Lukács 2006/2007. Jahrbuch der Internationalen Georg-Lukács-Gesellschaft* 10/11호, Frank Benseler·Werner Jung 엮음, Bielefeld: Aisthesis, 2007, 68~72쪽을 참고하라. 그리고 아이스테지스 출판사에서 2009년에 출간된 『소설의 이론』 신판을 위해 그가 쓴 「발문」 III장의 "영향사 메모"(130~133쪽)와 IV장의 참고문헌(134~139쪽)을 참고하라.

자들의 작업에서도 『소설의 이론』이 남긴 흔적은 적지 않을 터인데, 우리나라만 하더라도 김윤식의 연구에 『소설의 이론』이 미친 영향은 널리 알려져 있다.[37] 루카치와 관련하여 2000년대에 이루어진 전문적인 연구 성과들을 보더라도 그의 마르크스주의적 문학론 및 소설론에 대한 관심은 현저히 감소했지만 『소설의 이론』은 여전히 매력적인 연구 대상이라는 것을 확인할 수 있는데, 『소설의 이론』을 '새롭게' 읽는 글들이 계속 산출되고 있다.[38] 『소설의 이론』은 인류의 삶에서 장편소설이 더 이상 아무런 가치도 의미도 갖지 않게 되는 상황이 전면화되지 않는 한, 그리하여 장편소설에 관한 사유가 완전히 사라지지 않는 한, 어떤 식으로든 참조할 수밖에 없는 책으로 계속 남아 있을 것이다.

37 김윤식 자신이 루카치와의 관계에 대해 말한 글이 많이 있는데, 그중 『내가 읽고 만난 일본』(김윤식 지음, 그린비, 2012)의 제1장 「1970년, 도쿄대학, 루카치」가 가장 자세하다.

38 2000년대에 들어와 독일에서 책으로 발간된 것만 보더라도 다음과 같은 연구서들이 눈에 들어온다. Niklas Hebing, *Unversöhnbarkeit: Hegels Ästhetik und Lukács' "Theorie des Romans"*, Duisburg: Universitätsverlag Rhein-Ruhr, 2009; Inga Kalinowski, *Das Dämonische in der "Theorie des Romans" von Georg Lukács*, Hamburg: tredition, 2015; *Hundert Jahre "transzendentale Obdachlosigkeit": Georg Lukács' "Theorie des Romans" neu gelesen*, Rüdiger Dannemann · Maud Meyzaud · Philipp Weber 엮음, Bielefeld: Aisthesis, 2018. 그리고 『소설의 이론』만 다루고 있는 것은 아니지만 루카치의 전(前) 마르크스주의 시기 전체를 고찰하면서 『소설의 이론』에 대한 새로운 독법을 제시하고 있는 책으로 Konstantinos Kavoulakos, *Ästhetizistische Kulturkritik und Ethische Utopie: Georg Lukács' Neukantianisches Frühwerk*(Berlin: De Gruyter, 2014)가 있다.

3. 「서문」을 통해서 본 『소설의 이론』의 정신적 사상적 배경

적적하다 못해 권태롭기까지 했던 한국 문학비평계에 한때 적잖은 파문을 불러일으켰던 가라타니 고진의 근대문학의 종언론은 무엇보다도 장편소설의 운명에 관한 담론이었다.[39] 근대 장편소설은 가라타니의 말처럼 '네이션'을 형성하는 강력한 매체이면서도 네이션의 지평을 초과하는 힘을 지닌 특권적인 문학 형식으로 여겨져 왔다. 데이비드 허버트 로런스(David Herbert Lawrence)가 "갈릴레오의 망원경보다 훨씬 위대한 발견"[40]이라고 했던 장편소설은, 그래서 "위대한"이라는 관형어가 크게 어색하지 않을 수 있었다. 가라타니의 '종언'론도 본질적으로는 장편소설에 내속된 힘의 위대성에 대한 믿음에 근거한 것으로, 만물이 상품화된 절대자본주의 시대에 그 위대성이 속절없이 사라짐에 대한 애도의 한 표현이라 할 수 있을 것이다.

가라타니의 「근대문학의 종언」보다 약 구십 년 전에 나온 『소설의 이론』은 장편소설의 불가피한 탄생과 힘을 증언하되 역설적이게도 그러한 장편소설의 종언을 갈망하는 또 다른 판본의 '종언' 선언이었다. 그것은 절정에 도달한 세계자본주의 체제의 힘에 압도되어 기꺼이 혹은 무력하게 몸을 파는 처지로 전락한 문학의 현황에 대한 탄식

39 가라타니 본인도 "근대문학의 종언은 근대소설의 종언"이라고 말하고 있다. 인용한 곳은 가라타니 고진, 「근대문학의 종언」, 『근대문학의 종언』, 조영일 옮김, 도서출판b, 2006, 56쪽.

40 D. H. Lawrence, "The Novel", *Phoenix II*, 416쪽. 백낙청, 「모더니즘 논의에 덧붙여」, 『민족문학과 세계문학 II』, 創作과批評社, 1985, 452쪽에서 재인용.

이 배어 있는 가라타니의 '종언'론과는 달리, 자본주의적 근대를 뒤로 할 새로운 인간과 새로운 세계를 발견하는 가운데, 장편소설을 발전시켰던 근대의 종언을 선언하고 새로운 시대의 도래를 촉구하는, 파국적이자 유토피아적인 종말론적 영감으로 고취되어 있는 것이었다. 그러한 『소설의 이론』의 첫 문장은 다음과 같다.

> 별이 총총한 하늘이 갈 수 있고 가야만 하는 길들의 지도인 시대, 별빛이 그 길들을 훤히 밝혀주는 시대는 복되도다(27).

책을 펼쳤다가 도무지 이해하기 힘든 말들이 나열된 데 질려 책장을 덮고만 독자들마저도 즐겨 인용했던 문장인데, 우리는 바로 이 한 문장에서 『소설의 이론』이 그 악명 높은 난해성에도 불구하고 대중성을 지녔던 이유를 엿볼 수 있다. 그 이유 중 하나가 텍스트의 시적 성격이라면, 다른 하나는 텍스트 전반을 지배하고 있는 동경(Sehnsucht)의 정조이다.

호메로스 서사시에 각인된 역사철학적 상황(서사시의 시대)을 형상적으로 묘사하는 기능을 하는 이 구절은, 자연과 인간이 조응하고 세계와 나, 나와 너가 서로 구별되면서도 하나의 동질적 원환을 이루었던 시대에 대한 시적 표현이 이어지는 도입부로 손색이 없다. 또한 "완결된 문화의 '유기체적 총체성'"[41]에 대한 청년 루카치의 동경을, 어떤 식으로든 상실을 앓는 현대의 독자들에게도 느낄 수 있게 하는

41 Konstantinos Kavoulakos, *Ästhetizistische Kulturkritik und Ethische Utopie: Georg Lukács' Neukantianisches Frühwerk*, 150쪽.

매력을 지닌 문장이다. 하지만 저자의 동경은 과거로의 회귀를 지향하지 않는다. 그는 불가역적인 시간의 흐름 속에서 과거로의 회귀는 불가능한 일임을 명확히 밝히고 있다.[42] "완결된 문화"로 이상화된 고대 그리스의 이미지, 특히 호메로스 시대의 이미지는 근대를 "타락으로, 균열의 세계로, 초험적으로 고향 내지 집이 없게 된 시대로" 해석하게 하는 "역사철학적 배경 막"[43] 역할을 한다. 그리하여 호메로스의 세계라는 절대적 과거를 경유한 동경은 미래로 향한다. 텍스트의 대미는 "영혼에서 영혼으로 이어지는 (…) 길들"(BW, 352)로 이루어진 "순수한 영혼현실"(182)의 발견에 따른 기대로, 호메로스의 시대와는 다른 "새로운 원환적 총체성"(183)의 구축을 가능케 할 새로운 시대에 대한, 아직은 미확정적인 예감으로 채워져 있다.

우리의 세계, 우리의 현실인 근대는 그 사이에, 즉 향수의 대상으로서 돌이킬 수 없이 지나간 '황금시대'와 그 도래가 갈망되는 새로운 시대 사이에, 그 성질에 따라서 보자면 그 양극으로부터 가장 먼 지점에 놓여 있다. 동경의 주체인 우리가 살고 있는 근대는 그 내실에 있어 이러한 동경이 추구하는 시대상과 정확히 반립적인 양상을 띤

42 가령 다음과 같은 구절을 보라. "그리스인들이 그 속에서 형이상학적으로 살고 있는 원은 우리 것보다 더 작다. 그렇기 때문에 우리는 결코 그 원 속에 우리 자신을 생생히 산 채로 옮겨 넣을 수 없다"(33).

43 Werner Jung, "Die Zeit—das depravierende Prinzip. Kleine Apologie von Georg Lukács' Romanpoetik", 60쪽. 그리스의 철학자 콘스탄티노스 카불라코스 또한 근대의 '문제적 문화'와 대비되는 "완결된 문화라는 개념은 현재에 대한 진단을 보다 정확하게 표현하기 위해 필요한 대비적 배경으로 기능할 뿐"이지, 현재에 대한 과거의 우월성을 선전하거나 이른바 '황금시대'를 기준으로 삼아 부르주아 사회를 유죄 판결하는 것으로 이용되지 않는다고 말한다. Konstantinos Kavoulakos, *Ästhetizistische Kulturkritik und Ethische Utopie: Georg Lukács' Neukantianisches Frühwerk*, 151쪽.

역사철학적 시대로 자리매김되고 있는 것이다. 이렇게 『소설의 이론』에서 근대는 균열의 시대, 소외의 시대로 그려지며, "완전히 죄에 빠진 시대"(183)[44]로 규정된다.

"갈 수 있고 가야만 하는 길들"(27)이 대상적 자명성을 띠고 가시화되었던 호메로스의 세계와는 달리 근대는 도무지 길이 보이지 않는 시대이다. "칸트의 별이 총총한 하늘은 순수인식의 어두운 밤에만 빛날 뿐", 근대적 인간인 "고독한 방랑자 (…) 어느 누구에게도 그가 가는 오솔길을 더 이상 밝혀주지 않는다"(37). 청년 루카치가 쓴 일련의 에세이들을 규정했던 주도적 물음, 즉 "오늘날 우리는 어떻게 살 수 있고 살아야만 하는가?"라는 물음은 이러한 시대인식에 따른 것이었다.

이른바 '에세이 시기'의 대표작인 『영혼과 형식』에서 이 물음은 근대 내에서 가능한 대안적 삶의 모색을 낳았다. 여기에서는 근대 너머의 세계에 대한 기획 가능성은 설정되지 않으며, 근대의 조건 내에서, 개인의 차원에서 근대적 부정성을 극복할 수 있는 여러 실존적 구상이 여러 매질을 통해 실험되고 있다. 하지만 1916년에 처음 발표된 『소설의 이론』에서는 동일한 물음에 대해 다른 각도에서 대답이 모색된다. '역사'가 본격적으로 사유되면서 근대는 하나의 역사적 시대로 파악되고 그 너머의 세계에 대한 탐색이 — 아직은 몹시 추상적인 수준에 머물러 있는 것이긴 하지만 — 시작된 것이다.[45]

44 2007년에 출간된 『소설의 이론』 번역서에서 "죄업이 완성된 시대"로 옮겼던 "das Zeitalter der vollendeten Sündhaftigkeit"를 본서에서는 "완전히 죄에 빠진 시대"로 바꾸어 옮긴다.

45 이와 관련하여 프레드릭 제임슨과 백낙청의 언급을 동시에 고려할 필요가 있다. 미국의 저명한 마르크스주의자 프레드릭 제임슨은 『소설의 이론』 제2부의 제3장과 제4장에서 '형이상학적' 시각이 '역사적' 시각으로 변화되는 조짐을 읽어내고 이를 마르크

『소설의 이론』에서 '서사시의 시대'에 구현된 "가장 고유하게 그리스적인 것"(36)을 찬양하는 루카치의 언설은 독일에서는 요한 요아힘 빙켈만(Johann Joachim Winckelmann) 이후 친숙한 것이었다. 고대 그리스문화에 대한 루카치의 상(像)은 초기 낭만주의, 그중에서도 특히 그리스 시문학을 "예술과 취미의 원형"으로 본 프리드리히 슐레겔(Friedrich Schlegel)[46]과 독일 고전주의, 그중에서도 특히 프리드리히 실러(Friedrich Schiller)의 '소박 문학(naive Dichtung)'과 '성찰 문학(sentimentalische Dichtung)'의 구분, 그리고 무엇보다도 헤겔의 미학에 그 연원을 두고 있다. 헤겔 미학에서 서술되고 있는 고대적 통일성과 총체성의 이념은『소설의 이론』에서 그대로 반복된다.

헤겔 미학의 영향은 이 책의 여러 곳에서 쉽게 확인할 수 있으며 루카치 스스로도 인정하고 있다. 신판「서문」에서 루카치는『소설의 이론』을 집필할 당시 자신이 "칸트에서 헤겔로 넘어가는 과정 중에 있었"(7)다고 회고한다. 하지만 그렇다고 해서 그가 그 전에 영향을 받았던 정신과학적 경향에서 벗어난 것은 아니어서 "실제로『소설의 이론』은 정신과학적 경향들의 전형적인 산물"(7)이라는 말도 하

스주의로의 전향과 연결 짓는다. 프레드릭 제임슨,『맑스주의와 형식: 20세기의 변증법적 문학이론』, 여홍상·김영희 옮김, 219~220쪽 참조. 이와 달리 백낙청은『소설의 이론』당시 '역사'에 대한 루카치의 입장이 가진 한계를 지적한다. "반면에 타락한 세계를 극복하려는 노력은 작중의 문제아적 인물이라든가 소설가 자신 등 개인의 차원에서만 (부분적으로나마) 가능한 것처럼 애초부터 생각하는 것은 역사에 대한 그 무렵 루카치의 입장이 어떤 것이었는가를 암시해준다." 인용한 곳은 백낙청,「문학의 사회적 의미와 사회학적 연구」, 1979,『민족문학과 세계문학 II. 백낙청 평론집』, 創作과批評社, 1985, 151쪽.

46 에른스트 벨러,『아이러니와 모더니티 담론』, 이강훈·신주철 옮김, 東文選, 2005, 77~80쪽.

는데, 정신과학의 영향과 관련해서는 주로 부정적으로, 특히 제2부의 소설 유형론의 문제점과 관련해서 언급하고 있는 반면, 『소설의 이론』의 긍정적 측면, 특히 미학적 고찰에 '역사'를 도입한 점과 관련된 측면은 무엇보다도 헤겔의 수용 덕분으로 돌리고 있다. 하지만 그렇다고 해서 "정통 헤겔주의자는 아니었다"(10)고 하는데, 헤겔과는 다른 원천에서 나온 사유들, 예컨대 극문학과 서사문학에 대한 괴테와 실러의 분석, 소크라테스로부터 괴테로 이어지는 '마성' 개념, 청년기 프리드리히 슐레겔과 카를 빌헬름 페르디난트 졸거(Karl Wilhelm Ferdinand Solger)의 반어에 관한 성찰 등등으로 전반적인 헤겔주의적 윤곽을 보완하고 있을 뿐만 아니라 헤겔과 갈라지는 결정적인 차이가 있기 때문이다. 이 차이는 무엇보다도 근대를 보는 대립적 관점에서 드러나는데, 그 결과 상이한 '역사철학'이 제시되며 장편소설의 역사적 미학적 자리매김도 달라진다.

헤겔이 근대를 미학적으로 특징지은 '산문의 세계'란, 예술철학자 헤겔에게만 문제적일 뿐 역사철학자 헤겔에게는 '역사의 완성'의 이면이었다. 그에게 유럽의 근대는 정신이 자기외화의 과정을 거쳐 마침내 사상과 사회적 국가적 실제 속에서 자기 자신에 다시 도달한 시대였다. 이에 반해 루카치에게 유럽의 근대는, 인류의 '고향'으로부터 멀어지는 긴 전락 과정의 끝, 그 속에서 스스로를 갱신할 어떠한 내재적 동력도 찾을 수 없는 막다른 골목으로 보였다. 루카치의 회고에 따르면 근대를 보는 이러한 관점은 본질적으로 조르주 소렐의 영향 속에서 형성된 것이며, 이에 따라 "현재"는 헤겔식으로가 아니라 요한 고트리프 피히테(Johann Gottlieb Fichte)의 표현을 빌려 "완전히 죄에 빠진 시대"(183)라는 "절대적인 윤리적 부정성"[47]으로 특징지어졌다. 그러나 "윤리적으로 채색된 이 같은 당대 비관주의"는 "헤겔에서 피히테로의 전반적인 복귀를 나타내는 것이 아니라 오히려 헤겔적 역사변증법의 키르케고르화(ein Kierkegaardisieren der Hegelschen Geschichtsdialektik)를 나타내는 것"(14)이라는 게 루카치의 자평인데, 아래에서는 이와 관련해 조금 더 자세히 살펴보도록 하자.

아나키즘 성향을 지닌 헝가리 정치가이자 마르크스와 엥겔스의 저작들을 헝가리어로 번역한 학자였던 에르빈 서보(Ervin Szabó)를 통해 루카치에게 영향을 준 조르주 소렐은 17세기 이래 근대를 '몰락의 세계'로 그리며, 이 저지 불가능한 몰락은 19세기 중반을 전환점으로 더욱더 악화되어 마침내 대파국이 도래한다는 입장을 가지고 있었다. 하지만 소렐에게는 이러한 근대적 체제 속에 그 체제를 파괴하고 새 세상을 열 미래의 계급이 내재해 있는데, 프롤레타리아계급이 바로 그것이었다. 이 새로운 사회적 주체가 생산현장에서 총파업이라는 혁명무기로 노동자 중심의 사회주의를 쟁취하는 것이 아르나코-생디칼리스트인 소렐이 그린 역사의 상이었다.[48] 이에 반해 루카치는 현실의 프롤레타리아계급, 현실의 사회주의 운동에 대해서는 여전히 거리를 취하고 있었다. 그가 "혼란과 절망과 신의 부재"의 근본 원인이자 서구 문명의 근본악으로 본 "'유럽적' 개인주의"[49]와는 다른

47 Andreas Hoeschen, *Das 'Dostojewsky' Projekt. Lukács' neukantianisches Frühwerk in seinem ideengeschichtlichen Kontext*, Tübingen: Niemeyer, 1999, 233쪽.

48 이에 관해서는 디트리히 하르트(Dietrich Harth), 「루카치와 블로흐 초기 저작에서의 근대 비판」, 《문예미학 4. 루카치의 현재성》, 1998년 9월, 21~22쪽, 그리고 조르주 소렐, 『폭력에 대한 성찰』, 이용재 옮김, 나남, 2007을 참조하라.

49 Georg Lukács, "*Solovjeff, Wladimir: Die Rechtfertigung des Guten*. Ausgewählte Werke, Bd. II. Jena 1916", 978쪽.

방향에 있는 흐름으로 사회주의를 일찍부터 주목해왔던 것은 사실이다. 하지만 1910년에 집필한 「미적 문화」에서 표명했던 입장, 즉 "우리가 희망을 걸 수 있는 것은 프롤레타리아계급과 사회주의뿐일지도 모른다. (…) 그러나 우리가 지금까지 체험했던 바에 따르면 썩 좋은 것을 기대하기가 어렵다. 사회주의는 원시 기독교에 있었던, 영혼 전체를 가득 채우는 저 종교적 힘이 없는 것처럼 보인다"[50]는 입장은, 1918년에 출간된 『벌라주 벨러와 그를 좋아하지 않는 사람들(*Balázs Béla és akiknek nem kell*)』까지 지속된다. 이 책에 수록된 「치명적인 청춘(Haláos fiatalság)」에서 루카치는 "프롤레타리아계급의 이데올로기, 프롤레타리아계급의 연대 사상은 오늘날에도 아직 심히 추상적이어서 — 계급투쟁의 무기를 넘어서 — 모든 삶의 표현에 영향을 끼치는 진정한 윤리를 제공할 수 없다"[51]고 적고 있는데, 새로운 영성을 지닌 새로운 인간들과 이들에 의해 형성될 새로운 문화, 새로운 세상을 창조하기에는 현재의 프롤레타리아계급과 그들의 연대 사상인 사회주의가 아직은 역부족이라고 본 것이다. 이를 마르크스주의 이전 시기 루카치의 일관된 입장이라고 볼 수 있다면, 당시 루카치에게 미친 소렐의 영향이란 근대 극복의 방향과 관련된 것이라기보다는 근대에

50 Georg Lukács, "Ästhetische Kultur", *Lukács 1996. Jahrbuch der Internatioalen Georg-Lukács-Gesellschaft*, Frank Benseler · Werner Jung 엮음, Bern: Peter Lang, 1997, 18~19쪽.

51 게오르크 루카치, 「도스토옙스키의 영혼현실」, 『소설의 이론』, 김경식 옮김, 문예출판사, 2007, 192쪽. 이 글은 『벌라주 벨러와 그를 좋아하지 않는 사람들』에 수록된 「치명적인 청춘」의 일부를 옮긴 것이다. 『벌라주 벨러와 그를 좋아하지 않는 사람들』에 수록된 글 대부분은 1909년부터 1913년 사이에 루카치가 벌라주의 작품들에 관해 쓴 평문들이다. 하지만 「치명적인 청춘」은 1918년에, 즉 루카치가 헝가리 공산당에 입당하기 한 해 전에 쓰인 글이다.

대한 파국적 진단에 국한된 것이었다고 할 수 있다. 그리고 이러한 진단에 따라 근대를 "완전히 죄에 빠진 시대"라는 피히테의 표현을 빌려 규정했던 것이다.

그렇다고 해서 "피히테로의 전반적인 복귀"가 이루어진 것은 아닌데, 비록 "현재"의 역사철학적 위치를 과거의 시원과 미래의 목적 양쪽 모두로부터 거리가 먼 곳으로 파악하는 점에서는 통하는 데가 있으나, 윤리적 관점에 입각한 피히테의 역사철학 역시 헤겔의 역사철학과 마찬가지로 결국에는 이성의 지배로 귀착되는 내적 논리를 갖고 있다는 점에서[52] 루카치의 역사상과는 그 구도가 다르다. 비록 헤겔과 피히테 두 사람의 역사철학에서 "현재"가 점하는 방법적 위치는 다르지만,[53] 헤겔이든 피히테든 역사란 그 자체의 내재적인 동력에 의해 전개되는 필연적인 단계들을 거치는 것이며, 결국에는 보다 고차화된 시원으로 복귀하는 순환적 원환의 형태를 취하고 있다. 그런데 『소설의 이론』에서 그려지는 '몰락의 역사'에서는 그 자체 내에 그

52 『현시대의 특징(*Die Grundzüge des gegenwärtigen Zeitalters*)』(1806)에서 피히테는 인류의 역사를 다섯 단계로 나누었다. 그 첫 단계는 인류가 "무구한" 상태에 있는, "본능에 의해 이성의 무조건적 지배가 이루어지는 시대"이며, 이에 뒤이은 두 번째 단계는 본능적 이성이 외적으로 강제하는 권위로 바뀌어버린, "죄가 싹트는 상태"이다. 그리고 세 번째 단계는 "완전히 죄에 빠진 상태"인 현시대이며, 네 번째 단계는 이성의 지배의 추상적 가능성이 존재하는 "학으로서의 이성의 시대"이고, 마지막으로 다섯 번째 단계는 삶의 전 영역에서 이성이 현실화되는 "인위적인 이성의 시대"이다. 인용한 곳은 J. G. Fichte, *Die Grundzüge des gegenwärtigen Zeitalters*, Mit einer Einleitung von Alwin Diemer, Hamburg: Felix Meiner Verlag, 1978, 14~15쪽.

53 헤겔의 경우 "현재"는 역사 과정의 종결이자 이념의 완전한 실현으로서 마침내 도달한 목표라면, 피히테의 경우 "현재"는 아직 역사 과정의 중간 단계로 설정되며, 그 속에서 자신의 대립물을 산출함으로써 "이념의 완성, 유토피아적으로 고찰된 미래로 가는 하나의 필연적인 통과점"(2:617)으로서 역사적 의미를 지닌다.

것을 넘어서는 동력이 산출되지 않는다. 그리하여 루카치가 갈구하는 새로운 세계는 '몰락의 역사'와 매개되지 않은 채, 그것과는 무관하게 상정된다. 루카치가 「서문」에서 말한 "헤겔적 역사변증법의 키르케고르화"는 바로 이러한 역사상과 관련된 것이 아닐까. 그렇다면 여기서 문제는 루카치가 키르케고르 철학의 어떤 점을 염두에 두고 이런 표현을 썼을까 하는 것이다.

독일의 연구자 에른스트 켈러(Ernst Keller)는 초기 루카치를 다룬 한 책에서 이를 설명하고 있는데, 그에 따르면 "헤겔적 역사변증법의 키르케고르화"란 키르케고르가 개인적인 삶의 형성(Lebensgestaltung)과 관련해 구상한 세 단계(미적 단계, 윤리적 단계, 종교적 단계)를 루카치가 키르케고르의 의도와는 달리 세계사 과정에 적용했음을 뜻하는 말이다. 이렇게 키르케고르의 세 단계론을 역사철학으로 격상시킴으로써 『소설의 이론』에서 고대와 중세는 미적 단계, 소설의 시대인 근대는 윤리적 단계, 그리고 도래할 새로운 시대는 종교적 단계에 해당하게 된다는 것이 그의 생각이다. 하지만 켈러는 키르케고르의 세 단계는 이상(理想)으로 설정된 종교적 단계로의 연속적 발전 속에 있는 단계들로서 각각 정당성을 가질 뿐만 아니라 더 높은 단계로 '상승'하는 관계 속에 있는 것이기 때문에 '몰락'과 '재상승'의 형상을 띤 『소설의 이론』의 역사상과는 맞지 않는다고 본다. 그래서 『소설의 이론』의 역사 구상은 "헤겔적 역사변증법의 키르케고르화"라고 한 1962년 루카치의 자기이해와는 달리 키르케고르가 아니라 오히려 플로티노스(Plotinos)의 세계 구상과 부합한다는 것이 그의 주장이다.[54] 하지만

54 Ernst Keller, *Der junge Lukács. Antibürger und wesentliches Leben, Literatur- und*

내 생각에는 켈러 자신이 루카치의 말을 오독한 것이다.

"헤겔적 역사변증법의 키르케고르화"라는 말은 『소설의 이론』의 루카치가 아니라 그 표현을 사용하고 있는 1962년 「서문」을 쓸 무렵의 루카치가 헤겔과 키르케고르의 관계를 어떻게 파악하고 있는지를 살펴볼 때 더 잘 이해될 수 있다. 이때 참조할 수 있는 것이 『이성의 파괴』인데, 이 책은 1954년에 동독 아우프바우 출판사에서 처음 출판되었다가 1962년에 『게오르크 루카치 저작집』 제9권으로 서독에서 다시 발간되었다. 우리의 문제와 관련해 이 책에서 주목할 곳은 루카치가 키르케고르의 "이른바 '질적' 변증법"(9:221)의 '비합리주의'적 성격을 비판하고 있는 대목이다. 루카치는 키르케고르가 헤겔 변증법의 약점을 극복하려 할 때 변증법 일반을 배척하는 방식이 아니라 "주관주의적인 사이비 변증법"(9:226)을 구성하는 방식을 취하며, 이를 급진적으로 끝까지 밀고나간다고 한다. 그럼으로써 변증법적 방법을 형성하는 모든 결정적 규정들이 그의 "'질적' 변증법"에서는 삭제되고 마는데, 이에 따라 헤겔이 혁명을 역사적 과정 내에서, 역사적으로 필연적인 계기로서 파악하고자 했을 때에 사상적 수단이었던 '양에서 질로의 전환'도 부인된다. 그 결과 키르케고르에서 질적 도약은 과정으로부터 분리되며 그럼으로써 필연적으로 비합리적인 성격을 띠게 된다고 한다. "새로운 질은 최초의 것과 함께, 도약과 함께, 불가사의한 것의 돌발과 함께 성립한다"(9:226)는—루카치가 인용하고 있는—키르케고르의 말이야말로 "헤겔의 비합리화"(9:229)를 분명하게 보여주고 있다는 것이 루카치의 생각이었다.

Kulturkritik 1902~1915, 171~172쪽.

앞서 말했다시피 『소설의 이론』에서 "완전히 죄에 빠진 시대"에 뒤이어 도래할, 정확히 말하면 도래가 기대되는 새로운 시대는 헤겔식으로도 피히테식으로도 설정되지 않는다. 그것은 역사의 과정으로부터 분리된, 역사적으로 필연적인 계기로서의 질적 전환과는 거리가 먼 갑작스러운 도약이며 매개되지 않은 급전환이다. 루카치 자신이 『이성의 파괴』에서 키르케고르를 두고 한 말, 즉 "헤겔의 비합리화"가 이루어지고 있는 것인데, 『소설의 이론』의 루카치는 이처럼 서로 융합될 수 없는 헤겔의 역사변증법과 키르케고르의 비합리주의적인 질적 변증법을 한데 섞음으로써 "헤겔적 역사변증법의 키르케고르화"라는 "절충적 역사철학"[55]의 한 형태를 제시하고 있다. 사실 『소설의 이론』이 구현하고 있는 '절충주의'는 이 점에만 국한된 것이 아니다. 루카치가 신판 「서문」에서 『소설의 이론』의 또 다른 특징으로 "'좌파적' 윤리와 '우파적' 인식론(존재론 등등)의 융합을 추구하는 세계관"(17)이라고 한 것도 그러한 면을 보여주는 것이며, 생철학의 용어와 신칸트주의적 용어로 구사되는 '역사철학'도 '절충주의'의 면모를 보여준다. 이런 점들을 '절충주의'라고 비판할 수도 있겠지만, 청년 루카치가 서로 다른 수많은 이론적 원천으로부터 사유의 자양분을 흡수하여 자기 나름의 '독창적' 방식으로 종합해냈다고 볼 수도 있을 것이다.

55 게오르크 루카치, 「삶으로서의 사유」, 『삶으로서의 사유: 루카치의 자전적 기록들』, 김경식·오길영 편역, 336쪽.

4. 『소설의 이론』의 방법론적 틀

『소설의 이론』이 상이한 연원을 가진 이질적 사유들을 독창적으로 절충 내지 종합하고 있는 만큼 『소설의 이론』의 뼈대를 이루는 이론은 무엇인가 하는 질문과 관련된 문제를 두고서 지금까지도 서로 다른 견해들이 개진되고 있다. 여기서는 그중 몇 가지 견해를 소개하고자 하는데, 이를 통해 『소설의 이론』에 대한 해석이 아직도 여러 방면에서 열려 있음을 확인할 수 있을 것이다.

먼저 독일의 연구자 린다 지모니스(Linda Simonis)의 견해부터 보자면, 박사학위 논문에서 그는 『소설의 이론』의 바탕에 놓인 역사철학적 도식, 즉 고대 그리스 세계와 근대 세계의 대립 구도 및 고대 그리스의 상(像)은 독일의 초기 낭만주의(특히 프리드리히 슐레겔의 「그리스 시문학의 연구에 대하여(Über das Studium der Griechischen Poesie)」) 및 헤겔 미학과 연관되어 있다면, 이와 대비를 이루는 부정적인 근대의 상(像)은 20세기 초의 문화비판적 담론, 그중에서 특히 게오르크 지멜의 '문화의 비극' 공식에 의해 규정되어 있다고 본다.[56] 이와 달리 독일의 몇 안 되는 루카치 전공자 중 한 사람인 베르너 융(Werner Jung)은 그의 첫 루카치 연구서에서 헤겔의 영향을 특히 강조한다. 『소설의 이론』에는 비록 생철학적인 테마와 신칸트주의적인 테마를 연상시키는 수많은 대목이 있긴 하지만 "『소설의 이론』에서 그것들은 한편으로는 별로 중요하지 않으며 다른 한편으로는 헤겔적 의미에서

56 Linda Simonis, *Genetisches Prinzip. Zur Struktur der Kulturgeschichte bei Jacob Burckhardt, Georg Lukács, Ernst Robert Curtius und Walter Benjamin*, Tübingen: Max Niemeyer Verlag, 1998, 135~137쪽.

변증법적으로 지양된 것으로 평가되어야 한다"는 것이 그의 입장이다. 그리하여 그는 "헤겔을 끼고 생철학과 신칸트주의에 맞서기!(mit Hegel gegen Lebensphilosophie und Neukantismus!)"라는 말로 『소설의 이론』의 특수한 성격을 표현한다.[57] 역시나 헤겔의 영향에 주목하는 미국의 철학자 제이 M. 번스타인(Jay M. Bernstein)은 더욱 극단적인 주장을 하는데, 그는 신판 「서문」에서 루카치가 "이 책의 총론격인 제1부는 본질적으로 헤겔에 의해 규정되어 있다"(10)고 하면서 제2부와 관련해서는 주로 "정신과학의 추상적인 종합"(8)이 영향을 끼쳤다고 말한 데 의거하여, "헤겔주의적인 것은 제1부뿐"이며 "제2부를 지배하고 있는" 것은 "'우파적' 인식론"이라면 "『소설의 이론』은 통일적인 작품이 아니다. 그것의 두 부분은 상이한 원리들과 방법들에 따라서 구성되어 있다"고까지 주장한다.[58] 한편 독일의 연구자 니클라스 헤빙(Niklas Hebing)은 헤겔 미학과 『소설의 이론』의 관계를 고찰한 연구에서 빌헬름 딜타이(Wilhelm Dilthey), 지멜, 앙리 베르그송(Henri Bergson), 막스 베버 등이 『소설의 이론』에 미친 영향을 부인할 수 없으며 노발리스, 슐레겔, 피히테, 졸거의 흔적 또한 분명하지만 "그럼에도 불구하고 헤겔의 미학이 [『소설의 이론』의] 방법과 구상을 결정적으로 규정하는 프로그램이다"[59]라고 주장한다. 또 다른 글에서 그는 번스타인은 물론이고 제2부의 소설 유형론의 문제점과 관련하여 정

57 Werner Jung, *Wandlungen einer ästhetischen Theorie. Georg Lukács' Werke 1907 bis 1923*, Köln: Pahl-Rugenstein, 1981, 70쪽.

58 Jay M. Bernstein, *The Philosophy of the Novel: Lukács, Marxism and the Dialectics of Form*, Minneapolis: University of Minnesota Press, 1984, xiii쪽.

59 Niklas Hebing, *Unversöhnlichkeit: Hegel Ästhetik und Lukács' "Theorie des Romans"*, Duisburg: Universitätsverlag Rhein-Ruhr, 2009, 28쪽.

신과학의 부정적 영향을 언급하고 있는 루카치와도 달리, 유형론에서도 헤겔 미학의 영향을 확인하려고 한다. '소설 유형론'은 딜타이의 '철학 유형론'이나 막스 베버의 '이념형(Idealtypus)' 같은 정신과학적 방법의 영향만 받은 것이 아니라 헤겔이 제시한, 소설적 갈등을 해결하는 세 가지 유형(희극적 유형, 비극적 유형, 화해적 유형)에도 영향을 받은 것으로 봐야 한다는 것이다.[60] 하지만 그리스 철학자 콘스탄티노스 카불라코스(Konstantinos Kavoulakos)의 연구는 지금까지의 연구들이 제시한 입장들과 전혀 다를 뿐만 아니라 루카치 자신의 발언마저 수정하는 과감한 주장을 하는데, 그에 따르면 『소설의 이론』의 방법론적 틀은 신칸트주의임이 분명하며, 거기에서 생철학과 헤겔 철학은 오히려 부정과 비판의 대상이다. 이러한 입장에서 그는 『소설의 이론』에 대한 텍스트 내재적인 해석을 비교적 성공적으로 수행한다.[61] 하지만 그의 도발적인 연구가 발표된 후에도 그와는 다른 입장에서 『소설의 이론』을 읽는 연구들이 끊이지 않는데, 『소설의 이론』 탄생 100주년을 맞이해 발간된 책에 수록된 파트릭 홀베크(Patrick Hohlweck)의 기고가 그 한 예이다. 그는 비록 루카치가 1962년 「서문」에서 "미학적 범주의 역사화"로 대표되는 "헤겔적 유산"을 주장하고 있지만 『소설의 이론』은 헤겔의 역사철학처럼 "역사철학적 개념의 내재적 자기운동에서 방향을 잡는 것과는 거리가 멀다"고 본다. 이 점

60 이와 관련해서는 Niklas Hebing, "Die Historisierung der epischen Form. Zu einer philosophischen Gattungsgeschichte des Prosaischen bei Hegel und Lukács", *Georg Lukács. Werk und Wirkung*, Christoph J. Bauer 외 엮음, Duisburg: Universitätsverlag Rhein-Ruhr, 2008, 35~52쪽 참조.

61 Konstantinos Kavoulakos, *Ästhetizistische Kulturkritik und ethische Utopie. Georg Lukács' neukantianisches Frühwerk*, Berlin: Walter de Gruyter, 2014.

에서, 다시 말해 헤겔의 역사철학과는 무관하다고 보는 점에서 그는 카불라코스와 견해를 같이하지만 신칸트주의적인 이론적 토대를 강조하는 카불라코스와는 달리 "루카치의 구상은 게오르크 지멜의 역사철학에 더 가깝다"고 주장한다.[62]

나는 이들 연구자들이 참조하고 있는 여러 이론적 배경들, 구체적으로는 독일의 초기 낭만주의, 헤겔 철학, 딜타이와 지멜의 생철학, 신칸트주의 등등에 대해 충분한 지식을 갖추고 있지 못하다. 따라서 그들의 해석에 대해 정당한 평가를 내릴 형편이 못된다. 그러니 만큼 루카치가 직접 한 말을 더 꼼꼼히 살펴보는 데에서 출발할 수밖에 없는데, 루카치의 발언 중에서 『소설의 이론』의 '골간 이론'과 관련하여 자주 인용되는 것은 신판 「서문」에서 그가 한 말, 즉 "그 당시 나는 칸트에서 헤겔로 넘어가는 과정 중에 있었"(7)다는 말이다. 물론 그렇다고 해서 『소설의 이론』이 헤겔주의에 입각한 텍스트라고 말한 것은 아닌데, 루카치 스스로 밝히고 있다시피 헤겔로의 '이행이 완료'된 것이 아니라 '이행 과정' 중에 있는 그 텍스트에는 헤겔주의와는 전혀 이질적인 사유들이 복잡하게 섞여 있다. 「서문」을 좀 더 자세히 보면 루카치는 헤겔주의가 아니라 오히려 독일의 정신과학이 규정적인 것이었다고 서술하고 있는데, "실제로 『소설의 이론』은 정신과학적 경향들의 전형적인 산물이다"(7)라는 말이나, "이런 식으로 『소설의 이론』은 정신과학의 전형적인 대표작인바, 정신과학의 방법론적 한계 너머를 보여주진 못한다"(9)고 말하고 있다. 하지만 이렇게 "정

62 Patrick Hohlweck, "Georg Lukács und der Verfasser der *Theorie des Romans*", *Hundert Jahre "transzendentale Obdachlosigkeit": Georg Lukács' "Theorie des Romans" neu gelesen*, 88쪽.

신과학의 권역 내에 뿌리를 두고 있긴 하지만"(9), 칸트에 기반을 두고 있었던 윗세대 정신과학의 대표자들과는 달리 『소설의 이론』의 루카치 자신은 정신과학의 권역 내에서 "헤겔주의자가 되었"(10)[63]다고 말한다. 그렇기 때문에, 또는 그렇다고 해서, "전적으로 헤겔만 따르는 정통 헤겔주의자였던 것은 아니다"(10)라고도 하는데, 「서문」의 이런저런 말을 종합해서 볼 때 앞서 인용한 루카치의 말, 즉 "그 당시 나는 칸트에서 헤겔로 넘어가는 과정 중에 있었"다는 말은, 칸트에 기반을 두고 있었던 정신과학의 자장 내에 있으면서 헤겔 철학의 성과들을 미학적 고찰에 도입했다는 말로 이해하는 것이 무난할 듯하다. "『소설의 이론』은 헤겔 철학의 성과들을 미학적 문제들에 구체적으로 적용한 최초의 정신과학적 작품"(10)이라는 루카치의 자평은 이러한 이해와 궤를 같이한다. 그런데 「서문」에서 그가 "정신과학"이나 "정신과학적 방법들"이라는 말로 염두에 두고 있는 것은 "빌헬름 딜타이와 게오르크 지멜 그리고 막스 베버의 연구"(7)인 반면 특이하게도 신칸트주의는 여기서 배제되는 듯이 보인다. 아니, 그것은 "정신과학적 방법들"과는 부정적으로 대비되는 위치에 배치되는데, 딜타이에 비해 "신칸트주의적 실증주의나 그 밖의 실증주의"(7)가 보여준 "자잘하고 피상적인 면모"(7)에 대한 지적이나,[64] "리케르트 및 그의

63 『소설의 이론』 2007년 번역서에서는 "헤겔학도"로 옮겼던 "Hegelianer"를, 썩 내키지는 않지만 널리 쓰이는 번역에 따라 "헤겔주의자"로 바꾸어 옮긴다. 마찬가지로 "칸트학도"도 "칸트주의자"로 바꾸어 적는다.

64 베르너 융에 따르면 여기서 말하는 신칸트주의적 실증주의는 마르부르크 학파의 신칸트주의이지 빈델반트와 리케르트, 에밀 라스크가 대표한 바덴 학파의 신칸트주의가 아니다. Werner Jung, 앞의 책, 115쪽의 제6장 미주 7을 참고할 것. 바덴 학파의 신칸트주의는 우리가 바로 이어서 인용하는 "리케르트 및 그의 학파와 같은 칸트주의

학파와 같은 칸트주의자들은" 딜타이보다 훨씬 더 극단적으로 "시대를 초월한 가치와 역사적인 가치 실현 사이에 있는 방법론적 심연을 벌려놓는다"(11)는 말은, 『소설의 이론』의 루카치에게 신칸트주의는 그리 큰 영향을 미치지 않았다는 인상을 준다. 생애 마지막에 나눴던 대담에서도 루카치는 자신의 철학적 사유에 미친 신칸트주의의 영향에 대해 긍정적이지 않았는데, 1910년대 초반 "당대 신칸트주의 속에서 갈피를 못 잡고 있었"던 차에 에른스트 블로흐(Ernst Bloch)를 만나 "고래(古來)의 방식으로 철학하기가 가능하다는 확신"을 얻게 되었다고 하면서 블로흐가 자신에게 끼친 긍정적 영향을 분명히 하고 있는 반면에 에밀 라스크(Emil Lask)와의 관계에 대해서는, "아름다운 우정"을 나누었으나 "라스크가 나의 발전에 영향을 미쳤다고는 말할 수 없"다고 한다.[65]

그런데 루카치 사후 삼 년이 지난 1974년에 그의 '초기 미학'이 두 권의 책으로, 즉 『하이델베르크 예술철학(1912~1914)』과 『하이델베르크 미학(1916~1918)(*Heidelberger Ästhetik(1916~1918)*)』이라는 제목으로 발간되고, 1973년에는 하이델베르크의 한 은행에서 그가 하이델베르크 체류 시절에 작성한 원고 일부와 발췌문, 일기와 천육백여 통의 편지, 사진 등이 들어 있는 트렁크가 우연히 발견됨에 따라 초기 루카치의 상(像)에 큰 변화가 생기게 된다.[66] 루카치는 회고적인 글들

자들"을 가리키는 말이다.

65 게오르크 루카치, 「삶으로서의 사유: 게오르크 루카치와의 대담」, 『삶으로서의 사유: 루카치의 자전적 기록들』, 김경식·오길영 편역, 78쪽.

66 《슈피겔(*DER SPIEGEL*)》 1973년 35호(1973년 8월 26일)에 「트렁크를 든 남자(Der Mann mit dem Koffer)」라는 제목의 관련 기사가 실려 있다. https://www.spiegel.de/kultur/der-mann-mit-dem-koffer-a-4bca5968-0002-0001-0000-000041926433

이나 말년에 가졌던 여러 대담에서 자신의 청년기 작업과 관련해서는 주로 『근대 드라마의 발전사』나 『영혼과 형식』, 『소설의 이론』만 언급하고 초기 미학에 대해서는 구체적으로 말한 적이 없었다. 초기 미학이 전(前) 마르크스주의 시기 작품들을 수록할 예정으로 발간을 미루어두었던 독일어판 『게오르크 루카치 저작집』 제1권이 아니라 그의 사후 삼 년에 저작집 제16권과 제17권으로 발간된 것을 보면 루카치 자신은 초기 미학을 자신의 저작집에 포함시킬 생각이 없었던 것 같다. 게다가 초기 미학의 원고 일부와 도스토옙스키 연구서 집필을 위한 기록이 보관되어 있었던 '하이델베르크 트렁크'에 관해서는 그 누구에게도, 심지어 아내인 게르트루드 보르츠티베르(Gertrud Bortstieber)에게조차도 말한 적이 없었다. 하이델베르크를 떠나기 직전인 1917년 11월 7일, 도이체 방크(Deutsche Bank) 하이델베르크 지점에 맡겨둔 이 가방의 존재 자체를 아예 잊어버렸던 듯한데, 그만큼 루카치는 자신의 청년기 작업에 대해서는 큰 관심을 두지 않았다. 어쨌든 초기 미학의 발간과 하이델베르크 트렁크의 발견으로 전(前) 마르크스주의 시기 루카치의 사유 세계와 사상적 궤적을 파악하는 연구에서 새 지평이 열렸는데, 이에 따라 신칸트주의와의 관계가 중요한 주제로 부상한다.

1911년에 피렌체에서 구상하여 1차 세계대전 발발 직전까지 집필한 원고와 1916년부터 1918년까지 집필하여 하이델베르크 대학에 교

(최종 접속 2023년 10월 15일). 하지만 울리세 도가(Ulisse Dogà)는 이 가방이 발견된 해는 1971년이고, 1973년은 연구자들이 그 가방에 보관된 자료에 접할 수 있게 된 해라고 한다. Ulisse Dogà, *»Von der Armut am Geiste« Die Geschichtsphilosophie des jungen Lukács*, Bielefeld: Aisthesis, 2019, 11쪽.

수자격청구 논문으로 제출한 원고를 따로 묶어 발간한 죄르지 마르쿠시에 따르면, 초기 미학의 이 두 논문은 많은 대목에서 동일한 결과에 도달하고 있지만 방법론과 학문이론적 토대의 측면에서는 상당한 차이가 있다. 『영혼과 형식』의 심미주의적인 단계를 거친 이후 집필한 『하이델베르크 예술철학(1912~1914)』에서는 "생철학과 칸트주의의 종합"이 시도되고 있다면, 『하이델베르크 미학(1916~1918)』에서는 "극단적으로 이원론적으로 해석된, 철저한 칸트주의"가 근저에 놓여 있다는 것이다.[67] 이러한 견해, 즉 두 논문의 방법론을 '생철학과 칸트주의(여기서 칸트주의는 신칸트주의를 의미한다)의 종합'과 '더욱 철저한 칸트주의(신칸트주의)'로 구분해서 보는 견해는 이후에 이루어진 연구들에서 대체로 수용되었는데, 예컨대 베르너 융의 경우 이를 받아들이면서 다음과 같이 부연설명하고 있다.

> 이러한 차이는 분명하며, 루카치의 발전 과정을 생각해보면 이해도 할 수 있는 일이다. 그도 그럴 것이 루카치는 지멜과 딜타이에게서 배운 베를린 유학을 마친 직후에 『예술철학』 작업을 시작한 반면, 베버의, 그리고 또한 에밀 라스크의 연구에 정통한 후에 『미학』에 착수했다.[68]

마르쿠시가 처음 제시한 이러한 해석을 베르너 융을 위시한 많은 연구자들이 공유했다. 그러는 가운데에서도 루카치가 자신의 사상적

67 György Márkus, "Nachwort", *Georg Lukács Werke. Bd.17. Frühe Schriften zur Ästhetik II. Heldelberger Ästhetik(1916~1918)*, Darmstadt·Neuwied: Luchterhand, 1974, 262쪽.
68 Werner Jung, "Das frühe Werk", Georg Lukács, *Werke Band 1(1902~1918). Teilband 2(1914~1918)*, Bielefeld: Aisthesis, 2018, 838쪽.

진화 과정에 관해 말한 회고적 발언들이 대체로 존중되었다. 즉 생철학 및 신칸트주의에서 출발해 헤겔을 거쳐 마침내 마르크스에 도달했다는 식의 설명이 어느 정도 정설로 받아들여졌던 것이다. 그리고 『하이델베르크 예술철학(1912~1914)』이 끝내 완성되지 못한 이유도 이러한 관점에서 설명되곤 했는데, 생철학과 신칸트주의라는 이질적 방법의 종합을 꾀한 것 자체가 실패의 근본 이유였다는 것이다. 하지만 『'도스토옙스키'-프로젝트』라는 제목을 단 연구서에서 안드레아스 회센(Andreas Hoeschen)은 이러한 주류적 해석에 본격적으로 이의를 제기했다. 그는 1911/1912년부터 1918/1919년까지 이루어진 루카치의 작업을 '도스토옙스키 프로젝트'라는 상위개념 하에서 진행된 것으로 읽고, 여기에 놓인 이론적 토대를 신칸트주의, 그중에서도 특히 에밀 라스크의 철학에서 찾고자 시도했다.[69] 앞서 소개한 카불라코스의 연구는 이러한 회센의 해석 노선을 더 철저하게 밀고나가는 가운데 루카치의 초기 텍스트 전체를 내재적으로 재해석한 것이다.

루카치의 '초기 미학'에 대한 연구가 본격적으로 이루어지면서 전(前) 마르크스주의 시기 루카치의 사유에 미친 신칸트주의의 영향이 점점 더 분명해졌지만, 그럴수록 『소설의 이론』의 이른바 '헤겔주의'—신판 「서문」을 위시한 루카치의 몇몇 회고적 발언에 의해 뒷받침되고 수많은 연구자들에 의해 인정되었던—가 점점 더 문제가 되었다. 청년 루카치의 사상적 궤적을 마르쿠시처럼 파악하고 『소설의 이론』에 미친 헤겔 철학의 영향을 루카치처럼 강조할 경우, 생철학에

69 Andreas Hoeschen, *Das 'Dostojewsky' Projekt. Lukács' neukantianisches Frühwerk in seinem ideengeschichtlichen Kontext*, Tübingen: Niemeyer, 1999.

서 칸트(신칸트주의)로 갔다가 중간 시기인 『소설의 이론』에서는 헤겔에 접근하면서 칸트로부터 멀어지고 『하이델베르크 미학(1916~1918)』에서 다시 칸트로 되돌아간다는 식의 혼란스러운 상(像)이 생겨난다. 그러다 보니 『소설의 이론』을 "루카치가 '헤겔에게 아양을 떨었'던 짧은 막간극"으로 보는 연구자가 있었는가 하면,[70] 루카치가 『하이델베르크 미학(1916~1918)』에서 칸트로 되돌아간 것은 "수수께끼"라고 말하는 연구자도 있었다.[71] 이들의 연구는 『소설의 이론』에 각인된 헤겔주의적 색채를 기정사실로 인정한 바탕 위에서 이루어진 것인데, 이에 반해 카불라코스의 연구는 『소설의 이론』마저도 신칸트주의에 입각한 텍스트로 읽어냄으로써 이러한 혼란을 불식시키고자 한다.

카불라코스에 따르면 「마음의 가난에 관하여(Von der Armut am Geiste)」(헝가리어본 1911년/독일어본 1912년) 이후 루카치는 두 가지 프로젝트를 설정한다. 하나는 삶의 미적 형식화를 꾀하는 '작품윤리(Werkethik)'의 문제성을 깨닫게 된 것이 출발점이 되는 미학 프로젝트였으며, 다른 하나는 역사철학적으로 정향된 도스토옙스키 작업이었는데, 여기에서 루카치는 「마음의 가난에 관하여」에서 제시한 "선함(Güte)"[72]이 형이상학적 윤리로서 지닌 의의를 해명하고자 했다.[73] 카

70 같은 책, 6쪽 참조.

71 같은 책, 7쪽, 각주 21 참조.

72 『소설의 이론』 2007년 번역서에서는 "선"으로 옮긴 "Güte"를 여기서는 "선함"으로 바꾸어 옮긴다. 루카치가 사용하는 이 단어는 기독교에서 '악(das Böse)'과 대립 관계에 있는 '선(das Gute)'이나 니체에서 '나쁨(das Schlechte)'과 대립되는 '좋음(das Gute)'과도 다른 것으로, 그가 중세 기독교 신비주의자 마이스터 에크하르트(Meister Eckhart)로부터 받아들인 개념이다. 에크하르트를 다룬 국내 연구자들의 글에서 그 단어는 '좋음'으로 주로 번역되어왔으나 최근에는 '자비'로 번역되기도 한다. 'Güte'의 함의를 헤아리면 '자비'로 옮길 수도 있겠으나 적어도 루카치의 텍스트에서는 그 번역이 어울

불라코스는 이 두 프로젝트가 대립적인 것이 아니라 상호보완적인 것임을 밝히면서, 1912년부터 1918년까지 이 두 프로젝트 사이를 오가면서 진행된 루카치의 작업 전체는 신칸트주의가 일관되게 관류한다는 점에서 연속적이고 통일적인 작업이었음을 규명한다. 그는 『하이델베르크 예술철학(1912~1914)』과 『하이델베르크 미학(1916~1918)』은 기존의 연구들이 주장한 것처럼 서로 다른 방법론에 의해 이루어진 별도의 작업이 아니라 하나의 통일적 기획에 따른 것이었으며, 다만 집필 시기가 달라짐에 따라 신칸트주의가 더 철저하게 관철된 정도의 차이가 있을 뿐이라고 본다. "루카치는 처음부터 신칸트주의에 영감을 받은 미학 이론을 구상하는 것을 목표로 했"[74]으며, 이 기획은 신칸트주의가 점점 더 철저하게 관철되는 가운데 수행되었다는 것이다. 그는 『소설의 이론』 또한 신칸트주의적인 미학 작업의 연속선상에 있는 것으로 파악하는데, 『소설의 이론』은 구상과 방법의 측면에서 볼 때 헤겔적 의미에서의 역사철학과는 무관하며 오히려 헤겔의 범논리주의에 대해 그 당시 루카치가 취했던 반대 입장을 보존하고 있는 텍스트임을 논증하고자 한다. 이때 그는 특히 『하이델베르크 예술철학(1912~1914)』 제3장, 즉 "예술작품의 역사성과 시대초월성"에 관한, 신칸트주의적으로 구상된 장을 배경으로 『소설의 이론』을 재구성한다.[75]

리지 않는다. 예컨대 「마음의 가난에 관하여」에서 "선함"과 관련하여 인용되는 성서 구절, 즉 "어찌하여 너는 나를 선한 분이라 하는가. 하느님 한 분밖에는 선한 분이 없다"에서 "선한"을 '자비로운'으로 바꾸면 어색할 것이다.

73 Konstantinos Kavoulakos, *Ästhetizistische Kulturkritik und ethische Utopie*. 36쪽.

74 같은 책, 40쪽.

75 같은 책, 제5장 「서사문학의 역사철학적 유형론」에서 이 작업이 이루어진다.

카불라코스의 『소설의 이론』 다시 읽기는 그 텍스트의 근본적인 틀을 완전히 새롭게 파악할 수 있다는 것을 보여준 신선하고도 도발적인 시도임에 틀림없다. 하지만 『소설의 이론』을 너무 신칸트주의로만 소급해 설명함으로써 생기는 문제점도 없지 않아 보인다. 신칸트주의적인 측면을 일방적으로 강조하는 것은 지금까지의 연구들이 노정한 편향 내지 불충분성을 교정하려는 분명한 목적의식에 따른 것으로 이해해줄 수 있다. 그러나 청년 루카치는 수많은 이론적 원천들로부터 사유의 자양분을 얻고 있지만 항상 자기 고유의 상황인식에서 그것들에 접근했으며 그것들을 자신의 방식으로 흡수하여 독창적으로 종합해냈다는 이슈트반 메사로시(István Mészáros)의 견해를[76] 존중하는 입장에서 보면, 『소설의 이론』에 대한 카불라코스의 해석은 너무 '매끈하다'. 그러다 보니 텍스트의 내재적 해석 과정에서 헤겔의 영향이 틀림없이 확인되는 대목들을 건너뛰는 경향도 눈에 띈다. 헤겔 '미학'과 연관된 대목들을 몇몇 각주에서 언급하고 있지만, 본문에서는 헤겔의 역사철학과 범논리주의에 대한 비판적 측면만 부각시킨다. 하지만 헤겔 '미학' 또한 엄연히 헤겔 철학의 한 부분인 이상, 『소설의 이론』에 미친 헤겔 철학의 영향을 부인하기만 할 수는 없는 일이다. 다른 한편 1962년 「서문」에서 루카치 스스로도 『소설의 이론』의 '저자'가 '정통 헤겔주의자'가 아니었음을 인정하고 있으며, 특히 근대의 역사철학적 자리매김에서는 헤겔과 정반대의 입장에 있음을 밝히고 있는데, 이런 점들이 카불라코스의 해석에서는 정당하게 조명받

76 이슈트반 메사로시, 「루카치의 변증법 개념」, 『루카치 미학 사상』, G. H. R. 파킨슨 엮음, 김대웅 옮김, 문예출판사, 1986, 66쪽.

지 못한다. 『소설의 이론』의 '역사철학'이 헤겔의 역사철학과 다르다는 것은 분명하다. 하지만 이를 꼭 신칸트주의적인 역사철학으로만 봐야 하는지는 의문이다. 신판 「서문」에서 루카치는 『소설의 이론』의 '역사철학'과 관련하여 "헤겔적 역사변증법의 키르케고르화"(14)를 말하고 있는데, 카불라코스는 초기 루카치가 생철학에 거리를 둔 점을 강조하다 보니 그런 것인지 키르케고르가 『소설의 이론』에 미쳤을 수도 있는 영향은 전혀 고려하지 않는다. 부다페스트의 '일요 서클'에서 도스토옙스키와 함께 키르케고르가 모임의 "수호성인"이었다는 아르놀트 하우저의 증언[77]이나, "『소설의 이론』의 저자에게 키르케고르는 늘 중요한 역할을 했다"(14)는 루카치 자신의 말, 그리고 전쟁이 발발하기 직전 하이델베르크에 머물던 시기에 "키르케고르의 헤겔 비판을 다루는 연구에 몰두했다"(14)는 점 등을 고려할 때 『소설의 이론』의 '역사철학'과 키르케고르의 관계도 충분히 논구할 만한데[78] 카불라코스의 연구에서 이 문제는 일체 다루어지지 않는다.

이런 점들이 아쉽기는 하지만 그럼에도 불구하고 『소설의 이론』의 방법론적 틀을 신칸트주의에서 찾고 이를 텍스트 해석에 적용한 카불라코스의 연구가 이후의 연구에 큰 자극을 준 것은 분명하다. 하지만 현재 나로서는 신칸트주의, 그중에서도 특히 중요한 에밀 라스크의 철학에 대해서 문외한에 가깝기 때문에 카불라코스의 연구를 정당하게 평가할 처지가 못 된다. 그럼에도 그의 견해를 소개한 것은

77 이에 관해서는 다음 장에서 다룰 것이다.

78 이 점에 착목하여 위에서 우리는 『소설의 이론』의 '역사철학'을, 서로 융합될 수 없는 헤겔의 역사변증법과 키르케고르의 비합리주의적인 질적 변증법이 한데 섞인 '절충적 역사철학'으로 설명했다.

『소설의 이론』을 읽는 통로가 매우 다양할 수 있다는 것을, 『소설의 이론』은 그만큼 다층적인 텍스트라는 것을 보여주기 위해서였다. 독일의 미학과 철학에 충분한 식견을 갖춘 능력 있는 다른 연구자들에 의해 한국에서도 『소설의 이론』에 대한 폭넓고 깊이 있는 전문적 연구가 이루어지기를 바라면서 현재 내가 할 수 있는 일은 『소설의 이론』을 텍스트 내재적으로 충실히 이해하는 것이다. 다음 장에서 이루어질 『소설의 이론』 읽기는 그 정도 수준에서 진행될 것인데, 이것만으로도 한국의 독자들에게는 얼마간 쓸모가 있을 것이라 생각한다.

제2장
텍스트 이해를 위한 기초

1. 『소설의 이론』의 난해성

『소설의 이론』은 독해하기 어려운 책으로 정평이 나 있다. 책의 기본 줄기와 논지를 파악하기란 그리 어렵지 않은데, 문제는 그 논지를 전개하는 방식과 이를 구성하고 있는 문장들이다. 앞의 글에서 소개했듯이 이 책은 서양의 철학적 미학적 전통을 구성하는 수많은 사유들이 복잡하게 절충된 책, 보다 긍정적으로 말하면, 루카치가 상이한 원천을 가진 사유들을 자신의 고유한 상황인식과 문제의식에 근거하여 독창적으로 종합하고 있는 책이다. 그러다보니 여기서 활용되고 있는 개념이나 전문용어들(Terminologie) 또한 다양한 원천에서 유래하는 것이면서 독특하게 전유되고 있는데, 예컨대 이 책에서 장편소설의 중심 원리로 설정된 '반어(Ironie)' 개념만 하더라도 그것은 청년기의 프리드리히 슐레겔과 카를 빌헬름 페르디난트 졸거에 원천을 둔 것이지만 논의의 전개 과정에서는 중세 말 독일의 신비주의적 사유까지 융합되어 의미화되고 있다. 예를 더 들자면, 이 책에서 주요하게 사용되는 '삶(das Leben)'이라는 용어는 빌헬름 딜타이나 게오르크 지멜의 생철학을 고려하게 만들며, '선험적'이니 '초험적'이니 하는 용어들은 칸트 철학을 염두에 두지 않을 수 없게 한다. "역사 속에서 정신의 진행"(29) 운운하는 대목은 헤겔 철학을 떠올리게 만들고, "박학한 무지(*docta ignorantia*)"(105) 같은 용어는 니콜라우스 쿠자누스(Nicolaus Cusanus)의 신비주의를 떠올리게 만든다. 그리고 "초험적 장소들", "정신의 초험적 지형도" 등과 같은 용어는 신칸트주의, 그중에서도 특히 에밀 라스크의 철학을 참조하게 만든다. 사정이 이러하다 보니 심지어 이 책의 골간 이론을 무엇으로 봐야 할지에 대해서조차도 의견이 분분하다는 것을 이미 앞의 글에서 소개한 바 있다.

『소설의 이론』이 폭넓은 독자층을 확보할 수 있었던 주된 이유 중 하나인 문장도 결코 단순한 이해를 허락하지 않는다. 하나의 예로서 책의 첫 문장을 보자.

> Selig sind die Zeiten, für die der Sternenhimmel die Landkarte der gangbaren und zu gehenden Wege ist und deren Wege das Licht der Sterne erhellt.

『소설의 이론』을 처음 우리말로 옮긴 반성완은 이 문장을 과감하게 두 문장으로 잘라 수사적 의문문으로 옮겼다. 지금도 널리 인용되고 있는 그의 번역은 다음과 같다.

> 별이 빛나는 창공을 보고, 갈 수가 있고 또 가야만 하는 길의 지도를 읽을 수 있던 시대는 얼마나 행복했던가? 그리고 별빛이 그 길을 훤히 밝혀주던 시대는 얼마나 행복했던가?[1]

나는 새 번역서를 내면서 이 문장을 "별이 총총한 하늘이 갈 수 있고 가야만 하는 길들의 지도인 시대, 별빛이 그 길들을 훤히 밝혀주는 시대는 복되도다"(27)로 옮겼다. 반성완의 유려하면서도 시적인 풍취마저 풍기는 번역을 두고 굳이 훨씬 더 '딱딱한' 번역을 택한 이유는, 이렇게 옮기는 것이 원문에 더 충실한 번역일 뿐만 아니라 이 한 문장에 포함된 여러 갈래의 사유를 연상시키는 데 유리하다고 판단했기 때문이다.

누구나 알 수 있듯이 "복되도다"라는 말은 당장 산상수훈(Sermo in monte)을 연상시킨다. 『신약성서』에 나오는, 흔히 '비아티튜드(the Beatitudes)'라고 불리는 여덟 개의 '유복(有福)'에 관한 이 말씀은, "마음이 가난한 자는 복이 있나니(Selig sind, die da geistlich arm sind)"로 시작한다. 루카치가 포괄적인 의미의 '행복'을 뜻하는 'glücklich' 대신 굳이 'selig'라는 단어를 쓴 까닭이 있을 것이다. 안나 보스톡(Anna Bostock)이 옮긴 영역본(*The Theory of the Novel. A historico-philosophical essay on the forms of great epic literature*, Cambridge, Massachusetts: The MIT Press, 1971)도 반성완의 번역처럼 이 구절을 "Happy are those ages when ……"으로 옮기고 있는데, 틀린 번역이라고 할 수는 없지만 "Blessed are those ages when ……"으로 옮기는 것이 더 적절하지 않을까 싶다.

1 게오르크 루카치, 『小說의 理論』, 반성완 옮김, 심설당, 1985, 29쪽.

여하튼 "얼마나 행복했던가?" 대신 "복되도다"라고 옮길 때 산상수훈을 연상시키는 효과가 있는 것은 분명하다. 그리고 이 문장을 원문에 충실하게 한 문장으로 옮기면, 노발리스의 『기독교 또는 유럽(*Die Christenheit oder Europa*)』의 첫 문장, 즉 "유럽이 하나의 기독교 나라였던 (…) 아름답고 찬란한 시대가 있었다"를 본뜬 표현이 아닐까 하는 것까지도 생각하게 만든다. 이 문장을 첫 문장으로 하는 문단 내에 노발리스가 직접 인용되고 있기 때문에 더욱더 그런 생각을 해볼 수 있다. 좀 더 나아가면 칸트의 『실천이성비판』 맺음말의 첫 문장까지 연상할 수 있다. "더 자주, 더 오래 숙고하면 할수록 점점 더 새롭고 점점 더 커지는 경탄과 외경으로 마음을 채우는 두 가지가 있다. **내 위의 별이 빛나는 하늘과 내 안의 도덕 법칙**이 그것이다."[2] 루카치의 책에서 "복되도다"에 이어지는 문장들에서 "별"과 "영혼"이 등장하고 있는 만큼 『소설의 이론』의 첫 문장을 읽고 칸트의 이 문구를 떠올리게 되는 것도 무리는 아니다.

이렇게 단 하나의 문장에서 여러 생각의 갈래를 펼칠 수 있는 글을 우리말로 정확히 번역하기란 실로 난감한 일이다. 문장 하나하나가 결코 간단치 않은 이런 책을 번역서로 읽어야 하는 처지에 있는 사람에게는 이 책이 더욱더 어렵게 다가올 수밖에 없을 것이다. 그래서 가령 우리 문학 연구에서 일가를 이룬 조동일은—그는 독일어를 포함해 여러 나라의 언어를 읽을 수 있음에도 불구하고—이 책의 독해에 어려움을 느낀 끝에 결국에는 저자인 루카치를 탓하고 만다. 이

2 임마누엘 칸트, 『실천이성비판』, 백종현 옮김, 아카넷, 2002, 327쪽. 강조는 칸트. 번역을 약간 바꾸었다.

책의 '난해성'이라는 것은 따지고 보면 꼭 필요한 난해성, 어쩔 수 없는 난해성이 아니라 저자 자신의 "의식 혼미"에서 연유하는 것이자, 체계성이 없고 논리적 설득력이 모자란 데 따른 모호함에 다름 아니라는 것이다.[3] 사실 『소설의 이론』에 대한 조동일의 이런 평가는 별난 것이 아니다. 비슷한 평가가 『소설의 이론』의 발표 과정에서 이미 나온 바 있는데, 원고를 처음 검토한 《미학과 일반예술학지(誌)》의 편집자 막스 데소이르는 막스 베버에게 보낸 1915년 12월 20일 자 편지에서 다음과 같이 적고 있다.

> 나는 총명하지 못해서 [『소설의 이론』의] 주된 진행과 구조상의 기본 노선을 찾기가 몹시 어렵습니다. 내게는 [『소설의 이론』의] 고찰이 갈피를 못 잡고 뒤엉켜 있는 듯이 보입니다. 달콤하지만 너무 무른 음식이라는 느낌이 듭니다. 말하자면, 이빨이 어디에서도 단단한 부분에 부딪치지 않습니다(BW, 364).

심지어 막스 베버조차도 『소설의 이론』을 제대로 읽기가 어렵다는 것을 인정하고 있다. 루카치에게 데소이르의 의견을 전한 1915년 12월 23일 자 편지에서 그는 "**당신을 알지 못하는** 모든 이들에게 첫 부분들은 거의 이해될 수 없다는 생각을 나도 가지고 있습니다. 그런 점에서 데소이르의 바람을 이해할 수 있습니다"(BW, 363. 강조는 베버)라고 적고 있다. 『소설의 이론』을 쓴 루카치와 같은 시대 같은 공간에서 활동했던 석학들의 반응이 이러하니, 전혀 다른 시공간에서 전혀

3 조동일, 『소설의 사회사 비교론 1』, 지식산업사, 2001, 51~59쪽.

다른 언어로 사고하는 우리에게 이 책이 어렵게 다가오는 것은 어쩌면 너무나 당연한 일일 것이다. 사정이 이렇기 때문에 아래에서 나는 책의 제목과 소제목들을 중심으로 몇몇 용어를 다소 장황하게 설명할 것인데, 본격 논문에는 어울리지 않는 이러한 글쓰기 방식을 텍스트의 충실한 이해를 위한 기초 작업으로 양해해주길 바란다. 더욱이 이는 우리말로 『소설의 이론』을 읽는 독자들을 위해 필요한 작업이기도 한데, 독일어 원서가 아니라 우리말 번역서를 통해 『소설의 이론』을 접하는 사람들에게는 독일의 독자들에게는 불필요할 용어 설명이 필요할 때가 있다. 이는 영어 번역본을 통해 『소설의 이론』을 읽는 사람들에게도 해당하는 일인데, 번역어만으로는 의미를 헤아리기 힘든 말들이 너무 많기 때문이다.

2. 『소설의 이론』의 구성과 제목

지금 우리가 접하는 『소설의 이론』은 1963년에 출간된 신판을 위해 1962년에 작성한 「서문」, 그리고 제1, 2부로 구성되어 있다. 1916년에 《미학과 일반예술학지(誌)》에 발표했을 때나 1920년에 단행본으로 처음 출판되었을 때는 당연히 「서문」이 없었다. 제목도 처음 잡지에 발표했을 때는 글 전체의 제목과 제1, 2부의 대제목만 있었다. 각 장의 제목과 소제목들은 1920년에 책으로 출판할 때 붙여졌다. 이때 소제목들은 본문 내에 삽입되지 않고 맨 뒤 목차에 해당 쪽수의 표기 없이 적혀 있었다. 지금까지 출간된 독일어본들은 본문 앞에 목차를 수록하는지 뒤에 수록하는지의 차이만 있을 뿐 모두 이 체제를 그대로 따르고 있다. 이와 달리 반성완의 번역본은 제목과 소제목을 본문 안에 적절히 배치했는데, 나도 번역서를 낼 때 반성완의 방식을 따랐다.

이미 앞에서 말했듯이 「서문」은 1963년에 서독의 루흐터한트 출판사를 통해 발간된 신판을 위해 루카치가 1962년 7월에 쓴 것이다. 심히 자기비판적인 글이긴 하지만 『소설의 이론』을 낳은 시대적 정신적 개인사적 맥락을 잘 보여주는 글이다. 책의 제1부는 '큰 서사문학' 형식들에 대한 일반론이고, 제2부는 유럽의 근대 장편소설을 유형화해서 파악하는 내용이다. 책은 제2부 마지막에 도스토옙스키를 언급하는 것으로 끝나는데, '서론'인 『소설의 이론』 이후 '본론'에서 도스토옙스키를 다룰 것임을 시사하는 것이다. 하지만 『소설의 이론』은 미완으로 끝난 도스토옙스키 연구서와는 무관하게 자체 완결적인 텍스트로 읽어도 문제가 없다. 심지어는 도스토옙스키론 집필을 위해 작성한 글들과 『소설의 이론』 사이에는 구성뿐만 아니라 내용상의 수정까지 엿볼 수 있으며 기본적인 입장에서도 일치하지 않는 대목이 있다. 루카치가 도스토옙스키론을 쓰기 위해 기초를 잡아놓은 글들을 정리해 단행본으로 펴낸 J. C. 니리도 그렇게 보고 있는데, 그는 "엄격히 말하면" 『소설의 이론』은 도스토옙스키론의 "제1부도 서론도 아니다"[4]라고 주장한다. 루카치의 제자 페렌츠 페헤르(Ferenc Fehér)도 같은 입장이었는데, 니리와 페헤르의 견해에 동조하면서 이를 소개하고 있는 오스트리아의 연구자 게르하르트 샤이트(Gerhard Scheit)는 이

4 J. C. Nyíri, "Einleitung", Georg Lukács, *Dostojewski. Notizen und Entwürfe*, J. C. Nyiri 엮음, Budapest: Akadémiai Kiadó, 1985, 20쪽.

두 사람이 『소설의 이론』을 "[도스토옙스키 연구서의] 서론이 아니라 오히려 계획했던 책에 반하는 기획으로, 또는 그 책의 실패에서 나온 결과로 본다"[5]고 한다. 이렇게까지 보지는 않더라도 『소설의 이론』을 그 자체로 완결된 독자적 작품으로 읽을 수 있다는 말에는 충분히 동의할 수 있다(물론 그렇다고 해서 도스토옙스키에 관한 루카치의 노트를 참조할 때 『소설의 이론』에 대한 이해가 더 풍성해질 수 있다는 점을 부인하는 것은 아니다).

『소설의 이론』 제1부에서 루카치는 서사문학, 극문학, 서정문학의 전통적인 장르 삼분법을 그대로 받아들인다. 루카치에 따르면 이 세 장르 내지 형식은 세계를 형상화하는 방식이 각각 다르다.

> 그러나 극과 서정시 그리고 서사문학은 — 그 위계를 어떻게 생각하든 — 하나의 변증법적 과정 속에서 정(Thesis), 반(Antithesis), 합(Synthesis)으로 있는 것이 아니다. 그것들 각각은 서로 질적으로 완전히 다른 종류의 세계형상화(Weltgestaltung)이다. 따라서 각 형식의 긍정성이란 각기 고유한 구조적 법칙을 실현하는 것이다(152).

이러한 입장에서 루카치는 '큰 서사문학'의 형식들을 파악할 때 주로 극문학, 그중에서도 비극과 비교하며, 아주 부분적으로 서정시와도 비교하고 있다. 그리고 서사문학 내에서 큰 서사문학을 상대적으

5 Gerhard Scheit, "Der Gelehrte im Zeitalter der 'vollendeten Sündhaftigkeit'. Georg Lukács' *Theorie des Romans* und der romantische Antikapitalismus", *Textgelehrte. Literaturwissenschaft und literarisches Wissen im Umkreis der Kritischen Theorie*, Nicolas Berg · Dieter Burdorf 엮음, Göttingen: Vandenhoeck & Ruprecht, 2014, 45쪽.

로 더 작은 서사문학, 즉 노벨레, 서정적 서사문학 등과 비교한다. 이와 아울러 가장 중요한 이론적 절차로서, 큰 서사문학의 두 가지 형식인 서사시와 장편소설을 비교하는 과정을 거쳐 장편소설 형식의 일반적 원리를 규명한다. 제2부에서는 이런 장편소설, 다시 말해 유럽의 근대소설을 세 가지 유형으로 나눌 수 있다고 보고 일종의 역사적 미학적 유형론을 시도한다. 그래서 제2부의 제목이 "소설 형식의 유형론 시론"이다.

우리가 『소설의 이론』으로 옮기고 있는 이 책의 독일어 제목은 "Die Theorie des Romans"이며 부제는 "Ein geschichtsphilosophischer Versuch über die Formen der großen Epik"이다. 우리말로는 "소설의 이론: 큰 서사문학의 형식에 관한 역사철학적 시론"으로 옮길 수 있다. 여기에서 먼저 "die große Epik"을 보자면, 반성완의 번역본에는 "위대한 서사문학"으로, 내가 번역한 책에는 "대(大)서사문학"으로 옮겨져 있다. 본서에서는 '대(大)'라는 한자 대신 우리말을 써서 '큰 서사문학'으로 옮기고자 한다. '위대하다'는 말은 단순히 외형상으로 '크다'는 의미보다는 '뛰어나고 훌륭하다'는 뜻이 강하다. 즉 가치평가가 우선하는 말이다. 이에 비해 '크다'는 우선적으로 외형의 크기와 관련된 말이면서 '대단하다', '뛰어나다', '훌륭하다' 등의 뜻까지 포함하는 말이다. 이 책에는 "die große Epik"과 짝을 이루는 말로 "die kleineren epischen Formen", 그러니까 "[상대적으로] 더 작은 서사문학 형식들"(54)이라는 말이 사용되고 있는데, 여기에서도 알 수 있다시피 "die große Epik"에서 "groß"는 일차적으로 '크기'와 관련된 말이다. 하지만 그렇다고 해서 '위대한'의 뜻이 완전히 배제된 말이라고 보기도 어렵기 때문에 "die große Epik"의 우리말 번역은 '크기'와 '위대함'을 다 담을 수 있는 '큰'을 사용하여 '큰 서사문학'으로 옮기는 것이 가장 적당하지 않을까 생각했다. 이 책에서는 '큰 서사문학'의 두 가지 형식이 다루어지는데, "Epos(Epopöe)"와 "Roman"이 그것이다. 나는 앞의 것은 "서사시"로, 뒤의 것은 "장편소설" 또는 — 책 제목을 "장편소설의 이론"으로 하지 않고 "소설의 이론"이라고 했듯이 — "소설"로 적는다.

다음은 "시론"으로 옮긴 "Versuch"에 대해서 잠깐 짚고 넘어가도록 하겠다. 1915년 8월 2일 파울 에른스트에게 보낸 편지에서 루카치는 도스토옙스키를 다루는 책의 집필 작업을 중단했음을 알리면서 "거기에서 (한 편의) 긴 에세이, 소설의 미학이 완성"(BW, 358)되었다고 적고 있다. 이 "소설의 미학"이 "소설의 이론"이라는 제목으로 세상에 나오게 된 과정에 대해서는 이미 앞의 글에서 소개한 바 있다. 여기서 우리가 주목하는 것은 "(한 편의) 긴 에세이"가 "완성"되었다고 한 대목이다. 『소설의 이론』의 성격을 에세이로 규정하고 있는 것이다. 당시 루카치가 생각하는 에세이에 관해서는 『영혼과 형식』에 실린 「에세이의 본질과 형식에 대하여: 레오 포페르에게 보내는 편지」(1910년 10월)를 참조할 수 있는데, 이에 따라 간단히 말하면 에세이란 순문학 내지 창조적 예술적 문학(문학작품)을 뜻하는 Dichtung과 학문 내지 과학으로 옮길 수 있는 Wissenschaft 사이에 있는, 예술과 도덕과 학문이 미분화된 채 하나로 통일되어 있는 독자적인 예술 형식이다. 이러한 에세이 형식을 루카치는 아우구스트 빌헬름 슐레겔(August Wilhelm Schlegel)의 표현을 빌려 "지적인 시(Intellektuell[e] Gedichte)"[6]

6 Georg Lukács, "Über Form und Wesen des Essays: Ein Brief an Leo Popper", *Die Seele und die Formen. Essays*, Neuwied · Berlin: Luchterhand, 1971, 31쪽.

라고 지칭하기도 하는데, "영혼과 운명을 제공하는" 예술은 아니지만 그렇다고 해서 "우리에게 실증적 사실들과 그것들의 연관관계를 제공"[7]하는 학문(과학)도 아닌, 창조된 예술작품이나 어떤 인물의 실제 삶을 "기화로(bei Gelegenheit von)"[8] 근본적으로 최종적 해결책이 주어질 수 없는 질문을 던지고 이에 대해 성찰하는 예술 형식이 에세이다. "삶이란 무엇인가, 인간이란 무엇인가, 운명이란 무엇인가"[9]와 같은 인간 실존의 근본적인 문제, 또는 "오늘날 우리는 어떻게 살 수 있고 살아야만 하는가?"와 같은 문제를 예술작품이나 특정 인물의 실제 삶 자체를 "기화로" 성찰하는 글이 에세이라는 것이다. 그래서 에세이는 언제나 시도(Versuch)이자 시험(Probe)이며, '시험 삼아 해보는 의논'이라는 뜻에서 '시론'이다.

『소설의 이론』의 문체도 이러한 시론에 어울린다. 하지만 이리저리 시험하고 모색하는 사람이 아니라 갈 길이 확고하게 정해진 실천적 사상가가 되면 문체가 달라질 수밖에 없다. 아니나 다를까 1918년 12월에 공산주의자의 길을 선택하고 난 이후 루카치의 문체는 확연히 달라진다. 청년 루카치의 문체를 칭송하던 사람들은 마르크스주의자 루카치의 문체는 '죽은 독일어'라고 혹평하기도 한다.[10] '철학의 미학

7 같은 책, 9쪽.
8 같은 책, 27쪽.
9 같은 책, 15쪽.
10 1960년대에 미국에서 루카치를 활발히 소개한 조지 스타이너(George Steiner)의 다음과 같은 말이 대표적이다. "독일어는 루카치의 중심 언어이지만 그가 쓰는 독일어는 팍팍하고 범접하기 힘들다. 그의 문체는 망명객의 문체, 살아 있는 말의 습관을 잃어버린 문체다." 프레드릭 제임슨, 『맑스주의와 형식: 20세기의 변증법적 문학이론』, 여홍상·김영희 옮김, 198쪽.

화', '철학의 에세이화'가 대세가 된 요즘에는 초기 루카치의 문체가 선호될 것이다. 하지만 루카치 자신은 이러한 현상에 대해 분명히 비판적인 입장을 취할 것이다.

위에서 소개한 편지에서 루카치는 "소설의 미학"을 "완성"했다고 한다. 그런데 학술지에 발표되었을 때는 "소설의 미학"이 아니라 "소설의 이론"이라는 제목을 달았다. 과학적 개념들, 논리적으로 정연한 체계성 등을 요구하는 '이론'보다 더 막연하고 포괄적인 '미학'이라는 말을 '이론'으로 바꾼 것은 처음 발표했던 지면의 사정, 즉 학술지의 성격에 맞춘 것으로 짐작된다. 그런데 청년 루카치와 함께 부다페스트 '일요 서클'의 성원이었던 아르놀트 하우저의 기억은 조금 다르다. 그에 따르면 '소설의 철학'이 원래 제목이었는데, 자신의 제안으로 '소설의 이론'이 되었다고 한다. 그의 말을 들어보자.

> 『소설의 이론』은 루카치의 가장 성공적인 작품 중 하나이며, 심지어 문체상으로도 그러하다. 조심스레 말하자면, 내[하우저]가 그 작품의 대부(代父)이다. 왜냐하면 그 작품의 원래 제목은 **소설의 철학**(*Philosophie des Romans*)이 되었을 것인데, 철학이라는 용어를 적용하는 데 이상한 편견을 가지고 있었던 [막스] 데소이르(당시 《미학지(誌)》의 편집자)가 그 제목은 이 맥락에서 적절치 않다고 생각했기 때문이다. 그래서 나는 루카치에게 이 경우에는 **소설의 이론**(*Theorie des Romans*)이라고 부르는 것이 더 정확하고 사실상 더 나을 것이라고 제안했고, 그는 즉시 그것을 받아들였다.[11]

11 1975년에 크리스토프 니리와 가졌던 대담에서 한 말이다. 인용한 곳은 Kristóf Nyíri, "Arnold Hauser on his Life and Times (part 1)", *The New Hungarian Quarterly* 21권, 80호, 1980년 겨울, 93쪽. 참고로, 'Kristóf Nyíri'는 루카치가 도스토옙스키론을 쓰기

원래 루카치가 생각했던 제목이 '소설의 미학'이었는지 '소설의 철학'이었는지 확실히 알 수는 없지만 어쨌든 이런 과정을 거쳐 '소설의 이론'이라는 제목이 탄생했다.

다시 부제로 돌아가서 보자면, "큰 서사문학의 형식들에 관한 역사철학적 시론"이란 서사시 형식과 장편소설 형식에 관한 역사철학적 시론이라는 말이다. 루카치는 '역사철학적 시론'이라고 하는데, 본서 제1장에서 이미 말했다시피 『소설의 이론』에서 루카치가 서사시와 장편소설을 위시한 서사문학의 여러 형식을 탐구하고 있긴 하지만 서사문학의 장르론이나 소설사가 그의 근본 관심사는 아니었다. 『하이델베르크 예술철학(1912~1914)』에서 루카치는 "진정한 경전적 작품들의 역사적 초역사적 특성"을 인식하고 그것들에서 "한 단계, 한 시대의 역사철학적 의미"를 간파해내는 것을 과제로 하는 "예술의 역사철학자"(16:230/231)에 관해서 말하고 있는데, 『소설의 이론』 전체에 걸쳐 루카치가 하고 있는 작업은 이에 국한된 것이라고 할 수는 없겠지만 이를 포함한다고, 아니 이것이 근간이 되는 것이라고 보아도 무방할 것이다. 그런데 문제는 『소설의 이론』이 '역사철학'을 제시하고 있는가 하는 것이다. "큰 서사문학의 형식들에 관한 역사철학적 시론"이라는 책의 부제에서부터 시작하여 책 곳곳에서 "역사철학" 또는 "역사철학적"이라는 말이 쓰이고 있는 『소설의 이론』에 과연 역사철학이 있는가? 얼핏 의아하게 들릴 수도 있는 이러한 질문을 하는 것은, 『소설의 이론』에서 작동하고 있는 역사철학은 전통적 의미의 역사철학과는 다르기 때문이다.

위해 기초를 잡아놓은 글들을 정리해 단행본으로 펴낸 'C. J. Nyíri'의 다른 이름이다.

헤겔은 『역사철학 강의(*Vorlesungen über die Philosophie der Geschichte*)』의 「서론」에서 역사 고찰의 종류를 "원천적 역사(die ursprüngliche Geschichte)", "반성적 역사(die reflektierte Geschichte)", "철학적 역사(die philosophische Geschichte)"로 나누면서, 역사적 사건의 배후에 존재하면서 역사를 이끌어온 정신(이성)을 파악하고 그것에 입각하여 역사를 인식하는 것을 "철학적 역사" 또는 "역사철학"의 과제라 말하고 있다. 일반적으로도 '역사철학'은 하나의 단수의 역사로서의 역사 과정 전체를 포괄하고, 그 역사 과정의 내재적 원리를 찾아내어 역사의 필연적 발전 단계들을 설명하며, 그러한 원리의 구현 과정으로서 역사의 의미를 탐색하는 목적론적인 구조를 취한다. 그런데 『소설의 이론』에서 고대와 근대의 대립 설정은 목적론적으로 설명될 수 없으며 동질적인 진행 속에서 해소되지 않는다. "몰락이 진행되는 과정의 논리(Prozeßlogik des Verfalls)"[12]는 없고, "완결된 문화"와 그것이 지녔던 "유기체적 총체성"을 상실한 "문제적 문화"라는 두 가지 문화의 대립 설정과 그 문화에 속하는 시대들에 대한 기술(記述)이 있을 뿐이다. 특히 책 말미에서 불확실한 심정으로 기대되고 있는 구원의 빛은 역사철학적인 과정성에서 벗어나 있다. 『소설의 이론』에는 역사의 내재적 논리에 따라 미래의 목적(Telos)으로 지향되고 추동되는 하나의 보편적인 세계과정 대신에 내재적 논리가 없는 몰락의 역사와 미래에 대한 불확실한 기대가 그려져 있다. 그렇기 때문에 『소설의 이론』에는 전통적인 또는 헤겔적인 의미의 역사철학, 곧 목적론적 역사철학이

12 Andreas Hoeschen, *Das 'Dostojewsky' Projekt. Lukács' neukantianisches Frühwerk in seinem ideengeschichtlichen Kontext*, 236쪽.

아니라 종말론적인 역사상이 제시되고 있다고 볼 수 있는데, 이것도 '역사철학'이라고 부를 수 있을까.

발터 벤야민의 「역사의 개념에 대하여(Über den Begriff der Geschichte)」라는 유명한 글이 있다. 그 글이 처음 큰 주목을 받았던 1960~1970년대에는 벤야민의 '역사철학 테제(Geschichtsphilosophische Thesen)'라고 많이 불렸고 영어권에 처음 소개되었을 때도 '역사철학 테제(Theses on the Philosophy of History)'로 옮겨졌다. 그런데 벤야민의 이 글은 전통적인 '역사철학적' 사고, 마르크스주의에도 침투한 그 '역사철학적' 사고를 타파하고자 쓴 글이었다. 그래서 '역사철학 테제'는 잘못된 제목이라는 지적이 있었고 그 후 그 제목은 별로 사용되지 않는다. 그렇다고 해서 '역사철학 테제'라는 제목이 전혀 사용되지 않는 것은 아닌데, 이 제목을 사용하는 사람들은 '역사철학'이라는 말을 좁은 뜻으로, 즉 전통적인 의미로만 받아들이지 않는다. 『소설의 이론』에서 쓰이는 '역사철학'이라는 말도 이때의 역사철학과 같은 식으로, 넓은 의미에서의 역사철학으로 이해하면 될 것이다. 즉 경험적 실증적 역사의 심층에서 작동하는, 어떤 내재적인 논리를 꼭 전제로 하지는 않는 본질적 과정을 파악하는 것으로서의 역사철학 정도로 말이다. 벤야민의 「역사의 개념에 대하여」의 역사철학도 그렇지만 『소설의 이론』의 역사철학은 목적론적인 역사철학과는 거리가 멀다. 오히려 종말론적인 역사상을 보여주는데, 그렇다면 『소설의 이론』에서는 엄밀한 의미에서는 양립할 수 없는 '종말론'과 '역사철학'이 결합된 일종의 '종말론적 역사철학'이 작동하고 있다고 할 수도 있겠다.

그런데 이러한 '역사철학'조차도 『소설의 이론』은 제시하지 않는다. 루카치는 "초험적 장소들의 구성에서 일어나는 변화에 대한 역사철학을 이 자리에서 제시할 생각이 없으며 제시할 수도 없다"(38)고 적고 있다. 이 책에서 초험적 장소들의 구성에서 일어나는 변화의 이유, 변화의 전 과정을 제시하는 역사철학이 명시적으로 제시되지 않는 것은 사실이다. 하지만 이 책은 호메로스의 서사시 독해를 통해 "그리스 정신의 초험적 지형도"(31)를 그려 보이는 것으로 시작한다. 우리가 바로 앞에서 "경험적 실증적 역사의 심층에서 작동하는, 어떤 내재적인 논리를 꼭 전제로 하지는 않는 본질적 과정"이라는 말을 했는데, 바로 그 "본질적 과정"에 해당하는 것이 『소설의 이론』에서는 "정신의 초험적 지형도"의 변화 과정이 될 수 있을 것이다. 따라서 『소설의 이론』에는 그 자체로 고유한 역사철학이 명시적으로 제시되지는 않지만 역사철학적 고찰 방식이 작동한다고 볼 수는 있다. 이를 우리는 일종의 '종말론적 역사철학'이 작동하고 있는 것으로 볼 수 있다고 한 것인데, 본서 제1장에서 우리는 이와는 다른 측면에서 헤겔의 역사변증법과 키르케고르의 비합리주의적인 질적 변증법이 혼융된 '절충적 역사철학'에 관해 말한 바 있다.

역사철학을 제시하는 것은 루카치가 원래 도스토옙스키에 관한 책을 구상했을 때 생각했던 목표 중 하나였다. 루카치가 남긴 기록 중 도스토옙스키 연구서 집필에 관한 최초의 언급은 1915년 3월, 그가 파울 에른스트에게 보낸 편지에서 발견된다. 그 편지에서 그는 1912년부터 매진했던 미학 작업을 일시 중단하고 도스토옙스키를 다루는 책 집필에 착수했음을 알리면서 그 책이 도스토옙스키보다 훨씬 더 많은 것, 즉 "형이상학적 윤리와 역사철학 등등의 많은 부분"까지 포함하게 될 것임을 알리고 있다(BW, 345). '서론'인 『소설의 이론』에 이어 도스토옙스키를 다루는 '본론'에서 루카치는 "그[도스토옙스키]의 작품들과 그가 지니는 역사철학적 의의에 대한 적극적(positiv) 분석"[13]뿐만 아니라 "형이상학적 윤리와 역사철학"까지 제시하겠다는 목표를 가지고 있었던 것이다. 하지만 이러한 시도가 결국 좌초하고 말았다는 것은 이미 앞서 말한 바 있다.

이로써 우리는 "소설의 이론: 큰 서사문학의 형식들에 대한 역사철학적 시론"이라는 제목을 구성하고 있는 용어들을 대략 이해하게 되었다. 그렇다면 루카치는 큰 서사문학의 형식들을 역사철학적으로 고찰해서 무엇을 하려고 했던가? 요컨대 그의 근본적인 문제의식은 무엇이었던가? 나는 중요한 예술작품들, 그중에서 특히 '큰 서사문학'의 경전적 작품들에 대한 독해를 통해 유럽의 정체, 유럽의 근대성을 유럽의 역사 속에서 파악하고, 현재의 역사적 순간에 가능하고 필연적인 삶의 방향, 즉 "갈 수 있고 가야만 하는 길들"(27)을 찾는 데 그의 관심의 초점이 놓여 있었다고 생각한다. 아마도 이런 점이 몇 년 전에 작고한 김윤식에게 몹시 인상적이었던 모양이다. 우리 현대문학 연구를 대표하는 학자 중 한 사람인 김윤식은 『소설의 이론』을 "불세출의 저작"[14]이라고까지 칭송하면서 그 책이 자신의 학문적 삶에 끼친 영향을 누누이 밝힌 바 있다. 그가 쓴 수많은 글 가운데에 《샘터》라는 아주 작은 수필 잡지에 실린 한 쪽짜리 글이 있는데, 글의 제목은 "공부도 참공부를 해라"이며 부제는 "『소설의 이론』 게오르크 루카치"이다. 젊은 조교수였을 때 일본 도쿄대학에 외국인 연구원

13 Georg Lukács, *Die Theorie des Romans, Ein geschichtsphilosophischer Versuch über die Formen der großen Epik*, Bielefeid: Aisthesis, 2009, 17쪽.

14 김윤식, 「사상과 문체: 아도르노, 루카치, 하이데거」, 《문학동네》 통권 제10호, 1997년 봄, 500쪽.

자격으로 갔다가 루카치의 『소설의 이론』을 만난 이야기를 하고 있는 그 글은 이렇게 끝난다. "젊은 조교수가 이 책에서 배운 것은 다음의 두 가지다. 공부란 인류의 미래를 위한 공부라야 한다는 것과 그런 공부는 소설 연구에서도 가능하다는 것."[15] 그런 공부가 "참공부"이며 『소설의 이론』이 그것을 보여주었다는 것이다.

책 제목뿐만 아니라 제1부 제목도 생경한 용어를 포함하고 있으니 간략하게나마 설명하도록 하겠다. 제1부 제목은 독일어로 "Die Formen der großen Epik in ihrer Beziehung zur Geschlossenheit oder Problematik der Gesamtkultur"이다. 그대로 옮기면 "전체 문화의 완결성 또는 문제성과 연관된 큰 서사문학의 형식들"이 된다. 이를 약간 풀면, "전체 문화가 완결되어 있는지 아니면 문제적인지와 관련이 있는 큰 서사문학의 형식들" 정도로 옮길 수 있다. 큰 서사문학의 형식 중 서사시 형식은 문화가 완결적인 세계와 관련되어 있고 장편소설 형식은 문화가 문제적인 세계와 관련되어 있다는 뜻을 담고 있는 제목이다.

여기서 먼저 '문화(Kultur)'라는 개념부터 보도록 하자. '문화'는 19세기 말~20세기 초 독일에서는 특별한 가치가 부여된 개념이었다. 그것은 항상 '문명(Zivilisation)'과의 대립 구도 속에서 고유한 의미를 가졌는데,[16] 『소설의 이론』에서도 그러한 대립 구도가 등장한다. 사실

15 김윤식, 「공부도 참공부를 해라: 『소설의 이론』 게오르크 루카치」, 《샘터》, 2007년 11월, 120쪽.

16 이 문제와 관련해서는 노르베르트 엘리아스, 『문명화 과정 I』, 박미애 옮김, 한길사, 1996, 105~148쪽, 그리고 나인호, 「'문명'과 '문화' 개념으로 본 유럽인의 자기의식(1750~1918/19)」, 《역사문제연구》 10호, 2003년 6월, 11~44쪽을 참고하라.

루카치의 청년기 저술에서 문화와 문명의 대립이 명시적으로 드러나는 경우는 드문데, '문화'라는 말이 제목에 들어가 있는 「미적 문화(Ästhetische Kultur)」(1910)에서도 그 대립은 암시만 되고 있을 뿐이다. 이 글에서 "문화는 삶의 통일성이며, 삶을 고양시키고 풍부하게 만드는 통일성의 힘"[17]이라고 명확히 규정되고 있는 반면, '문명'이라는 용어는 등장하지 않는다. 하지만 예컨대 교통수단이나 통신수단 따위의 발달은 인간의 삶을 의미 있게 만드는 것('문화'의 차원)과는 다른 차원에 있는 것임을 말하고 있는 다음 구절은 '문명'의 내용을 암시하는 말로 읽을 수 있다.

> 목표지까지 한 달이 아니라 하루가 걸린다고 해서 여행이 우리에게 더 많은 것을 의미할까? 단지 우체국이 편지를 더 빨리 운송하기 때문에 (…) 우리의 편지가 더 깊이 있게 되었는가?[18]

『소설의 이론』에서는 문화와 문명의 대립을 명시하는 대목이 나오는데, 서유럽의 발전 과정을 논하면서 "문화와는 이질적인, 한갓 문명적인 그 특성"(173)[19]이라는 표현을 사용하고 있다. 이런 식으로 문화와 문명을 대립적으로 설정하는 것은 당시 루카치가 "낭만주의적 반(反)자본주의"[20]의 흐름에 속해 있었음을 보여준다. 이러한 흐름은

17 Georg Lukács, "Ästhetische Kultur", *Lukács 1996. Jahrbuch der Internatioalen Georg-Lukács-Gesellschaft*, Frank Benseler · Werner Jung 엮음, 13쪽.

18 같은 책, 13~14쪽.

19 "ihre kulturfremde, bloß zivilisationshafte Wesensart"를 옮긴 말인데, 2007년 번역서에서 "생소한"으로 옮긴 "fremd"의 뜻을 더욱 선명히 하기 위해 여기서는 "이질적인"으로 옮겼음을 밝혀둔다.

19세기 말~20세기 초의 독일 지식인들 사이에서 크게 유행했는데, 그 가운데 특히 페르디난트 퇴니스(Ferdinand Tönnies)가 제시한 '공동사회(Gemeinschaft, 공동체)'와 '이익사회(Gesellschaft, 결사체)'의 대립 구도는 문화와 문명의 대립 설정으로 곧바로 이어지는 발상이었다. 여기서 우리는 마르크스주의자 루카치가 이러한 대립 설정에 가하는 비판을 잠깐 살펴볼 것인데, 이는 마르크스주의자 루카치가 전(前) 마르크스주의 시기의, 즉 『소설의 이론』 시기의 루카치에게 가하는 일종의 자기비판으로도 읽힐 수 있다.[21]

『공동사회와 이익사회. 순수 사회학의 근본개념들(*Gemeinschaft und Gesellschaft. Grundbegriffe der reinen Soziologie*)』(1887)에서 퇴니스는 '공동사회'가 유기체적인 것이라면 '이익사회'는 기계적인 것, 아무런 생명 없이 죽어 있는 것이라고 말한다. 여기에서 이익사회는 곧 자본주의를 의미하나, 퇴니스는 이전의 낭만주의적 반자본주의자들과는 달리 과거로의 복귀에 대한 동경을 더 이상 보이지 않는다. 그는 자본주의적 문화의 부정적 문제를 예리하게 짚어내지만 자본주의의 불가피성을 강조한다. 퇴니스를 이렇게 파악한 루카치는 퇴니스류(類)의 발상

20 『소설의 이론』 신판 「서문」에서 루카치는 종말론적 역사상, 문화 중심주의적 구성 등을 포함한 사상적 한계들의 "사회철학적 토대"를 "낭만주의적 반자본주의의 입장"(15)이라고 규정한다. 이 입장은 청년 루카치에게만 고유한 것이 아니었다. 그것은 19세기 말~20세기 초, 특히 독일을 중심으로 형성되어 당시 지식인들의 의식과 정서를 각인했던 일종의 '세계관'과 같은 것이었는데, 프랑스의 마르크스주의 이론가이자 루카치 연구자인 미카엘 뢰비(Michael Löwy)는 이를 '신(新)낭만주의적 세계관'으로 규정한 바 있다. Michael Löwy, "Der junge Lukács und Dostojewski", *Georg Lukács — Jenseits der Polemiken. Beiträge zur Rekonstruktion seiner Philosophie*, Rüdiger Dannemann 엮음, Frankfurt am Main: Sendler, 1986, 25쪽.

21 퇴니스와 관련된 아래 루카치의 논의는 *Georg Lukács Werke. Bd. 9. Die Zerstörung der Vernunft*, Neuwied am Rhein: Luchterhand, 1962, 512~520쪽 참조.

에 기초한 문화와 문명의 이분법을 다음과 같이 정식화한다.

> 문명, 다시 말해서 기술적 경제적 발전은 자본주의에 의해 촉진되어 부단히 전진하지만, 그 발달은 문화(예술, 철학, 인간의 내면생활)에는 갈수록 더 불리하다(9:515).

그리하여 양자의 대립은 점점 더 첨예화되어 감당할 수 없는 비극적 긴장을 낳는 지경까지 된다는 것이다. 바로 여기에 "역사적 사회적 사태의 비합리주의적 왜곡"(9:515)이 있다는 것이 마르크스주의자 루카치의 생각이다. 즉 문화와 문명은 결코 대립 개념일 수 없음에도 불구하고 양자를 마치 대립적인 힘이나 실체인 양 설정하는 것은, 특정한 역사적 체제로서의 자본주의에서 문화가 지닌 구체적인 모순성을 사상(捨象)하고 비합리주의적으로 만드는 왜곡이라는 것이다. 이러한 왜곡을 통해 '낭만주의적 반자본주의'의 잠재적 저항성이 자본주의 체제와 지배계급에게는 아무런 해도 가하지 않는 "무구한 문화비판"(9:516)으로 흘러갈 수 있으며, 또 "사회주의에 대한 효과적인 무기"(9:516)로 사용될 수도 있다고 한다. 물질적 생산력을 계속 발달시키는 사회주의 또한 문화와 문명의 갈등을 해결하기는커녕 오히려 연장시킬 뿐인 것으로 간주되기 때문이다. 이런 식으로 문화와 문명을 대립 설정하게 되면 결국 인류의 문화는 '몰락의 역사'로 읽히게 되며, 그 부정적 태도가 심화되면 일체의 '문명'이 '영혼'과 대립하는 것으로까지 될 수 있다. 이러한 대립 구도에 반대하는 마르크스주의자 루카치는 『이성의 파괴』에서 문화와 문명을 다음과 같이 규정하고 있다.

문화는 인간 활동 전체, 즉 그것을 통해 인간이 자연과 사회, 그리고 자기 자신 속에서 근원적인 원래의 자연적 소여들을 극복하는 그런 인간 활동 전체를 포괄한다. (…) 이와 달리 문명은 야만에서 벗어난 이후의 역사에 대한 포괄적인 시기 구분의 표현이다. 그 표현은 문화도 포괄하는 것이며, 문화와 함께 인간의 사회생활 전체를 포괄하는 것이다(9:516).

『소설의 이론』을 집필하던 무렵 독일에서는 문화와 문명에 대한 이해가 이와는 전혀 달랐는데, 그 당시 루카치도 공유했던 그러한 이해를 정식화하자면, '문명'은 "영국적 프랑스적 정신 경향이 초래한 것으로 간주되는 기술적 물질적 산업적 진보"를 대표하는 말이었다면, '문화'는 "종교적 정신적 윤리적 미적 가치 전통, 전형적으로 '게르만적'이라고 보는 그런 가치 전통의 세계"를 가리키는 말이었다.[22] "종교적 정신적 윤리적 미적 가치 전통"이라는 미카엘 뢰비(Michael Löwy)의 정식화에 따르면, 문화를 구성하는 가치로 성(聖), 진(眞), 선(善), 미(美)를 상정할 수 있다. 『소설의 이론』 집필 당시 루카치가 그 자장 내에 있었던 신칸트주의에서 종교, 지식, 도덕, 예술은 논리적으로 절대적 타당성을 지니는 고유한 가치를 가지며, 그 고유한 가치인 성, 진, 선, 미가 문화의 근본원리로 설정된다. 우리가 본서 제1장에서 소개한 1962년 「서문」에서 루카치는 "리케르트 및 그의 학파와 같은 칸트주의자들은 시대를 초월한 가치와 역사적인 가치 실현 사이에 있는 방법론적 심연을 벌려놓는다"(11)고 말한 바 있는데,

22 Michael Löwy, "Der junge Lukács und Dostojewski", *Georg Lukács–Jenseits der Polemiken. Beiträge zur Rekonstruktion seiner Philosophie*, 24쪽.

그 "시대를 초월한 가치"가 바로 문화를 구성하는 가치로서의 성, 진, 선, 미일 것이다.

제1부 제목에 포함된 "완결성"과 "문제성"이란 단어도 일상에서 사용하는 말뜻으로만 이해할 수는 없다. 이 용어 각각이 그 나름의 개념사적 철학사적 맥락이 있겠지만, 여기서는 독일어 단어 그 자체의 뜻에서 이해를 도모하고자 한다. "완결성 또는 문제성"의 원어는 "Geschlossenheit oder Problematik"이다. Geschlossenheit의 형용사형인 geschlossen의 사전적인 뜻은 1) 닫힌, 폐쇄된, 2) 자체 내에 상호 연관되어 있는, 그 자체로 하나의 통일체를 이루고 있는, 원환적인, 완결된, 온전한 등이다. 『소설의 이론』에서 이 단어는 주로 2)의 뜻으로 사용되고 있다. 그래서 『소설의 이론』에서 이 단어의 대응어는 '열린'을 뜻하는 offen이 아니라 problematisch이다.

Problematik의 형용사형인 problematisch의 사전적인 뜻은 1) 문제가 있는, 문제가 많은, 사정이 어려운, 곤란한, 용이하지 않은, 2) 의심스러운, 불확실한, 모호한 등이다. 본서에서 이 단어를 "문제적"으로 옮기긴 했지만 그렇다고 해서 1)의 뜻으로만 읽어서는 안 된다. 『소설의 이론』에는 이런 말이 나온다.

> 그렇기 때문에 소설은 예술적으로 가장 위험한 형식이며, 많은 이들에 의해 문제성(Problematik)과 문제 있음(Problematisch-Sein)이 동일시됨으로써 반쪽 예술로 불렸던 것이다(82).

뒤에 나오는 "Problematisch-Sein"에서의 그 "problematisch"는 1)의 뜻, 그중에서도 흔히 우리가 '문제가 많다'라고 할 때의 그런 뜻으로 쓰인 것으로 봐야 한다. 그런데 루카치는 이것을 "Problematik"과 동일시해서는 안 된다고 한다. 『소설의 이론』에 나오는 거의 모든 problematisch, 즉 geschlossen의 대응어로서의 problematisch는 일반적인 사전적 뜻보다는 geschlossen의 두 번째 뜻과 대립하는 의미에서 '문제적'으로 보는 게 합당할 것이다. 그렇다면 이 '문제적'이라는 말에는 '분열된', '비통일적인', '미완결적인', '온전치 못한', 나아가 '미완결적'이기 때문에 '불확실한', '미확정적인' 등의 뜻이 함축되어 있는 것으로 볼 수 있다. 이렇게 봐야 『소설의 이론』에서 사용되는 "Problematik" 및 "problematisch"가 이해될 수 있다. 이 책에는 제1부 제목이나 우리가 바로 위에서 인용한 문장에서뿐만 아니라 여러 곳에서, 예컨대 "소설 형식의 문제성", "소설의 규범적인 미완성과 문제성", "문제적 개인", "개인의 내적인 문제성" 등등에서 이 단어가 사용되고 있다.

"완결성"과 "문제성"이라는 단어의 뜻을 이렇게 이해하고 나면, "전체 문화의 완결성"이란 쉽게 말해서 앞서 말한 가치들, 즉 성, 진, 선, 미가 통일되어 있고 사람들의 삶 속에 그런 가치들이 내재해 있는 상태를 뜻하게 된다. 삶에 의미가 내재하는 것을 뜻하는 "의미의 삶내재성(Lebensimmanenz des Sinnes)"(43)의 상태, 삶과 본질이 통일되어 있는, 삶에 본질이 내재하는 "존재의 총체성"(34)이 주어져 있는 상태가 이를 가리키는 말이다. 『소설의 이론』에서는 이 "완결된 문화"에 고대 그리스 문화와 중세 기독교 문화를 포함시키는데, 고대 그리스 문화가 "완결된 문화"의 전형이라면 중세의 교회와 기독교 문화는 새로운 폴리스, 새로운 그리스 문화로, 이미 정신의 초험적 지형도가 바뀐 상태에서 그리스 문화가 부활한 것으로 그려진다. 하지만 이 양자는 완결성의 형태가 다른데, 『소설의 이론』에서 이 다름은 호메로스의 서사시와 중세의 큰 서사문학들 간의 비교를 통해 제시되고 있다.

이 두 "완결적 문화"와 달리 근대 유럽의 문화는 "문제적"이라는 것이 루카치의 주장인데, 쉽게 말하면 가치들이 분열되고 그 가치들이 사람들에게 객관적으로 주어져 있는 것, 사람들의 삶에 내재되어 있는 것이 아니라 주관이 추구하고 찾아야 하는 것이 되어버린 상태를 일컫는 말이 "전체 문화의 문제성"이라 할 수 있다. 『맑스주의와 형식: 20세기의 변증법적 문학이론』에서 프레드릭 제임슨은 "루카치의 모든 문학 논의를 일관하는 주된 개념적 대립은 구체와 추상이라는 그 낯익은 헤겔적 대립이다"[23]라고 하는데, 신칸트주의적인 루카치의 용어를 헤겔 용어로 바꾸어서 말하면, "완결된 문화"는 '구체적 문화', "문제적 문화"는 '추상적 문화'라고도 할 수 있을 것이다. 분명 『소설의 이론』에는 완결된 문화에 대한 동경(Sehnsucht)의 기분(Stimmung)이 깔려 있으며, 완결된 문화에 대한 묘사는 확연히 노스탤지어의 색채를 띠고 있다. 근대는 완결된 문화의 "유기체적 총체성"을 상실한 것으로 그려지며, 그러한 상실이 상실된 것에 대한 동경을 낳고, 잃어버린 것을 복원할 길을 찾게 만드는 것으로 서술되고 있다. 그렇지만 루카치의 그 동경은 과거로의 회귀를 지향하는 것이 아니다. 그는 불가역적인 시간의 흐름 속에서 과거 회귀는 불가능한 일임을 명확히 밝히고 있다. 가령 다음과 같은 구절을 보라.

23 프레드릭 제임슨, 『맑스주의와 형식: 20세기의 변증법적 문학이론』, 여홍상·김영희 옮김, 201쪽. 덧붙이자면, 『소설의 이론』에 대한 제임슨의 독해에서는 신칸트주의의 영향은 전혀 고려되지 않는다.

그리스인들이 그 속에서 형이상학적으로 살고 있는 원은 우리 것보다 더 작다. 그렇기 때문에 우리는 결코 그 원 속에 우리 자신을 생생히 산 채로 옮겨 넣을 수 없다. 더 정확히 말하면, 그 원—그것의 완결성이 그리스인들의 삶의 초험적 특성을 이루는데—이 우리에게는 폭파되어버렸다. 우리는 완결된 세계에서는 더 이상 숨 쉴 수 없다(33).

완결된 문화에 대한 그의 규정은 근대의 문제적 특성을 보다 선명하게 드러내는 배경 역할을 하면서 새로운 시대의 도래를 더욱 절실히 갈구하게 만든다. 호메로스의 세계라는 절대적 과거를 우회한 동경은 미래로 향하는바, 텍스트의 대미는 호메로스의 시대와는 다른 "새로운 원환적 총체성"(183)의 구축을 가능케 하는 새로운 시대에 대한 기대로 채워져 있다.

3. transzendental의 번역 문제와 '초험적 장소'

그런데 『소설의 이론』 제1부 제1장에는 이러한 사태를 기술할 때 "초험적 장소(transzendentaler Ort)", "정신의 초험적 지형도(die transzendentale Topographie des Geistes)" 등과 같은 생경한 용어들이 사용된다. 또한 a priori, apriorisch, Apriori, Apriorität, transzendental, transzentent 등과 같은, 칸트 철학에서 주요하게 사용되는 용어들과 그 변형어들도 등장한다. 칸트 철학에서 이런 용어들이 정확히 어떤 뜻으로 사용되고 있는지는 설명할 능력도 안 되고 여기서 굳이 설명할 필요도 없지만,[24] 이 용어 중 일부의 번역이 연구자들에 따라서 다르게 이루어지고 있기 때문에 본서에서 내가 사용하는 번역어를 밝혀둘 필요는 있겠다. 나는 a priori, apriorisch는 '선험적'으로, Apriori는 '선험적 토대'로, Apriorität은 '선험성'으로 옮겼으며, transzendental은 '초험적', transzentent는 '초월적'으로 옮겼다. 이 중 특히 transzendental(이하 '트란스첸덴탈'로 표기)은 국내 연구자들 사이에서 여러 가지로 혼란스럽게 번역되고 있는데, 칸트 철학에 대한 특별한 지식 없이 우리말로 옮겨진 『소설의 이론』을 읽는 독자들에게는 몹시 생경할 이 단어를 내가 '초험적'으로 옮긴 까닭을 간단히 밝히도록 하겠다.[25]

칸트 전공자가 아닌 사람들이 우리말로 번역된 칸트의 책을 인용할 때 가장 많이 참조하는 책은 백종현이 번역한 책이다. 그런데 칸트의 주요 저작 대부분을 옮긴 백종현의 번역서를 참조하고 인용하면서도, 그가 '트란스첸덴탈'의 번역어로 선택한 '초월적'에 한해서는 '초험적', '초월론적', '선험적', '선험론적' 등으로 고쳐 적는 경우가 적지 않다. 이에 따라 transzendent(이하 '트란스첸덴트'로 표기)의 번역도 '초험적', '초재적', '초월적' 등으로 엇갈리고 있는 판국이다. 몇 년 전 한국칸트학회 소속 연구자 중 일부가 집단 작업으로 펴내기 시작한 한길사판 칸트 전집 번역본에서는 백종현의 번역어에 대한 비판을 통해 '트란스첸덴탈'을 '선험적'으로 다시 고쳐 옮기고 a priori는 원어 발음에 따라 '아 프리오리'로 옮기기로 했다고 한다. 하지만 이 번

24 칸트 철학에서 이러한 용어들이 어떤 뜻을 가지는지, 우리말로 어떻게 옮길 것인지에 대해서는 백종현이 여러 책에서 자신의 의견을 반복적으로 밝힌 바 있다. 나는 그중에서 그가 편저한 『동아시아의 칸트 철학』(아카넷, 2014)에 부록으로 수록된 「칸트 철학 주요 용어의 해설 및 한국어 번역어 문제」를 참조했다.

25 아래의 서술은 김경식, 『루카치의 길: 문제적 개인에서 공산주의자로』, 301~304쪽의 미주 28에서 밝힌 생각을 다시 고쳐 적은 것이다.

역어가 같은 전집 내에서도 통일적으로 관철되지는 못한 모양인데, 전집 중 일부를 번역한 김상봉은 '아 프리오리'를 '선험적'으로 옮기고 '트란스첸덴탈'은 '선험적'이 아니라 '선험론적'으로 옮기고 있다.[26] 칸트 철학에 대한 학식이 일천한 일반인의 입장에서 봤을 때, '트란스첸덴탈'의 번역은 이 단어와 연관된 '아 프리오리'를 어떻게 옮기는지에 따라 달라진 것 같다. 지난 세기에 나온 번역서들을 보면 '아 프리오리'를 '선천적'으로 옮긴 경우가 많았지만, 지금은 '선험적'으로 옮기는 것이 대세이다. 이 용어를 주요하게 사용한 칸트의 경우 '아 프리오리'를, '선천적', '본유적', '생래적', '태어나면서부터' 등으로 이해되는 '안게보렌(angeboren; connatus; innatus)'과 구별해서 사용하고 있다. 그런데 '아 프리오리'를 '선천적'으로 옮겼을 때는 '트란스첸덴탈'을 '선험적'으로, '트란스첸덴트'를 '초월적'으로 옮기는 것이 일반적인 양상이었는데(물론 그렇게 하지 않는 연구자들도 있었다), '아 프리오리'를 '선험적'으로 옮기자 '트란스첸덴탈'과 '트란스첸덴트'를 어떻게 옮길지에 대한 문제가 새로 생겼다. 백종현은 여러 편의 글을 통해 전자(트란스첸덴탈)를 '초월적'으로, 후자(트란스첸덴트)를 '초재적'이나 '초험적'으로 옮길 것을 제안하고 있지만, 현대 프랑스 철학의 우리말 번역서들을 보면 전자를 '초월론적'으로 옮긴 경우가 허다하다. 여기서 현대 프랑스 철학을 가장 활발히 소개한 사람 중 하나인 이정우는 예외인데, 초기작인 『담론의 질서』(미셸 푸코 지음, 이정우 옮김, 새

26 한길사판 칸트 전집 발간을 둘러싼 논란과 '트란스첸덴탈'의 번역을 둘러싼 논쟁이 《한겨레》 지면을 통해 이루어졌는데, 대략적인 문제는 김상봉의 「백종현과 전대호의 비판에 대한 대답」(2018년 6월 27일 등록)에 정리되어 있으니 참조하길 바란다. http://www.hani.co.kr/arti/culture/book/850905.html(2023년 11월 1일 최종 접속).

길, 1993)에서는 '트란스첸덴탈'을 '초험적'으로 옮겼다가 그 후에는 아무런 설명 없이 '선험적'으로 옮기고 있다. 따라서 그의 사유에서 중요한 위상을 차지하는 'transzendental objectif'도 초기에는 '객관적 초험'으로, 나중에는 '객관적 선험'으로 옮겨 적고 있다. 이렇게 과거에 통용되던 번역어('선험적')를 선택한 이정우의 경우도 이해하기 힘들지만, 다수의 현대 프랑스 철학 연구자들이 '트란스첸덴탈'을 '초월론적'으로 옮기는 것은 더 납득하기 힘들다. '초월론적'이라는 번역어는, 짐작컨대 현재 일본에서 '트란스첸덴탈'의 표준 번역이 '초월론적'으로 정착된 것과 전혀 무관하지는 않을 듯하다.[27] 또는 현대 프랑스 철학에 미친 마르틴 하이데거(Martin Heidegger)의 영향을 고려한 것일 수도 있다. 같은 용어가 철학자들마다 맥락에 따라 다른 함의를 지닌 것으로 사용될 수 있기 때문이다. 그런데 적어도 칸트 철학에 한해서는, "나는 대상들을 다루는 것이 아니라 **대상들 일반에 대한 우리의 선험적 개념들을**(*mit unsern Begriffen a priori von Gegenständen überhaupt*) 다루는 모든 인식을 트란스첸덴탈이라고 부른다. 그러한 개념들의 체계는 트란스첸덴탈-철학(Transzendental-Philosophie)이라고 칭할 것이다"[28]고 한 그의 말에 따라서 볼 때, '초월론적'보다는 '선험론적'으로

27 일본의 칸트 수용사에서 '초월론적'이라는 번역어가 정착된 과정에 관해서는 앞서 소개한 『동아시아의 칸트 철학』, 190쪽 이하를 참고하라.

28 Immanuel Kant, *Kritik der reinen Vernunft*, Hamburg: Felix Meiner Verlag, 1956, 55쪽(A11~A12). 강조는 칸트. 위에서 말한 『루카치의 길: 문제적 개인에서 공산주의자로』 제3장 미주 28에서는 '트란스첸덴탈'과 관련된 칸트의 규정을 A11~A12에서 인용하지 않고 B25에서 인용했는데, 해당 문장을 옮기면 다음과 같다. "나는 대상들을 다루는 것이 아니라 **대상들에 대한 우리의 인식 방식**(Erkenntnisart) — **이 인식 방식이 선험적으로 가능할 것인 한에서** — 을 다루는 모든 인식을 트란스첸덴탈이라고 부른다. 그러한 개념들의 체계는 트란스첸덴탈-철학이라고 칭할 것이다."

옮기는 것이 더 합당할 듯하다. 실제로 '트란스첸덴탈'을 '선험론적'으로 옮긴 경우도 없진 않는데, 앞서 말했듯이 김상봉이 그렇게 옮기고 있으며, 칸트가 아닌 다른 철학자의 텍스트를 번역할 때에도 그렇게 옮긴 경우가 있다. 예컨대 발터 벤야민의 『독일 낭만주의의 예술비평 개념』(심철민 옮김, 도서출판b, 2013)에서 그렇게 옮겨지고 있다. 그런데 '선험론적'이라 옮기면 칸트 철학에 한해서는 적합할지 몰라도 다른 철학자들의 텍스트에 등장하는 이 용어의 번역어로서도 유효할지는 모르겠다. '트란스첸덴탈'을 '선험론적'으로 옮기면 '트란스첸덴탈'의 어원적 의미에 포함된 '넘어서는'의 뜻이 표현되지 않는 문제도 있다. 그렇다고 해서 '초월적'으로 옮기면 '[경험 가능한 것의 한계를] 넘어서는'이라는 뜻만 도드라지면서, 칸트 이후 근현대 철학에서 널리 사용되는 그 용어가 내포하는 경험과의 ― 비직접적인 ― 연관성은 누락된다. '트란스첸덴탈'을 '초월적'으로 옮길 것을 고집하는 백종현의 설명에 따르더라도, '트란스첸덴탈'은 "경험 내지 경험적 인식의 내용을 넘어서면서, 이것을 제약하고 정초한다는 고유의 의미"[29]를 갖는다. 『소설의 이론』에서 루카치는 "정신의 초험적[트란스첸덴탈] 지형도"를 "모든 체험과 조형화를 조건 짓고 있는 궁극적인 구조적 관계"(31)라고 하는데, 여기서 사용된 '트란스첸덴탈'도 이런 뜻을 지닌 용어로, 즉 모든 체험과 조형화를 넘어서면서 그것을 제약하고 정초하는 궁극적인 조건, 체험과 조형화의 모든 가능성과 가변성을 한계 짓는 궁극적인 조건이라는 뜻을 지닌 것으로 볼 수 있다. 『소설의 이론』에서 사용되는 '트란스첸덴탈'을 이런 의미로 이해한다면 '초월적'은 뜻의

29 백종현, 『동아시아의 칸트 철학』, 191쪽.

일면만 전하는 번역어이다. '트란스첸덴탈'을 '초월적'으로 옮길 때 생기는 더 큰 문제는 그 번역어가 야기하는 불필요한 혼란이다. 비단 종교나 신학만이 아니라 일상에서도 우리는 '초월', '초월자'라는 말을 자주 사용하는데, 그때의 '초월'은 '트란스첸덴탈'과는 전혀 관계가 없고 오히려 '트란스첸덴트'와 가깝다. 그렇다면 '트란스첸덴트'의 번역어를, 광범위하게 사용되고 있으며 그 뜻을 오해할 소지도 별로 없는 '초월적' 대신 백종현의 제안처럼 굳이 '초험적' 내지 '초재적'으로 옮겨야 할 필요가 있을까. 우리가 신 또는 그와 유사한 초자연적 존재나 초감성적 대상을 '초월자'라는 익숙한 용어 대신 굳이 '초험자', '초재자'로 명명해야 할 불가피한 까닭이 있을까. 백종현은 전문적인 철학적 용어와 일상어 사이에 균열이 생기는 불가피한 경우도 있다고 하는데, 이 경우는 전혀 불가피하지 않다는 게 내 생각이다. 철학을 핑계로 '트란스첸덴트'를 생경한 언어로 옮기기보다는, 차라리 일상에서는 전혀 사용되지 않는 '트란스첸덴탈'을 비일상적인 언어로 옮기는 게 훨씬 나은 길일 것이다.

지금까지 제출된 '트란스첸덴탈'의 여러 번역어 중 상대적으로 가장 낫다고 생각하는 것은 '초험적'이다. 우리가 '아 프리오리'를 '선험적'으로 옮기는 이유는, 그것이 '(논리적으로) 경험에 선행하며 그 경험과는 독립적으로 타당하면서 그 경험을 가능하게 한다'는 뜻 때문이다. 그 뜻을 정확하게 표현하자면 '선(先)-가험적(可驗的)'이라는 말을 만들어야 하겠지만 이를 줄여 '선험적'이라 하는 것이며 대다수 연구자가 이 번역어를 따르고 있다. 이에 비추어 본다면 '트란스첸덴탈'은 '초(超)-정험적(定驗的)'이라 할 수 있을 터인데, 이를 줄여 '초험적'이라 못할 까닭이 없어 보인다. 글자 자체에서는 '경험을 넘어서는'이라는 뜻만 표현되고 있지만, '초월적'과는 달리 '험(驗)'이라는 말이 들어감으로써 어떤 식으로든 경험과 관련되어 있다는 것을 드러내고 있는 번역어이니, '초월적'보다는 유익한 번역어로 보인다. 그리고 일상에서는 사용되지 않는 말이니, 언어생활에서 불필요한 혼란도 야기하지 않는다. 칸트를 위시해 이 용어를 주요하게 사용하는 다른 철학자들의 글에서 '트란스첸덴탈'이 정확하게 어떤 뜻으로 사용되고 있는지에 대해서 분명한 입장을 내세울 처지가 못 되지만, 적어도 『소설의 이론』에서는 '트란스첸덴트'는 '초월적'으로, '트란스첸덴탈'은 '초험적'으로 옮기는 것이 나을 듯하다.

'트란스첸덴탈'을 '초험적'으로 옮긴 까닭을 밝혔으니, 이와 연관하여 "초험적 장소"라는 표현도 살펴보도록 하자. 『소설의 이론』에는 이런 문장이 나온다.

> 그도 그럴 것이 진정한 철학의 과제란 저 원상적(原象的) 지도를 그리는 일이 아니라면 무엇이겠는가? 초험적 장소의 문제란, 마음속 가장 깊은 곳에서 솟아나는 모든 움직임이, 그 움직임 자신은 모르지만 영원토록 그것에 할당되어 있는 형식, 구원하는 상징성으로 그 움직임을 감싸고 있는 그런 형식에 귀속되어 있는 상태를 규정하는 것이 아니라면 무엇이겠는가?(28)

이 문장에 나오는 "저 원상적 지도"에서 "저"가 가리키는 것은 이 구절이 포함된 문단의 첫 문장에 나오는 "갈 수 있고 가야만 하는 길들의 지도"(27)를 가리키는 말이다. 『소설의 이론』에서 루카치가 말하는 "서사시의 시대"(29)에는 이 지도가 이미 대상적으로 자명하게 주어져 있다. 아니, 그 시대 사람들은 자생적으로 이미 그런 길의 삶을 살고 있다. 루카치는 호메로스의 서사시에서 존재와 운명, 삶과 본질이 동일한 개념인 시대, 실체가 삶에 내재해 있는 시대를 읽어내고 이를 "서사시의 시대"라 지칭한다. 이런 지도가 자명하게, 자생적으로 주어져 있지 않을 때, 그러한 지도를 그리는 것을 목표로 하는 철학이 생겨나는데, 그래서 "복된 시대"(28)인 "서사시의 시대", 고대 그리스 시대 전체가 아닌 "서사시의 시대"에는 "철학이 없다"(28)고 하는 것이다.

"저 원상적 지도"라고 했을 때 "원상적"은 "urbildlich"를 옮긴 말이다. "Urbild"를 나는 "원상(原象)"이라 옮겼는데 "원형(原形)"으로 옮기는 사람들도 있다. '원상' 내지 '원형'이라는 이 말 자체의 뜻은 플라톤의 이데아론을 통해 이해할 수 있다. 그의 입론에서 이데아가 원상이라면 현실세계는 원상의 모상(Abbild)이고, 예술은 그 모상의 모상으로 설정되어 있다. 이런 의미에서 원상은 모방의 대상으로 앞에 주어져 있는 상, 즉 "Vorbild"이기도 한데, 본서에서 "Vorbild"는 "전범" 또는 "본보기"로 옮겼던 『소설의 이론』 번역서에서와는 달리 "모델"이라는 일상적 단어로 옮긴다.

그런데 여기에서 문제되는 "원상"은 이데아 일반이 아니라—"저 원상적 지도"라는 말에 바로 이어서 "초험적 장소"라는 말이 나오는 데서 알 수 있듯이—"초험적 장소"와 관련이 있다. "초험적 장소"라는 용어는 칸트의 『순수이성비판』 중 「초험적 분석학」 부록으로 실려 있는 「반성 개념들의 모호성에 대한 주해」 첫머리에 나오는데,[30] 여기

30 임마누엘 칸트, 『순수이성비판 1』, 백종현 옮김, 아카넷, 2006, 503쪽. 백종현이 "초

에서 루카치가 사용하고 있는 "초험적 장소"라는 말의 함의는 칸트에 따른 것이 아니라 신칸트주의, 특히 에밀 라스크에서 연원한다는 것이 연구자들의 일반적 해석이다. 에밀 라스크와의 연관성을 가장 먼저 지적한 연구자들 중 한 명인 미하엘 그라우어(Michael Grauer)에 따르면 라스크가 의미의 통일성을 보증하는 것으로 사용한 "원상" 개념과 통하는 "초험적 장소"란 "초험적으로 보증된, 메타주관적 객관성의 가능성", "주관과 객관의 가정된 통일성", "인간과 세계의 분리, 나와 너의 분리를 통해서도 방해받지 않는, 질료와 형상의 일체성" 등을 뜻하며 "고향" 개념으로도 번역될 수 있는 말이다.[31] 하지만 "초험적 장소"와 "영혼"의 관계까지 고려한다면, 루카치가 『소설의 이론』을 집필하기 전에 몰두했던 플로티노스를 참조해서 이해할 수도 있지 않을까. 즉 '일자(一者, 하나)'에서 유출된 것이자 '영혼' 상층부의 움직임이 닿아 있는 플로티노스의 '정신'과 같은 위상을 지닌 것으로 해석할 수도 있다는 것이다. 에밀 라스크에도 플로티노스에도 정통하지 않은 마당에 굳이 이런 말을 하는 까닭은 『소설의 이론』의 담론을 단일한 이론적 영향관계 속에서 고찰하는 것은 적절치 않아 보이기 때문이다. 여기서 우리는 청년 루카치가 다양한 이론적 원천으로부터 사유의 자양분을 얻고 있지만 항상 자기 고유의 상황 인식에서 그것들에 접근했으며 그것들을 자신의 방식으로 흡수하여 독창적으로 종합해냈다는 이슈트반 메사로시의 지적을 다시 한 번 상기할 필

월적 분석학"이라 한 것을 "초험적 분석학"으로 바꾸어 적는다.

31 Michael Grauer, *Die entzauberte Welt. Tragik und Dialektik der Moderne im frühen Werk von Georg Lukács*, Königstein-Ts.: Hain, 1985, 55~56쪽 참조.

요가 있다.[32] 따라서 우리는 "초험적 장소"라는 말의 뜻을 텍스트 자체 내에서 이해해보고자 하는데, 『소설의 이론』에서 "초험적 장소"라는 말이 나오는 대목들은 앞서 인용한 문장 말고도 여러 곳이 있다. 예를 들면 다음과 같다.

> 그도 그럴 것이 모든 심리학적 이해는 이미 초험적 장소들의 특정한 상태를 전제로 하며, 초험적 장소들의 권역 안에서만 이루어진다(31).

> 이는[그리스인은 물음 이전에 대답을 갖고 있다는 것은] 모든 체험과 조형화를 조건 짓고 있는 궁극적인 구조적 관계에 있어서 초험적 장소들 서로 간의, 그리고 초험적 장소들과 [이에] 선험적으로 귀속되어 있는 주관 간의 질적인 차이, 따라서 지양할 수 없고 단지 도약을 통해서만 극복할 수 있는 그런 차이가 주어져 있지 않다는 것을 의미한다(31).

> 초험적 장소들의 구성에서 일어나는 변화에 대한 역사철학을 이 자리에서 제시할 생각이 없으며 제시할 수도 없다(38).

먼저 여기에서 "초험적 장소"란 우리가 "갈 수 있고 가야만 하는 길들"과 관련된 것으로 봐야 한다. 그것은 우리의 "마음속 가장 깊은 곳에서 솟아나는 모든 움직임이, 그 움직임 자신은 모르지만 영원토록 그것에 할당되어 있는 형식, 구원하는 상징성으로 그 움직임을 감

32 이슈트반 메사로시, 「루카치의 변증법 개념」, 『루카치 미학 사상』, G. H. R. 파킨슨 엮음, 김대웅 옮김, 66쪽.

싸고 있는 그런 형식에 귀속되어 있는 상태"(28)와 관련되어 사용되고 있다. 달리 말하면 영혼의 가장 깊은 내면에서, 영혼의 심층에서 발원하는 것이 선험적으로 귀속되어 있는 곳이 "초험적 장소"이다. 그래서 "초험적 장소들과 [이에] 선험적으로 귀속되어 있는 주관"이라는 말도 성립 가능하다. 여기서 "영원토록"이나 "선험적으로"라는 말이 사용되는 것만 봐도 이 "초험적 장소" 자체는 초역사적인 것임을 알 수 있다. 또한 모든 개별 인간을 넘어서 있으면서도, 즉 관(貫) 개체적(transindividual)이면서도 보편타당하고 필연적인 것으로 설정되어 있는 것으로 볼 수 있다.

다음으로 주목할 점은 "초험적 장소들"이라는 복수형이 사용되고 있는 점이다. 앞서 '문화'와 관련해 언급한 성, 진, 선, 미와 관련해 이를 생각해볼 수 있다. 신칸트주의 가치철학에서는 종교, 지식, 도덕, 예술이 논리적으로 절대적 타당성을 지니는 고유한 가치를 가지며, 그 고유한 가치인 성, 진, 선, 미가 문화의 근본원리로 설정되는데, 이렇게 절대적 타당성을 지니는 문화적 가치들을 루카치가 "초험적 장소들"이라는 말로 표현했다고 볼 수 있는 것이다(중세 기독교 문화에서는 이러한 가치들은 하느님의 술어가 된다). 또는 위에서 말했듯이 신플라톤주의자인 플로티노스에 따라 이해해볼 수 있다. 플로티노스에 따르면 '일자'에서 '정신'이 '유출'되고, 이로부터 '영혼'이 유출되며, 그다음에 '자연'과 '물질'이 유출된다. 여기에서 '정신'은 영혼 상층부의 움직임이 닿아 있는 곳인데, 루카치가 영혼의 심층에서 솟아나는 움직임이 귀속되어 있는 곳이라 한 것과 유사하다. 이렇게 보면 플로티노스의 '정신'에 해당하는 곳이 루카치가 말하는 "초험적 장소들"의 위치라고 볼 수도 있는데, "플로티노스에게 정신은 이데아의 총괄 개념이다."[33] 이와 관련하여 『소설의 이론』에 나오는 "형이상학적 영역들"(37)이라는 표현이 눈에 띄는데, 이는 "초험적 장소들"을 달리 표현한 것으로 보인다.

4. '정신의 초험적 지형도'와 시대 구분

『소설의 이론』에는 "초험적 장소"와 연관된 말로서 "정신의 초험적 지형도"라는 표현이 나온다. 예컨대 이런 구절들이 있다.

> 하지만 여기에서 문제는 정신의 초험적 지형도(die transzendentale Topographie des Geistes)가 완전히 바뀐 것이다(31).

> 우리와는 본질적으로 다른 그리스 정신의 초험적 지형도에 관해 묻는 것이 더 유익할 것이다(31).

"정신의 초험적 지형도"에서 "지형도"로 옮긴 "Topographie"는 '장소'를 뜻하는 Topos와 '쓰다', '적다' 또는 '그리다'의 뜻을 지닌 Graphie의 합성어이다. 그러니까 Topographie는 '장소들을 적기', '장소들을 기술하기'라는 뜻인데, 독한사전에는 '지지(地誌)'로 옮겨져 있다. 나는 이를 "지형도"라고 옮겼는데, '지지'든 '지형도'든 『소설의 이론』에서

33 조규홍, 「옮긴이 해제」, 『영혼-정신-하나: 플로티노스의 중심 개념』, 플로티노스 지음, 조규홍 옮김, 나남, 2008, 166쪽.

이 단어는 '장소들과 그것들의 관계'를 뜻하는 것으로 보면 될 듯하다. 그렇기 때문에 '지형'으로 옮겨도 무방하지만, "원상적 지도"라는 표현을 고려하면 '지형도'가 나을 수 있겠다. 결국 "초험적 지형도"는 '초험적 장소들과 그것들의 관계', 『소설의 이론』에 나오는 말로는 "초험적 장소들의 특정한 상태"(31), "초험적 장소들의 구성"(38)을 뜻한다고 볼 수 있다. 루카치는 이 "정신의 초험적 지형도"를 "모든 체험과 조형화를 조건 짓고 있는 궁극적인 구조적 관계"(31)로 이해하는데, 그 구조적 관계를 구성하는 요소는 두 가지, 즉 "초험적 장소들 서로 간의"(31) 관계, 그리고 "초험적 장소들과 [이에] 선험적으로 귀속되어 있는 주관 간의"(31) 관계이다. 초험적 장소는 이미 주관과의 관계를 내포한다. 영혼의 가장 깊은 내면, 영혼의 심층이 선험적으로 귀속되어 있는 곳이기 때문이다.

그런데 루카치는 이러한 "정신의 초험적 지형도"를 역사적으로 다양화한다. 루카치는 모든 체험과 조형화를 조건 짓고 있는, 따라서 문학창작도 조건 짓고 있는 "정신의 초험적 지형도", 즉 초험적 장소들 서로 간의 관계 양상과 이러한 초험적 장소들과 주관이 맺고 있는 관계 양상이 역사적으로 변한다고 파악한다. 이러한 변화 과정이 『소설의 이론』에서 말하는 역사철학적 과정을 구성할 터인데, 루카치는 이를 문학 정전에 해당하는 작품들의 독해를 통해 파악해낸다. 그리하여 설정되는 것이 고대 그리스 문화의 시대와 중세 기독교 문화의 시대, 그리고 근대이다. 이 세 시대 외에도 그 앞에는 선사 시대가, 그 뒤에는 탈근대가 설정되고 있기 때문에, 엄밀히 말하면 『소설의 이론』에서 역사는 다섯 단계로 시대 구분된다고 할 수 있다. 하지만 선사 시대는 "아시리아의 날개 달린 원시 동물을 창조한 이들"

(50) 운운하는 대목과 "모든 삶을 신화적으로 포괄하는 전(前) 문학적 과정"(64) 운운하는 대목이 가리키는 시대로서, 문학 이전의 단계이기 때문에 고찰의 대상이 될 수 없다. 탈근대 시대, 근대 이후 시대는 '서론'으로서의 『소설의 이론』 이후 '본론'에서 도스토옙스키 작품들의 "형식을 분석하고" 그런 연후에 "역사철학적 징표 해석"(184)[34]을 거쳐 확인해야 할 "새로운 시대"(183)인데, 『소설의 이론』에서 그것은 아직 불확실한 기대로서 존재한다.

『소설의 이론』에서 루카치는 고대 그리스 시대의 정신에서 "가장 고유하게 그리스적인 것"(36)은 호메로스의 서사시들에서 발현하고, 중세 기독교의 정신 상태는 중세의 큰 서사문학들과 특히 단테의 『신곡』에서 발현하며, 근대의 정신 상태는 철학에서는 칸트 철학에서, 문학에서는 장편소설 형식에서 분명하게 발현하는 것으로 본다.

루카치가 호메로스의 서사시들에서 읽어낸 그리스 정신의 초험적 지형도는, 초험적 장소들 간에 질적인 차이가 없는 것으로("형이상학적 영역들의 자연적 통일성"(37)), 그리고 이러한 초험적 장소들에 대한 주관의 관계는, "저 원상적 지도"가 대상적 자명성을 띠고 주관에게 가시화되는 것으로 표현된다. 호메로스 서사시에서 구현된 "삶의 외연적 총체성의 형상화"는 인위적으로 만들어내거나 창조해낸 것이 아니라 이미 앞에 주어져 있는 "자생적인 존재의 총체성(Seinstotalität)"(39)을 "수동적으로 환영을 통해 받아들"(32)임으로써 이룩된 것으로 파악된다. 그런데 그리스 시대 내에도 단계 내지 시기가 구분된다. 루

34 『소설의 이론』 2007년 번역서에서 "역사철학적 해독"이라 옮긴 "geschichtsphilosophisch[e] Zeichendeuterei"를 여기서는 "역사철학적 징표 해석"으로 고쳐 옮긴다.

카치는 삶과 실체, 삶과 본질의 관계 양상에 따라 서로 명확하게 구분되는 세 단계가 있다고 한다. 이 세 단계 전체에 걸쳐 실체들은 객관적으로 존재한다. 하지만 그 존재 양상이 달라진다. "호메로스의 절대적인 삶내재성(Lebensimmanenz)에서부터 플라톤의 절대적인, 그러나 잡을 수 있고 움켜쥘 수 있는 초월성(Transzendenz)에까지 이르는 실체의 퇴각이 이루어진다"(35)는 것이다. 그리하여 실체 내지 본질이 절대적으로 삶에 내재하던 단계를 서사시의 시기로, "있는 그대로의 삶은 (…) 본질의 내재성을 상실"하고 오로지 운명 그리고 그 운명과 갈등하는 영웅 속에서만 "순수한 본질이 삶으로 깨어나는"(35) 단계를 비극의 시기로, 그리고 마지막으로 "실체"가 일체의 경험적 삶으로부터 초월해 "절대적인 (…) 초월성"으로 "퇴각"한 단계를 철학의 시기라고 부른다. 여기에서 생성된 서사시, 비극, 철학을 루카치는 "선험적인 위대한 형식들"(35), "시대를 초월해 세계 조형화의 패러다임이 되는 위대한 형식들"(35)이라고 한다. 더 나아가 루카치는 호메로스의 서사시와 그리스 비극을 큰 서사문학 장르와 비극 장르의 "선험적 고향"(41), 즉 그 장르의 "완전한 형상화가 만나는, 형식의 예정된 영원한 장소"(42)로 설정한다.

루카치의 이러한 입론은 프리드리히 슐레겔의 그것과 유사하다. 독일 낭만주의를 깊이 연구해온 에른스트 벨러(Ernst Beller)에 따르면, 미래를 향해 전적으로 열려 있는("무한한 생성") 슐레겔의 모더니즘 개념은 고전주의의 절대성이라는 가정에 의해 규정된 것이다. 슐레겔은 그리스 세계를, 넘어설 수 없는 탁월한 본보기라고 생각하는데, 그는 그리스 시문학이 "미와 예술의 보편적인 자연사"이며 거기에는 모든 시문학에 적용되는 "타당한 입법적 구상"이 내포되어 있다고 말한다. 슐레겔은 "예술과 취미의 원형"이라는 말로 절대적이고 완전한 범례로서의 고전주의의 이미지를 마무리짓는다는 것이 벨러의 해석이다.[35] 이런 대목에서도 청년 루카치에게 독일의 초기 낭만주의, 그중에서 특히 프리드리히 슐레겔이 미친 영향을 헤아려볼 수 있다.

그리스 시대를 삼 단계로 구분한 루카치의 입론과 관련해 프레드릭 제임슨은, "루카치에게 고대 그리스의 제반 형식의 발전은 이 기본 대립[본질과 삶의 대립]에 내재한 여러 가능성, 즉 여러 관계에 관한 일종의 축소 모형 내지 변증법적 신화를 제공한다"[36]고 하는데, 본질과 삶의 여러 관계에 관한 일종의 축소 모형을 제공한다는 말은 맞지만 그것이 모든 관계를 다 포함하고 있는 것은 아니다. 근대에서 본질과 삶의 관계는 전혀 다르다. 뒤에서 다시 말하겠지만, 근대에서는 본질 내지 실체가 더 이상 객관적으로 주어져 있지 않은 것으로 설정되어 있기 때문이다.

『소설의 이론』에서는 그리스 시대와 근대 사이의 이행 과정으로서 중세의 기독교 문화가 배치되어 있다. 그리스 문화의 시대 이후 "우리의 현실"에 이르기까지의 전체 도정으로서의 기독교 문화란 그 본질에 있어 그리스적 문화의 잔여적 광휘라는 것이 루카치의 생각이다(38). 플라톤의 절대적 초월성이 신(하느님)의 나라, 피안의 세계로 탈바꿈한 여기에서는 차안의 세계와 피안의 세계가 구분되는데, 이미 근대에 다가선 혹은 근대적인 차안의 세계는 종교적 '도약'을 통해

35 에른스트 벨러, 『아이러니와 모더니티 담론』, 이강훈·신주철 옮김, 77~78쪽. Ernst Behler, *Irony and the Discourse of Modernity*, Seattle · London: University of Washington Press, 1990, 63~64쪽에 따라 인용 부분의 번역 일부를 수정했다.

36 프레드릭 제임슨, 『맑스주의와 형식: 20세기의 변증법적 문학이론』, 208쪽.

피안의 세계, 천상의 세계에 포괄된다. 그리하여 "치유 불가능한 균열"(38)을 드러내는 무의미한 차안의 삶이 피안의 세계 속에서 의미를 부여받게 되는바, 이를 루카치는 "새로운, 역설적인 그리스 문화(39)"가 생겨난 것이라 한다.

그 존재 방식에 차이가 있지만 고대 그리스 시대와 기독교 시대에는 실체들이 객관적으로 주어져 있었다. 그리고 그 실체들, 즉 초험적 장소들 사이에는 넘어설 수 없는 질적 차이가 없다(다만 중세 기독교 문화에서 그것들은 신의 술어로 존재한다). 고유하게 그리스적인 문화에서는 초험적 장소들과 주관 사이에 간극이 없다면, 기독교 문화의 시대에서는 간극이 있되 종교적 '도약'을 통해서 극복할 수 있다. 하지만 근대는 그것마저 불가능한 시대이다.

근대는 "신에게 버림받은 세계"(102)이다. "신에게 버림받은"이라는 말은 "gottverlassen"을 옮긴 말인데, 이 단어만 보면 '신이 떠난'으로 옮길 수도 있다. 그런데 『소설의 이론』 다른 곳에 나오는 "d[ie] von Gott verlassen[e] Welt"[37]라는 표현까지 고려하면 '신에게 버림받은' 또는 '신이 버린'으로 옮기는 것이 덜 어색해 보인다. 하지만 『돈키호테』를 다루는 대목에서 "기독교의 신이 세계를 떠나기 시작하는 시대의 초엽"(120)이라는 표현도 등장하고 있는 것을 볼 때, "신에게 버림받은"은 '신이 떠난'과 결국 같은 뜻으로 볼 수 있다. 여하튼 루카치에게 근대는 "신에게 버림받은 세계" 또는 '신이 떠나버린 세계'로 정식화되며, 그래서 "유일하게 참된 실체를" 더 이상 신이 아니라 "우리 속

37 Georg Lukács, *Die Theorie des Romans. Ein geschichtsphilosophischer Versuch über die Formen der großen Epik*, Neuwied · Berlin: Luchterhand, 1971, 81쪽.

에서 발견"(34)해야 하는 시대로 규정된다. 이 시대에 "우리의 본질"은 더 이상 객관적으로 주어져 있는 것이 아니라 "요청"(34)이 된다. 그리하여 '나'는 실체로 상정된 '나'와 그 실체를 추구하는 '나'로 양분된다. 그리고 초험적 장소들의 통일성도 깨어져버렸다. 달리 말해 "형이상학적 영역들의 자연적 통일성이 영구히 해체되어버렸"(37)다. 신은 떠났고, 진, 선, 미가 서로 건널 수 없게 질적으로 분화되는데, 이를 상징적으로 보여주는 것이 칸트의 삼대 비판서, 즉 『순수이성비판』과 『실천이성비판』 그리고 『판단력비판』이라 할 수 있다. 우리가 "갈 수 있고 가야만 하는 길들"이 도무지 명확하게 보이지 않는 시대, "초험적 정향을 결여하고 있는 세계"(119), "초험적 고향으로 가는 길이 갈 수 없게"(121) 된 시대, 이것이 우리가 사는 근대이다. 이러한 상황을 루카치는 "초험적 집없음(d[ie] transzendental[e] Obdachlosigkeit, 초험적 노숙 상태)"(42), "초험적 고향없음(d[ie] transzendental[e] Heimatlosigkeit, 초험적 실향 상태)"(69)으로 표현한다. 루카치는 이러한 세계를 뒤로 한, "영혼에서 영혼으로 이어지는 (…) 길들"(BW, 352)로 이루어진 "영혼현실(Seelenwirklichkeit)"(182)이라는 새로운 세계를 톨스토이와 도스토옙스키의 작품에서 발견한다. 그리하여 호메로스의 시대와는 다른 "새로운 원환적 총체성"(183)의 구축을 가능케 하는 탈근대적인 새로운 시대에 대한 불확실한 기대를 품고 '본론'에서 도스토옙스키의 작품 세계에 대한 본격적 분석을 예고하는 것으로 『소설의 이론』은 끝난다.

5. 보론: 몇 가지 용어에 관하여

번역서 『소설의 이론』에서 우리는 일상에서는 접할 일이 없는 수많은 용어를 만나게 된다. 철학적 전문지식이 없는 독자들에게는 생소할 수밖에 없는 용어와 개념들이 정확히 규정되지도 않은 채 에세이 양식으로 쓴 글에 등장하다 보니, 그러한 용어와 개념들이 뒤섞인 문장들을 이해하기는 더더욱 어려운 일이 되고 만다. 이는 『소설의 이론』이 《미학과 일반예술학지》에 발표되었던 당시에도 이미 문제가 되었는데, 제1부 제1장부터 제3장까지를 읽은 카를 야스퍼스(Karl Jaspers)가 루카치에게 보낸 1916년 10월 20일 자 편지에서 이를 확인할 수 있다. 그 편지에서 야스퍼스는 『소설의 이론』의 전제들이 전혀 친숙하지 않았으며 단어들도 자신에게 친숙한 개념적 의미와 연결하기가 어려웠기 때문에 루카치의 글을 읽으면서 따라가기가 힘들었다고 토로한다(BW, 377). 그러면서 한 가지 제안을 하는데, "당신의 기본 개념들의 의미를 순수 논리학적 형태로, 말하자면 법률적인 엄밀함을 지닌 형태로 언젠가 풀어서 설명해준다면, 당신의 독자들을 아주 편하게 해줄 것입니다"(BW, 378)라고 말한다.

여기서 우리가 '보론'으로 덧붙이는 용어 설명은 야스퍼스의 이런 바람을 충족시키는 수준의 것은 전혀 아니다. 『소설의 이론』의 주요 개념과 용어들을 모두 설명하는 것이 아닐뿐더러, 설명 자체도 '개념 규정'으로서 충분할 정도의 체계성과 논리성을 갖추지 못했다. 그저 이 책, 즉 『루카치 소설론 연구』라는 제목을 단 이 책에서 내가 인용하고 사용하는 용어들에 대해서 간략하게 설명하는 수준을 넘어서지 않으며, 그 설명도 용어들 자체에 대한 본격적 설명이 아니라 『소설의 이론』에서 그것들이 어떻게 사용되고 있는지, 국내의 번역서들에서 그런 용어들이 어떻게 번역되고 있는지 등에 초점을 맞춘 설명이라는 점을 분명히 해둔다. 그리고 앞에서 이미 다룬 용어들과 다음 장의 본문에서 자연스럽게 설명할 수 있는 용어들은 여기서 다루지 않는다는 점도 밝혀둔다. 이런 한계를 가진, 따라서 다른 연구자들에 의해 더 폭넓고 풍부하게 확장되어야 할 용어 설명이긴 하지만, 이를 통해서나마 『소설의 이론』 읽기가 조금은 더 수월해질 수 있기를 기대한다(서술 순서는 '영혼'을 제외하고는 가나다 순에 따른 것이다).

감지력: Takt를 옮긴 말이다. 이 단어는 '접촉', '촉각', '촉감'을 뜻하는 라틴어 tāctus에서 유래했다. 독일어 Takt 역시 '접촉'이나 '촉각'의 뜻으로 사용되지 않는 것은 아니다. 예컨대 발터 벤야민의 유명한 논문 「기술적 복제가 가능한 시대의 예술작품(Das Kunstwerk im Zeitalter seiner technischen Reproduzierbarkeit)」 1판과 3판에 나오는 taktil과 2판에 나오는 taktisch라는 단어는 모두 이런 뜻을 가진 Takt에서 파생된 단어로서 흔히 '촉각적'으로 옮겨진다.[38] 이 단어가 가장 많이 쓰이는 분야는 음악인데, 여기서 사용될 때는 '박자'로 옮길 수 있다. 이 밖에 '도로상에서 두 차량 간의 규칙적 거리(Abstand)'를 뜻하는 말로도 쓰이며, '옳고 온당한 것에 대한 예민한 감(感, Gefühl)', '공손하고 사려 깊은 태도를 취할 수 있는 감각(예절 감각)', '눈치' 따위의 뜻도 포괄하고 있다. 본서에서 이 단어를 '감지력'으로 옮긴 것은 한스-게오르

38 이와 관련해서는 김경식, 「'기술적 복제가 가능한 시대의 예술작품'을 읽기 위하여」, 《크리티카 vol. 4》, 비평동인회 크리티카 엮음, 올, 2010, 263쪽 각주 8을 참고하라.

크 가다머(Hans-Georg Gadamer)의 『진리와 방법(*Wahrheit und Methode*)』의 번역을 따른 것이다. 이 책에서 Takt는 Taktgefühl과 함께 '교양(Bildung)'과 연관된 주요 개념으로 다루어지는데, 이 책을 우리말로 옮긴이들은 Takt뿐만 아니라 Taktgefühl도 '감지력'으로 번역하고 있다.[39]

『소설의 이론』에서 Takt는 Geschmack(미적 판정 능력 내지 미적 감각으로서의 취미)과 함께 '문제적 형식'인 장편소설에서 "중대한 구성적 의의"(84)를 지니는 것으로 설정되어 있다. "전적으로 한갓된 삶의 영역에 속하며 그 자체는 본질적인 윤리적 세계에 대해서 아무런 중요성도 갖지 않는, 원래 부차적 범주"인 이 두 범주, 곧 "Takt와 Geschmack"을 통해서, "소설의 총체성(Romantotalität)의 시작과 끝을 이루는 주관성은 (…) 균형을 잡을 수 있고, 스스로를 서사문학상 규범적인 객관성으로서 정립할 수 있으며, 그리하여 이 형식[장편소설]의 위험인 추상성을 극복할 수 있다"(84)고 한다. 이런 식으로 이 단어는 장편소설에서 형상화된 사건과 인물에 대해서, 나아가 서술자와 작가 자신에 대해서도 작가가 적절하게 거리를 취할 수 있는 섬세한 감(感)내지 감각의 뜻을 내포하고 있기 때문에 '감지력'이 비교적 적당한 번역어이다. 흥미롭게도 평생 동안 루카치에게 강한 인상을 준 토마스 만(Thomas Mann)의 『토니오 크뢰거(*Tonio Kröger*)』에도 Takt가 Geschmack과 함께 등장하는 대목이 있다. 그러다 보니 『소설의 이론』에서 루카치가 장편소설의 예술적 법칙으로 Takt와 Geschmack을

39 한스-게오르크 가다머, 『진리와 방법 I: 철학적 해석학의 기본 특징들』, 이길우 외 옮김, 문학동네, 2000, 34~35쪽, 51~54쪽.

논하는 것이 어쩌면 이 노벨레에서 영감을 받아 이루어진 것이 아닐까하는 생각마저 든다. 참고로, 이 작품을 우리말로 옮긴 안삼환은 Takt를 '분별'로 옮기고 있다.[40] 나는 『소설의 이론』을 번역하면서 이 책에 여러 차례 나오는 Takt를 딱 한 군데 빼고는 모두 '감지력'으로 옮겼는데, 제2부 제4장 한 곳에서는 '박자'로 옮겼다. 톨스토이의 위대한 서사문학적 의향을 논하면서 "자연의 위대한 리듬을 따르며, 태어나고 소멸하는 자연의 박자(Takt) 속에서"(174)라고 운운하는 대목이다.

성찰적: sentimentalisch를 옮긴 말이다. 이 단어는 18세기에 영어에서 차용된 말로서 처음에는 '감상적(empfindsam; sentimental)'이라는 뜻으로 사용되었다. 그런데 이 단어를 주요한 개념으로 사용한 프리드리히 실러(특히 『소박 문학과 성찰 문학에 관하여(*Über naive und sentimentalische Dichtung*)』)나 초기 낭만주의 때부터 이 단어는 주로 naiv의 대응어로 사용되는데, 이는 『소설의 이론』에서도 마찬가지이다. naiv는 18세기 초 프랑스에서 차용된 말로서 인간 및 인간의 행동과 관련하여 '인위적(künstlich)'과 대비되는 '자연스러운(natürlich)'이라는 뜻으로 사용되었다. 18세기 후반에 들어오면 문체와 관련하여 '꾸밈이 없고 장식적이지 않은'의 뜻으로 사용되면서 미학적 용어로도 쓰였다. 이렇게 심리학적 미학적 용어로 사용되던 이 단어는 실러에 이르러 새로운 의미를 가지게 되는데, 『소박 문학과 성찰 문학에 관하

40 여기서 그는 "Fragen des Taktes und Geschmacks"를 "분별과 취향의 문제"로 옮긴다. 토마스 만, 『토니오 크뢰거. 트리스탄』, 안삼환 외 옮김, 민음사, 1998, 38쪽.

여』에서 naiv는 '인위적'과 대비되는 '자연스러운'의 의미와 '자연스러운, 직접 표현된 느낌'의 의미로도 사용되지만, '주관적', '현대적'에 대비되는 '객관적', '고대적'이라는 새로운 의미로도 사용된다. 여기에서 naiv의 대응어로 쓰이는 sentimentalisch는 '감상적'이라는 전래적인 의미로도 사용되지만, '성찰적(reflektierend)', '주관적', '현대적' 등의 새로운 의미로 더 많이 사용되고 있다. 실러는 근대적 인간이 자연 및 세계와 맺고 있는 관계는 더 이상 '직접적'이고 '소박한' 관계가 아니라 '성찰을 통해' 이루어지는 관계라고 규정하는데, 이를 표현하는 말이 sentimentalisch이기 때문에 요즘 독문학계에서는 '감상적'으로 옮기지 않고 '성찰적'으로 많이 옮긴다. 독일의 두덴(Duden) 사전에는 이 단어가 문예학에서 사용될 때 "잃어버린 원래의 자연성을 성찰을 통해 되찾고자 하는(die verloren gegangene ursprüngliche Natürlichkeit durch Reflexion wiederzugewinnen suchend)"의 뜻을 지닌다고 적혀 있는데, 이런 뜻까지 담기에는 '성찰적'이라는 번역어가 다소 일면적인 것으로 보인다. 하지만 아직 적절한 번역어를 찾을 수 없어서 본서에서는 '성찰적'으로 옮긴다.

외연적/내포적: 『소설의 이론』에 나오는 '외연적'은 extensiv를 옮긴 말이다. '외연(extention)'은 일정한 크기를 가진 공간을 말한다. 더 구체적으로, ex-tension을 생각해보면 된다. ex는 바깥이라는 뉘앙스를 가진다. 점에서 출발해 바깥으로 크기를 넓혀나간 것을 상상하면 된다. 어렵게 생각할 것 없이 깊이, 넓이, 부피 같은 것이 '외연'이다. 『소설의 이론』에서 루카치는 "삶의 총체성"은 "그 개념상 외연적인"(58) 것이라고 한다. "삶의 총체성"은 필연적으로 "외연적 총체성"인 것이다.

'내포적'은 intensiv를 옮긴 말이다. 『소설의 이론』에는 그 명사형인 Intensität이 자주 등장하는데, 이를 우리는 '강도', '강렬성'으로 옮겼다. '내포'는 in-tension을 생각하면 된다. 외적인 크기가 아니라 내적인 밀도, 강도를 뜻한다. 본질의 영역은 '확장적'인 삶의 영역과 달리 '집약적'이다. 이를 루카치는 intensiv라는 말로 표현하고 있고 우리는 '내포적'으로 옮겼다. 참고로, 질 들뢰즈(Gilles Deleuze)의 철학에서 '강도적', '강렬도적'이라 옮겨지는 단어도 intensiv인데, 그 뜻이 같지는 않다. 덧붙이자면, 루카치가 사용하는 '외연'과 '내포'는 논리학에서 사용될 때와는 다르다. 논리학에서 '외연'은 한 개념이 가리키는 사물들의 집합이고 '내포'는 그 개념이 함축하는 내용들이다. 예컨대 '사과'의 외연은 생물학적으로 사과에 속하는 과일들의 집합이고, 그 내포는 '맛이 시다', '붉다' 등등과 같은 내용들의 총체이다. 이때 '외연'은 denotation을, '내포'는 connotation을 옮긴 말이다.[41]

『소설의 이론』에서 서사시와 장편소설은 "삶의 외연적 총체성을 형상화"(49)하는 형식으로, 비극은 "본질적인 것의 내포적 총체성을 형상화"(49)하는 형식으로 설정되어 있다. 하지만 루카치의 마르크스주의 문학론과 미학에서는 현실관과 총체성 개념에 대한 이해가 달라짐에 따라 "외연적 총체성"과 "내포적 총체성"이 지시하는 대상이 달라진다. 여기서 "외연적 총체성"은 객관적으로 무한한 삶 내지 현실에 대한 규정이고 "내포적 총체성"은 모든 예술작품과 관련해 사용

41 이상의 내용은 이정우, 『개념: 뿌리들 01』, 산해, 2004, 250~251쪽의 내용을 거의 그대로 요약한 것이다.

된다. 이 두 가지 용어가 같이 등장하는 다음 문단은 비록 『소설의 이론』과는 관계가 없지만 루카치의 마르크스주의 문학론을 구성하는 중요한 인식이 포함된 문장들이기 때문에 그대로 옮겨놓는다.

> 따라서 예술작품은 그것에 의해 형상화된 삶의 단편(Stück Leben)을 객관적으로 결정하고 있는 모든 본질적 객관적 규정들을, 올바른 비례관계에 있는 올바른 연관관계 속에서 반영해야 한다. 그것은 그 규정들을 다음과 같이, 즉 그 삶의 단편이 그 자체에서, 그 자체로부터 이해될 수 있고 추체험[따라체험]될 수 있도록, 그 삶의 단편이 하나의 삶의 총체성(eine Totalität des Lebens)으로 현상하도록 반영해야 한다. 이것이 모든 예술작품은 **삶의 객관적 외연적 총체성**의 반영을 자신의 목표로 설정해야 한다는 것을 의미하는 것은 아니다. 오히려 그 반대이다. **현실의 외연적 총체성**은 필연적으로 모든 예술적 형상화의 가능한 테두리를 넘어선다. 그것은 [현실에] 계속 더 가까이 접근해나가는 전체 학문의 무한한 과정에 의해서만 정신적으로(gedanklich) 재생산될 수 있는 것이다. 예술작품의 총체성은 오히려 **내포적인** 것이다. 즉 그것은 형상화된 삶의 단편에 대해 — 객관적으로 — 결정적인 의미를 지니는 규정들, 삶의 과정(Lebensprozeß) 전체 속에서 그것[형상화된 삶의 단편]의 실존과 운동, 그것의 특질과 위치 등을 결정하는 그런 규정들의 완결적이고 자체 종결적인 연관관계이다. 이러한 의미에서 가장 짧은 노래도 가장 웅대한 서사시와 마찬가지로 하나의 **내포적 총체성**이다. [형상화된 삶의 단편에서] 나타나는 규정들의 양, 질, 비례 등등을 결정하는 것은, 그 삶의 단편을 형상화하는 데 적합한 장르의 특수한 법칙들과 상호작용하는, 형상화된 삶의 단편의 객관적인 성격이다.[42]

예술의욕과 의향: 『소설의 이론』에는 '예술의욕'이니 '의향'이니 하는 말도 나온다. 먼저 '예술의욕'이라는 용어는 Kunstwollen을 옮긴 말로서 독일의 미술사학자 알로이스 리글(Alois Riegl)에 의해 예술사의 주요 개념으로 부각되었다. 이 단어는 『소설의 이론』을 번역했던 2007년 당시에는 '예술의지', '예술적 의지'로 많이 옮겨졌는데 요즘은 '예술의욕'이라는 번역어가 정착된 듯하니, 나도 본서에서는 '예술의욕'으로 바꾸어 옮긴다. '예술의욕'은 한 시대의 미적 형상화의 특성과 한계, 그 시대의 고유한 형상화동력(Gestaltungsantrieb)을 특징짓는다. 따라서 각 시대에는 고유한 '예술의욕'이 작동한다고 말할 수 있다. 이러한 '예술의욕'은 "역사철학적으로 조건 지어진"(41) 것으로서, 동일한 하나의 예술의욕에 부합하는 양식은 여럿이 있을 수 있다(예를 들

42 Georg Lukács, "Kunst und objektive Wahrheit", *Georg Lukács Werke Bd.4. Probleme des Realismus I. Essays über Realismus*, Neuwied·Berlin: Luchterhand, 1971, 619~620쪽(강조는 인용자). 변증법적 반영론에 근거를 둔 중기 루카치의 미학적 구상을 '강령적으로' 제시한다고 평가받는 이 글은 집필 연도 또는 발표 연도가 특히 문제되는 글이다. 이 글이 수록되어 있는 독일어판 『게오르크 루카치 저작집』 제4권 자체 내에서도 오류가 발견된다. 글 말미에는 "1956년"으로 적혀 있는데, 본문 뒤에 수록되어 있는 "출전"에는 《독일철학지(*Deutsche Zeitschrift für Philosophie*)》 "1954년" 제2권에 발표된 것으로 적혀 있다. 연구자들이 지금까지 조사한 바에 따르면, 이 글이 처음 집필된 시점은 1934년이다. 1934년에 집필한 이 글을 독일어로 처음 발표한 연도와 지면은 1954년 《독일철학지》이지만, 이미 1935년에 러시아어로도 발표되었다(《문학비평가(Литературный критик: *Literaturnyj kritik*)》, 1935년 9호). 하지만 「예술적 형식의 객관성 문제에 대하여(К проблеме обьективности художественной формы)」라는 제목으로 발표된 이 러시아어본은 1954년에 발표된 독일어본의 절반 분량밖에 되지 않는다. 이와 관련된 논란에 대해서는 김경식, 『게오르크 루카치: 과거와 미래를 잇는 다리』, 한울, 2000, 103~104쪽, 각주 44, 그리고 Daniel Göcht, *Mimesis — Subjektivität — Realismus. Eine kritisch-systematische Rekonstruktion der materialistischen Theorie der Kunst in Georg Lukács' "Die Eigenart des Ästhetischen"*, Bielefeld: Aisthesis, 2017, 44~45쪽, 각주 129를 참고하라.

어 소포클레스의 극과 에우리피데스의 극). 이에 비해 '의향'은 역사철학적 제약을 뛰어넘어 지속될 수 있다. 여기서 '의향'은 Gesinnung을 옮긴 말인데, 이 단어는 '신조', '신념', '심정', '마음씨' 등으로 옮겨지기도 한다. 예컨대 칸트의 경우 어떤 행위의 도덕성을 결정하는 것이 Gesinnung이냐 Tat 내지 Folge(행위의 결과)냐라고 할 때 Gesinnung이 도덕성을 결정한다고 보기 때문에 그의 윤리학을 Gesinnungsethik이라고 하며, 이를 보통 '심정윤리학'으로 옮긴다(간혹 '마음씨 윤리학'이라고 옮기는 사람도 있다). 하지만 막스 베버가 말하는 Gesinnungsethik은 '신념윤리학'으로 옮기는 것이 대세이다. 나는 『소설의 이론』에서 쓰이는 Gesinnung이라는 단어의 뜻을 '의지가 발원하는 근본적인 마음의 태도'라는 정도로 이해하고 이 단어를 "의향"으로 옮겨보았다. 한 가지 주목할 점은, '예술의욕'이 "역사철학적으로 조건 지어진" 것이고 그래서 특정한 시대에 특정한 예술의욕이 상정될 수 있다면, '의향'은 꼭 그렇지만은 않다는 것이다. 역사철학적 단계가 변하더라도 어떤 '의향'은 지속될 수 있다. 그래서 근대라는 새로운 역사철학적 조건에서 장편소설이라는 새로운 장르가 탄생하더라도 그 장편소설 형식을 낳은 '의향'은 고대 그리스 시대에 서사시 형식을 낳은 '의향'과 동일하다고 하는 것인데, 본문에서 다룰 "총체성에의 의향"(62)이 그런 것이다. 그렇다면 그런 '의향'이 역사철학적 조건이 바뀌어도 지속될 수 있는 까닭은 무엇일까. 그것이 초역사적인 것에서 발원하는 것일 때 그럴 수 있을 터인데, 『소설의 이론』에서 그 발원지는 '영혼'이다. 즉 루카치가 말하는 "총체성에의 의향"은 영혼에서 발원하는 것이다.

영혼: 다른 주요한 개념들과 마찬가지로 '영혼' 또한 저 멀리 소크라테스로부터 현대철학에 이르기까지 복잡한 개념사를 지니지만, 여기서는 『소설의 이론』에 국한해서 그 용어의 뜻을 알아보겠다. 이와 관련하여 루카치의 제자 중 한 사람인 죄르지 마르쿠시가 초기 루카치에 관해 쓴 글이 유용한데, 그에 따르면 초기 루카치는 일상적 삶, 보통의 삶은 진정하지 않은(unauthentisch) 존재의 영역, '한갓된 실존'의 영역으로, 영혼은 진정한(authentisch) 존재로 서술한다.

> [여기서] 진정한 존재는 **영혼**을 의미하는데, 그것도 이중적 의미에서 그러하다. 한편으로 — 형이상학적 의미에서 — 영혼은 인간 세계의 실체, 모든 사회적 제도와 모든 문화적 작품을 창조하고 형성하는 원리이다. 다른 한편, 실존적 의미에서 영혼은 진정한 개체성(Individualität)을, 그에 따라 모든 인격성(Persönlichkeit, 인격)이 원칙적으로 반복 불가능하고 대체 불가능하게 되는, 따라서 고유한 가치가 되는 그런 '핵심'을 의미한다.[43]

그의 같은 글에 나오는 또 다른 대목이다.

> 영혼이 의미하는 것은 실상 모든 개별적 개인의 특수한 특징을 나타내는 **의지**력(*Willens*potenzen)과 능력들과 '영혼적 에너지들'의 최대치의 전개이며, 인간이 본래의 인격이 되기 위해 될 수 있고(kann) 되어야 하는(soll) 것이다. 따라서 영혼이란 말하자면 개인의 '소명(Bestimmung)'이다. 그리고

43 György Márkus, "Die Seele und das Leben. Der junge Lukács und das Problem der 'Kultur'", *Die Seele und das Leben. Studien zum frühen Lukács*, Agnes Heller 외 엮음, 107쪽. 강조는 마르쿠시.

이러한 '소명'은 외부로, 즉 외부세계와 다른 인간들로 향해 있다.[44]

여기에서 '영혼'은 개별 인간의 마음속 깊이 내재해 있는 불변의 '실체'와 같은 것으로 설정된다. 이것이 엄밀한 의미에서의 영혼이라면, 그래서 '영혼의 본질'이라 할 수 있다면, 『소설의 이론』에서는 '영혼'이라는 말이 또 다른 의미, 더 넓은 의미로 사용되기도 한다. 그럴 때의 '영혼'은 시대에 따라 그 구성요소가 더 복잡해지고 풍부해진다. 예컨대 "영혼에 대한 타자", 즉 영혼과 이질적인, 심지어 대립적인 바깥이 성립하면 영혼 속에는 "내면성"이 생성된다. 우리가 "내면성"을 심리적인 것으로 볼 수 있다면, 이때 심리 또한 영혼의 구성요소가 된다(그런데 어떤 대목에서는 영혼과 심리가 대립 설정되기도 한다). 『소설의 이론』에서 '영혼'이라는 말은 이런 식으로 "의식에서든 심층의식에서든 심적 과정의 광범위한 복합성"[45]을 의미하는 것으로 사용되기도 한다. 하지만 그럴 때에도 영혼의 심층, 가장 깊은 곳에는 불변하는 '실체'와 같은 것이 있고, 그것이 영혼의 본래적 의미로 이해된다. 마르쿠시가 말하는 영혼이 그런 것이다.

첫째, 그것은 개별 인간의 진정한 개체성, 개별 인간의 고유한 가치를 형성하는 '핵심'으로서의 영혼이라고 할 수 있다. 이 글 3절에서 우리는 이 영혼의 가장 깊은 내면, 가장 깊은 '심층'에서 발원하는 것이 귀속되어 있는 곳이 '초험적 장소'라고 했다. 그렇다면 원상(Urbild)으로서의 초험적 장소는 주관과 객관이 통일된 곳이라 할 수도 있을

44 같은 책, 108~109쪽. 강조는 마르쿠시.
45 위르겐 슈람케, 『현대소설의 이론』, 원당희·박병희 옮김, 문예출판사, 1995, 50쪽.

것이다. 둘째, 따라서 영혼에는 성, 진, 선, 미를 지향하는 힘이 있다고, 아니 영혼은 그러한 힘 자체라고 볼 수 있다. 그래서 인간은, 어떤 시대에서든 "갈 수 있고 가야만 하는 길들"을 추구한다. 『소설의 이론』에는 "영혼"이 "큼[大]과 펼침과 온전함이라는 (…) 내적 요구들"(29)을 가지고 있다는 문장이 나오는데, "큼과 펼침과 온전함이라는 영혼의 내적 요구들" 또한 영혼의 불변적 지향이다. 이러한 영혼의 내적 요구들로부터 우리는 영혼이란 외부로 자기를 최대한 펼쳐서 자기를 온전히 실현하고자 하는 어떤 힘이라고 이해해볼 수도 있다. 그래서 사회적 문화적 제도적 형성물들(Gebilde)은 그런 영혼들이 행위로 표출됨으로써 빚어낸 결과물이 된다. "복된 시대"(서사시의 시대)를 영혼과 관련해서 보자면, 그 시대는 영혼이 행위하는 동안 자기로부터의 소외가 없으며("자기 속에 평온하게 깃들여 있"(27)다), 그 행위의 결과물들 또한 그 자체로 완결된 세계를 이루며, 그 세계와 나 사이에도 소외가 없는 시대이다. "안과 밖의 균열"이 없는, "나와 세계"의 "본질"이 같은, "영혼과 행동이 서로 일치"하는 그런 시대, 따라서 엄밀한 의미에서의 내면성이 없는 시대, 그런 시대를 루카치는 우리가 영원히 잃어버린 "복된 시대"라고 지칭하는 것이다.

장르와 양식: 『소설의 이론』에서 '장르'로 옮긴 단어는 Gattung이고(Genre라는 단어는 등장하지 않는다), '예술종'으로 옮긴 단어는 Kunstart이다. 일반적으로 Kunstgattung은 '예술류(類)'로, Kunstart는 '예술종(種)'으로 번역하는데, 예술의 갈래를 나눌 때 문학, 음악, 미술, 무용 등을 각각 '예술류'라고 한다면, 그러한 '예술류'의 하나인 문학의 갈래, 즉 서사문학, 극문학, 서정문학 등은 '예술종'이 된다. 이런 식의 유

개념과 종개념으로, 서로 연관된 것으로 사용되는 것이 Kunstgattung과 Kunstart이다. 그런데 루카치가 Kunstgattung이라는 단어를 쓰지 않고 그냥 Gattung이라는 단어만 쓰고 있는 『소설의 이론』에서는 Gattung과 Kunstart 모두 '장르'로 읽어도 무방하다. 이런 '장르'들 각각은 그 고유한 구조적 법칙 또는 구조적 고유성을 갖기 때문에 하나의 독자적 '장르'로서 성립한다. 그리고 이 고유한 구조적 법칙 또는 구조적 고유성을 '형식'이라고 할 수 있다. 그러니까 장편소설을 하나의 장르라고 말하는 것은 장편소설은 고유한 형식을 갖는다는 말인 셈이다. '양식(Stil)'은 그러한 미적 형식, 그러한 예술 형식이 특정한 시대에 특정한 작가에 의해 특정한 작품으로 구현된 것을 가리키는 말이다. "양식은 특정한 시대에 작용하는 미적 형식이며, 미적 형식은 양식을 통해 그 역사를 가진다."[46] 그래서 양식은 형식의 가변성의 발현이라고 할 수 있다. 가령 장편소설 형식을 구현할 때 오노레 드 발자크(Honore de Balzac)의 양식이 있고 토마스 만 또는 제임스 조이스(James Joyce)의 양식이 있다는 식으로 말할 수 있을 것이다. 이렇게 여러 양식들이 있다고 해서 그것들이 하나의 형식으로서의 장편소설, 하나의 장르로서의 장편소설이 아닌 것이 아니다. 그것들은 장편소설 형식의 가변성을 보여주는 것이다. 그리스 비극에서도 소포클레스의 양식이 있고 에우리피데스의 양식이 있는데, 양자가 양식은 다르지만, 즉 구현된 예술 형식은 다르지만, 하나의 형식이자 장르로서의 비극이기는 마찬가지다.

46 Karin Brenner, *Theorie der Literaturgeschichte und Ästhetik bei Georg Lukács*, 25쪽.

현시(顯示): 우리말로 옮긴 『소설의 이론』 제1부 제4장 5절의 제목은 "소설 세계의 현시 가능성과 그 현시의 수단"인데, 여기서 "현시 가능성"은 Darstellbarkeit를, "현시"는 Darstellung을 옮긴 말이다. Darstellung이나 그 동사형인 darstellen은 이미 여러 사람이 말했듯이 번역하기 실로 곤란한 단어이다. 예컨대 프레드릭 제임슨은 『정치적 무의식』의 「서문」에서, Darstellung은 영어로 "번역 불가능한 명칭"[47] 이라고 하면서 독일어 그대로 사용하고 있다. 이 단어가 영어로만 번역 불가능한 것이 아닌 터라 프랑스어로 쓴 『문학적 절대: 독일 낭만주의 문학이론』의 저자들도 독일어 Darstellung을 그대로 사용한다.[48] 이 책을 번역한 홍사현은 옮긴이 후기에서 "이 책의 저자들 자신이 '이 단어는 정말 애매하다'고 말하고 있는 Darstellung이라는 개념은 주체나 작품이나 대상 등의 존재적 표현이나 현시, 서술 방법, 설명이나 묘사, 더 나아가 형상화, 연출 등 모든 종류의 형식화를 의미하는 다양한 맥락에서 사용되고 있다"[49]고 설명한다.

이 단어가 아무리 '애매'하다 하더라도 제임슨이나 라쿠-라바르트, 낭시처럼 독일어를 그대로 사용할 수는 없으니, 우리말로 어떻게 옮기는 게 가장 적절할지 생각해볼 일이다. 이 개념이 아주 중요한 위치를 차지하고 있는 발터 벤야민의 『독일 비애극의 원천』을 맨 처음 번역한 조만영은 이 단어를 "제시"로 옮겼으며,[50] 『정치적 무의

47 프레드릭 제임슨, 『정치적 무의식: 사회적으로 상징적인 행위로서의 서사』, 이경덕·서강목 옮김, 민음사, 2016, 14쪽.

48 필립 라쿠-라바르트·장-뤽 낭시, 『문학적 절대: 독일 낭만주의 문학이론』, 홍사현 옮김, 그린비, 2015, 57쪽, 옮긴이 각주 7.

49 같은 책, 667쪽.

50 "제시"로 옮기는 이유에 대한 조만영의 설명은 『독일 비애극의 원천』, 발터 벤야민 지

식: 사회적으로 상징적인 행위로서의 서사』를 옮긴 이경덕과 서강목 역시 "제시"로 옮기고 있다. 한편 『독일 비애극의 원천』을 조만영과 거의 같은 시기에 옮긴 최성만과 김유동은 이 단어를 "재현"으로 옮겼으며,[51] 『문학적 절대: 독일 낭만주의 문학이론』의 옮긴이는 맥락에 따라 "현시" 등으로 옮기기도 했지만 기본적으로 "표현"으로 옮겼다. 마르크스의 저 유명한 'Forschungsmethode/Darstellungsmethode'에 나오는 Darstellung은 '서술'로 옮겨지는 것이 일반적이다. 이렇게 이 단어가 중요한 위치를 차지하고 있는 저작들의 번역서만 보더라도 Darstellung이라는 하나의 독일어가 '제시', '재현', '표현', '서술' 등으로 제각각 옮겨지고 있는 것을 확인할 수 있다.

이 단어의 우리말 번역과 관련해서는 제임슨의 설명이 유익하다. 『정치적 무의식: 사회적으로 상징적인 행위로서의 서사』의 제임슨에 따르면, "이 **제시**[Darstellung]야말로 **재현**(representation)에 관한 오늘날의 문제들이 전혀 다른 성격의 **현시**(presentation)에 관한 문제들, 혹은 본질적으로 서사적이고 수사학적인, 언어 및 글쓰기의 시간상의 운동에 관한 문제들과 생산적으로 교차하게 되는 지점이다."[52] 달리 말하면 Darstellung은 representation과 presentation이 중첩된 뜻을 지닌 단어이다. 따라서 '표현'이나 '재현', '제시', '서술' 등으로는 이 복합적 중첩적 의미를 잘 전달할 수가 없다. 그래서 나는 『소설의 이론』을 번역하면서 '현시'라는, 일상에서는 잘 쓰지 않는 말을 Darstellung

음, 조만영 옮김, 새물결, 2008, 319쪽 미주 2 참조.

51 발터 벤야민, 『독일 비애극의 원천』, 최성만·김유동 옮김, 한길사, 2009.

52 프레드릭 제임슨, 앞의 책, 14~15쪽. 강조는 제임슨. 보다시피 이 책의 옮긴이들은 Darstellung을 "제시"로 옮기고 presentation을 "현시"로 옮기고 있다.

의 번역어로 사용했다. 물론 맥락에 따라 '재현', '표현', '제시', '서술' 등으로도 옮길 수 있고 또 그렇게 옮겨야 할 때가 있지만, '현시'를 기본 번역어로 선택한 것이다. '현시'는 '나타내 보임', '드러내 보임'이라는 뜻의 한자어이다. 여기서 '나타내다', '드러내다'가 '재현' 쪽에 가깝다면, '보이다'는 '제시' 쪽에 가깝다. 따라서 '현시'는 이 두 측면, 즉 representation의 측면과 presentation의 측면이 중첩된 의미를 지닌 Darstellung에 가장 가까운 번역이 아닐까 싶다.

현존재와 상재(相在): '현존재'는 Dasein을, '상재'는 Sosein을 옮긴 말이다. Dasein을 '현존재'로 옮기긴 했지만, '현존재'라는 개념이 중요한 역할을 하는 하이데거 철학에서 그 개념이 지닌 뜻과는 관계가 없다. 그래서 헤겔 관련 서적이나 일반적인 철학책에서 Dasein의 번역어로 널리 사용되는 '정재(定在)'로 옮길까도 생각해봤다. 하지만 하이데거 철학에서의 '현존재'와는 함의가 다르다는 점을 밝혀두고 맥락에 따라서 '현존재' 또는 '현존'으로, 그 동사형인 dasein은 '현존하다'로 옮기는 것이 『소설의 이론』의 문장을 이해하는 데 더 유리할 듯해 Dasein의 기본 번역어로 '현존재'를 선택했다.

'현존재'와 '상재'는 철학자에 따라 그 뜻이 다를 수 있는데, 대개의 경우 두 단어가 대립적으로 쓰인다. 이때 '현존재'는 현실의 구체적 개별적 존재를 가리키는 말이며, '상재'는 '본질성(Wesenheit)'과 같은 뜻을 가진 단어가 된다. 이와 관련된 문제들을 여기서는 다룰 수 없고 다룰 필요도 없다. 이 자리에서는 『소설의 이론』에서 이 단어들이 어떻게 사용되고 있는지만 보도록 하겠다. 『소설의 이론』에는 다음과 같은 문장이 나온다.

현실의 현존재와 상재에 이같이 분리 불가능하게 묶여 있는 것—이는 서사문학과 극문학을 나누는 결정적인 경계선인데—은 서사문학의 대상이 삶인 데에 따른 필연적인 결과이다(50).

여기서 '현존재'와 '상재'는 독일어 단어 그 자체의 뜻을 가진 것으로 이해하면 될 듯하다. Dasein은 단어 그대로 풀면 '거기에 있음'이다. 어떤 사람이나 사물이 일정한 시공간적 장소(Da)를 점하는 방식으로, 구체적이고 개별적으로 있음을 말한다. Sosein은 단어 그대로 풀면 '그렇게 있음', '그리 있음'이다. '그리'란, '상태, 모양, 성질 따위가 그러한 모양으로'란 뜻이다. 따라서 어떤 상태, 모양, 성질 등을 갖추고 있음을 말한다. 여기서 우리는 Sosein을 '상재(相在)'라는, 사전에 없는 말로 옮겼는데, 이때의 '相'은 '서로 상'이 아니라 우리가 '관상(觀相)을 본다'고 할 때 쓰인 '상'이다. 즉 '모양' 상, '형상' 상의 뜻으로 쓰인 '相'이다. 『소설의 이론』에서 Dasein과 Sosein은 경험적 존재와 본질적 존재처럼 서로 다른 층위에 있는 것이 아니라 경험 세계라는 동일한 층위에 있는 것으로 사용된다. 특정한 시공간 속에서 특정한 모양과 상태와 성질 등을 띠고 있음, 또는 현실에서 구체적이고 개별적으로 있는 어떤 것(Etwas)을 Dasein과 Sosein이라는 단어로 표현하고 있는 것이다.

제3장
장편소설 일반론

『소설의 이론』 제1부에서 루카치는 '큰 서사문학의 형식들'을, 우리가 앞의 글에서 살펴본 역사철학적 조건으로서의 세 시대(고대 그리스 시대, 중세 기독교 시대, 근대)와의 연관 속에서 고찰함과 동시에 다른 문학 형식들과 비교함으로써 그 특성을 규정하고자 한다. 여기에서 루카치는 서사시와 장편소설을 '큰 서사문학'이라는 통일적 범주로 묶고 그것을 주요하게는 극문학, 그중에서도 특히 그가 극문학의 정점으로 본 비극과, 부차적으로는 노벨레, 서정적 서사문학 등과 같은 '작은 서사문학' 및 서정시와 대조하는 가운데 '큰 서사문학' 일반의 장르적 형식적 특징을 규정한다. 이와 더불어 장편소설을 서사시와 역사철학적·미학적으로 대조함으로써 '큰 서사문학'으로서의 통일성 내에서 장편소설 고유의 특성을 부조(浮彫)한다. 『소설의 이론』 신판 「서문」의 표현을 빌리면, 이는 "변화 속에서" "지속"하는 "미학적 범주들의 본질, 문학 형식들의 본질"(11)을 통해 서사시와 장편소설을 '큰 서사문학'으로 묶는 한편, 그 '본질'이 역사철학적 조건에 따라 어떻게 변주되면서 관철되는지를, 달리 말해 "본질의 유효성이 지속되는 가운데" 그 본질의 "내적 변화"(12)가 어떻게 이루어지는지를 서사시 형식과 장편소설 형식의 대비를 통해 파악함으로써 장편소설 고유의 형식 원리들을 규명하려는 시도다. 그럼으로써 '큰 서사문학의 근대적 형식'인 장편소설의 일반이론을 제시하는 것이 『소설의 이론』 제1부에서 루카치가 수행하는 이론적 작업의 주된 내용이다. 아래에서는 루카치가 '큰 서사문학'과 극문학(비극)을 어떻게 대조하고 파악하는지를 간단히 살펴본 후, 서사시와 장편소설의 관계가 어떻게 설정되고 있는지, 장편소설 자체의 고유한 특성은 어떻게 파악되고 있는지를 살펴보도록 하겠다.

1. 근대, 그리고 큰 서사문학과 비극

앞의 글에서 우리는 "초험적 장소들"을 "갈 수 있고 가야만 하는 길들"과 관련된 것으로 이해했다. 초험적 장소들 그 자체는 메타역사적이고 보편타당하며 필연적인 것인데, 이것들이 고대 그리스 문화와 중세 기독교 문화에서는—비록 그 양상은 다르지만, 그리고 각 문화 내에서도 시기에 따라서 양상이 조금씩 다르긴 하지만—통일되어 있었고, 객관적으로 존재하면서 우리에게 주어져 있었다. 그러므로 그러한 시대의 '정신의 태도'는 궁극적으로 '받아들이는 것'이었다. 비전(Vision)을 통해서든 종교적 도약을 통해서든 그때의 '정신의 태도'는 주어진 것을 받아들이는 수동적 태도, 수용적 태도라고 할 수 있다. 앞의 글들에서 여러 차례 인용한 『소설의 이론』의 첫 문장, 즉 "별이 총총한 하늘이 갈 수 있고 가야만 하는 길들의 지도인 시대, 별빛이 그 길들을 훤히 밝혀주는 시대는 복되도다"는 이러한 사태의 가장 원초적인 모습을 시적으로 보여준다. 이와 대비되는 문장, 즉 "서사시의 시대"로 지칭된 "복된 시대"(28)와 가장 멀리 떨어져 있는 우리 근대인이 처한 상황을 보여주는 문장은 칸트를 끌어들여 이야기하는 문장이다. 『소설의 이론』에서 칸트는 근대의 정신세계를 상징하는 이름으로 호명되고 있다.

> 칸트의 별이 총총한 하늘은 순수 인식의 어두운 밤에만 빛날 뿐, 고독한 방랑자 — 새로운 세계에서 인간으로서 존재한다는 것은 곧 고독하다는 말인데 — 어느 누구에게도 그가 가는 오솔길을 더 이상 밝혀주지 않는다(37).

"칸트의 별이 총총한 하늘"은, 저 "서사시의 시대"를 살았던 사람들에게 주어져 있었던 "별이 총총한 하늘"과는 전혀 다르게 "순수 인식의 어두운 밤에만 빛날 뿐"이다. 그것은 지금 여기 세상 속에서 살아가고 있는 인간에게 "갈 수 있고 가야만 하는 길들"은커녕 그가 가는 "오솔길"조차도 더 이상 밝혀주지 않는다. 그리고 이 시대에 인간은 더 이상 '함께존재(Mitsein)'가 아닌데, 그도 그럴 것이 "새로운 세계에서 인간으로서 존재한다는 것은 곧 고독하다는" 것을 의미한다. 달리 말해, 근대라는 "새로운 세계"에서 인간은 단독자인 '나'로 존재한다. 이는 이른바 근대적 개인, 개인주의적 의미에서의 개인을 지칭하는 말인데, 그렇다고 해서 루카치가 고대 그리스 시대에는 '개인'이 존재하지 않았다고 말하는 것은 아니다. "서사시의 시대"에도 '나'와 '세계', '나'와 '너' 사이의 구분이 있다. 다만 그 구분의 성격과 개인으로서의 존재 양상이 근대에서의 그것과는 다른 것이다. 근대의 개인은 개별적인 "홀로존재(Alleinsein)"(48)로 실존한다. 그래서 근대 세계에서 길을 찾아가는 사람은 홀로 이리저리 떠도는 "고독한 방랑자"가 된다. 이것이 『소설의 이론』이 그려내는 근대의 상황이다. 그리스 문화, 그리고 그 그리스 문화의 잔여적 광휘라고 할 수 있는 "새로운, 역설적인 그리스 문화"(39)로서의 중세 기독교 문화, 이 둘과 질적 단절이 일어난 것이 근대이다. 이 근대의 상황에 대해 루카치는 다음과 같은 식으로 설명하기도 한다.

> 우리는 정신의 생산성을 고안해냈다. 그렇기 때문에 우리에게 원상(原象)들은 대상적 자명성을 돌이킬 수 없이 상실해버렸으며, 우리의 사고는 결코 완수되지 않는 접근의 무한한 길을 간다. 우리는 조형화를 고안해냈다. 그렇기 때문에 우리의 손이 지치고 절망한 채 중도에 놓아버리는 모든 것에는 언제나 최종적인 완성이 결여되어 있다. 우리는 우리 속에서 유일하게 참된 실체를 발견했다. 그렇기 때문에 우리는 인식과 행위 사이에, 영혼과 형성물(Gebilde) 사이에, 나와 세계 사이에 건널 수 없는 심연을 둘 수밖에 없었으며, 심연 너머의 모든 실체성이 반성성 속에서 흩날리게 할 수밖에 없었다(33/34).

먼저 "우리는 정신의 생산성을 고안해냈다"라는 말을 어떻게 이해해야 할까. 이 문장을 근대적 정신세계의 상징인 칸트와 연관 짓게 되면 이른바 '코페르니쿠스적 전환'을 생각하지 않을 수 없다. 고대적 중세적 '존재론에서 인식론으로의 전환', 또는 '실체에서 주체로의 전환'이라고 일컬어지는 사태가 그것인데, 이에 따라 이제 인식은 주어지는 것을 그냥 받아들이는 것이 아니라 우리의 감관에 주어지는 것과 우리 지성의—주관성의 매개적 형식들로서 우리가 반성적으로 발견한—선험적 범주들, 선험적 형식들이 결합해서 만들어내는 것이 된다. 나아가 칸트에서는 경험 인식뿐만 아니라 '초험적인 것'과 관련해서도 '코페르니쿠스적 전환'이 이루어진다.

> 계몽주의자 칸트는 그의 '모던(modern)' 철학을 개진하는 자리에서 이러한 연원을 가진 개념 '초월적[transzendental[1]]'을 인간의 의식작용 또는 그 작용 결과의 성격으로 규정하였다. 그것은 칸트의 이른바 '코페르니쿠스적 전환'(KrV, BXVI 참조)에 의해서, 아우구스티누스(Augustinus, 354~430) 이래 신의 세계창조 원리를 뜻하던 '순수 이성(ratio pura)'이 인간의 의식을 지칭하게 됨으로써 일어난 일이다. 이로부터 '초월적인 것[초험적인 것]'도 코페르니쿠스적으로 전환된 의미를 갖게 된 것이다.[2]

데카르트 이래 서구 철학은 존재의 진리를 신이 아니라 인간의 순수 이성으로부터 근거 짓고자 했다. 그 결과, 존재 일반의 진리를 표현하는 모든 개념은 인간 이성의 순수한 개념으로 이해된다. 이렇게 되면 객관적인 존재 자체가 이런 주관적인 이성 개념에 따르지 아닐

1 transzendental을 우리는 백종현과는 달리 '초월적'이 아니라 '초험적'으로 옮긴다는 것을 앞에서 밝혔다.

2 백종현, 「칸트철학에서 '선험적'과 '초월적'의 개념 그리고 번역어 문제」, 《칸트연구》 제25집, 2010년 6월, 9~10쪽.

지 어떻게 확증할 수 있는지가, 다시 말해 모든 존재론적 관념들의 객관적 타당성, 보편적 타당성이 문제가 된다. 서구의 근현대 철학은 이러한 난제를 해결하기 위한 시도의 연속이었다고 말할 수 있을 터인데, 루카치가 "그렇기 때문에 우리에게 원상들은 대상적 자명성을 돌이킬 수 없이 상실해버렸으며, 우리의 사고는 결코 완수되지 않는 접근의 무한한 길을 간다"고 말한 것이나, "우리는 우리 속에서 유일하게 참된 실체를 발견했다. 그렇기 때문에 우리는 인식과 행위 사이에, 영혼과 형성물 사이에, 나와 세계 사이에 건널 수 없는 심연들을 둘 수밖에 없었으며"라고 말한 대목을 이런 사태와 연관된 것으로 이해할 수 있을 것이다. 심지어 "유일하게 참된 실체"를 이루고 있는 우리(나)도 내적으로 분열될 수밖에 없는데, 경험적 우리(나)와 "요청"으로서의 우리(나), 즉 결코 실현되지 않는 추상적 당위로서의 우리(나)로 분열되는 것이다. 그리하여 근대적 주체는 이처럼 분열된 소외의 세계 속에서 자신의 본질, 즉 '참나(Selbstheit)'를 찾고자 부단히 노력할 수밖에 없는 존재로 설정된다(뒤에서 다루겠지만, 이를 가장 전형적으로 보여주는 것이 전적으로 근대적인 문학 형식인 소설의 주인공들이다. 루카치는 이들을 '탐색하는 사람들' 또는 '추구하는 사람들'로 옮길 수 있는 Suchende로 규정한다).

그런 "우리는" 또한 "조형화를 고안해냈다." 호메로스의 서사시도 조형화된 것이다. 그러나 그때의 조형화는 형식을 창조하거나 형식을 부여하는 우리의 의식적 창조적 작업을 통해 이루어지는 것이 아니었다. 그때의 형식이란 "강제가 아니라 형식화되어야 하는 것 내부에서 불분명한 동경으로 잠자고 있었던 모든 것이 의식되고 표면화되는 것일 뿐"(34)이었다. 호메로스의 서사시는 "이미 완성되어 있는 의미를 수동적으로 환영을 통해 받아들"(32)인 것이다. 그런데 이제 "예술의 형식들은 이전에는 주어진 것으로서 그냥 그대로 받아들여졌던 모든 것을 스스로 만들어내야만"(39) 한다. 그도 그럴 것이 "단지 그대로 받아들이기만 하면 되는 총체성은 더 이상 형식들을 위해 주어져 있지 않"(39)기 때문이다. 이렇게 모델(Vorbild, 모범)이 사라져버린 역사철학적 조건에서 예술은 더 이상 모상이 아니라 "창조된 총체성"(37)으로서 존립하는바 그것의 형식화는 오롯이 우리 자신의 몫이 된다. "그렇기 때문에 우리의 손이 지치고 절망한 채 중도에 놓아버리는 모든 것에는 언제나 최종적인 완성이 결여되어 있다."

이것이 '문제적 문화'로 '전락'한 근대의 상황이다. 『소설의 이론』에서 근대는, 고대 그리스 문화의 "의미의 삶내재성"이 해체되고 중세 기독교 문화의 '초월성'이 붕괴된 후 더 이상 "자생적인 존재의 총체성(Seinstotalität)"(39)이 주어져 있지 않은 분열과 균열의 시대로 그려진다. 그렇다면 이러한 근대의 '초험적 지형도'는 고대 그리스 및 중세의 '초험도 지형도'와는 질적으로 다를 것인데, 그것은 "'지형도'로서의 초험적 지형도의 소실, '원상적 지도'의, 다시 말해 확고하고 포괄적인 삶의 의미의 결여"[3]를 주요 특징으로 하는 '초험적 지형도'라고 할 수 있을 것이다. 이러한 상황을 루카치는 "초험적 집없음(d[ie] transzendental[e] Obdachlosigkeit, 초험적 노숙 상태)"(42), "초험적 고향없음(d[ie] transzendental[e] Heimatlosigkeit, 초험적 실향 상태)"(69)이라는 말로 표현했다.

3 Konstantinos Kavoulakos, *Ästhetizistische Kulturkritik und Ethische Utopie: Georg Lukács' Neukantianisches Frühwerk*, 161~162쪽.

앞의 글에서 말했다시피 루카치는 '정신의 초험적 지형도'를 역사적으로 다양화한다. 모든 체험과 조형화의 궁극적인 조건이자 체험과 조형화가 이루어질 수 있는 한계를 이루는 것으로서의 '정신의 초험적 지형도'의 변화에 따라 예술 형식들도 변화를 겪게 된다.

본서 제2장에서 우리는 루카치가 고대 그리스 시대에 "시대를 초월해 세계 조형화의 패러다임이 되는 위대한 형식들, 곧 서사시, 비극 그리고 철학"(35)이 발생했다고 말하는 것을 보았다. 여기서 예술 형식들에 해당하는 것은 서사시와 비극이다(그리스 시대에 관한 루카치의 논설에서 문학의 3대 장르, 즉 서사문학, 극문학, 서정문학 중 서정문학이 빠진 것은, 초점이 삶과 본질의 관계 문제, 존재의 총체성 문제에 놓여 있었기 때문일 것이다). 그리스 시대에 발생한 서사시와 비극을 루카치는 큰 서사문학 장르와 비극 장르의 "선험적 고향"(41), 즉 그 장르들의 "완전한 형상화가 만나는, 형식의 예정된 영원한 장소"(42)로 설정한다. 그리하여 그것들은 "시대를 초월해 세계 조형화의 패러다임이 되는 위대한 형식들", "선험적인 위대한 형식들"(35)이 된다. 이를 풀어서 말하면, 호메로스의 서사시와 소포클레스의 비극은 각각 큰 서사문학 장르와 비극 장르의 고유한 구조적 법칙, 고유한 형식적 법칙을 완전하게 구현한 것이며, 그럼으로써 그것들은 두 장르의 '선험적 고향' 또는 시대를 초월한 패러다임이 된다는 것이다. 물론 호메로스의 서사시와 소포클레스의 비극 또한 역사 과정의 산물이다. 그러나 고대 그리스 시대에 발생한 그것들은 초시대적인 보편적 타당성을 지니는 '선험적 형식'의 지위에 놓이게 된다. 우리가 고대 그리스 문화에서 이러한 예술 형식들이 발생한 이후 보게 되는 '역사적인 예술 형식들'은 이 '선험적 형식'과 역사의 부딪힘에서 생긴 것이라고 할 수 있다. 비유적으로 말하면, 그리스 시대 최초의 고전적 예술 형식들은 그것 자체로서 안식하고 있는 것이라면, 그 이후의 예술 형식들은 그 최초의 형식들이 역사 과정에 따라 변화를 겪은 것이라고 할 수 있다. 이러한 사태를 두고 루카치는 "초험적 정향점들이 이렇게 변함에 따라 예술 형식들은 역사철학적 변증법에 종속된다"(41)고 말한다.

이 문장에 이어서 루카치는 "그런데 이 역사철학적 변증법은 개별 장르들의 선험적 고향에 따라 각 형식에서 다른 결과를 낳을 수밖에 없다"(41)고 한다. 이를 풀어서 말하자면, 큰 서사문학 장르과 비극 장르는 각각 고유한 형식 내지 구조적 고유성을 갖고 있는데, 이것이 어떤 것이냐에 따라 각 장르의 형식에서 일어나는 변화는 동일한 역사철학적 조건 속에서도 달리 이루어진다는 것이다. 이러한 사태와 관련해 나는 다른 글에서 "헤겔의 경우라면 예술의 역사성이 세계사의 보편적 과정으로 해소되는 반면, 청년 루카치는 보편적인 역사의 맥락 속에서 문학 형식들의 특수한 역사성을 설정하고 있다"[4]고 했다. 예술 형식들의 역사성은 사회·문화 전체, 인간 사회 전체의 역사적 과정으로 환원되는 것이 아니라 전체 역사와 각 형식 자체의 고유성이 교차하는 것으로서 이루어지며, 그래서 예술 형식들 각각은 상대적으로 특수한 역사성을 가지는 것이다.

여기서 루카치는 예술 형식들에서 일어날 수 있는 형식적 변화의 경우를 세 가지로 말하고 있다. 이를 도식화해서 말하면 다음과 같다. 첫째, 기법적 세부사항들에서 다기한 갈래들이 생기지만 아직 새로운 양식이 생기지는 않은 경우. 둘째, "장르의 양식화 원리"(41)에서 변

4 김경식, 『루카치의 길: 문제적 개인에서 공산주의자로』, 111쪽.

화가 일어나는 경우. 따라서 새로운 양식이 생겼다고 할 수 있는 경우. 이를 루카치는 그리스 시대 극문학 장르에서 일어난 일로 예를 드는데, 에우리피데스의 비(非)비극적 극문학이 탄생한 것이 그것이다. 이에 대해 루카치는 "하나의 동일한 예술의욕(Kunstwollen) — 이는 역사철학적으로 조건 지어져 있는데 — 에 서로 다른 예술 형식들이 조응"한 경우라고 말하면서, "이것은 장르를 창조하는 의향 변화[5]가 아니다"라고 한다(41). 셋째, 새로운 장르가 탄생하는 경우인데, "그러나 여기에서 논하는, 장르를 창조하는 원리는, 어떠한 의향 변화도 요구하지 않는다. 오히려 그것은 동일한 의향을, 옛 목표와는 본질적으로 다른 새 목표로 향한 동일한 의향을 필요로 한다"(42)고 한다. 이는 장편소설 장르의 탄생을 두고 하는 말로서, 역사철학적 조건의 변화에 따라 생겨난 큰 서사문학 형식의 변화가 가히 새로운 형식이라 할 수 있는 것을 낳은 경우이다. 그리고 마지막으로, 루카치는 직접 말하지 않았지만 루카치의 입론 속에서 우리는 '의향'이 변하고 이에 따라 새로운 장르가 창조되는 경우도 상정해볼 수 있다. "이것은 장르를 창조하는 의향 변화가 아니다"라는 말에서, 그렇다면 '장르를 창조하는 의향 변화'가 있을 수 있다고 생각해볼 수 있기 때문이다. 이런 것이 있다면 그것은 어떤 경우일까? 예컨대 프레드릭 제임슨은 '모더니즘 시기'에 이어 총체성이란 애당초 없는 것이라고

5 "gattungsschaffender Wandel der Gesinnung"을 옮긴 말이다. 『소설의 이론』 2007년 번역서에서는 "장르를 창조하는 의향의 변화"(41)로 옮겼는데, 그러다 보니 "장르를 창조하는"이 "의향"을 수식하는 것으로 읽힐 우려가 있었다. "장르를 창조하는"은 "의향의 변화"를 수식한다. 그에 따라 여기서는 "장르를 창조하는 의향 변화"로 바꾸어 옮긴다.

결정해버리는 '포스트모더니즘 시기'를 설정하고 있는데,[6] 이런 경우에 포스트모더니즘에서 의향의 변화가 일어났다고 할 수 있지 않을까? 루카치가 하지 않은 말이니 여기서는 그냥 물음으로 그친다.

여기서 주요하게 다루어지는 것은 큰 서사문학 장르와 비극 장르인데, 루카치에 따르면 큰 서사문학 장르의 '선험적 고향' 내지 '선험적 형식'이 호메로스의 서사시에서 이룩된 것이라면, 비극 장르의 '선험적 고향' 내지 '선험적 형식'은 그리스 비극에서 이룩된 것이다. 호메로스 서사시와 그리스 비극의 형식에 대한 파악에 따라 루카치는, 큰 서사문학은 "삶이 어떻게 본질적이게 될 수 있는가"라는 물음에 대해, 비극은 "본질이 어떻게 살아 있게(lebendig) 될 수 있는가"라는 물음에 대해 형상화를 통해 답하는 것을 과제로 삼는 장르라고 규정한다(35). "큰 서사문학은 삶의 외연적 총체성을 형상화하고, 극은 본질적인 것의 내포적 총체성을 형상화한다"(49)는 말은 이를 달리 표현한 것으로, 큰 서사문학과 극문학의 형식적 본질에 대한 규정인 셈이다.

큰 서사문학의 대상은 '삶'이다. 그 삶이 어떻게 본질적이게 될 수 있는지를, 달리 말해 본질과 통일되어 있는 삶, 의미가 내재하는 삶을 형상화하는 것이 '큰 서사문학'이다. 그런데 "큰 서사문학에게는" 삶으로서 "그때그때 주어져 있는 세계(die jeweilige Gegebenheit der Welt)가 궁극적인 원리이다. 그것[큰 서사문학]은 결정적이고 모든 것을 규정하는 그 초험적 근거에 있어서 경험적이다"(49). 달리 말하면

6 프레드릭 제임슨, 「특별대담 프레드릭 제임슨/백낙청: 맑시즘, 포스트모더니즘, 민족문화운동」, 《창작과비평》 18권 2호, 1990년 봄, 283쪽.

"서사문학은 삶이고 내재성이며 경험이다"(59). 삶과 경험과 — 초월성이 아니라 — 내재성, 큰 서사문학은 여기에서 벗어날 수 없다. "현실의 현존재와 상재(相在)에 (…) 분리 불가능하게 묶여 있는"(50) 것이다. 루카치는 서사문학이 주관적으로 경험을 초월하면 서정적인 것으로 넘어가게 되고, 객관적으로 경험을 초월하면 극적인 것으로 넘어가게 된다고 한다. 큰 서사문학은 큰 서사문학의 고유한 형식적 법칙이 있고 그 법칙을 가장 잘 충족시킬 때 가장 완전한 예술적 성취를 이룬다고 보는 입장에서는 "이러한 초월은 서사문학에는 결코 생산적이 될 수 없다"(50).

삶의 총체성을 형상화할 때 큰 서사문학은 그 삶의 세계에 내재하는 의미, 내재하는 본질을 드러내야지 삶 속에 내재하지 않는 것을 만들어내서는 안 된다. 그리스 서사시는 주어져 있는 삶의 총체성, 의미가 내재하는 삶을 그대로 따라 그린 것이었다. 그런데 '초험적 정향점들' 또는 '초험적 연관성들'이 변하고, 그리하여 '삶의 개념'이 완전히 바뀌어버린 근대, 삶에서 의미가 더 이상 드러나지 않는, "의미의 삶내재성이 문제가 되어버린"(62) 근대라는 역사철학적 조건에서는 그러한 서사시가 성립할 수 없다. 큰 서사문학으로서 서사시 대신 '새로운 형식'이 등장하는데, 장편소설이 바로 그것이다.

위에서 말했다시피 이러한 서사문학과 달리 극은 '본질적인 것의 내포적 총체성을 형상화'한다. 서사문학의 대상이 '삶의 세계'라면 극의 대상은 '본질의 세계'인데, 이에 따라 '초험적 지형도' 또는 '초험적 정향점들'이 바뀌어도 극은 큰 서사문학과는 변화의 양상이 다르다.

그런데 초험적 연관성들이 조금만 흔들려도 의미의 삶내재성은 돌이킬

> 수 없이 침몰할 수밖에 없는 반면에, 삶과 거리가 멀고 삶과는 이질적인 본질은 그런 식으로 [즉 삶과 거리가 멀고 삶과는 이질적으로] 있는 고유한 실존으로 왕위에 오를 수 있는바, 아무리 큰 격동이 있어도 그 위엄은 퇴색할 뿐이지 결코 완전히 사라지지는 않을 것이다. 그렇기 때문에 비극은, 서사시가 완전히 새로운 형식, 곧 소설에 자리를 내주고 사라질 수밖에 없었던 반면에, 비록 변하기는 했지만 그 정수는 그대로 간직한 채 우리 시대까지 보존되어 왔다(43).

비극은 본래 "삶과 거리가 멀고 삶과는 이질적인 본질"의 차원에서 형상화를 수행한다. 그렇기 때문에 "삶의 개념"이 완전히 바뀌더라도 비극은 "삶과는 거리가 멀고 삶과는 이질적인" 채로 있는 고유한 실존 방식으로 존속할 수 있다. 그래서 비극은 역사철학적 조건이 바뀌더라도 그 핵심에 있어서 결정적 변화를 겪지 않는다. 물론 비극 역시, "그 정수는 그대로 간직한 채 우리 시대까지 보존되어 왔다" 하더라도 그 나름의 변화가 있다. 그리스 비극과 달리 근대 비극은 윌리엄 셰익스피어와 이탈리아의 시인 비토리오 알피에리(Vittorio Alfieri)를 양극으로 하는 "양식적 이원성"을 보이면서 "삶에 가까우냐 추상화냐 하는 딜레마"에 시달린다(44). 하지만 큰 서사문학의 경우처럼 "완전히 새로운 형식"으로서의 장편소설의 탄생에 필적할 만한 변화는 일어나지 않는다.

2. 서사시와 장편소설

앞에서 우리는 루카치가 '큰 서사문학'은 "삶의 외연적 총체성을 형상화"한다고 규정한 것을 보았다. 이러한 "형상화의 근본원리"(41), 그리고 "형상화하는 의향"(62)이 서사시와 장편소설 양자 모두에 공통적인 것이라면, 그 공통의 원리, 공통의 의향이 역사철학적인 조건에 따라 상이한 형식을 낳는다. 즉 삶의 총체성이 객관적으로, 분명하게, "대상적 자명성"(33)을 띠고 주어져 있는지 아닌지에 따라 서사시와 장편소설이라는 상이한 형식이 발생하는 것이다.

> 큰 서사문학의 두 가지 객관화 형식(Objektivationen)인 서사시와 소설은 형상화하는 의향에 따라 갈라지는 것이 아니라 형상화하려는 의향이 대면하게 되는, 주어진 역사철학적 상황(d[ie] geschichtsphilosophischen Gegebenheiten)에 따라 갈라진다. 소설은 삶의 외연적 총체성이 더 이상 분명하게 주어져 있지 않고 의미의 삶내재성이 문제가 되어버린, 그렇지만 총체성에의 의향은 갖고 있는 시대의 서사시이다(62).

루카치는 삶의 총체성이 분명하게 현전하지 않음에도 "총체성에의 의향은 갖고 있는 시대의 서사시"가 장편소설이라고 하는데, 여기에서 당장 드는 의문은 역사철학적 조건이 바뀌어도 "총체성에의 의향"은 왜, 어떻게 존속하고 작동할 수 있는가 하는 것이다. 우리는 그 답을 "영혼의 내적 요구들"(29)에서 찾을 수 있다. 『소설의 이론』에서 영혼은 비록 시대에 따라 그 존재 양상은 변하지만 가장 깊은 근저에 있어서는 초역사적인 불변의 실체로 설정되어 있는바, "총체성에의 의향"은 이로부터 발원하는 것으로 볼 수 있다. 그렇기 때문에 "총체성에의 의향" 또한 시대를 초월해 지속되는 것인데, 바로 이 "총체성에의 의향"이 의식적으로 "창조된 총체성"(37)으로서 구현되는 혹은 구현을 모색하는 영역, 그것이 바로 형식을 창조하는 예술의 영역이다.

루카치에 따르면 "새로운, 역설적인 그리스 문화"(39)로서의 중세적 총체성이 붕괴된 이후 서구에서 다시는 "자생적인 존재의 총체성"(39)이 현존하지 않게 되었다. 이 잃어버린 존재의 총체성을 회복하는 과제가 예술에 주어진다. "이제부터 그리스 문화의 부활은 모두 다 미학을 유일한 형이상학으로 다소간 의식적으로 실체화하는 것이다"(39). 이제 예술은 단지 그대로 받아들이기만 하면 되었던 총체성을 스스로 만들어내야 한다.

> 말하자면 그것은 더 이상 모상이 아닌데, 모델들이 모두 다 침몰해버렸기 때문이다. 그것은 창조된 총체성인데, 형이상학적 영역들의 자연적 통일성이 영구히 해체되어버렸기 때문이다(37).

인위적인 예술 형식은 세계 또는 삶의 부조화 상태, 균열의 상태, 카오스적 상태에 한계를 설정하고 질서를 부여한다. 그것은 "의미의 삶내재성이" 주어져 있는 것이 아니라 "문제가 되어버린" 상태를 전제로 성립하는 것이다. 삶이 그 자체로 동질적인 원환을 이루고 있다면 형식은 질료에 대한 주관적인 각인이 아니라 형식화되어야 하는 것 내부에 잠복해 있던 것이 "의식되고 표면화되는 것일 뿐"(34)일 것이다(루카치에 따르면 호메로스의 서사시가 그런 경우이다). 그 형식은 총체성을 스스로 만들어내야 하는 근대적 의미에서의 예술 형식은 아닌 것이다. 이 인위적 예술 형식과 삶의 관계에 관해 루카치는 다음과 같이 말하고 있다.

> 예술은—삶과의 관계에서—언제나 '그럼에도 불구하고(ein Trotzdem)'이다. 형식을 창조한다는 것은 불협화음의 현존을 가장 깊이 확증하는 것이다(82).

> 모든 예술 형식은 삶의 형이상학적 불협화음을 통해 결정되어 있는바,[7] 예술 형식은 이 불협화음을 그 자체로 완성된 총체성의 토대로서 긍정하고 형상화한다(80).

> 모든 형식은 현존재의 근본적 불협화음의 해소[8]이다. 그것은 부조리한 것이 제자리로 옮겨져 의미의 담지자로, 의미의 필연적 조건으로 현상하는 세계이다(69).

그런데 큰 서사문학은 앞에서 말했다시피 "삶의 외연적 총체성을 형상화"하는 것이다. 그것은 삶과는 거리가 먼 것을 형식의 힘을 통해 자체 완결적으로 만들어낼 수 있는 비극과는 달리, 애당초 삶에

7 "die metaphysische Lebensdissonanz"를 『소설의 이론』 2007년 번역서에서는 "형이상학적인 삶의 불협화음"(80)으로 옮겼는데, 이렇게 옮기다 보니 "형이상학적인"이 "삶의 불협화음"이 아니라 "삶"을 수식하는 것으로 오독하는 일이 생기는 듯해 번역을 바꾼다. 그리고 "정의되어 있는"(80)으로 옮긴 "definiert"를 "결정되어 있는"으로 바꾼다.

8 여기서 "해소"는 "Auflösung"을 옮긴 말인데, 음악에서 이 단어는 불협화음을 협화음으로 '이행'시킨다는 뜻도 가지고 있다.

없는 것을 형식 자체의 힘을 통해 만들어내서는 안 된다. 그럴 경우 그것은 더 이상 서사문학이 아니다. 서사문학은 "현실의 현존재와 상재에 (…) 분리 불가능하게 묶여 있"(50)는 것으로서, 여기에서 형식은 삶에 있는 것만 받아들여서 형상화한다. 즉 서사문학에서 형식의 역할은 삶에 없는 것을 자체의 힘으로 만들어내는 것이 아니라 삶의 세계들에 본래 내포 또는 착상되어 있는 것만 일깨울 수 있는 것으로서, 마치 사상이 태어날 때 소크라테스가 했던, 산파 같은 역할을 한다(51). 그렇기 때문에 삶의 총체성이 주어져 있지 않은 역사철학적 조건에서 생겨난 큰 서사문학인 장편소설은 "자체적으로 완결된 삶의 총체성을 형상화"(68)하는 서사시와는 달리 형상화를 통해 "숨겨진 삶의 총체성을 (…) 드러내고 구축하려고 추구한다"(68). 그런데 그 삶의 총체성은 실은 '숨겨져 있는' 것이 아니라 '부재'하는 것인데, 바로 이로 인해 삶의 총체성의 형상화를 추구하는 소설 형식은 그 추구를 역설적인 방식으로 실현하는바, 이것이 뒤에서 다룰 소설 형식의 고유한 특징을 이룬다.

『소설의 이론』에서 호메로스의 서사시 시대와 장편소설의 시대인 근대는 정확하게 반립적(antithetisch)인 관계에 있다. 양자 사이에는 질적인 단절이 가로놓여 있는데, 이러한 역사철학적 단절에도 불구하고 이러한 단절을 넘어 서사시와 장편소설 양자는 '큰 서사문학'으로서의 통일성을 지닌다. 큰 서사문학 형식으로서의 양자의 공통성에 관해서는 이미 앞에서 비극 형식과 비교하는 가운데 말한 바 있는데, 그것을 형식 원리의 차원에서 정식화하면 '객관성'이라고 할 수 있을 것이다. 이 '객관성'의 원리가, 서사문학에게는 삶으로서 "그때그때 주어져 있는 세계가 궁극적인 원리"(49)인 데에서 연유하는 것이라면, 바로 위에서 서술한 예술 형식 일반의 원리로서의 '총체성'에 따라 그 총체성의 특수한 양상으로서 '삶의 총체성'이라는, 큰 서사문학의 또 다른 형식 원리가 도출될 수 있다. 그런데 이러한 객관성과 총체성을 형식 원리로 하는 큰 서사문학 형식의 "선험적 고향"(41), 즉 "완전한 형상화가 만나는, 형식의 예정된 영원한 장소"(42)는 호메로스의 서사시 형식이라고 앞에서 말했다. 요컨대 호메로스의 서사시가 큰 서사문학 일반의 '패러다임'으로 설정되어 있는 것이다. "소설의 규범적인 미완성과 문제성"(83)이라는 규정은 이 '완성되고 완전한' 패러다임에 견주어 성립하는 말이다. 앞에서 우리는 큰 서사문학 공통의 형식 원리가 구현되는 양상은 역사철학적 조건에 따라 다르다고 했는데, 그렇다면 객관성과 총체성의 구현 양상의 차이에 따라 장편소설은 "완전히 새로운 형식"(43)이라고 할 수 있을 정도로 서사시와는 다른 형식이 된다고 할 수 있다. 이 '다름'은 "미완성과 문제성"이라는 말로 규정되고 있는바, 이 "미완성과 문제성" 그 자체를 고유한 특징으로 하는 형식이 바로 장편소설이다.

그런데 여기서 '문제성(Problematik)'을 '문제-있음(Problematisch-Sein)'과 혼동해서는 안 된다. "문제성과 문제-있음을 동일시"할 때 장편소설은 "반쪽 예술"로 평가절하되는데(82), 장편소설은 바로 그 '문제성' 자체가 특징인 형식, 따라서 서사시와 그 특징이 다른 새로운 형식이다. 그렇기 때문에 소설 작품의 예술적 질을 평가하는 미적 척도는 서사시에 있지 않다. 소설 작품이 서사시가 아니라 소설 고유의 방식으로 객관성과 총체성을 구현하는 데 성공하고 있는지 여부가 미적 평가의 척도가 되는 것이다. 이런 견지에서 루카치는, 장편소설 중 서사시 형식과는 가장 거리가 먼 귀스타브 플로베르(Gustave

Flaubert)의 『감정교육(*L'Education Sentimentale*)』을 가장 소설다운 것으로, "소설의 형식에 있어서 가장 모범적인 것"(153)으로 평가한다.

3. '마성'과 장편소설의 주인공

루카치에 따르면 서사시에서는 신성(Gottheit)이 만물에 임해 있는 세계가 펼쳐진다. 이 세계에서 만물을 주재하는 "신성은 마치 어린 자식을 마주하고 있는 아버지처럼 이해되지는 않지만 친근한 모습으로 인간들을 마주 대하고 있는"(29)바, 호메로스의 서사시에서 초월적인 것은 지상의 현존재 속에 철저하게 "내재화"(50)되어 있다. 하지만 장편소설은 "신에게 버림받은 세계의 서사시"(102), 달리 말하면 "신이 떠나버린" 세계의 서사시이다. 여기에서 '신의 떠남'은 "'유럽적' 개인주의"[9]의 형성에 따른 결과이므로 결국 신이 "추방된"(99) 것이기도 하다('탈신화'). 루카치는 "추방된 신들과 아직 통치하지 못하는 신들은[10] 마신(魔神)이 된다"(99)고 한다. 여기서 "마신"은 "Dämon"을 옮긴 말로, 기독교에서 '악령'으로 불리는 것이다(그래서 이 단어를 쓴 도스토옙스키 소설의 한국어 제목도 『악령』이다). 하지만 『소설의 이론』에서 이 단어는 '악령'과는 전혀 관계가 없다. 이와 구

9 Georg Lukács, "*Solovjeff, Wladimir: Die Rechtfertigung des Guten*. Ausgewählte Werke, Bd. II. Jena 1916", *Archiv für Sozialwissenschaft und Sozialpolitik* 42권, 1916/1917, 978쪽.

10 "Die vertriebenen und die noch nicht zur Herrschaft gelangten Götter"를 옮긴 말이다. 『소설의 이론』 2007년 번역서에서 "추방되어 아직 권세를 부리지 못하는 신들"(99)로 옮긴 것을 수정했다.

분하기 위해 우리는 Dämon을 '마신'으로 옮겼으며, '마신에 들려 있는 것', '마신에 들린 상태'를 뜻하는 'das Dämonische'를 '마성'으로, Dämonie는 '마력'으로 옮겼다.

Dämon의 어원이 되는 그리스어 '다이몬(daimon)'은 '분배하다'라는 뜻을 지닌 '다이오마이(daiomai)'에서 유래한 것으로 추정된다. 그리스인들에게 '힘'은 자연현상들에서 추론된 포괄적인 개념이 아니라 개별적인 힘의 소지자(예컨대 올림포스의 각 신들, 자연에 살고 있는 하위의 신들, 님프 혹은 메두사 같은 공상 동물들)에게 '분배'되었다. 그리스인들은 현실에서 끌어낸 비유적인 형상들을 만들었으며, 이 형상들이 구체적인 '힘의 소지자'가 되었다. 그런데 이 힘의 소지자의 비유적 형상과 그때그때의 '힘의 현상' 사이에는 차이가 있는데, 가령 제우스는 강우나 벼락으로 현현하지 않는다 할지라도 늘 인간의 활동을 주시하며 날씨를 돌변시킨다. 제우스는 '힘의 현상'인 벼락이 아니라 벼락을 마음대로 하는 '힘의 소지자'인 것이다. 그리스인들은 힘의 현상들에게도 힘의 소지자처럼 명칭을 부여하려고 했지만, 끊임없이 변하는 힘의 현상들을 구체적인 하나의 형상으로 설명하는 것이 불가능했기 때문에 그 현상들을 '다이몬에 들려 있는 것', 즉 '마성'이라 부르면서 일반화시켰던 것으로 보인다. 이제 이러한 '마성'을 야기하는 힘을 가진 존재들을 뜻하는 말로 '다이몬'이 성립하게 되고, 이후 이 단어는 개념 변화를 겪게 된다. 예컨대 헤라클레이토스(Herakleitos)는 인간을 형성하고 인간의 인격을 완성시키는 힘을 '다이몬'이라 불렀으며, 소크라테스는 신적인 것과 인간적인 것을 중재하는 자, 또는 인간의 인격 형성에 중요한 신성한 힘을 '다이몬'이라 불렀다. 그리스어 '다이몬'은 라틴어에서 일반적으로 '게니우스(genius)'

로 번역되어 인간이나 장소의 수호신과 결부되었다가, 2세기경 기독교의 맥락 속에서 사악한 힘과 연관되기 시작했다. 이후 기독교에서 'das Dämonische'는 인간을 파멸로 이끄는 파괴적 힘의 비유로 사용되고, Dämon은 악마나 악령으로 이해되었다.[11]

Dämon은 이렇게 고대 그리스에서와는 달리 기독교에 와서 어둠에 빠져 인간을 악하게 충동질하는 존재가 되었다가 근대에 이르러, 특히 괴테에 의해 원래의 의미를 되찾게 된다. 『소설의 이론』에서 '마성' 개념은 바로 이 괴테에 근거해 사용되는 것인데, 루카치는 괴테가 『시와 진실(*Dichtung und Wahrheit*)』에서 '마성'에 관해 한 말을 그대로 인용함으로써 이를 분명히 한다. 그가 인용하고 있는 괴테의 문장은 다음과 같다.

> 그것은 비이성적으로 보이니 신적인 것은 아니었고, 지성을 갖고 있지 않으니 인간적인 것도 아니었다. 선을 행하니 악마적인 것도 아니었고, 종종 남의 불행을 보고 고소해하니 천사 같은 것도 아니었다. 어떤 것의 연속임이 입증되지 않으니 우연에 흡사했고, 연관 관계를 암시하니 신의 섭리와 유사했다. 우리를 제한하는 모든 것에 침투할 수 있을 것 같았고, 우리의 현존재의 필연적 요소들을 제멋대로 처리하는 듯이 보였다. 그것은 시간을 수축시키고 공간을 확대시켰다. 그것은 불가능한 것만 마음에 들어하는 듯이 보였고, 가능한 것은 멸시하면서 배척하는 듯했다(100).[12]

11 이 문단의 내용은 김홍기, 「괴테에서의 마성 연구」, 《괴테연구》 제15권, 2004, 109쪽 이하의 내용을 요약한 것에 가깝다.

12 요한 볼프강 폰 괴테, 『괴테 자서전. 시와 진실』, 전영애·최민숙 옮김, 민음사 2009, 1024~1025쪽에 실린 해당 대목을 참조하여 다시 옮겼다.

거칠게 요약하자면, 괴테에게 '마성'이란 이성적이거나 도덕적인 범주로 환원시킬 수 없는 신적인 것과 흡사하지만 신적인 것은 아닌 어떤 힘을 의미한다. 그것은 외부로부터 인간에게 접근하거나 인간 의식에 작용해서 인간을 예기치 못한 사건에 끌어들이는 힘이다. 초기, 특히 이른바 '질풍노도' 시기의 괴테는 마음과 정신을 고무하고 인간의 창조력을 야기하는, 인간과 자연 속에 살아 있는 열린 힘(offene Energie)이라는 긍정적인 의미를 '마성'에 부여했다. 그는 '마성적 인간'을 잠재적인 천재로 파악함과 동시에 마성적인 생산성의 바로 그 힘들이 지하세계나 밤과 같이 어두운 것으로 급변할 수 있다는 것도 의식했다. '마성'의 이 두 가지 성격은 자연적 힘들이 지닌 치유력과 파괴력 양쪽과 직접 연결되어 있는데, 대체로 괴테는 긍정적인 활동력에서 마성적인 특성이 표현되는 것으로 보았던 것 같다. 가령 파우스트는 마성적 인물로 여긴 반면에 메피스토펠레스는 '너무 부정적인 존재'이기 때문에 마성적 인물에 포함시키지 않았다. 괴테는 동시대인들 중 극도의 생명 충동과 활동 충동을 지닌 마성적 본성의 대표적 사례로 프리드리히 2세, 표트르 대제, 나폴레옹, 모차르트, 바이런, 파가니니 등을 거론했으며, 그가 생명을 부여한 문학적 형상 중에서는 앞서 말한 파우스트뿐만 아니라 프로메테우스, 베르터, 에그몬트, 미뇽 등을 마성적 인물로 꼽았다. 요컨대 괴테에게 있어서 '마성'은 우리에게 건설적으로 작용할 수 있으면서 파괴적으로도 작용할 수 있는 비밀스러운 생명력의 총괄개념이자 위대성과 위험성이 결합되어 있는 개념이었다.[13]

13 이상의 내용은 *Goethe-Handbuch, Band 4/1: Personen, Sachen, Begriffe A-K*, Bernd

괴테의 이러한 '마성' 개념을 소설론에 도입한 루카치는 바로 소설의 주인공을 '마성적 인물'로 설정한다. 마성의 작용은 신에게 버림받은 세계에서, 경험 세계의 무실체성과 대립하는 영혼의 고향 갈구, 자기성(Selbstheit)에 대한 영혼의 갈구에서 발현하는데, "소설 주인공의 심리"가 바로 그러한 "마성의 활동 영역"(104)이라는 것이다. 루카치는 소설의 주인공을 "마신의 힘에 사로잡힌"(104) 또는 "마신에 들린"(104) 자라고 부르는데, 아무런 실체도 의미도 없는 경험적 삶의 압도적인 힘에도 불구하고 자신의 영혼상(上)의 이상을 고집하고, 비록 헛될지언정 그 실현을 추구하는 '들린 주체'가 소설의 주인공이라고 보기 때문이다. 그런 소설의 주인공은 퇴락한(degradiert) 무의미한 세계에서 의미와 가치, 본질적인 것과 실체적인 것을 찾아 나서는 사람이라는 의미에서 "추구하는 사람"(68)이라고 할 수 있는데, 소설은 그런 인물이 겪는 운명을 그리는 문학 형식이다. 이와 관련해 루카치는 다음과 같이 말한다.

> 소설은 내면성이 갖는 고유한 가치가 감행하는 모험의 형식이다. 소설의 내용은 자신을 알기 위해 길을 나서는 영혼의 이야기이자 모험에서 자신을 시험하기 위해, 자신을 입증하는 가운데 자기 고유의 본질성을 발견하기 위해 모험에 나서는 영혼의 이야기이다(103).

이렇게 모험에 나선다는 것은 목표나 그 목표에 이르는 길이 직접

Witte · Theo Buck · Hans-Dietrich Dahnke · Regine Otto 엮음, Stuttgart: J. B. Metzler, 1997의 "Dämonisches" 항목(179~181쪽)을 참조한 것이다.

적으로 분명하게 주어져 있지 않다는 것을 전제한다. 이렇게 목표들이 직접적으로 주어져 있지 않은 곳에서는, 영혼이 인간화되는 과정에서 자신의 활동 무대이자 기반으로서 대면하는 사회적 제도적 형성물들(Gebilde)은 초개인적이고 실체적인 필연성 속에 뿌리내리지 못한, 달리 말해 형이상학적 이유를 찾을 수 없는 우발적(kontingent) 세계로서의 "관습의 세계"를 형성하고 있다(70). "인간에 의해 인간을 위해 만들어진 형성물들"(73)이 "더 이상 내면성을 일깨우지 못하는 경직되고 낯설게 된 의미복합체", "살해된 내면성들의 형장(刑場)"(72)으로 화한 것, 이것을 루카치는 "제2의 자연"(71)이라고 부른다. 인간이 만든 형성물들이 인간과 무관하게 마치 자연처럼 그 자체로 존속하여 "인간들을 무차별적이고 맹목적으로 지배하는 힘을 획득"(83)하게 되는데, 이 소외된 세계에서[14] 인간은 그러한 힘에 대한 인식을 "법칙"(73)이라 부른다. 이러한 "법칙으로서의 자연"(73)에 상응하는 주관적 태도가 곧 실증주의의 과학주의적 입장으로서, 이는 주관을 "제2의 자연"과 타협하여 그것을 그대로 받아들이는 "인식 기능들의 (…) 총괄개념"(74)으로 바꾸는 것이다. 다른 한편, 인간이 만든 형성물들이 인간에게 "더 이상 생가(生家)가 아니라 감옥"으로 체험됨에 따라 "근대적인 성찰적 자연감정"이 생겨난다(73). 즉 "자연"이 원래 주어져 있는 것이 아니라 인간에게 위안을 가져오는 "추구와 발견

14 『소설의 이론』에는 실제로 '소외' 개념이 등장한다. "순수 인식에게는 합법칙성으로서의 자연이고 순수 감정에게는 위안을 주는 것으로서의 자연인 제1의 자연은 인간과 그가 만든 형성물들 사이에서 발생하는 소외(Entfremdung)의 역사철학적 객관화에 다름 아니다"(73). 이러한 인식들은 『역사와 계급의식』의 '사물화(Verdinglichung)'론으로 이어진다.

의 대상"(73)으로 화하는 것이다. 루카치는 이를 "기분으로서의 자연"(73)이라 부르며 여기에 상응하여 "주관 스스로[도] 기분이 된다"(74)고 한다.

이러한 기분(Stimmung)으로서의 주관, 그리고 앞에서 말한 인식 기능의 총괄개념으로서의 주관은 모두 다 "제2의 자연", "관습의 세계"의 힘 앞에 굴복하거나 그로부터 도피하는 것으로서, 관조적이고 체념적인 주관이다. 루카치는 모든 곳에 편재해 있는 이 막강한 관습세계의 전횡에서 벗어나 있는 것은 "영혼의 가장 깊숙한 내면"(70)뿐이라고 한다. 여기, 이 소외된 세계에서 비로소 "내면성의 독자적 삶"(84/85)이 성립하는바,[15] 이로부터 추동되어 영혼상의 이상인 '자기 고유의 본질성'을 찾아나서는 개인이 '문제적 개인'으로서의 소설의 주인공이다. 독일의 루카치 연구자 베르너 융이 "더 이상 자신을 주권적으로(souverän) 알지 못하며 자신의 생활세계 속에서 자리잡을 줄 모르는, 오히려 끊임없이 자신을 시험해야만 하며, 자신을 발견하고 재차 시험해야만 하는 그런 자아의 상태"[16]라고 풀이한 '문제적 개인'은 이렇게 외부세계가 낯설게 되었을 때 출현하는데, 루카치는 이러한 관계를 "우발적 세계와 문제적 개인은 서로를 조건 짓는 현실이다"(89)라는 말로 표현한다.

15 '복된 시대'로서의 '서사시의 시대'에는 영혼 속에 외부와 대립되는 의미에서의 내면성이 존재하지 않는다. "그리하여 내면성이 아직 없는데, 그도 그럴 것이 영혼에 대한 외부, 타자가 아직 없기 때문이다"(31).

16 Werner Jung, "Die Zeit—das depravierende Prinzip. Kleine Apologie von Georg Lukács' Romanpoetik", *Lukács 2006/2007. Jahrbuch der Internationalen Georg-Lukács-Gesellschaft* 10/11호, Frank Benseler · Werner Jung 엮음, 61쪽.

4. 장편소설의 총체성과 추상성

『소설의 이론』에서 장편소설의 주인공이 '문제적 개인'으로 규정되고 있는 데 반해, 서사시의 주인공은 '문제적'이지 않을 뿐 아니라 좁은 의미에서의 '개인'도 아니다. "세계가 내적으로 동일하다면 인간들도 서로 질적으로 구분되지 않"(84)기 때문에, 보편적인 동질적 연관 속에 있는 서사시의 세계에서 주인공은 근대적 의미에서의 개인, 개인주의적 의미에서의 개인일 수 없는 것이다. 서사시의 유기체적 우주에서 개인은 그를 둘러싸고 있는 세계와 동질적인 연관 속에 있기 때문에 자체 완결적인 존재인 동시에 전체가 투영된 부분이 된다. 이런 까닭에 루카치는 "서사시의 주인공은 엄격히 말하면 결코 한 개인이 아니"며, "서사시의 대상은 개인적 운명이 아니라 한 공동체의 운명"이라고 한다(75).

그런데 서사시에 대한 루카치의 이러한 언설은 호메로스의 서사시에만 해당한다. 『소설의 이론』에서 모델이 되는 서사시는 호메로스의 서사시들인데, 루카치는 "엄격히 말하면 오로지 그의 시들만이 서사시"(29)라고 한다. 루카치가 서사시 형식의 본질적 규정들을 파악할 때 모델이 되는 "순수한 서사시"로서의 호메로스 서사시와는 달리 단테의 서사시에서 인물들은—부차적인 인물들의 경우 그 정도가 더 심한데—그들 자신에 대해 닫혀 있는 현실에 맞서 의식적이고 열정적으로 대항하며 또 이러한 저항을 통해 "진정한 인격이 되어가는 개인들"이다(77). 단테의 서사시는, 그 운문의 성격에 있어서 호메로스의 운문이나 장편소설의 산문과 달리 "담시(譚詩)적 어조를 서사시로 응축하고 통합"(66)함으로써 양자의 중간 단계에 있음을 보여주고 있듯이, 여기에서도 "순수한 서사시에서 소설로 나아가는 역사철학적 과도기"(77)를 보여주고 있다. 즉 단테의 서사시에서는 모든 부분 단위들이 서정적인 독자적 삶을 보전하면서 그 부분적 독자성이 엄격하게 위계화된 하나의 전체의 부분으로 지양되는 '체계로서의 총체성'[17]이 구현되어 있는 것이다. 이는 각각의 모험이 내적인 유의미성으로 충만하면서 동시에 동질적인 모험들로 연속되는, 무한한 '절합(節合)' 관계에 있으며,[18] 따라서 "중간에서 시작하고 끝으로 끝나지 않"는, 시작도 끝도 없는 유기체적 구조를 이루고 있는 호메로스의 서사시와는 달리 "건축적 구성"을 하고 있다(77). 시작과 중간과 끝이 있는 이러한 구성은 장편소설적인 것이지만, 단테의 서사시는 장편소설과는 달리 "진정한 서사시"가 지니고 있는 "완벽한 내재적 무간격성과 완결성"을 갖추고 있다(77). 『신곡』의 이러한 총체성을 일컬어 루카치는 "가시적인 개념체계의 총체성"(79)이라고 규정하는 바, 요컨대 단테의 서사시는—'가시적'이라는 점에서—서사시적인 것과—'개념체계의 총체성'이라는 점에서—장편소설적인 것의 결합을 통해 성취된 서사시라고 할 수 있다. "서사시의 전제조건과 소설의 전제조건의 이 같은 결합, 그리고 하나의 서사시로의 이 양 전

17 루카치는 "체계"를, "유기체가 완전히 사라진 후 완결된 총체성의 유일하게 가능한 형식"(79)이라고 말한다.

18 "'절합' 관계에 있으며"라고 표현한 것은 루카치가 "gegliedert"라고 쓴 것을 문맥에 맞추어 풀어 적은 것이다. gegliedert의 동사 원형 gliedern의 명사형 Gliederung은 영어 articulation으로 번역될 수 있다. 여기서 '절합'이라는 조어를 번역어로 쓴 것은 '마디와 마디가 관절처럼 맞붙어 둘이면서도 하나로 작동하는 상태나 구성체계'를 뜻하는 것으로 그 말이 널리 쓰이기 때문이다. 『소설의 이론』에서 유기체적 총체성은 요소들이 '절합' 관계에 있는 것으로, 체계는 각각이 벽돌과 같은 요소들로 '구축'되는 건축물과 같은 것으로 이해된다.

제조건의 종합"은 "현세적 삶에서의 삶과 의미의 분열이, 체험되는 현재적 초월성에서의 삶과 의미의 일치에 의해 극복되고 지양"되는, "단테의 세계가 갖는 이중적 세계구조에 그 근거를 두고 있다"(78)는 것이 루카치의 해석이다.

장편소설 역시 더 이상 '유기체적인 총체성'이 아니라 '체계'에 기반을 둔 것으로 볼 수 있다. 그런데 장편소설에서 획득될 수 있는 체계는 단테의 경우처럼 실재하는(positiv) 가시적 총체성으로서의 체계와는 거리가 멀다. "소설에서 획득될 수 있는 체계"가 있다면 그것은 구체적인 체계가 아니라 "추상된 개념들의 체계", "추상적인 체계"이다(79). 이를 두고 루카치는 "소설의 총체성은 단지 추상적으로만 체계화될 수 있을 것이다"(79)라고 한다. 물론 소설에서는 바로 이 추상적 체계가 형상화의 궁극적인 기초이지만, 형상화된 현실에서는 그 체계로서의 총체성이 가시화되는 것이 아니라, 의미가 내재하는 구체적 삶, 곧 삶의 총체성에 대한 모든 구성요소들의 간극만이 — 객관세계의 관습성으로서, 그리고 주관세계의 과도한 내면성으로서 — 가시화된다. 이런 점에서 루카치는 "소설의 요소들은 헤겔적 의미에서 철저하게 추상적"(80)이라고 한다.

루카치는 소설의 구성요소들의 이러한 추상성을 세 가지 측면, 즉 인물의 동경, 형성물의 현존재, 작가의 형상화하는 의향의 측면에서 지적하며 "소설의 이 같은 추상적인 근본 성격"으로부터 생겨나는 세 가지 위험을 말하는데, 서정적인 것 혹은 극적인 것으로 초월할 위험, 총체성을 목가적인 것으로 협소하게 만들 위험, 단순한 오락물 수준으로 전락해버릴 위험이 그것이다(80). 루카치에 따르면 이러한 위험은 "세계의 미완결성과 균열성, 그리고 자기 너머의 것을 가리키는 그 성질을 의식적이고 철두철미하게 궁극적인 현실로서 설정함으로써만 맞서 싸워질 수 있다"(80). 루카치의 이러한 생각은 다음과 같은 식으로 표현되기도 한다.

> 소설의 추상적인 기초가 형식으로 화하는 것은 추상화의 자기통찰의 결과이며, 형식이 요구하는 의미 내재성은 의미 내재성의 부재를 무자비할 정도로 철저히 드러내는 데에서 생겨난다(81).

앞서 우리는 "모든 예술 형식은 삶의 형이상학적 불협화음을 통해 결정되어 있는바, 예술 형식은 이 불협화음을 그 자체로 완성된 총체성의 토대로서 긍정하고 형상화"(80)하며, "모든 형식은" "부조리한 것이 제자리로 옮겨져 의미의 담지자로, 의미의 필연적 조건으로 현상하는 세계이다"(69)는 루카치의 말을 인용했는데, 위에서 루카치가 하고 있는 말은 그러한 예술 형식의 하나로서 소설이 수행하는 형식화의 고유한 방식에 관한 것으로 볼 수 있다. 즉 여기에서 '삶에 내재하는 의미의 부재를 철저히 드러내는 것'은 삶의 세계의 분열과 균열, 의미 부재를 '소설의 총체성'의 "토대로서 긍정하고 형상화"하여 "의미의 필연적 조건으로 현상"시킨다는 뜻으로 이해할 수 있다. 여기서 주목할 것은, 소설에서는 형식이 요구하는 의미 내재성이 의미 내재성의 부재를 철저히 드러내는 데에서 생겨난다는 것인데, 이러한 역설성이 다른 문학 형식들의 총체성과 구분되는 '소설의 총체성'이 지닌 고유한 특징을 이룬다.

'총체성에의 의향'을 지닌 소설에서 정작 분명하게 가시화되는 것은 총체성을 방해하는 조건들과 계기들이다. 여기에서 "총체성은 흡사 멀리 떨어져 있는 거울과 같은데, 소설의 인물들과 사물들은 그것을 단지 깨어진 거울로서만 체험한다. (…) [소설의] 모든 계기는 비로소 획득되어야 하는 전체에 대한 간극을 보여준다."[19] 이를 달리 표현하면 소설 형식은 총체성을 향한 무한한 구성으로서, 소설에서는 마자치 '숨은 신'처럼 부재하는 총체성과의 연관 하에서 모든 계기가 자리매김됨으로써 소설을 구성하는 각각의 계기들은 총체성을 부정적(음성적) 방식으로 환기시킨다고 할 수 있다. 이러한 의미에서 소설은 삶의 총체성의 긍정적(양성적) 구현체로서의 서사시와는 다른, 총체성의 부정적 구현체라 할 수 있다. 달리 말하면, 호메로스의 서사시에서는 그 총체성이 구성적(konstitutiv) 범주였다면, 소설에서는 규제적(regulativ) 범주가 된다. 『소설의 이론』에서 루카치는 이를 "주어진 총체성"과 "부과된 총체성"(68)이라는 말로 표현하기도 한다.

이로부터 총체성을 향한 종결될 수 없는 "과정" 자체가 "소설의 내적 형식"(91)이 된다. 그런데 그와 같은 "소설의 과정성(Prozeßartigkeit)은 내용상으로만 종결을 배제할 뿐이지 형식으로서는 생성(Werden)과 존재(Sein)의 부유하는, 하지만 안전하게 부유하는 균형을 재현하며, 생성의 이념으로서 상태가 되고, 그리하여 규범적인 생성의 존재로(zum normativen Sein des Werdens) 변하면서 자기 자신[과정성]을 지양한다"(83). 소설의 이러한 성격을 루카치는—아마도 괴테에서 인용한 것으로 보이는—"길은 시작되었는데 여행은 끝났다"(83)라는 말로 표현하고 있다.[20]

19 Hanns-Josef Ortheil, *Der poetische Widerstand im Roman: Geschichte und Auslegung des Romans im 17. und 18. Jahrhundert*, Konigstein/Ts. : Athenaum, 1980, 3쪽.

20 독일어 원문은 "begonnen ist der Weg, vollendet die Reise"인데, 인용 표시가 있는 것

루카치는 "소설의 내적 형식"이 "과정" 또는 "과정성"이라면, "소설의 외적 형식은 본질적으로 전기 형식"(87)이라고 한다. 소설의 소재는 "서사시 소재의 연속체적 무한성"과 달리 "불연속적인 무제한성"을 지닌다(92). 따라서 형식이 되기 위해서는 외적 한계가 필요한바, 이러한 "악무한의 극복을 수행"(93)하기에 가장 적합한 가능태가 전기 형식이라는 것이 루카치의 생각이다. 이는 『소설의 이론』에서 제시되는 소설 일반론이 독일의 전통적인 교양소설에 크게 의거해 있음을 보여주는 대목이라고 할 수 있는데, 중기 장편소설론에서는 상대화되는 논리이다. 루카치의 중기 장편소설론을 고찰하는 본서 제6장에서 살펴볼 「소설」에서 그는 이 문제를 소설 구성의 "발생사적 설명 원칙"과 관련해 논하고 있다. 거기에서 그는 "사건의 한가운데에서(in medias res) 시작하는", 즉 "여하한 발생사적 설명도 필요로 하지 않는" "서사시의 구성"과는 달리, "소설을 구성하기 위해서[는] 발생사적 설명 원칙이 필요"하지만, 이러한 사실에서 "전기 형식의 필연성을 추론하는 것은 형식주의적인 태도"라고 말한다.[21] 소설 구성의 발생사적 설명 원칙을 구현하는 형식화 방식은 훨씬 더 다양할 수 있다는 것이다.

으로 봐서 출전이 있을 터인데, 정확하게 일치하는 문장을 찾을 수 없었다. 가장 비슷한 구절은 괴테의 『서동 시집(*West-östlicher Divan*)』에서 볼 수 있는데 "Der Weg ist begonnen, vollende die Reise"라는 문장이 있다. 괴테의 『서동 시집』을 우리말로 옮긴 김용민은 이 구절을 "길이 시작되었으니 여행을 마무리하라"(요한 볼프강 폰 괴테, 『서동시집』, 김용민 옮김, 민음사, 2007, 154쪽)로 옮기고 있다. 루카치의 문장은 아마도 이 문장을 변형한 것으로 보인다. 참고로 영어 번역본에서는 이 문장이 "The voyage is completed: the way begins"(73쪽)로 옮겨져 있다.

21 게오르크 루카치, 「소설」, 『소설을 생각한다』, 비평동인회 크리티카 엮음, 문예출판사, 2018, 59~60쪽.

5. 장편소설의 객관성과 반어

이미 앞에서 말했다시피 예술은 삶과의 관계에서 항상 '그럼에도 불구하고'이다. 즉 인위적인 형식 창조의 필요성은 "삶의 형이상학적 불협화음"에 대한 인정을 전제로 한 것이다. 이러한 전제 위에서 총체성을 창조하려는 예술의 그 "총체성에의 의향"은 단순히 미적인 것이 아니라 본질적으로 윤리적인 것인데, 그도 그럴 것이 "존재하고 있는 것(d[as] Seiend[e])의 영역보다 존재해야 하는 것(d[as] Seinsollend[e])의 영역이 상위에 놓이기"[22] 때문이다. 그런데 이 윤리가 다른 문학 장르들에서는 형식 부여에 선행하는, "형식상의 선험적 토대"(84)라면, 소설에서는 "윤리, 곧 의향이 모든 세부의 형상화에서 가시화되며, 따라서 [그것은] 가장 구체적인 그 내용성에 있어서 작품 자체의 유효한 구성요소"(82)가 된다. 이로부터 소설에서는 주관성의 문제가 생겨나는바, 이는 큰 서사문학 형식이 요구하는 객관성과 대치된다. 이제 소설 전체의 시작과 끝에서 바로 이 주관성이 균형을 잡을 수 있게 하는 요소가 도입되는데, 루카치는 그것을 "감지력과 취미"(84)라고 한다.

> 소설의 총체성의 시작과 끝을 이루는 주관성은 오직 이 양자[감지력과 취미]를 통해서만 균형을 잡을 수 있고, 스스로를 서사문학상 규범적인 객관성으로서 정립할 수 있으며, 그리하여 이 형식의 위험인 추상성을 극복할

22 Tanja Dembski, *Paradigmen der Romantheorie zu Beginn des 20. Jahrhunderts: Lukács, Bachtin und Rilke*, 91쪽.

수 있다(84).

감지력과 취미에 관한 논의에 이어 루카치는 '반어'에 관해 논하는데, 명시적인 언급은 없지만 소설에서 감지력이 구현되어야 하는 하나의, 그렇지만 가장 결정적인 형식 원리로 '반어'가 설정되는 듯하다. 위 인용문에서 루카치는 소설에서 주관성이 "스스로를 서사문학상 규범적인 객관성으로 정립할 수 있"게 하는 것이 감지력이라고 하는데, 이에 바로 이어서 이 주관성을 극복하는 원리로 반어를 말하고 있기 때문이다.

루카치에 따르면 소설에는 항상 주관성의 위험이 있으며 이로 인해 추상성의 위험이 상존한다. 역사철학적 조건과 장르의 특성상 피할 수 없는 이 주관성의 위험은, 그렇기 때문에 "오직 내부로부터 극복될 수 있을 뿐"(84)이라는 것이 루카치의 주장이다. 즉 소설에서는 오로지 주관성만이 주관성의 위험을 극복할 수 있는데, 그것이 실현되는 원리, 즉 "주관성의 자기인식과 이에 따른 자기지양"(85)을 루카치는 독일 초기 낭만주의 미학자들에 따라서 "반어"라고 부른다.[23]

『소설의 이론』에서 파악되고 있는 문제적 개인과 그가 추구하는 자기성(Selbstheit, 참나)의 관계는 "존재와 당위의 균열"(92)로 돌려 말할

23 『소설의 이론』 신판 「서문」(1962)에서 루카치는 청년기의 프리드리히 슐레겔과 카를 졸거의 미학 이론에서 "근대적인 형상화 수단으로서의 반어" 개념을 가져왔다고 밝히고 있다(10). 프리드리히 슐레겔은 반어를 "자기창조(Selbstschöpfung)와 자기파괴(Selbstvernichtung)의 지속적인 교차"로 규정하고 자신이 지향하는 문학, 결과적으로는 모든 장르의 종합이자 형식적 절정으로서의 장편소설에 해당하는 원리로 파악했다면, 루카치는 그 내용과 적용 범위를 살짝 바꾸어 하나의 특수한 문학 형식으로서의 장편소설의 형식 원리로 가져온다.

수 있다. 이것은 근대라는 역사철학적 조건에서는 극복 불가능한 것이며, 따라서 소설 속 삶의 영역에서도 극복될 수 없는 것이다. 소설에서 "달성될 수 있는 것이라고는 존재와 당위의 간극이 최대한 좁혀지는 것"(92)인데, 이러한 인식이 성숙하는 곳에서 반어가 등장한다. 『소설의 이론』에서 "근대 소설의 예술적 현시 원리 내지 형상화 원리"[24]로 설정되어 있는 반어는 먼저 다음과 같이 규정된다.

> 소설 형식의 형식적 구성소(構成素)로서의 반어는, 규범적으로 문학적인 주관이 다음과 같은 두 가지 주관성으로, 즉 낯선 힘의 복합체들(Machtkomplexe)과 마주해서 그 낯선 세계에 자신의 동경의 내용들을 각인하려 애쓰는 내면성으로서의 주관성과, 서로 낯선 주관세계와 객관세계 양자의 추상성과 이에 따른 제한성을 통찰하고 이 두 세계를 그 한계(두 세계의 실존의 필연성과 조건으로서 파악된) 속에서 이해하며, 이러한 통찰을 통해 세계의 이원성을 그대로 존속시키긴 하지만 이와 동시에 서로 본질적으로 낯선 요소들의 상호제약성 속에서 하나의 통일적 세계를 일별하고 형상화하는 주관성으로 내적 분열되는 것을 의미한다(85).

주관성으로 인해 야기되는 소설 형식의 추상성을 내부로부터 극복하는 형식 원리로서의 반어는 규범적인 시적 주관이 두 가지 주관성으로 내적 분리되는 것을 의미한다. 그 두 주관성 중 하나는 자신과 이질적인 세계에 자신의 동경의 내용들을 각인하려는 내면성으로서

24 Werner Jung, "Die Zeit — das depravierende Prinzip. Kleine Apologie von Georg Lukács' Romanpoetik", *Lukács 2006/2007. Jahrbuch der Internationalen Georg-Lukács-Gesellschaft* 10/11호, 63쪽.

의 주관성(문제적 개인으로서의 주인공의 심리로 객관화되는 주관성)이고 또 다른 하나는 내면세계와 외부세계의 이질성과 적대성을, 단순히 이질적인 두 부분이 병렬해 있는 것이 아니라 양자가 서로 조건 짓고 있는 상태에 있는 것으로 인식함으로써 양자의 통일성을 통찰하고 형상화하는 주관성(서술자의 주관성)이다. 이때 형상화되는 세계의 통일성은 순전히 형식적인 통일성인데, 내면세계와 외부세계의 이질성이 실제로 지양된 것이 아니라 단지 필연적인 것으로 인식된 것이기 때문이다. 주관성이 스스로를 인식해서 스스로를 지양하는 것으로 규정된 반어는 이 두 가지 주관성 모두에서 이루어진다. 주인공의 내면성의 과도한 열망이 상대화되며, 또한 주관세계와 객관세계의 상호제약성을 통찰하고 형상화하는 주관, 즉 서술자의 주관성도—그 주관 역시 경험적 주관이며 따라서 세계에 사로잡혀 있고 내면성 속에 제한되어 있는 주관이므로—상대화된다. 소설에서 객관성의 요청은 이렇게 두 가지 주관성이 상대화되는 '이중적 반어'를 통해 의식적으로 이루어진다는 것이 루카치의 생각이다.

"소설 형식의 형식적 구성소"이자 "형식 원리"(85)로서의 반어는 그 원천의 측면에서 볼 때 결국 "작가의 반어"(98)인데, 이 측면에서 루카치는 반어를 다음과 같이 재규정한다.

> 작가의 반어는 포에지(Poesie, 시)에 필수적인 젊음 속에서 이러한 믿음["운명과 마음은 한 개념의 다른 이름"(노발리스)이라는 청춘의 믿음]을 실현하다가 파멸하는 그의 주인공들을 향한 것일 뿐 아니라, 이러한 싸움의 부질없음과 현실의 궁극적인 승리를 통찰하지 않을 수 없었던 그 자신의 지혜를 향한 것이기도 하다. 정말이지 반어는 두 방향에서 배가(倍加)된다. 반

> 어는 이 싸움이 몹시 절망적이라는 것뿐 아니라 이 싸움을 포기하는 것은 더욱더 절망적이라는 것도 파악한다(98).

이는 "창작하는 개인의 반성"(97), "작가의 내용적 윤리"(97)의 측면에서 반어를 규정하고 있는 것인데, 여기서 일차적 반성은 "삶 속에서 이상에 부합하는 운명에 대한 반성적 형상화에 관계되는 문제"(97)이다. 이는 주인공이 청춘의 믿음 속에서 행하는 투쟁의 부질없음, 곧 현실의 최종적 승리를 그리는 것으로 나타나는데, 이러한 반성에 대한 반성, 즉 이차적 반성이 다시 이루어진다. 그것은 이러한 투쟁을 절망적으로 이해하는 서술자의 주관성을 교정하는 것으로서, 이 투쟁을 포기하는 것은 더 절망적임을 시사한다. 투쟁을 포기할 경우에는 "관습의 세계"에 그대로 굴종하는 것이 되므로 더 절망적이라는 것이다. 그렇기 때문에 소설은 현실을 승리자로 형상화하긴 하지만 바로 그 현실의 무가치성을 폭로하는 방식으로 그렇게 한다. 이런 식으로 소설 형식은 완결될 수 있는데, 그러한 완결의 방식 자체는 추구했으나 발견하지는 못한, 그리하여 찾기를 체념한 "영원히 잃어버린 낙원"(98)을 무언(無言)의 방식으로 가리킨다. 이처럼 체념할 것을 체념할 줄 알면서도 주어진 현실에 그대로 굴종하지 않는 문학 형식, 그러면서 그 완결이 객관적으로 보면 뭔가 불완전한 문학 형식, 그것이 바로 "성숙한 남성성의 형식"으로서의 소설이라는 것이 루카치의 생각이다.

> 소설은 서사시의 규범적 아이다움(Kindlichkeit)과 대조되는, 성숙한 남성성의 형식(die Form der gereiften Männlichkeit)이다. (…) 이 말은 소설 세계의

완결은 객관적으로 보면 뭔가 불완전한 것이며, 주관적 체험의 견지에서 보면 일종의 체념이라는 것을 의미한다(81).

"서사시의 규범적 아이다움"이라는 표현은 마르크스가 「정치경제학 비판 서론(Einleitung zur Kritik der Politischen Ökonomie)」의 마지막 부분에서 고대 그리스 예술의 발생 및 가치와 관련된 사유를 펼치면서 "버릇없이 자란 아이들도 있고 자깝스런 아이들도 있다. 고대의 많은 민족은 이 범주에 속한다. 그리스인들은 정상적인 아이들이었다"(MEW, 13:642)고 한 대목을 연상케 한다. 마르크스의 이 글은 1902년에 카를 카우츠키(Karl Kautsky)에 의해 발굴되어 1903년 3월 《신시대(*Die Neue Zeit*)》에 처음 발표되었기 때문에 루카치가 읽었을 공산이 매우 크다. "성숙한 남성성"은 이렇게 "규범적 아이다움"(마르크스의 표현으로는 "정상적인 아이들")과 대비되는 말이면서 "청춘"과도 대비되는 말이다. 『소설의 이론』에서 "청춘"은 "소명 받은 내면의 목소리에 대한 (…) 절대적 신뢰"를 갖고 있는 상태로, "청춘의 주인공들은 신들의 길 안내를 받는" 것으로 묘사되고 있다(99). 그렇기 때문에 이들에게는 "분열적 체험"에서 생겨나는 "성숙 상태의 멜랑콜리"가 없다(99). 체념이라는 것을 알 리가 없는 "청춘"을 루카치는 "영혼의 미성숙 상태"(146)로 규정한다.

한편, "소설은 성숙한 남성성의 형식이다"는 문장은 젠더(gender)의 관점이 문학 고찰에서도 주요하게 작용하면서 이른바 남성 중심적 소설관을 대표하는 사례로 자주 인용된다. 루카치의 이 문장은 『소설의 이론』에서 루카치가 문제적 개인이 진정한 자기를 찾기 위해 가는 도정을 그리는 형식으로 소설을 규정하면서 고찰하는 소설들의 주인공이 거의 다 남성인 탓에 '자연스레' 성립한 것일 수 있다. 즉 루카치의 소설관에 부합하는 소설의 실제로부터 '성숙한 남성성의 형식으로서의 소설'이라는 규정이 나올 수 있었다는 말이다. 여성 소설가와 여성 주인공이 비교적 활발히 등장하는 것은 이른바 '환멸의 낭만주의' 유형이 소설의 주류가 된 이후에야 생긴 일로 보인다. 남성성과 여성성에 관해 당시 루카치가 지녔던 관념도 "성숙한 남성성의 형식"이라는 표현을 낳는 데 영향을 미쳤을 것인데, 이는 따로 규명할 필요가 있는 문제이다. 여하튼 위 인용문만 보면, "성숙한"은 '멜랑콜리'나 '체념'과 연관된 표현이고, "남성성"은 소설의 완결이 '뭔가 불완전함'을 나타내는 말이다.

루카치의 논의에서 반어는 예술적 의미뿐만 아니라 형이상학적 의미도 지닌다. "신비주의로서의 반어"라는 제목을 단 제1부 제5장 4절의 첫 문단에서 루카치는 다음과 같이 말하고 있다.

> 작가의 반어는 신 없는 시대의 부정적 신비주의, 다시 말해서 의미에 대한 일종의 박학한 무지(eine docta ignorantia)[25]이다. 그것은 마신들의 선량한 활동과 악의적 활동을 드러내 보여주는 것이며, 이러한 활동의 사실 이상을 파악할 수 있는 가능성을 포기하는 것이다. 그리고 그것은 이와 같이 알려고 하지 않음과 알 수 없음 속에서 궁극적인 것, 참된 실체, 현재의 부재하는 신을 진짜로 만났으며 일별했고 붙잡았다는, 형상화를 통

25 중세 신비주의 철학자 니콜라우스 쿠자누스(1401~1464)에서 가져온 말이다. 『소설의 이론』 2007년 번역서에서 "유식한 무지"로 옮긴 것을 국내에 번역된 쿠자누스의 책 제목에 맞추어 "박학한 무지"로 바꾼다. 『박학한 무지』, 니콜라우스 쿠자누스 지음, 조규홍 옮김, 지만지, 2013.

해서만 표현될 수 있는 깊은 확신이다. 그렇기 때문에 반어는 소설의 객관성이다(105).

작가의 반어는 탈신화된 시대에 신의 부재를 드러냄으로써 신을 예감케 하는 것이다. 달리 말하면, 삶에 내재하는 의미의 부재를 확인함으로써 역설적으로 의미를 예감케 하는 것이라고 할 수 있다. 루카치는 "작가의 반어는 (…) 의미에 대한 일종의 박학한 무지"라고 하는데, 이 '반어적 무지'는 "단순한 회의가 아니라 유토피아적 예감의 부정적 대리인"[26]이다. 이런 식으로 루카치는 "끝까지 간 주관성의 자기지양으로서의 반어"(108)를, 작가 자신과 자신의 생산물에 대한 자유로운 자기제한(Selbstbeschränkung)이라는 점에서 "신 없는 세계에 있을 수 있는 최고의 자유"로, 나아가 소설에서 "총체성을 창조하는 진정한 객관성의 유일하게 가능한 선험적 조건"(108)으로 자리매김시킨다. 제1부 마지막 문장에서 루카치는 반어가 "이 총체성, 곧 소설을 (…) 시대의 대표적 형식으로 끌어올린다"(108)고 말함으로써 "반어를 통해 소설에 최고의 위엄을 (…) 부여한다."[27]

26 위르겐 슈람케, 『현대소설의 이론』, 원당희·박병희 옮김, 153쪽. 원문에 따라 번역을 수정했다. Jürgen Schramke, *Zur Theorie des modernen Romans*, München: Verlag C. H. Beck, 1974, 96쪽.

27 Werner Jung, "Die Zeit — das depravierende Prinzip. Kleine Apologie von Georg Lukács' Romanpoetik", *Lukács 2006/2007. Jahrbuch der Internationalen Georg-Lukács-Gesellschaft* 10/11호, 63쪽.

제4장
장편소설 유형론과 『소설의 이론』 이후

『소설의 이론』 제2부는 "소설 형식의 유형론 시론"이라는 제목을 달고 있다. 여기에서 루카치는 소설 주인공의 영혼과 그 영혼이 '자기외화(Selbstentäußerung)'의 무대로서 마주하고 있는 외부세계 사이의—헤겔식으로 말하면, 주체와 객체 사이의—관계 양상에 따른 장편소설 유형론을 전개한다. 루카치의 입론에 따르면, "신에게 버림받은 세계"인 근대에서 주관세계와 객관세계는 필연적으로 불협화적인 관계를 이룰 수밖에 없다. 루카치는 이러한 불협화적인 관계, 부정합적인 상태와 관련하여 장편소설을 크게 세 가지 유형으로 나눈다. 두 항이 어떠한 중재도 불가능할 정도로 어긋나 있는 상태의 두 가지 경우로서, 영혼이 외부세계보다 더 좁은 경우와 더 넓은 경우, 그리고 그 사이에서 양 항을 중재하고자 시도하는 경우, 이렇게 세 가지 유형이다. 제2부 마지막 장에서 루카치는 톨스토이와 도스토옙스키의 작품을 다루는데, 톨스토이의 소설들은 기본적으로 "환멸의 낭만주의" 유형에 속하는 것으로 평가한다.[1] 하지만 그의 작품들에서 드물게 나타나는 몇몇 "위대한 순간들"(182)과 도스토옙스키의 작품들은 위에서 말한 부조화 상태를 낳은 "삶의 사회적 형식들을 넘어서"(172)는 것으로서, 『소설의 이론』에서 규정한 의미에서의 소설에 해당하는 것이 아니라고 본다. 루카치가 "서유럽의 발전 과정"(173)에서는 찾아볼 수 없다고 한 이 문학적 현상은, 따라서 장편소설의 일반적 유형 중 하나로서의 지위를 점한다고 볼 수는 없다.

제1부에서 큰 서사문학 형식을 중심으로 시도되었던 일종의 문학장르론이 각 장르의 "형식적 선험성"(49)과, 그것이 현실화되는 장(場)으로서의 역사의 역사철학적 조건, 이 양자의 동시적 규정에 의해 구성되었듯이, 근대 장편소설의 유형들 또한 근대 전반에 존재하는 것이긴 하지만 각 유형의 발생과 번성은 특정한 역사적 시기에 의해 규정받는다. 따라서 제2부에서 시도되고 있는 "소설 형식의 유형론" 역시 이론적이고 체계적이면서 동시에 역사적인 유형론으로서의 성격을 얼마간 지닌다고 볼 수 있으며, 어떤 면에서는 근대성에 대한—장편소설 형식으로 이루어진—주체적 대응의 양상을 유형화한 것으로 볼 수도 있다.

『소설의 이론』 신판 「서문」에서 루카치는 제2부의 유형론은 본질적으로 "정신과학적 방법"의 자장 안에 있었던 것으로 평가한다. 『소설의 이론』을 쓸 무렵 루카치 자신은 "칸트에서 헤겔로 넘어가는 과정 중"(7)에 있긴 했지만 딜타이, 지멜, 베버 등의 저작에서 받은 인상에

1 루카치는 "순수하게 예술적인 측면에서 보자면 톨스토이의 소설들은 과도화된 환멸의 낭만주의 유형, 달리 말하면 플로베르적 형식의 바로크이다"(181)라고 한다.

서 아직 벗어나지 못했으며, "정신과학의 방법론적 한계"(9)를 넘어서지 못하고 있었다는 것이 루카치의 자기평가였다. 이때 그는 제1부가 상대적으로 헤겔 미학의 영향이 두드러진 부분이라면, 제2부의 전체 구도는 본질적으로 "정신과학의 추상적 종합"(8)에 영향을 받은 것이라고 말한다. 현실을 대하는 주인공의 영혼이 너무 좁은지 넓은지에 따라서 소설 형식의 유형을 나누는 방법은, "어떤 경향, 어떤 시기 등의 얼마 안 되는 특징들, 그것도 대개는 단지 직관적으로 파악한 특징들로 종합적인 일반 개념들을 만들어낸 뒤 이로부터 연역적으로 개별 현상들로 하강함으로써 통 크게 총괄하고자"(8) 한, 당시에 유행했던 정신과학적 방법의 영향을 받은 것이었다는 것이다. 이러한 방법이 온전한 소설사를 구성하기에 얼마나 모자라는 것인지, 아니 한 편의 소설이 지니는 역사적 미학적 풍부함을 파악하는 데조차도 얼마나 부족한 것인지에 관해서는 루카치 자신의 냉정한 자기비판(8/9)을 참조하는 것으로 충분하리라 여겨진다. 아래에서는 『소설의 이론』 제1부를 고찰한 앞의 글과 마찬가지로 제2부에서 서술되고 있는 내용의 골자를 이해하는 데 초점을 두고 논의를 전개할 것인데, 이 작업이 보다 세세한 분석과 한층 더 포괄적이면서도 비판적인 해석으로 이어지는 출발점이 되기를 바라마지 않는다.

1. 추상적 이상주의 유형

『소설의 이론』 제2부는 다음과 같은 문장으로 시작한다.

> 세계가 신에게 버림받았다는 것은 영혼과 작업[작품],[2] 내면성과 모험이 서로 일치하지 않는 데에서, 인간의 노력에 초험적 귀속성이 결여되어 있는 데에서 드러난다. 이러한 불일치는, 거칠게 표현하자면 두 가지 유형이 있다. 영혼이 자신의 행동을 펼치는 무대이자 기반으로서 자기에게 부여되어 있는 외부세계보다 더 좁은 경우와 더 넓은 경우가 그것이다(111).

루카치는 영혼이 외부세계보다 더 좁은 경우를 "추상적 이상주의" 유형이라 부르며, 그 반대의 경우를 "환멸의 낭만주의" 유형이라 칭하는데, 여기서는 먼저 전자의 유형에 관한 루카치의 논의부터 살펴보도록 하겠다.

『소설의 이론』 제1부에서 우리는 소설 주인공을 지칭하는 다른 이름으로 "문제적 개인"이라는 용어를 접할 수 있었으며, 그 "문제적 개인"의 심리는 "마성"에 지배되고 있다는 규정을 읽을 수 있었다. "추상적 이상주의"라는 개념도 이와 연관해 이해해볼 수 있다. 루카치는 "추상적 이상주의" 유형에서의 "문제적 개인"의 경우에 "마성적 성격"은 두 번째 유형, 즉 "환멸의 낭만주의" 유형의 주인공에서보다 더 분명하게 드러나지만 "내적인 문제성"은 덜 두드러진다고 하면서 그 "마성적 성격"에 대해서 다음과 같이 말한다.

2 여기서 "작업"으로 옮긴 단어는 "Werk"인데, 『소설의 이론』을 번역할 때 '행동'으로 옮긴 Tat이 행동, 행위의 뜻도 있지만 행위의 결과물을 뜻하기도 하고 또 행위와 그 결과물을 동시에 뜻하기도 하듯이, Werk 역시 활동으로서의 '작업'을 뜻하기도 하고 그 활동의 결과물로서 '작품'을 뜻하기도 한다. 여기서는 영혼과 작업의 관계뿐만 아니라 영혼과 작품의 관계도 '소외'된 관계임을 표현한 것으로 읽을 수 있다.

> 영혼을 좁게 만드는 마력(Dämonie)은 추상적 이상주의의 마력이다. 그것은 이상을 실현하기 위해 일로매진할 수밖에 없는 의향이자, 마성에 눈이 멀어 이상과 이념, 심리와 영혼 사이에 존재하는 일체의 간극을 망각하는 의향이다(111/112).

여기에서 "이상"은, 본디 객관적이고 보편적인 "이념"이 주관적이고 당위적인 것으로, 인간 속에서 "주관적인 영혼적 사실들"(89)로 전환된 것으로서, 초험적인 이념 연관이 결여된 근대의 산물이다. 그리고 위에서 말하는 "영혼"은 인간 속에서 초월적인 것과 결부된, 인간의 가장 내적인 실체(좁고, 엄밀한 의미에서의 영혼)를 가리키는 말인데 반해, "심리"는 넓은 의미에서의 영혼[3]에서 개인적이고 주관적인 영역, 다시 말해 초월적인 것과 연관되어 있지 않은 영혼의 경험적 영역을 가리키는 말이다. "추상적 이상주의의 마력"이란, 이처럼 객관적이고 실체적인 것과 주관적이고 경험적인 것 사이에 간극이 벌어진 역사철학적 조건 하에 있음에도 불구하고 그 간극을 인식하지 못하는, 그리하여 주관적인 것을 객관적인 것으로 '착각'할 뿐만 아니라 그 주관적인 것을 현실에서 실현하려는, 그것이 현실에서 실현될 수 있다고 믿는 그런 의향이다. 추상적 이상주의 유형의 소설은, 당위적인 현실과 실제 현실 사이에 존재하는 간극을 망각하고 당위적인 것에 대한 믿음이 지나쳐 그것이 실재하며 실재해야 한다고 믿는,

3 이때의 "영혼"은 "심리와 지성 그리고 인격도 아우르는 개념"으로 볼 수 있다. 인용한 곳은 Werner Jung, "Die Zeit — das depravierende Prinzip. Kleine Apologie von Georg Lukács' Romanpoetik", *Lukács 2006/2007. Jahrbuch der Internationalen Georg-Lukács-Gesellschaft* 10/11호, Frank Benseler · Werner Jung 엮음, 64쪽.

그래서 "이상을 실현하기 위해 일로매진할 수밖에 없는" 그런 추상적 의향을 지닌 인물이 주인공인 소설이다.

이러한 유형의 인물은 당연히 "내적인 문제성"(111)을 지니지 않는다. 이러한 주인공의 "영혼은 자신에게 다다른 초월적 존재 속에서 아무런 문제없이 안식하고 있는 것이다. 이러한 영혼에서는, 영혼을 자기 바깥으로 끌어내어 움직이게 할 어떠한 의심도, 어떠한 추구도, 어떠한 절망도 나타날 수가 없다"(114). 이러한 영혼은 그 자체의 내적 확실성으로 인해 그 어떤 것에 의해서도 흔들림 없이 자기 세계 속에 머물러 있다. "내면적으로 체험된 문제성이 전혀 없기"(114) 때문에 영혼은 "순수한 활동성(Aktivität)"(114)으로 바뀐다. 그에게는 "여하한 종류의 관조도 결여되어 있으며, 내부를 향한 행위를 할 성향과 가능성도 일체 결여"(115)되어 있다. 따라서 "영혼의 움직임은 모두 다 바깥을 향한 행위"(114)가 된다. "그는 모험가일 수밖에 없"(115)는 것이다.

이런 식으로 행위하는 영혼의 경우, 그 행위는 자기가 주관적으로 설정한 세계만을 대상으로 벌이는 행위이다. 즉 그 행위는 "순수하게 주관적인"(113) 것으로서, 그렇기 때문에 영혼의 행동과 그 영혼에 대한 외부세계의 반응은 서로 공통점을 지닐 수 없다. 양자의 상호관계는 "결코 진정한 투쟁일 수가 없고, 단지 그로테스크하게 서로 지나쳐버리는 것이거나 또는 쌍방의 오해에 의해 초래된, 그로테스크하기는 마찬가지인 충돌"(113)일 뿐이다. 영혼은 전적으로 "이념"—물론 이 "이념"은 주관에 의해 "지금 존재하는 이념, 유일하고 통상적인 현실로 설정된 이념"(113)인데—의 세계 속에 있기 때문에 숭고성의 영역으로 고양되지만 그것은 동시에 머릿속에서 표상된 현실과 실제

현실 사이의 "그로테스크한 모순"을 강화하는 것이기도 하다(114). 이러한 "그로테스크한 모순", 주관세계와 객관세계의 그로테스크한 엇갈림—이것이 바로 이러한 소설 유형의 줄거리(Handlung, 행위)를 이루는데—으로 인해, "소설의 불연속적이고 이질적인 특성은 여기에서 가장 강력한 상승을 경험하게 된다"(114).

순전히 자기 속에 갇혀 있는 이런 영혼에게 외부세계, 외부현실이란 내면성과는 아무런 관련도 없는, "그 자체로는 전혀 활기가 없고 아무런 형식도 의미도 없는 덩어리"(116)에 불과하다. "주인공의 마성적 모험욕"(116)은 외부현실 속에서 자신을 확증할 듯이 보이는 계기들을 자의적으로, 아무런 맥락 없이 골라낸다. "이런 식으로 심리의 경직성과 제각기 유리된 모험들로 원자화된 행위의 성격은 상호 조건 짓고 있으며, 이러한 소설 유형이 갖는 위험, 곧 악무한성과 추상성이 아주 분명하게 드러나도록 만든다"(116).

추상적 이상주의의 마성을 지닌 이런 인물 유형의 전형적인 예가 '돈키호테'인데, 세르반테스의 작품 『돈키호테』는 이러한 영혼 구조를 갖춘 인물을 주인공으로 삼고 있음에도 불구하고 "악무한성과 추상성"의 위험에서 벗어난다. 이는 "돈키호테의 영혼 속에 있는 마성과 신적인 성질 간의 균형을 수립하는"[4] 세르반테스의 "천재적인 감지력"(117)뿐만 아니라 그 작품이 창조되었던 "역사철학적 순간"(117)에 힘입은 것이다.

루카치에 따르면 『돈키호테』는 원래 기사소설(Ritterroman)의 패러

4 Eva Livia Corredor, *György Lukács and the Literary Pretext*, New York: Peter Lang, 1987, 83쪽.

디로 의도된 것이었다. 세르반테스가 패러디 대상으로 삼았던 16세기 및 17세기 초반의 기사소설—특히 스페인에서는 가르시 로드리게스 데 몬탈보(Garci Rodrguez de Montalvo)의 『아마디스 데 가울라(*Amadís de Gaula*)』(1508)를 효시로 실로 많은 기사소설이 쓰였는 데—은, 『소설의 이론』에서 거론되고 있는 작품에 한정해서 말하자면 볼프람 폰 에셴바흐(Wolfram von Eschenbach)의 『파르치팔(*Parzival*)』(약 1210년경), 고트프리트 폰 슈트라스부르크(Gottfried von Strassburg)의 『트리스탄과 이졸데(*Tristan und Isolde*)』(약 1210년경), 그리고 아마도 『니벨룽겐의 노래(*Das Nibelungenlied*)』(작가 미상, 13세기 초로 추정)까지 포함될 '중세의 기사서사문학(Ritterepik)'을 그 연원으로 하고 있다. 이 대목에서 루카치는 중세 기독교 시대에 관해 제1부에서 피력한 견해를 재차 서술하고 있는데, 이에 따르면 중세는 (기독교의) "신에 의해 보호"(117) 받고 있는 시대였다. 이런 한에서 중세는 서사시가 가능할 수 있었고 또 그것이 요구되었던 시대라고 할 수 있다. 하지만 신에 의해 보호받음을 통해 구현되는 "기독교적 우주"는 "역설적인 양상"을 띤다 (117). 즉 현세적 세계는 균열과 혼란과 죄에 빠져 있지만("차안 세계의 균열과 규범적인 미완성"(117)) 그 세계의 맞은편에, 더 정확히 말하자면 그 세계의 '위'에, 그 세계를 싸안는 피안의 삶이, 그것도 실제로 현존하는 것으로서 존재해 있는 것이다. 균열과 혼란과 죄에 빠져 있는 차안의 세계와, "피안의 삶 속에서 영원히 존재하는 구원, 영원히 현재적인 신정론"(117)이라고 하는 이 "두 세계의 총체성(Zweiwelten-Totalität)"(117)을 단테가 『신곡』의 "순수하게 서사문학적인 형식 속에 담아내는 데 성공"(117)했다면, 다시 말해 "신으로부터 전체 존재의 구성적 통일성을 찾아내고 밝혀내기"(119)에 성공했다면, 동시대의 다른 서사 작가들의 형상화는 차안으로 향해 있었다. 그들은 차안에 머물러 있음으로써 "단지 성찰적으로(sentimentalisch) 파악된 삶의 총체성들(Lebenstotalitäten), 단지 추구될 뿐이고 현존하는 의미 내재성은 결여하고 있는 삶의 총체성들을 창조할 수밖에 없었다"(118). 요컨대 그들은 "서사시가 아니라 소설"(118)을 창조했다는 것이다. 하지만 그들의 "소설"은 근대적인 소설과는 그 양상을 달리한다. 근대 소설에서와는 달리 현존하는 초월성이 현세적 삶에 영향을 미치며, 그 결과 현세적 삶은 그 자체의 명암을 지니는 것이 아니라 한갓 그림자처럼 되기 때문이다. 따라서 주인공은 "불가해한 메타형식적 은총에 의해 인도"(118)되며, 그 때문에 일체의 추구가 "추구의 가상"(118)일 뿐이라는 점에서 근대의 장편소설과 다르지만, 초월성이 삶에 내재화되는 것이 아니라 초월성 자체로 머물러 있다는 점에서는 서사시와 다르다. 이러한 장편소설들은 엄격히 말해서 소설이라기보다는 "큰 동화(童話)"(118)이다.

> 이러한 소설들은 본디 큰 동화인데, 그도 그럴 것이 초월성(die Transzendenz)이 소설 속에 받아들여져 내재화되지도, 대상을 창조하는 초험적 형식에 흡수되지도 않고, 조금도 약화되지 않은 그 자체의 초월성 속에 완강히 머물러 있기 때문이다(118).

이로부터 이 "소설"들의 꿈과 같은 아름다움, 동화 같은 양상이 생겨나는바, 이것이 중세의 기사서사문학이 보여주는 세계라는 것이 루카치의 생각이다.

『돈키호테』가 패러디하고 공격하는 기사소설은, 중세의 기사서사문학이 지녔던 “이러한 초월적 관계”(119)가 이미 사라진 후에 나타난 문학적 현상이다. 이는 기사서사문학이 초월적 존재 속에 내리고 있던 뿌리를 상실한 후에 그것의 한갓 형식적인 형식, “죽어버린 형식들의 텅 빈 집”(117)만 남은 것이다. 이러한 형식은 “위축되고 추상적으로”(117) 될 수밖에 없으며, 중세 기사서사문학이 지녔던 “신비스럽고 동화적인 표면으로부터는 뭔가 진부한 피상적인 것이 생겨날 수밖에 없었다”(119). 그리하여 “큰 서사문학 대신 오락문학이 생겨났다”(117). 『돈키호테』는 바로 이러한 오락문학의 “통속성”(122)에 빠진 기사소설을 풍자하고 패러디하며 공격할 의도에서 쓰였다. 그런데 루카치에 따르면 『돈키호테』는 작가 세르반테스의 의도, 즉 기사소설에 대한 패러디 이상의 것이다. 그것은 중세 기사서사문학의 “죽어버린 형식들의 텅 빈 집” 속에서 연명하고 있는 기사소설과는 다른 새로운 형식을 창조한 것으로서, 본격적인 의미의 근대 장편소설의 시발점(“세계문학 최초의 위대한 소설”(120))을 이룬다는 것이 루카치의 평가이다. 동시에 그것은 이후 유럽의 소설사에서 유례를 찾아볼 수 없는 독특한 모습을 보여주는 것이기도 하다고 한다.

> 『돈키호테』는 외적 삶의 산문적 저열성에 맞서 내면성이 벌인 최초의 위대한 투쟁이며, 또 내면성이 더럽혀지지 않은 채 싸움에서 빠져나오는 데 성공했을 뿐만 아니라 승리한 적(敵)조차 내면성 자신의—물론 자기반어적이긴 하지만—무훈에 빛나는 시적 광휘로 감싸는 데 성공했던 유일한 투쟁이다(121).

이는 세르반테스의 작가적 위대성뿐만 아니라 그가 창작활동을 한

"역사철학적 순간" 덕택에 가능했던 것인데, 이 "역사철학적 순간"에 대해 루카치는 다음과 같이 진단하고 있다.

> 이렇게 세계문학 최초의 이 위대한 소설은 바야흐로 기독교의 신이 세계를 떠나기 시작하는 시대의 초엽에 서 있다. 인간이 고독하게 되며 그 어디에서도 안주하지 못하는 자신의 영혼 속에서만 의미와 실체를 발견할 수 있는 시대, 세계가 현재적인 피안에 역설적으로 닻을 내리고 있던 상태에서 벗어나 자신의 내재적 무의미성에 내맡겨지는 시대, 기존의 것이 지닌 권력이—이제는 단순한 존재로 전락한 유토피아적 연결고리들을 통해 강화되어—유례없을 정도로 크게 성장하면서, 부상하고 있는 아직은 불가해한 힘들, 자기를 드러낼 능력도 세계에 파고들 능력도 없는 힘들에 맞서 미친 듯이 격렬하면서도 아무런 목표도 없어 보이는 싸움을 벌이고 있는 시대, 이런 시대의 초엽에 세계문학 최초의 위대한 소설 『돈키호테』가 서 있는 것이다(120).

신이 세계를 떠나기 시작한 시대, 세계는 내재적 무의미성으로 내던져지고 인간은 고독해지지만 그래도 아직은 자신의 영혼 속에서나마 의미와 실체를 발견할 수 있었던 시대, 기존의 가치체계는 그 초월적 관계를 상실하고 단순히 현존하는 것의 힘으로서, 막 등장하기 시작한 새로운 가치들과 싸움을 벌이는 시대, 이런 시대의 초엽에 『돈키호테』가 위치하고 있다는 것이 루카치의 진단이다. 『소설의 이론』에서 루카치는 이 과도기적 시기의 성격을 다음과 같이 규정하기도 한다.

이것은 자유롭게 풀려난 마력의 시기이자, 아직 기존의 가치체계가 현존해 있는 가운데 가치들의 대혼란이 일어난 시기이다(120).

루카치에 따르면 『돈키호테』는 이러한 시기의 "정신 상태"(121)에 아주 강력하게 결부되어 있는바, "그[세르반테스]의 비전은 두 시대가 갈라지는 지점에서 생겨났으며, 그 두 시대를 인식하고 파악했다"(155). 『돈키호테』는 바로 이 독특하고 일회적인 역사철학적 순간에 결부된 작품이기 때문에, 그 정신 구조가 『돈키호테』와 동일한 유형의 것이라 하더라도 다른 시기의 작품은 『돈키호테』와 같은 서사문학적 의미를 지닐 수 없다. "『돈키호테』는 참으로 위대한 모든 소설이 거의 다 그렇듯이 자기 유형의 단 하나의 유의미한 객관화로 남을 수밖에 없었다"(121)는 것이다.

『돈키호테』의 위대한 예술적 성취가 그것이 창조된 역사철학적 순간에 기반을 둔 것이라면 그 순간이 지나가버린 이후 그것으로부터 형식만을 넘겨받은 '모험소설'은 이전의 '기사소설'과 같은 운명에 빠진다. 즉 '기사소설'이 역사철학적 단계가 지나버린 형식을 고수함으로써 "무(無)이념적으로"(121) 되었듯이, '모험소설' 또한 『돈키호테』로부터 순전히 예술적 형식만을 넘겨받음으로써 기사소설과 마찬가지로 '무이념적'인 것이 되고 말았다는 것이 루카치의 주장이다. 이 두 경우, 즉 기사소설과 모험소설은, 그 역사철학적 순간이 지나가버린 형식들은 불가피하게 통속적인 '오락문학'으로 전락한다는 것을 보여준다(122).

『돈키호테』를 낳은 역사철학적 순간이 지나간 이후 추상적 이상주의 유형은, 『돈키호테』로부터 텅 빈 형식만 물려받은 모험소설처럼 오락문학으로 전락하지 않은 경우라 하더라도 새로운 난관에 봉착하게 되는데, 이에 대해 루카치는 다음과 같이 말하고 있다.

> 점차 증대하는 세계의 산문화와 더불어, 그리고 일체의 내면성에 맞서 무정형의 덩어리가 벌이는 답답한 저항에 싸움의 무대를 점점 더 많이 넘겨주면서 활동적 마신들이 퇴각함과 더불어, 마신에 들려 좁아진 영혼에게는 다음과 같은 딜레마, 즉 '삶' 복합체와의 모든 관계를 포기하든지 아니면 진정한 이념 세계에 직접 뿌리박고 있는 상태를 포기하든지 하는 딜레마가 생겨난다(122).

요컨대 『돈키호테』를 낳았던 과도기적 시대를 지나 세계의 산문화가 더 강화되고 관습의 힘이 더 증대함에 따라 '추상적 이상주의 유형'에서는 일종의 극적 추상화냐 현실에의 투항이냐의 딜레마가 생긴다는 것인데, 독일 이상주의 드라마가 그 첫 번째 길을 간 대표적인 경우라면, 근대 유머소설은 그 두 번째 길을 간 경우이다. 전자의 예로 루카치는 하인리히 폰 클라이스트(Heinrich von Kleist)의 노벨레 『미하엘 콜하스(*Michael Kohlhaas*)』와 프리드리히 실러의 극작품 『돈 카를로스(*Don Karlos*)』를 거론하며, 후자의 예로는 영국의 소설가 찰스 디킨스(Charles Dickens)와 러시아의 작가 니콜라이 고골(Nikolai Gogol)의 작품을 다룬다. 이들 작품에 관한 논고에 이어 루카치는 이 두 가지 경로와는 "전혀 다른 길을 걸었"(126)던 발자크의 『인간희극(*La Comédie humaine*)』에 관해 논하는데, 이에 따르면 『인간희극』에서는 마신에 들린—프레드릭 제임슨의 표현을 빌면 "강박관념에 매인"[5]—주인공이 등장하며, 그 대립항인 외부현실 역시 마신에 들린, 하지만 그 방향과 내용은 전혀 다른 인물들의 총화로 짜여 있다. 소설의 소재를 이루는 극단적으로 이질적인 인물들의 역설적인 동질성으로 인해 "추상적 악무한성의 위험"이 생겨날 수 있는데, 발자크는 "사건들의 위대한 노벨레적 집중과 그렇게 획득된 진정한 서사문학적 유의미성을 통해 [그 위험을] 극복"하는 데 성공했다(127). 하지만 루카치는 이것이 완전한 것은 아니라고 하는데, 형식의 그러한 승리는 『인간희극』을 구성하는 개별 이야기에서만 획득된 것일 뿐이지 『인간희극』 전체에서 달성된 것은 아니라는 것이다. 서사문학적 형상화로서의 『인간희극』 전체의 통일성, 곧 "『인간희극』의 총체성"(127/128)은 "서사문학적 형식을 초월하는 원리들, 즉 기분(Stimmung)과 인식에 근거한 것이지 행위와 주인공에 의거한 것이 아니"(128)며, "그렇기 때문에 그것은 그 자체로 완전하고 완결된 것일 수가 없다"(128). "서사문학적으로 형상화되어 있는 것은 개개의 이야기일 뿐이며, 전체는 [기분과 인식에 의거해] 단지 짜맞추어진 것에 불과하다"(127)는 것이 『인간희극』에 대한 루카치의 평가이다.

루카치가 추상적 이상주의 유형의 소설들을 다루는 제2부 제1장에서 마지막으로 언급하는 소설은 덴마크의 소설가 헨리크 폰토피단(Henrik Pontoppidan)의 『행운아』[6]이다. 루카치에 따르면, 앞서 살펴본

5 프레드릭 제임슨, 『맑스주의와 형식: 20세기의 변증법적 문학이론』, 여홍상·김영희 옮김, 212쪽.

6 이 작품의 원제는 『행운아 페르(*Lykke-Per*)』이다. 루카치가 『소설의 이론』에서 참조하고 있는 이 작품의 독일어 번역본 제목은 "Hans im Glück"인데, 『소설의 이론』 2007년 번역서에서 나는 이를 『행복한 한스』로 옮겼다. 그런데 독일어에서 'Hans im Glück'은 관용어로서 '운 좋은 사람'을 뜻하는 말이다. 그래서 여기서는 "행운아"로 바꾸어 옮긴다. 말이 나온 김에 2007년 번역서에서 볼 수 있는 이런 '터무니없는' 잘못

추상적 이상주의 유형의 이 모든 형식 시도에 공통적인 것은 영혼의 협애화에 따른 "심리의 정태성"(128)이다. 그런데 폰토피단의 『행운아』는 "이러한 영혼 구조를 중심적으로 다루면서 그것을 운동과 발전 속에서 현시(顯示)하는 시도를 보여준"(129) 유일한 소설이다. 이는 "전혀 새로운 구성 방식"(129)을 보여주는 것인데, "주관이 초월적 본질과 맺고 있는 아주 확고한 결속"(129) — 『행운아』에서 그것은 "순수하게 자기 자신에 도달한 영혼의 순수성"(129)으로 설정되는데 — 이 가령 『돈키호테』에서는 "출발점"이었던 데 반해 여기에서는 "최종 목표"로 설정됨으로써 "동일한 모험들이 다채롭게 반복"되는 『돈키호테』와는 달리 『행운아』에서는 그 최종 목표를 향한 "삶의 운동"이 그려진다(129). 좀 더 구체적으로 말하면, 이 장편소설은 『돈키호테』에서는 전제되어 있었던 것을 찾아야 할 목표로 설정함으로써 그 목표에 도달하는 과정에서 그러한 목표에 부합하지 않는 것을 분리하고 포기하는 그런 운동이 이루어지는 구성 방식을 취하고 있다. 그 과정에서 "폰토피단의 반어"(130)가 작동하는데, 그는 주인공이 어디에서나 승리하게 하지만 주인공으로 하여금 그가 승리하여 획득한 것을 무가치한 것으로 간주하고 포기하도록 만든다. "이러한 부정적 마력

또 한 가지를 바로잡도록 하겠다. 2007년 번역서 56쪽에서 나오는 "괴테와 헤벨의 위대한 목가"라는 대목에 옮긴이 주(231쪽 미주 14)를 달면서 나는 여기에서 말하는 "헤벨"은 — 루카치가 "Hebbel"이라고 적고 있음에도 불구하고 — 독일의 극작가 크리스티안 프리드리히 헤벨(Christian Friedrich Hebbel)이 아니라 요한 페터 헤벨(Johann Peter Hebel)인 듯하다는 옮긴이 주를 붙였는데, 이는 완전히 잘못된 것이다. "큰 목가(große Idylle)" — 2007년 번역서에서 "위대한 목가"로 옮긴 — 라는 말은 괴테가 『헤르만과 도르테아』를 구상하면서 한 말로서, 여기서 루카치가 괴테와 함께 "헤벨"을 거론한 것은 그가 쓴 운문 서사시 『어머니와 아이(*Mutter und Kind*)』(1859)를 염두에 둔 것으로 보인다.

의 의미"는 결말에 가서야 비로소 밝혀지는바, "전체 삶에 의미 내재성의 회고적 명확성을 부여"한다(130). "순수하게 자기 자신에 도달한 영혼의 순수성"이라는 최종 목표에 도달한 결말, 즉 초월성과 영혼 간의 "예정된 조화"가 가시화되는 결말에서 되돌아보면 "선행한 모든 혼란"은 "필연적인 것으로" 보이게 된다(130). 자아(das Ich)의 자기성(Selbstheit), 곧 '참나'를 발견하기에 이르는 과정을 그린 이 소설은 실상 '예정된 조화'로서 전제되어 있었던 자아와 세계의 은폐된 초월적 연관을 재발견하는 것이기 때문에 실제로는 영혼의 운동이 없었던 셈이다. 그리하여 마침내 도달한 결말에서 보면 소설의 전개 과정에서 현시되었던 "심리의 역동적 성격은 단지 가상적인 역동성"(130)이었던 것으로 드러난다. 『행운아』는 이러한 "운동의 가상을 통해 역동적이고 생생한 삶의 총체성을 두루 거치는 여행을 가능하게 한" 점에서 폰토피단의 "대가적 솜씨"가 빛나는 작품이지만, 이러한 특징으로 인해 근대소설에서 "고립된 위치"에 있다는 것이 루카치의 평가이다(130).

2. 환멸의 낭만주의 유형

루카치에 따르면 19세기에 들어와 유럽 사회의 외적 삶은 "완전히 관습에 의해 지배되는 세계"(133/134)로 변모되었다. 그 세계는 마치 인간이 운명을 대하듯 마주할 수밖에 없는 세계, 마치 자연처럼 존재하는 그런 세계, "제2의 자연 개념이 실제로 실현"(134)된 세계로 있다. 이런 세계에서는 이미 옹색하고 남루하게 고착된 관습의 세계와 그것이 제공하는 것만으로 만족할 수 없는 영혼 사이의 부조화가 영혼과 세계의 부조화 유형들 중 지배적인 것이 된다.

> 19세기 소설에서는 영혼과 현실 사이의 필연적으로 부적합한 관계의 또 다른 유형이 더 중요해졌다. 삶이 영혼에 제공할 수 있는 운명보다 영혼이 더 넓고 더 크게 설정되어 있는 데에서 생기는 불균형이 더 중요하게 된 것이다(132).

이런 영혼을 가진 인물이 의미 있는 것을 추구한다면, 그가 눈을 돌릴 수 있는 곳은 더 이상 돈키호테적 모험이 불가능할 정도로 경화되어 있는 바깥 세계가 아니라 자신의 내면뿐일 것인데, 이에 따라 그의 내면성은 계속 더 확장된다. 루카치는 이런 인물이 주인공인 소설 유형을 "환멸의 낭만주의"라고 부른다.

앞에서 우리가—특히 『돈키호테』에서—보았듯이 "추상적 이상주의" 유형의 경우에는 외적 삶과 대립하는 '이상'이 주인공에게 "추상적인 선험적 토대"(132)로 주어져 있다. 주인공은 그것을 외부현실에서, 외적 삶에서 실현하려 하며, 그 과정에서 그가 펼치는 일련의 행위를 통해 부조(浮彫)되는, '이상'과 외부세계 사이의 "그로테스크한 충돌"(113)이 소설의 줄거리를 이룬다. 하지만 "환멸의 낭만주의" 유형의 경우에는 주인공의 영혼, 주인공의 내면성은 이미 "그 자체로 다소간 완전하며 내용적으로 충만한"(132) 하나의 독자적 현실, "풍부하고 역동적인 독자적 삶을 가지고 있는" "순수하게 내면적인 현실"(132)을 이루고 있다. 여기에서는 내면의 삶 자체가 "유일하게 참된 실재, 세계의 본체(Essenz)"(132)로 여겨진다. 달리 말하면, 이 경우에는 『돈키호테』에서처럼 "삶과 마주하고 있는 추상적인 선험적 토대"(132)가 문제가 아니라 "외부세계와 마주하고 있는 하나의 구체적이고 질적이며 내용적인 선험적 토대"(133)가 문제이다. 따라서 여기에서는 전자에서처럼 "현실과 선험적 토대 일반의 투쟁이 아니라 두 세계의 투쟁"(133)이 문제이다.

그런데 "두 세계의 투쟁"이라는 표현은 적절하지 않을지도 모른다. 이 경우에 외부세계는 "완전히 관습에 의해 지배되는 세계이자 제2의 자연 개념이 실제로 실현" 된 세계, "즉 영혼과의 어떠한 관계도 발견할 수 없는, 의미와는 이질적인 법칙성들의 총괄개념"으로 여겨진다(134). 여기에서 내면성이 "하나의 완전히 독자적인 세계로 (…) 고양"되는 것은 주관성이 자기 바깥의 그러한 세계에서 자신을 실현하려는 모든 투쟁을 "이미 선험적으로 아무런 가망도 없는 것으로 (…) 여기면서 포기"했다는 것을 의미한다(134). 한마디로 말해서 "환멸의 낭만주의" 유형에서는 현실에 대한 유토피아적 요구의 좌절이 전제되어 있는 것이다. 그래서 '환멸의'라는 관형어가 사용되며, 이에 비례하여 주관성이 비대해진다는 의미에서 '낭만주의'이다.

"신에게 버림받은 세계", "신이 떠나버린 세계"에서 '그럼에도 불구하고' 의미 있는 삶을 찾는다는 의미에서, 그 동경의 측면에서 "추상적 이상주의"와 "환멸의 낭만주의" 양자는 모두 "선험적 유토피아주의"라고 할 수 있다. 그러나 전자는 개인의 이상을 현실에서 실현하려 했고 그 현실에 의해 결국 그 개인이 패배할 수밖에 없는 과정을 그리고 있다면, 후자는 이러한 패배를 이미 전제하고 출발한다. 따라서 현실에서 의미 찾기를 포기하고 오로지 영혼 내부로, 내면성으로 들어가서 그 속에서 의미를 찾고자 한다. 이러한 점에서 볼 때 후자는 전자 뒤에 오는, 전자를 계승하고 있는 상속자라고 할 수 있다.

> 환멸의 낭만주의는 시간적·역사적으로 추상적 이상주의의 뒤를 이을 뿐만 아니라 개념상으로도 추상적 이상주의의 상속자인바, 선험적 유토피아주의라는 측면에서 역사철학적으로 추상적 이상주의의 뒤를 잇는 단계이다. 말하자면, 추상적 이상주의에서는 현실에 대한 유토피아적 요구의 담지자인 개인이 현실의 조야한 힘에 의해 압살되었다면, 환멸의 낭만주의에서는 이러한 패배가 주관성의 전제조건이다(139).

이제 외부세계는 일체의 의미와 소원한, 영혼에 대해 어떠한 유의미성도 지니지 못하는—마르크스주의자 루카치의 용어를 빌리자면—'죽은 객관성'으로 존재한다. 주체와 객체 사이의 소외가 이처럼 심화된 상황에서 유의미한 영역은 그와 같은 외부세계, 외부현실 속에서는 물론이고 그 현실과의 관계에서도 발견될 수 없다. 유의미성은 오로지 내면성의 영역, "하나의 완전히 독자적인 세계"(134)로 고양된 내면성의 영역에서만 발견될 수 있는 것으로 여겨진다. 따라서 내면성은 외부현실과 반드시 접촉할 필요가 없게 된다. "추상적 이상주의의 심리 구조"가 "바깥으로 향한 과도한 (…) 활동성"(132)을 특징으로 한다면, 여기에서는 "수동성으로의 경향"(132)이 더 크다는 루카치의 말은 이런 맥락에서 이해될 수 있다. "수동성으로의 경향"이란, "외적인 갈등과 투쟁을 받아들이기보다는 피하는 경향, 영혼과 관계된 모든 것을 순전히 영혼 속에서 처리하는 경향"(132)을 일컫는 말이다. 이를 정관적 내지 관조적(kontemplativ) 태도라고 할 수 있다면, 이때 그 관조의 대상은 더 이상 자연이나 사회적 환경이 아니라 오직 자신의 내면이다.

그런데 주인공의 이 같은 수동적 관조적 태도에는 불가피하게 '유아론'의 위험이 따른다. 형식에서 그 위험은 "서사문학적 구상화(具象化)가 소실되고 형식은 기분과 이 기분에 대한 반성의 모호하고도 형상화되지 않은 나열로 해체되며, 감성적으로 형상화된 이야기가 심리 분석을 통해 대체되는 등의 문제"(133)로 나타난다. 프레드릭 제임슨의 말을 빌리자면, "주인공은 관조적이며 수동적 수용성을 지닌 인물로, 그의 이야기는 늘 순전히 서정적·단편적인 것으로, 즉 진정한 서사가 사라지는 주관적 순간들과 기분들로 와해될 목전에 놓여 있다"[7]고 할 수 있다.

여기에서 말하는 기분(Stimmung)과 반성(Reflexion)은 서사적 내면성의 표현수단으로서 서사문학에서는 원래 "이차적인 것"(135)이다. 외부세계에 대해 "소박한 무간극성"(135)을 지니는 "서정적 주관성"(135)과는 달리, 서사문학의 내면성은 외부세계와의 관계를 전제로 "항상 반성된 것"으로서, 외부세계에 대해 "의식적이고 일정한 거리가 있는 방식으로 실현된다"(135). 여기에서 "기분과 반성"은 먼저 인물과 행위, 인물과 사건을 통해 형상화되는 순수하게 서사문학적인 것을 전제로 하여 이에 대해 구사되는 표현 수단이다. 그래서 "이차적인 것"이다. 이런 기분과 반성이 "소설 형식의 구성적 구성요소"인 것은 사실이다. 하지만 그것은 '이차적인 것'으로서, "전체 현실의 근저에 놓여 있는 규제적인 이념 체계"가 드러나고 형상화되도록 하는

7 프레드릭 제임슨, 『맑스주의와 형식: 20세기의 변증법적 문학이론』, 여홍상·김영희 옮김, 214쪽.

'매개'로서 형식적 의미를 가진다(135). 그런데 이러한 이차적 표현 수단이 "자기 목적이 되어버리면, 그것의 비(非)문학적(undichterisch) 성격이 확연하게, 일체의 형식을 파괴하면서 나타날 수밖에 없다"(135).

이러한 위험을 지닌 "환멸의 낭만주의" 유형의 소설에서 우리는 "개인의 내적인 중요성이 역사적 정점에 도달했다"(138)는 것을 알 수 있다. 여기에서 개인은 "추상적 이상주의" 유형에서처럼 "초월적 세계들의 담지자"(138), "현실에 대한 유토피아적 요구의 담지자"(139)로서 유의미한 것이 아니라 "전적으로 자기 자신 속에서 자신의 가치를 갖는다"(138). "주관의 이와 같은 한도 없는 고양의 전제조건이자 그 대가는" 주관이 "외부세계의 형성에서 일체의 역할을 포기하는 것이다"(139). "초월성과 단절된 자아(das Ich)는 자기 자신 속에서 모든 존재해야 하는 것의 원천을 인식하며—그 필연적 결과로서—스스로를 자기실현에 걸맞은 유일한 질료로 인식한다"(139). 따라서 "환멸의 낭만주의" 유형의 소설에서 주인공은 하나의 독자적이고 완결된 세계로서 자기 삶을 형성하는 인물이 된다. 이제 "삶은 문학작품(Dichtung)이 되는데"(139), 현실이 행위의 목표이자 행위의 무대로서의 자격을 박탈당했기 때문에 주인공의 자기실현은 자기창조, 자기형성의 특성을 지니게 되는 것이다. 이제 인물은 자기 자신의 삶을 예술작품처럼 창조하며 그렇게 창조된 삶을 관찰하는 자가 된다. 순수 주관적으로만 형상화될 수 있는 이러한 이중성은, 하지만 "세계 전체"(140) 속에, "상호연관을 이루고 있는 총체성"(139) 속에 집어넣어지자마자 실패할 수밖에 없는 것("실패의 필연성"(139)), 아무런 가치도 없는 것으로 드러난다.

여기에서는 모든 것이 부정될 수밖에 없다. 그도 그럴 것이 세계에 대한 긍정은 아무런 이념도 없는 속물근성을 정당화하는 것이 될 것이며, 낭만주의적 내면성에 대한 긍정은 경박하게 스스로를 찬양하는 서정적 심리화에 대한 몰형식적인 탐닉을 낳을 것이기 때문이다(141). 따라서 여기에서 유일하게 주어져 있는 형상화 방도는 이 양자의 부정이지만 그것은 이러한 소설 유형이 지닌 근본적 위험, 즉 "암울한 염세주의로 형식이 자기해체되는"(141) 위험을 되살리고 강화한다. 루카치에 따르면, "모든 형식은, 형식으로서 실체를 얻기 위해서는 그 어디에선가 긍정적이어야 한다"(141). "형식 개념의 긍정화에 대한 열망"[8]이 드러나는 이러한 입장에서 루카치는, 세계도 낭만주의적 내면성도 모두 부정될 수밖에 없는 "환멸의 낭만주의" 속에서 형식 해체의 위험성을 본 것이다. '큰 서사문학의 근대적 형식'으로서 여전히 의미 있는 세계의 표현을 간직하고 있는 형식으로서의 소설과, 그 형식이 내용으로 삼는 세계 및 인간의 절망적 상황은 갈등적 모순적 관계에 있는바, "환멸의 낭만주의" 유형의 소설에서는 그러한 모순성이 형식을 해체해버릴 지경에 이른다는 것이다.

루카치는 옌스 페터 야콥센(Jens Peter Jacobsen)의 『닐스 뤼네(*Niels Lyhne*)』와 이반 알렉산드로비치 곤차로프(Ivan Aleksandrovich Goncharov)의 『오블로모프(*Oblomov*)』에서 이러한 위험성을 해결하려는 시도를 본다. 그러나 『닐스 뤼네』에서 야콥센이 부정성을 대담하게 받아들이는 주인공의 태도에서 긍정성을 발견하려 하지만 그 긍정성은 하나의 파편으로 있을 뿐 총체성이 형상화되는 거점이 되지 못한다는 것

8 Linda Simonis, *Genetisches Prinzip. Zur Struktur der Kulturgeschichte bei Jacob Burckhardt, Georg Lukács, Ernst Robert Curtius und Walter Benjamin*, 143쪽.

이 루카치의 평가이다. 그것은 "이미지들과 시각들이지 삶의 총체성은 아니"(142)라는 것이다. 『오블로모프』에서 곤차로프는 오블로모프의 수동성과 대비되는 적극적인 인물을 통해 양자를 종합하는 총체성의 형성을 시도하나, 오블로모프 앞에서 적극적인 인물인 스톨츠는 "천박하고 비속한 것"(142)이 되며, 동시에 그에 의해서 오블로모프의 운명은 "좀스러운 것"(142)으로 격하되어버렸다는 것이 루카치의 진단이다. 결국 야콥센과 곤차로프의 시도는 실패했다는 것인데, 그렇다면 '환멸소설'이 지닌 형식 해체의 위험성은 어떻게 극복될 수 있을까. 이 물음에 대한 답을 루카치는 플로베르의 『감정교육』에서 찾았는데, 그것은 공간에서 시간으로의 "형이상학적 강조점의 전환"[9]을 통해 성취되었다고 한다. 이 시간에 관한 루카치의 논의는 다음과 같은 문장으로 시작한다.

> 이념과 현실의 가장 큰 괴리는 시간, 곧 지속(Dauer)으로서의 시간의 흘러감[10]이다. 스스로를 입증할 수 없는, 주관성의 가장 심각하고도 치욕적인 무능력은, 아무런 이념도 없는 형성물들과 그 인간적 대표자들에 맞선 헛된 투쟁에 있다기보다는 주관성이 완만하게 부단히 흐르는 [시간의] 흘러감을 견뎌낼 수 없다는 데에 있다. 다시 말해, 주관성은 애써 도달한 정점들에서 서서히, 그러나 시시각각 미끄러져 내릴 수밖에 없다는 데에, 그리고 또 붙잡을 수도 볼 수도 없이 움직이는 이 본질은 점차 주관성에게서 모든 소유물을 앗아가버리고, 그 주관성에게 — 눈에 띄지 않게 — 이

9 프레드릭 제임슨, 앞의 책, 214쪽.

10 『소설의 이론』 2007년 번역서에서 "경과"로 옮겼던 "Ablauf"를 "흘러감"으로 바꾸어 옮긴다.

질적인 내용들을 강요한다는 데에 주관성의 그와 같은 무능력이 있는 것이다. 그렇기 때문에 이념의 초험적 고향없음[초험적 실향 상태]의 형식(die Form der transzendentalen Heimatlosigkeit der Idee)인 소설만이 현실적(wirklich, 진정한) 시간, 즉 베르그송의 '지속(durée)'을 자신의 구성적 원리들의 대열 속에 받아들인다(143).

시간의 문제에 대한 루카치의 고찰은 그 자신도 밝히고 있듯이 앙리 베르그송의 논의에서 영감을 받은 것이다. 베르그송은 공간적 양적 물리적 시간으로서의 temps과 질적으로 체험되는 시간적 '지속'으로서의 durée를 나눈 바 있는데, 루카치의 논의에서 불연속적이고 비지속적인 temps은 처음부터 고려되지 않는다. 문제는 durée인데, 루카치가 베르그송의 이 용어를 인용하고 있지만 본디 뜻 그대로 사용하고 있는 것 같지는 않다. 이 점이 혼란스럽기 때문에 『소설의 이론』에 관한 해석들은 특히 이 대목에서 많이 엇갈린다. 가장 흔히 볼 수 있는 것은, 위에서 인용한 문장에 나오는 "지속으로서의 시간의 흘러감"은 부정적 의미에서의 시간을, "현실적 시간, 즉 베르그송의 '지속'"은 긍정적 의미에서의 시간을 뜻하는 것으로 해석하고 양자를 구분하는 것이다. 만프레트 두르착(Manfred Durzak)의 해석이 그 한 예이다. 두르착은 소설이 내용으로 삼는 대상(현실)은 파괴적인 시간이 관류하는 것이며(그는 이 시간을 "지속으로서의 시간의 흘러감"으로 보는 듯하다), 소설 형식은 그 파괴적 시간에 맞서는 '현실적 시간'을 구성적 원리로 삼아 그 파괴적 시간을 거슬러 의미를 찾아내야 한다는 것이 루카치가 하는 말이며, 근대 소설에는 그것이 방향을 잡을 수 있는 근거인 초월성(형이상학적 근거)이 더 이상 주어져 있지 않기 때문에 시간에 대한 투쟁은 이러한 초월성에 대한 추구가 된다고 한다.[11] 이에 반해 루시앙 골드만은 루카치가 베르그송의 '지속'을 '변증법적' 의미에서 이해하고 있다고 본다. 즉 루카치에게 문제가 되는 "지속으로서의 시간의 흘러감"은 "현실적 시간, 즉 베르그송의 '지속'"과 같은 것이며, 이 '현실적 시간' 자체를 루카치는 "부정적이면서 동시에 긍정적인 성격"[12]을 지닌 것으로 이해하고 있다는 것이다. 우리도 골드만과 같은 견해인데, 루카치에게 있어서 "현실적 시간, 즉 베르그송의 '지속'"은 본질적인 것, 따라서 초시간적인 것을 "타락시키는 원리"(146)이면서 동시에 그 자체가 근대적 삶에서 있을 수 있는 유일한 본질, 유일하게 '초시간적인 것'이다. 여기서 먼저 부정적인 차원에서의 시간부터 보도록 하자.

위에서 보았듯이 루카치는 "이념과 현실의 가장 큰 괴리는 시간, 즉 지속으로서의 시간의 흘러감"이라고 한다. 여기에서 완만하게 부단히 흘러가는 시간은 일체의 가치, 영원한 것을 무화시키는 것이다. 근대에서 유일한 실체의 영역으로 설정되는 주관성이, 애써 도달한 정점들로부터 부단히 전락할 수밖에 없으며, 그 주관성에 이질적인 내용들을 강요하는 것, 그것은 바로 "지속으로서의 시간의 흘러감"이다. 이런 의미에서 시간은 "의미가 텅 빈 현실의 전형"[13]이며 전형적으로 근대적인 문제이다. 만약 초월적 이념 세계와의 연관이 주어져

11 Manfred Durzak, "Der moderne Roman. Bemerkungen zu Georg Lukács' *Theorie des Romans*," *Basis* 제1권, 1970, 44쪽.

12 Lucien Goldmann, "Zu Georg Lukács: *Die Theorie des Romans*", *Dialektische Untersuchung*, Neuwied·Berlin: Luchterhand, 1966, 301쪽.

13 Rolf-Peter Janz, "Zur Historität und Aktualität der 'Theorie des Romans' von Georg Lukács", *Jahrbuch der deutschen Schillergesellschaft* 22호, 690쪽.

있다면, 부정적인 의미에서의 시간은 물론 긍정적인 의미에서의 시간조차 문제가 되지 않을 것이다. "시간은 초험적인 고향과의 연결이 중단되었을 때에만 비로소 구성적으로 될 수 있다"(145). 그렇기 때문에 "이념의 초험적 고향없음의 형식"인 소설만이 "현실적 시간, 즉 베르그송의 '지속'"을 구성적 원리로 받아들인다.

소설과 달리 "극은 시간 개념을 알지 못한다"(143). 극에서의 시간은 "규범적인 현재성"이며, 이는 "시간을 공간으로 바꾼다"(145). 한편 서사시는 겉보기에 "시간의 지속"을 아는 듯하지만, "이러한 시간은 실재성, 현실적 지속을 거의 지니지 않는다"(144). 서사시에서 인간과 운명들은 시간에 의해 건드려지지 않은 채 있으며, 주인공들은 작품 안에서 시간을 체험하지 않는다. 주인공들은 자신들의 나이를 자신들의 성격 속에 포함하고 있다. 헬레나는 아름답고 아가멤논은 강력한 것과 마찬가지 방식으로 네스토르는 늙은이인 것이다. 서사시의 인물들은 "시간의 흘러감"과 그에 따른 고통을 '인식'하기는 한다. 하지만 '인식'할 뿐이다. "그들이 체험하는 것 그리고 그들이 그것을 체험하는 양상은, 신들의 세계처럼 복되게도 시간이 탈각된 성격을 띠고 있다"(144).

이처럼 "본질과 내적·가시적으로 결속되어 있는 모든 형식"(145), 즉 서사시와 비극이 시간 세계로 떨어질 수밖에 없는 필연성에서 선험적으로 벗어나 있는 하나의 우주를 창조하는 반면, "오로지 소설에서만, 즉 본질을 추구해야 하지만 발견할 수는 없다는 것이 그 제재를 구성하고 있는 소설에서만, 시간은 형식과 더불어 같이 설정되어 있다"(145). 이때 "시간은 단순히 살아 있을 뿐인 유기체가 현재적 의미에 맞서 반항하는 것이며, 삶이 전적으로 완결된 자신의 내재성 속에 머물러 있고자 하는 것이다"(145). 이런 식으로 소설에서는 의미와 삶이 분리됨으로써 본질적인 것과 시간적인 것, 가치와 무가치가 분리된다. 하지만 가치와 무가치가 이렇게 날카롭게 분리되어 존재할 경우, 그것은 극 형식에 가까울 수는 있어도(이 경우도 근대 극에서 나타나는 문제적 양상이긴 하지만) 소설적 구성은 아니다. 장편소설 형식은 삶의 원리를, 그에 따라 시간을 자신 속에 받아들여야 한다. 이렇게 형식이 시간을 받아들인다면, 그것은 형식에 대해 긍정적이게 된 것이다. 그렇다면 삶의 원리로서의 시간은 본질적인 것에 저항하고 그것을 "타락시키는 원리"이기만 한 것이 아니라 그 고유의 실존으로서 가치의 실현을 위한 전제조건이 되는 것이다.

여기에서 시간은 "삶의 충만함"(146)으로 재규정되면서 긍정적인 계기로 전환한다. 이제 시간은 불가역적인 하나의 통일적 흐름이고 삶의 바탕천 자체라는 "모종의 체념적 감정"(147)이 유발되며, 그것이 통일적인 하나의 방향을 지닌 흐름이라는 데에서 현재는 과거와 만나거나 미래에 닿을 수 있는 것이 된다. 즉 '기억'과 '희망'이라는 시간 체험이 가능해지는 것이다. "삶을 응결된 통일체로서 사전에(*ante rem*) 공관(共觀)하는" '희망'과, "삶을 사후에(*post rem*) 공관하면서 파악하는" '기억'이라는 두 가지 시간 체험은 비록 주관적인 것이긴 하지만 "행동을 일깨우고 행동에서 유래하기 때문에" 진정으로 서사문학적인 것이다(147).

이전의 소설 형식의 외부세계가 주로 공간적이었고 그런 세계의 주인공의 경험은 지리적 공간에서의 방랑과 모험이라는 형태를 띠었던 반면, 이제 외부현실의 지배적인 존재태는 시간이 된다. 『감정교육』이 정태적인 시로 떨어지는 것을 막고 그 속에서 일종의 진정한 서사를 가능케 할 수 있었던 것은 바로 이 "형이상학적 강조점의 전환"이다. 수동적이고 관조적인 주인공이 행동할 수 있게 되며 그의 삶이 하나의 이야기로서 서사될 수 있게 되는데, 그 행동들은 시간 속에서의 행동이요, 희망과 기억이다. 이제 다시금 소설은 의미와 삶의 통일성을 표현할 수 있게 되었는데, 그것은 "과거에 투사된 통일성, 오로지 기억으로만 남은 통일성"이다. 현재 속에서 세계는 언제나 주인공을 패배시키고 좌절시키지만, 주인공이 자신의 패배를 '기억'할 때 역설적으로 그는 세계와 하나가 된다. 따라서 기억의 과정은 저항하는 바깥 세계를 주관성 속으로 끌어들이며, 거기 과거 속에서 바깥 세계와 일종의 통일성을 회복시킨다.[14]

루카치에 따르면 이와 같은 시간 체험이 플로베르의 『감정교육』의 근저에 놓여 있음으로써 그것이 소설적 성취를 거둘 수 있었던 데 반해 다른 환멸소설들이 실패할 수밖에 없었던 것은 "이러한 시간 체험의 결여, 즉 시간에 대한 일면적으로 부정적인 파악" 때문이었다(148). 『감정교육』은 환멸소설 유형의 소설들 가운데 구성적 통일성이 가장 떨어지는 것처럼 보인다. 여기에서는 현실의 파편들이 단절된 상태로 따로따로 나열되어 있을 뿐만 아니라 주인공의 내적 삶도 그의 환경과 마찬가지로 조각나 있으며, 그의 내면성에는 다른 인물들과 마찬가지로 사소성에서 벗어날 소지가 없다. "그렇지만 소설 형식의 모든 문제성과 관련해 19세기 소설들 중 가장 전형적인 이 소설은, 그 어떤 것에 의해서도 완화되지 않는 소재의 암울함 속에서 진

14 이 문단은 프레드릭 제임슨, 『맑스주의와 형식: 20세기의 변증법적 문학이론』, 여홍상·김영희 옮김, 214~215쪽을 참조한 것이다.

정한 서사문학적 객관성을 획득한, 그리고 이 객관성을 통해 성취된 형식의 긍정성과 긍정적 에너지를 획득한 유일한 소설"(148)인데, 이 것을 가능하게 만드는 것, "이러한 극복을 가능하게 만드는 것이 바로 시간"(149)이었다는 것이 루카치의 주장이다.

『소설의 이론』 신판 「서문」에서 루카치는 『소설의 이론』이 한계 속에서나마 이룩한 이론적 성취 가운데 하나로 "소설에서 시간이 갖는 새로운 기능"(8)을 밝힌 점을 들고 있다. 그러면서 이것이 "마르셀 프루스트(Marcel Proust)가 1920년 이후에야 독일에서 알려졌고 제임스 조이스(James Joyce)의 『율리시스』는 1922년, 토마스 만의 『마의 산』은 1924년이 되어서야 출판되었기 때문에 한층 더 눈에 띄는 일이다"(8)라고 말하고 있는데, '현대적 시간소설'의 '고전'들이 등장하기도 전에 소설론 분야에서 가장 먼저 시간의 문제를 고찰한 점에서 『소설의 이론』은 단순히 과거 19세기 소설에 관한 이론적 담론으로 머무르지 않는다. 독일의 루카치 연구자 베르너 융은 "환멸소설은 모더니즘 및 포스트모더니즘 소설의 마지막 유형이자 계속 그럴 것이다"[15]라고 하는데, 그렇다면 『소설의 이론』 제2부 제2장에서 이루어지고 있는 환멸의 낭만주의 유형에 관한 루카치의 고찰은 20세기 모더니즘 소설에 관한 '모더니즘적' 이론으로서도 선구적인 위치에 있다고 할 수 있을 것이다.

15 Werner Jung, "Die Zeit — das depravierende Prinzip. Kleine Apologie von Georg Lukács' Romanpoetik", *Lukács 2006/2007. Jahrbuch der Internationalen Georg-Lukács-Gesellschaft* 10/11호, 72쪽.

3. 종합의 시도로서 『빌헬름 마이스터의 수업시대』

루카치는 괴테의 『빌헬름 마이스터의 수업시대』(아래에서는 『빌헬름 마이스터』로 표기)를 "미학적으로나 역사철학적으로나"(157) "추상적 이상주의" 유형과 "환멸의 낭만주의" 유형 사이에 있는 형상화 유형으로 설정한다. 루카치에 따르면 "휴머니티"를 "근본 의향"(161)으로 하는 이 소설의 테마는 "체험된 이상에 의해 인도되는 문제적 개인이 구체적인 사회적 현실과 화해하는 것"(157)인바, 바로 이 테마에 의해 소설의 인물 유형과 줄거리 구조가 조건 지어져 있다고 한다.

> 그러니까 말하자면 『빌헬름 마이스터』의 인물 유형과 줄거리 구조는 내면성과 세계의 화해가 문제적이긴 하지만 가능하다는, 다시 말해서 그러한 화해가 힘든 싸움과 방황 속에서 추구되어야 하는 것이긴 하지만 그래도 발견될 수 있다는 형식적 필요에 의해 조건 지어져 있다(157/158).

'화해'란 이미 간극 — 여기에서는 내면성과 세계의 간극 — 을 전제로 하는 것이다. 간극이 없다면 '화해'는 불필요하다. 간극을 몰각한 "추상적 이상주의" 유형이나, 간극을 그대로 전제하고 내면성에만 몰입하는 "환멸의 낭만주의" 유형과는 달리, 『빌헬름 마이스터』는 간극을 보되 그 극복 가능성을 믿고 추구한다는 점에서 양 유형의 중간에 위치한다. 이러한 중간적 위치를 '내면성'의 측면에서 루카치는 다음과 같이 상론하고 있다.

> [『빌헬름 마이스터』에서] 내면성이 초월적 이념 세계와 맺고 있는 관계는 풀

린 관계, 주관적으로나 객관적으로나 느슨한 관계이지만, 순전히 독자적인 영혼은 자신의 세계를 그 자체로 완전한 혹은 완전해야 하는 현실(이는 요청이자 바깥 세계와 경쟁하는 힘으로서 등장하는 것인데)로 완결 짓는 것이 아니라 이상—긍정적인 면에서는 불명확하지만 거부하는 면에서는 명확한—에 부합하는 현세적 고향에 대한 동경을, 초험적 질서와 멀리 떨어져 있지만 아직 해지(解止)되지는 않은 결합 상태의 표지(標識)로서 자체 내에 지니고 있다. 따라서 이러한 내면성은 한편으로는 한층 더 넓어진, 그렇기 때문에 한층 더 부드럽고 더 유연하며 더 구체적이게 된 이상주의이며, 다른 한편으로는 관조적으로 살아가는 것이 아니라 행위하고 현실에 관여하면서 살아가고자 하는 쪽으로 영혼이 확장된 것이다. 그리하여 이 내면성은 이상주의와 낭만주의의 중간에 위치하며, 자체 내에서 양자의 종합과 극복을 시도하는 가운데, 양자에 의해서는 타협으로 여겨지며 거부된다(158).

'화해'를 추구하는 내면성이 비록 이상주의와 낭만주의 양자에 의해서 '타협'으로 거부되긴 하지만 그것은 엄밀한 의미에서의 '타협'과는 다른 것이다. 다른 경우에는 "나와 세계의 타협이 항상 표면에만 머무를 뿐이며 기존 현실의 낭만화로 귀결될 뿐"[16]인데 반하여, 『빌헬름 마이스터』의 주인공은 주어진 현실로서의 '관습의 세계'를 그대로 받아들이거나 그것을 '낭만화'하지 않을 만큼 '문제적'이며, 그렇다고 해서 그가 현실에 관여하는 행위 일체를 무의미한 것으로 간주

16 Manfred Durzak, "Der moderne Roman. Bemerkungen zu Georg Lukács' *Theorie des Romans*," *Basis* 제1권, 45쪽.

하는, 전적으로 관조적인 인물 유형인 것도 아니다. 『빌헬름 마이스터』는 "활동성과 관조 (…) 사이의 균형"(161)[17]을 요구하는 소설 형식이다.

앞서 말한 '화해'는 "사회 현실 속에서 행위하면서 영향을 미칠 수 있다"는 "가능성"(158)을 전제로 하는 것이다. 따라서 인물들 속에 살아 있으며 그들의 행동을 규정하는 "이상"이 내용과 목표로 삼고 있는 것은, "직업, 신분, 계급 등등"과 같은 "사회의 형성물들 속에서" "영혼의 가장 깊숙한 내면과 통하는 연결고리와 성취들을 발견하는 것"(159)이다. 이를 위해 전제되는 것은 "인간적이고 내면적인 공동체, 즉 본질적인 것과 관련하여 인간들 간의 이해와 협력 가능성"(159)인바, 이러한 공동체는 과거 서사시에서의 그것과 다르며, 신비주의적인 공동체 체험도 아니다. 그것은 "이전에는 고독하고 완고하게 자신 속에 갇혀 있었던 인격들이 서로 부딪쳐 누그러지고 서로 익숙해지는 것이자, 풍부하며 풍부하게 만드는 체념의 결실이며, 교육과정의 대미를 장식하는 것이자 애써 쟁취해낸 성숙이다"(159). 루카치는 이러한 성숙의 내용을 "자유로운 인간성의 이상"(159)이라고 규정한다.

서유럽의 근대적 개인주의의 극복을 의미하는 "인간적이고 내면적인 공동체"는 공통의 목표를 지향하는 여러 인물들의 내적 결합을 의미한다. 이 경우에 주인공의 중심적 위치는, 필연적으로 고독하게 중심에 놓이는 "추상적 이상주의"의 주인공과는 달리 "상대화"(160)된다.[18] 그리하여 주인공이 점하는 "우연적 중심성"(160)은 "환멸의 낭

17 "능동성과 관조"로 옮겼던 것을 "활동성과 관조"로 바꾸어 옮긴다.

18 『빌헬름 마이스터』에서 주인공의 중심적 위치를 상대화하는 예로서 루카치는, 탑 내에 다른 성원들의 수업기가 보관되어 있는 점, 소설 자체에 한 여신도의 기억 형태로

만주의"에서처럼 모든 내면성이 좌절될 수밖에 없다는 보편성을 보여주는 하나의 에피소드로서의 "우연적 중심성"과는 다르다. 『빌헬름 마이스터』에서 주인공의 중심적 위치가 상대화되는 것은, "공통의 목표를 지향하는 노력들이 성공할 수 있다"는 것을 그 "세계관적 기초"로 삼고 있다(160). 여기에서 주인공이 주인공이 되는 것은 그의 운명이 공통의 목표를 지향하는 다른 인물들의 운명보다 더 중요해서라기보다는 "그의 추구와 발견이 세계의 전체상을 가장 명확하게 드러내기 때문"(160)이다. 괴테가 주인공 빌헬름 마이스터를 일컬어 "불쌍한 개"라고 하면서 "단지 그와 연계해서만 (…) 삶의 온갖 풍상과 수천 가지 다양한 과제들이 참으로 명료하게 드러날 수 있었다"[19]고 한 것도 이런 맥락에서 이해할 수 있다.

추상적 이상주의 유형과 환멸의 낭만주의 유형 사이에서 "일종의 중도(ein Mittelweg)"(161)를 추구하는 소설 형식으로서의 『빌헬름 마이스터』와 관련하여 루카치는 '교육소설'[20] 범주의 유효성을 인정한다.

주인공의 교육 과정과 유사한 것(「어느 아름다운 영혼의 고백」)이 포함되어 있는 점 등을 들고 있다(160).

19 *Goethe Werke*, Hamburger Ausgabe, Erich Trunz 엮음, München: C. H. Beck, 1973, Bd. 7, 618쪽. Rolf-Peter Janz, "Zur Historität und Aktualität der Theorie des Romans von Georg Lukács", *Jahrbuch der deutschen Schillergesellschaft* 22호, 684쪽에서 재인용.

20 여기에서 "교육소설(Erziehungsroman)"이라고 지칭된 것은 널리 알려진 '교양소설(Bildungsroman)'이라는 범주로 바꾸어도 무리가 없다. 사전적인 의미에서 굳이 이 양자를 구분하자면 '교양소설'은 '교육소설'의 상위 범주라고 할 수 있다. 즉 외부의 교육자적 존재 없이 주인공 스스로 발전해 가는 과정을 그린 '발전소설(Entwicklungsroman)', 소설 내에 교육자가 나타나 주인공을 어떠한 목표 — '교양목표(Bildungsziel)' — 로 이끌어 가는 과정을 그린 '교육소설', 그리고 이 양자를 포괄하는 상위 범주로서의 '교양소설'로 구분할 수 있다.

이러한 형식을 교육소설이라고 불러왔는데, 이는 합당하다. 그도 그럴 것이 소설의 줄거리가 특정한 목표로 지향된 의식적인 과정이자 지도받는 과정, 즉 사람들과 다행스러운 우연들의 그와 같은 활동적 개입이 없었더라면 결코 꽃필 수 없었을, 인간에 내재하는 특성들의 발전 과정이어야 하기 때문이며, 또 이런 식으로 획득된 것은 그 자체가 다른 사람들에게 형성적인 것(etwas Bildendes)이자 고무적인 것이고, 그 자체가 하나의 교육 수단이기 때문이다(161).

'교육소설'로서의 『빌헬름 마이스터』는 이처럼 "목표 의식적이고 목표가 확실한 교양 의지"에 의해 규정되어 있기 때문에 그 줄거리는 "모종의 안전감"을 지닌다(161). 그렇다고 세계가 위험에서 자유로운 것은 아니지만, 이 경우에는 그러한 위험에 반하여 모두에게—선험적인 구원의 길이 아니라—"개인적으로 구제될 길"(161)이 존재한다. 즉 『빌헬름 마이스터』에서는 "한 인간 공동체 전체가—비록 왕왕 오류와 혼란을 겪을지라도 서로 도우면서—그 길을 성공적으로 끝까지 가는 것"(161/162)을 볼 수 있는바, 이처럼 "많은 사람들에게 현실적이게 된 것은, 적어도 그 가능성의 측면에서 볼 때 모든 사람에게 열려 있"(162)는 것이다. 이와 같이 "공동의 운명, 공동의 삶의 형성이 가능하다는 믿음"이 있기에 "주인공의 상대화"가 이루어질 수 있으며, 재차 이러한 "주인공의 상대화"로부터 이 소설 형식의 "힘차고 안정된 기본 감정"이 생겨난다.

이 소설 형식이 가진 힘차고 안정된 기본 감정은 이렇듯 주인공의 상대화에서 연유하는 것이며, 이 상대화는 다시 공동의 운명, 공동의 삶의 형성이 가능하다는 믿음에 의해 조건 지어져 있다(162).

하지만 루카치는 이러한 믿음이 서사문학적 형상화를 성취한 경우는 괴테의 『빌헬름 마이스터』밖에 없다고 한다. 괴테 이후의 교육소설 유형은 이러한 믿음이 사라진 상황의 소산이며, 따라서 비록 공동체들을 거쳐는 가지만 그 속에 합류하지 못하는 고독한 인간의 운명이 그려지고 있다는 것이다. 이러한 형상화 방식은 "환멸소설의 유형에 가까워질 수밖에 없"(162)는데, 그럼에도 불구하고 이 형식을 '환멸소설'과 구분 짓는 것은 "교육적 성분"(162)이 남아 있기 때문이다.

> 그럼에도 이러한 형식에 계속 남아 그것을 환멸소설과 뚜렷하게 구분 짓는 것은 교육적 성분인데, 그것은 주인공이 최종적으로 체념적 고독에 도달하는 것이 모든 이상의 완전한 붕괴나 훼손을 의미하는 것이 아니라, 내면성과 세계 간의 불일치에 대한 통찰을 의미하며, 또 이러한 이원성에 대한 통찰을 행위를 통해 현실화하는 것을 의미한다(162).

즉 세계와 내면성 양자의 실상에 대한 통찰을 서사 형식을 통해 제공한다는 것인데, 하지만 괴테 이후의 이러한 교육소설 유형과 환멸의 낭만주의 유형 간의 경계는 "빈번히 유동적"(163)이다. 그 단적인 예로 루카치는 고트프리트 켈러(Gottfried Keller)의 『녹의의 하인리히(*Der grüne Heinrich*)』를 들고 있는데, 최종판(1879/1880)과 달리 초판(1854/1855)은 환멸소설 유형에 더 가깝다는 것이 그의 진단이다. 이러한 유동의 가능성은 이 형식의 역사철학적 기초로부터 생겨나는 것이며, 따라서 괴테의 시대와는 달라진 역사철학적 순간에 생겨난

교육소설의 경우, 주인공과 그 운명은 "단순히 사적인 것"(163/164)으로, 그리하여 소설 전체는 사적인 회고록과 같은 것으로 전락할 위험에 노출되어 있고, 또 실제로 많은 작품들이 그러했다는 것이 루카치의 판단이다.

앞에서 우리는 『빌헬름 마이스터』의 테마는 "체험된 이상에 의해 인도되는 문제적 개인이 구체적인 사회적 현실과 화해하는 것"(157)이며, 이 테마에 의해서 소설의 인물 유형과 줄거리 구조가 조건 지어진다는 루카치의 말을 소개했다. 그 연장선상에서 루카치는 『빌헬름 마이스터』에서 사회적 환경은 인물들과 운명들의 구조에 의해 규정된다고 말한다. 그렇기 때문에 이 소설에서 "사회적 삶의 형성물들은 견고하고 확실한 초월적 세계의 모상도, 그 자체로 완결되고 명확하게 편성된, 자기 목적으로 실체화된 질서도 아니"(164)여야 하지만, 그렇다고 해서 "무정형적인 덩어리를 이루는 것"(164)이어서도 안 된다. 만약 전자의 경우라면 추구와 혼란의 가능성은 처음부터 배제될 것이며, 후자의 경우라면 "인간적이고 내면적인 공동체"라는 목표에 도달하는 것은 애당초 생각도 할 수 없을 것이다. 따라서 『빌헬름 마이스터』에서 사회적 세계는 관습의 세계가 될 수밖에 없지만, 이 관습의 세계는 "생생한 의미가 부분적으로 침투할 수 있는"(164) 그런 세계여야 한다. 그런데 이렇게 되면 외부세계는 의미에 의한 침투 가능성에 따라 서로 다른 형성물들과 그 형성물들의 서로 다른 층위들의 위계질서를 이루게 될 위험이 생긴다. 달리 표현하자면, 교육사업의 완성이 필연적으로 현실의 특정 부분을 "이상화하고 낭만화"(165)하며 그 밖의 다른 부분을 무의미한 산문으로 떨어지게 만들 위험이 교육소설에 있는 것이다. 따라서 작품 "전체의 통일성"(165)이 위험에 처하게 되는데, 괴테는 독특한 "반어적 감지력"(166)를 통해 이러한 위험에서 벗어날 수 있었다는 것이 루카치의 평가이다. 즉 "주관으로부터 창조된 것이면서 형성물들을 가능한 한 건드리지 않는, 반어적으로 부유하는 균형을 찾는 괴테의 길"(168)을 걸음으로써 『빌헬름 마이스터』는 현실을 "완전히 문제에서 벗어나 있는 문제 너머의 영역으로까지 낭만화하는 위험"(166)을 피할 수 있었다는 것이다. 하지만 유일하게 그러한 위험을 피할 수 있었던 괴테조차도 단지 "부분적으로만"(166) 그럴 수 있었다는 것이 루카치의 최종 평가이다.

루카치에 따르면, 『빌헬름 마이스터』에서 주인공이 교양 과정의 끝에 도달한 사회 영역과 관련하여 괴테가 반어적 감지력을 통해 "의미 침투의 한갓 잠재적이고 주관적인 특성"(168)을 부각시키는 것은 사실이다. 하지만 소설의 구조 전체를 떠받치고 있는 "공동체 사상"(168)은 이 도달 영역에서의 형성물들이 그 이전에 교양 과정상에서 극복된 영역에 비해 "한층 더 크고 한층 더 객관적인 실체성을 지닐 것을, 그럼으로써, 존재해야 하는 주체들(die seinsollenden Subjekte)에 대해 한층 더 진정하게 부합할 것"(169)을 요구하게 된다. 하지만 사회적 형성물들이 이렇게 "객관적인 실체성"을 지닌다면, 그것은 이미 소설의 형상화 형식이 닿지 않는 영역에 속하는 것이다. 루카치는 『빌헬름 마이스터』의 "귀족의 세계"(169)에서 그런 영역을 보는데, 비록 소설 말미의 결혼(시민 빌헬름과 귀족 나탈리에의 결혼)을 통해 "신분의 내면화"(169)가 극히 힘차게 감성적이고 서사문학적으로 형상화되어 있으며, 그렇기 때문에 신분의 객관적 우월성이 "한층 더 자유롭고 대범한 삶을 영위하기에 상대적으로 더 유리한 기회, 그러한 삶을 살기 위해 필요한 내적인 전제조건을 갖춘 이들에게는 다 개방되어 있는 그런 기회에 불과한 것으로"(169) 낮추어지는 것이 사실이지만, "이러한 반어적 유보에도 불구하고"(169) 귀족 신분은 그것이 내적으로 감당할 수 없는 실체성의 높이로 격상된다고 한다. 그리하여 귀족 신분에 의해 그 테두리가 정해지며 구축되는 세계 위에 "문제 너머에 있는 서사시적 광휘와 같은 것"(169)이 내리비칠 수밖에 없다는 것이다. 하지만 역사철학적 단계가 더 이상, 혹은, 아직 서사시를 허용하지 않는 순간에, 아무리 탁월한 형상화 능력을 지닌 작가라 하더라도 형식적 파탄의 위험에 빠지지 않은 채 객관적으로 현실화된 의미를 그려내는 것은 불가능하다는 것이 루카치의 주장이다.

> 시대에 의해 주어진 문제성을 기록하는 데 머무르지 못하며, 실현 불가능한 의미를 일별하고 주관적으로 체험하는 데 만족하지 못하는 것은, 그리고 작가로 하여금 (…) 순전히 개인적인 체험을 현실의 존재해 있는 구성적 의미로 정립하도록 강제하는 것은, 여기에서도 바로 작가의 유토피아적 의향이다. 그렇지만 현실은 이러한 의미 수준으로 억지로 끌어올려질 수 없으며 (…) 이러한 심연을 건너갈 수 있을 만큼 위대하고도 노련한 형상화 솜씨란 존재하지 않는다(171).

루카치의 이 문장에서 한 걸음만 더 나아가면, 서사시적인 형식이 다시 가능하기 위해서는 먼저 지금의 세상이 바뀌어야 한다는 주장이 성립한다. 실제로 이 책의 마지막 부분에서 루카치는 명시적으로 그런 말을 하고 있다. 이런 점에서 『소설의 이론』의 미학적 관점은 몇 년 뒤 루카치가 자기화하게 될 혁명적 관점의 싹을 품고 있다.

4. 장편소설을 넘어서

『빌헬름 마이스터의 수업시대』에서 볼 수 있었던 서사시로의 초월 경향은 “여하튼 사회적 삶 내부에 머물러 있”(172)는 것이었다. 이는 서유럽의 발전 과정에서 볼 수 있는 서사시로의 의향 전반에 해당하는 말이기도 한데, 여기에서 서사시로의 의향은 사회적 형식들과 형성물들 자체를 ‘지양’하는 것이 아니라 그것들의 내재적인 유토피아적 이상을 ‘지향’할 뿐이라는 것이 루카치의 생각이다. 관습의 세계에 대한 유토피아적 거부가 관습의 세계와 마찬가지로 실재하는 또 다른 현실에서 객관화될 가능성은 서유럽의 발전 과정에는 주어져 있지 않다는 것이다.[21]

> [서유럽의 발전 과정에서 볼 수 있는] 관습에 대한 비난은, 하지만 관습성 자체를 겨냥한 것이 아니라, 때로는 관습의 영혼 소원성(疏遠性)을, 때로는 관습에서 보이는 세련됨의 결여를, 때로는 문화와는 이질적인, 한갓 문명적인 그 특성을, 또 때로는 관습의 건조하고 삭막한 몰정신성을 향한 것이다. (…) 여기에서 의도되고 있는 것은 항상 형성물들 속에서 객관화되는, 내면성에 적합할 문화이다(173).

하지만 이는 “애당초 실현될 수 없는 것”(173)을 지향하는 것이라

21 비록 환멸소설이 관습의 세계에 대한 완전한 부정으로 귀결되긴 하지만, 이 부정은 단지 “내적인 입장 취함”을 의미할 뿐이라는 것이 루카치의 생각이다. 따라서 이 경우 문제가 되는 것은 서사시로의 초월 경향이 아니라 “형식 일반의 서정적이고 심리적인 해체 과정”이다(173).

는 게 루카치의 주장이다. 내면성은 형성물들이 영혼과는 이질적인 것, 영혼에 대한 타자가 되었음을 방증하는 것이며, 그 자체가 곧 관습의 세계와 짝을 이루고 있는 영혼의 양상이다. 따라서 이미 "내면성이 되어버린 극도로 분화되고 세련된 영혼에 적합할 외부세계를 지향"(173)한다는 것은, 소외된 세계 자체를 지양하지 않은 채 소외를 초월하고자 하는 것에 다름 아니다. 이러한 현상이 벌어지게 된 원인에 대해서 루카치는 다음과 같이 말하고 있다.

> 서유럽의 문화 세계는, 그것을 구축하고 있는 형성물들의 불가피성 속에 아주 강하게 뿌리내리고 있어서, 그 형성물들에 대해 논박하는 것 말고는 달리 대항할 능력이 전혀 없다(174).

하지만 19세기 러시아 문학에는 서유럽의 발전 과정에서는 찾아볼 수 없는 "의향의 기반이자 형상화의 기반"(174)이 주어져 있었다. 그것은 "유기체적인 자연적 근원 상태"(174)인데, 러시아 문학은 이에 밀접히 근접함으로써 서유럽에서 볼 수 있는 것과 같은 관습에 대한 "순수하게 논박적인"(174) 논박, 다시 말해서 "수사적이고 서정적이며 반성적인"(174) 논박이 아니라, 관습의 세계와는 또 다른 현실을 열어 보이는 "창조적인 논박"(174)을 행할 가능성을 지니며, 바로 이 가능성을 실현한 것이 톨스토이의 소설이라는 것이 루카치의 주장이다. 톨스토이는 "서사시로의 극히 강력한 초월성을 지닌 소설의 이러한 형식을 창조했다"(174)는 것이다.

그런데 톨스토이가 지닌 "서사시로의 의향"(175)은 유기체적 '문화'가 아니라 문화 자체와 대립 설정된 "자연적인 유기체적 세계"(175)를 지향하고 있다.

> 일체의 소설 형식과는 거리가 먼, 톨스토이의 진짜 서사문학적인 위대한 의향은, 같이 느끼고 자연에 내적으로 결속된 단순한 인간들의 공동체에 기반을 둔 삶, 자연의 위대한 리듬을 따르는 (…) 그런 삶을 추구하는 것이다(174).

톨스토이의 아름다운 소품 『세 죽음(*Tri smerti*)』에서 농부의 죽음을 통해 형상화되는 그런 삶, 톨스토이의 서사시적 의향에 조응하는 그 "자연적인 유기체적 세계"는, 하지만 — 루카치에 따르면 — 소설에서는 단지 서사문학적 형상화의 한 요소로 머물러 있을 뿐이지 현실 자체가 될 수는 없다. 그도 그럴 것이 톨스토이가 관습적 현실에 반하여 이상으로 설정하고 있는 자연은, "가장 내적인 그 본질에 있어서 자연으로 의도된 것이며 자연으로서 문화에 대립되는 것"(175)이기 때문이다. 과거 서사시의 유기체적 세계가 자연이 아니라 유기체성을 고유한 성질로 가진 문화였던 것과 대비되는 이 지점은, 톨스토이가 속해 있는 세계에서 문화란 이미 어찌할 도리 없이 관습적임을 의미한다. 그렇기 때문에 그의 유토피아적 요구로서의 서사시적 의향에 부합하는 자연은 문화와 대립 설정될 수밖에 없는 것이다. 비록 그가 이러한 자연의 세계를 동경할 뿐만 아니라 — 위에서 말한 러시아적 조건에 힘입어 — "구체적이고 분명하며 풍부하게 인지하고 형상화"(175)하긴 하지만, 그 자연의 세계가 문화와 대립 설정되어 있는 이상 그것은 세계와 인물의 상호작용을 통해 전개되는 서사적 행위로 옮겨질 수 없다. "인물과 사건의 총체성"(176)으로 구성되는 서사문학적 총체성은 "오직 문화의 지반 위에서만 가능"(176)하기 때문이다.

따라서 소설로 쓰인 톨스토이의 작품에서 결정적인 것은, 그것이 소설인 한, "그가 문제적인 것이라고 거부했던 문화 세계에 속한다"(176). 하지만 자연이 "내재적으로 완결되고 완성된 총체성"(176)으로 마무리될 수 없다 하더라도 그의 소설 속에 — 서유럽 소설과는 달리 — "객관적으로 실존하기"(176) 때문에, 그의 작품에서는 "현실의 두 가지 층"(176)이 생겨나게 된다. 문화와 자연, 관습의 세계와 자연의 세계라는 이 두 층의 현실은, 앞서 보았듯이 부여받는 그 가치뿐만 아니라 그 존재의 성질에서도 "서로 완전히 이질적"(176)이다. 그런데 한 작품 내에서 이질적인 두 층이 서로 날카롭게 분리되어 병존하게 될 경우 하나의 작품으로서의 총체성은 성립할 수 없다. 따라서 양자는 하나의 작품적 총체성을 구성하기 위해서는 상호관계를 맺어야 하는데, 서로가 완전히 이질적이기 때문에, 가능한 상호관계는 체험을 통해 한 쪽에서 다른 쪽으로 가는 길일 수밖에 없다. 이 경우 그 길의 방향은 당연히 가치 없는 것으로 평가되는 쪽에서 가치 있는 것으로 평가되는 쪽으로 나아가는 것이 될 터인데, 톨스토이에서 그 방향은 "문화에서 자연으로 가는 길"(176)일 수밖에 없다. 이를 통해 실상 전체 형상화의 중심이 되는 것은 자연 그 자체에 대한 소박한(naiv) 체험이 아니라 "성찰적인 낭만주의적 체험", 즉 "본질적인 인간들이 자신들을 둘러싸고 있는 문화 세계가 그들에게 제공할 수 있는 모든 것에 대해 갖는 불만족과, 자연이라고 하는 한층 더 본질로 충만한 다른 현실에 대한 추구와 발견"이다(176).

이렇게 추구되고 나아가 발견되기까지 하는 자연, 이상으로 설정될 뿐만 아니라 존재하는 것으로 체험되는 자연은, 사람들이 일단 도달하면 그곳에서 안식할 수 있는 그런 '고향'이 되기에는 "충만함과 완결성"(177)이 결여되어 있다는 것이 루카치의 생각이다. 그것은 "관습성 저편에 어떤 본질적인 삶이 실제로 있다는 것을 사실적으로 보증하는 것에 지나지 않는다"(177)는 것이다. 즉 자연으로서의 그 본질적 삶은 영혼의 순간적인 자기 체험 속에서 도달될 수 있는 것이긴 하지만 사람들이 곧 그로부터 떨어져 나와 다시 다른 세계로 전락할 수밖에 없는 그런 삶이다. 루카치는 이를 "자연의 본질 체험"(179)이라고 하는데, 톨스토이의 소설에서 그것은 대개 "죽음의 순간"인 "아주 드문 위대한 순간"(179)에 인간에게 개시되는 현실이다.[22] 그 현실 속에서 인간은 "자기 위에서 그리고 동시에 자기 속에서 주재(主宰)하고 있는 본질을, 자기 삶의 의미를, 돌연히 모든 것을 환히 비추는 섬광을 통해 일별하고 파악한다"(179). 하지만 곧 위대한 순간은 흔적도 없이 사라지며 인간은 다시 관습의 세계 속에서 "아무런 목표도 본질도 없는 삶을 살아간다"(179). 위대한 순간이 보여주었던 그 길은, 그 순간이 사라지면 "방향을 지시하는 실체성과 실재성을 상실"해버리는 것이다(179).[23]

22 루카치는 아우스터리츠 전투에서 치명적인 부상을 당한 안드레이 볼콘스키의 체험, 죽어가고 있는 안나의 침상에서 이루어진 카레닌과 브론스키의 일치감의 체험을 그 "위대한 순간"의 예로 든다(179).

23 루카치는 플라톤 카라타예프처럼 자신의 체험을 실제 삶으로서 살아갈 능력이 있는 소수의 인물도 있음을 인정하지만, 그들은 필연적으로 부차적 인물들이라고 한다. "그들의 삶은 객관화되지 않으며 형상화될 수 없고 단지 암시될 수 있을 뿐이며, 다른 인물들에 대한 대립물로서만 예술적·구체적으로 규정될 수 있다. 그들은 미학적 한계개념이지 실재가 아니다"(180).

루카치가 보기에 톨스토이는 이 암울한 결과로부터 결코 벗어나지 못했다. 문화와 자연이라는 이질적인 두 현실층과는 다른 또 하나의 현실층을 창조하는 방도를 통해서도 톨스토이는 이로부터 벗어나지 못했다고 하는데, 그 제3의 현실층은 사랑과 결혼에 독특한 위치를 부여함으로써 이루어진다.

루카치가 보기에 톨스토이는 사랑과 결혼을 자연과 문화 사이에 있는 것으로 보는 독특한 입장을 가지고 있다. 즉 문화 속에서 영위되는 것이면서 문화에 대해 승리하는 "근원적인 것"(178)으로서 사랑을 설정하는 것이다. 이때의 사랑은 "순수한 자연적 힘이자 열정으로서의 사랑"(177)이 아니다. 그런 사랑은 개인 대 개인의 관계에 너무 단단히 매여 있어서, "같이 느끼고 자연에 내적으로 결속된 단순한 인간들의 공동체"(174)인 "톨스토이적 자연 세계"에 속하기에는 "너무 고립적이며, 또 너무 섬세한 뉘앙스와 세련된 것을 만들어내"는 것이다. "요컨대 너무 문화적"이라는 것이다(177). 톨스토이의 세계에서 진짜 중심적인 위치를 점하고 있는 사랑은, "결혼으로서의 사랑, 합일로서의 사랑, (…) 출산의 수단으로서의 사랑"이며, 이러한 사랑을 통해 "결혼과 가족"은 "삶의 자연적 연속성의 매체"가 된다(177). 결국 톨스토이의 세계에서 사랑이란, 한 마디로 말해 '번식'의 수단으로서의 사랑이다. 문화에 대한 이 사랑의 승리를 통해 "잘못 세련된 것에 대한 근원적인 것의 승리"(178)를 형상화하고자 한 것이 톨스토이의 의도였다면, 여기에서 "근원적인 것"은 인간 속의 "동물적 본성([das] animalisch Naturhaft[e], 동물적 자연성)"(178)에 다름 아니다. 따라서 이런 "근원적인 것"의 승리는 모든 인간적 고귀함과 위대함, 모든 영혼적인 것이 "동물적 본성"에 송두리째 흡수되어 사라져버림을 뜻하며, 따라서 결말은 의도와는 다르게 깊은 절망으로 가득 차게 된다. 루카치는 그 예로 『전쟁과 평화』의 「에필로그」를 드는데, "모든 추구가 종말을 고한 잠잠해진 아기방(房)의 분위기"(178)와 같은 「에필로그」의 분위기는 "가장 문제적인 환멸소설의 결말보다 더 깊은 절망으로 차 있는 것"(178)이라고 한다. 톨스토이에게 있어서 "문화를 넘어서기는 단지 문화를 연소시켰을 뿐이며, 삶을 안전하고 한층 더 본질적인 삶으로 대체하지 못했다"(181). 관습 세계의 문화에 대한 의도적인 절망에, 문화를 초월하고자 한 "톨스토이적 자연 세계"의 의도치 않았던 절망이 연결됨으로써, 톨스토이의 소설들은 "순수하게 예술적인 측면에서 보자면 (…) 과도화된 환멸의 낭만주의 유형, 달리 말하면 플로베르적 형식의 바로크"(181)가 되며, 이런 의미에서 톨스토이는 "유럽 낭만주의의 종결"(182)이라고 할 수 있다는 것이 루카치의 주장이다.

그러나 다른 한편으로, 그의 작품들에서 드물게 나타나는 "위대한 순간들"에는 관습의 세계와는 "분명하게 분화된 구체적이고 실재적인 세계"(182)가 드러난다. 루카치는 이 세계를 인간이 더 이상 "사회적 존재(Gesellschaftswesen)"나 "추상적인 내면성"으로서가 아니라 "인간 그 자체"로서 나타나는 "순수한 영혼현실(Seelenwirklichkeit)의 영역"이라고 부르며, 톨스토이는 바로 이 "영혼현실"을 순간의 단편으로나마 형상화했다고 한다(182). 만약 이런 세계가 순간적인 단편으로 머무르지 않고 총체성으로 확장될 수 있다면, 그것은 "소설의 범주들과는 전혀 통할 수 없는 것이 될 터이며, 형상화의 새로운 형식, 곧 서사시의 갱신된 형식을 필요로 하게 될 것이다"(182). 하지만 이러한 전환은 예술 그 자체로부터 수행될 수 있는 것이 아니라 "새로운 시대"가 도래해야만 비로소 가능하다는 것이 루카치의 생각이다.

> 그러나 이러한 전환은 결코 예술로부터 이루어질 수 없다. 즉 큰 서사문학은 역사적[24] 순간의 경험에 결부된 형식이며, 따라서 유토피아적인 것을 존재하는 것으로 형상화하려는 모든 시도는 현실을 창조하는 것이 아니라 단지 형식을 파괴하는 것으로 끝날 뿐이다. 소설이란, 피히테의 말을 빌자면 완전히 죄에 빠진 시대의 형식이다. 그것은 세계가 이러한 성좌(星座)의 지배 하에 있는 동안에는 지배적인 형식으로 남아 있을 수밖에 없다. 톨스토이의 작품들에서는 새로운 시대로 돌파해 들어가는 예감들이 가시화되었다. 하지만 그 예감들은 논박적이고 동경에 찬 것으로, 추상적으로 머물러 있었다(183).

톨스토이의 작품에서는 드물게 나타나는 "위대한 순간들"에서만 실재했던 "새로운 세계", 즉 "영혼현실"이 도스토옙스키의 작품에서는 전면화된다. 루카치는 도스토옙스키를 그렇게 읽었다.

> 도스토옙스키의 작품들에서 비로소 이 새로운 세계는, 기존의 것에 맞선 일체의 투쟁과는 멀리 떨어진 채, 그냥 직관된 현실로서 그려지고 있다. 그래서 도스토옙스키와 그의 형식은 지금까지의 고찰에서 빠졌던 것이다. 다시 말해서, 도스토옙스키는 소설을 쓰지 않았다(183).

24 『소설의 이론』 2007년 번역서에는 번역자의 실수로 "사회적"으로 옮겨져 있는데, 이를 바로잡는다.

도스토옙스키가 "그냥 직관된 현실"로서 그려낸 이 "새로운 세계"는 일찍이 「마음의 가난에 관하여(Von der Armut am Geiste)」에서 "선함(Güte)"이 구현된 "참된 삶, 생생한 삶"[25]을 살아가는 인물들이라 한 "소냐와 미슈킨 공작, 알렉세이 카라마조프"[26]가 거주하는 세계이다. 도스토옙스키는 이런 인물들이 이루는 전혀 "새로운 세계"를 더 이상 '성찰적'인 소설가가 아니라 '환시자(Visionär)'로서 '그냥 직관'하여 그려냄으로써, 근대 이후 "최초의 소박한 작가"가 된다는 것이 루카치의 주장이다.

요컨대 도스토옙스키의 인물들은 아무런 간극 없이 자기 영혼의 본질을 살아간다. 다른 작가들이 가졌던 문제—심지어 톨스토이의 문제이기도 한데—가 영혼이 자기 자신에 도달하는 것은 말할 것도 없고 자기 자신을 일별하는 것조차도 방해하는 그런 장애물들을 어떻게 극복할 수 있을까 하는 것인 데 반해, 도스토옙스키는 그들이 중단하는 곳에서 시작한다. 그는 영혼이 그 고유의 삶을 어떻게 살아가는지를 묘사하고 있는 것이다. 문제는 전도되었다. 말하자면, 다른 작가들에게는 동경의 대상이었던 것, 거의 붙잡히지 않으며 붙잡았다 하더라도 곧 다시 놓치고 마는, 진기한 황홀경의 진기한 순간들의 보물이었던 것이 도스토옙스키의 인물들에게는 일상적 삶이 되었다. 그러한 발전을 영혼현실의 견지에서 보자면,

25 게오르크 루카치, 「마음의 가난에 관하여: 한 편의 대화이자 한 통의 편지」, 『소설의 이론』, 김경식 옮김, 문예출판사, 2007, 203쪽. 2007년 번역서에서 부제를 "한편의 대화와 한 통의 편지"라고 옮겼는데, 대화로 구성된 편지를 뜻하는 말이기 때문에 "한 편의 대화이자 한 통의 편지"로 바꾸어 옮긴다.

26 같은 책, 201쪽.

> 도스토옙스키는—실러의 어법에 따라 말하면—수 세기간에 걸친 성찰성(Sentimentalität) 이후에 나온 최초의 소박한(naiv) 작가이다.[27]

1918년에 발표된 「치명적인 청춘」에서 인용한 이 문장은, 그보다 사 년 전에 쓴 『소설의 이론』 말미에 등장하는 문장, 즉 "도스토옙스키는 소설을 쓰지 않았다"는 문장과 연속선상에 있으면서 그 문장을 보충한다. 도스토옙스키는 모든 사회적 속박, 외적인 사회적 관계들에서 벗어나 있는, "영혼과 영혼을 결합하는 새롭고도 구체적인 관계들"[28]로 채워진 "영혼현실"이라고 하는 "새로운 세계"를 발견했고, 그것을 "그냥 직관된 현실"로서 그리고 있기에 더 이상 근대적인 '성찰적' 작가, 즉 소설가가 아니며, 그런 그가 쓴 작품도 더 이상 소설이 아니라는 것이다. 도스토옙스키에 대한 그의 이러한 판단은 "새로운 시대"의 도래와 관련해서는 아직 불확실한데, 그것은 『소설의 이론』 이후 '본론'에서 이루어질 고찰을 통해 밝혀져야 할 문제로 설정되어 있다. 즉 루카치는 '본론'에서 도스토옙스키가 쓴 작품들의 형식을 본격적으로 분석함으로써 "지금 영위되는 시간의 역사철학적 위치 및 의의"[29]를 파악하고, 나아가 '유럽적' 발전이 봉착한 일련의 절망적인 문제들에 대한 윤리적 문화적 대안을 찾고자 했는바, 이것이 구상과 메모로 끝나고 만 도스토옙스키론, 즉 '서론'으로서의 "소설의 미학"

27 게오르크 루카치, 「도스토옙스키의 영혼현실」, 『소설의 이론』, 188쪽. 이 글은 루카치가 벨러 벌라주의 드라마에 관해 쓴 평문인 「치명적인 청춘」 중에서 도스토옙스키와 관련된 대목만 옮긴 것으로, "도스토옙스키의 영혼현실"이라는 제목은 옮긴이가 임의로 붙인 것이다.

28 같은 책, 190쪽.

29 같은 책, 192쪽.

에 이어 개진될 '본론'의 주된 내용이 될 것이었다.

5. 『소설의 이론』 이후의 루카치

1) 『소설의 이론』 집필 이후

본서 제1장에서 보았듯이 1차 세계대전 발발 직후 루카치는 집필 중이던 미학 작업을 중단하고(1911년 피렌체에서 구상하여 1912년부터 집필을 시작한 이 미완성의 원고는 루카치 사후 삼 년 뒤인 1974년에 『하이델베르크 예술철학(1912~1914)』이라는 제목으로 출판된다), 오랫동안 몰두해왔던 도스토옙스키에 관한 책을 구상한다. 도스토옙스키 작품의 형식 분석을 통해 지금과는 다른 새로운 시대의 가능성과 현실성 여부를 진단하고 새로운 윤리와 역사철학까지 제시하고자 했던 이 작업은 책의 윤곽과 메모만 남긴 채로 중단되고 그 '서론'인 『소설의 이론』만 완성되었다. 『소설의 이론』 집필을 마친 후 루카치는 징집되어 부다페스트로 귀향한다.

1915년 9월부터 1916년 여름까지 부다페스트에서 우편 검열 담당 보조근무병으로 복무하던 중에 그는 친우였던 벨러 벌라주의 제안에 따라 '일요서클(Sonntagskreis)'을 결성한다.[30] 하이델베르크에서 막스 베버가 이끌었던 '일요서클'을 모델로 한 이 부다페스트의 '일요

30 우리말로 된 '일요서클' 관련 글은 다음을 참고할 수 있다. 반성완, 「부다페스트의 지식인들: 루카치, 하우저, 만하임」, 『변증법적 미학에 이르는 길: 루카치와 하우저의 대화』, 반성완 엮음, 문학과비평, 1990, 149~170쪽.

서클'은 1915년 12월 23일 벨러 벌라주의 집에서 첫 모임을 가진 이후 1926년 벌라주가 베를린으로 이주할 때까지 지속되었다(루카치는 1918년 12월 공산당에 입당한 후에는 더 이상 참석하지 않았다).[31] 루카치, 벌라주, 벨러 포거러시(Béla Fogarasi), 카를 만하임(Karl Mannheim), 에머 리토옥(Emma Ritoók) 등으로 시작한 이 모임은 곧이어 언너 레스너이(Anna Lesznai), 프레데릭 언털(Frederik Antal), 러요시 퓔레프(Lajos Fülep), 아르놀트 하우저 등도 정규적으로 참여하는 모임으로 성장했다. 이 모임의 구성원 다수가 이후 중요한 예술적 학문적 업적을 이루게 됨에 따라 부다페스트의 '일요서클'은 20세기 헝가리 지성사에서 특기할 만한 모임이 되었다. 우리에게 『문학과 예술의 사회사』로 잘 알려진 아르놀트 하우저는 다비트 케틀러(David Kettler)와의 대담에서 이 모임에 대해 다음과 같이 회상한 바 있다.

> 일요서클은 1915년부터 대략 1918년까지 매주 벨러 벌라주의 집에서 모였습니다. 우리는 15시부터 새벽 3시까지 같이 있었는데, 열두 시간 중 열 시간은 루카치가 말했어요. 우리는 정치에 대해서는 전혀 이야기하지 않았고 문학과 철학과 종교에 관해 이야기했습니다. 그 당시에 사회학에 관심을 가진 사람은 아무도 없었어요. (…) 초창기 모임의 수호성인은 키르케고르와 도스토옙스키였습니다.[32]

31 Werner Jung, "Das frühe Werk", *Georg Lukács, Werke Band 1(1902~1918). Teilband 2(1914~1918)*, Bielefeld: Aisthesis, 2018, 835쪽.

32 *Georg Lukács. Sein Leben in Bildern, Selbstzeugnissen und Dokumenten*, Eva Fekete·Eva Karádi 엮음, Stuttgart: J. B. Metzler, 1981, 70쪽에서 재인용.

이론적 논의에서 루카치가 확실한 중심 역할을 했던 이 모임에서는 신과 세계, 정신과학과 문화과학, 윤리와 역사철학 등의 문제가 토론되었으며, 도스토옙스키와 그의 작품에서 제기된 '테러리즘'과 '문화의 쇄신' 문제가 반복적으로 다루어졌다. 모임의 구성원들은 당시 만연했던 실증주의와 실증주의적으로 변색된 유물론(무엇보다 제2인터내셔널의 지도자인 카를 카우츠키와 에두아르트 베른슈타인이 대표한)을 거부했으며, 윤리의 문제가 중심적인 역할을 한다는 데 의견을 같이 했다. "오늘날 우리는 어떻게 살 수 있고 살아야만 하는가? 현재의 나쁜 문화를 어떻게 극복할 수 있을까? 새로운 공동체는 어떤 모습일까?"와 같은 문제의식이 이 모임에서 이루어진 논의의 중심에 놓여 있었다.[33]

부친의 개입 덕분에 조기에 소집 해제된 루카치는 1916년 여름 하이델베르크로 다시 돌아간다. 당시 루카치는 도스토옙스키에 관한 책을 집필하려는 마음을 완전히 접은 듯하다. 그 대신 그는 하인리히 리케르트(Heinrich Rickert)와 막스 베버 등의 격려와 지원 하에 다시 미학 집필에 착수한다. 1917년 11월 부다페스트로 귀향할 때까지 계속된 이 작업의 결과물을 루카치는 1918년 5월 25일 하이델베르크 대학에 교수자격청구 논문으로 제출한다(제4장까지만 완성되고 마지막 제5장은 미완성 상태인 이 논문은 1974년에 『하이델베르크 미학(1916~1918)』이라는 제목으로 출판된다). 제1심사위원이었던 하인리히 리케르트의 긍정적인 평가에도 불구하고 끝내 교수자격취득은 실패로 끝나고 마는데, 새로 부임한 철학 학부 학장은 루카치에게 다음과 같은 내용을

33 인용하고 참조한 곳은 Werner Jung, 앞의 책, 836쪽.

담은 편지(1918년 12월 7일 자 편지)를 보낸다.

> 매우 존경하는 박사님! 철학 학부는 현 시대 상황에서 외국인, 그것도 헝가리 국적을 가진 사람에게 교수자격을 허락할 수 없다는 것을 당신에게 전달하오니 양해 바랍니다.[34]

이에 대한 12월 16일 자 답신에서 루카치는 교수자격 신청을 철회한다고 밝히면서 지금 자신은 "헝가리 정부"를 위해 일하고 있으며 "여러 위원회에 아주 깊이 참여하고 있다"[35]고 적고 있다. 우리는 여기에서 그가 헝가리 공산당에 이미 입당했다는 것을 알 수 있는데, 그의 입당은 12월 16일 직전에 이루어졌을 것으로 짐작될 뿐이고 정확한 입당 날짜는 알 수 없다. 앞에서 우리는 루카치의 공산당 입당 시점을 그의 말에 따라[36] "1918년 12월 중순"이라고 모호하게 말했지만, 독일의 연구자 에른스트 켈러는 "1918년 12월 2일"에 입당했다고 정확한 날짜를 명시하고 있다.[37] 하지만 그가 아무런 전거도 제시하지 않고 있기 때문에 그의 주장을 그대로 받아들이기는 힘들다. 이와 달리 오스트리아의 연구자 게르하르트 샤이트는 루카치의 공산

34 Julia Bendl, "Zwischen Heirat und Habilitation", *Lukács 1997. Jahrbuch der Internatioalen Georg-Lukács-Gesellschaft*, Frank Benseler·Werner Jung 엮음, Bern: Peter Lang, 1998, 44쪽에서 재인용.

35 같은 곳에서 재인용.

36 「삶으로서의 사유: 게오르크 루카치와의 대담」(『삶으로서의 사유: 루카치의 자전적 기록들』, 게오르크 루카치 지음, 김경식·오길영 편역)에서 루카치는 "12월 중순에 공산당에 입당"(113쪽)했다고 한다.

37 Ernst Keller, *Der junge Lukács. Antibürger und wesentliches Leben, Literatur- und Kulturkritik 1902~1915*, 219쪽.

당 입당은 교수자격취득 신청의 실패를 알리는 편지를 받은 지 "며칠 후"[38]에 이루어졌다고 하지만 이 또한 아무런 전거가 없다.

루카치의 공산당 입당, 다른 말로 하면 마르크스주의 및 공산주의로의 '회심(Konversion)'은 그를 알고 있었던 사람들에게는 너무 갑작스럽고 놀라운 '사건'이었다. 비록 『소설의 이론』 신판 「서문」에서 노년의 루카치가 "1917년[러시아 혁명]을 통해 비로소 나는 그때까지 풀 수 없는 것처럼 보였던 문제들에 대한 하나의 답을 얻었다"(6)고 말하고 있지만, 청년 루카치가 1917년 혁명 이후 그 '답'을 바로 받아들였던 것은 아니다. 생애 마지막 순간에 작성한 「삶으로서의 사유」에서 그가 "러시아 혁명과의 관계. 나 자신의 길: 모순에 찬 가운데 매료됨, 퇴행도 있었음"[39]이라고 적고 있듯이, 러시아 혁명 이후 그가 헝가리 공산당에 입당하기까지의 과정은 결코 단순하지 않았다. 그가 "운명적인 결정(공산주의자들에 가담하느냐 '좌파 사회주의적' 입장에 머물러 있느냐)을 내릴 때"[40] 가장 크게 문제가 되었던 것은 "비윤리적이면서도 올바르게 행동하는 것이 어떻게 가능한가라는 윤리적 갈등의 문제"[41]였다. 구체적으로 말하자면, 그 당시의 역사적 상황에서 공산주의자가 된다는 것은 곧 유혈 혁명과 프롤레타리아 독재의 길을 간

38 Gerhard Scheit, "Der Gelehrte im Zeitalter der 'vollendeten Sündhaftigkeit'. Georg Lukács' *Theorie des Romans* und der romantische Antikapitalismus", *Textgelehrte. Literaturwissenschaft und literarisches Wissen im Umkreis der Kritischen Theorie*, 40쪽.

39 게오르크 루카치, 「삶으로서의 사유」, 『삶으로서의 사유: 루카치의 자전적 기록들』, 김경식·오길영 편역, 337쪽.

40 같은 책, 341쪽.

41 게오르크 루카치, 「삶으로서의 사유: 게오르크 루카치와의 대담」, 『삶으로서의 사유: 루카치의 자전적 기록들』, 김경식·오길영 편역, 110쪽.

다는 것을 의미했는데, 그럴 때에 필연적으로 요구되고 수반되는 "폭력"이라는 "비윤리적" 행위를 어떻게 감당할 것인가 하는 문제가 루카치가 대면했던 가장 큰 문제였다.

> 나는 모종의 동요를 거친 후에 공산당에 가입했다는 것을 고백해야겠군요. (…) 나는 역사에서 폭력(Gewalt)이 하는 긍정적 역할에 대해 완전히 인식하고 있었고 자코뱅파에 대해 전혀 반대하지 않았는데도 막상 폭력의 문제가 대두하고 나 자신의 활동으로 폭력을 촉진하는 결정을 내려야 했을 때, 인간의 머릿속에 있는 이론이 실천과 꼭 일치하지는 않는다는 것이 드러나게 된 거죠. 내가 12월 중순에 공산당에 입당할 수 있기 위해서는, 11월에 [마음속의 갈등을 극복하는] 모종의 과정이 진행되어야만 했습니다.[42]

루카치가 겪었던 "동요"의 정체는 연이어 발표된 두 편의 글을 비교해보면 극명하게 드러난다. 1918년 12월 초에, 그러니까 공산당 입당이 있었던 바로 그 달에 아직 공산당에 입당하지는 않았던 때에 발표된 「도덕적 문제로서의 볼셰비즘(A bolsevizmus mint erkölcsi probléma)」[43]과, 공산당 입당 직후 아직 '헝가리 사회주의 평의회 공화국'이 수립되기 이전에 쓰인 「전술과 윤리(Taktika és ethika)」[44]가 바로

42 같은 책, 112~113쪽.

43 1918년 가을에 집필했을 것으로 추정되는 이 글은 헝가리의 지식인들에게 볼셰비즘에 관한 생각을 묻고 이에 답한 글들을 묶은 《자유 사상(*Szabad Gondolat*)》 10호(1918년 12월)에 발표되었다. 《자유 사상》은 급진적 대학생들의 모임인 '갈릴레오-서클'의 공식 잡지로서, 루카치의 글이 발표되었을 당시 편집자는 『거대한 전환』의 저자로 잘 알려진 카를 폴라니(Karl Polány)였다.

44 이 글에 대해 루카치는 "나의 공산당 입당을 가능케 한 내면적 결산"(「삶으로서의 사

그 두 편의 글인데, 여기에서 우리는 같은 문제에 대해 정반대의 결론에 도달하는 루카치를 볼 수 있다.

「도덕적 문제로서의 볼셰비즘」에서 루카치는 자본주의적인 계급억압만이 아닌, 계급억압 자체가 철폐된 사회주의 사회의 "진정한 자유"를 실현하기 위해서는 "민주주의적 세계질서에 대한 **의욕**"이 필수적이라고 주장한다.[45] 그런데 민주주의적 방법들로 그러한 사회주의 사회를 이루고자 할 경우, 대다수의 인간이 아직 그러한 의욕을 갖고 있지 않은 상황에서 그들이 그러한 의욕을 가질 때까지 참고 기다려야 하며, 그 과정에서 "외적인 타협"이 불가피해지는 문제가 발생한다.[46] 볼셰비즘의 매혹적 힘은 이러한 타협에서 해방되는 데 있다. 그런데 목적을 즉각적으로 실현하려는 볼셰비즘은 "테러와 계급억압"의 편에 서서 "**프롤레타리아계급의 계급지배**"의 길을 가는 것이다.[47] 이럴 경우 "나쁜 수단들로 좋은 것을, 억압을 통해 자유를 쟁취해도 되는가?"[48]라는 문제가 발생한다는 것이 루카치의 생각이었다. 민주주의의 길과 볼셰비즘의 길을 양자택일적인 대립적 관계로 설정하고 있는 이 글은 다음과 같은 문장으로 끝난다.

유: 게오르크 루카치와의 대담」, 『삶으로서의 사유: 루카치의 자전적 기록들』, 113쪽) 이었다고 하는데, 이 점을 고려하면 공산당 입장 직전에 쓴 글일 수도 있다. 루카치는 이 글을 "[1919년] 1월에 발표"(같은 곳)했다고 하는데, 발표된 지면을 찾을 수는 없었다. 이 글은 헝가리 평의회 공화국 시절에—따라서 1919년 3월 21일 이후에—출간된 같은 제목의 책 『전술과 윤리(*Taktika és ethika*)』에 수록되어 있다.

45 Georg Lukács, "Der Bolschewismus als moralisches Problem", *Georg Lukács. Taktik und Ethik. Politische Aufsätze I. 1918~1920*, Jörg Kammler · Frank Benseler 엮음, Darmstadt · Neuwied: Luchterhand, 1975, 29쪽. 강조는 루카치.

46 같은 책, 31쪽.

47 같은 책, 30쪽. 강조는 루카치.

48 같은 책, 31쪽.

거듭 말하건대 볼셰비즘은 나쁜 것에서 좋은 것이 나올 수 있다는 (…) 형이상학적 가정에 근거하고 있다. 이 글의 필자는 이러한 믿음을 공유할 수 없으며, 그렇기 때문에 볼셰비즘적 입장의 뿌리에는 풀 수 없는 도덕적 문제가 있다고 본다. 이에 반해 민주주의가 요구하는 것은 정직하고 의식적으로 노력하는 사람들의 비상한 [자기] 포기와 헌신뿐이다. 이것은—비록 초인적인 힘을 요구하지만—볼셰비즘의 도덕적 문제와는 달리 풀 수 없는 과제가 아니다.[49]

하지만 이 글 발표 직후 집필된 「전술과 윤리」에서 루카치는 볼셰비즘을 수용하는 입장을 천명한다. 그렇다고 해서 목적이 수단을 정당화한다는 입장으로 바뀐 것은 아니었다. 그의 볼셰비즘 수용은 죄를 짓지 않고서는 행위를 할 수 없는 비극적 상황이 있으며 지금이 바로 그런 상황이라는 인식에 따른 결단이었다. 이때 루카치는 여러 죄들 사이에서 올바른 행위를 가려줄 "척도"를 "희생(Opfer)"(2:52)에서 찾는다. 집단적 행위의 경우라면 이것은 "세계사적 상황의 명령", "역사철학적 소명"(2:52)에 따라 자신을 "희생"하는 것을 의미한다. 여기에서 루카치는 1904~1906년 러시아 혁명기에 테러 집단의 지도자였던 롭쉰(Ropschin)[50]이 자신이 쓴 소설에서 "개인적 테러의 문제"를 정식화한 것을 가져온다. "살인은 허락되지 않는다. 그것은 용서

49 같은 책, 33쪽.

50 '롭쉰'은 러시아 혁명기의 문필가이자 테러리스트 혁명가였던 보리스 빅토로비치 사빈코프(Boris Viktorovich Savinkov)의 필명이다. 루카치가 읽은 그의 소설은 1909년에 발표된 『창백한 말』인데, 독일어 번역본(*Das fahle Pferd*)은 1914년에 출판되었다. 루카치는 독일어본이 나오기 전에 첫 번째 아내였던 그라벵코의 번역를 통해 이 소설을 접할 수 있었다.

할 수 없는 무조건적인 죄이다. 그것은 행해져서는 안 '되는(darf)' 것이지만 행해질 '수밖에 없다(muß)'"(2:52). 롭쉰에 따라 루카치는 절대적 죄인 살인을 저지를 수밖에 없는 테러리스트 행위의 "궁극적인 도덕적 뿌리"를 "희생"에서, 즉 "그의 형제자매를 위해 자신의 생명뿐 아니라 자신의 순수성, 자신의 도덕, 자신의 영혼을 희생한다"는 점에서 찾는다(2:52). 이 "개인적 테러의 문제"를 집단적 행위의 문제에 적용함으로써 루카치는 볼셰비즘을 어디까지나 불가피한 비극적 상황에서 벌어지는 최대의 인간적 비극으로서만 인정하면서 지금의 역사적 상황이 바로 그런 식의 인정을 요구하고 있다고 한다. 이러한 그의 입장은 「전술과 윤리」의 마지막 문장을 이루고 있는, 프리드리히 헤벨(Friedrich Hebbel)의 『유디트(*Judith*)』에서 인용한 다음과 같은 말로 표현된다.

> 신이 저와 제게 지워진 행동 사이에 죄를 두신다면 제가 누구라고 그 죄로부터 도망칠 수 있겠습니까?(Und wenn Gott zwischen mich und die mir aufgelegte Tat die Sünde gesetzt hätte — wer bin ich, daß ich mich dieser entziehen könnte?)(2:53)[51]

51 『유디트』에 나오는 원래의 문장은 이것과 약간 다르다. 유디트가 홀로페르네스를 살해한 행동의 도덕성과 관련된, 이른바 '유디트-딜레마'라고 불리는 그 문장은 다음과 같다. "당신이 저와 저의 행동 사이에 죄를 두신다면 제가 누구라고 그 일로 당신을 원망하고 당신으로부터 도망치려 하겠습니까?(Wenn du zwischen mich und meine Tat eine Sünde stellst: wer bin ich, daß ich mit dir darüber hadern, daß ich mich dir entziehen sollte!)" 번역은 김영목의 번역을 참조했다. 프리드리히 헤벨, 『유디트/헤롯과 마리암네』, 김영목 옮김, 문학과지성사, 2011, 46쪽.

루카치가 이 같은 비극적 세계관과 메시아적 태도에서 인류의 해방을 위해 자신의 "영혼"까지 "희생"하겠다는 결단을 하고 공산당에 입당한 것은,[52] 비록 루카치 자신에게는 오랜 시간 내면의 갈등을 거친 끝에 내린 최종적 결정이었지만, 주위 사람들이 보기에는 너무나 갑작스러운 일이었다. 짧은 시차를 두고 발표된 두 편의 글이 상반된 결론에 도달한 것만 봐도 그들의 반응은 당연한 것이었다. 공산당 입당 이후 루카치는 마르크스주의와 공산주의에 철저히 충실하고자 했는데, 그의 공산당 입당과 그 후의 태도에 대해 그의 친구 언너 레스너이는 "일주일 사이에 사울이 바울이 되었다(in the interval between two Sundays: Saul became Paul)"[53]는 말로 그 '회심'의 돌연함과 철저함

52 이것이 당시 루카치의 혁명가상(像)이었고 그 스스로도 비극적-메시아적인 태도로 이러한 혁명가의 길을 선택했다면, 이후 루카치는 이와는 전혀 다른 혁명가상을 엥겔스, 그리고 특히 레닌에게서 발견하고 그 의미를 여러 글에서 설명했다. 1969년에 가졌던 대담에서 이와 관련된 문제를 다시 한 번 정리하고 있는데, 여기서 그는 레닌을 "새로운 유형의 혁명가"(43쪽)를 대표하는 인물이라고 한다. 레닌에게는 대부분의 전통적 혁명가들이 보여준 '금욕주의(asceticism)'가 일체 없다는 것이 그 이유였다. 러시아 출신 독일 혁명가 오이겐 레비네(Eugen Leviné)가 총살형을 받기 전 최후 변론에서 했던 "우리 공산주의자들은 모두 휴가 중인 사자(死者)이다(Wir Kommunisten sind alle Tote auf Urlaub)"라는 말이 최고 수준을 보여주는 그 금욕주의는, "비(非)금욕적 유형의 혁명가(an non-ascetic type of revolutionary)"(43쪽)인 레닌에게는 찾을 수 없다. 물론 레닌 역시 여느 혁명가들처럼 공적인 문제에 몰두하고 사적인 운명을 희생하지만, 그 자기희생은 금욕주의를 수반하는 자기희생이 아니라 궁극적으로 "개체성의 자유로운 발전과 자발적으로 받아들인 유(類, the species; Gattung)의 요구의 수행"이 "조화"(42쪽)를 이루는 가운데 이루어지는 자기희생이었다는 것이 루카치의 생각이다. 루카치는 레닌에게서 개체성의 진정한 전개와 대자적인 유적 성질(Gattungsmäßigkeit für sich)의 실현이 통일되어 있는 인간형 — 루카치에게는 진정한 인간의 모습이자 공산주의적 인간형 — 을 보았으며, 따라서 "내가 보기에 레닌의 예는 미래의 발전에서 엄청난 역할을 할 것"(43쪽)이라고 한다. 인용한 곳은 Georg Lukács, "Interview with Georg Lukács: The Twin Crises", *New Left Review* 60호, 1970년 3/4월.

이 준 충격을 표현한 바 있다.

2) '마르크스주의 수업시대'

1918년 12월 중순 루카치는 헝가리 공산당에 입당한다. 이후 그는 당 중앙위원, 교육 담당 인민위원 등을 역임하며 '헝가리 사회주의 평의회[소비에트] 공화국' 수립(1919년 3월 21일)에 참여한다. 1919년 4월 루마니아의 침공에 맞선 전쟁에서는 육 주 동안 제5사단 배속 정치위원으로 전장에 있기도 했지만 결국 전쟁에서 패한 헝가리 평의회 공화국은 8월 1일, '133일 정권'으로 막을 내리고 만다. 평의회 공화국의 붕괴 후 루카치는 오스트리아 빈으로 망명, 1919년부터 1929년까지 빈에서 비합법적인 헝가리 공산당의 당원으로서 활동을 이어간다. 그 과정에서 정치적 경험을 쌓아나가는 가운데 마르크스와 레닌, 헤겔 등을 집중적으로 연구함으로써 1917년 혁명의 구체적인 내용을 파악하고 "마르크스적 방법의 진정한 원리들"(4:676)을 습득하고자 한다. 그러면서 루카치는 점차 자신의 입장을 변화시켜나가는데, 평의회 공화국 시절에 출판된『전술과 윤리』의 바탕에 놓였던 "비극적-메시아적인 태도"[54]에서 벗어나 혁명적 정치의 보다 구체적인 이론적

53 Lee Congdon, *The Young Lukács*, Chapel Hill·London: University of North Carolina Press, 1983, 139쪽에서 재인용.

54 루카치의 "비극적-메시아적인 태도(tragic-messianic attitude)"는 평의회 공화국 시절 소비에트 회관에서 벌어진 비공식 토론에서 루카치가 했다는 말에서 잘 드러난다. "우리 공산주의자들은 유다와 같다. 그리스도를 십자가에 못 박는 것이 피비린내 나는 우리의 일이다. 그러나 이 죄 많은 일은 동시에 우리의 소명이기도 하다. 십자가에서의 죽음을 통해서만 그리스도는 신이 되는 바, 세상을 구원할 수 있기 위해서는

근거를 확보한 『역사와 계급의식』(1923)을 산출하기에 이른다.

루카치를 안토니오 그람시(Antonio Gramsci), 카를 코르쉬(Karl Korsch)와 함께 '서구 마르크스주의의 창시자'로 만든 『역사와 계급의식』은 그가 1919년부터 1922년까지 혁명운동의 이론적 문제들에 관해 쓴 글들을 묶은 책이다.[55] 이 책의 초점은 "프롤레타리아계급의 이데올로기적인 위기"(2:482)에 맞추어져 있다. 유럽의 혁명운동이 퇴조기로 접어들었음에도 불구하고 머지않아 혁명의 물결이 유럽을 휩쓸리라는 '메시아주의적인 희망'을 지니고 있었던 루카치는, 세계혁명의 객관적 경제적 조건은 이미 충분히 성숙되어 있다고 보았다. 그럼에도 불구하고 혁명이 지연되는 이유가 무엇인지를 고찰한 그는 "프롤레타리아트계급의 이데올로기적인 위기"에서 그 이유를 찾았다.

"프롤레타리아계급의 이데올로기적인 위기"가 반영된 이론적 입장으로 루카치가 공격의 대상으로 삼은 것은 베른슈타인류의 수정주의와 카우츠키류의 '정통' 마르크스주의였다. 그가 보기에 베른슈타인은 마르크스주의에서 변증법을 추방하고 '사실'을 좇는 실증주의로 마르크스주의를 변색시키는 한편 신칸트주의의 영향 하에서 존재와

이것이 필요하다. 그렇다면 우리 공산주의자들은 세상을 구원하기 위해 세상의 죄를 짊어지는 것이다." Daniel Lopez, "The Conversion of Georg Lukács"(2019년 1월 19일)에서 재인용. https://jacobin.com/2019/01/Lukács-hungary-marx-philosophy-consciousness(2023년 10월 10일 최종 접속).

55 『역사와 계급의식』에 관한 아래의 서술은 책의 내용 일부를 단순 요약한 것에 불과하다. 이 책에 관한 자세하고 친절한 설명은 박정호의 논문(「루카치의 역사철학에서 사물화와 주체성의 문제」, 서울대학교 철학과 박사학위 논문, 1993년 8월)을 참고할 수 있다.

당위, 현실과 이상을 분리한 이론적 흐름의 대표자라면, 카우츠키는 변증법을 진화론 차원에서 파악함으로써 마르크스주의를 '순수한' 과학 이론으로 왜곡하고, 이에 따라 사회주의를 숙명론적인 의미를 띤 필연성의 결과물로 설정한 이론적 흐름의 대표자였다. 1차 세계대전 후 사민주의뿐만 아니라 공산주의 운동 내에서도 부단히 재생된 이 양자의 편향에 맞서 루카치는 마르크스주의의 혁명성을 복원하고 고수하고자 했다.

그는 마르크스주의의 혁명성의 핵심은 총체성(Totalität)을 본질로 하는 변증법적 방법에 있다고 파악했다. 결국 "프롤레타리아계급의 이데올로기적인 위기"란 변증법(총체성)의 상실로 요약될 수 있는데, 이러한 현상이 왜 생겼는지를 궁구한 그는 자본주의 사회의 경제구조(상품 생산 사회)에 그 발생의 뿌리가 있음을 규명하고 이를 '사물화(Verdinglichung)'론으로 개진한다. 루카치 고유의 사물화 개념은 마르크스가 『자본』에서 제시한 '(상품) 물신숭배(Fetischismus)' 이론에 의거하되 이를 막스 베버의 형식적 합리성 개념과 결합한 개념으로서, 단지 경제 영역만이 아니라 자본주의 사회의 생활형식(Lebensform) 전체를 포괄하는 개념으로 창안된 것이었다. 이에 따르면 자본주의 사회의 전 영역을 포괄하는 상품의 전체주의적 성격으로 인해 부르주아계급뿐만 아니라 프롤레타리아계급도 사물화의 지배 하에 놓이게 된다. 여기에서 루카치는 사람들이 특정한 생활상황 속에서 갖게 되는 경험적 심리적 실제적 의식과 구별되는 귀속의식(das zugerechnete Bewußtsein)으로서의 계급의식을 설정한다. 사람들이 그 속에서 살아가는 생활상황은 서로 분명하게 구별되는 몇 가지 근본 유형들로 나뉘는데, 이 근본 유형들의 본질적 성격은 생산 과정에서 사람들이 점하는 위치의 유형에 의해 규정되는 바, 경험적 의식과 구분되는 계급의식은 "이렇게 생산 과정에서의 특정한 유형적 상황에 귀속되는, 합리적으로 적합한 반응"(2:223/224)이라는 것이 루카치의 주장이다. 이에 따라 루카치는 사물화에 지배당하는 노동자의 경험적 의식과 노동자계급에게 주어진 "객관적 가능성"으로서의 귀속의식(계급의식)을 구분한 뒤, 프롤레타리아계급은 계급의식을 이미 구현하고 있는 공산당에 영향을 받는 가운데 자기비판을 포함한 계급투쟁을 전개함으로써 자신들에게 주어진 "객관적 가능성"을 현실화하고 인류를 구원하는 혁명의 집합적 주체가 된다는 논리를 전개한다.

루카치의 『역사와 계급의식』은 이런 식으로 헤겔의 변증법을 마르크스주의적으로 자기화하는 가운데 마르크스의 상품 물신숭배 이론과 베버의 합리화론을 결합하여 마르크스를 재해석하고 이를 레닌의 혁명론과 결합시킨 이론적 작업으로서, 러시아와는 다른 선진 자본주의 사회에서 가능한 사회주의 혁명의 문제를 이론적으로 고찰한 최초의 저작으로 평가받아왔다. 이 텍스트에는 『소설의 이론』과 마찬가지로 여러 갈래의 사유들이 스며들어 있기 때문에 '헤겔적 마르크스주의' 서적으로서뿐 아니라 '베버적 마르크스주의', '키르케고르적 마르크스주의' 서적으로도 읽혀왔다. 최근에는 지금까지와는 전혀 다른 측면에서 고찰한 연구 성과들이 나오기도 했다. 앞서 우리가 『소설의 이론』의 방법론과 관련해 소개한 그리스의 철학자 콘스탄티노스 카불라코스는 루카치의 전(前) 마르크스주의 시기의 텍스트들뿐만 아니라 『역사와 계급의식』에서도 신칸트주의의 규정성을 읽어내며,[56]

56 Konstantinos Kavoulakos, *Georg Lukács's Philosophy of Praxis: From Neo-Kantianism to*

사회학자 리차드 웨스트먼(Richard Westerman)은 『역사와 계급의식』을 현상학적 마르크스주의 서적으로 독해하면서 루카치의 비판이론과 에드문트 후설(Edmund Husserl)의 현상학이 재결합될 수 있다는 것을 성공적으로 보여준다.[57] 일찍이 서구 좌파 지식인들, 그중에서도 특히 아도르노를 위시한 프랑크푸르트학파에 큰 영향을 미쳤던 이 텍스트는 현재까지도 이런 식으로 새롭게 독해될 수 있는 잠재력을 지닌 서적으로 남아 있다. 하지만 이런 유의 전문적 연구의 심화는 이 책이 고수하고자 했던 혁명적 관점, 프롤레타리아 혁명운동과의 결합이라는 문제의식이 점차 후면으로 밀려나갔던 서구 마르크스주의의 전반적 경향이, 서구 마르크스주의라는 명칭이 더 이상 필요 없게 된 상황에서 더욱더 강화되는 추세 속에서 이루어지고 있다는 것 또한 부인할 수 없는 사실이다. 마르크스주의적 연구(이론)와 혁명운동(실천)의 결합은, 자본주의가 복잡해지고 고도화될수록 더 강화되는 전문화 경향 속에 휘말려 들어간—마르크스나 마르크스주의에 대한 연구자가 아닌—마르크스주의자로서의 연구자들에게는 점점 더 풀기 어려운 문제가 되고 있는 것이다. 지금으로서는 '이론과 실천의 통일'이라는 문제의식을 연구에서 유지하고 관철시키는 것이 그나마 마르크스주의적 연구자에게 남아 있는 유일한 가능성으로 보일 정도이다.

『역사와 계급의식』은 루카치의 작품 중 가장 강한 파급력을 가졌던 책이지만, 출판되었을 당시 헝가리 공산당과 코민테른에 의해 가

Marxism, London: Bloomsbury, 2018.

57 Richard Westerman, *Lukács's Phenomenology of Capitalism: Reification Revalued*, Cham, Switzerland: Palgrave Macmillan, 2019.

혹한 비판을 받았으며, 루카치 스스로도 점차 이 책과 거리를 취했다. 『역사와 계급의식』이 독일 베를린 소재 말리크 출판사에서 『역사와 계급의식: 마르크스주의 변증법에 대한 연구(*Geschichte und Klassenbewusstsein. Studien über marxistische Dialektik*)』라는 제목으로 출판된 다음 해인 1924년에 개최된 코민테른 제5차 대회(1924년 6월 17일~7월 8일)에서 당시 소련의 최고 실권자 중 한 사람이었던 그리고리 지노비예프(Grigory Zinoviev)는 이탈리아 공산주의자 안토니오 그라지아데이(Antonio Graziadei)와 독일의 마르크스주의자 카를 코르쉬—그는 『역사와 계급의식』이 나온 1923년에 『마르크스주의와 철학(*Marxismus und Philosophie*)』을 발표했다—와 함께 루카치를 거명하면서 이런 "극좌파들"의 "이론적 수정주의"를 용납해서는 안 된다고 주장했다.[58] "그런 교수들이 몇 명 더 나와서 그들의 마르크스주의 이론을 쏟아낸다면 상황이 나빠질 것이다. 우리는 공산주의 인터내셔널[코민테른]에서 그러한 이론적 수정주의를 용납할 수 없다"[59]는 그의 비난에서 우리는—교수가 아니며 교수였던 적도 없는 사람을 굳이 '교수'라고 지칭하고 있는 데에서 엿볼 수 있듯이—현장의 실천과 '직접적'으로 결합되기 어려운 이론의 출현에 대한 본능적 거부 반응을 읽을 수 있다(이에 반해 서구의 일부 마르크스주의자나 마르크스주의 연구자들에게 『역사와 계급의식』은 마르크스주의에서 마침내 '이론다운 이론'이 출현한 것으로 여겨졌다). 지노비예프의 '정치적' 공격에 가세하여 소련의 철학자

58 "G. Sinowiew gegen die Ultralinken"(1924), *Georg Lukács. Schriften zur Ideologie und Politik*, ausgewählt und eingeleitet von Peter Ludz, Heinz Maus 외 엮음, Darmstadt·Neuwied: Luchterhand, 1967, 720쪽.

59 같은 책, 721쪽.

아브람 모이세예비치 데보린(Abram Moiseevich Deborin)과 헝가리 공산주의자 라슬로 루더시(László Rudas)가 『역사와 계급의식』에 대한 '이론적' 비판에 나서는데, 그들은 루카치가 헤겔적 관념론, 정치적 주의주의와 극좌주의(ultra-leftism), 신칸트주의적인 역사적 상대주의를 마르크스주의에 도입하고 인간 바깥에 있는 자연 존재를 부정함으로써 유물론을 타락시켰다고 비판했다.[60] 하지만 이러한 공격과 비판에도 불구하고 루카치는 적어도 1925~1926년까지는 『역사와 계급의식』의 기본적인 이론적 관념들을 고수하고자 했던 것으로 보인다. 그도 그럴 것이 루카치는 데보린과 루더시의 공격에 맞서 그들을 비판하면서 자신의 입장을 옹호하는 『추수(追隨)주의와 변증법(*Chvostismus und Dialektik*)』을 1925년 또는 1926년에 집필했다. 거기에서 그는 노동자의 '경험적 의식'과 '귀속적 계급의식'의 구분을 여전히 옹호하고 엥겔스의 '자연 변증법'에 대한 비판도 유지한다(미완성으로 끝난 이 글에 대해 루카치는 살아생전 단 한마디 말도 한 적이 없었다).[61] 그렇지만 이 책의 집필 시점과 거의 같은 시기에 쓴 루카치의 다른 텍스트들에서는 『역사와 계급의식』에서 조금씩 멀어지는 조짐이 확인되는데, 무엇보다도 "혁명적 메시아주의"의 파토스에서 변화가 생긴다. 루카치는 『역사와 계급의식』의 이론적 입장은 쉽게 포기하지 않았지만 1924년 코민테른 제5차 대회에서 내려진 정세 판단, 즉 '자본주의

60 인용하고 참조한 곳은 Daniel Lopez, "The Conversion of Georg Lukács."

61 독일어로 쓰인 이 글은 1996년에 헝가리에서 『추수주의와 변증법』이라는 제목으로 처음 출판되었으며, 2000년에 영어 번역본이 나왔다. 버소 출판사에서 출판된 이 책의 제목은 『'역사와 계급의식'에 대한 방어: 추수주의와 변증법(*A Defence of 'History and Class Consciousness': Tailism and Dialectic*)』이며, 슬라보예 지젝(Slavoj Žižek)이 발문을 썼다.

의 부분적 일시적 상대적 안정론'을 받아들였으며, 세계혁명의 물결이 실제로 약화되었다는 것을 인정하기 시작했다. 이러한 인식에 입각해 그는 '세계혁명·영구혁명'의 입장을 고수한 트로츠키보다 '일국 사회주의 건설'을 주창한 스탈린의 노선에 찬동하였으며, '당위'로서의 세계혁명에 대한 기대 대신 '존재'로서의 소련 현실을 받아들이는 정치적 파토스의 변모 과정을 밟게 된다. 이에 부합하여 이론적 변화 과정도 서서히 진행되는데, 『추수주의와 변증법』을 집필했을 시기에 쓰인 「라살의 서한집 신판(Die neue Aufgabe von Lassalles Briefen)」(1925)에서 루카치는 '당위'에 의해 추동되는 피히테의 역사철학을 비판하고 헤겔의 "현재와의 화해" 테제를 적극적으로 재해석하는 작업을 시도하며(2:617/618), 이어서 1926년에 발표한 「모제스 헤스와 관념론적 변증법의 문제들(Moses Hess und die Probleme der idealistischen Dialektik)」에서는 "모든 추상적 유토피아주의"(2:650), "모든 당위, 유토피아적으로 미래를 지시하는 사유를 거부"(2:653)하는 "위대한 리얼리즘"(2:650)[62]으로 나아가는 철학적 노선을 확정하기에 이른다.

서구의 다수 연구자들은 루카치의 이러한 이론적 변모 과정을 소련 현실과의 타협, 나아가 스탈린적 소련과의 타협 과정으로 읽고 루카치의 이후 활동을 '스탈린주의'에 순응하는 과정으로 파악하곤 했다. 앤드루 아라토(Andrew Arato)와 파울 브레이네스(Paul Breines)도 그런 부류의 연구자인데, 그들에 따르면 현실에 대한 메시아주의적 낭만주의적 거부와 현실과의 타협을 향한 합리주의적 체계화 정신이

62 여기서 "리얼리즘"은 미학적 개념이 아니라 헤겔 철학의 성격을 가리키는 말로 사용된 것이다.

1919년부터 1920년대 중반까지 루카치 저작에서 겨루다가 점차 후자의 측면이 우위를 점하게 되었다고 한다. 이를 "전략적 후퇴(Strategic Retreat)"라고 명명하고 있는 그들은, 소련이라는 주어진 현실과의 타협이 완료된 지점을 「모제스 헤스와 관념론적 변증법의 문제들」로 본다.[63] 1920년대 중반 이후의 루카치에 대한 해석에서 이들과 견해를 같이하고 있는 알렉스 캘리니코스(Alex Callinicos)는 루카치가 '일국 사회주의' 교리를 받아들인 이래 그의 정치 경력은 "스탈린주의와 부르주아 문화의 화해를 지속적으로 옹호하는 일에 바쳐졌"으며, 철학적으로는 "헤겔 좌파에서 헤겔 우파로 전향"했다고 평가한다.[64] 이들에게 이론적 근거를 제공하고 있는 사람은 미카엘 뢰비인데, 그에 따르면 루카치의 「모제스 헤스와 관념론적 변증법의 문제들」은 소련과의 타협을 완료한 글로서, "소비에트의 '테르미도르'에 대한 그의 지지의 방법론적 기초를 제공"[65]하고 있다.

여기서 "소비에트의 '테르미도르'"란 스탈린주의를 가리키는 말로서 트로츠키에게서 가져온 표현이다. 트로츠키는 1935년 2월에 발표한 「노동자 국가 그리고 테르미도르 및 보나파르트주의의 문제(The Workers' State and the Question of the Thermidor and Bonapartism)」에서 레닌의 죽음(1924년 1월 21일) 이후 소련의 발전을 '테르미도르'라

63 Andrew Arato · Paul Breines, *The Young Lukács and the Origins of Western Marxism*, New York: Seabury, 1979, 190~200쪽.

64 알렉스 캘리니코스, 『현대철학의 두 가지 전통과 마르크스주의』, 정남영 옮김, 갈무리, 1995, 132쪽.

65 Michael Löwy, *Georg Lukács. From Romanticism to Bolshevism*, translated by P. Camiller, London: Verso, 1979, 196쪽. 이 책은 1976년에 프랑스어로 출판된 것을 영어로 번역한 것이다.

는 용어로 특징짓는다. 스탈린주의를 10월 혁명의 테르미도르로 규정한 것이다. 미카엘 뢰비뿐만 아니라 슬라보예 지젝도 이 용어에 주목하여 루카치를 해석한 바 있다. 그는 헤겔과 횔덜린을 비교하면서 '테르미도르'라는 용어를 사용하고 있는 루카치의 「횔덜린의 휘페리온(Hölderlins Hyperion)」에 주목한다. 헤겔은 "테르미도르 이후 시대를 받아들이고"(7:165) 세계사의 이 새로운 전환에 대한 이해를 바탕으로 자신의 철학을 구축한 반면, 횔덜린은 "테르미도르 이후 현실과의 어떠한 타협도 거부하고"(7:167) 고대 민주주의의 르네상스라는 옛 혁명적 이상에 충실함으로써 시적·이념적으로 비극적 교착 상태에 빠지게 되었다고 말하는 「횔덜린의 휘페리온」에서, 지젝은 "스탈린주의적 테르미도르에 대한 루카치의 승인"[66]을 읽어낸다. 이러한 독해는 훨씬 전에—지젝의 글에서는 그 이름이 단 한 번도 언급되지 않는—미카엘 뢰비에서 이미 이루어진 바 있는데, 그 역시 「횔덜린의 휘페리온」을 "하나의 통일적 전체로 여겨진 프롤레타리아트의 혁명적 발전에서 스탈린주의를 하나의 '필연적 단계'로, '산문적'이지만 '진보적 성격'을 지닌 것으로 정당화하려는 가장 영민하고 지적인 시도 중 하나"[67]로 읽었다. 미카엘 뢰비와 지젝 두 사람 모두 루카치의 이 에세이를 트로츠키와 연결해서 읽는데, 미카엘 뢰비는 「횔덜린의 휘페리온」을 "트로츠키에 대한 루카치의 대답"[68]으로 읽으며, 지젝 역시 "루카치는 스탈린 체제가 '테르미도르적'이라는 트로츠키의 규정을 받아들이면서 그것을 긍정적으로 비튼 것이다"[69]라고 한다.

66 슬라보예 지젝, 『지젝이 만난 레닌』, 정영목 옮김, 교양인, 2008, 554쪽.
67 Michael Löwy, 앞의 책, 197쪽.
68 같은 곳.

그들이 이런 식으로 말할 수 있는 근거는, 루카치가 트로츠키가 사용한 '테르미도르'라는 용어를 동원했다는 것(그럼으로써 루카치의 글에서 이루어진 헤겔과 횔덜린의 비교는 스탈린과 트로츠키의 관계를 암시하는 것이라는 식으로 읽는다), 그리고 루카치의 글이 트로츠키의 글이 발표된 뒤에 쓰였다는 것이다. 그런데 이 두 사람이 너무나 당연하게 1935년에, 그것도 트로츠키의 에세이 뒤에 집필되었다고 하는 — 뢰비는 "1935년에 쓰인"[70] 것이라 하며, 지젝은 트로츠키가 "스탈린주의는 10월 혁명의 테르미도르라는 테제를 발표하고 나서 두 달 뒤에 [루카치가] 이 에세이를 썼다"[71]고 한다 — 이 에세이의 집필 연도가 독일어판 루카치 저작집 제7권에는 "1934년"(7:184)으로 적혀 있다. 이 글이 발표된 것은 1935년 6월이지만[72] 집필 연도는 루카치 저작집에 기록된 것이 맞을 수도 있다. 물론 이 기록 또한 의심할 수 있겠지만, '테르미도르'라는 용어를 사용하고 있으며 루카치의 글이 트로츠키의 에세이와 같은 연도에 나왔다는 이유만으로 루카치의 그 글을 트로츠키에 대한 대답으로 단정하는 것은 무리이다. 설사 뢰비나 지젝의 주장처럼 루카치의 「횔덜린의 휘페리온」이 트로츠키의 에세이가 발표된 1935년에 쓴 글이라 하더라도, 당시 망명객으로 소련에 있었던 루카치가 소련에서는 혁명의 배반자로 낙인찍힌 트로츠키가 외국에서 발표한 텍스트를 그것이 나온 지 몇 달 내에 읽을 수 있었다는 것은 상

69 슬라보예 지젝, 앞의 책, 554쪽.
70 Michael Löwy, 앞의 책, 196쪽.
71 슬라보예 지젝, 앞의 책, 554쪽.
72 횔덜린의 『휘페리온(*Hyperion*)』의 러시아어 번역본 「서문」으로 집필된 이 글은 《국제문학(*Internationale Literatur*)》 6호(1935년 6월)에 발표되었다.

상하기 어렵다. 「횔덜린의 휘페리온」의 루카치는 트로츠키가 스탈린 체제를 "소비에트의 '테르미도르'"로 규정한 것 자체는 받아들이되 트로츠키와는 정반대되는 입장에서 스탈린주의에 세계사적 정당성을 부여하는 식으로 그 규정을 받아들였다는 평가는, 1920년대 중반 이후 루카치의 이론을 스탈린주의로 규정하는 논리에 따른 것이다. '모스크바 재판'이라는 이름으로 알려진 대숙청 시기(1936~1938년)의 후기 국면에 이르기까지 루카치가 스탈린에 대한 주관적 환상과 희망을 가지고 있었다는 것은 루카치 스스로도 인정하고 있는 사실이다. 하지만 그랬던 시기에도 그의 이론의 객관적 성격은 반스탈린주의적 방향으로 나아가고 있었다. 이는 스탈린주의와 타협을 완료한 글로 평가받는 「모제스 헤스와 관념론적 변증법의 문제들」에도 해당하는 말이다.

「모제스 헤스와 관념론적 변증법의 문제들」은 단순히 현실 긍정적 타협의 소산이라고만 할 수 없는 이론적 계기를 내포하고 있다. 여기에서 루카치는 헤겔의 "현실과의 '화해'" 테제에 내포된 '합리적 핵심'을 "위대한 리얼리즘", "현실적인(wirklich, 진정한) 변증법적 리얼리즘"으로 규정한다(2:650). 헤겔 철학에서 정신이 자기 자신에 도달한 것으로서의 현재에 머물러 있음을 표현하는 "현재와의 화해" 내지 "현실과의 화해"는, 그것이 말하는 실제 내용에서나 체계상의 모티브와 결론의 측면에서 보면 반동적인 것이 분명하지만, "방법론적인 입장에서 보면 여기에 그의 위대한 리얼리즘, 일체의 유토피아에 대한 그의 거부, 철학을 역사에 **대한** 철학으로서가 아니라 **역사 자체의 사유상의 표현으로서** 파악하려는 시도가 표현"(2:650, 강조는 루카치)되고 있다는 것이 루카치의 생각이다. 그에 따르면 "현재와의 화해"는 그 방법론적 측면에서 볼 때 현재를 "생성된 것이자 생성 중인 것"(2:653)으로 파악함으로써, 다시 말해서 현재를 모든 대상성의 과정성이 가장 분명하게 드러나는 지점으로 파악함으로써 현재의 인식에 철학이 집중하는 것을 의미하며, 현재 속에서 그 자체를 넘어설 수 있는 현실적인 힘, 즉 현재와 미래 사이의 "현실적 매개"(2:661)를 파악하려는 것이다. 바로 이것이 "실제로 인식 가능한 미래적인 것, 즉 현재 속에서 구체적·실제적으로 미래로 향해 가는 경향들을 인식할 수 있는 (…) 유일하게 가능한 인식 경로"(2:653)라는 루카치의 주장에는, "완전히 죄에 빠진 시대"(피히테)로서의 현재 관(觀) 및 "추상적 유토피아주의"—이는 전(前) 마르크스주의에서부터 『전술과 윤리』의 "비극적-메시아적인 태도"에까지 이어지는데—뿐만 아니라 "『역사와 계급의식』을 고취하고 있는 카이로스(Kairos)로서의 현재 체험"[73] 및 "혁명적 메시아주의"에 대한 자기교정이 포함되어 있다. 이와 더불어 강하게 나타나는 '객관성' 요구는 이후 스탈린주의의 한 편향, 즉 주관주의 및 주의주의와 대치하는 이론적 입장으로 이어진다.

이러한 이론적 변화 과정과 아울러 축적된 실천적 경험, 특히 헝가리 공산당 내에서 지노비예프의 추종자였던 벨러 쿤(Béla Kun)의 관료주의적 종파주의적 정책에 반대하여 '현실주의적' 노선을 주장한 노동조합 지도자 출신 예뇌 런들레르(Jenö Landler) 분파에 가담함으로

73 Rüdiger Dannemann, "Ethik, Ontologie, Verdinglichung: Grundlinien der Ethik Georg Lukács' und die aktuellen Probleme >weltgeschichtlicher Individualität<", *Diskursüberschneidungen Georg Lukács und andere. Akten des Intemationalen Georg-Lukács-Symposiums "Perspektiven der Forschung", Essen 1989*, Werner Jung 엮음, Bern·Berlin·Frankfurt am Main·New York·Paris·Wien: Peter Lang, 1993, 154쪽.

써 얻게 된 실천적 경험은, 루카치의 정치적 이론적 발전 과정에서나 전기적 맥락에서 중요한 변곡점을 이루는 「블룸-테제」(1928년 또는 1929년)에서 극적인 표현을 얻는다. 루카치 스스로 1920년대의 실천적 이론적 활동의 "은밀한 귀착점"(2:34)이자 '마르크스주의 수업시대'의 "종결"(2:34)을 이루는 것이라고 회고한 이 테제는 원래 헝가리 공산당 제2차 당 대회(1930년)에 제출할 정치 테제로 작성된 것이었다. 「헝가리의 정치적 경제적 상황과 헝가리 공산당의 과제에 관한 테제(Thesen über die politische und wirtschaftliche Lage in Ungarn und über die Aufgaben der Kommunistischen Partei Ungarns)」라는 제목을 달고 있는 이 테제에서 루카치는 직접적이고 즉각적인 프롤레타리아 혁명 및 프롤레타리아 독재에 대한 대안으로서 민주화 투쟁을, 더 많은 민주주의를 위한 투쟁을 "변증법적인 이행 형태"(2:711)로, 즉 일종의 '혁명적 매개'로 설정하는데, 민주주의의 심화와 발전을 중심에 놓는 이러한 매개 중심적 시각은 1930년대 초반에는 억압되어 있다가 1930년대 중후반에 이르러 그의 사유 전체에 유기적으로 흡수된다. 그런데 바로 이러한 주장으로 인해 이 테제는 혹독한 비판을 받는다. 그도 그럴 것이 헝가리 공산당은 비록 백삼십삼 일의 단기간이긴 했지만 이미 정치적 권력을 잡고 프롤레타리아 독재를 실행한 경력이 있었다. 게다가 1928년 제6차 코민테른 대회 이후 국제 공산주의 운동의 좌경화가 심해졌으며(이 대회에서 사회민주당을 '파시즘의 쌍둥이'로 규정하는 '사회파시즘' 테제가 제출된다), 1929년 폭발한 세계경제공황은 이러한 좌경화를 더욱 부추기고 있는 형편이었다. 이미 프롤레타리아 독재의 경력을 지닌 헝가리 공산당과 좌경화로 치닫고 있던 코민테른의 입장에서 볼 때, 루카치의 테제는 헝가리 혁명운동의 발전 방향을 거꾸로 돌리는 것과 다름없었다. 결국 루카치는 헝가리 공산당과 코민테른 집행위원회로부터 '청산주의', '우익 기회주의적 편향'으로 비판받고[74] 당에서 축출당할 위험까지 느끼게 된다. 이에 따라 루카치는 공개적인 자기비판(1929년 5월)을 한 후 정치 일선에서 물러나며, 이후 공산주의 운동에 정치가가 아니라 이론가로서, 그것도 문학을 중심에 둔 이론가로서 복무하게 된다. 생애 마지막 순간에 이루어진 자서전 작업을 위한 대담에서 루카치는 「블룸-테제」와 관련해 일종의 총평을 내린 바 있는데, 다소 길지만 그것을 인용하는 것으로 이 장을 마치도록 하겠다.

> 「블룸-테제」까지 나는 헝가리 당의 당원이었습니다. 따라서 그러한 처지가 나의 과제 영역을 폭넓게 규정했습니다. 진정한 혁명이 문제인 한에서는 프롤레타리아 혁명과 부르주아 민주주의 혁명이 만리장성에 의해 분리되지 않는다는 사실 — 이것이 「블룸-테제」에서 본질적인 것입니다 — 을 깨달았던 「블룸-테제」 이후에 나는, 내가 자유롭게 움직일 수 있었던 분야, 윤리적으로 이러한 민주적 영역이 주어져 있었던 분야에 발을 들여놓았습니다. 한 가지 사실을 털어놓아야겠군요. 「블룸-테제」를 작성한 뒤에 나는 한편으로는 내가 정치가가 아니라는 것을 깨달았어요. 정치가라면 그런 시절에는 「블룸-테제」를 쓰지 않았거나, 적어도 발표는 하지 않았을 것이기 때문입니다. 다른 한편으로는 프롤레타리아 혁명이 고립된 사건이 아니라 역사적인 과정의 완성임을 그 테제를 쓰면서 파악하게

74 "Offener Brief des Exekutivkomitees der Kommunistischen Internationle an die Mitglieder der Kommunistischen Partei Ungarns"(1928), *Georg Lukács, Schriften zur Ideologie und Politik*, 727~754쪽 참조.

되었지요. 그런 점에서 「블룸-테제」에는 좋은 측면이 있어요. 그것은 민주주의로 향한 이데올로기적 발전의 길을 연 것이니까요. 중요하게 인식된 이 문제에서 재량권을 갖기 위해 나는 헝가리 노선에 완전히 굴복했습니다. 나는 「블룸-테제」와 관련해서 벨러 쿤에게 승리를 베풀어주고 싶진 않았어요. 그는 「블룸-테제」를 국제적인 문제로 만들 수 있었는데, 그렇게 되는 것을 나는 원치 않았습니다. 결국 그 사건은 헝가리의 문제로 축소되었던 반면, 나의 전체 철학의 내용은 변했습니다. 나는 헝가리 노선에서 독일 내지는 러시아 노선으로 넘어갔습니다.[75]

75 게오르크 루카치, 「삶으로서의 사유: 게오르크 루카치와의 대담」, 『삶으로서의 사유: 루카치의 자전적 기록들』, 김경식·오길영 편역, 168~169쪽.

제2부

루카치의
마르크스주의
장편소설론

제5장
루카치의 '리얼리즘의 승리론'

여기에서는 '중기 루카치'의 문학론을 구성하는 중요 요소 중 하나인 '리얼리즘의 승리론'을 살펴보고자 한다. 엥겔스의 '리얼리즘의 승리' 명제를 근거로 루카치가 1930년대 후반에 집중적으로 개진한 논리는 하나의 이론으로서 '리얼리즘의 승리론'이라 부를 만한 나름의 내밀한 '체계'를 갖추고 있다. '리얼리즘의 승리'에 관한 루카치의 입론은 당연히 고유한 리얼리즘 개념을 전제로 한다. 따라서 '리얼리즘의 승리론'에 관한 우리의 고찰은 그의 리얼리즘관을 보다 포괄적인 맥락에서 이해할 수 있게 하는 경로가 될 수 있다. 그것은 그의 장편소설론에 대한 이해를 풍부하게 하는 데에도 도움이 될 수 있는데, 그가 말하는 '리얼리즘의 승리'는 기본적으로 장편소설의 창작 과정에서 일어날 수 있는 일이기 때문이다. 루카치가 엥겔스의 '리얼리즘의 승리' 명제를 자기화하는 방식과 그 내용은 그가 그 명제를 처음 접했던 1932년부터 말년에 이르기까지 조금씩 변화한다. 그렇기 때문에 '리얼리즘의 승리' 문제에 대한 그의 논설들이 발전하는 과정을 보면 그의 마르크스주의 문학론의 주안점이 바뀌어가는 양상의 일면까지 엿볼 수 있다. 아래에서는 이러한 논점들에 유의하면서 '리얼리즘의 승리'에 관한 루카치의 담론을 고찰할 것인데, 먼저 '리얼리즘의 승리론'이 수립되는 과정을 살펴보고, 이어서 '리얼리즘의 승리론'으로 포괄할 수 있는 이론적 계기들과 그 연관관계를 살펴볼 것이다.

1. '리얼리즘의 승리' 명제와 1930년대 루카치의 문학론

리얼리즘 이론의 역사, 그중에서도 특히 마르크스주의 문학론의 역사에서 수많은 논의를 불러일으켰던 '리얼리즘의 승리'라는 말은, 1888년 4월 초 런던에 살던 엥겔스가 당시 영국의 노동소설가인 마거릿 하크니스(Margaret Harkness)에게 보낸 영문 편지에서 발자크의 문학적 위대성과 관련하여 처음 사용한 표현이다.[1] 흔히 '엥겔스의 발자크론'이라 불리는 이 편지는 1932년 3월, 소련의 문예 조직 '라프(РАПП; RAPP: 러시아 프롤레타리아작가연맹)'의 월간지 《문학 초소(哨所)에서(*На литературном посту*)》(1926~1932년 5월)에 처음 러시아어로 번역되어 실렸으며, 같은 달에 독일의 문예 조직 'BPRS(Bund

1 이 편지에 관해서는 이미 백낙청이 소상하게 설명한 바 있다. 그는 「민족문학론과 리얼리즘론」의 제4장('엥겔스의 발자크론')에서 엥겔스의 편지 내용과 전후 맥락, 그리고 이 편지를 대하는 자세를 밝힌 후, 특히 리얼리즘과 당파성의 문제, '비판적 리얼리즘'과 '사회주의 리얼리즘'의 구분 문제를 집중적으로 고찰하고 있다. 백낙청, 「민족문학론과 리얼리즘론」(1990), 『현대문학을 보는 시각』, 솔, 1991, 187~204쪽.

Proletarisch-Revolutionärer Schriftsteller: 프롤레타리아-혁명적 작가동맹)'의 기관지 《좌선회(*Linkskurve*)》에 독일어로 번역·소개되었다.

이 편지 가운데 특히 엥겔스의 '리얼리즘의 승리' 명제와 관련된 대목은 1930년대에 소련에서 벌어진 일련의 문학논쟁 중 하나인 이른바 '세계관과 창작 방법 논쟁'(1933~1934)[2]에서 집중적으로 거론된 바 있다. 이 논쟁에서 논자들은 발자크의 세계관과 창작 방법 — 당시 리얼리즘은 우선적으로 '창작 방법'으로 이해되었는데 — 사이의 모순을 강조하는 입장과 세계관을 중심에 놓고 세계관 자체의 내적 모순을 강조하는 입장으로 크게 양분되었다. 이러한 입장의 차이는 1930년대 중후반에 소련의 문학이론 진영을 나누는 지표로 발전한다. 보수적 내지 반동적 세계관에도 '불구하고(vopreki)' 창작 방법으로서의 리얼리즘의 구현을 통해 '좋은' 문학을 낳을 수 있다는 입장을 대변하는 측은 '바프레키스트(Voprekist)'('그럼에도 불구하고 주의자')로 불렸고, 예술적 방법에 대한 세계관의 규정성을 강조하는 측, 즉 프롤레타리아 세계관 '덕분에(blagodarja)' 좋은 문학이 이루어진다고 주장하는 측은 '블라가다리스트(Blagodarist)'('그 덕분에 주의자')로 불리게 되었다.[3] 이러한 두 진영의 이론적 대립은 1939년 11월부터 1940년 3월까지 소련에서 벌어졌던 문학논쟁에서 후자의 입장이 우세하게 관철되면서 해소된다. 물론 루카치의 문학론과 그의 '리얼리즘의 승리론'을 이렇

2 이 논쟁을 구성하고 있는 글들은 다음의 책에 수록되어 있다. 『사회주의 리얼리즘: 세계관과 창작 방법의 문제』, 루나찰스끼 外 지음, 김휴 엮음, 일월서각, 1987.

3 Simone Barck, "Wir wurden mündig erst in deiner Lehre …. Der Einfluß Georg Lukács' auf die Literaturkonzeption von Johannes R. Becher", *Dialog und Kontroverse mit Georg Lukács*, Werner Mittenzwei 엮음, Leipzig: Reclam, 1975, 275쪽.

게 요약한 이론적 대립 구도를 통해 설명하는 것은 부당하다. 이 구도 자체는 그의 복잡한 이론을 담아내기에는 너무 단순하고 협소한데, 이 점은 아래의 서술에서 충분히 밝혀질 것이다.[4]

루카치가 엥겔스의 '리얼리즘의 승리' 명제를 처음 접한 것은 아마도 1932년 3월 《좌선회》에 독일어로 번역되어 실린 글을 통해서였을 것이다. 당시 BPRS의 베를린 지부에서 조직을 꾸리고 이론을 제공하는 활동을 하면서 루카치가 쓴 글 중 하나인 「경향성이냐 당파성이냐?(Tendenz oder Parteilichkeit?)」(《좌선회》, 1932년 6월호)에서 '엥겔스의 발자크론'이 처음 언급되며, 이어서 발표한 「르포르타주냐 형상화냐?(Reportage oder Gestaltung?)」(《좌선회》, 1932년 7월호와 8월호)에 '리얼리즘의 승리'라는 표현 자체가 처음 등장한다. 이후 루카치는 엥겔스의 이 명제를, 이미 그 전에 접한 '레닌의 톨스토이론'[5]의 논지와 통하는 것으로 해석하면서 자신의 문학론 속에 점점 더 적극적으로 용해시켜나가는데, 그 명제는 시기에 따라 조금씩 다르게 해석·수용되는 과정을 거쳐 1930년대 후반에 이르면 그의 문학론을 구성하는 근본적인 계기가 된다. 여기서는 먼저 1930년대에 걸쳐 전개된 그 과정부터 간단히 살펴보도록 하겠다.

루카치의 문학담론에 '리얼리즘의 승리'라는 말이 처음 등장하는 「르포르타주냐 형상화냐?」는 기본적으로 작가의 계급적 기반과 창작 방법의 연관관계를 설정하는 이론적 구도를 취하고 있다. 여기에서

4 1절 아래의 내용은 김경식, 『게오르크 루카치: 과거와 미래를 잇는 다리』, 110~127쪽에 실린 내용을 일부 수정 및 보충하고 축약한 것이다.

5 레닌이 톨스토이에 관해 쓴 몇 편의 글을 '레닌의 톨스토이론'이라 부르는데, 그 글들은 『레닌의 문학예술론』(V. I. 레닌 지음, 이길주 옮김, 논장, 1988)에 번역되어 있다.

그는 다음과 같이 말한다.

> 전체 과정의 형상화는 장편소설의 올바른 구성의 전제조건이다. 그 이유는, 오로지 전체 과정의 형상화만이 자본주의 사회의 경제적 사회적 형식들의 물신주의(Fetischismus)를 풀어헤치고, 그 형식들을 실제로 존재하는 그대로, 인간 상호 간의 (계급적인) 관계들로 나타나게 하기 때문이다(4:44).

이 글에서 올바른 "창작 방법(die schöpferische Methode)"으로 설정된 "전체 과정의 형상화"는 곧 "문학 원리로서의 변증법"[6], 더 정확히 말하면 '유물론적 변증법'이 문학적으로 구현된 것으로 이해되고 있다. 그러나 이러한 창작 방법 — 그때까지 소련의 프롤레타리아 문학론을 주도했던, 루카치 또한 당시에는 그 자장(磁場)에서 완전히 벗어났다고 할 수 없는 RAPP의 공식에 따라 '유물론적 변증법적 창작 방법'이라 칭할 수도 있을 — 은 역사의 어느 시기에나 어떠한 계급에 의해서나 다 가능한 것이 아니다. 루카치에 따르면 그것은 — 프랑스 문학을 중심으로 볼 때 — 부르주아계급이 아직 혁명적이었던 한에서 그 계급의 창작 방법이었으며, 1848년 이후 부르주아계급이 타락한 후에는(이에 관해서는 뒤에서 다룰 것이다) 오로지 프롤레타리아계급의 창작 방법이다(4:42). 루카치가 이렇게 단정하는 본질적인 이유는 자본주의에서 이 두 계급만이(물론 부르주아계급의 경우에는 그 계급이 혁명적

6 루카치가 두 번에 걸쳐 발표한 「빌리 브레델의 소설들(Willi Bredels Romane)」(《좌선회》 1931년 11월호와 1932년 4월호)의 첫 번째 글 제목이 바로 "문학 원리로서의 변증법을 위하여(Für Dialektik als literarisches Prinzip)"이다.

이었던 시기에 한해서) '유물론적 변증법적 사유'를 할 수 있다고 보기 때문인데, 여기에서도 부르주아계급과 프롤레타리아계급은 질적인 차이를 지닌다는 것이 그의 생각이다. 부르주아계급은 그들이 혁명적 계급, 상승하는 계급이었던 시기에조차 부르주아계급인 이상 '허위의식'을 지닐 수밖에 없다. 하지만 프롤레타리아계급에게는 그러한 이데올로기적 한계가 존재하지 않는다는 것이 당시 루카치의 생각이었다. 부르주아계급의 본래적 한계의 소산인 '허위의식'은, 부르주아계급이 혁명적이었던 시기의 "위대한 리얼리스트들"에 의해서 극복될 수 있었는데, 이는 근본적으로 자기 계급의 혁명성 덕택에 "소박한 유물론과 본능적 변증법"(4:43, 각주 4)이 창작의 근저에 놓일 수 있었기 때문이라고 한다. 바로 이러한 현상을 지칭하는 것이 엥겔스의 '리얼리즘의 승리'라는 것이 당시 루카치의 주장이었다.

이렇게 보면 '리얼리즘의 승리' 명제는 상승기 부르주아계급의 "위대한 리얼리스트들"의 예술적 성취를 설명하는 개념이며, 따라서 당시 《좌선회》에 발표한 루카치의 글이 대상으로 삼고 있던 '프롤레타리아 작가'와 '혁명적 작가'에게는 모델이 될 수 없다. 당시 루카치의 논의에서 '리얼리즘의 승리'란 특정한 시기, 곧 부르주아계급이 상승하던 시기의 부르주아 작가들이 거둔 문학적 성취와 연관된 것이기 때문이다. 따라서 당대 부르주아 작가에게도 그것은 모델이 될 수 없는데, 그도 그럴 것이 당시 루카치의 입론에 따르면 부르주아 작가는 더 이상 "전체 과정의 형상화"를 이룩할 수가 없다. 그러한 '창작 방법'은 1848년 이전의 상승기 부르주아계급에 기반을 둔 위대한 리얼리스트들에게만 가능한 것으로 설정된 이상, 그 시기를 아득히 뒤로 한 제국주의 시기 서구의 부르주아 작가에게는 '리얼리즘의 승리'마저 불가능한 것이다.

작가의 역사적 계급적 위치에 결정적인 비중을 두고 있는 이러한 문학론에서 당대 부르주아 작가에게는 철저한 '계급 이전(移轉)', 즉 "혁명적 계급으로 목숨을 건 도약을 하는 것"[7]만이 거의 유일한 대안으로 제시되고 있다. 베를린에서 소련으로 돌아온 직후에 집필한 글들에서도 이런 입장이 유지되는데, 1933년 7월 《문학비평가(Литературный критик; *Literaturnyj kritik*)》(1933년 6월에 창간)에 러시아어로 처음 발표했다가 《국제 문학(*Internationale Literatur*)》 1934년 1호에 — 마지막 부분에서 한쪽 반 정도의 분량을 덧붙여 — 독일어로 다시 발표한 「표현주의의 '위대성과 몰락'('Größe und Verfall' des Expressionismus)」에서도 루카치는 "프롤레타리아계급과 부르주아계급, 혁명과 반혁명 사이에서 분명한 결단"(4:110)을 내릴 것을 촉구하는 양자택일의 구도 속에서, 요하네스 R. 베혀(Johannes R. Becher)를 비롯한 소수의 인물만이 프롤레타리아계급 쪽을 택함으로써 표현주의를 넘어 계속 발전할 수 있었다고 주장한다.

1930년대 초반에 이런 식으로 루카치의 문학담론에 처음 들어온 '리얼리즘의 승리' 명제가 이후 루카치 특유의 '리얼리즘의 승리론'으로 발전하기까지에는 몇 가지 중요한 이론적 계기와 외적 환경이 작용했다. 레닌의 『유물론과 경험비판론』(1908/1909년, 독일어로 번역된 것은 1927년)에서 제시된 '유물론적 반영론'을, 헤겔의 변증법을 집중적으로 고찰하고 있는 레닌의 유고 『철학 노트』(1932년에 독일어로 완

7 Georg Lukács, "Grand Hotel 'Abgrund'"(1933), *Revolutionäres Denken: Georg Lukács. Eine Einführung in Leben und Werk*, Frank Benseler 엮음, Darmstadt·Neuwied: Luchterhand, 1984, 183쪽.

역)에 근거하여 '변증법적인 유물론적 반영론'으로 재구성하고, 이를 문학론의 기초로 정착시켜나가는 과정,[8] 그리고 '리얼리즘'을 더 이상 19세기 전반기의 문학사조나 특정한 양식이 아니라 루카치 자신의 미학적 구상과 역사철학적인 근본 입장, 반파시즘 투쟁의 정치적 전략이 하나로 집중되는 평가 범주로 확립해가는 과정[9] 등이 주요한 문학이론적 계기라면, 코민테른의 노선 변경, 즉 1934년 후반기부터 시작되어 1935년 제7차 코민테른 대회에서 확정되는 민중전선정책(Volksfrontpolitik)[10]은 문학 외적인 조건으로 작용했다. 이러한 계기들과 조건에 힘입는 한편, 개별 작가들과 작품들에 관한 심화된 연구를 거쳐 1930년대 후반에 그가 도달한 "완성된 이론적 구상"[11]은 「마르크스와 이데올로기의 쇠락 문제(Marx und das Problem des ideologischen

8 1929년 12월에 스탈린이 한 연설로 촉발된 '철학 논쟁'(1930/1931)에서 '반영론'이 '마르크스-레닌주의' 철학의 결정적 구성요소로 확고히 자리잡는 과정에서 루카치의 문학론에도 '반영' 개념이 도입되기 시작한다. 특히 그가 1934년에 초고를 집필한 「예술과 객관적 진리(Kunst und objektive Wahrheit)」는 반영론에 입각한 그의 미학적 구상을 "강령적으로" 제시하고 있다. 인용한 곳은 Werner Mittenzwei, "Lukács' Ästhetik der revolutionären Demoktratie", *Georg Lukács. Kunst und objektive Wahrheit. Essays zur Literaturtheorie und -geschichte*, W. Mittenzwei 엮음, Leipzig: Reclam, 1977, 7쪽. 루카치의 '반영론'과 관련된 좀 더 자세한 논의는 김경식, 『게오르크 루카치: 과거와 미래를 잇는 다리』, 94~109쪽을 참고하라.

9 동독의 문예학자 구드룬 클라트(Gudrun Klatt)에 따르면 「독일 현대문학의 리얼리즘(Реализм в современной немецкой литературе)」(《문학비평가》, 1934년 6월호)에서 처음 이 작업이 이루어진다. 이와 관련해서는 Gudrun Klatt, *Vom Umgang mit der Moderne: Ästhetische Konzepte der dreißiger Jahre Lifschitz, Lukács, Lunatscharski, Bloch, Benjamin*, Berlin: Akademie, 1984, 51~61쪽 참조.

10 이 책에서는 Volk를 북한에서 사용하는 '인민'이 아니라 우리에게 익숙한 '민중'으로 통일해서 옮긴다. 따라서 Volksfrontpolitik도 널리 쓰이는 '인민전선정책' 대신 '민중전선정책'으로 옮기며, Volksdemokratie는 '인민민주주의' 대신 '민중민주주의'로, Volkstümlichkeit는 '민중성'으로 적는다.

11 Gudrun Klatt, 앞의 책, 77쪽.

Verfalls)」(1938)에 집약되어 있는데, 이 글의 중심 주제 중 하나가 바로 '리얼리즘의 승리' 문제였다.

방대한 분량의 이 에세이에서 우리는, 역사적 상황 및 계급적 입지점에 거의 결정적인 지위가 부여되었던 1930년대 초반의 이론적 구도와는 확연히 달라진 루카치의 입장을 볼 수 있다. 이러한 입장의 변화에 따라 1930년대 초반에는 부르주아 작가에게 거의 유일한 대안으로 제시되었던 '계급 이전'은 이제 여러 가능성 중 하나로, 그것도 "특히 혁명적인 위기의 시대에"(4:264) 나타나는 특수한 한 가지 가능성으로 상대화된다. 여기서 루카치는 부르주아계급 출신의 개인이 발전할 수 있는 가능성을 네 가지로 '도식화'하고 있는데, 그것은 다음과 같다.

> 첫째, "개인이 [부르주아] 계급 이데올로기의 변호론적 데카당스에 순순히 복종"할 가능성, 둘째, "지적·도덕적으로 최고의 수준에 있는 개인들이 자기 계급과 완전히 단절"할 가능성(이는 "특히 혁명적인 위기의 시대"에 나타나는 현상이다), 셋째, "재능이 많은 사람들이 사회 발전의 모순들, 즉 그들이 지적·도덕적으로 감당할 수 없는 계급 대립들의 첨예화에 부딪쳐 비극적으로 붕괴"할 가능성, 넷째, "정직한 이데올로그가 시대의 중대한 모순들을 생생하게 체험하고 그 체험을 용감하게 따르면서 거기에 대담한 표현을 부여함으로써 자기 자신의 계급과 충돌"할 가능성(4:264).

여기에서 루카치는 부르주아 이데올로기의 전반적인 쇠락기의 한 국면에 해당하는 당대에 부르주아계급 출신의 '개인'으로서 작가가 나아갈 경로로 '계급 이전'(두 번째 가능성)이 아니라 네 번째 가능성,

즉 '리얼리즘의 승리'라 부름직한 길을 제안하고 있다. 1930년대 초반과는 다른 이러한 입장은 앞서 말한 계기들과 조건이 영향을 미친 가운데 루카치의 역사적 상황 인식과 정치적 파토스가 변화한 데에 기인한다. 「블룸-테제」(1928)에서는 물론이고 1930년대 초반까지 그의 가슴속에 있었던 두 개의 영혼, 즉 국제적인 차원에서는 혁명의 순간이 임박했다고 믿고 직접적인 사회주의 혁명을 추구하던 '좌익 급진주의'적 영혼과, 그 자신이 몸소 혁명을 경험한 헝가리에서는 "변증법적인 이행 형태"(2:711)를 설정했던 '현실주의'적 영혼 가운데 후자가 전자를 누르고 전면에 자리잡게 된 것이다. 이를 루카치식으로 말하면, 계급주의적 종파주의적 경향과 반종파주의적 경향의 공존 상태에서 후자가 전자를 누르게 된 것이라고 할 수도 있을 터인데, 1930년대 그의 사유 전체의 성격을 최우선적으로 규정했던 반파시즘 투쟁과 관련된 입장의 변화에서도 이를 확인할 수 있다.

루카치가 1933년에 집필한 책인 『파쇼 철학은 어떻게 독일에서 생겨났는가?(*Wie ist die faschistische Philosophie in Deutschland entstanden?*)』에서도 확인할 수 있듯이 1930년대 초반까지 루카치는 독점자본주의와 파시즘을 내용과 형식의 관계로, 즉 제국주의적 독점자본주의의 착취가 내용이라면 파시즘은 그 형식이라는 식으로 파악했다.[12] 하지만 《문학비평가》 1936년 5월호에 실린 「한스 팔라다(Ганс Фаллада)」에서 그는 파시즘을—코민테른 제7차 대회에서 정식화된, 당시 코민테른 서기장이었던 불가리아 공산당 지도자 게오르기 디미트로

12 Georg Lukács, *Wie ist die faschistische Philosophie in Deutschland entstanden?*(1933), Lászlo Sziklai 엮음, Budapest: Akadémiai Kiadó, 1982, 24쪽.

프(Georgi Dimitroff)의 규정과 유사하게 — 대(大)독점 부르주아지의 가장 반동적 분파의 이해를 정치적이고 이데올로기적으로 표현하는 것으로 규정하고 있다.[13] 파시즘에 대한 이해의 변화는 정세 판단의 변화와 함께하는 것이었는데, 파시즘의 실질적 내용인 제국주의적 독점자본주의의 급속한 붕괴에 대한 희망과 결별한 루카치는 당시 상황을 혁명이 임박한 시기가 아니라 장기적인 반파쇼 투쟁의 국면에 들어선 시기로 파악했다. 이에 따라 반파시즘 투쟁의 목표 설정에서도 변화가 생기는데, 『파쇼 철학은 어떻게 독일에서 생겨났는가?』에서는 반파시즘과 반자본주의를 동일시하면서 직접적인 사회주의 혁명을 목표로 "파시즘이냐 볼셰비즘이냐"라는 슬로건을 주창했다면,[14] 이제는 이를 대신하여 —「블룸-테제」에서는 사민주의적인 입장이라고 부정했던 — '파시즘이냐 민주주의냐' 또는 '야만이냐 휴머니즘이냐'의 구도가 중심에 놓인다. 1937~1938년에 《문학비평가》에 연재된 『역사소설(*Der historische Roman*)』에서 루카치는 한 사상가나 작가의 발전의 측면에서 우선적인 것은 실제 민중생활의 현실적인 문제들과 성실하고 일관되게 대결하는 것이고, 마르크스주의는 "이러한 도정의 시초가 아니라 최상의 경우에 도달할 수 있는 종결"(6:322)이라고 말한다. 따라서 작가의 세계관적 수준을, 그들이 세계관으로서는 마르크스주의에, 정치적 프로그램으로서는 공산주의에 얼마만큼 접근했는가 하는 척도로 판정하는 것은 "종파주의적인 관점"에 불과하다고 비판한다(6:320). 그는 사회의 발전 경로에 관해서도 이와 마찬가

13 Gudrun Klatt, 앞의 책, 229~230쪽, 미주 199 참조.
14 Georg Lukács, 앞의 책, 39쪽.

지의 견해를 피력하는데, 일차적으로 중요한 것은 민중과 "혁명적 민주주의"[15]의 연대를 활성화하는 것이며, 사회주의는 그러한 반파시즘 민주화 투쟁이 마침내 도달하게 될 정점이지 즉각적인 실현 목표가 아니라고 말한다. 이러한 연관을 보지 않고 반파시즘 투쟁에서 사회주의의 즉각적 실현을 요구하는 자는 진정한 투쟁을 방해하는 "트로츠키주의적인 해악 분자"라고까지 비판하고 있다(6:323). 이런 식으로 루카치는 파시즘에 대항하는 모든 민주주의 세력의 폭넓은 연대에 근거한 민중전선 노선을 단순히 일시적 전술이 아니라 전략적 차원에서 지지하고, '계급성'이 아니라 '민중성'을 논의의 중심에 놓는다.[16]

루카치의 이러한 입장은 「블룸-테제」에서 프롤레타리아계급 독재가 아니라 "프롤레타리아계급과 농민의 민주주의 독재"(2:710)의 수립을 전략적 목표로 하는 "전면적 민주주의를 위한 투쟁"(2:717)이라는 정식화를 통해 제시되었다가 외적인 강제로 곧 잠복했던 루카치 고유의 '민주주의 노선'이 코민테른의 민중전선정책에 근거하여 다시 전면에 부상한 것으로 볼 수 있다. 루카치의 이러한 입장은 코민테른과 소련 공산당의 노선 변화를 단순히 추수(追隨)하기만 한 것은 아

15 이를 루카치는 프랑스 혁명기에 생성된 혁명적 민주주의와 구분하여 "새로운 유형의 혁명적 민주주의", "스페인의 민중전선이 실현을 목표로 하고 있는 완전히 새로운 유형의 민주주의"(6:321)라고 한다.

16 참고로 덧붙이자면, 이 점은 반파시즘 투쟁기에 베르톨트 브레히트(Bertolt Brecht)와 대립각을 이룬 지점 중 하나이다. 브레히트는 부르주아지와 프롤레타리아트의 계급 적대에 근거한 계급 노선을 주창하고 계급성을 강조했다면, 루카치는 파시즘에 대항하는 모든 민주주의 세력의 폭넓은 연대에 근거한 민중전선 노선을 지지하고 민중성을 강조했다.

니었는데, 만약 그의 입장이 그러한 추수의 결과에 지나지 않는 것이었다면 1930년대 후반 코민테른과 소련에서 민중전선정책이 유명무실하게 된 이후에는 그의 입장도 그에 따라 바뀌어야 했을 터인데 그렇지 않았다. 그래서 말년의 루카치는 「블룸-테제」 이후 자신의 노선은 변하지 않았다고 회고할 수 있었다.[17] 루카치의 이러한 '민주주의 노선'은 반파시즘 투쟁의 정치적 전략('민중민주주의' 내지 '혁명적 민주주의' 노선으로 부를 수 있을)일 뿐만 아니라 그 당시 유일한 사회주의 국가였던 소련의 내적 문제를 극복하는 방향('사회주의적 민주주의' 노선으로 부를 수 있을)으로서도 의미를 갖는 것이었다. 이러한 입장은 1930년대 말부터 서서히 표면화되는데, 예컨대 1940년 초에 《국제문학》에 러시아어가 아닌 독일어로[18] 발표한 「민중의 호민관이냐 관료냐?(Volkstribun oder Bürokrat?)」에서 그는 "관료주의는 우리 사회주의 사회에도 존재한다"(4:445)고 단언하면서, 이에 대한 반대운동을 민주주의의 전개로부터 기대하고 있다.

17 정확히 말하면 「블룸-테제」에서부터 1930년대 초반까지 루카치의 입장에는 '「블룸-테제」의 노선'이라고 부를 수 있는 것과 계급주의적 혁명주의적 사고가 혼재되어 있었다. 이와 관련해서는 김경식, 『게오르크 루카치: 과거와 미래를 잇는 다리』, 81~92쪽을 참고하라.

18 모스크바 망명 시기에 루카치는 대부분 독일어로, 드물게 헝가리어로 글을 집필했지만, 글의 발표는 독일어와 헝가리어뿐만 아니라 러시아어로도 이루어졌다. 러시아어로 된 글들 대부분은 《문학비평가》에 수록되었는데, 루카치가 러시아어에 능통하지 않았기 때문에 《문학비평가》에 실린 글들은 제3자에 의해 러시아어로 번역되어야 했다. 이 번역 과정에서 루카치가 동시대 소비에트 문학과 공식적 사회주의 리얼리즘에 가했던 비판은 축소·삭제되거나 무해하고 체제 긍정적인 것으로 변색되기도 했다. 「민중의 호민관이냐 관료냐?」가 독일어로 발표되었다는 것은 그런 번역이 중간에 개입되지 않았다는 것을 뜻한다.

> 사회주의에서 (…) 경제의 발전 자체와 문화생활에 대한 대중의 각성, 그리고 점점 더 강화되는 민주주의의 전개는 관료주의에 대한 반대운동을 불러일으킨다(4:446).

하지만 이때까지만 해도 루카치는 그러한 관료주의를 소련 사회주의 체제 자체의 필연적 소산으로 보지 않고 소련 사회에서 완전히 극복하지 못한 자본주의의 잔재로 이해했다. 사회주의의 문제를 현실사회주의 자체의 이념적 구조적 문제, 즉 스탈린주의와 그것에 의해 지배된 사회주의 체제의 문제로 파악하고 표현하는 것은 스탈린 사후에 스탈린에 대한 비판이 이루어진 소련 공산당 제20차 당 대회 이후에나 가능해진다.

다시 '리얼리즘의 승리' 문제로 돌아가서 보자면, 루카치의 문학담론에서 '리얼리즘의 승리'가 1930년대 후반에는 '모더니즘'(당시 루카치의 담론에서는 "전위주의"로, 그리고 이데올로기의 쇠락 내지 타락이라는 의미에서 문학적 "데카당스"로 불린)의 대안으로 제시된 것이 분명하다. 1930년대 중후반에 전개된 반파시즘 투쟁의 맥락에서, 아직 사회주의자는 아니지만 민중적 휴머니즘에 입각한 반제 반파시즘 지향을 지닌 부르주아 작가들과 문학적 동맹을 맺고, 모더니즘 쪽으로 쏠리는 그들을 리얼리즘 쪽으로 견인할 수 있는 이론적 근거로서 '리얼리즘의 승리' 명제를 활성화한 것으로 볼 수 있는 것이다. 하지만 '리얼리즘의 승리'가 '속류사회학주의(Vulgärsoziologismus)'는 물론이고 '공식적 사회주의 리얼리즘'[19]의 담론 및 실제에 저항하는 역할을 하기

19 루카치는 "스탈린이 트로츠키, 부하린 등을 이론적이고 정치적이고 조직적으로 제압

도 했음을 짐작하기란 어려운 일이 아니다. 말년에 이루어진 루카치의 회고를 보면 '리얼리즘의 승리론'을 통해 그가 의도한 것은 오히려 후자 쪽이었던 것으로 보일 정도이다. 생애 마지막 순간에 쓴 자서전 초안인 「삶으로서의 사유」에 나오는 다음과 같은 대목도 그런 인상을 준다.

> 활동 장(場)의 확대: 비록 스탈린 체제의 관료주의적 편협성과 경직성이 논쟁들에서 점점 더 분명하게 부각되긴 했지만(논문: 「민중의 호민관이냐 관료냐」), 갈등의 확장은 거의 눈치챌 수 없게, 아직은 스탈린 체제에 대해서 직접적이고 의식적으로 등을 돌리는 모습을 하지는 않은 채 이루어짐 — 처음: 스탈린의 기계적 통일성과 대립하는 것으로서 레닌의 세분화[를 부각시킴]. 마찬가지로: 엥겔스의 '리얼리즘의 승리'를 — '위'로부터의 이데올로기적 통제에 맞서 — 점차 강력하게 전면에 부각. 그러한 절대적 조종 가능성은 — 예술에서, 예술을 위해서 — 결코 존재하지 않음: (견책당할 수 있는) 작가의 지향이나 의도가 아니라, '리얼리즘의 승리'에 예속되어 있는 형상화가 결정적으로 중요함. 따라서 이데올로기는 — 대개 간접적으로 — 태도에 영향을 미칠 수 있음.[20]

루카치의 문학담론이 1930년대 중후반 소련 문학계 내에서 아무

하는 것이 성공한 이후에 소련에서 전개된 마르크스주의"를 "공식적 마르크스주의(offizieller Marxismus)"(18:434)라는 개념으로 지칭했다. 이 표현을 빌려 나는 1930년대 중후반 이후 소련 문학을 지배하게 되는 스탈린주의적인 사회주의 리얼리즘을 '공식적 사회주의 리얼리즘'이라 부르고자 한다.

20 게오르크 루카치, 「삶으로서의 사유」, 『삶으로서의 사유: 루카치의 자전적 기록들』, 김경식·오길영 편역, 352쪽.

리 큰 영향력을 지닌 것이었다 하더라도—사실 이는 과장된 측면이 있는데[21]—'리얼리즘의 승리론' 자체는 스탈린주의의 전반적 흐름에 대립했던 것으로 보는 게 타당하다. 계급주의적이고 종파주의적이었던 RAPP를 위시한 여러 문학 집단들이, 계급들을 포괄하는 '사회주의 문학'을 수립하기 위한 당의 결정에 의해 해체되고, 그 대신 단일 작가조직인 소련작가동맹(Schriftstellerverband der UdSSR)의 창설이 준비되기 시작한 1932년 4월부터, 작가동맹이 창설된 제1차 소비에트 작가 전(全) 연방대회(1934년 8월 17일~9월 1일)를 거쳐 반파시즘 민중전선정책이 관철되던 시기까지 소련 문학계의 이론적 논의에서 루카치가 포함된 《문학비평가》 그룹이 중심에 있었던 것은 사실이다. 소련작가동맹 조직위원회에 의해 1933년 6월에 창간된 《문학비평가》는 1930년대 중후반 소련의 문학이론을 공고화하는 데 큰 역할을 했다. 이 잡지는 1930년대 중후반에 조성된 이데올로기적 문학적 지형(RAPP의 계급주의에 대한 비판, 반파시즘 민중전선정책과 더불어 계급성에서 민중성 및 휴머니즘으로의 방점 이동 등등)을 이용하여, 소비에트 문학이 '긍정적 주인공'을 이상화된 '모범적 주인공'으로 변조하여 기존

21 루카치가 소련에 망명해 있었던 헝가리와 독일의 문학인들에게 지대한 영향을 미친 것은 분명한 사실이다. 하지만 소련에서 그는, 비록 《문학비평가》의 일원이긴 했지만 어디까지나 외국인 망명객이었다. 그가 1933년부터 1940년까지 소련에서 전개된 일련의 문학논쟁에 주로 《문학비평가》의 지면을 통해 참여함으로써 소련 문학계에 '이론적' 영향을 미친 것은 사실이지만, '소련의' 문학계를 실제로 움직이는 힘이 그에게 있었다고 보는 것은 무리이다. 발터 벤야민은 1938년 7월 29일 자 일기에서 "현재 루카치가 '저쪽에서' 상당한 위치에 있다는 브레히트의 설명"을 들었다고 적으면서 마치 루카치가 소련 문학계에서 적지 않은 '권력'을 가지고 있는 양 기술하고 있는데, 이 일기에 등장하는 브레히트나 그의 설명을 듣고 반응하는 벤야민이나 루카치의 영향력을 과대평가하고 있기는 마찬가지이다. 인용한 곳은 발터 벤야민, 『브레히트와 유물론』, 윤미애·최성만 옮김, 길, 2020, 263쪽.

현실을 일방적으로 미화하는 데 반대했으며, '혁명적 낭만주의'의 이름으로 정당화된 사이비 낙관주의를 거부하는 입장을 개진했다. 또한 마르크스의 불균등발전론에 기대어 도식적인 진보주의적 문학사 서술을 비판하고, 객관적인 현실에 대한 올바른 반영을 문학에 요구함으로써 공식적 사회주의 리얼리즘의 '도해(圖解) 문학'[22]적 경향에 반대하는 이론적 비평적 작업을 전개했다. 하지만 반파시즘 민중전선정책이 퇴조하고 옛 RAPP 계열이 다시 소련 문학의 주도권을 잡게 된 1939년에 들어와서 이 잡지는 공격의 대상이 된다. 공격은 먼저 엘레나 우시예비치(Elena Usievič)에게 가해졌는데, 《문학비평가》의 중심 멤버였던 그녀가 동시기 소비에트의 정치시를 블라디미르 마야코프스키(Vladimir Mayakovskii)의 시와 비교하여 비판하자 이에 대한 반격이 이루어졌고, 이것은 이 글 앞에서 언급한 1939~1940년 문학 논쟁으로 이어졌다. 이 논쟁의 중심 대상은 루카치가 1939년에 러시아어로 출판한 『리얼리즘의 역사에 관하여(К истории реализма)』였다. 괴테, 횔덜린, 클라이스트, 뷔히너, 하이네, 발자크, 톨스토이, 고리키 등을 다룬, 1934년부터 1936년까지 쓴 글들을 모은 삼백칠십쪽 분량의 이 책을 주대상으로 삼아 벌어진 논쟁은, '리얼리즘의 승리' 명제를 문학비평에서 어디까지 적용할 수 있는지에 대한 문제를

22 '도해 문학'은 'die illustrierende Literatur'를 옮긴 말로서, 루카치가 공식적 사회주의 리얼리즘의 성격을 지칭한 말이다. 당이나 국가의 결정을 대중에게 효과적으로 전달·선전하기 위해 그 결정을 문학적으로 포장한 '도해 문학'으로서 공식적 사회주의 리얼리즘은, 현실에 대한 탐구에서 생성된 것이 아니라 기관의 전술적 지침에 따라 생성된—루카치의 기준에서 보면—비예술적이고 반예술적인 '예술'이다. 문학의 도해적 성격을 포함하여 스탈린주의적인 사회주의 리얼리즘 전반에 대한 루카치의 비판에 관해서는 본서 제7장 2절을 참고하라.

중심으로 전개되었다.[23] 이 논쟁에서 《문학비평가》는 크니포비치, 킬포친, 에르밀로프, 그리고 당시 소련작가동맹의 의장이었던 알렉산더 파데예프(Alexander Fadeyev) 등 소련 문학계의 '주류'로부터 계급 대신 민중성과 휴머니즘을 과잉 강조하고 동시기 소비에트 문학을 경시한다고 비판받았으며,[24] 소비에트 문학 현장과 동떨어진 자폐적 이론 활동은 "마르크스-레닌주의로부터 이탈"한 "사이비 과학적 객관주의"[25]로 귀착되었다고 공격당했다. '세계관과 창작 방법 논쟁'에 이어 '리얼리즘의 승리' 문제가 다시 쟁점으로 부상한 이 논쟁에서, '리얼리즘의 승리'는 부르주아적 비판적 리얼리즘에는 적용될 수 있지만 사회주의 리얼리즘에는 유효하지 않다는 결론이 났으며, 수미일관한 마르크스주의적 세계관과 리얼리즘적 형상화의 밀접한 연관성이 한층 더 강조되었다.[26] 이러한 노선은 이후 소련을 위시한 동구사회주의권의 공식 문예 노선에서 대체로 일관되게 유지되었다.

루카치는 "논쟁이 직접적인 '행정적' 결과를 가져오진 않았다"[27]고 했지만 논쟁 이후 《문학비평가》는 발행을 중단한다. 논쟁에 대한 명

23 이상은 Georg Lukács, "Art and Society"(1968), *Mediations* 제29권 2호, 2016년 봄, 13~14쪽 참조.

24 이와 관련해서는 다음 글의 후반부를 참조하라. David Pike, "Il campione del realismo socialista", *Lettera Internazionale* 23호, 1990. https://gyorgyLukács.wordpress.com/2015/11/18/il-campione-del-realismo-socialista/(2023년 10월 25일 최종 접속).

25 Hans Günther, *Die Verstaatlichung der Literatur. Entstehung und Funktionsweise des sozialistisch-realistischen Kanons in der sowjetischen Literatur der 30er Jahre*, Stuttgart: Metzler, 1984, 154쪽.

26 Simone Barck, "Wir wurden mündig erst in deiner Lehre …. Der Einfluß Georg Lukács' auf die Literaturkonzeption von Johannes R. Becher", *Dialog und Kontroverse mit Georg Lukács*, 275~276쪽.

27 Georg Lukács, "Art and Society", 14쪽.

시적 언급은 없었지만 《문학비평가》 그룹이 소비에트 문학 현장에 대해 무관심하고 폐쇄적이라는 지적을 담고 있는 소련 공산당 중앙위원회 결의문(「문학비평과 서평에 관하여(О литературной критике и библиографии)」, 1940년 11월 26일)에 따라 《문학비평가》는 1940년 제3호(11/12월)로 종간을 맞게 된다.[28] 이후 헝가리로 귀국할 때까지 루카치는 더 이상 러시아어로는 글을 발표하지 못하고 헝가리어와 독일어로 발간되는 잡지에만 기고할 수 있었다. 게다가 루카치는 — 이는 소련에서 전개한 이론적 활동과는 무관하게 벌어진 일이었지만 — 히틀러가 소련 침공 작전인 바르바로사(Barbarossa) 작전을 개시한 지 일주일 후인 1941년 6월 29일에 '헝가리 정치경찰을 위해 활동하면서 소련 내 헝가리 요원들을 관리한 간첩이자 트로츠키주의자'라는 혐의를 받고 약 두 달간 구금되어 아홉 차례 심문을 받는 수난을 겪기도 한다.[29] 이러한 정황을 총괄적으로 볼 때 루카치의 '리얼리즘의 승리론'은 스탈린주의적 관료주의와 부르주아 민주주의에 동시에 맞선 그의 '민주주의 노선'과 마찬가지로, 공식적 사회주의 리얼리즘과 모더니즘에 동시에 맞선 "양면전"[30]의 일환이었던 것으로 볼

28 소련 공산당 중앙위원회 결의문 「문학비평과 서평에 관하여」의 내용에 관해서는 이병훈·이양숙, 「사회주의 리얼리즘과 1930년대 세계관과 창작 방법 논쟁」, 《러시아연구》 28권 1호, 2018, 134쪽을 참고하라.

29 루카치는 1941년 6월 29일 체포되어 내무인민위원부(NKVD)의 모스크바 본부인 루뱐카의 감옥에서 심문을 받았다. 루카치의 부인과 친구들의 청원으로 게오르기 디미트로프가 개입하여 같은 해 8월 26일에 석방되었다. 루카치가 크게 고생하지 않고 빨리 풀려난 것은, 디미트로프의 개입 덕도 있었지만 대숙청의 파고가 가라앉은 뒤라서 가능했던 일이었다. 이 사건과 관련해서는 Wladislaw Hedeler, "'Gestehen Sie Ihre Spionagetätigkeit'. Georg Lukács in der Lubjanka", *Deutsche Zeitschrift für Philosophie* 제48권, 2000년 3호를 참고하라.

30 「삶으로서의 사유」에서 루카치는 이를 "'모더니즘'과 스탈린식 조작에 동시에 반대"

수 있다.

물론 루카치의 '리얼리즘의 승리론'에 대한 평가가 특수한 역사적 정세 속에서 행해진 이 같은 역할과 그 효과를 지적하는 것으로 그칠 수는 없다. 보다 일반적인 맥락에서 루카치의 '승리론'은 무엇보다도 올바른 마르크스주의 문학론을 수립하고자 한 이론적 노력의 일환으로 파악되어야 한다. 앞서 우리가 「삶으로서의 사유」에서 인용한 문장에 바로 이어지는 문단은 이러한 방향을 가리키고 있다.

> 이것이 발생과 미메시스를—이에 따라서: 무엇을?과 어떻게?를—탐구한 이유. 미메시스의 발생을 [통해] '리얼리즘의 승리'는 모든 비합리주의적 색채를 버리게 됨: '리얼리즘의 승리'에서 바로 역사의 진리가 발현.[31]

아래에서는 루카치의 '리얼리즘의 승리론'에 내속된 이론적 계기들과 그 연관관계를, 다시 말해 "발생과 미메시스"에 대해, "이에 따라서 무엇을?과 어떻게?"에 대해 루카치가 탐구한 내용을 자세히 살펴볼 것인데, 그 과정에서 루카치의 리얼리즘론 자체에 관한 몇 가지 통념을 교정할 수 있기를 바라며, 그리하여 그의 문학론, 특히 그의 장편소설론을 떠받치고 있는 '정신'에 조금 더 가까이 다가갈 수 있게

(『삶으로서의 사유: 루카치의 자전적 기록들』, 김경식·오길영 편역, 351쪽)라고 정식화한다. 지금까지 내가 쓰고 옮긴 다른 글에서는 "이중전선투쟁", "양면전선투쟁" 등으로 옮기기도 했던 "Zweifrontenkampf"를 여기서는 "양면전"으로 옮겨보았다. 루카치의 텍스트 여러 곳에 등장하는 이 단어는 항상 양극단에 맞서는 가운데 '제3의 길'을 찾고자 한 그의 이론적 활동의 성격을 잘 보여주는 용어이다.

31 게오르크 루카치, 「삶으로서의 사유」, 『삶으로서의 사유: 루카치의 자전적 기록들』, 김경식·오길영 편역, 352쪽.

되기를 기대해본다.

2. 현실 갈구와 '작가적 정직성'

엥겔스의 편지에서 '리얼리즘의 승리'라는 말은, 발자크가 정치적으로 정통 왕당파적인 세계관을 가지고 있었음에도 불구하고 정작 자신의 작품에서는 귀족들이 신랄하게 풍자되고 귀족계급의 몰락의 필연성이 그려지고 있으며, 나아가 자신의 정치적 적수인 공화주의적 반란자들을 그 시대의 진짜 영웅으로 그리고 있는 현상과 관련해 사용되고 있다. 해당 대목을 보도록 하자.

> 이처럼 발자크가 자신의 계급적 공감과 정치적 편견에 역행할 수밖에 없었다는 점, 자신이 애착을 가진 귀족들의 몰락의 필연성을 그가 실제로 **보았고** 그들을 몰락해 마땅한 족속으로 그렸다는 점, 그리고 진정한 미래의 인간들을 당시로서는 유일하게 그들이 존재했던 그러한 곳에서 그가 실제로 **보았다**는 점 — 이것이야말로 나는 리얼리즘의 가장 위대한 승리 가운데 하나이며 우리 발자크 선생의 가장 멋들어진 특징의 하나라고 생각합니다.[32]

32 Karl Marx·Friedrich Engels, *Marx and Engels. On Literature and Art*, Andy Blunden 옮김, Moscow: Progress Publishers, 1976, 92쪽. 백낙청, 「민족문학론과 리얼리즘론」, 『현대문학을 보는 시각』, 192쪽의 번역을 참조했다. 루카치가 인용하는 독일어본에는 "보았다"가 강조되어 있다. 엥겔스의 원문에 그렇게 되어 있는 것인지 아니면 독일어본 편집자가 작가의 문학적 비전 속에서 '보인' 것을 강조해서 그렇게 옮긴 것인지는 알 수 없지만 여기서 전체 번역은 백낙청을 따르되 "보았다"만 루카치의 인용

그런데 엥겔스의 편지에는 이러한 현상, 즉 '리얼리즘의 승리'를 가능케 한 조건이나 근거에 대한 설명이 없다. 이런 연유로 '리얼리즘의 승리'는 마치 문학창작 과정에서 어떤 비합리적인 힘이 작용한 결과로 여겨질 수도 있었다. 이 명제가 "옛 영감론이나 계시라고 하는 종교적 신비적 체험의 세속적 근대판으로서 그것을 창작의 결과에 적용한 것이라는 국면도 없지 않다"[33]는 지적은 그런 식의 이해를 보여주는 한 예이다. 루카치의 '리얼리즘의 승리론'은 '승리' 명제의 수용에 배어들 수도 있는 바로 그와 같은 "모든 비합리주의적 색채"[34]를 제거하고자 한다.

'리얼리즘의 승리'와 관련하여 루카치가 맨 먼저 강조하는 것은 "위대한 예술가의 현실갈구(Wirklichkeitshunger), 광적인 현실추구(Wirklichkeitsfanatismus)와 그의 도덕적 측면인 작가적 정직성"(6:441)이다. 곳에 따라서 "미적 정직성(ästhetische Ehrlichkeit)", "작가적 대담성(schriftstellerische Kühnheit)", "작가적 올곧음(schriftstellerische Aufrichtigkeit)" 등으로도 표현되는 "작가적 정직성(schriftstellerische Ehrlichkeit)"은, 작가의 "현실갈구"가 창작 과정에서 실현되는 것을 가리키는 말이다.

여기서 말해지는 것은 무엇보다도 진짜 위대한 작가와 예술가들의, 모

(10:227)에 따라 강조했음을 밝혀둔다.

33 유종호, 「급진적 상상력의 비평: 그 기본 개념에 대하여」, 《세계의 문학》 45호, 1987년 가을, 41쪽.

34 게오르크 루카치, 「삶으로서의 사유」, 『삶으로서의 사유: 루카치의 자전적 기록들』, 김경식·오길영 편역, 352쪽.

든 허영심에서 벗어난 확고한 미적 정직성이다. 그 작가와 예술가들에게는 그들이 많은 노고를 바친 심원한 연구를 기반으로 접근했던, 있는 그대로의 현실이, 가장 마음에 들고 가장 소중하며 가장 내밀한 그들의 개인적 소망보다 우위에 있다. 위대한 예술가의 정직성은 바로 다음과 같은 데에, 즉 그가 어떤 견해와 환상들을 위해 상상력을 발휘하여 인물을 형식화했는데 그 인물의 발전이 그 견해와 환상들을 반박하게 되면 그는 주저 없이 그 인물로 하여금 궁극적인 결론에 이르기까지 자유로이 발전하게 하며, 또한 자신의 가장 깊은 확신조차 그것이 현실의 심오하고 진정한 변증법과 모순될 경우에는 허공 속에 사라져버린다 해도 조금도 괘념치 않는 데에 있다. 이러한 정직성을 우리는 세르반테스와 발자크와 톨스토이의 작품에서 볼 수 있고 연구할 수 있다(10:227).

창작 과정에서 창작의 전제조건이기도 한 작가의 개인적 견해와 소망 등이, 작가 자신의 창조적 상상력을 통해 고안된 상황과 인물들의 현실적인 전개 과정과 충돌할 때, 충돌하는 양자를 '조화'시키는 데 급급해 하거나 그 견해와 소망을 일방적으로 관철시키려 하는 것이 아니라 작가 자신의 문학적 비전 속에서 보인 현실의 전개를 정직하고 대담하게 따르는 것, 이것이 곧 위대한 작가와 예술가들에게서 볼 수 있는 "작가적 정직성"이라는 것이다. 앞에서 말한 1939~1940년 문학논쟁 와중에 썼으나 발표하지는 않았던 한 글의 표현을 빌리자면, "현실 자체, 현실의 교활함과 현명함에 대해 갖는 경외심의 예술적 표현일 따름"인 이 같은 태도는, "현실로부터 배움"의 태도가 예술적 창작 과정에서 구현된 것이라 할 수 있다.[35] "리얼리즘의 승리"란 작가가 "미리부터 지녀온 그릇된 견해, 편견, 불완전한 관념 등에 대한 현실의 승리"[36]라는 루카치의 정식화는 이런 맥락 속에 있는 것이다.

루카치가 "현실로부터의 배움"을 말하는 것은 인간의 어떠한 인식보다도 현실은 더 풍부하고 심오하며 복잡하다는 관념을 전제로 한 것이다. 그에게 현실, 더 정확히 말하면 과정으로서의 현실은 그 넓이와 깊이에서 '무한한' 것으로 가정된다. 그는 그러한 현실의 무궁무진한 풍부함과 복잡성을 역설하기 위해 "역사의 교활함(Schlauheit der Geschichte)"을 말하는 레닌을 여러 곳에서 인용한다. 레닌은 "역사, 특히 혁명의 역사는 가장 훌륭한 당들, 가장 선진적인 계급들의 가장 계급의식적인 전위들이 상상하는 것보다 언제나 더 내용이 풍부했으며, 더 다양하고 더 다면적이며 더 생동하고 '더 교활'했다"[37]고 한다. 여기서 레닌이 말한 "역사의 교활함"은 곧 '현실의 교활함'이자 인간 의식에 대한 '현실의 우월함'의 다른 말인데, 그렇기 때문에 인간 인

35 Georg Lukács, "Marxismus oder Proudhonismus in der Literaturgeschichte?"(1940), *Georg Lukács Moskauer Schriften. Zur Literaturtheorie und Literaturpolitik 1934~1940*, Frank Benseler 엮음, Frankfurt am Main: Sendler, 1981, 133쪽.

36 Georg Lukács, "Verwirrungen über den 'Sieg des Realismus'"(1940), Frank Benseler 엮음, 같은 책, 89쪽. 이 글 역시 1939~1940년의 문학논쟁 와중에 쓴 글로서, 그때 쓴 글 중 유일하게 — 비록 글 전체가 아니라 일부이긴 하지만 — 발표된 글이다. 발표된 글 제목은 다음과 같다. 「진보주의자가 보는 '리얼리즘의 승리'('Победа реализма' в освещении прогрессистов)」, 《문학신문(Литературная Газета)》 1940년 13호(3월 5일), 3~4쪽. 여기서 "진보주의자"는 당시 논쟁의 상대였던 크니포비치와 킬포친 등을 가리키는 말로, 이들은 선형적이고 모순 없는 역사적 발전에 대한 믿음에 근거하여 세계관을 진보적 세계관과 반동적 세계관으로 양분하고 전자만 문학에 유리하고 후자는 오로지 손해만 가져온다는 식의 주장을 하고 있다고 비판하는 맥락에서 사용하고 있는 말이다.

37 루카치의 텍스트 여러 곳에서 인용되는데, 여기서 재인용한 곳은 게오르크 루카치, 「소설」, 『소설을 생각한다』, 비평동인회 크리티카 엮음, 105쪽.

식의 발전 과정이란 그러한 현실의 실상, 위 인용문에서 루카치가 말하는 "있는 그대로의 현실(die Wirklichkeit, so wie sie ist)"에 더 가까이 다가가는 '무한한' 도정이 되며, 문학의 리얼리즘적 성취의 정도는 그 도정에서 이룩한 성취의 크기로 판가름 난다.

이 대목에서 루카치에 대한 흔한 오해를 피하기 위해 "작가적 정직성"이라는 말 자체의 뜻을 살펴볼 필요가 있다. 우리가 "작가적 정직성"으로 옮긴 "schriftstellerische Ehrlichkeit"는 작품 이전의 한 개인으로서 작가의 도덕적 성품을 뜻하는 말이 아니다. 우리가 위에서 인용한 루카치의 말에서 "그[위대한 예술가]의 도덕적 측면인 작가적 정직성"이라는 표현이 그런 식으로 이해하게 만드는 측면이 없진 않지만, 그가 말하는 "작가적 정직성"은 어디까지나 **작가로서의** 정직성, 즉 작품의 창작 과정에서 실현되는 정직성, 작품에서 구현되는 정직성이다. 이를 분명히 해주는 것이 위에서 인용한 루카치의 말에 등장하는 "미적 정직성"인바, 그가 말하는 "작가적 정직성"은 작품 바깥의 한 개인으로서 작가의 정직성이 아니라 "미적 정직성"이다. 이렇게 보면 그것은 백낙청이 데이비드 로런스의 에세이 「장편소설(The Novel)」의 한 대목을 해석하면서 로런스는 장편소설에는 "작품의 정직성을 담보하는 장치가 내재"[38]한다고 보았다고 했을 때의 그 "작품의 정직성", 또는 로런스는 "저자가 일면적인 비전에 탐닉할 때 균형을 잡아주기 위해서라도, 조심하지 않으면 밟아 미끄러지는 '바나나 껍질'로서의 일정한 사실주의적 충실성을 장편소설의 필수요건으

38 백낙청, 「문학이 무엇인지 다시 묻는 일: 촛불과 세계적 경제위기의 2008년을 보내며」, 《창작과비평》 36권 4호, 2008년 겨울, 22쪽.

로 꼽기까지 한다"[39]고 했을 때의 그 "일정한 사실주의적 충실성"과도 — 말이 쓰인 맥락은 다소 다르지만 — 통하는 면이 있다.

루카치의 텍스트에서 쓰이는 "작가적 정직성"이라는 말의 뜻을 짚어본 것은, 그가 '리얼리즘의 승리론'을 전개하면서 '정직성'이라는 '도덕적' 개념을 동원한다는 이유로 그의 '승리론'을 유물론과는 거리가 먼 것으로 비판하는 일이 빈번하기 때문이다. 루카치의 '승리론'은 "주의주의적이고 도덕적인 방식"[40]으로 이루어지고 있다는 피에르 마슈레(Pierre Macherey)의 비판도 그중 하나이다. 하지만 그러한 비판 대부분은 "작가적 정직성"이라는 말의 뜻을 한 인격체로서의 작가의 정직성과 혼동하고 있을 뿐만 아니라 "작가적 정직성"을 통한 루카치의 설명이 그의 '승리론'의 출발점에 불과하다는 사실을 간과하고 있다. 루카치는 "작가적 정직성"이라 칭한 측면이 자신의 '승리론'에서 점하는 부분적 제한적 성격을 분명히 한다. 그것은 작가 자신의 직접적인 주관적 세계관과 작품 전체가 제시하는 세계관 내지 세계상 사이에서 확인되는 모순적 현상에 관한 일차적인 설명일 따름이며, 그러한 현상의 심층에 있는 사회적 세계관적 내용까지 구체적으로 해명해주는 것은 아니라는 것이다. 독일의 문예학자인 페터 뷔르거(Peter Bürger) 역시 이 점을 간과한 채 루카치의 '승리론'을 읽는다. 그렇기 때문에 그의 눈에 루카치의 '승리론'은 문학에 관한 — 루카치가 자임하는 — 마르크스주의적인 파악과는 거리가 먼 것으로 보일 수밖에

39 백낙청, 「소설가/개벽사상가 로런스」, 『서양의 개벽사상가 D. H. 로런스』, 창비, 2020, 42쪽.

40 피에르 마슈레, 「반영의 문제」, 『유물론 반영론 리얼리즘』, 도미니크 르쿠르 외 지음, 이성훈 편역, 백의, 1995, 219쪽.

없다. 뷔르거의 말을 들어보자.

> 발자크를 설명하기 위해서도 루카치는 '작가적 정직성'이라는 개념을 사용하고 이것을 '위대한 리얼리스트들의 심원한 작가적 도덕'이라고 파악한다. 정직성 내지 올곧음은 여기서 도덕의 문제로 나타난다. 그것은 사회적 입지가 아니라 예술가의 '위대성'으로 소급된다. 거기에는 그럴 만한 이유가 있다. 1830년 이후의 발자크의 군주제적 성향을 '중요한 사회적 운동'에서 연유하는 것으로 보기는 힘들기 때문이다.[41]

뷔르거는 여기에서 두 가지 오해를 하고 있다. 그 첫 번째 오해는, 바로 위에서 말했다시피 루카치의 입론에서 "작가적 정직성" 개념 자체가 지닌 설명 능력의 제한성을 간과한 것이며, 두 번째 오해는 루카치가 말하는 "중요한 사회적 운동"에의 '동참'을 지나치게 협소하게 이해한 것이다.

먼저 첫 번째 오해와 관련해서 보자. 물론 리얼리즘적인 문학의 위대한 성취를 위해서는 작가의 예술적 재능이나 '작가적 정직성'을 포함한 '예술가의 위대성'은 불가결한 계기이며, 루카치 역시 이 점을 강조해마지 않는다. 그러나 루카치가 이것만으로 '리얼리즘의 승리'를 설명하고 있는 것은 아니다. 그것은 발자크의 위대한 문학적 성취를 가능케 한 전체의 한 계기일 뿐이다. 루카치는 다음과 같이 말한다.

41 Peter Bürger, "Was leistet der Widerspiegelungsbegriff in der Literaturwissenschaft?", *Vermittlung — Rezeption — Funktion*, Frankfurt am Main: Suhrkamp, 1979, 32~33쪽.

> 작가의 도덕은 그가 현실을 이러저러하게 볼 때 무엇을 할 것인가라는 물음에 답을 제공한다. 그렇지만 이로부터 그가 어떻게 보며, 무엇을 보는지가 분명해지는 것은 아니다(6:442).

작가가 현실을 어떻게 보며 그 속에서 무엇을 보는지의 문제는 "작가적 정직성"으로 다 설명될 수 없다. 루카치는 바로 여기에서 "예술적 형상화의 사회적 피규정성의 가장 중요한 문제들"(6:442)이 나타난다고 한다. 이런 "문제들"에는—뷔르거의 두 번째 오해와 관련된—작가가 삶·현실과 맺고 있는 관계의 문제, 그리고 이를 규정하는 사회적 역사적 조건의 문제 등이 포함되는데, 여기에서는 '체험'에 관한 루카치의 견해를 실마리로 삼아 그의 논의를 살펴보도록 하겠다.

3. 삶을 대하는 작가의 태도와 사회적 역사적 조건

루카치의 마르크스주의 이론 전반을 대상으로 한 비판들 가운데 하나로 '방법론주의(Methodologismus)'라는 평가가 있다. 문학창작에서도—일반화될 수 있는—창작 방법을 일방적으로 강조하고 작가의—일반화될 수 없는—체험이 지닌 예술적 의미를 경시한다는 평가를 받기도 했다. 이미 1930년대에, 루카치와 절친했던 아나 제거스(Anna Seghers)마저 루카치에게 이러한 혐의를 둔 바 있다. 이른바 '표현주의 논쟁'(1937~1938)이 일단락된 뒤 루카치에게 보낸 한 편지(1938년 6월 28일 자 편지)에서 제거스는, 당시 '리얼리즘'이라는 '방법'만 익히면 훌륭한 작품을 창작할 수 있기나 하는 양 너무 쉽게 '방법'을 들먹이는 풍조가 있음을 지적한다. 제거스는 그 어떤 방법 혹은 예술적 규범을 통해서도 대신할 수 없는, 예술창작의 가장 기초적인 출발점을 이루는 작가 자신의 "근본체험의 직접성"의 의미를 강조하면서, 루카치의 입론은 이 지점을 경시하고 있다는 듯이 적고 있다(4:352/353). 하지만 루카치도—제거스의 편지에 대한 1938년 7월 29일 자 답신에서—예술창작이 작가의 체험, 제거스가 "근본체험의 직접성"이라 칭한 그 체험에서 출발한다는 사실을 부인하지 않는다.[42] 그런데 체험은 역사적 현실 속에서 살아가고 있는 작가들에 따라 상이한 구조와 상이한 내용을 가진다. 여기에서 루카치가 강조하는 것은, 체험이 마치 고립된 '물 자체(Ding an sich)'와 같은 것이 아니라 "작가의 삶의 과정에서의 한 계기"라는 점이다. 그러므로 "작가가 살아가는 의식적이고 무의식적인 삶 전체, 그의 지적 도덕적 작업 자체가 그러한 체험의 내용이 될 것을 결정한다." 이른바 "근본체험의 직접성"은 삶 속의 한 계기로서 작가의 "과거 전체와 관련을 가지며, 그것은 곧 이 과거의 압축이자 폭발적 표출"이라는 것이 루카치의 생각이다(4:356/357). 따라서 어떻게 무엇을 지각하고 체험하는가는 작

42 이재황에 따르면 제거스가 말하는 "근본체험의 직접성"은 괴테가 말한 "원초적 인상(Originaleindruck)"과 유사한 것으로서, 현실에 대한 최초의 원초적 인상이 예술창작의 원천일 뿐만 아니라 목표가 된다. 이에 관해서는 이재황, 「안나 제거스의 망명기 문학과 그 미학적 기초: 소설 『제7의 십자가』와 『통과』를 중심으로」, 서울대학교 독어독문과 박사학위 논문, 1996, 66쪽 이하 참조. 그의 견해가 타당하다면, 제거스가 말하는 체험과 루카치가 말하는 체험 사이에는—비록 루카치 자신은 차이가 없다고 말하지만—분명히 차이가 있다. 루카치는 작가의 체험이 예술창작의 '원천'임을 인정하지만 그 체험을 작품 내외의 현실적 문맥에서 부단히 검증하고 확대·심화하기를 요구한다. 따라서 그의 입론에서는 체험 그 자체가 예술창작의 '목표'가 된다고는 할 수 없다.

가의 삶의 과정 전체와 분리해서 생각할 수 없는 문제이다.

1936년에 발표한 「서사냐 묘사냐?」에서 삶을 대하는 작가의 태도를 "동참(Mitleben)"과 "관찰(Beobachten)"이라는 두 유형으로 나누는 루카치의 논의도 이와 연관하여 살펴볼 수 있다. 루카치는 작가가 사회적 삶에 동참하느냐 그렇지 않느냐, 사회적 삶의 투쟁에 가담하느냐 단순한 관찰자냐에 따라 체험 및 예술적 형상화 과정에서 근본적인 차이가 생긴다고 본다. 동참과 관찰의 구분은 장편소설의 "두 가지 기본적인 현시방법(Darstellungsmethoden)"(4:206)으로서 "서사(Erzählen)"와 "묘사(Beschreiben)"를 구분 짓는 것으로 이어지는데, 이때 루카치가 말하는 서사와 묘사는 단순히 서사문학적 형상화의 수단이나 양식적 계기들(Stilmomente) 중 하나가 아니라 "구성의 기본 원리"(4:203), "구성의 결정적 원리"(4:203) 차원에서 규정되는 것으로서, 흔히 루카치의 문학비평은 형식의 이데올로기적 성격을 파악한다고 할 때의 그 '형식'에 해당하는 것이다.

동참과 관찰의 구분은 또한 '후기 미학'에서 예술의 두 가지 근본적 양식 원리(das fundamentale Stilprinzip)로 상세히 다루어지는 "상징"과 "알레고리"의 구분과도 연결된다.[43] 이 구분은 후기 미학까지 갈 것도 없

43 상징과 알레고리는 논자에 따라, 그리고 이론적 전통에 따라 그 함의에 대한 이해와 미학적 평가에서 큰 차이가 있는 대표적인 용어군(群)에 속한다. 후기 루카치의 논의에 따르면 '알레고리'에서는 현상과 형상(Bild) 간에 매개 역할을 하는 것이 '개념'이며, 따라서 그 형상은 일의적이고 고정된 것인 개념이 수행한 것을 가시화하는 것일 뿐 그 출발점인 현상세계로의 귀환을 의미하는 것이 아닌 반면, '상징'에서는 현상과 형상 간에 괴테가 말한 '이념'(루카치의 규정에 따르면 "개념에 비해 전체성으로의, 그리고 이와 동시에 변증법적인 유동성 및 유연성으로의 지향을 보존하는 총체성의 진테제"(12:730))이 매개 역할을 하며, 따라서 그 이념은 형상으로 전환될 때 현상의 내용뿐만 아니라 그 관계들과 규정들의 풍부함도 같이 취한다(12:728~12:731).

이 1940년 초에 쓴 글에서도 이미 제시되고 있다. 상징과 알레고리에 대한 괴테의 논의에 기대어 이를 "문학창작의 이대(二大) 유형"[44]으로 규정한 루카치는, 삶을 적극적으로 살아가는 가운데 체험된 부분 계기(특수한 것, das Besondre)에서 전체(일반적인 것, das Allgemeine)를 '직관하는(schauen)' 작가를 상징 유형에 속하는 것으로 나누고, 의식 속에 지니고 있는 일반적인 것에서 출발하여 이에 적합한 사례로서의 특수자를 '구하는(suchen)' 작가를 알레고리 유형에 속하는 것으로 나눈다. 후자의 경우 "작가의 세계관이 그에 의해 형상화된 세계에 끼치는 **직접적인** 영향이 [전자의 경우에 비해] 훨씬 더 크다"는 데에 "양자의 본질적 차이가 있다"[45]고 보는 루카치는 이 전자의 길을 진정한 예술이 나아갈 방향으로 제시한다. 특히 자본주의적 분업 및 상품관계에서 발원하는 사물화(Verdinglichung)가 확장·심화된 사회에서는 작가의 의식 역시 사물화의 영향에서 자유로울 수 없기 때문에, 창작에서 탈물신화(Defetischisierung)·탈사물화(Entverdinglichung)의 여지를 보다 많이 확보할 수 있는 경로는 전자의 유형이라는 것이 루카치의 생각이다.

앞서 말한 뷔르거의 두 번째 오해는, 이와 같은 함의를 지닌 "동참"의 외연을 잘못 이해한 것이다. 루카치가 말하는 "중요한 사회적 운동"에의 "동참"은 작가가 어떤 사회적 변혁 운동에 직접 가담하는 것—뷔르거가 염두에 두고 있는 것은 이것일 듯한데—을 지칭하는 것이 아니다. 물론 그러한 경우도 포함하겠지만 그 외연이 훨씬 더

44 Georg Lukács, "Marxismus oder Proudhonismus in der Literaturgeschichte?", *Georg Lukács. Moskauer Schriften, Zur Literaturtheorie und Literaturpolitik 1934~1940*, 132쪽.

45 같은 책, 133쪽. 강조는 루카치.

넓다. 가령 루카치가 발자크, 스탕달, 괴테, 디킨스, 톨스토이 등을 예로 들면서 "그들은 새로운 사회가 성립해가는 위태로운 이행 과정에 몸소 능동적으로 동참했다"(4:204)고 말할 때 그 "동참"의 양상은 다음과 같은 것이다.

> 물론 매우 상이한 형식이기는 했지만 괴테, 스탕달, 톨스토이는 변혁의 산파인 전쟁에 참전했다. 발자크는 성립기의 프랑스 자본주의가 빚어낸 투기 열풍의 동참자이자 그 희생물이었다. 괴테와 스탕달은 관리로서 행정에 복무하기도 했다. 톨스토이는 지주로서, 사회단체(인구 조사, 기아 조사위원회 등)의 일원으로서 격변의 중대사를 체험했다(4:205).

이런 양상을 두고 루카치는 그들이 자기 당대의 중대한 사회적 투쟁에 능동적으로 동참했다고 하는 것이다. 그런데 이러한 존재방식의 가능성은 역사적·사회적으로 조건 지어져 있다. 삶에 대해 작가들이 취하는 태도를 "동참"과 "관찰"로 양분했을 때, "누가 어떤 방향으로 발전할 것인지를 규정하는 것은 — 물론 이는 자동적인 것도 숙명적인 것도 아닌데 — 사회 자체의 발전이다"(6:442). 그렇다면 삶을 대하는 작가의 태도, 그리고 이와 연관된 미학적 대립항들('양식 원리'의 수준에서 파악된 서사와 묘사, 상징과 알레고리 등등)의 전개 가능성을 궁극적으로 규정하고 있는 자본주의 사회의 역사적 발전 과정에 관한 루카치의 견해를 살펴볼 필요가 있다. 여기서는 부르주아 이데올로기의 발전 과정에 관한 그의 견해를 중심으로 살펴보도록 하겠다.

'중기 루카치'의 문학담론에서 중서부 유럽 부르주아계급의 이데올로기적 발전은 1848년을 분기점으로 크게 양분된다. 그의 입론에서

1848년은 유럽 여러 나라에서 벌어진 '1848년 혁명'과 그것의 실패라는 측면에서도 중요하지만, 그 와중에 6월 파리에서 일어났던 노동자 봉기와 이에 대한 탄압의 측면에서 특별히 주목된다. 루카치에게 그 사건은 부르주아계급이 반봉건 반귀족 전선에서 다수 민중과 함께했던 입장에서 이탈해 오히려 민중과 대치하는 위치에 서게 되었음을 보여주는 사건이자 부르주아계급과 프롤레타리아계급 사이의 투쟁이 계급투쟁의 중심에 들어서게 되었음을 의미하는 사건으로 파악된다. 거기에서 루카치는 부르주아 이데올로기의 결정적인 전환점을 본다. 그에 따르면 해체되어가는 중세에 태동하여 형성 중에 있었던 자본주의의 신생 부르주아 이데올로기는 단순히 반봉건적이기만 한 것이 아니라 "인류의 보편적 해방의 파토스"[46]까지 포함하고 있었다. 하지만 1848년 이후 부르주아계급의 보편주의는 '허위의식'으로서가 아니면 더 이상 지탱될 수 없게 되었으며, 사회의 지배이데올로기로 정착한 부르주아 이데올로기는 체제 '변호론'('간접적 변호론'과 '직접적 변호론'의 양상을 띤)으로 타락하기 시작, 바야흐로 '전반적인 쇠락기'로 접어든다는 것이 루카치의 주장이다(4:243~4:252).

이와 중첩되는 것으로서 중기 루카치가 1848년에 부여하는 또 다른 의미는, 자본주의가 자기 구성을 끝내고 "'기성(旣成)'의 체제"(4:231)로 굳어지면서 자본주의적 분업이 전면적인 효과를 발하기 시작하는 시점으로서의 의미이다. 자본주의 이전의 사회에서나 초창기 자본주의에서도 사회적 분업은 존재했지만 자본주의 체제, 특히 1848년 이후 자본주의 체제에서 상품관계가 지배적이게 되면서 분

46 게오르크 루카치, 「소설」, 『소설을 생각한다』, 비평동인회 크리티카 엮음, 75쪽.

업은 더욱 확산·심화되어 질적으로 변화한다. 이제 자본주의적 분업은 전체 인간의 물질적 정신적 활동 전반을 지배할 뿐만 아니라 "모든 개별 인간의 영혼 깊숙이 파고들어"(4:255) 심각한 변형을 야기할 정도로 강력한 영향력을 행사하기 시작한다. 그것이 인간 의식을 지배하게 됨에 따라 현상적인 계기들의 가상적 자립화가 고착되고, 이론과 실천, 지성과 감성이 분리되는 결과가 초래된다. 이러한 분업의 효과에 순순히 복종하고 직접성에 사로잡힌 채 자본주의의 모순을 왜곡되게 재생산하는 것이 바로 "합리주의와 비합리주의의 대립"(4:260) 또는 "죽은 객관성과 텅 빈 주관성의 허위적 대립"(4:259)이며, 부르주아 이데올로기는 이 상호공속적인(zusammengehörig) 양극 사이를 오간다는 것이 루카치의 주장이다.

그는 이데올로기 형태의 하나인 문학의 전개 과정 또한 이러한 틀로 파악한다. 더 이상 보편주의적인 이상을 떳떳하게 내세울 수 없게 된 부르주아계급의 지배가 정착된 1848년 이후 부르주아 작가는, 만약 그가 정직하고 위대한 작가라면 더 이상 자기 시대의 정치체제와 사회체제에 "동참"하는 태도를 취할 수 없게 된다. 물론 마르크스의 경우처럼 '계급 이전'을 통해 "노동계급의 문화로 넘어가"[47]는 경로도 있었지만, 위대한 부르주아 작가 대부분은 그 길을 가지 않았다. 자기 시대의 사회체제에 영혼을 팔아넘기기에는 "지나치게 위대했고 지나치게 정직했"(4:205)던 그들은 이른바 '자율적'인 문학의 성채 안에서 사회를 적대적인 눈으로 "관찰"하는 작가가 되었고, 동시에 "전

47 프레드릭 제임슨, 「특별대담 프레드릭 제임슨/백낙청: 맑시즘, 포스트모더니즘, 민족문화운동」, 《창작과비평》 18권 2호, 280쪽.

업 작가라는 의미에서의 작가, 자본주의적 분업의 의미에서의 작가"(4:205)로 자리잡게 된다. 그 결과 "위대한 예술에 대한 사회적 욕구, 인류 발전의 일반적이고 지속적인 특징들에 대한 포괄적이고 깊이 있는 문학적 재현에 대한 욕구에서 발원하는 형상화와 형식화의 중대한 문제들"(4:378)은 점점 더 뒤로 밀려나고 그 대신 견고하게 울타리 쳐진 문학 내적인 문제들, "직접적인 현시 기법의 아틀리에적 문제들"(4:378)이 중요하게 된다. 이러한 문제들에 초점을 둔 작가들의 '문학 전문가'적 활동은 그들의 의도, 심지어 반자본주의적인 의도와는 무관하게 그 자체가 자본주의적 분업에 포섭된 활동이자 그 분업 체계를 공고히 하는 역할을 한다.

한편 현실세계 전체에 대한 작가의 태도와 시각이 비판적인 관찰자의 그것으로 고정되어 있는 이상, 그리고 작가가 삶 속에서 '문학의 순간'을 만나는 것이 아니라 문학으로 현실적 삶을 대신하는 '문학 전문가'로서의 존재방식을 영위하는 이상, 현실 속에서 "삶의 포에지"(4:591)나 "이성의 힘"[48] — 초기 루카치의 용어로 말하자면 '삶에 내재하는 의미(Lebensimmanenz des Sinnes)' — 을 포착하려는 시도조차 하기가 힘들어진다는 것이 루카치의 생각이다. 이러한 작가에게 현실

48 "세계 속에 있는 이성의 힘"(4:464)에 대한 루카치의 확신은 일찍이 1926년 발표한 「모제스 헤스와 관념론적 변증법의 문제들」에서 헤겔의 "현실과의 화해" 명제를 방법론적 차원에서 진보적인 것으로 확정한 후 일관되게 유지되었다. "인류 발전의 통일성, 동력, '이성'이 현실 자체에 내재해 있다는 깊은 확신"(Georg Lukács, "Die Widersprüche des Fortschritts und die Literatur", Frank Benseler 엮음, *Georg Lukács. Moskauer Schriften, Zur Literaturtheorie und Literaturpolitk 1934~1940*, 83쪽)의 표현인 "현실과의 화해"뿐만 아니라 "이성의 간지" 등과 같은 전형적으로 헤겔적인 명제에 관한 루카치의 유물론적 재해석에 관해서는 김경식, 『게오르크 루카치: 과거와 미래를 잇는 다리』, 141~143쪽을 참고하라.

세계는 오로지 부정과 경멸의 대상이며, 그 자체에는 어떠한 변화의 동력도 내포되지 않은 정태적인 상태의 "죽은 객관성"으로 지각·체험되고 또 그렇게 형상화된다. 이에 반발하여 유일한 '진정성'의 영역으로 상정된 내면세계에 몰입하기도 하지만, 객관세계와의 상호관계가 결여된 그 내면세계는 빈약하고 공허한 "텅 빈 주관성"에 불과한데, 그도 그럴 것이 현실에서 인간의 주관성은 객관적 현실과 상호관계 속에 있는바, "개인의 진정한 정신적 풍부함은 전적으로 그의 현실적 관계들의 풍부함에 달려 있"(4:275)기 때문이다. (절대적으로) 자율적인 것으로 상정된 예술의 한 영역으로서의 문학 내에서 그 자체의 '새로움'을 좇아 형식실험에 몰두하는 것 또한 루카치에게는 "텅 빈 주관성"의 연장선상에 있는 현상으로 여겨진다. 그렇기 때문에 흔히 문학사에서 자연주의에 대한 대립물로서, 자연주의에 대한 반발로서 생성된 것으로 기술되곤 하는 심리주의나 형식주의는 실은 자연주의와 외형상으로만 상반된, 근본적으로는 상호공속성을 지니는 허위적 대립물이라는 것이 그의 기본적인 입장이다. 그리하여 본래적인 자연주의, 직접적인 관찰과 묘사에 몰두하는 자연주의를 넘어섰다고 하는 포스트자연주의의 현대적인 문학 유파들, 1930년대 후반 이후 루카치가 '전위주의'—그의 텍스트에서 Avantgardismus 또는 Avantgardeismus로 표기되는—로 통칭하게 되는 그 문학적 흐름은 실은 자연주의의 기본적인 입장을 극복하지 못한 것으로서, 제국주의 시기에 전개된 "자연주의의 변종들"[49]이라고까지 볼 수 있다는

49 Daniel Göcht, *Mimesis–Subjektivität–Realismus. Eine kritisch-systematische Rekonstruktion der materialistischen Theorie der Kunst in Georg Lukács' "Die Eigenart des Ästhetischen"*, 284쪽.

것이 루카치의 생각이다. 이와 관련된 루카치의 논의는 다음 절에서 조금 더 구체적으로 다루기로 하고 여기서는 위에서 말한 이른바 '1848년 분기설'에 대한 백낙청의 비판적 언급을 살펴볼 필요가 있다. 그는 이 문제와 연관해서 루카치의 문학사 인식이 지닌 문제점뿐 아니라 루카치의 역사인식 자체의 한계까지 지적하고 있는데, 이러한 비판적 지적은 루카치의 생각을 좀 더 풍부하게 이해하는 데 도움이 될 수 있다.

백낙청은 루카치의 "역사인식이 다분히 '유럽 중심적'인 것은 분명하다"고 하면서, 특히 문학사의 영역에서 "1848년을 결정적인 분기점으로 설정하는" 그의 논의는 '문학사 인식' 또한 '유럽 중심적'임을 분명하게 보여주는 것일 뿐 아니라 그 유럽 내에서조차 각기 다른 사정을 지닌 나라들의 문학에 대해 일반화해서 적용하기 힘든 것이라고 한다.[50] 그의 지적은 이에 그치지 않는데, 루카치의 그러한 '문학사 인식'은 "1848년 프랑스에서 벌어진 계급투쟁에서 노동자들이 패배하고 부르주아지가 지배계급으로 안착하는 사태의 세계사적 파급력을 과대평가했을 가능성과도 이어진다"[51]고 하면서 다음과 같이 말하고 있다.

> 유럽의 계급투쟁사에서 부르주아계급이 해방적 기능을 거의 상실하고 프롤레타리아트가 대안으로 떠오른 것은 세계사적으로 주목할 만한 사건이지만, **당시의** 유럽 노동계급이 점차 산업노동자 위주의 구성에서 벗어나

50 백낙청, 「'다른 어떤 율동적 형식'과 리얼리즘」, 『서양의 개벽사상가 D. H. 로런스』, 278~279쪽.

51 같은 책, 279쪽.

고 식민지 민중들과도 대오를 함께하며 자본주의 세계체제에 적응하면서 이를 극복해야 할 '근대의 이중 과제'에 얼마나 부응하는 존재였는지, 사상적 문화적 능력은 충분한데 단지 강제력의 부족으로 패퇴했을 따름인지 등의 문제는 오늘의 시점에서 재검토의 여지가 많은 것이다.[52]

쓰인 그대로 문장을 보면 백낙청의 이 말은 쉬이 이해하기가 어려운데, 19세기 후반, 아니 20세기 사회주의 운동에나 요구할 수 있을 법한 것을, "대자적 계급(Klasse für sich)"으로 막 형성되기 시작한 1848년 "당시의" 유럽 노동계급의 능력을 평가하는 척도로 내세우고 있는 게 아닌가 싶다. 비유컨대 어린아이의 역능을 "'근대의 이중과제'에 (…) 부응하는 존재"라는 어른의 잣대로 재는 것처럼 보이는 것이다. 그의 말을 유럽 노동계급이 전개한 사회주의 운동의 역사에 대해, 또는 20세기 마르크스주의 이론가로서의 루카치의 인식에 대해 "오늘의 시점에서 재검토의 여지가 많"다고 한 것으로 읽는다면 크게 문제될 게 없다. 하지만 그렇게 읽기에는 다소 어색한 문장이다.

한편 루카치의 "역사 인식"과 "문학사 인식"이 "유럽 중심적"이라는 지적은 얼핏 보면 특별한 논증이 필요 없을 정도로 당연해 보인다. 하지만 "역사 인식" 및 "문학사 인식"이라는 말이 인식의 범위뿐만 아니라 인식의 방법까지 포함하고 있는 것이라면 이야기가 달라진다. 역사와 문학사에 관한 루카치의 인식 범위의 한계와 관련해서는 당연해 보이는 그 말이 인식 방법에 대해서도 당연하다고 할 수 있을지는 의문인 것이다. 루카치를 다룬 글들에서 흔히 볼 수 있는,

52 같은 곳, 강조는 인용자.

이와 유사한 문제를 가지고 있는 평가들로, 루카치의 미학은 장편소설(그것도 유럽의 장편소설)에 대한 인식을 중심으로 구축된 것이라거나 그의 미적 감각(Geschmack)은 '고전주의적'이라는 지적이 있다. 이러한 지적도 그 자체로는 잘못된 것으로 보이지 않지만 그것이 그의 이론의 '일반성' 내지 '타당성' 정도를 평가하는 근거로 직접 사용될 수는 없다는 데 문제가 있다. 이론은 준거 대상의 협소함이나 개인적 취향에도 '불구하고', 그것을 '넘어서는' 일반성을 가질 수 있기 때문이다. 여기서는 루카치의 '1848년 분기설'과 관련된 백낙청의 평설만 살펴볼 것인데, 1848년 파리의 노동자들이 집단적으로 봉기를 일으켰다가 무력으로 진압당한 6월 전투(Junischlacht)를 중심으로 부르주아계급의 이데올로기적 발전의 변곡점을 설정하는 것은, 그 사건이 일어난 프랑스에 우선적으로 해당하는 일일 것이다. 그렇기 때문에 우리가 위에서 상술한 루카치의 논의는 백낙청의 말처럼 "당시 프랑스문학을 일종의 '전형'으로 보고 유럽문학사의 중대한 변곡점을 주목한 것이지 유럽 내에서조차 모든 나라 문학에 적용하자는 것은 아니었을 것이다."[53] 물론 그 6월 전투뿐만 아니라 1848년 혁명 자체가 워낙 전 유럽적인 사건이어서 유럽 여러 나라의 이데올로기 발전사에서 1848년은 하나의 중요한 분기점을 이루지만 그 구체적인 양상은 나라마다 달라서 1848년 혁명 및 6월 전투가 초래한 정치적 이데올로기적 변화에 관해서는 각각 구체적으로 파악되어야 할 것이다. 루카치가 이런 식의 파악에 근거한 문학사적 안목을 가지고 근대 문학사에 대한 서술을 할 수 있었던 나라는 그의 조국 헝가리 외에 독

53 같은 곳.

일, 그리고 부분적으로는 프랑스 정도에 불과했고, 실제로 그가 '문학사'라 부를 수 있을 만한 책을 쓴 나라는 독일밖에 없다.[54] 그 나라의 언어로 쓰인 작품들을 두루 읽어야만 가능한 문학사 인식의 범위는 어차피 한정될 수밖에 없는데, 가령 러시아 문학과 관련해 루카치는 러시아 근현대문학의 주요 작가들, 문학비평과 문학이론을 두루 고찰한 책을 남겼지만[55] 러시아어를 모르기 때문에 읽을 수 있는 텍스트가 한정될 수밖에 없었던 자신의 작업은 명백히 한계를 가진 것임을 누누이 밝히고 있다. 이런 식으로 루카치는 스스로 확인한 것만 스스로 책임질 수 있는 한도 내에서 말하고자 하기 때문에 그의 문학사 인식의 범위는 제한적일 수밖에 없으며, 이런 점에서 "유럽 중심적"이라고 해도 할 말이 없을 것이다.

하지만 역사와 문학사 인식에서 작동하는 방법, 즉 한편으로는 계급투쟁의 내용과 성격을, 다른 한편으로는 그러한 계급투쟁의 조건이기도 한 자본주의 경제의 발전 정도와 양상을 동시에 고려하면서 — 계급투쟁 우선주의와 생산력 우선주의, 또는 주의주의(Voluntarismus)와 객관주의라는, 역사적 마르크스주의의 양대 편향을

54 1945년에 『제국주의 시대의 독일문학(*Deutsche Literatur während des Imperialismus*)』이, 그다음 해인 1946년에 『독일문학에서의 진보와 반동(*Fortschritt und Reaktion in der deutschen Literatur*)』이 동베를린 아우프바우 출판사에서 출간되었고, 이 두 책의 합본이 『근대 독일문학 약사(*Skizze einer Geschichte der neueren deutschen Literatur*)』라는 제목으로 1953년에 같은 출판사에서 발간되었다. 이 책은 우리말로 옮겨져 있다. 게오르크 루카치, 『독일문학사: 계몽주의에서 제1차 세계대전까지』, 반성완·임홍배 옮김, 심설당, 1987.

55 대부분의 글들은 독일어판 『게오르크 루카치 저작집』 제5권 『리얼리즘의 문제들 II: 세계문학 속의 러시아 리얼리즘(*Probleme des Realismus II: Der russische Realismus in der Weltliteratur*)』(Neuwied·Berlin: Luchterhand, 1964)에 수록되어 있다.

피하는 가운데—이데올로기의 성격 변화를 파악하는 방법, 그리고 부르주아계급 및 부르주아 이데올로기의 발전 과정을 특정한 시점을 전후로 상승기(또는 혁명기)와 하강기(또는 쇠락기)로 구분하는 이론틀 자체는 적어도 '중기 루카치'의 문학담론에서는 어느 정도 일반성을 가진다. 그리하여 그는 심지어 유럽과는 구분되는 러시아의 문학을 다룰 때에도 이러한 이론틀을 적용하는데, 물론 이를 통해 파악하는 구체적인 내용은 다르다.

1차 세계대전 발발 직후 집필에 착수했지만 곧 포기하고만, 그래서 '서론'으로 작성된 『소설의 이론』만을 남긴 도스토옙스키 연구서를 시작으로 그가 도스토옙스키에 관해 쓴 일련의 글 중 마지막 글에 해당하는 「도스토옙스키(Dostojewskij)」[56]에서 루카치는 도스토옙스키의 러시아는 사회적 재편성이 시작되고 있는 세계이면서도 여전히 구(舊)사회의 장애물인 차리즘이 강고하게 버티고 있는 세계라고 말하면서 다음과 같이 적고 있다.

> 이 시기의 러시아는 문제적으로 되어버린 18세기의 이상들에 환멸을 느끼고 부르주아 사회를 갱신하거나 변형하려는 꿈을 지녔던 1848년 이전의[57] 유럽과 동시대인이 된다. 그러나 유럽과의 이 동시대성은 러시아의 구체제가 여전히 절대적인 지배력을 행사하고 러시아의 1789년은 아직 아득

56 미국의 한 잡지에 발표됐다고 알려진 이 글의 발표 연도는 독일어판 『게오르크 루카치 저작집』에 "1943년"(5:176)이라고 적혀 있는데, 이 글이 발표된 잡지에 관해서는 알려진 것이 없다. 1946년에 헝가리어로 출간된 루카치의 저서 『위대한 러시아 리얼리스트(*Nagy orosz realisták*)』(Budapest: Szikra, 1946)에 이 글이 수록된 것은 확인된다.

57 원문에는 "1848년 이후(nach 1848)"(5:163)로 적혀 있는데, 문맥상 '1848년 이전(vor 1848)'의 오식일 듯하여 고쳐 읽는다.

하니 멀리 있는 혁명 전 시기에 생성된 것이다(5:163).

러시아 역사에 대한 이런 인식은 "19세기가 시작할 때 웅대한 발걸음을 내딛은 프랑스 장편소설의 진정한 계승자는 플로베르도, 특히 졸라도 아니라 19세기 후반기의 러시아(그리고 부분적으로는 스칸디나비아) 문학"(6:435)이라는 문학사적 평가와 연결된다. 19세기 후반 러시아는 1848년 이전 프랑스와—물론 구체적인 내용은 몹시 다르게—동시대적이며, 도스토옙스키와 톨스토이가 서 있는 역사적 위치는 발자크와 스탕달의 그것과 유사하다고 보는 이런 식의 역사 인식과 문학사 인식을, 프랑스 문학의 발전 과정과 비교하고 있다는 이유만으로 '유럽 중심적'이라고 할 수 있을까? 루카치의 '역사 인식'과 '문학사 인식'이라는 말이 인식의 범위뿐만 아니라 인식 방법까지 포함하는 것이라면, '유럽 중심적'이라는 평가는 그러한 인식 방법으로 인해 인식 내용에서 구체적으로 어떠한 편향성이 초래되었는지도 논증해야 할 것이다. 그리하여 만약 어떤 편향성이 논증될 수 있다면 그것은 루카치의 '역사 인식'과 '문학사 인식'뿐만 아니라 루카치 스스로 의거한다고 믿고 있는 마르크스주의적 방법 자체가 '유럽 중심적'인 데에서 기인하는 것일 수 있다. 마르크스가 영국 자본주의를 집중적으로 분석함으로써 획득한 이론적 통찰을 다른 나라 자본주의에 대한 고찰에 적용한다고 해서 그 자체를 문제삼을 수 있을까? '세계체제로서의 자본주의'라는 말이 당연해 보이는 '오늘의 시점'에서 보면 중기 루카치의 '역사 인식'과 '문학사 인식'은 '유럽 중심적'이어서 문제라기보다는 분석 대상의 단위가 '일국적'이라는 점, 즉 그의 문학이론적 문학사적 사유에서 분석의 사회적 지리적 단위가 기본적으로 '국민국가'라는 점이 오히려 더 문제적일 수 있을 듯하다. 그런데 '국민국가의 언어' 또는 '민족어'로 쓰일 수밖에 없는 문학을 연구 대상으로 삼는 이상 여기에는 불가피한 측면이 있지 않을까. 전 지구적 시야에서 근현대 문학을 고찰하겠다고 나선 최근의 작업들에서 오히려 더 유럽 중심적인 면모가 무성해 보이는 것은[58] 필연적으로 선행되어야 하는 번역의 문제를 포함한 그 나름의 이유가 있을 것이다.

루카치가 1848년 사태의 "세계사적 파급력을 과대평가했을 가능성"에 대한 백낙청의 지적도 루카치의 사유를 여러 측면에서 다시 생각해보게 하는 계기가 된다. "자본주의 사회의 근본 모순"을 "사회적 생산과 사적 전유의 모순"[59]으로 파악하는 '정통 마르크스주의'적 시각에서 볼 때 자본주의 사회의 모순을 극복하는 방향은 사회적 생산과 이에 부합하는 사회적 소유를 골간으로 하는 사회주의일 수밖에 없다. 이런 기본적인 입장에서 루카치는 "세계사적으로 보자면, 자본주의와 사회주의의 대립은 우리 시대 전체의 근본 문제"(4:462)라고 한다. 루카치의 담론에서 '1848년'은 이러한 '세계사적 대립'이 분명한 형태로 처음 발현된 시점, 즉 프롤레타리아계급과 부르주아계급이 최초로 무력을 동원한 결전을 벌인 시점으로서, 노동자계급 중심의 사회주의 운동이 형성되기 시작하고 부르주아계급은 더 이상 혁명적이지 않게 되는 역사적 순간을 가리키는 말로 볼 수 있다. 그렇기 때문에 '1848년'은 "세계사적 파급력"을 가진 사건이 일어난 해로 자리매김되기에 모자람이 없다. 하지만 이런저런 식으로 "세계사적

58 이와 관련해서는 한기욱, 「주변에서 중심의 형식을 성찰하다: 호베르뚜 슈바르스의 소설론」, 《안과밖》 39호, 2015, 290~315쪽 참조.

59 게오르크 루카치, 「소설」, 『소설을 생각한다』, 비평동인회 크리티카 엮음, 54쪽.

파급력"을 지닌 사건들이 있는데, 그것들의 역사적 비중은 역사의 흐름 속에서 거듭 새롭게 규정될 수 있다. 역사란 언제나 현재의 시점에서 사후적으로 재인식되는 것이기 때문에, 역사가 진행됨에 따라 역사적 변곡점들이 지닌 "세계사적 파급력"의 정도는 달리 파악될 수 있는 것이다. 루카치 자신의 경우를 보더라도 '마르크스주의 수업기의 루카치'와 '중기 루카치'(특히 1930년대의 루카치)의 담론에서 '1848년'이 역사의 결정적 분기점으로 설정되고 있다면, '후기 루카치'에서는 1차 세계대전 및 이에 대한 대응으로서의 1917년 러시아 혁명이 새로운 변곡점으로 자리잡는다. 1969년에 집필한 「솔제니친의 장편소설들」에서 루카치는 "1차 제국주의 전쟁과 더불어, 그 전쟁이 제기한 문제들에 대해 1917년 10월의 위대한 날들이 제시한 대답과 더불어 새로운 세계상태가 사회적 현실이 되었다"[60]고 한다. 그렇기 때문에 세계의 실상을 파악하고자 하는 작가라면 이 새로운 세계상태를 무시할 수가 없다고 하지만, 루카치 사후 근 이십 년이 지난 시점에 소련을 위시한 동구 사회주의 블록이 붕괴되고 난 후에는 '1917년 러시아 혁명'이 점했던 역사적 위치와 의미가 그 이전과 똑같은 식으로 규정될 수 없게 된다. 그런 식으로 역사는 계속 새롭게 파악된다. 그럼에도 불구하고 부르주아 이데올로기의 발전사라는 측면에서 볼 때 부르주아 이데올로기가 자본주의 체제의 지배이데올로기이자 변호 이데올로기로서의 성격을 확실히 굳히게 된 시발점은 '1848년'이며, 그 이후 부르주아 이데올로기의 그러한 성격에는 근본적인 변화

60 게오르크 루카치, 「솔제니친의 장편소설들」, 『루카치가 읽은 솔제니친』, 김경식 옮김, 산지니, 2019, 54쪽.

가 없었는데, 루카치의 '1848년 분기설'은 이 점에 주목케 하는 역할을 한다.

하지만 '부르주아 이데올로기'라는 단일한 명명으로 그 내에서 발생하는 균열과 파열을 가려서는 안 된다. 『정치경제학 비판을 위하여(*Zur Kritik der Politischen Ökonomie*)』「서문(Vorwort)」에서 마르크스가 말한 이데올로기 일반에 관한 규정[61]은 경시한 채 "한 시대의 그때그때의 이데올로기를 우선적으로 단일한 것으로, 그로부터 특수하고 개별적인 이데올로기적 입장들이 논리적으로 분화·파생되어 나오는 그런 것으로 이해하는 것이 [마르크스주의자들에게] 나쁜 습관이 되어버렸다"[62]고 비판하는 루카치의 입장, 일찍부터 마르크스의 「정치경제학 비판 서론(Einleitung zur Kritik der Politischen Ökonomie)」에 의거해 불균등 발전의 이론적 중요성을 역설하면서[63] '구체적 상황의 구체적 분석'을 요구했던 루카치의 입장에 충실하다면, 부르주아 이데올로기가 지배이데올로기가 된 시대에 부르주아계급에 속하는 개인에 의

61 루카치는 마르크스가 "인간들이 그 안에서 이러한 갈등[사회적 존재의 기반들로부터 생겨나는 갈등]을 의식하게 되고 그것과 싸워내는 법률적 정치적 종교적 예술적 또는 철학적인, 한마디로 이데올로기적인 형태들"(MEW, 13:9)이라고 했을 때의 그것을 이데올로기 일반(Ideologie im allgemein) 개념으로 본다. 또한 여기에서 마르크스가 "법률적 정치적 종교적 예술적 또는 철학적인"이라고 적음으로써 이데올로기 영역들을 열거하고 있음에 유의하라고 한다. 참조한 곳은 게오르크 루카치, 「솔제니친의 장편소설들」, 『루카치가 읽은 솔제니친』, 김경식 옮김, 120쪽.

62 같은 책, 119~120쪽.

63 마르크스의 「정치경제학 비판 서론」은 1902년 카를 카우츠키에 의해 그 수고(手稿)가 발견되어 당시 독일 사민당의 이론지였던 《신시대(*Die Neue Zeit*)》에 발표되었다(1903년 3월). 이 텍스트는 루카치가 가장 먼저 접한 마르크스의 텍스트 가운데 하나인데, 중기와 후기의 루카치가 마르크스의 불균등 발전론을 파악할 때 이 텍스트에 많이 의거한다. 불균등 발전론이 루카치의 이론에서 어떤 식으로 작동하는지에 대해서는 김경식, 『게오르크 루카치: 과거와 미래를 잇는 다리』, 195~204쪽을 참고하라.

해 산출된 정신적 생산물들이라 하더라도 그것들의 이데올로기적 성격은 우선 각각 구체적으로 파악되어야 할 것이다. 모든 정신적 생산물의 이데올로기적 성격을 부르주아 이데올로기와 프롤레타리아 이데올로기, 또는 자본주의 이데올로기와 사회주의 이데올로기라는 근본적인 대립으로 환원해서 규정하는 것을 멀리하고 바로 그러한 '도식주의'에 맞서고자 한 것이 늦어도 1930년대 후반 이후 루카치가 전개한 이론적 활동의 기본 입장이었다. 이러한 입장은 "세계사적 대립"으로 규정된 "자본주의와 사회주의의 대립"과 관련된 그의 논의에서 더 분명하게 드러나는데, 앞서 보았다시피 그는 세계사적인 차원에서 볼 때 자본주의적 힘과 사회주의적 힘의 대립과 투쟁이 "우리 시대 전체의 근본 문제"라고 파악한다. 인류가 지배와 착취, 소외와 조작에서 해방된 사회—루카치에게는 이것이 곧 공산주의 사회인데—를 추구하는 마르크스주의자 루카치에게 그러한 최종 목표, 그러한 전망은 자본주의 자체의 모순에서 발원하는 사회주의적 힘이 승리하는 길을 경유해서만 실현될 수 있는 것이었다. 그리하여 그의 문학 활동을 포함한 모든 이론적 활동은 사회주의의 승리를 지향하는 가운데 인간 속에서 공산주의적인 힘을 형성·강화하는 목적의식에 따라 이루어진다. 그렇다고 해서 그것이 흔히 '사회주의의 필연적 승리'로 표현되곤 하는 "사회주의의, 논리적으로 매개된 목적론적 필연성"(13:643)을 주장하는 것은 아니다. 루카치의 입장과 같은 전자의 경우가 마르크스주의적 공산주의자의 실천적 목적의식적 지향에 따른 것이라면, 후자의 경우는 유럽 중심주의적인 '목적론적 역사철학'의 연장선상에 있는 헤겔의 "논리주의적 역사철학"(13:643)의 영향에서 벗어나지 못한 마르크스주의가 일종의 '목적론적 역사철학'으로 변질되면서 생긴 것이다.[64] 루카치는 전자의 입장에서 자본주의와 사회주의의 대립을 파악하는데, 우리 시대의 "근본 경향"(4:462)인 이러한 대립은, 하지만 우리 시대의 모든 시기, 모든 현상을 "직접적이고 완전하게"(4:462) 규정하는 것은 아니다. 한 시대의 근본 경향이 관철되는 양상은 지극히 복잡한데, 그도 그럴 것이 "현실은 객관적 주관적 매개들을 대량으로 생산하거니와, 이 매개들의 작용은 근본 문제의 발현을 본질적으로 수정"(4:462)하기 때문이다. 이를 간과하고 "나날의 현상들과 경향들을, 아니, 시대를 구성하고 있는 전체 시기들조차도 이 근본적 대립으로부터 직접 설명하려 할 경우 자주 오류에 빠지게 된다"(4:462/463)고 하는데, 마르크스주의 운동사에서 그러한 오류들은 계급주의, 근본주의, 본질주의, 환원주의, 종파주의, 교조주의 등의 이름으로 불려왔다. 이에 반해 수정주의, 다원주의 등으로 불렸던 것들은 '근본적 대립'을 시야 밖으로 제쳐둠으로써 발생하는 것으로 볼 수 있다. 사실 1930년대 초반까지 루카치의 논의에서는 부르주아지와 프롤레타리아트의 계급적대가 중심에 놓여 있었고, 모든 실천적 문제는 자본주의와 사회주의의 대립으로 환원되어 파악되었다. 하지만 1930년대 후반기 이후 현시대의 계급투쟁을 파악하는 관점에서 변화가 생기면서 이미 「블룸-테제」에서 제시된 "변증법적인 이행 형태"가 논의의 중심에 놓이고 이에 따라 저항과 연대의

64 루카치에 따르면, 유럽의 역사적 발전 과정에는 모종의 일직선적 성격이 포함되어 있으며, 따라서 헤겔의 역사철학의 경우처럼 여기에 "목적론적 이성(eine teleologische Vernunft)"을 투영시키는 '목적론적 역사철학'이 생기기 쉽다. 하지만 이러한 '목적론적 필연성'은 현실에 존재하지 않는다는 것이 루카치의 생각이다. 인용하고 참조한 곳은 *Gespräche mit Georg Lukács: Hans Heinz Holz · Leo Kofler · Wolfgang Abendroth*, Theo Pinkus 엮음, Reinbek bei Hamburg: Rowohlt, 1967, 112쪽.

전략적 매개를 파악하고 구체화하려는 시도가 이루어진다. 그리하여 루카치는 히틀러 나치즘이 인류의 문화를 절멸하고자 했을 때는 자본주의와 사회주의의 대립이 아니라 파시즘과 반파시즘의 대립을 중심에 놓고 반파쇼-민주주의의 힘을 강화하는 데 주력했으며, 2차 세계대전 이후에는 '근본적 대립'에 의거해 세계를 두 개의 적대적 진영으로 분할해서 지배하려는 — 동구와 서구 양쪽에 존재하는 — 호전적 냉전 세력에 맞선 반전 평화운동의 힘을 저항과 연대의 토대로 구축하고자 했다. 그리고 그러한 힘들에서 리얼리즘 문학의 세계관적 토대를 찾고자 했는데, 그럴수록 그의 담론에서는 '민주주의'와 함께 '휴머니즘'이 더 큰 비중을 차지하게 된다. '후기 루카치'로 이행하는 과정에서 쓴 『비판적 리얼리즘의 현재적 의미(*Die Gegenwartsbedeutung des kritischen Realismus*)』 「서론(Einleitung)」에서 그는 1848년 이후 리얼리즘 문학의 침체기를 역사적인 한 시기로 상대화하며,[65] 이어진 새 국면인 제국주의 시기에 이르러 "리얼리즘의 새로운 고양"(4:465)이 이루어졌음을 확인한다. 여러 나라에서 다양한 양식(Stil)으로 이루어진 그 리얼리즘 문학의 "이념적 공속성"(4:466)을 그는 제국주의적 야만에 맞선 "휴머니즘적 반항", "휴머니즘적 봉기"(4:466)에서 찾는다.

65 여기에서 그는 "19세기 전반기의 위대한 리얼리즘 이후 19세기 중반에, 1848년 혁명 이후에 침체가 생겨났"지만 그 후 "경제적 발전이 극단에 이른 제국주의 시기가 리얼리즘의 새로운 고양을 (…) 낳았다"(4:465/466)고 적고 있다. '후기 루카치'의 텍스트인 「솔제니친: 『이반 데니소비치의 하루』(Solschenizyn: *Ein Tag im Leben des Iwan Denissowitsch*)」(1964)에서 그는 '1848년 이전과 이후 시기'를 "발자크와 스탕달이 그 발생을 그렸고 플로베르와 졸라가 극히 문제적인 그 완성을 그렸던 그 세계"의 시기로 일단락 짓는다. 인용한 곳은 게오르크 루카치, 「솔제니친: 『이반 데니소비치의 하루』」, 『루카치가 읽은 솔제니친』, 11쪽.

그리고 그것은 반파시즘 투쟁기와 2차 세계대전 이후 반전 평화운동 시기에 이루어진 부르주아 리얼리즘 문학에도 공통의 연속적 토대로 남아 있다고 본다(4:466). 하지만 이러한 문학은 "흐름을 거슬러(gegen den Strom)"(4:314) 이룩된 것들이다. 1848년 이후 본격문학의 주류는 부르주아 이데올로기의 타락 내지 쇠락과 동궤에 있으면서(루카치는 이런 의미에서 '데카당스'라는 말을 쓴다) 그 내부에서 자본주의 체제에 비판적이고 저항적이었던 문학적 경향이었다. '비(非)리얼리즘적'이거나 '반리얼리즘적'인 이 문학적 경향을 루카치는 '자연주의' 및 이와 연속되는 '전위주의'로 지칭한다.

4. 리얼리즘과 모더니즘, 그리고 주체적 선택 가능성의 여지

루카치의 문학관이 '고전주의적'이라는 평가는 당연해 보인다. 이런 식의 평가는 1930년대 후반, 국외에 망명해 있었던 독일 예술가와 비평가 열다섯 명이 참여한 '표현주의 논쟁'(1937~1938) 와중에 에른스트 블로흐와 한스 아이슬러(Hans Eisler)가 같이 쓴 글에서 극명하게 표현된다. 1938년 1월 《새로운 세계무대(*Die neue Weltbühne*)》에 발표한 「예술적 유산(Die Kunst zu erben)」에서 그들은 루카치의 문학론을 "그때그때 마지막 기계는 언제나 제일 좋은 것이지만 그때그때 마지막 예술작품은 몰락해가는 자본주의 사회의 타락을 점점 더 가망 없이 표현할 뿐"[66]임을 주장하는 것으로 읽는다. 그들이 보기에 루카치는 "부르주아 문화의 위업"은 "괴테의 죽음과 더불어 끝났다"[67]는 주장을 하면서 "현재에서는 너무 조금 승인하고 (…) 고전적인 것을 거의 의고주의적인 방식으로 찬양"[68]하는 이론가 부류에 속한다. 루카치 문학론에 대한 이런 식의 이해는 현재까지 루카치의 '미학적 의고주의(der ästhetische Klassizismus)'를 비판하는 논자들의 글에서도 대동소이하게 반복된다. 루카치의 이 '미학적 의고주의'는 '문학적 현대성(die literarische Moderne)'에 대한 그의 몰이해를 초래했으며, 역사적으로 변해가는 사회적 문화적 조건에서 진보하고 있는 현대적인 문학 유파들('모더니즘'으로 총괄되곤 하는)을 몰역사적인 '규범'의 잣대로 평가절하하는 '규범주의(Normativismus)'적인 비평적 태도로 이어진다는 것이 그에 대한 흔한 비판의 대강이다.

루카치는 '20세기 최대의 문학논쟁'이라 불리는 '표현주의 논쟁' 막바지에, 문학에서 민중전선정책을 구현하기 위해 창간된 잡지 《말(*Das Wort*)》 1938년 6월호에 「문제는 리얼리즘이다(Es geht um den Realismus)」를 발표하는데, '표현주의 논쟁'을 사실상 종결짓는 이 글에서 그는 자신의 문학론을 고전주의적인 것으로 비판하는 논자들에 대해 다음과 같이 반문한다.

> 몇몇 작가들이 나의 비평 활동을 공격 대상으로 삼을 때마다 특히 강조하는 바처럼 여기서 문제가 되고 있는 것이 현대문학(modern[e] Literatur)과

66 Ernst Bloch · Hans Eisler, "Die Kunst zu erben", *Zur Tradition der deutschen sozialistischen Literatur. Eine Auswahl von Dokumenten 1935~1941*, Berlin · Weimar: Aufbau, 1979, 409~410쪽.

67 같은 책, 410쪽.

68 같은 책, 413쪽.

고전주의(Klassik)(혹은 심지어 의고주의)의 대립인가?(4:314)

루카치는 이런 식으로 "고전주의 대 현대성(Klassik kontra Moderne)"(4:315)이라는 대립 구도를 설정하는 것은 근본적으로 잘못된 것이라고 비판하는데, 그도 그럴 것이 "그 배후에는 특정한 문학 유파들의 발전 과정, 즉 해체 중인 자연주의와 인상주의에서부터 시작, 표현주의를 거쳐 초현실주의에 이르는 그 발전 과정과 현대의 예술을 동일시하는 입장이 감추어져 있다"(4:314)고 보기 때문이다. 요컨대 서구의 현대문학을 '모더니즘'과 동일시하는 입장이 전제되어 있다는 것인데, 루카치는 현대문학을 이렇게 '일괴암적(monolithisch)'으로, 모더니즘 일색으로 보지 말고 세 부류로 나누어볼 것을 제안한다.

그렇지만 다른 견해도 있다. 문학의 발전 과정은—특히 자본주의에서는, 특히 자본주의가 위기에 처했을 때에는—대단히 복잡하다. 그러나 거칠게 단순화해서 말하자면 우리 시대의 문학 내에서 크게 세 부류를 구분할 수 있는데, 물론 이는 개별 작가들의 발전 과정 속에서 자주 중첩된다. [그 세 부류는 다음과 같다]

첫째, 기존 체제를 옹호하고 변호하는, 일부는 공공연하게 반(反)리얼리즘적이고 일부는 사이비 리얼리즘적인 문학. 이 자리에서는 그러한 문학에 대해서는 논하지 않을 것이다.

둘째, 자연주의에서부터 초현실주의까지의 소위 전위(진정한 전위에 대해서는 뒤에서 논할 것이다)의 문학. 이러한 문학의 근본 경향은 무엇인가? 여기서는 주요 경향이 리얼리즘에서 점점 더 멀어지고 리얼리즘을 점점 더 강력하게 제거하는 것이라는 정도만 앞당겨 말할 수 있다.

> 셋째, 이 시기의 중요한 리얼리스트들의 문학. 이 작가들은 대부분의 경우에 문학적으로 독자적인 입장을 취한다. 그들은 문학 발전의 흐름을 거슬러, 정확히 말하면 위에서 언급한 두 문학 집단의 흐름을 거슬러 나아간다. 이러한 동시대의 리얼리즘이 어떤 것인지를 임시로 보여주기 위해서는 고리키, 토마스 만과 하인리히 만, 로망 롤랑의 이름을 대는 것으로 충분할 것이다(4:314).

여기서 루카치는 실로 복잡한 현대문학의 발전 과정을 "거칠게 단순화해서" 세 부류로 나누고 있는데, 이 때 두 가지 기준이 적용된다. 첫째, "기존 체제", 즉 자본주의 체제를 "옹호하고 변호하는" 문학인지 여부, 둘째, 이와 연관되면서도 동일하지는 않은 기준으로서 '리얼리즘적'인지 여부가 그것이다. 이 자리에서는 다루지 않겠다고 한 첫 번째 부류에는 이른바 대중문학 대부분이 속할 것이며, 「부르주아 미학에서 조화로운 인간의 이상(Das Ideal des harmonischen Menschen in der bürgerliche Ästhetik)」(1938)에서 루카치가 "공허한 아카데미즘"(4:306)이라 부른 것, 즉 과거의 삶이나 현재의 삶과는 무관한, 순수하게 형식적인 '조화'의 관념을 실제 현실인 양 형상화함으로써 현실을 왜곡하는 문학도 포함될 수 있을 것이다. 위 인용문에서 말하는 두 번째 부류의 문학은 자본주의 체제를 "옹호하고 변호하는" 것과는 거리가 먼 것이며, 이 점에서 세 번째 부류의 문학과 성격을 같이 한다. 이 두 문학 집단은 자본주의적인 현실에 대해 비판적이고 심지어 저항적이기까지 한 문학으로서 공통점을 가진다고 할 수 있는데, 그렇기 때문에 루카치의 텍스트에서 이 두 문학 집단은 자본주의 체제에 대항하는 두 가지 문학적 길로 설정되어 있다고 볼 수 있다. 여기서 루카치는 그 "주요 경향"이 리얼리즘을 심화하는 것인지 "리얼리즘에서 점점 더 멀어지고 리얼리즘을 점점 더 강력하게 제거하는" 것인지에 따라 두 가지 문학적 길을 구분 짓는다. 위 인용문에서 루카치가 "소위 전위의 문학"이라 한 것이 후자의 길을 가는 문학인데, 루카치는 "자연주의에서부터 초현실주의까지의" 문학을 그것으로 보고 있다. 여기서 "소위 전위의 문학"이라는 표현은 '표현주의 논쟁'에서 에른스트 블로흐가 한 말을 염두에 둔 것이다. 한스 아이슬러와 공동집필한 「전위-예술과 민중전선(Avantgarde-Kunst und Volksfront)」(1937)이라는 제목의 글도 발표한 바 있는 에른스트 블로흐는, 표현주의와 초현실주의를 옹호하면서 이를 "후기 자본주의 사회 내의 전위"(4:330)라고 불렀다. 루카치는 블로흐가 "전위"라 한 것은 "진정한 전위"가 아니며(그래서 "소위 전위"라고 한다) 위대한 리얼리스트들이야말로 "진정한 전위"라는 입장이다. '전위'라는 말을 이런 식으로 사용하지만 같은 글 내에서 루카치는 그 "소위 전위의 문학"에 대해 "전위주의"라는 용어를 이미 사용하고 있다. 이후 루카치가 후기 미학에서까지도 사용하게 되는 이 '전위주의'라는 용어는, 문학사나 예술사에서 더 일반적인 용어로 더 빈번하게 통용되는 '모더니즘'과 교환될 수 있다. 루카치의 텍스트에서 '모더니즘'이라는 용어는 1960년대에 들어와서야 비로소, 그것도 아주 드물게 사용되는데, 여기에는 사정이 있다. '모더니즘'이라는 용어 자체는 원래 영미권에서 사용된 것으로, 독일의 문학 예술 담론에는 1960년대가 되어서야 본격적으로 도입되었다. 루카치의 텍스트에서는 『두 세기의 독일문학(*Deutsche Literatur in zwei Jahrhunderten*)』「서문」(1963년 11월)에서 이 용어를 볼 수 있는데, "예술과 사상에서 오늘날에도 여전히 지배적인 모더니즘의 기초들이 흔들리기 시작하고 있다"(7:17)는 문장이 나온다. 이어서 독일의 음악가 한스 아이슬러 서거 3주기를 맞아 쓴 글[69]에서 따옴표를 친 채로 이 용어를 사용하며, 생애 마지막 순간 자서전 집필을 위해 쓴 메모「삶으로서의 사유」에서도 이 용어를 따옴표 친 채로 사용하고 있다. 여기에서 그는 자신이 일찍부터 "'모더니즘'과 스탈린식 조작에 동시에 반대"[70]하는 "양면전"을 전개했다고 적고 있는데, 이런 글들을 통해 우리는「문제는 리얼리즘이다」이후 그가 쭉 '전위주의'라 부른 것과 같은 뜻으로 '모더니즘'이라는 단어를 사용하고 있는 것을 확인할 수 있다. 더 정확히 말하면, 루카치의 텍스트에서 '모더니즘'은 문학과 예술뿐만 아니라 철학 및 이론 등과 같은 사유 활동에도 적용되는 용어인 반면, '전위주의'는 문학 및 예술에서의 모더니즘과 같은 의미를 지닌 말이다.

루카치의 텍스트에서 '전위주의'와 '모더니즘'이 서로 교환될 수 있는 용어라고 할 경우 자연주의와 모더니즘의 관계가 새삼 문제가 된다. 위 인용문에서 루카치는 모더니즘 문학을 "자연주의에서부터 초현실주의까지의 소위 전위의 문학"이라고 적고 있다. 우리가 인용한 문장에 나오는 "우리 시대"나 "이 시기"는 '제국주의 시기'를 가리키

69 Georg Lukács, "In memoriam Hans Eisler. Zum dritten Todestage des Komponisten am 6. September 1965", *Zeit* 36호, 1965년 9월 3일. 이 글에서 루카치는 "모든 '모더니즘'을 기계적·행정적으로 추방한 즈다노프적 이데올로기(d[ie] shdanowsch[e] Ideologie)의 지배는 (…) 잘못된 '전선'을 더 경직되게 만들었다"(222쪽)고 하면서 통상 '모더니즘' 계열로 분류되는 작가들의 작품을 가려봐야 한다고 주장한다. 인용은, 서독의 잡지 《대안(*Alternative*)》 1969년 67/68호에 수록된 글에 따라서 했다.

70 게오르크 루카치, 「삶으로서의 사유」, 『삶으로서의 사유: 루카치의 자전적 기록들』, 김경식·오길영 편역, 351쪽.

는 말로서, 「문제는 리얼리즘이다」의 다른 대목에서는 "자연주의에서 초현실주의에 이르기까지 급속도로 교체되는 **제국주의 시기의** 현대적 문학 유파들"(4:321/383, 강조는 인용자)이라는 문장이 등장한다. 여기서 말하는 "자연주의"는 제국주의 시기에 발생·소멸했던 문학 유파 중 하나로서의 자연주의로 보는 게 옳을 것이다. 하지만 루카치의 마르크스주의 문학론 전반에 걸쳐서 사용되고 있는 '자연주의'라는 용어는 주로 플로베르와 졸라로 대표되는 문학을 가리키는 말이다. 그런데 이들의 문학은 제국주의 시기의 산물이 아니라—앞서 우리가 살펴본 '1848년 분기설'에 따르자면—'1848년 이후 시기'의 산물이다. 「문제는 리얼리즘이다」에서는 "해체 중인 자연주의와 인상주의에서부터 시작, 표현주의를 거쳐 초현실주의에 이르는"(4:314) 문학적 발전 과정을 전위주의(모더니즘)로 지칭하기도 하는데, 여기서 "해체 중인 자연주의"라는 표현은 제국주의 시기 하나의 문학 유파로서의 자연주의가 플로베르와 졸라의 자연주의 문학과 연계되어 있음을 시사한다. 이런 식으로 루카치는 플로베르와 졸라로 대표되는 '고전적' 자연주의와 모더니즘을 구분 지으면서도 양자의 연속적 관계를 표현하고 있다. 그런데 플로베르와 졸라의 자연주의만 하더라도—루카치가 1930년대 중반에 쓴 텍스트들에서 "현대적 리얼리즘", "새로운 리얼리즘" 등으로 지칭하고 있는 데에서도 간접적으로 확인되듯이[71]—의식적으로는 고전적 리얼리즘을, 특히 발자크를 비

71 「서사냐 묘사냐?」(1936)에서 루카치는 "1848년 이후 시대 리얼리즘의 중요한 대표자들"을 "플로베르와 졸라"(4:203)로 보면서 이들의 리얼리즘을 "신식 리얼리즘(de[r] neuer[e] Realismus)"(4:201) 또는 "현대적 리얼리즘(der moderne Realismus)"(4:232)이라 지칭하는 동시에 "1848년 이후의 프랑스 자연주의 문학"(2:233)이라고 지칭

판적으로 계승한다고 자부하며 또 나름대로 그 방향으로—비록 루카치의 기준에서는 리얼리즘에서 멀어지는 방향이긴 하지만—노력한다. 하지만 그 뒤를 잇는 제국주의 시기의 현대적 문학 유파들에서는 리얼리즘에서 멀어지고 리얼리즘을 제거하려는 경향이 더 강화된다. 이를 위 인용문에서는 그 "주요 경향이 리얼리즘에서 점점 더 멀어지고 리얼리즘을 점점 더 강력하게 제거하는 것"이라고 표현하고 있다. 그런데 이러한 경향이 "처음으로 분명하게, 거의 고전적인 형태로 나타나"[72]는 곳이 플로베르와 졸라의 작품이라는 것이 루카치의 생각이다. 즉 현대적인 반리얼리즘적 경향이 플로베르와 졸라의 자연주의 문학에서 비롯되며, 이후 모더니즘은 그것을 극복하기는커녕 오히려 더 강화된 형태로 재생산하고 있다는 것이다. 이렇게 본다면 루카치의 문학론에서 전위주의(모더니즘)로 통칭되는 문학 유파들은 제국주의 시기에 전개된 "자연주의의 변종들"이라고 할 수 있다(다른 근거에서 생긴 것이긴 하지만 자연주의의 또 다른 변종이 '공식적 사회주의 리얼리즘'인데, 이에 관해서는 본서 제7장에서 논할 것이다), 이때의 자연주의는—1930년대 중후반 이후 루카치의 문학론에서 리얼리즘이 그러하듯이—역사적으로 일회적인 하나의 문학 유파나 특정 양식

하기도 한다. 1935년에 발표된 「소설」의 제7장 제목은 "새로운 리얼리즘(Der neue Realismus)과 소설 형식의 해체"인데, 그가 토론을 위해 제출한 발제문인 「'소설'에 대한 보고(Referat über den 'Roman')」에서는 같은 장의 제목이 "자연주의와 소설 형식의 해체"로 되어 있다. 루카치가 플로베르와 졸라의 문학을 발자크와 스탕달로 대표되는 19세기 전반기 리얼리즘과 구분 지어 '현대적 리얼리즘'이라 지칭하는 것은, 백낙청이 '리얼리즘'과 '사실주의'를 구분하는 것과 유사해 보인다. 후기 루카치의 텍스트에서는 '신식 리얼리즘'이나 '현대적 리얼리즘'과 같은 표현을 찾아보기 힘들다.

72 게오르크 루카치, 「소설」, 『소설을 생각한다』, 비평동인회 크리티카 엮음, 98쪽.

이 아니라 반리얼리즘 경향의 문학 유파들에 공통된 하나의 '미적 원리'로 이해될 수 있다. 루카치가 자연주의와 리얼리즘의 대립"이 "미학에서 가장 중대한 대립 가운데 하나"[73]라고 했을 때 그 "자연주의"와 "리얼리즘"은 문학 유파나 특정 양식이 아니라 서로 상반되는 미적 원리를 가리키는 말이다. 그런데 모더니즘 문학의 근저에 놓인 미적 원리로서의 자연주의가 1848년 이후 플로베르와 졸라의 문학에서 "처음으로 분명하게, 거의 고전적인 형태로" 나타난다면, 모더니즘 경향은 '1848년 이후' 문학에서부터 시작된 것으로 볼 수 있다. 그렇다면 루카치의 문학이론 체계에서 1848년은 특히 프랑스와 독일 중심의 중서부 유럽문학사에서 모더니즘 경향이 리얼리즘 경향을 대체하기 시작한 시점으로서의 의미를 갖는다. 그 이후 모더니즘 경향은 점차 자본주의 사회의 대중과 거리가 점점 더 멀어지는 본격문학 내의 주류적 흐름이 되며 제국주의 시기에 더욱 번성하게 된다. 그렇기 때문에 위 인용문에서 루카치는 현대의 중요한 리얼리스트들이 첫 번째 문학 집단뿐만 아니라 두 번째 문학 집단도 포함하는 문학적 발전의 "흐름을 거슬러" 나아간다고 한다. 이런 식으로 루카치의 문학론에서 자연주의와 모더니즘은 밀접히 결합되어 있는데, 이는 흔히 볼 수 있는 문학사 구성, 즉 사실주의(리얼리즘)의 급진화로서 자연주의, 자연주의에 대한 반발과 극복으로서 모더니즘을 배치하는 통상적인 문학사 구성과 궤를 달리할 뿐 아니라, "형식적인 면에서, 특히 글쓰기 방식(Schreibweise)에서, 문학적 기법에서, 직접적인 기법적

73 게오르크 루카치, 「존재론과 미학, 미학과 존재론」(1967), 『게오르크 루카치: 과거와 미래를 잇는 다리』, 김경식 지음, 한울, 2000, 304쪽.

형식 부여에서"(4:467) 문학의 길을 구분하는 접근법과도 다른 것이다. 루카치에 따르면 이런 접근법은 "부르주아적 전위주의적 예술이론에서 주도적인 역할을 하곤 하는 것"으로서 "무조건 피해야 할 것"(4:467)이다.

「문제는 리얼리즘이다」의 위 인용문에는 1938년 당시 루카치가 문학을 고찰하는 기본적인 태도도 드러나 있다. 여기서 그는 문학 장(場)을 인류의 바람직한 삶을 위한, 따라서 (그에게는 비인간적이고 반인간적인 체제인) 자본주의 체제의 극복을 위한 싸움터의 일종으로 인식하고 있다. 지배와 착취, 조작과 소외로부터 인류가 해방된 사회, 곧 공산주의를 전망으로 견지하는 마르크스주의자 루카치에게[74] 문학은 절대적인 자율적 영역이 아니다. 그에게 문학은 인간 활동 전체의 특수한 한 부분, 상대적으로 고유한 논리를 가진, 오직 상대적으로만 자율적인 한 부분으로 자리한다. 바로 그렇기 때문에 문학은 인간의 삶과 연계되고 고유한 방식으로 인간의 삶을 형성하는 데 한몫을 할 수 있다는 것이 그의 생각이다. 이런 기본적인 관점에서 구축된 그의 문학이론에는 역사와 사회에 대한 인식, 고유한 현실 개념과 인간관, 인류의 바람직한 삶에 대한 전망 등이 미학적 문학사적 안목과 불가분하게 결합·용해되어 있다. 이런 문학이론과 결합된 그의 문학비평 또한 문학적 현상에 대한 단순 해석과 기술(記述)에 그치는 것이 아니라 바람직한 문학의 길에 대한 모색과 주장을 포함하게 되는데, 그러다 보니 복잡다단한 문학적 현상들을 "거칠게 단순화해서"

74 루카치에게 마르크스주의, '마르크스주의 역사이론'은 "오늘날에까지 이르는 인류의 필연적 도정에 대한 포괄적 학설"일 뿐만 아니라 "미래의 전망에 관한 학설"이기도 하다(6:434).

몇 가지 길로 갈라보는 안목도 필요했다. 또 그러다 보니 그의 문학 이론과 비평은 '규범적'인 성격을 띠지 않을 수 없게 되는데, 이때 루카치, 특히 '중기 루카치'가 내세우는 미적 평가의 '기준'이자 '규범'이 바로 '리얼리즘'이었다.

1930년대 초반까지 루카치의 문학담론에서 '리얼리즘'이라는 용어는 19세기 전반기의 특정 문학사조나 이와 연관된 특정 양식을 지칭하는 말로, 과거의 문학과 관련해서 주로 사용된다. 1926년에 발표한 「모제스 헤스와 관념론적 변증법의 문제들」에서 "위대한 리얼리즘"(2:650)이라는 말이 등장하긴 하지만 이 표현은 헤겔 철학의 성격을 규정하는 것이었지 미학적 개념으로 사용된 것은 아니었다. 1931년에 집필한 「마르크스-엥겔스와 라살 사이의 지킹엔 논쟁(Die Sickingendebatte zwischen Marx-Engels und Lassalle)」[75]을 포함해 그 전후에 쓴 문학 관련 글들에서 리얼리즘 개념을 내세우지는 않았지만 이후 미적 원리로서의 리얼리즘에 포함될 이론적 계기들에 대한 고찰은 이미 착수된 것을 확인할 수 있다. 그 후 《문학비평가》 1934년 6월호에 발표한 「독일 현대문학의 리얼리즘」에 이르러 루카치는 자신의 미학적 구상과 역사철학적인 근본 입장, 반파시즘 투쟁의 정치적 전략이 하나로 집중되는 평가 범주로 리얼리즘 개념을 사용한다. 그의 문학론에서 리얼리즘은 점차—종종 양식 개념으로 사용될 때가 없진 않지만—진정한 문학의 보편적인 미적 원리로 정립되어나간다. 루카치가 1939년 《독일 신문(*Deutsche Zeitung*)》 47호(1939년 2월 27일)

75 1931년에 집필한 이 글의 발표는 1933년에 이루어졌다. 루카치는 독일에서 다시 모스크바로 돌아온 직후 《국제문학(*Internationale Literatur*)》 2호(1933년 3/4월)에 이 글을 발표했다.

에 발표한 「리얼리즘의 경계들(Grenzen des Realismus)」에서 한 말, 즉 "호메로스에서부터 고리키까지 위대한 문학은 리얼리즘적이었다"[76]는 말은, 그에게 리얼리즘은 더 이상 특정 시대나 특정 장르에 한정된 것이 아닐뿐더러 특정 사조도 특정 양식도 아니라는 것을 분명히 보여준다. 그의 이러한 입장은 1949년에 발표한 「세계문학에서 푸슈킨의 자리(Puschkins Platz in der Weltliteratur)」에서 "리얼리즘은 하나의 양식이 아니라 실로 위대한 모든 문학의 공통의 기초"이며 중요한 양식의 변화들은 리얼리즘 내부에서 이루어진 것으로 파악해야 한다는 주장(5:27)으로 이어진다. 후기 미학인 『미적인 것의 고유성(*Die Eigenart des Ästhetischen*)』에서는 "형상화하는 예술 일반의 기본 특징"(11:565)으로서 "리얼리즘의 보편성"(11:566)을 주장하는 데까지 나아간다. 이에 따라 그의 이론체계에서 리얼리즘의 위상이 재설정될 수밖에 없는데, 리얼리즘은 더 이상 그 자체만으로는 미적 평가의 규범이나 기준일 수 없게 된 것이다. 그럼에도 불구하고 여전히 문학에서 '리얼리즘의 길'을 주창하는 루카치를 만날 수 있다. 이때의 그는 예술 일반의 한 가지 기본 특징, 예술의 본래적인 한 가지 속성이자 위대한 예술의 불가결한 전제조건인 리얼리즘으로부터 멀어지거나 그것을 제거하는 경향이 아니라 그러한 리얼리즘의 심화를 당대 현실에서도 바람직한 문학의 길로 제안하고 있는 것이다.

"형상화하는 예술 일반의 기본 특징"이 리얼리즘이라 해도 리얼리즘을 심화하는 길을 가는 작가가 있는가 하면 리얼리즘으로부터 멀

76 Georg Lukács, "Grenzen des Realismus", *Zur Tradition der deutschen sozialistischen Literatur. Eine Auswahl von Dokumenten 1935~1941*, 569쪽.

어지는 길을 가는 작가가 있다. 그도 그럴 것이 "사유적 예술적 작업은 현실 쪽으로 나아가거나 현실로부터 멀어지거나 할 수밖에 없"(4:324)기 때문이다. 이런 식으로 보면 문학의 길을 리얼리즘 경향과 반리얼리즘 경향으로 구분하는 중기 루카치의 접근법은 후기 루카치에서도 유효할 수 있는데, 여기서 '경향'이라는 말에 주목할 필요가 있다. 루카치 스스로 여러 곳에서 강조하고 있다시피, 개별 작가의 발전 과정에서는 물론이고 한 작품 내에서도 상반된 문학적 경향, 즉 리얼리즘 경향과 반리얼리즘 경향이 혼재해 있을 때가 허다하다. '경향'이라는 말은 한쪽으로 쏠리는 방향성이되 순수한 일직선적 방향성이 아님을 나타내는 말이다. 그렇기 때문에 문학적 경향의 '순수한' 모습은 작품이 아니라 작가의 이론적 언명을 통해 보다 더 분명하게 파악될 수 있다. 루카치의 실제비평, 작품에 대한 그의 구체적인 해석과 평가는 그가 '위대한 리얼리즘' 문학으로 평가하는 작품들 중심으로 이루어지며, 현실로부터 멀어지는 반리얼리즘 경향으로서의 모더니즘 경향과 관련된 비평은 개별 작품에 대한 구체적이고 내재적인 분석보다는 오히려 '모더니즘 이데올로기'를 규명하고 비판하는 데에 초점이 맞추어져 있을 때가 많다. 그럴 때에 그가 작가의 이론적 발언을 전거로 삼는 것은 이해할 만한 일이다. 그렇지만 작가에 대한 평가가 작가의 이론적 발언들을 근거 삼아 이루어진다면 그것은 분명한 오류이다. 작가는 작품으로 말하는 존재이며, 작품에서는, 그것이 진정한 작품이라면 더욱더, 작가의 이론적 입장이 그대로 구현되지 않을 때가 많다. 그러한 작품에 대한 해석과 평가는 작가의 이론적 발언이나 의도와는 별도로 구체적인 작품 자체를 두고 이루어져야 한다. "작가적 세계관"도 작품 자체로부터 규명되어야 하는 것이지, 이와는 반대로 작가의 직접적인 주관적 세계관으로부터 작품을 파악하는 해석 경로를 취해서는 안 된다는 것은 바로 루카치 자신의 '리얼리즘의 승리론'이 분명하게 전하고 있는 해석학적 계율이라고 할 수 있다. 그럼에도 루카치가 부정적인 사례들을 말할 때는 작품 자체의 실제보다는 작가의 이론적 언명에 의존하는 경우가 있고, 그로 인해 개별 작가에 대한 그릇된 판단을 내리기도 한다. 하지만 이러한 오류는 루카치의 문학이론 자체와 관련된 것이 아니라 오히려 그의 이론에 반하는 작업 절차에 따른 것으로 봐야 할 것이다.

루카치의 실제비평에서 종종 나타나는 이런 오류를 인정한다 하더라도 루카치가 모더니즘 경향의 작품에 대해 사회적 내용이 없다거나 저항의 계기가 없다는 식으로 평가하면서 "'퇴폐적인' 예술작품을 즉결처분"**[77]**한 것은 아니다. 그는 "좋은"**[78]** 모더니즘 작품에 내재되어 있는 자본주의적 현실에 대한 저항을 일방적으로 부인한 것이 아니라 그 저항의 한계를 지적했다. 앞서 보았듯이 그는 리얼리즘 경향과 모더니즘 경향을 제국주의 시기 자본주의에 대항하는 두 가지 경합적 문학 노선으로 보고 그중 리얼리즘 노선의 우월성을 주장한다. 하지만 그의 논의에서 모더니즘 문학의 '정치성'을 편협하고 도식적

77 프레드릭 제임슨, 「루카치·브레히트 논쟁 재론」, 『비평의 기능』, 테리 이글턴·프레드릭 제임슨 지음, 유희석 옮김, 제3문학사, 1991, 209쪽.

78 1970년에 헝가리에서 가졌던 한 대담에서 루카치는 "[사람들이] 가장 좋아하는 작가—제임스 조이스, 그레이엄 그린(Graham Greene)—는 좋은 작가이지만 결코 위대하지는 않다"고 한다. 읽은 글은 "Il dialogo nella corrente", https://gyorgyLukács.wordpress.com/2020/03/11/il-dialogo-nella-corrente/(2023년 10월 14일 최종 접속). 루카치에게는 "좋은" 모더니즘 작품은 있을 수 있지만 "위대한" 모더니즘 문학은 없다.

으로 평가하는 대목들이 없지는 않다. 예컨대 「표현주의의 '위대성과 몰락'」(1933/1934)에서 표현주의에 대해 "지식인층에 있었던 USP-이데올로기의 문학적 표현형식"(4:110)이라고 규정하고 — 사회민주당을 '파시즘의 쌍둥이'로 규정한 코민테른 제6차 대회의 '사회 파시즘' 테제의 영향 하에서 — 급기야는 파시즘을 "이데올로기적으로 준비하는 역할"(4:121)을 한 것으로 몰아칠 때가 그러했다. 그 글을 썼을 때 루카치는 당시 정세를 혁명적 국면으로 파악하는 인식과 계급주의적 관점에 입각해 있었다. 그런 상태에서 루카치는 표현주의를 하나의 정당이 표명하고 있는 정치적 입장에서 읽어낸 이데올로기로 환원하는 편협함을 노정하고 있을 뿐만 아니라, 사회민주당 및 거기서 갈라져 나온 독립사회민주당(정식 명칭은 독일 독립사회민주당(USPD; Unabhängige Sozialdemokratische Partei Deutschlands))마저도 파시즘의 동맹 세력으로 몰아치는 종파주의적 입장을 여실히 드러내고 있다. 그의 이러한 입장은 1930년대 중후반 이후 바뀌게 되지만 그 후에 발표된 글에서도 선뜻 납득하기 어려운 언설들이 종종 눈에 띈다. 가령 반(反)종파주의를 강하게 역설하고 있는 『비판적 리얼리즘의 현재적 의미』 「서론」(1957)에서도 그런 대목을 볼 수 있다. 2차 세계대전 이후 동서 양 진영에 존재하는 냉전 세력들의 3차 세계대전 획책 기도에 맞서는 평화운동 세력의 구축을 주장하고 있는 그 곳에서 루카치는 "따라서 우리의 근원현상(Urphänomen)은 한편에는 리얼리즘과 반리얼리즘(전위주의, 데카당스), 다른 한편에는 평화를 위한 투쟁이냐 전쟁이냐 하는 두 대립 쌍의 그러한 수렴이다"(4:465)라는 말을 하고 있다. 본격문학의 경향적 양극을 리얼리즘과 모더니즘으로 볼 수 있다면, 현실적 정치적 삶에서는 일종의 '구동존이(求同存異)'의 원리에 따라[79] 평화를 위한 투쟁과 전쟁이라는 양극을 축으로 세력 배치를 해야 한다는 이 말은, 리얼리즘은 평화를 위한 투쟁과 짝을 이루고, 모더니즘은 전쟁을 획책하는 세력과 짝을 이룬다는 말로 읽힐 소지가 있다. 이것은 오독임이 분명하지만 그럼에도 불구하고 문학적 경향과 정치적 경향을 너무 직접적으로 병치함으로써 그의 문학이론이 편협하고 도식적인 것으로 비판받게 되는 구실이 된다. '중기 루카치'의 텍스트에는 특히 모더니즘을 논하는 대목에서 이런 식의 문제가 드물지 않게 나타나지만, 리얼리즘 경향과 모더니즘 경향에 대한 그의 기본적인 입장은 양자를 근대에 대항하는 두 가지 경합적 문학 노선으로 보고 전자의 힘과 우월성을 주장하는 것으로 이해할 수 있다.

현실의 실상에 육박해서 그것을 문학적으로 제시하려 하는 대신, 자본주의 현상계의 직접성에 사로잡힌 채 현실세계를 존재론적으로 천시하고 그리하여 그 현실을 자의적으로 해체하는 이상, 현실세계 속에서 살아가고 형성되는 주체 역시 해체되며, 그 가운데에서 작가의 의도가 아무리 저항적이고 또 설사 작품에 저항적 계기가 있다 하더라도 그것은 "전적으로 추상적이고 공허한"(4:481) 저항, 구체성이 결여된 저항이라는 것이 루카치의 판단이다. 그러한 예술적 경향으로서의 모더니즘은 제국주의적 자본주의의 진정한 극복에 상응할 만한 문학적 노선이기에는 함량 미달이라는 것, 진정한 문학이념과 문학운동은 역사적으로 전개되어왔고 앞으로도 전개될 리얼리즘에 그

79 이 글에서 루카치는 "평화운동에서의 '세계관'의 공통성은, 헤겔의 말을 이용하자면, '동일성과 비동일성의 동일성'"(4:464)이라고 하면서, 이것을 "우리 시대의 인간을 배치하는 새로운 형식의 (…) 원리"(4:465)라고 하는데, 여기서 그가 말하는 "동일성과 비동일성의 동일성"을 우리는 일종의 '구동존이'의 원리로 읽을 수 있다.

뿌리를 두어야 한다는 것이 '중기 루카치'의 확신이었다. 루카치의 이러한 확신은, 변화된 사회적 역사적 조건에 의해 '결정'되어 있는 부르주아 작가들의 '필연적인' 문학적 경향에 맞서, 그들에게 기대할 수 없는 것을 요구하는 '규범주의적'이고 '주의주의적'인 강변에 불과한 것은 아닌가 하는 의심이 듬직하다.

앞에서 우리는 "누가 어떤 방향으로 발전할 것인지를 **규정하는** 것은 (…) 사회 자체의 발전"(강조는 인용자)이라는 루카치의 말을 인용했다. 그렇게 본다면, 모더니즘 경향은 적어도 1848년 이후 프랑스를 중심으로 한 중서부 유럽 사회에서는 필연적인 현상이며, 그 토대를 이루는 작가의 관찰자적 태도 역시 "사회적으로 필연적인 행동방식"(4:206)이라고 할 수 있다. 그러하기에 루카치 역시 모더니즘 경향이 중서부 유럽의 본격문학에서 지배적 조류가 되었음을 부인하지 않으며, 19세기 전반에 스탕달과 발자크 등이 대표했던 리얼리즘 경향은 더 이상 중서부 유럽문학이 아니라 "19세기 후반기의 러시아(그리고 부분적으로는 스칸디나비아) 문학"(6:435)에 의해 계승되었다고 주장하는 것을 앞에서 보았다. 하지만 중서부 유럽 사회에서 모더니즘이 '문화적 지배소'(프레드릭 제임슨)가 되었다고 해서 리얼리즘 문학의 가능성 일체가 사라짐을 뜻하는 것은 아니다. 사회적 인간적 예술적 조건이 리얼리즘의 성취를 더 어렵게 만들지만 그러한 조건이 예술적 결과를 '자동적으로', '숙명적으로' **결정하는** 것은 아니다. "특정 양식의 사회적 필연성을 파악하는 것과 그 양식의 예술적 결과를 미적으로 평가하는 것은 별개의 일이다"(4:207)는 루카치의 말도 이런 입장에서 나온 것이다. 루카치의 말을 더 들어보자.

새로운 양식들, 현실의 새로운 현시 방식들은, 비록 그것들이 항상 과거의 형식 및 양식들에 결부되어 있긴 하지만 그렇다고 해서 예술 형식들의 내재적 변증법에서 생겨나는 것은 결코 아니다. 모든 새로운 양식은 사회적 역사적 필연성을 띠고 삶에서 생겨나는 것이며, 사회 발전의 필연적인 결과이다. 그러나 이러한 필연성에 대한, 예술 양식들의 발생의 필연성에 대한 인식이, 이러한 양식들을 예술적으로 등가적이거나 동질적인 것으로 만드는 것은 아니다. 그 필연성은 예술적 허위나 예술적 왜곡, 예술적 조악화로 이어지는 필연성일 수도 있다(4:205/206).

이 대목은 '서사'와 '묘사'에 관한 논의 맥락 속에 있는 것이다. 여기서 루카치가 말하는 서사와 묘사는 양식적 수단으로서의 서사와 묘사 일반이 아니라 중서부 유럽 자본주의의 특정한 두 시기(1848년 이전과 이후)에 생성된 소설 작품들의 '기본적인 현시 방법'으로 규정된 서사와 묘사이다. 따라서 그의 논의에서 그것은 미적 원리로서의 리얼리즘과 자연주의의 구체적 발현 형식인 양식의 차원에서 다루어지는 서사와 묘사이다. 이 대목에서 — 앞에서 소개한 페터 뷔르거처럼 — "규범미학과 마르크스주의 역사철학이 충돌"[80]하고 있는 것을 확인하는 것이 과연 올바른 독법일까? 예술을 전체 사회적 삶의 부분으로서 상대적으로 자율적인 영역으로 보는 관점, 예술적 현시 방식의 변화는 궁극적으로 전체 사회적 발전 과정의 규정 하에서 이루어진다고 보는 관점, 그리하여 어떤 예술적 현상, 가령 모더니즘을

80 Peter Bürger, "Was leistet der Widerspiegelungsbegriff in der Literaturwissenschaft?", *Vermittlung — Rezeption — Funktion*, 38쪽.

"사회 발전의 필연적인 결과"로 파악하는 역사유물론적인 관점(페터 뷔르거에 따르면 "마르크스주의 역사철학")과 그 현상의 미적인 질을 평가하는 관점은 배타적일 수밖에 없는 것일까? 루카치의 미학을 '규범주의적'이며, 따라서 '반유물론적인' 것으로 일관되게 평가하는 페터 뷔르거와는 달리, 근대문학에 관한 루카치의 성찰이 지닌 공적을 결코 잊지 않고 있는 프레드릭 제임슨조차도[81] 루카치의 문학론을 "현대예술 및 모더니즘 일반에 대한 거부"로 읽고 이러한 "거부"는 "하나의 모호성에 기반하고 있"는 것이라고 평가하고 있다. 그에 따르면 모더니즘 일반에 대한 루카치의 거부는 "진단인 동시에 심판"인데, "그러나 이 심판 전체가 하나의 모호성에 기반하고 있다. 모더니즘 작가에게 어느 정도 개인적 선택권이 있으며 그의 운명은 그가 처한 역사적 계기의 논리에 따라 봉인된 것이 아님을 전제로 하기 때문

81 일찍이 1970년대에 블로흐, 루카치, 브레히트, 벤야민, 아도르노 등의 논쟁적 글들을 수록한 책의 「후기」에서 프레드릭 제임슨은 『역사와 계급의식』의 범주, 특히 사물화와 총체성의 범주로 리얼리즘 개념이 다시 쓰인다면, "오늘날 우리에게 잠정적인 마지막 말을 해줄 수 있는 사람은 (…) 루카치일지도 모른다"고 했다. 프레드릭 제임슨, 「루카치·브레히트 논쟁 재론」, 『비평의 기능』, 테리 이글턴·프레드릭 제임슨 지음, 유희석 옮김, 221쪽. 번역은 다음의 원문에 따라 약간 바꾸었다. Fredric Jameson, "Reflections in Conclusion", *Aesthetics and Politics*, Ronald Taylor 편역, London·New York: Verso, 1980, 212쪽. 최근에 발표한 글에서도 제임슨은 다음과 같이 말하고 있다. "리얼리즘에 관한 루카치의 연구는—오해되고 상투화되거나 오명이 들씌워졌음에도 불구하고—소설 연구에 있어 피할 수 없는 20세기 시금석들 중 하나였다." Fredric Jameson, "Early Lukács, Aesthetics of Politics?", *Historical Materialism* 23권 1호, 2015, 3쪽. 이어서 그는 다음과 같이 말한다. "한편, 초기의 『소설의 이론』(1916)은 천둥 소리처럼 다가와 (벤야민과 아도르노를 비롯한) 중앙 유럽 지식인 세대 전체를 변증법적으로 각성시켰다. 코민테른과 저자 자신이 공동으로 비난한 후 금지된 걸작이 된 『역사와 계급의식』(1923)은 그 자체로 좌파 정치 활동가들과 이데올로기 및 계급의 이론가들에게 번쩍하는 번개였다. 그것은 일부에게는 찬사를 받고 모두에게 매혹적인 대담한 철학적 개입이었지만 사용법은 아무도 몰랐던 것처럼 보였다"(같은 곳).

이다."[82]

분명히 루카치는 개인의 삶이 사회적·역사적으로 주어져 있는 상황 속에서 출발하고 그것에 의해 조건 지어져 있음을 인정한다(이러한 사태를 루카치는 '규정한다(bestimmen)'는 말로 표현한다). 하지만 그렇다고 해서 개인의 삶 전체가 그러한 조건에 의해 요지부동으로 "봉인된 것"으로—이러한 사태를 루카치는 '결정한다(determinieren)'는 말로 표현하는데—보지는 않는다. 이는 이른바 필연과 자유 또는 구조와 주체의 관계를 둘러싼 오랜 논쟁과 연관된 지점이기도 한데, 루카치의 '1848년 분기설'을 '결정론'적이고 '숙명론'적으로 읽을 때 제임슨의 "모호성"이라는 부정적 언사는 정당할 수 있다. 더 극단적으로, 그의 문학이론 전체를 "주의주의와 결정론의 불행한 결합"[83]으로 평가하는 입장도 타당할 수 있다. 하지만 루카치의 말을 듣다보면 그렇게 보고 평가하는 뷔르거나 심지어는 제임슨의 마르크스주의 이해가 오히려 결정론적 숙명론적 색채를 띠고 있는 것은 아닌가 하는 의심이 든다.

앞서 우리는 1848년을 분기점으로 중서부 유럽 사회에서 문학을 포함한 부르주아 이데올로기 전반이 '쇠락기'로 접어든다는 루카치의 주장을 살펴봤다. 이 모든 과정은 "사회적으로 필연적"이다. 그렇다고 해서 그것이 개별 개인을 빈틈없이 장악하는 "숙명론적 의미에서"

82 프레드릭 제임슨, 『맑스주의와 형식: 20세기의 변증법적 문학이론』, 여홍상·김영희 옮김, 237쪽. 여기서 "역사적 계기"는 "역사적 순간"으로 바꾸어 옮기는 것이 좋을 듯하다.

83 이성훈, 「반영 테제와 리얼리즘의 문제」, 『문예미학 4: 루카치의 현재성』, 문예미학회 편 엮음, 1998년 9월, 111쪽.

필연적인 것은 아님을 루카치는 누누이 강조한다. 그런 식으로 '결정' 되어 있다면, 그렇게 숙명론적으로 필연적인 역사적 현상에 대해 시비를 가리거나 특정한 문학적 실천을 지향하는 '규범적' 행위는 그야말로 '규범주의'적이고 '주의주의'적인 태도의 소산에 다름 아닐 것이다. 그렇지만—루카치에 따르면—개별 인간이 대면하는 사회 현실 전체는 자체 종결적으로 고정된 동질적 구조가 아니라 언제나 "생동하는 역동적 모순들의 통일체이자 이러한 모순들의 부단한 생산과 재생산"(4:262/263)이 이루어지는 과정이며, 그 사회의 지배이데올로기 또한 아무런 틈새 없이 매끄럽고 동질적인 전체가 아니다. 따라서 그러한 현실을 사는 개인의 삶 자체 속에는 지배이데올로기로 완전히 봉쇄할 수 없는 파열구들이 생성될 수 있다. 다시 말해서 작가들이 사회와 이데올로기의 전반적 발전의 흐름을 거슬러 나아가는 것을 가능케 만드는 구멍 내지 틈새, 루카치의 표현을 빌리자면, "에피쿠로스가 말한 '사이[間] 세계들'(epikureische 'Intermundien')"(4:267)이 발생할 수 있다는 것이다. 여기에서 지배이데올로기를 통해 이러한 틈을 봉합할 것인지, 아니면 그 이데올로기적 장막을 뚫고 나갈 것인지는 상당 부분 개인에게 달려 있다. 이는 곧 개별 인간의 주체적인 선택 가능성의 여지(Spielraum)—물론 객관적으로, 사회적 역사적으로 그 한계가 정해져 있지만 그 속에서 상이한 선택의 가능성을 허용하는—를 인정하는 것으로서, 제국주의 시기 자본주의 세계에서 살아가는 작가들에게도 (루카치가 생각하는) 진정한 예술의 길이 원칙적으로 봉쇄되어 있는 것은 아님을, 또 그렇기 때문에 "사회적으로 필연적인" 예술적 현상에 대해 비평가와 독자는 미적 평가를 하고 가치판단을 내릴 수 있음을 함의한다(주체적인 선택 가능성의 여지를 인정하는 이러한 이론적 입장은 후기로 갈수록 더 강화되는데, 이에 관해서는 그의 후기 장편소설론을 다루는 자리에서 살펴볼 것이다). 루카치가 1930년대 후반에 쓴 글들에서 작가 개인의 지적 도덕적 차원을 문제삼고 있는 것도 이처럼 개인의 주체적 선택 가능성의 여지를 인정하는 입장에 따른 것이다. 물론 이데올로기의 쇠락 경향이 강화되고 사물화 현상이 심화되는 가운데 그러한 가능성을 현실화하기가 얼마나 지난한지를 알고 있기에, 루카치는 당대의 작가들에게 19세기 전반기의 작가들에 비해 더 큰 "지적 도덕적 힘"(4:263)을 요구하며 "지적 도덕적 도야"(4:357)를 게을리하지 말라고 권고한다.

5. 중기 루카치의 리얼리즘론: '이중의 작업'을 중심으로

루카치가 작가의 "지적 도덕적 도야"의 중요성을 역설한 것은, 작가에게 도덕적으로 '선한' 인간이 되기를 요구하는 것이 아니며 어떤 과학적 철학적 인식을 갖는 것 자체가 중요해서도 아니다. 또한 그렇게 "다른 곳에서 획득한 인식"[84]을 문학적으로 형상화할 것을 요구한 것은 더더욱 아니다. 하지만 루카치의 언설을 그런 식으로 오해하고 비판한 경우들이 적지 않았는데, 그럴 때 자주 거론되는 것이 창작 과정에서 이루어지는 "이중의 작업"에 관한 루카치의 발언이다. 앞에서 여러 차례 거론한 「문제는 리얼리즘이다」에 나오는 해당 대목은

84 Kurt Batt, "Erlebnis des Umbruchs und harmonische Gestalt. Der Dialog zwischen Anna Seghers und Georg Lukács", *Dialog und Kontroverse mit Georg Lukács*, Werner Mittenzwei 엮음, Leipzig: Reclam, 1975, 224쪽.

다음과 같다.

> 자명한 이야기이지만 추상(Abstraktion) 없이 예술은 존재하지 않는다. 달리 어떻게 전형적인 것이 생겨날 수 있겠는가? 그러나 추상화(das Abstrahieren)는 — 모든 운동이 다 그렇듯이 — 어떤 방향을 지닌다. 여기에서 중요한 것은 이 방향이다. 중요한 리얼리스트는 누구나 다 객관적 현실의 합법칙성들에 도달하기 위하여, 깊숙이 감추어진 채 매개되어 직접적으로는 지각할 수 없는 사회현실의 제반 연관관계에 도달하기 위하여 — 추상의 수단들도 사용해서 — 자신의 체험 소재를 가공한다. 이 같은 제반 연관관계는 직접적으로 표면에 드러나 있는 것이 아니기 때문에, 이 같은 합법칙성들은 착종된 채 불균등하게, 단지 경향적으로만 관철되기 때문에, 중요한 리얼리스트에게는 예술적이자 세계관적인 이중의 엄청난 작업이 생겨난다. 첫째로는, 그러한 제반 연관관계를 사유를 통해 발견하고 예술적으로 형성하는 일(Gestalten)이고, 둘째로는, 이와 분리될 수 없는 일로서, 추상을 통해 획득된 제반 연관관계를 예술적으로 덮어씌우는 일 — 추상의 지양 — 이다. 이러한 이중의 작업을 통해, 형상화를 통해 매개된 새로운 직접성, 형상화된 삶의 표면이 생겨난다. 이 표면은 매 순간 본질이 명백히 비치도록 하지만(삶 자체의 직접성에서는 그렇지 않다), 직접성으로서, 삶의 표면으로서 현상한다. 그것도 — 그러한 전체적 연관관계의 복합체에서 떼어내어진, 주관적으로 지각되고 추상을 통해 과도하게 된 어떤 하나의 계기만이 아니라 — 전체적인 삶의 표면이 그것의 모든 본질적 규정들의 모습으로 현상하는 것이다.
>
> 이것이 본질과 현상의 예술적 통일성이다. 그것이 다양하고 풍부하며 착종되고 '교활하면'(레닌) 할수록, 또 그것이 삶의 생생한 모순, 즉 사회적

규정들의 풍부함과 통일성의 모순의 생생한 통일성(die lebendige Einheit des Widerspruchs von Reichtum und Einheit der gesellschaftlichen Bestimmungen)을 강력하게 파악하면 할수록, 리얼리즘은 그만큼 더 위대해지고 더 깊이 있게 된다(4:323/324).

흔히 '창작 방법'으로서의 리얼리즘을 이야기하면서 '2단계'론으로 잘못 받아들여진 위 대목에 대해 지금껏 여러 비판적 해석이 있어왔는데, 동독의 연구자 쿠르트 바트(Kurt Batt)가 한 말은 가장 신중한 편에 속한다.

순차적으로 이루어지는 듯한 인상마저 유발하는 그와 같은 이중의 프로그램은 극도로 복잡하게 얽힌 [창작의] 과정을 합리주의적인 계산으로 털어버리는 듯해 보였다. 게다가 그것은 다른 곳에서 획득한 인식을 예술적 생산을 수단으로 문학적으로 변형해야 한다는 선입견을 키울 수밖에 없었다.[85]

루카치의 위 발언에 대한 해석에 한해서 볼 때 다른 평자들의 글에서는 쿠르트 바트의 조심스러운 평가가 단정적인 비판으로 바뀌는 경우가 적지 않았다. 루카치가 말하는 문학의 창조 행위는 "언제나 현실에 대한 '과학적' 인식에 의존할 수밖에 없"[86]다는 임홍배의 지적이 그 한 예인데, 그에 따르면 루카치가 말하는 '역사적 필연성' 개념

85 같은 곳.
86 임홍배, 「루카치의 괴테 수용에 대한 비판적 고찰」, 『문예미학 4: 루카치의 현재성』, 문예미학회 엮음, 1998년 9월, 176쪽.

은 "'변증법적 유물론'의 원리와 그로부터 도출되는 정치경제학의 법칙들"에 따른 '합법칙성'을 의미하며, 따라서 그것은 현실을 움직이는 힘을 그 어떤 '법칙들'로 환원하여 설명하는 "폐쇄적인 진리관의 소산"이다.[87] 이러한 현실관과 역사관을 전제로 하기 때문에 루카치가 말하는 리얼리즘적 성취라는 것도 미리 확보되어 있는 법칙화된 이론체계에 따라 해명되고 평가되는 것이며, 작가 또한 이러한 "'과학적' 인식"을 갖추기를 부단히 요구받는다고 한다.[88] 중기 루카치의 문학론을 이런 식으로 이해하면 그의 마르크스주의적 역사관을 '목적론적 역사철학'으로 읽기 쉬운데, 루카치에게 인류의 역사는 그 '합법칙성'에 따라 필연적으로 사회주의(공산주의)에서 완성되는 과정으로 미리 결정되어 있다고 볼 공산이 크기 때문이다. 이런 식의 독법은 만연해 있어서, 독일에서 루카치 연구를 오래 지속한 몇 안 되는 학자 중 한 사람인 베르너 융마저도 중기 루카치(그의 경우에는 1930년대 말까지의 루카치[89])를 그런 식으로 읽는다.

1930년대 루카치의 "공산주의 미학"[90]의 중심적인 문제점은—말로는 아

87 같은 책, 173쪽.

88 같은 책, 176쪽.

89 베르너 융은 1939~1940년에 집필된 루카치의 미발표 원고 「예술에서 새로움이란 무엇인가?(Was ist das Neue in der Kunst?)」에서 "존재론으로 가는 분명한 조짐들"을 인식할 수 있다고 보고 그 이전과 이후의 루카치를 구분한다. 인용한 곳은 Werner Jung, "Zur Ontologie des Alltags. Die späte Philosophie von Georg Lukács", *Von der Utopie zur Ontologie: Zehn Studien zu Georg Lukács*, Bielefeld: Aisthesis, 2001, 120쪽.

90 헝가리의 루카치 연구자이자 루카치 아카이브를 오랫동안 책임지고 관리했던 라슬로 시클러이의 말을 인용한 것이다. Lászlo Sziklai, *Georg Lukács und seine Zeit 1930~1945*, Wien·Graz·Köln: Böhlau, 1896, 169쪽 이하.

무리 거리를 취하고 있더라도 — 여전히 극복되지 않은 관념론적인 유산에 있다. 그도 그럴 것이 그는 위대한 리얼리즘 예술작품, 형상화된 작품이라는 칭호 하에 미학적으로 파악하는 것을 그 작품 생산자의 의식과 연결한다. 그는 작가가 도달한 이론적 수준 — 이는 결국 마르크스주의를 이론적으로 습득하고 그렇게 습득한 것을 예술작품에 실제로 옮기는 것인데 — 을 예술이 작품에서 성공했는지를 재는 척도로 정한다. 이를 달리 표현하자면, 위대한 리얼리스트 — 결국에는 공산주의 예술가 — 는 목적론적으로 사회주의를 향해 나아가는 역사 진행에 대한 의식과 통찰을 바탕으로 창작을 하는 작가이다. 작품의 차원에서 루카치는 이러한 의식성을 작품들의 내용을 근거로 재구성한다. 즉 작품들이 현실의 과정적 성격과 그 안에 내장된 진보를 생생하게 만드는 데 어느 정도 성공했는지를 재구성하는 것이다.[91]

베르너 융의 지적은 임홍배의 루카치 이해와 대동소이하다. 하지만 루카치의 역사관을 '목적론적인 것'으로 파악하는 것은, 기존의 마르크스주의에 스며들어 있던 '목적론적 역사철학'에 대한 명시적 비판과 이론적 극복이 중심 과제 중 하나였던 후기 루카치의 작업은 물론이고 중기 루카치, 아니 '마르크스주의 수업기'의 루카치에 대한 이해로서도 타당하지 않다. 1923년에 출판된 『역사와 계급의식』에서도 루카치는 "사회적 필연성"을 일종의 "자연법칙"처럼 기계적으로 파악하지 않았음은 물론이고 오히려 필연성에 대한 그러한 이해를 "사

91 Werner Jung, "Zur Ontologie des Alltags. Die späte Philosophie von Georg Lukács", 앞의 책, 119쪽.

물화된 의식"의 산물이라고 비판했다. 루카치 사유의 진화 과정에서 1920년대 후반부터 두드러지기 시작하는 '객관성' 요구와 그 가운데에서 설정되는 '경향'으로서의 법칙 개념은, 사회적 법칙성 문제에 대한 '자연주의적' 이해와 그 가상적 대립물로서의 '주관주의'가 상보적으로 관철된 스탈린 시기의 지배적 이론 경향에 대한 암묵적 비판이다. 이러한 비판은 후기로 갈수록 더 강화되는데, 서구의 근대철학을 지배했던 인식론적 입장과 논리주의적 입장을 비판하고 현실적 필연성의 경향성과 상대성을 강조하는 후기 존재론에서는 새로운 개념들이 도입되기도 한다. "조건부적 필연성" 또는 "연기적(緣起的) 필연성"(Wenn-Dann-Notwendigkeit) 개념[92]이나 「솔제니친의 장편소설들」에서 제시된 "통계적 확률"[93]로서의 필연성 개념이 그런 것들이다. 이에 따라 루카치는 기존의 마르크스주의에서 흔히 통용되었던 소위 '역사 발전의 5단계론'이나 이와 연관된 '목적론적 필연성', 즉 '자본주의의 필연적 붕괴와 사회주의의 불가피한 승리'를 의미하는 "사회주의의, 논리적으로 매개된 목적론적 필연성"(13:643)을 이론적으로 분명하게 잘라낸다. 그런 것들은 유럽 중심주의적인 '목적론적 역

92 김경식, 『게오르크 루카치: 과거와 미래를 잇는 다리』(한울, 2000)에서는 "조건부적 필연성"으로 옮겼으나 김경식, 『루카치의 길: 문제적 개인에서 공산주의자로』(산지니, 2018)와 번역서 『사회적 존재의 존재론을 위한 프롤레고메나』(게오르크 루카치 지음, 김경식·안소현 옮김, 나남, 2017)에서는 "연기적 필연성"으로 옮겼다. "조건부적 필연성"도 "연기적 필연성"과 마찬가지로 '필연성' 내지 '법칙성'이 그 외부적 조건에 기대고 있음을 분명히 드러내는 말이긴 하지만, '조건'을 나타내는 Wenn뿐만 아니라 Dann의 뜻까지 담을 수 있는 번역어로는 '연기적'이 더 적합하다고 생각했다. 이 개념과 관련된 조금 더 자세한 논의는 『게오르크 루카치: 과거와 미래를 잇는 다리』 제3부 제4장을 참고하라.

93 게오르크 루카치, 「솔제니친의 장편소설들」, 『루카치가 읽은 솔제니친』, 67쪽.

사철학'의 연장선상에 있는 헤겔의 "논리주의적 역사철학"(13:643)의 영향에서 마르크스주의가 완전히 벗어나지 못했기 때문에 생긴 이론적 결과라는 것이 루카치의 주장이다. 그렇지만 루카치에게 자본주의를 극복하는 필연적 경로는 사회주의였으며, 이를 거쳐 마침내 도달할 공산주의는 그에게 전망으로서 계속 작동했다. 마르크스주의자이자 공산주의자로서의 루카치의 역사관과 미래 전망, 이에 따른 이론적 실천적 목적의식이 마르크스주의 시기 그의 이론 작업 전체를 한 가닥 붉은 실처럼 꿰뚫고 있는데, 이를 '목적론적인 것'과 혼동할 때 그의 역사관은 '목적론적 역사철학'으로, 그리하여 그의 이론적 작업은 "여전히 극복되지 않은 관념론적인 유산"의 영향 하에 있는 것으로 쉽게 평가될 수 있다. 그는 "위대한 리얼리스트"는 "목적론적으로 사회주의를 향해 나아가는 역사 진행에 대한 의식과 통찰을 바탕으로 창작을" 한다고 보지 않았을뿐더러, "작품의 차원에서" "이러한 의식성을 작품들의 내용을 근거로 재구성"하지도 않았다. 그가 마르크스주의적 공산주의자로서 공산주의적 휴머니즘의 지평에서 작품들을 읽고 평가한 것은 사실이지만, 그것은 베르너 융의 말처럼 작가가 작품 이전에 가지고 있었던 의식을 바탕으로 창작한 작품에서 그러한 의식을 작품의 내용에서 재구성하는 것과는 전혀 다른 것이다.

루카치가 문학과 관련하여 말하는 '의식' 또는 '인식'은 작가의 "'과학적' 인식"(임홍배)이나 "작가가 도달한 이론적 수준"(베르너 융)이 아니라 — 그가 말하는 "작가적 정직성"이 "미적 정직성"이듯이 — "창조적 인식"[94]임을 분명히 해둘 필요가 있다. 루카치가 문학에서 '인식'

94 게오르크 루카치, 「소설」, 『소설을 생각한다』, 비평동인회 크리티카 엮음, 63쪽. "창조

을 말할 때 그것은 작품에서 구현된 인식, 창작 과정에서 작가가 이룩한 인식이지 작품 이전에 작가가 지니고 있는 인식 또는 "다른 곳에서 획득한 인식"(쿠르트 바트)이 아니다. 그리고 이렇게 작품에 구현된 인식의 내용은 바로 그렇기 때문에 언제나 형식과 통일되어 있다. 예술작품은 언제나 내용과 형식의 직접적인 통일체로 존재하는 것이다. 앞에서 인용한 루카치의 문장에서 그가 현상의 심층에 존재하는 "객관적 현실의 합법칙성들", "사회현실의 제반 연관관계" 또는 "본질적 규정들"을 "사유를 통해 발견"하기를 요구할 때의 그 '인식'은 과학적 의미에서의 인식, 고도로 의식적인 이론적 인식을 뜻하지 않는다. 의식적으로든 직접적·직관적으로든 문학의 창작 과정에서 성취되고 작품에서 구현된 인식이 문제일 뿐이다. 루카치는 예술적 인식의 이러한 성격을 분명히 하기 위해 "추상적이고 과학적인 사회적 분석의 의미에서의" 인식이 아니라 "형상화하는 예술가로서"의 앎, "창조적인 리얼리스트의 의미에서"의 인식이라고 지적하고 있다(4:321).

위 인용문에서 루카치 문학론의 "인식론주의적 편향"[95]을 읽어내는 논자들 대부분은 이른바 '인식의 단계'에 해당하는 '추상'에서 "예술적으로 형성하는 일"은 의도적으로 생략하거나 무시한 채 논지를 전개한다. 그렇게 하지 않으면 루카치의 문장을 "다른 곳에서 획득한

적 인식"은 "die schöpferische Erkenntnis"를 옮긴 말인데, 국역본에서는 문장을 부드럽게 하기 위해 "창조적으로 인식하는 것"으로 옮겼다.

95 '인식론주의(Gnoseologismus)'라는 말은 보통 두 가지 맥락에서 사용되는데, 예술의 창작 과정에서 가치평가의 계기를 경시하고 인식의 계기만 강조하는 미학적 입장을 뜻하는가 하면, 창작을 그에 선행하는 어떤 '과학적' 인식에 의존하는 것으로 파악하고 작품도 인식적 가치에 따라서 평가하는 입장을 뜻하기도 한다.

인식"에 '형상의 옷'을 입힌다—쿠르트 바트의 표현을 빌면 "예술적 생산을 수단으로 문학적으로 변형한다"—는 식으로 해석하기가 곤란해지기 때문이다. 어쨌든 논자들에 따라 조금씩 차이가 있긴 하지만 대개 이런 식으로 루카치를 해석하고 이로부터 루카치의 리얼리즘론은 '인식론주의'라느니 예술의 성취를 '과학적 인식'으로 환원한다느니 하는 비판을 하곤 했다. 그러나 이러한 비판은 루카치가 서로 "분리될 수 없는" "예술적이자 세계관적인 이중의 작업"이라 한 것을 굳이 '2단계'로 분리해서 읽는 자의적 독서의 산물일 따름이다. 루카치의 후기 미학은 물론이고 1930년대 중후반의 문학론에서도 사실이 그렇지 않다는 것은, 앞서 우리가 소개한 바 있는 제거스와의 서신교환 중에 루카치가 쓴 글을 통해 확인할 수 있다. 이미 살펴봤듯이 루카치는 '근본체험의 직접성'이 예술창작의 기초적인 출발점을 이룬다는 제거스의 의견에 동의하지만 체험을 신비화하거나 물신화할 위험을 경계한다. 그는 작가가 의식적·무의식적으로 살아왔고 살아가는 삶 전체가, 따라서 작가의 "지적 도덕적 도야"(4:357)가 체험의 내용을 결정한다고 주장한다. 루카치는 제거스가 말하는 '근본체험'의 깊이는 작가의 지적 도덕적 작업 자체의 열정과 깊이, "지적 도덕적 힘"(4:263)에 크게 의존하는 한편 '예술적이자 세계관적인 이중의 작업'과 결코 분리될 수 없다는 것을 플롯 창조를 중심으로 다음과 같이 말하고 있다(설명의 편의를 위해 본문에 없는 번호를 매겼다).

1) 한 작가가 나름의 세계수용에서 2) 하나의 플롯(Fabel)을 형성해낼 수 있는지 여부, 3) 그가 만든 인물들이 그 플롯이 진행되는 각 단계마다 생동감과 환기력을 증대시키면서 맡은 역을 할 수 있는지 여부는 4) 바로 그

예술가의 영혼이 진정으로 세계의 거울이 되었느냐 아니면 작은 거울 조각으로서 찢겨진 현실 파편들을 왜곡된 채로 재현하느냐 하는 문제에 달려 있습니다. 5) 그도 그럴 것이, 진정한 플롯은 본질적인 것, 즉 한 인간이 그의 세계와 맺고 있는 본질적이고 매우 복잡한 연관관계들을 명료하게 드러내주는 것이니까요(4:358).

제거스에게 보낸 1938년 7월 29일 자 편지에 나오는 위 대목을 도식화하면, 1)로 표시한 대목은 '근본체험'이 이루어지는 지점이고 2)는 '이중의 작업' 가운데 첫째 항목이며, 3)으로 표시한 부분은 두 번째 항목에 해당할 것이다. 여기에서 2)를 '이중의 작업' 중 첫째 항목으로 볼 수 있다는 말은 부연설명이 필요한데, 루카치가 "추상을 통해 획득된 제반 연관관계"라고 말한 것을 현실에 대한 '과학적 인식'으로 해석하는 것이 지금까지 일반적인 연구 경향이었기 때문이다. '이중의 작업' 중 첫 번째 과제에 포함되어 있는 "예술적으로 형성하는 일"은 이런 식의 해석 과정에서 대개 생략되거나 간과되고 마는데, 이 구절을 같이 생각한다면 루카치가 말하는 '추상'은 단순히 '과학적 인식'을 뜻하는 것이 아님이 더욱 분명해진다. 장편소설의 경우 이것은 "예술적이자 세계관적인" 차원에서 파악되는 "진정한 플롯"의 창조와 통한다고 보는 것이 오히려 더 온당하다. 사회의 본질적 규정들의 창조적 인식, 전형적 인물과 전형적 상황의 창조, 그러한 상황에서 그러한 인물이 펼치는 행위로 이루어지는 줄거리 내지 플롯의 창조 등등을 포함하는 '추상'의 작업과, 그러한 줄거리 내지 플롯을 진척시키면서 인물과 상황과 행위 등등이 생동감과 환기력을 지닐 수 있도록 예술적으로 구체화하는 작업인 '추상의 지양'이라는 '이중의 작업'을 굳이 순차적 단계적 과정으로 볼 까닭도 없다. 이것은 작가 개개인의 작업 방식과 작가적 개성에 따라 창작 과정에서 순차적으로 이루어질 수도 있고 동시적으로 이루어질 수도 있을 것인데, 루카치는 "분리될 수 없는" 이 사태를 실제적 시간적 순서가 아니라 논리적인 순서에 따라 서술하고 있는 것이다. 루카치의 말을 이런 식으로 독해하지 않는다면, 『비판적 리얼리즘의 현재적 의미』에서 그가 공식적 사회주의 리얼리즘을 비판하면서 펼친 '도해 문학'에 대한 비판이나 전위주의(모더니즘)의 근본적인 양식 원리로 파악한 알레고리에 대한 부정적 입장 등은 그의 문학론 및 미학의 자기모순을 드러내는 꼴이 되고 말 것이다. 또한 이렇게 독해해야만 그가 제시한 '리얼리즘의 승리론'도 오해된 그의 이른바 '인식론주의적 미학'과 모순되기는커녕 오히려 그의 문학론의 일관성을 보여준다. 뒤에서 살펴보겠지만 그는 '리얼리즘의 승리'를 작가의 세계관의 보다 깊은 층과 피상적인 층 사이의 모순 차원에서 파악하면서 그 심층적 세계관은 어떤 과학적 인식이나 의식적으로 정식화된 입장에서보다 리얼리즘과 예술적 플롯의 힘을 통해, 다시 말해 리얼리즘적인 서사의 성취로서 적합한 표현을 얻을 가능성이 더 높다고 주장한다. 우리가 위 인용문의 1), 2), 3)을 이런 식으로 읽을 수 있다면, 그 모든 것이 작가의 "지적 도덕적 도야"와 불가분하게 결합되어 있다는 것을 말하는 것이 4)이다(여기서 "거울"은 이와 연관된 개념인 '반영'과 마찬가지로 일종의 은유적 표현으로 읽어야지 문자 그대로의 뜻으로 이해해서는 안 된다). 물론 작가의 '지적 도덕적 힘' 자체가 무매개적으로 1), 2), 3)에 영향을 미치는 것이 아니라 작가의 삶 자체, "예술가의 영혼"에 용해된 형태로 영향을 미칠 것이며, 이로부터 1), 2), 3)은 불가분하게 결합된 채 구현되는 것이다.

이렇게 보면 자본주의 사회의 실상을 은폐하고 왜곡하는 표면적 현상형태에 고착됨—이것이 그가 말하는 자연주의의 본질적 성격인데—을 뜻하는 '직접성'[96]을 극복하기 위해서 한 인간으로서의 작가는—자본주의가 외연적·내포적으로 발전하여 그 작동기제가 더 복잡해지고 더 불투명해질수록 더욱더—"지적 도덕적 도야"를 게을리하지 않아야 하며, 이를 통해 쌓이는 "지적 도덕적 힘"은 작가가 삶을 사는 태도, 삶과 세계를 보는 시각에 융합되고, 그리하여 삶의 과정 전체의 한 계기로서의 체험의 내용과 창작 과정을 크게 규정하게 된다는 것, 이것이 루카치가 뜻하는 바에 가까울 것이다. 여기에서도 알 수 있다시피 루카치에게 문학은 철학적 과학적 각성으로 환원되는 것이 아니라, 그것을 내적 계기로 포함하는 살아 있는 인간이 "온몸으로, 바로 온몸을 밀고나가는 것"(김수영)으로서 이룩하는 창조적 작업이다.

그런데 중기 루카치의 문학론이 작품의 발생과 성취를 '과학적 인식'으로 환원해서 설명하는 '인식론주의적'인 것은 아니지만 예술의 현실 인식적 가치를 전면에 놓고 있다는 것은 사실이다. 사회적 현실

96 이 글에서 우리가 이미 여러 차례 사용한 루카치적 의미에서의 '직접성'은 가령 아나 제거스가 "근본체험의 직접성"이라고 말했을 때의 그 '직접성'과는 함의가 다르다. 제거스에게 보낸 답신(1938년 7월 29일 자 편지)에서 루카치는 자신이 말하는 "직접성"은 "의식화와 대립되거나 의식화의 전(前) 단계로 볼 수 있는 어떤 심리적 행동방식"을 의미하는 것이 아니라 "외부세계에 대한 내용적 수용의 어떤 **수준**"을 뜻하는 것으로서, 그 수용 행위가 얼마나 의식적으로 이루어지는지 여부는 상관없다고 말한다(4:355, 강조는 루카치). 그는 자본주의 세계의 실상을 은폐하고 왜곡하는 표면적 현상형태에 고착됨을 뜻하는 '직접성'을 극복할 것을 요구할 뿐이지, 그 실상이 직접적으로 지각되고 체험될 수도 있다는 것을 부정하지 않는다.

과 삶의 본질적 규정들을 창조적으로 파악하고 드러내는 '위대한 리얼리즘' 문학의 길을 주창하는 이상 그것은 불가피한 일이다. 게다가 인류 문명의 존망이 걸린―루카치는 그렇게 인식했는데―파시즘과의 싸움 현장에서, 예술에서도 올바른 현실 인식이 결정적인 중요성을 갖는다고 주장하는 것은 충분히 이해할 수 있는 일이다. 현실의 표층, 삶의 표면을 뚫고 내려가 그것보다 더 오래 지속하면서 그것을 발생시키는 심층의 사회적 연관관계들을 과학자가 아니라 "형상화하는 예술가로서"(4:321) 파악하되, 그렇게 파악된 그 본질적 규정들을 과학처럼 본질적 규정들 그 자체나 개념들로 제시하는 것이 아니라 재차 "삶의 표면으로서 현상"하도록 만드는 것이 리얼리즘 문학이라는 것이 당시 루카치의 생각이었다. "삶 자체의 직접성"과는 달리 이렇게 "형상화를 통해 매개된 새로운 직접성, 형상화된 삶의 표면"에서는 "본질"이 수용자가 지각 가능하게 발현된다. 이를 두고 루카치는 "본질과 현상의 예술적 통일성"이라고 한다. '전형성'이라고 바꿔 말할 수 있는 리얼리즘의 이런 성질―"호메로스부터 고리키까지 모든 위대한 문학은 리얼리즘적이었다"[97]는 입장을 가진 루카치에게는 진정한 문학의 기본적인 성질이기도 한데―이 더 풍부하고 다차원적으로, 더 강력하고 생생하게 구현될수록 "리얼리즘은 그만큼 더 위대해지고 더 깊이 있게 된다"는 것이 루카치의 주장이다.

루카치의 이러한 논의에서는 예술의 인식 경로와 방식, 그러한 인식의 제시 방식에서는 과학적 인식과 구분되지만, 인식 내용 그 자

97 Georg Lukács, "Grenzen des Realismus", *Zur Tradition der deutschen sozialistischen Literatur. Eine Auswahl von Dokumenten 1935~1941*, 569쪽.

체, 더 정확히 말하면 인식의 진리내용(Wahrheitsgehalt) 그 자체는 과학적 인식의 그것과 별반 차이가 없다. 이 절 맨 앞에서 우리가 '이중의 작업'과 관련하여 인용한 루카치의 문장에서 볼 수 있듯이 "객관적 현실의 합법칙성들", "사회현실의 제반 연관관계", "사회적 규정들", "본질적 규정들" 등등과 같은 표현은 예술이 추구하는 인식 내용 자체는 과학이 추구하는 그것과 크게 다를 바 없다는 것을 보여준다. 일찍이 백낙청이 이 점을 지적한 바 있는데, 「작품–진리–실천」에서 그는 다음과 같이 말하고 있다.

"즉 루카치는 예술과 과학이 그 **방법**에 있어 대조적이나 크게 보아 동일한 목표를 지녔다고 보며, 예술의 진리는 과학의 진리와 그 구체화 방식이 다르고 부르주아 과학 또는 철학의 평면적 '진리'와는 더구나 판이하지만, 과학에서의 정확성(Richtigkeit, correctness, 바로 맞음)과 애당초 차원을 달리하는 개념은 아닌 것이다. '현실의 올바른 반영(die richtige Widerspiegelung der Wirklichkeit)'이라는 표현이 루카치 저서 도처에서 발견되는 것도 우연이 아니다."[98]

이 글에서 백낙청은 "전통적인 형이상학의 테두리 안에서 '인식론적 진리' 또는 '존재론적 진리'의 수준에 진리 개념을 여전히 한정시키는 자세"에서 벗어나 "진리관의 일대전환"에 나설 것을 권하고 있다.[99] 루카치의 문학론이 의거하고 있는 반영론 그 자체에 대해서도

98 백낙청, 「작품·진리·실천」(1986), 『현대문학을 보는 시각』, 솔, 1991, 298쪽. 강조는 백낙청.

99 같은 책, 302쪽.

형이상학의 혐의를 두고 있는 백낙청과는 달리, 반영론을 이론적으로 더 발전시키는 작업을 했던 독일의 마르크스주의 미학자 토마스 메쳐(Thomas Metscher) 또한, 중기 루카치 문학론의 진리 개념이 과학적 진리 개념과 유사함을 지적한다. 그의 논의는 루카치의 후기 미학과 존재론에 대한 고찰을 포함하고 있는데, 루카치의 후기 미학, 즉 『미적인 것의 고유성』은 "예술의 진리의 철학"이라고 말할 수 있을 정도로 진리 범주가 그 이론적 구조물 전체의 근저에 "숨겨진 핵심으로서" 놓여 있다고 한다.[100] 후기 미학에서 예술의 진리 문제에 대한 루카치의 인식은 이전의 인식을 '바꾸었다'고 말할 수 있을 정도로 질적으로 심화되었다고 평가하는 그는, 그 변화의 양상에 대해 다음과 같이 말하고 있다.

> 이전 저술[후기 미학 이전의 중기 루카치의 저술]에서 진리 기준(Wahrheitskriterium)은 근본적으로 여전히 모사론적이고 지시적인 것(ein abbildtheoretisch-referentielles [Wahrheitskriterium])이었으며 과학적 인식과의 유비 속에서 형성된 것이었다면, 미학[후기 미학]에서는 더 이상 경험적·지시적으로는 증명할 수 없는 것, 즉 인간 유(人間 類, Menschengattung)의 자기의식의 범주, 유의 역사(Gattungsgeschichte)에 대한 성찰이 중심에 들어선다.[101]

그렇다고 해서 후기 루카치가 유물론적 변증법적 인식론으로서

100 인용한 곳은 Thomas Metscher, "Mimesis und künstlerische Wahrheit", *Zur späten Ästhetik von Georg Lukács. Beiträge des Symposiums vom 25. bis 27. März 1987 in Bremen*, Gerhard Pasternack 엮음, Frankfurt am Main: Vervuert, 1990, 132쪽.

101 같은 곳.

의 반영론을 버린 것은 아니다. 후기 루카치는 인식론에 대한 존재론의 우선성을 통해 인식론을 존재론적으로 정초함으로써 기존의 반영론을 보완한다. 사실 중기 루카치의 문학론에서 이론적 출발점 역할을 하는 변증법적 반영론 자체는 주로 레닌의 『유물론과 경험비판론』 및 『철학 노트』에 의거하여 수립된 것으로, 루카치 고유의 이론이라 할 수는 없는 것이었다. 하지만 이러한 반영론을 문학론에 도입한 것은 루카치가 이룬 분명한 이론적 업적이었는데, 중기 루카치의 리얼리즘론은 그러한 반영론을 토대로 수립된 것이었다. 그런데 — 위에서 보았다시피 — 중기 루카치의 문학론에서 예술적 반영은 반영 방식과 제시 방식에서만 과학적 반영과 다를 뿐이고 목표에서는 큰 차이가 없었다. 하지만 후기 미학에 이르면 예술적 반영과 과학적 반영은 이미 반영 그 자체에서 개념적으로 분화되면서 반영을 통해 도달할 목표도 달리 규정된다. 즉 예술적 반영은 "인간연관적 반영"으로, 과학적 반영은 "탈(脫)인간연관적 반영"으로 구분된다.[102] 이에 따라 과학은 "현실에 대한 의식(인간의 자아가 문제인 경우라 하더라도)"으로, 예술은 "인류의 자기의식(그것이 가령 사람 없는 정물화, 풍경화에서 객관화된다 하더라도)"(11:610)으로 규정되기에 이른다("인류의 자기의식"은 "인간 유의 자기의식", "인류 발전의 자기의식" 등으로도 표현된다). 이에 따라 두 영역에서 도달하는 진리의 성격도 구분되는데, 예술의 진리는 과학의 진리와는 달리 현실의 실상에 대한 올바른 반영 차원

102 여기서 "인간연관적"이라고 옮긴 단어는 "anthropomorphisierend"이며 "탈(脫)인간연관적"으로 옮긴 단어는 "desanthropomorphisierend"이다. 이 단어의 의미와 이렇게 옮긴 이유에 관해서는 본서 제7장 「후기 루카치와 장편소설론」의 각주 144를 참조하라.

에 머물러 있는 것이 아니라 그러한 반영을 내포 또는 전제하되 그와는 다른 성격을 띠게 된다. 예술을 "인간 유의 자기의식"의 표현으로 규정함에 따라 그러한 "예술의 진리는 인간 유의 자기의식의 진리"(12:677)로 규정되는 것이다. 이러한 진리는 "현실의 올바른 반영"이라는, 우리가 현실의 실상이라 옮겨 말한 "있는 그대로의 현실"의 재현이라는, 중기 루카치의 리얼리즘론에서 제시된 척도만으로는 가늠할 수 없는 것이다. 이 말은 후기 미학에서 예술은 리얼리즘 개념으로 환원할 수 없는, 오히려 리얼리즘을 한 가지 구성적 속성, 구성적 질로 포함하는 더 포괄적인 규정 하에 놓이게 된다는 것을 의미한다. 이에 대한 논의는 루카치의 후기 미학 전체에 대한 고찰을 필요로 하기 때문에 앞으로의 과제로 남겨두고(이 문제에 관한 본격적 고찰에는 못 미치지만 보다 더 상세한 서술은 본서 제7장 3절 2조의 "리얼리즘의 이론적 위상의 변경"을 참고하라), 여기에서는 다시 이 글의 본래 주제인 '리얼리즘의 승리론'으로 돌아가도록 하겠다.

6. 작가의 세계관과 리얼리즘의 힘

앞부분에서 우리는 루카치의 '리얼리즘의 승리론'과 관련해 "작가의 세계관과 [작가의 문학적 비전 속에서] 보인 세계의 충실한 반영 사이의 모순"(6:442) 문제를 다루었다. 그러한 모순 현상은 작가 자신의 소망이나 선입견, 심지어 정치적 확신에도 구애받음 없이 문학적 비전 속에서 보인 그대로의 현실을 정직하게 그리고자 하는 작가적 태도, 곧 "작가적 정직성"이 창작 과정에서 관철됨으로써 발생한다는 주장도 살펴봤다. 나아가, 작가가 무엇을 어떻게 보고 체험하는지를 규정하는 작가의 존재방식 내지 삶·현실을 대하는 작가의 태도를 '동참'과 '관찰'로 양분하여 짚어보았으며, 작가의 삶이 당연히 사회적 역사적 조건 속에서 영위되는 것이기 때문에 그런 태도를 규정하는 자본주의 사회의 발전 단계와 관련된 문제를 부르주아 이데올로기의 전개 과정을 중심으로 살펴보았다. 이제 루카치는 그 '동참'과 '관찰'을 더 구체적으로 파악할 것을 요구한다. 앞에서 우리가 리얼리즘 문학과 연동된 작가의 존재방식 내지 삶·현실을 대하는 태도로서 논한 '동참'만 하더라도 그 규정 자체는 아직 형식적인 규정일 뿐이지 내용적인 것을 담고 있지는 않다. 극단적으로 말해서, 반동적인 입장을 지니고도 열정적으로 사회적 삶의 투쟁에 '동참'할 수 있다. 그렇기 때문에 루카치는 다음과 같이 "구체적으로" 물어야 한다고 말한다.

> 작가가 서 있는 곳은 어디인가, 그는 무엇을 사랑하며 무엇을 증오하는가를 우리가 구체적으로 물을 때에만 문제는 내용적으로 되며 결정적이고 본질을 적중하는 게 된다. 이리하여 우리는 작가의 진정한 세계관에 관한 보다 깊이 있는 해명에 이르게 되고, 작가적 세계관의 문학적(dichterisch) 가치 및 문학적 생산성의 문제에 이르게 된다. 앞에서 작가의 세계관과 [작가의 문학적 비전 속에서] 보인 세계의 충실한 반영 사이의 모순으로 우리에게 제시된 그 모순은, 이제 세계관의 문제로서, 즉 작가의 세계관의 보다 깊은 층과 피상적인 층 간의 모순으로 밝혀진다(6:442).

위 인용문에서 루카치가 사용하고 있는 "작가의 세계관(Weltanschauung des Schriftstellers)"과 "작가적 세계관(schriftstellerische Weltanschauung)"이

라는 말 자체에 관해 간략하게나마 설명할 필요가 있다. 루카치의 텍스트 여러 곳에 등장하는 "작가의 세계관"이라는 말은 두 가지 의미로, 즉 한 개인으로서 작가의 직접적인 주관적 세계관이라는 뜻이나 작품에 구현된 세계관이라는 뜻으로 사용되지만, 위 인용문에서의 "작가적 세계관"이라는 말은 앞서 살펴본 "작가적 정직성"의 경우와 마찬가지로 작품에 구현된 세계관을 뜻하는 것으로 보인다("작가적 세계관"으로 옮긴 독일어 "schriftstellerische Weltanschauung"은 '문학적 세계관'으로 옮길 수도 있다). 따라서 루카치의 텍스트에 등장하는 "작가적 세계관"이라는 말은—"작가적 정직성"을 '미적 정직성', '작품의 정직성'으로 이해할 수 있듯이—'미적 세계관' 내지 '작품의 세계관'이라는 뜻으로 읽어도 무방하다. 1957년에 발표한『비판적 리얼리즘의 현재적 의미』에 등장하는 "문학적 '세계관'(dichterisch[e] 'Weltanschauung')"(4:469)이라는 표현은 이 점을 더욱 분명히 해준다. 이 표현이 나오는 같은 문단에서 루카치는 자신이 문제삼는 것은 "작가의 의식적 의도(Absicht)"가 아니라 "작품의 지향(Intention)", "작품 속에서 형상화를 통해 표현된 지향"(4:469)이라고 말함으로써 이 문제에 관한 오해를 배제한다. 루카치가 "문학적 '세계관'"이라는 표현을 쓸 때 '세계관'에 작은따옴표(독일어 원문에는 작은따옴표와 큰따옴표의 구분이 없지만)를 친 점도 주목할 필요가 있다. 여기서 루카치는 자신이 문학적 현상에서 규명하는, "현실에 대한 작가의 관계에 특유한 것"(4:465)으로서의 '세계관'은, "엄격하게 철학적인 의미에서가 아니라 가장 느슨한 의미에서"(4:467)의 세계관, "좁게 한정된 말뜻에서만 세계관적"(4:464)인 것임을 나타내기 위해 작은따옴표를 쳤다. 즉 마르크스적인 의미의 '이데올로기'[103]는 물론이고, 프롤레타리아 세계관과 부르주아 세계관, 유물론적 세계관과 관념론적 세계관, 무신론적 세계관과 유신론적 세계관 등과 같은 표현들에서 쓰이는 그 '세계관'과도 같은 수준에 있는 것이 아니라, 그런 것들로 환원해서 구획할 수 없는, 아니 구획해서는 안 되는 "세계관적 입장 취함의 어떤 요소들", "세계에 대한 직관으로서, 세계의 주요 경향들에 대한 직접적 실천적 반응으로서"의 "어떤 공통점"을 '세계관'이라는 용어로 지칭하고 있는 것이다(4:464). 1936년에 발표한 「서사냐 묘사냐?」에서는 "작가의 세계관이란 그의 인생 경험들의 총합이 요약되고 일정한 수준의 일반화로 고양된 것일 뿐이다"(4:229)라고 말하기도 한다. 따라서 루카치의 텍스트에 빈번히 등장하는 '세계관'이라는 말은, 그것이 어떤 수준과 맥락에서 사용되고 있는 것인지를 가려 읽을 필요가 있다.

위 인용문에서 루카치는 삶을 대하는 작가의 태도가 '동참'적이라 하더라도 그것의 구체적인 성격이 어떤 것인지를 물어야 하며, 이러한 물음을 통해서야 비로소 "작가의 진정한 세계관에 관한 보다 깊이 있는 해명에 이르게 되고", 그리하여 "세계관과 문학의 진정한 연관관계"(6:440)가 밝혀질 수 있다는 취지의 말을 하고 있다. 이미 이 글 앞부분에서 말했듯이 발자크는 정치적으로 정통 왕당파적인 입장을 표명한 '반동적'인 작가였다. 이에 반해 졸라는 공화주의적이고 사회주의적인 입장을 지닌 '좌파' 작가였는데, 루카치의 문학론에서는 오

103 루카치가 이해하는 이데올로기 일반 개념은 『정치경제학 비판을 위하여(*Zur Kritik der Politischen Ökonomie*)』 「서문」에서 마르크스가 "인간들이 그 안에서 이러한 갈등[사회적 존재의 토대로부터 생겨나는 갈등]을 의식하게 되고 그것과 싸워내는 법률적 정치적 종교적 예술적 형태들 또는 철학적인, 한마디로 이데올로기적인 형태들"(MEW, 13:9)이라고 했을 때의 그것이다.

히려 발자크가 현실의 실상을 졸라보다 더 넓고 깊게, 더 다층적이고 생생하게 현시한 작가로 평가받는다. 통상적인 마르크스주의적 입장에서 보면 모순적인 듯이 보이는 이러한 평가는 — 우리가 앞서 살펴보았듯이 그의 '리얼리즘의 승리론'을 구성하는 이론적 계기들은 이러한 모순의 가상을 해소하는 것이기도 한데 — 세계관에 대한 형식주의적 이해를 경계하고 세계관과 문학의 관계에 대한 기계적 단선적 파악을 불허한다. 루카치의 그러한 입장은 삶·현실을 대하는 작가의 태도가, 「서사냐 묘사냐?」에서 그가 비판한 『나나(*Nana*)』의 작가 졸라의 경우처럼 정관적(kontemplativ)이고 관찰자적인 것이 아니라 '동참'적이라 하더라도 그것의 실제 내용이 어떠한 것인지를 구체적으로 물어야 한다는 요구로 이어진다. 「마르크스-엥겔스의 미학 저술 입문(Einführung in die ästhetischen Schriften von Marx und Engels)」(1945)에서 루카치는 외형상으로는 공히 동참적 태도를 지녔고 공히 반동적인 정치관을 피력하고 있는 발자크와 폴 부르제(Paul Bourget)를 비교하고 있는데, "부르제는 실제로 진보에 맞서 전쟁을 벌이며, 실제로 공화국 프랑스가 옛 반동에 굴복하도록 만들려고" 한 반면에, "발자크 정통주의의 진정한 내용은, 프랑스에서 왕정복고기에 시작되었던 대대적인 자본주의의 융성 속에서 인간의 온전성(Integrität)을 지키는 것"이었다고 한다(10:228). 이를 루카치는 또 다른 글에서 "민중적 휴머니즘(volkstümlicher Humanismus)"(6:443)과의 관련 속에서 설명하기도 한다. 『발자크와 프랑스 리얼리즘(*Balzac und der französische Realismus*)』의 「서문」(1951년 10월)에서 루카치는 다음과 같이 말하고 있다.

발자크나 스탕달 또는 톨스토이 같은 리얼리스트는 최종적인 문제설정에 있어서 언제나 민중의 삶의 가장 중대한 현재적 문제에서 출발하며, 그의 작가적 파토스는 언제나 현재 가장 쓰라린 민중의 고통에 의해 작열된다. 이 고통이 그의 사랑과 그의 증오의 대상과 방향을 규정하며, 그럼으로써 그가 문학적 비전 속에서 무엇을 보는지, 그것을 어떻게 보는지를 규정한다. 따라서 우리가 밝혔다시피 형상화 과정이 진행되는 가운데 사상적으로 표현된 작가의 세계관이 그의 비전 속에서 포착되고 보인 세계와 모순에 빠진다면, 그가 전자에서는 자신의 진정한 세계관을 단지 피상적으로만 표현할 수 있었다는 것, 그리고 시대의 중대한 문제 및 민중의 고통과 유착되어 있는 그의 세계관의 진정한 깊이는 그가 만든 인물들의 본질과 운명 속에서만 적절한 표현을 얻을 수 있었다는 것이 밝혀진다 (6:442/443).

루카치에 따르면 위대한 리얼리스트는 "최종적인 문제설정에 있어서" 그가 의식하든 하지 않든 언제나 — 견고하게 울타리 쳐진 문학 내적인 문제들, "직접적인 현시 기법의 아틀리에적 문제들"(4:378)에 매달린 작가들과는 달리 — 자기 시대의 중대한 문제들에서 출발한다. 발자크에게 결정적인 문제는 자본주의가 본격적으로 형성되는 과정 속에서 살아가는 "민중의 삶"이었다. 그는 그 과정에서 초래되는 "민중의 고통"과 사회의 모든 계층에게 필연적으로 동반되는 "영혼적 도덕적 퇴락"(6:443)을 그 누구보다도 깊이 체험했으며, 이를 통해 "그의 사랑과 그의 증오의 대상과 방향"이 "규정"되었다. 그렇게 형성된 민중에 대한 사랑과 자본주의에 대한 증오가 그의 세계관의 근저에 놓이게 되는데, "하지만 이와 동시에 그는 이러한 [자본주의적] 변혁의 사회적 필연성뿐 아니라 그것의 — 궁극적으로 — 진보적 본질의 역사적 진실도 같이 체험했다"(6:443). 계급사회에서 이루어지는 진보의 필연적 모순성에 봉착한 발자크는 "그의 체험 세계의 그러한 모순을 가톨릭 정통주의의 지반 위에 있으면서 영국의 토리-유토피아주의로 치장한 체계 속에 구겨넣으려고 시도했다"(6:433). 루카치는 이러한 체계가 발자크의 직접적인 주관적 세계관, "사상적으로 표현된 세계관"을 이루는 것이라고 보는데, 따라서 발자크의 그 세계관은 단순히 반동적이기만 한 것이 아니라[104] 그 근저에는 민중의 고통을 함께 아파하고 인간의 "영혼적 도덕적 퇴락"에 맞서 "인간의 인간적 온전성"(10:213)을 지키려는 "민중적 휴머니즘"과 이에 적대적인 자본주의에 대한 증오가 깔려 있는 것이라고 할 수 있다. 이것이 "그의 세계관의 진정한 깊이", 그의 세계관의 심층을 이루는 것인데, '진보의 모순성' 문제를 해결할 수 없었던 역사적 사상적 한계로 인해 그것이 발자크에서는 이른바 '정통 왕당파적인' 정치적 입장으로 표현되었다. 하지만 그의 위대한 작품들에서는 그러한 정치적 입장에 부합하는 낭만주의적 해결책을 반박하는 사회적 현실이 철저하게 반영되는 가운데 자본주의적 진보의 모순성에 대한 심층적 통찰이 명료하게 형상화되어 있다는 것이 루카치의 평가이다. 그러한 형상화 과정에서 왕당파적 봉건적 프랑스의 실상이 폭로되면서 발자크 자신이 애착을 가졌던 귀족들이 몰락할 수밖에 없는 필연성이 그려지고 있는데, 루카치는 발자크의 세계관과 작품에서 형상화된 세

104 발자크 전공자 김동수는 "정통 왕조파"로 알려진 발자크의 정치적 견해를 "단순하게 반동으로 취급하는 것은 성급한 일"임을 지적하고 있다. 김동수, 「발자끄와 리얼리즘: '리얼리즘의 승리'를 다시 생각한다」, 《창작과비평》 41권 4호, 2013년 겨울, 37쪽.

계 사이의 "이러한 모순은 등장인물이 풍부한 그의 세계에서 참되고 순수한 독보적 영웅들이 봉건주의와 자본주의에 단호히 맞서 싸우는 투사들, 즉 자코뱅파와 바리케이드전(戰)의 순교자들인 데에서 절정에 달한다"(6:443)고 한다. 이를 작가의 심층적 세계관이 문학적으로 구현된 것으로 보는 루카치는, 작가의 진정한 세계관을 "단지 피상적으로만 표현할 수 있었"던, "사상적으로 표현된 작가의 세계관"과 작가의 "세계관의 진정한 깊이"의 문학적 구현 사이의 이러한 모순적 현상을 낳는 힘을 리얼리즘에서 찾는다. 『역사소설』에서 루카치는 월터 스콧(Walter Scott)을 포함한 대부분의 위대한 작가들은 자신들의 깊이를 스스로 이해하지 못한다고 하면서 다음과 같이 말하고 있다.

> 이 깊이란 많은 경우 작가 자신은 이해하지 못하는 것인데, 왜냐하면 이 깊이는 작가들 자신의 개인적 견해 및 선입견과 충돌하는 가운데 소재의 참으로 리얼리즘적인 처리로부터 생겨난 것이기 때문이다(6:37).

그렇다면 '리얼리즘의 승리'란 바로 그 "리얼리즘적인 처리"의 힘으로 작가의 직접적 주관적 세계관, 사상적으로 표현된 세계관에 대해 작품이 거둔 승리를 지칭하는 말이자, 그러한 승리를 가능케 하는 것이 바로 리얼리즘의 힘임을 강조하는 말로 볼 수 있다. 이러한 '리얼리즘의 승리'는 특히 장편소설에서 잘 이룩되는데, 작가의 "세계관의 진정한 깊이"는 사상적 표현에서보다—앞에서 우리가 인용한 문장에서 루카치가 "그의 세계관의 진정한 깊이는 그가 만든 인물들의 본질과 운명 속에서만 적절한 표현을 얻을 수 있었다는 것이 밝혀진다"고 했듯이—소설적 플롯을 통한 서사의 성취로서 적합한 표현을 얻을 가능성이 더 크기 때문이다.

'리얼리즘의 승리'와 관련된 이러한 논의를 통해 루카치는 세계관에 대한 형식주의적 이해를 넘어설 것을, 세계관과 문학, 세계관과 창작의 관계를 파악할 때 일체의 도식주의와 무분별한 일반화에서 벗어날 것을 요구하고 있다. 그는 마르크스주의 문학사와 문학비평이 견지해야 할 원칙으로서 "역사적 구체성"을 주장하는데, 그 "역사적 구체성"은 "'특정한' 역사적 상황에서 '특정한' 세계관이 '특정한' 작가에게 어떻게 작용하는지를 탐구할 것을 요구"[105]하는 것이다. 중기 루카치의 텍스트에서 '리얼리즘의 승리' 명제는 이런 식으로 문학적 현상을 고찰할 때에도 "구체적 상황의 구체적 분석"이라는 유물론적 탐구 원칙이 관철되어야 함을 역설하면서 당시 사회주의 문예담론 내에서 나타났던 형식주의, 도식주의, 교조주의에 대항하는 이론적 근거로 활용되었다.

7. '리얼리즘의 승리'의 일반화와 '시적 죽음'

이상에서 우리는 '중기 루카치'의 텍스트를 중심으로 '리얼리즘의 승리론'의 개요 및 이와 직·간접적으로 연관된 이론적 문제들을 살펴보았다. 그런데 후기로 갈수록 루카치의 텍스트에서 '리얼리즘의 승리'라는 말이 점점 더 폭넓게 일반화되어 사용되는 것을 볼 수 있다.

105 Georg Lukács, "Marxismus oder Proudhonismus in der Literaturgeschichte?", *Georg Lukács. Moskauer Schriften. Zur Literaturtheorie und Literaturpolitik*. 132쪽.

우리가 앞에서 전개한 논의에 따르면 '리얼리즘의 승리'는 기본적으로 장편소설에서 이룩되는 일이다. 하지만 후기 루카치가 쓴 글들을 보면 꼭 장편소설에만 해당하는 일이 아니다. 루카치는 베르톨트 브레히트의 극작품에 대해서도 이 용어를 사용하는데, 1966년 9월 17일 이탈리아의 독문학자 체자레 카시스(Cesare Cases)에게 보낸 편지에서 그것을 확인할 수 있다. 루카치는, 『억척 어멈과 그 자식들(*Mutter Courage und ihre Kinder*)』(1939)에서부터 시작하는 브레히트의 후기 극작품이 지닌 문학적 위대성은 '리얼리즘의 승리'에 기인하는 것이지 저자의 의도 및 미학적 프로그램과는 무관함을 밝히는 연구를 해볼 것을 카시스에게 권하면서 다음과 같이 적고 있다.

> 다시 말해서 브레히트는 그의 모더니즘적인 이론들로부터가 아니라 그의 이론들에 반(反)하여 위대한 작품들을 창조했습니다. 나는 브레히트가 위대한 시적 직관으로 우리에게 억척 어멈의 딸을 벙어리로 제시하는데, 그럼으로써 극도로 비극적인 마지막 장면에서 어떠한 소격효과도 애당초 불가능하게 되었다고 말하곤 합니다.[106]

여기서 루카치가 말하는 브레히트의 "모더니즘적인 이론들"이란 학습극(Lehrstück), 서사극(episches Theater), 그리고 무엇보다도 '소격효과(Verfremdungseffekt)' 등에 관한 브레히트의 이론들을 염두에 둔 것이다. '소격효과' 외에도 '생소화 효과', '소외효과', '이화(異化)효과' 등으로 번역되는 브레히트의 Verfremdungseffekt에 관해 루카치가 일방

106 Nicolas Tertulian, "On The Later Lukács", *Telos* 40호, 1979년 6월, 144쪽에서 재인용.

적으로 비판적이기만 한 것은 아니었다. 그는 소격효과의 근저에 놓인 브레히트의 생각에는 합리적인 점이 있다고 인정한다. 브레히트가 소격효과를 통해 돌파하고자 한 현실 '표면'의 '익숙함'은, 일상의 '현상'에 대한 루카치의 이해와 유사하다. 루카치가 자본주의 현실의 현상적 피막을 뚫고 들어가 전형적이고 본질적인 것을 창조할 수 있는 예술의 능력을 강조했다면, 브레히트는 연극에서 관객이 '익숙한' 맥락 속에 있는 사회적 관계들을 완전히 새로운('낯선') 시각으로 볼 수 있기를 원했다. 이런 식으로 두 사람 모두 예술이 현실의 실상을 파악하는 데 기여할 수 있기를 바랐는데, 그렇기 때문에 루카치는 브레히트의 소격효과의 "가장 본질적인 의도"는 "전위주의와는 정반대 방향으로 가는" 것으로서, "전위주의가 부정하고 미적으로 파기하려 애쓰는 그 현실이 '소격효과'의 출발점이자 목적"(12:773)이라고 한다.

그런데 루카치는 브레히트와는 달리 소격효과란 진정한 예술작품이 원래 지니고 있는 힘이라고 본다. 그런 입장에서 보면 "낯익은 것의 소격을 수단으로" 소격효과를 꾀하는 브레히트의 이론은 이미 "열려 있는 문으로 달려가 그 문을 박차고 여는"(12:185) 격이다. 위대한 드라마는 '소격효과' 없이도 소격효과를 거두는바, 루카치는 안톤 체호프(Anton Chekhov)의 드라마를 두고 "드라마 전체는 **일종의** '소격효과'이지만 바로 그럼으로써 그것은 형상화 방식에 있어서 드라마이지 '소격효과'가 아니라고 말할 수 있을 것이다"(12:186, 강조는 루카치)라고 한다.

루카치가 보기에 '소격효과'라는 브레히트의 구상은 '감정이입(Einfühlung)'을 "옛 예술과 그 미학의 원리로 파악하는 (…) 오류"

(4:545)에서 비롯된 것이다. 브레히트는 '카타르시스'를 '감정이입'과 잘못 동일시하고 '소격효과'를 그 대안으로 제시했다. 루카치의 미학적 입장에서는 "각 예술작품의 예술적 완성을 가늠하는 결정적 시금석이자 예술의 중요한 사회적 기능에 대한 규정적 원리"(11:828)이며 사회적 실천의 다른 영역들과 미적 영역을 구획하는 기준인 '카타르시스'는 오히려 '감정이입'과 대립하는 개념이다. 루카치의 미학에서 '감정이입'은 대상/타자를 자기와 동일시하는 '나 중심적인 것'으로서 결국 수용자에게 익숙한 행동방식, 선입견 등을 재차 확인하는 것일 뿐인 데 반해, 일상의 직접성과 추상적 개별특수성[107]에 사로잡혀 있는 수용자에게, 그 직접성을 동질적 매체(das homogene Medium)를 통해 파괴하고 새롭게 미적으로 형상화한 하나의 '세계'를 제시하는 진정한 예술작품은 필연적으로 '낯설게' 현상하며, 수용자의 영혼 내지 정신 속에서 이 새로운 세계를 이해할 수 있게 하는 감정 및 감각과 사고방식을 발전시킨다.

> 동질적 매체의 주도적 환기적 힘은 수용자의 정신생활(Seelenleben) 속에 침입, 그가 세계를 보는 익숙한 방식을 억누르고 그에게 무엇보다 새로운 '세계'를 강요하며, 그를 새로운 또는 새롭게 보이는 내용들로 채운다. 바로 그럼으로써 그는 이 '세계'를 새로워진, 되젊어진 감각기관과 사고방식

107 "개별특수성"은 "Partikularität"을 옮긴 말이다. 인간의 개별특수성은 '즉자적인 유적 성질'에 사로잡혀 있는 개인이나 집단의 실존 양상 내지 성격을 가리키는 말로서, 일상적 삶에서 직접적으로 주어져 있는, 사회적으로 생성된 개별성이라고 할 수 있다. 지금까지 쓰고 옮긴 글들에서 '개별특수성' 외에도 추상적 개별성, 단자성, 부분개별성 등으로 옮기기도 했는데, 본서에서는 '개별특수성'으로 통일하여 옮겼다.

으로 자기 속에 받아들이도록 유인된다(11:807).

루카치에 따르면 이러한 예술작품은 수용자에게 "카타르시스적 충격(die kathartische Erschütterung)"(11:828)을 야기한다. 즉 수용자의 주관성을 뒤흔들고 그 "주관성을 자기비판"(11:818)하도록 하는 것이다. 이러한 충격과 자기비판을 카타르시스의 본질로 파악하는 루카치는, 라이너 마리아 릴케(Rainer Maria Rilke)의 시 「고대의 아폴로 토르소(Archaischer Torso Apollos)」에 나오는 "그대는 그대의 삶을 바꿔야만 한다"는 시구를 카타르시스의 기본 원칙을 표현한 것으로 읽는다(11:818). 진정한 예술작품은 이러한 카타르시스를 통해 수용자로 하여금 그가 일상적 삶에서 사로잡혀 있었던 개별특수성을 넘어 "대자적인 유적 성질"[108] 쪽으로 고양되도록 작용한다는 것이 루카치의 기본적인 입장이다.

루카치의 이론에서 이런 카타르시스 작용은 이성과 감정을 아우르는 '전(全) 인격(gesamte Persönlichkeit)'에서 일어나는 일인데 반해, 브레히트의 '소격효과'는 '감정이입'을 카타르시스와 잘못 동일시하고 배

108 후기 루카치의 텍스트에서 중심적인 위치를 차지하고 있는 개념인 '유'와 '유적 성질'에 관해서는 김경식, 『루카치의 길: 문제적 개인에서 공산주의자로』, 152~157쪽을 참고하라. 루카치의 논의에서 '유적 성질'은 두 단계로, 즉 "즉자적인 유적 성질(Gattungsmäßigkeit an sich)"과 "대자적인 유적 성질(Gattungsmäßigkeit für sich)"로 나뉜다. "즉자적인 유적 성질"은 "그때그때 주어진 구체적인 국지적 사회질서(물론 여기에서 자연적 침묵은 이미 추월되어 있다)에 거의 아무 생각 없이 단순히 적응하는 것"(13:72)을, 그리하여 인간의 개별특수적 실존(partikulare Existenz des Menschen)을 나타내는 말이라면, "대자적인 유적 성질"은 인간이 자신의 개인적 삶에서 스스로를 유의 구성원으로 이해하고 유의 구성원으로서 자기실현하는 것을, 그리하여 "스스로를 자신의 개별특수성 위로 의식적으로 끌어올릴 수 있는"(14:512) 것을 의미한다.

격함으로써 감정적인 차원을 배제하는 경향이 있으며 예술 언어를 감각적인 것에서 추상적인 것으로 바꿀 위험성을 지닌다. 거듭 말하지만 루카치에게 진정한 예술작품은 필연적으로 소격효과를 야기한다. "루카치에게 이러한 소격은 전적으로 상황과 기분들의 형상화를 통해서, 가령 체호프의 극작품에서처럼 비극적인, 희극적이거나 희비극적인 작용을 통해서 이루어지는 것이지", 브레히트가 주장하는 '소격효과'처럼 "형상화의 내재성을 폭발시키는 노골적인 소격효과를 통해 이루어지는 것이 아니다."[109] 옛 예술과 그 미학의 원리에 대한 현대적 편견에서 생겨난 이러한 이론적 구상에 반(反)하여 "성숙한 브레히트는 과도화되면서 잘못된 것이 되고 마는 그의 이론을 문학적·실천적으로 뒤로 하고 당대 최고의 리얼리즘 극작가가 되었다"(4:547)는 것이 후기 브레히트에 대한 루카치의 평가이다. 모더니즘 이데올로기의 일환인 모더니즘 이론을 작가의 "사상적으로 표현된 세계관"에 속하는 것으로 볼 수 있다면, 카시스에게 보낸 편지에서 루카치는『억척 어멈과 그 자식들』을 위시한 후기 극작품에서 브레히트가 이룬 문학적 성취를 그러한 이론으로서의 '소격효과'라는 미학적 프로그램에도 '불구하여', 그것에 '반(反)하여' 이룩된 '리얼리즘의 승리'에 기인하는 것으로 보고 있는 것이다.

이런 식으로 후기 루카치는 '리얼리즘의 승리'를 장편소설에만 국한된 문학적 현상으로 보지 않는다. 여기서 드러나는 또 다른 점은, '리얼리즘의 승리'가 더 이상 부르주아 작가, 부르주아 리얼리즘에만

109 Nicolas Tertulian, "Die Lukácssche Ästhetik. Ihre Ktitiker, Ihre Gegner", *Zur späten Ästhetik von Georg Lukács. Beiträge des Symposiums vom 25. bis 27. März 1987 in Bremen*, Gerhard Pasternack 엮음, Frankfurt am Main: Vervuert, 1990, 29쪽.

해당하는 명제가 아니라는 것이다. '1939~1940년 문학논쟁'에서 '리얼리즘의 승리'는 비판적 리얼리즘, 부르주아 리얼리즘에는 적용될 수 있지만 사회주의 리얼리즘에는 유효하지 않으며, 수미일관한 마르크스주의적 세계관과 리얼리즘적 형상화의 밀접한 연관성이 한층 더 강조되었다고 앞서 말한 바 있다. 그렇지만 루카치는 이미 1930년대 후반에 엥겔스와 레닌을 방패막이로 내세울 수 있는 '리얼리즘의 승리' 명제를 통해 공식적 사회주의 리얼리즘의 이론과 실제에 대항하려 했다는 것도 앞에서 말했다. 그가 보기에 그 '사회주의 리얼리즘'은 리얼리즘이 아니라 실상 자연주의의 스탈린주의적인 변종에 불과한 것이었으니(이에 관해서는 본서 제7장에서 사회주의 리얼리즘을 다룰 때 조금 더 자세히 논하겠다), 문학정치적 측면에서뿐만 아니라 미학적 측면에서도 '리얼리즘의 승리'를 요구할 수 있었다. 하지만 브레히트의 경우는 다르다. 특히 브레히트의 시 일부와 후기 극작품에 대해서는 루카치 자신도 위대한 리얼리즘 문학으로 평가하고 있으며 그 리얼리즘의 사회주의적 성격을 부인하지 않는다. 아니, 브레히트를 빼고는 사회주의 리얼리즘을 말할 수 없을 정도인데, 그렇다면 '리얼리즘의 승리'는 그런 사회주의 작가, 그런 사회주의 리얼리스트에게도 필요한 일이 된다.[110] 이는 알렉산드르 솔제니친(Aleksandr

110 홍승용은 '리얼리즘의 승리'의 적용 범위와 관련하여 루카치의 논의에서 "명시적인 견해"와 "내재하는 논리"를 구분한다. 즉 전자의 차원에서는 '리얼리즘의 승리'가 부르주아 문학에만 해당하는 것이라고 주장하지만(84), 실질적으로는 "사회주의 작가들에게도 필요한 것"(86)으로 파악하고 있다는 것이다. 인용한 곳은 홍승용, 「루카치 리얼리즘론 연구: 그 중심 개념들의 현실성」, 서울대학교 독어독문학과 박사학위 논문, 1993. 그런데 후기 루카치는 사회주의 작가들에게도 '리얼리즘의 승리'가 필요하다는 것을 '명시적'으로 말하고 있는 셈이다.

Solzhenitsyn)에 대한 평가에서도 확인되는 일인데, 1969년에 집필한 「솔제니친의 장편소설들」에서 루카치는 솔제니친의 장편소설 『제1권』과 『암 병동』을 '사회주의 리얼리즘의 재생'이라는 틀에서 상찬해 마지않으면서도 그 작품들이 노정하는 '평민주의' 경향과 그 평민주의에 대한 자기비판의 부재를 이데올로기적 미학적 한계로 지적한다. 이 글에서 루카치는 '사회주의 리얼리스트'인 솔제니친의 작품에서도 '부르주아 리얼리스트'인 톨스토이의 『전쟁과 평화』나 『부활』에서 볼 수 있는 수준의 '리얼리즘의 승리'가 이루어졌어야 했는데 그러지 못했다고 평가한다(솔제니친에 관한 루카치의 논의는 본서 제7장에서 자세히 다룰 것이다). 이러한 지적과 평가는 솔제니친 작품의 세계상이 작가 자신의 직접적 주관적 세계관과 아무런 갈등 없이 '너무 잘' 연결되어 있다는 말로 읽힐 수 있으며, 그 세계관을 자기비판하고 지양할 수 있을 정도로 심화된 리얼리즘을 요구하는 것으로 이해될 수 있다. 그렇다면 이런 식의 '리얼리즘의 심화'는 사회주의 리얼리스트들에게도 요구할 수 있는 것이 되는데, "가장 선진적인 계급들의 가장 계급의식적인 전위들이 상상하는 것보다 언제나 (…) '더 교활'"(레닌)한 것이 역사요 현실이라는 것이 유물론자 루카치의 기본적인 입장이니, 이런 입장에서라면 그러한 요구는 언제나 정당할 수 있다. 문제는 이것을 '리얼리즘의 승리'라고 할 수 있느냐는 것인데, 이렇게 '리얼리즘의 승리'의 의미를 확장하면 그것은 "시(詩)적 죽음"과 같은 경지를 요구하는 것으로 읽힌다. "시적 죽음"은 중문학자 정진배의 글에서 따온 표현인데, 그는 『중용』 20장의 "誠者, 天之道也, 誠之者, 人之道也"를 해석하면서 "성실함[誠]"은 "거짓이 없음"을 뜻하는 "무망(无妄)"의 개념과 유사한 것으로서 "하늘의 속성"이며, 그러한 하늘의 속성을 본받아 스스로가 성실한(거짓됨이 없는) 존재로 거듭나고자 하는 것이 "사람의 도(人之道)"라고 읽는다. 또한 이러한 '거듭남'을 공자는 '극기(克己)'의 개념으로 설명했다고 하면서, 불교적 용어로 환치하자면 아트만의 부정, 즉 에고의 소멸인 이 '극기'를 "정신적 거듭남(spritual rebirth)"을 뜻하는 "시적 죽음"으로 해석한다.[111] 그렇다면 솔제니친의 두 편의 장편소설이 '너무 솔제니친다워서' 이데올로기적 미학적 한계를 지닌다면 톨스토이의 위대성은 작품에서 작가 톨스토이의 "시적 죽음", 곧 "정신적 거듭남"이 구현됨으로써 이룩된 것이라고 볼 수 있지 않을까. 그러한 '시적 죽음'이 『중용』에서는 '하늘의 도(天之道)'를 본받아 이루어지는 것으로 적혀 있다면 루카치의 논의에서는 '현실의 도'를 본받아 이루어지는 것인데, 루카치가 일반화한 '리얼리즘의 승리'는 문학에서 이런 경지에 이르는 것을 지칭하는 것으로 보아도 크게 잘못된 것 같지는 않다. 이 글 1절 마지막 부분에서 인용한 「삶으로서의 사유」에 등장하는 문구, 즉 "'리얼리즘의 승리'에서 바로 역사의 진리가 발현"이라는 문구는 바로 그런 사태를 암시하는 것으로도 읽힌다.

111 참조하고 인용한 곳은 정진배, 『중국사상과 죽음 이데올로기: 나는 존재하는가』, 성균관대학교출판부, 2022, 32~33쪽.

제6장
루카치의 중기 장편소설론

1. 중기 루카치의 '빨치산 투쟁'

1) 중기 루카치의 시작

1929년 오스트리아 빈에서 추방된 루카치는 베를린을 거쳐 부다페스트에 잠입, 세 달 동안 목숨을 건 '지하 활동'을 수행하다가 1930년 소련 공산당의 소환에 따라 모스크바로 망명지를 옮긴다. 모스크바로 온 뒤 그는 당시 '마르크스-엥겔스-레닌 연구소'에서 다비트 랴자노프(Dawid Rjasanow)의 주도로 진행되고 있던 *MEGA* 발간 사업에 참여하게 하는데, 그 과정에서 마르크스가 청년기에 집필했던 미발간 원고들, 그중에서도 특히 『경제학-철학 수고(*Ökonomisch-philosophische Manuskripte*)』를 접하게 된다. 『경제학-철학 수고』의 독서를 통해 루카치는 그동안 이론적으로 극복하고자 고투했던 "『역사와 계급의식』의 잘못된 계기들에 대해 명확히 인식"하게 되고 "마르크스적 방법의 참된 원리들을 둘러싼 내적 정신적 투쟁"을 일단락 짓게 된다(4:676). 최초 발간 작업에 루카치 자신도 참여했던 『경제학-철학 수고』는 이렇게 루카치로 하여금 새로운 단계에 들어서게 했는데, 독일어판 『게오르크 루카치 저작집』 제2권 「서문」(1967년 3월)에서 루카치는 당시를 회고하면서 다음과 같이 말한다.

> 내 머리에서 아른거리는 이론적 생각을 현실화하고자 한다면 다시 한 번 완전히 새로 시작해야만 한다는 것이 돌연 분명해졌다. (…) 나는 새로 시작한다는 감격으로 도취되어 있었다(2:39).

이렇게 새로 시작된 길은 마르크스주의를 하나의 "보편 철학(universelle Philosophie)"(4:676)으로 이해하는 길이었으며, 마침내 마르크스주의 존재론에 이르게 되는 길이었다. 마르크스의 학설을 일종의 사회학으로 여겼던 『근대 드라마의 발전사』의 마르크스주의 이해를 넘어 『역사와 계급의식』에서 마르크스주의를 철학으로 정립하고자 했지만, 그가 생각한 마르크스주의 철학은 일차적으로 '사회 철학'이었지 '보편 철학'은 아니었다. 이제 마르크스주의를 '보편 철학'으로 이해하게 되자 마르크스주의 고유의 독자적 미학도 가능하다는 인식이 성립했다. 마르크스주의는 게오르기 플레하노프(Georgii Plekhanov)나 프란츠 메링(Franz Mehring) 같은 이론가들이 그랬던 것처럼 예술에 관한 이론을 마르크스 이전에 생겨난 사상들에서 가져오거나 이를 '사회학적' 구체화를 통해 보완하는 것이어서는 안 되고, 마르크스의 역사적 철학적 전체 구상에서 출발해 미학의 영역에서도 "방법론상 독자적인 것"(4:676)을 만들어낼 수 있고 또 그래야만 한다는 인식을 하게 된 것이다. 루카치는 1930년에 '마르크스-엥겔스-레닌 연구소'에서 만난 미하일 리프쉬츠—그는 이미 당시에 마르크스와 엥겔스가 예술에 관해 한 발언들을 정리하는 작업을 하고 있었다—와의 협력에 힘입어 이러한 관점이 형성되었다고 하는데(2:39), 엄밀히 말하면 이러한 관점이 1920년대의 루카치에게도 없었던 것은 아니다. 일찍이 1922년에 발표한 「문학의 발생과 가치(Entstehung und Wert der Dichtungen)」에서 루카치는 마르크스가 「정치경제학 비판 서론(Einleitung zur Kritik der Politischen Ökonomie)」 마지막 부분에서 그리스 예술을 대상으로 펼치고 있는 사유를 바탕으로 "마르크스주의의 의미에서 적합하고도 방법상 완전한 역사적 문학 고찰"[1]의 필요성을 역설하면서 마르크스주의적 문학 연구의 대상과 방법을 제시한 바 있다. 하지만 1930년대에 들어와 이러한 관점이 문학론에서 미학 일반으로 확장되고 더 구체화되었는데, 그 과정에서 리프쉬츠의 작업이 큰 영향을 미쳤다고 보는 것이 루카치 자신의 말보다는 더 합당할 듯하다. 어쨌든 루카치는 이러한 관점에 입각한 구체적 연구를 본격적으로 시작했는데, 『미적인 것의 고유성』에 이르는 그 과정의 첫 작업이 마르크스-엥겔스와 페르디난트 라살 사이에 벌어졌던 지킹엔 논쟁에 관한 연구였다. 그가 1931년에 집필한 「마르크스-엥겔스와 라살 사이의 지킹엔 논쟁」은 아직 '리얼리즘론'으로서 제시된 것은 아니었지만, 루카치가 1930년대 중반 이후 본격적으로 개진할 리얼리즘

1 Georg Lukács, "Entstehung und Wert der Dichtungen", *Die Rote Fahne. Kritik, Theorie, Feuilleton 1918~1933*, Manfred Brauneck 엮음, München: Fink, 1973, 187쪽.

론의 주요 요소들을 이미 상당수 포함하고 있었다.

2) '당 없는 당 문학가'

철학과 미학과 문학이론에서 이렇게 시작된 중기 루카치의 활동은 세계 공산주의 운동을 이끌었던 소련이 스탈린 및 스탈린주의에 의해 완전히 장악된 시기에 이루어진 것이었다. 스탈린주의가 '마르크스-레닌주의'라는 이름으로 고착된 정치 이데올로기 지형 속에서 주로 문학과 미학에 집중된[2] 이론적 비평적 작업을 수행했던 이 시기의 루카치는 '위대한 리얼리즘' 내지 '큰[大] 리얼리즘'으로 옮길 수 있는 'der große Realismus'의 주창자로 잘 알려져 있다. 이 시기 루카치 사유의 진화 과정, 그리고 이 시기 그의 활동과 사유를 규정한 조건이었던 스탈린주의와 그의 사유의 관계에 관해서는 이미 다른 책에서 비교적 소상하게 규명했기 때문에[3] 이 주제를 여기서 다룰 필요는 없을 것이다. 이 자리에서는 중기 루카치가 이론가이자 이데올로그로서 전개한 활동의 구체적인 '내용'이 아니라 '방식' 내지 '성격'만 간단히 살펴보고자 한다. 이때 우리가 주목하는 것은—'게릴라

2 소련 망명 시절 루카치는 문학과 미학 관련 작업 외에도 철학 연구서인 『청년 헤겔(*Der junge Hegel*)』의 집필을 1937년 가을(1938년이라고 보는 연구자도 있다)에 마쳤으며, 『이성의 파괴』도 2차 세계대전 중에 거의 다 썼지만 '공식적 마르크스주의'와의 입장 차이로 인해 당시에는 그 책들이 세상에 나올 수 없었다. 『청년 헤겔』은 1948년 스위스에서, 『이성의 파괴』는 1954년 동독에서 처음 출간되었다.

3 김경식, 『게오르크 루카치: 과거와 미래를 잇는 다리』(한울, 2000) 제2부와 제3부에서 나는 특히 스탈린주의와의 관계라는 측면에서 루카치 사유의 전개 과정을 비교적 상세하게 고찰했다.

전' 또는 '유격전'으로도 옮길 수 있는, 우리는 "빨치산 투쟁"으로 옮긴—"Partisanenkampf"라는 루카치의 표현이다. 스탈린주의가 지배하던 시기에 자신이 전개한 활동의 방식과 관련하여 루카치가 사용한 이 표현은 1956년 2월 소련 공산당 제20차 당 대회에서 니키타 흐루쇼프(Nikita Khrushchev)에 의해 스탈린 비판이 개시된 이후에, 따라서 스탈린이 더 이상 '신성불가침'의 '절대자'의 위치에 있지 않게 된 이후에 썼던 회고적인 글들에서 볼 수 있다. 하지만 '빨치산'이라는 용어는 그보다 훨씬 전인 1945년에 집필한 「당 문학(Parteidichtung)」[4]에서 이미 중요한 함의를 지닌 말로 등장한다.

글의 제목인 "당 문학"이라는 용어는 당장 레닌의 「당 조직과 당 문학(Parteiorganisation und Parteiliteratur)」(1905)을 떠올리게 한다. 소련을 위시한 동구 사회주의 국가들의 문예이론이 스탈린 시기는 물론이고 스탈린 사후에도, 아니 동구 사회주의 블록 전체가 붕괴할 때까지도 제1원리로 삼았던 '당파성(Parteilichkeit)'의 원리는 레닌의 이 문헌을 근거로 삼았는바, 이 문헌은 루카치의 표현을 빌자면 "'당파성'의 성경"[5]과 같은 것으로 여겨졌다. 하지만 루카치는 스탈린 시기에도 이 문헌에 대한 해석에서 "공식적 마르크스주의"와 견해를 달리했는데, 1960년대에 들어와 공개적으로 표명된 그의 견해에 따르면 이 문헌에서 당 사업의 "톱니바퀴와 나사"[6]가 되기를 요구받는 그 '당 문학

4 Georg Lukács, "Parteidichtung", *Georg Lukács. Schriften zur Ideologie und Politik*, Peter Ludz 엮음, Darmstadt·Neuwied: Luchterhand, 1967, 376~403쪽. 본서 제6장 1절 2조에서 이 글을 인용할 경우 음영체로 본문에 쪽수만 병기한다.

5 Georg Lukács, "Brief an Alberto Carocci"(1962), 같은 책, 669쪽.

6 레닌의 글에서 이 표현이 나오는 문장 전체는 다음과 같다. "문필 활동은 보편적인 프롤레타리아적 과업의 **일부분**이 되어야 하며, 전체 노동자 계급의 정치적으로 의식

(Parteiliteratur)'이란 본격문학 내지 예술적 문학이 아니라 1905년 혁명을 통해 비합법 상태에서 막 벗어난 당이 발간하는 출판물, 당의 조직과 선전 선동 사업을 위해 쓰인 문건을 가리키는 말이다.[7] 그 근거로 그는 레닌의 부인이었던 나데즈다 크룹스카야(Nadezhda Krupskaya)의 기록을 언급할 뿐만 아니라[8] 문학에 대한 레닌의 기본적인 입장을 이야기하는데, 이와 관련해 루카치가 1969년 헝가리 텔레비전에서 방영되었던 대담에서 한 말은 다음과 같다.

> 그러나 이것[레닌이 「당 조직과 당 문학」에서 하고 있는 말]은 문학과는 전혀 관련이 없습니다. 레닌은 문학이 사회주의의 공식 기관(器官)이 되어야 한다는 생각을 결코 하지 않았어요. 이것은 두 가지 근거로 설명할 수 있습니다. 한편으로 레닌은 소위 공식 문학을 고려하지 않았어요. 이런 것을 진짜 문학으로 여기는 생각이 조금도 없었습니다. 다른 한편으로 그는 소위 문학 혁명에 강력히 반대했습니다.[9]

적인 전위들 전체에 의해 작동되는 통일적이고 거대한 사회 민주주의 메커니즘의 '톱니바퀴와 나사'가 되어야 한다. 문필 활동은 조직적이고 계획적이며 통일적인 사회 민주주의 당 사업의 구성요소가 되어야 한다." W. I. Lenin, *Über Kunst und Literatur*, Moskau: Progreß, 1977, 59쪽. 강조는 레닌.

7 '당파성'과 관련된 루카치의 논의에 대해서는 김경식, 『게오르크 루카치: 과거와 미래를 잇는 다리』, 160~177쪽을 참고하라.

8 스탈린이 레닌의 입장을 왜곡·날조한 것에 대한 증거로 루카치가 제시하는 크룹스카야의 글은 1937년 5월에 작성된 것으로 1960년에 처음 공개되었다. 이 글에는 다음과 같은 대목이 있다. "문건이 어떤 동기에서, 어떤 사건과의 연관 속에서 쓰였는지를 말하지 않을 수 없다. 레닌의 글 「프롤레타리아문화에 대하여」, 「당 조직과 당 문학」, 그리고 「청년동맹의 과제」 등은 예술적 문학작품과는 무관한 것이다." Hans Günther, *Die Verstaatlichung der Literatur. Entstehung und Funktionsweise des sozialistisch-realistischen Kanons in der sowjetischen Literatur der 30er Jahre*, 24쪽에서 재인용.

9 "Georg Lukács: the final interview", https://www.versobooks.com/blogs/5309-georg-

이러한 루카치의 견해에 따라 이 문헌의 제목을 우리말로 옮기면 "당 조직과 당 문학"보다는 '당 조직과 당 문건' 내지 '당 조직과 당 문서'가 더 적절할 터인데, 위에서 말한 「당 문학」에서 루카치는 보다 포괄적인 뜻을 지닌 Literatur가 아니라 예술적 창작물임을 함의하는 "Dichtung"이라는 단어를 사용함으로써 그의 논술은 레닌의 「당 조직과 당 문학」과는 달리 본격문학, 예술적 문학에 관한 것임을 분명히 한다.

루카치의 이 글에서 또 눈에 띄는 점은 "당 문학가(Parteidichter)"에 대한 그의 규정이다. '인간은 정치적 동물'이라고 말할 때처럼 '정치'를 폭넓게 이해할 경우 모든 작가는 글을 씀으로써 정치적 행위를 하는 것이다. 따라서 문제는 정치성을 지녔느냐 아니냐, 당파적이냐 초당파적이냐가 아니라 "어떤 의식성(Bewußtheit)으로"(385) 정치화하고 당파를 취하는가 하는 것일 뿐이라는 게 루카치의 생각이다. 이러한 견지에서 그는 '의식성'을 "도식적으로"(385) 세 단계로 나눈다. "무의식적으로, 많은 경우 자신의 의도와 의지에 반하여 정치화하는 작가"(385)가 그 첫 번째 단계에 속한다면, 그가 '위대한 리얼리스트'로 불렀던 괴테, 발자크, 톨스토이, 토마스 만 등은 두 번째 단계에 속한다. 이 두 번째 단계에 속하는 작가들 내에서도 작가들 각각의 의식성은 상당한 편차를 보여준다. '도식적으로' 유형화해서 볼 때 이들은, 세계의 변화된 내용과 구조를 냉정하게 추적하는 가운데 '의식적으로' "진정한 휴머니즘의 내외적 전개"를 깊이 고려하되 "일상의 정치생활에 항상 열정적으로 휩쓸려 들어가지는 않았던" 작가

Lukács · the · final · interview(2023년 6월 20일 최종 접속).

들, "사회생활의 역사 서술자"라는 헨리 필딩(Henry Fielding)의 말로 그 문학적 기본 경향이 잘 파악될 수 있는 작가들이라고 루카치는 말한다(386/387). 그는 이 두 번째 작가 유형과 구분되는 "본래적인 정치적 문학가", "진정한 정치적 문학가"(387)를 의식성의 세 번째 단계에 해당하는 작가로 분류하고 이들을 "당 문학가"(387)라는 범주로 묶는데, 18세기의 독일 작가 레싱, 19세기 초반에 활동한 영국 시인 셸리와 독일 시인 하이네, 그리고 헝가리의 시인 산도르 페퇴피(Sándor Petőfi)와 엔드레 어디(Endre Ady), 러시아의 소설가 고리키 등이 이에 해당한다(388/389). 루카치에 따르면 이 세 번째 유형의 작가들은 "전면적으로 계발된 온전한 인간을 위한 투쟁(der Kampf um den ganzen, vollentfalteten Menschen)"을 의미하는 "휴머니즘적 경향성"을 지닌다는 점에서 두 번째 유형의 작가와 공통성을 지니지만, "사회적 파토스의 경향성"에서 차이를 보인다(389). 두 번째 유형에 속하는 작가들의 사회적 파토스는 "객관적인 탐지를 통해 현실의 객관적 변증법으로 이어지는" 길을 통해 구현된다면, "당 문학가"는 "직접적으로 사건들에 개입하고자 한다"는 것이다(389). 따라서 전자의 유형에서는 작가의 그릇된 세계관에도 불구하고 '리얼리즘의 승리'가 성취될 수 있는 여지가 있지만, 후자의 유형에서 작가의 그릇된 의식은 곧바로 파국적인 결과를 초래할 수 있다. 그도 그럴 것이 여기에서는 "작가의 견해, 주관적인 사상과 감정이 대상의 형식 부여자일 뿐만 아니라 직접적으로 현시된 대상 자체"이기 때문이다. 그러므로 "인류의 발전 경로에 대한 더 높은 의식성"은 "당 문학가"에게는 필수불가결한 것이다(390).

"당 문학가"를 이렇게 규정하기 때문에 "당 없는 당 문학가(Parteidichter

ohne Partei)"(388)라는, 일견 역설적인 표현도 성립 가능하다. 루카치가 이 글에서 사용하고 있는 "당 없는 당 문학가"라는 표현은, 사회주의 문학에서 당파성의 원리가 "형식적인 당부합성"[10]으로 왜곡되고(이 경우 'Parteilichkeit'는 '당파성'보다는 '당성'으로 옮기는 것이 더 적절할 것이다), 그리하여 '사회주의 리얼리즘' 문학이 "당의 결정을 문학적으로 도해"[11]하는 것으로 전락해버린 현실에 대한 내밀한—1956년 이후에는 공공연하게 표명되는—비판을 포함하고 있는 것으로도 읽을 수 있다. 위에서 보았듯이 이 글에서 그가 '당 문학가'로 꼽고 있는 작가들 대부분은 현대적인 공산당이 본격적으로 조직되기 이전에 활동한 작가들인데, 그가 이들을 '당 문학가'라고 지칭할 수 있는 것은 '당'을 현재 실제로 제도화된 공산당과 동일시하지 않기 때문이다. 루카치에게 당은 "위대한 민족적 휴머니즘적 세계사적 소명"(396)을 따르는 정치조직체라는 이념형으로 설정되어 있다. 이 글에서 루카치가 현존 공산당의 종파주의적인 경향을 비판하면서, "종파주의의 청산을 통해 **자기 자신을 되찾을**"(396/397, 강조는 인용자) 것을 역설하는 것도 이러한 이념형으로서의 당관에 입각해 있기 때문에 가능한 일이다. 비록 그러한 이념형으로서의 당이 구체적인 정치조직체로 존재하지 않는다 하더라도, 당의 이념적 실체인 바로 그 '소명', 즉 식민지배와 제국주의로부터 민족의 독립과 자주적 발전을 이루고, 인간에게 형성된 자질과 능력들의 조화로운 완성을 추구하며, 여러 형태의 소외들로 점철되었던 지금까지의 세계사를 극복한다는 '소명'을

10 게오르크 루카치, 「솔제니친의 장편소설들」, 『루카치가 읽은 솔제니친』, 김경식 옮김, 118쪽.

11 Georg Lukács, "Brief an Alberto Carocci", 앞의 책, 671쪽.

의식적으로 따르면서 당대의 중요한 사건들에 문학적으로 직접 개입하는 "본래적인 정치적 문학가", "진정한 정치적 문학가"가 있을 수 있는바, 이런 작가들을 루카치는 "당 없는 당 문학가"라고 명명하고 있는 것이다.

이렇게 보면 루카치가 말하는 '당'은 일찍이 레닌이 정립했고 루카치 역시 『역사와 계급의식』에서는 물론이고 1930년대 초까지 동의했던 규정, 즉 '전체 노동자계급의 정치적으로 의식적인 전위들의 조직체로서의 당'이라는 규정으로 한정할 수 없다. 그러한 당 개념에서 노동자계급, 프롤레타리아계급의 중심성은 그 자체가 중요해서가 아니라 그 계급을 자본주의 사회를 넘어 인류의 해방을 이룰 수 있는 유일한 집합적 주체로 파악하는 혁명 이론에 따라 설정된 것이었는데, 이제 루카치의 논설에서 방점이 노동자계급에서 휴머니즘의 완성과 인류의 해방으로 이동한 것을 확인할 수 있다. 비록 루카치의 명시적 표현은 없지만, 그의 논지에 따르면 노동자계급의 정치적 전위들로 조직되는 당은 그러한 목적, 그러한 사명을 실현하기 위해 자본주의의 특정한 역사적 시기에 설정될 수 있는 조직 형태로 상대화될 수 있다. 착취와 지배, 조작과 소외로부터의 해방이라는 인류의 세계사적 목표를 위한 변혁의 집합적 주체와 조직 형태는 역사적으로 달리 규정되고 구성될 수 있다는 점까지 암시하고 있는 것으로 볼 수 있다.

한편 "당 문학가"에 대한 규정에서 루카치는 "당 문학가"가 무엇보다도 개인, 개체로서 문학가임을 강조한다. 그에 따르면 "당 문학가"가 문학작품을 창조하는 작가인 한 "그 자신의 필연적으로 개인적인 문학적 체험 세계로부터 분리될 수 없다"(398). 그렇기 때문에 실제의 당이 루카치 자신이 상정하고 있는 이념형으로서의 당에 완전히 부합한다 하더라도, 민족이나 계급과 마찬가지로 집합체인 당과 개인으로서의 작가 사이에는 일정한 갈등과 긴장이 존재할 수 있으며 또 그럴 수밖에 없다는 것이 루카치의 생각이다. 이런 입장에서 그는 "당 문학가"가 진정한 작가라면 환원 불가능하고 독특한 개별적 인간으로서 자기 자신의 "절망의 목소리"를 낼 수 있으며, 작가가 누려야 할 "문학적 자유"에는 바로 이 "절망할 자유"도 포함되는 것이라고 주장한다.

> 당의 위대한 지도자인 레닌은 벗어날 길 없는 절망적 상황은 없다는 것을 거듭 강조했다. 하지만 이것은 민족과 계급과 당의 정치적 활동에만 해당하는 말이다. 이에 반해 개인인 문학가는, 그가 당 문학가라 할지라도, 자기 삶의 절망적인 상태를 노래하는 시인(Troubadour)이 될 수 있다. 아니, 언제나 그럴 수밖에 없다. 문학적 자유에는 절망할 자유도 포함되는 것이다(399).

이와 동시에 루카치는 출구 없는 상황에서 작가를 절망으로 몰고 가는 바로 그 '체험의 힘(Erlebniskraft)' 속에는—그가 위대한 작가라면—세계사적인 목표를 인지하고 문학적 비전을 통해 그것을 감지하게 만드는 작가의 능력(Fähigkeit)이 잠복해 있다고 한다(400). 그의 '빨치산' 비유는 이런 맥락에서, 즉 세계사적인 견지에서 규정되는 당의 실체, 집합체로 환원될 수 없는 개체로서의 작가, 위대한 작가의 문학적 능력 등이 같이 고려되는 가운데 등장한다.

당 문학가는 결코 지휘관이나 단순한 병사가 아니라 언제나 빨치산이다. 이 말의 의미는 다음과 같다. 그가 진정한 당 문학가라면, 당의 역사적 소명, 당에 의해 규정되는 중대한 전략적 노선과의 깊은 통일성이 존재한다. 하지만 이러한 통일성 내에서 그는 자신의 수단들을 가지고 자기 자신이 책임지는 가운데에 스스로를 드러내야 한다(400).

3) 루카치의 '빨치산 투쟁'

비록 여기서는 '빨치산'이라는 표현이 '당 문학가'에 대한 규정으로 쓰이고 있지만 공산주의를 추구하는 철학자에게도, 따라서 루카치 자신에게도 적용 가능한 것임을 짐작하기란 어렵지 않다. 아니나 다를까 스탈린의 절대자적인 위상이 흔들린 이후 발표된 루카치의 글들에서 스탈린주의가 압도적으로 지배하던 시기에 자신이 전개한 이론적 활동과 관련해서 '빨치산'이라는 표현을 사용하는 것을 볼 수 있다. 먼저 1957년에 집필한 「'마르크스로 가는 나의 길' 후기(1957)」에 이 표현이 등장하는데, 해당 구절은 다음과 같다.

> 그 때문에 나는 나의 학문적 이념들을 위해서 일종의 빨치산 투쟁을 수행할 수밖에 없었다. 다시 말해서, 내 글을 발표할 수 있기 위해서 몇 군데 스탈린의 인용문 따위를 덧붙일 수밖에 없었으며, 지배적인 경향에서 벗어나는 내 견해를 필요한 조심성을 가지고 그때그때의 역사적 여지가 허락하는 만큼만 공개적으로 글 속에 표현할 수밖에 없었다.[12]

12 게오르크 루카치, 「'마르크스로 가는 나의 길' 후기(1957)」, 『삶으로서의 사유: 루카치

이 말은 스탈린 체제의 심각한 문제성을 서서히 깨닫기 시작한 1930년대 후반기 이후에도, 특히 부조리하고 무자비한 숙청이 대대적으로 전개되었던 '모스크바 재판'(1936~1938)에 대해서조차도 그가 반대 입장에 서지 않았던 이유를 설명하는 과정에서 한 말이다. 루카치는 이 시기에 반대 입장에 선다는 것은 물리적으로도 불가능한 일이었지만 더 주요하게는 도덕적으로 불가능한 일이었다고 한다. 히틀러가 부상하면서 사회주의에 맞선 파괴적인 전쟁을 준비했던 "이 시기에 세계사적으로 가장 중요한 일은 유일한 사회주의 국가의 현존을 위한, 따라서 사회주의의 현존을 위한 투쟁"[13]이라는 것이 당시 루카치의 확신이었다. 그래서 "스탈린이 지도하는 당이 무슨 짓을 했든 간에 (…) 우리는 이 투쟁에서 당과 무조건 연대해야 했으며 이 연대를 다른 무엇보다 우선시해야 했다"[14]는 것이다. 세계사적인 견지에서 그 시기에 가장 중요하다고 생각한 일을 위해 "옳든 그르든 나의 당이다"[15]라는 입장을 취한 루카치는, 인류 문화와 사회주의 수호를 위해 반파시즘 투쟁을 선두에서 이끄는 당에 반대하는 입장에 서지는 않되 그렇다고 해서 그 투쟁의 과정에서 생겨나 선전·선동되었지만 자신의 학문적 소신에 위배되는 이데올로기적 요소들에 순순히

의 자전적 기록들』, 김경식·오길영 편역, 384~385쪽.

13 같은 책, 384쪽.

14 같은 책, 386쪽.

15 같은 곳. 스탈린주의에 대한 루카치의 맹목적 투항을 보여주는 증거로, 맥락은 생략한 채 자주 인용되는 "옳든 그르든 나의 당이다"이라는 말은, '당은 언제나 옳다'는 스탈린주의자들의 당관(黨觀)과는 달리, 또는 브레히트가 『조처(*Die Maßnahme. Lehrstück*)』에서 "당은 천의 눈을 가졌다"고 노래한 것과는 달리, 당이 언제나 옳은 것은 아니라는 뜻을 포함하는 것이기도 하다.

투항하지는 않는 '방식', 주어진 정세 속에서 가능한 한도 내에서 자신의 학문적 이념들을 지키고 표현하는 '방식'으로 "일종의 빨치산 투쟁"을 수행할 수밖에 없었다는 것이다.

여기서 루카치가 "빨치산 투쟁"이라는 말로 뜻하는 것이 무엇인지는 쉽게 이해된다. 이는 어린 루카치가 어머니를 대상으로 벌였던 '게릴라전'을 연상케 하는데,[16] 하지만 그 "빨치산 투쟁"이 무엇을 대상으로 한 것인지를 묻게 되면 그 의미가 그리 확실치 않게 된다. 당시 소련의 지배적인 이데올로기적 이론적 경향에 위배되는 자신의 학문적 이념들을 지키고 표현하기 위해 수행한 활동 '방식'을 지칭하는 말로 "일종의 빨치산 투쟁"이라는 표현을 사용하고 있는 듯하지만, 그렇다고 해서 그 투쟁의 대상이 스탈린주의라고 단정할 수는 없다. 스탈린이 지도하는 당은 당시 그에게 연대의 대상이지 투쟁의 대상은 아니었다. '모든 문화의 파괴자'인 히틀러의 나치즘 세력에 맞서 싸우면서 유일한 사회주의 국가를 지킨다는, 그 당시 역사적 국면에서의 — 1945년의 「당 문학」에서 이루어진 규정에 따르면 — "당의 역사적 소명, 당에 의해 규정되는 중대한 전략적 노선과의 깊은 통일성"을 갖는 '빨치산'이, 바로 그 당을 대상으로 투쟁을 한다는 말은 언뜻 보면 어불성설이다. 그렇다면 한 명의 빨치산으로서 파시즘을 대상으로 투쟁을 수행했다고 봐야 하는데, 위의 인용문만 보면 그렇게 읽히기보다는 오히려 경직된 스탈린주의 체제 속에서 공개적이고 전면적인 반대 입장에 서지 않으면서도 자신의 학문적 소신을 지킨 '방식'

16 이와 관련해서는 이슈트반 외르시, 「마지막 남긴 말의 권리」, 『삶으로서의 사유: 루카치의 자전적 기록들』, 김경식·오길영 편역, 30~31쪽을 참고하라.

으로 "일종의 빨치산 투쟁"이라는 표현을 사용하고 있음이 분명해 보인다. 이러한 모호함은 『역사와 계급의식』을 포함한 1920년대 저술들을 수록한 『게오르크 루카치 저작집』 제2권 「서문」(1967)에서도 볼 수 있다.

이 글에서 루카치는 1920~1930년대에 했던 두 번의 자기비판에 대해 언급하고 있는데, 그 첫 번째 자기비판은 「블룸-테제」(1928)에 대한 것이었고, 두 번째 것은 『역사와 계급의식』(1923)에 대한 것이었다.[17] 「블룸-테제」를 작성한 이후 루카치는 당시 헝가리 공산당을 주도했던 벨러 쿤이 「블룸-테제」를 빌미삼아 자신을 당에서 축출하려 한다는 정보를 듣게 된다. 당에서 축출되면 파시즘에 맞선 투쟁에 적극적으로 참여할 수 없게 된다고 판단한 루카치는, "그런 활동을 할 수 있는 '입장권' 격으로 그[「블룸-테제」에 대한] 자기비판을 썼다"(2:32)고 한다. 이후 루카치는 헝가리 공산당의 정치 일선에서 물러나 주로 문학 영역에서 한 사람의 이론가로서 공산주의 운동에 매진하는바, 이것이 중기 루카치의 활동 내용을 구성한다. '마르크스주의 수업기'의 산물인 『역사와 계급의식』에 대한 공개적인 자기비판도 바로 중기 루카치에 의해 이루어졌다.

1929년 오스트리아 정부에 의해 추방된 루카치는 1930년에 모스크바로 거처를 옮겼다가 IVRS(국제혁명작가연맹)의 지시에 따라 독일 베를린에 파견되어 BPRS(독일의 '프롤레타리아·혁명적 작가동맹')의 활동을 지도·지원하는 일을 했다. 1931년 여름부터 시작된 이 활동은

17 '루카치의 자기비판'에 관해서는 김경식, 『루카치의 길: 문제적 개인에서 공산주의자로』, 45~55쪽을 참고하라.

히틀러의 집권으로 중단되고 루카치는 1933년 3월 중순에 다시 모스크바로 돌아왔다. 그 전에 소련에서는 스탈린에 의해 촉발된 이른바 '철학 논쟁'(1930/1931)이 벌어졌는데, 거기에서 『역사와 계급의식』이 거론된다. 1930년 12월 29일, 모스크바에 소재한 '철학과 자연과학 담당 적색 교수 연구소' 당 세포의 결의문에서 "루카치와 같은 유형의 헤겔주의적 관념론자들"은 '마르크스–레닌주의'에 통합될 수 없다고 비판되면서 그동안 소련·동구권의 공산주의 운동 내에서는 거의 완전히 잊혀졌던 『역사와 계급의식』이 다시 소환된 것이다.[18] 베를린에서 모스크바로 돌아온 루카치는 새로운 망명지 소련에서 향후 자신이 생산적으로 활동하기 위해서는 "『역사와 계급의식』에 대해 공공연히 거리를 두는 것이 전술상 필요한 일"(2:40)이라고 느끼고 공개적인 자기비판을 수행했는데,[19] 이에 대해 루카치는 1967년 「서문」에서 "또다시 그것은 지속적인 빨치산 투쟁을 수행하기 위한 입장권이었다"(2:40)고 적고 있다. 여기서 "또다시"와 "입장권"이라는 표현은—앞서 「블룸–테제」에 대한 자기비판과 관련해 사용한 "입장권"이라는 말을 같이 생각할 때—그가 말하는 그 "지속적인 빨치산 투쟁"의 대상이 파시즘임을 분명히 해주는 듯하다. 하지만 이 문장 바

18 "Aus der Resolution der Parteizelle des Instituts der Roten Professur für Philosophie und Naturwissenschaft in Moskau", *Nikolai Bucharin/Abram Deborin. Kontroversen über dialektischen und mechanistischen Materialismus*, Frankfurt am Main: Suhrkamp, 1974, 318쪽.

19 그렇다고 해서 『역사와 계급의식』에 대한 자기비판이 단순히 전술적인 것만은 아니었다. 『역사와 계급의식』에 대해 거리를 둔 것은 진지한 철학적 성찰에 따른 것이기도 했다. 이에 대해서는 김경식, 『루카치의 길: 문제적 개인에서 공산주의자로』, 54~55쪽을 참고하라.

로 위에서 그는 『역사와 계급의식』에 대한 공개적인 자기비판은 "공식적 반(半)공식적 문학이론들에 대항하는 진정한 빨치산 투쟁이 반격에 의해 방해받지 않도록 하기 위한"(2:40) 것이었다고 명시함으로써 그가 말하는 빨치산 투쟁의 대상은 파시즘이 아니라 오히려 공산주의 운동 내의 공식적 반(半)공식적 문학이론들이었다고 읽게 한다.

이렇게 일견 혼란스러운 서술이야말로 그의 활동의 성격을 말해주는 것일지도 모른다. 그러한 방식의 활동은 그가 '빨치산'으로서의 존재 방식을 견지한 덕에 가능했던 것이다. 파시즘에 맞선 투쟁에 '빨치산으로서' 참여했다는 의미인 듯하면서도 스탈린주의, 아니 그의 말을 정확히 옮기자면, "[소련의] 공식적 반(半)공식적 문학이론들"에 맞선 것으로도 읽히는 "빨치산 투쟁"이라는 표현의 모호한 쓰임에서 우리는 스탈린 및 스탈린주의에 대해 중기 루카치가 지녔던 모호한 태도도 읽어낼 수 있다. 실제로 루카치는 레닌 사후 소련에서 벌어진 노선 투쟁에서 트로츠키에 맞선 스탈린의 '일국 사회주의 건설' 노선에 찬동했으며 1930년대 초반까지는 스탈린의 지도에 대해 의구심보다는 오히려 적극적인 기대를 품고 있었다. 예컨대 스탈린에 의해 주도된 '철학 논쟁'에서 마르크스-플레하노프 정통성을 마르크스-레닌 정통성으로 대체한 것('마르크스-레닌주의'의 수립), 그리고 '프롤레트쿨트(Proletkult)'나 '라프(RAPP)' 같은 종파주의적인 문예 조직들을 해체하고 여러 계급을 포괄하는 '소련작가동맹'을 수립한 것 등에서 그는 희망을 보았다. 루카치의 이러한 입장은 스탈린주의 자체에 대한 의구심이 서서히 생겨났던 1930년대 후반까지도 근본적으로는 변함이 없었다. 예컨대 '모스크바 재판'에 대해서도 사용된 수단은 문제가 있지만 불가피한 혁명적 조치로 평가했다는 회고[20]에서 엿볼 수 있듯이, 그는 1930년대 후반까지도 스탈린 체제 전체에 대해서는 반대하는 입장에 있지 않았다. 하지만 그의 주관적인 입장과는 별개로 객관적인 견지에서 봤을 때 그의 이론은 소련의 지배적 공식적 이데올로기 경향들을 거스르는 방향으로 진화되어나갔는데, 1937년 가을(또는 1938년)에 집필이 끝난 『청년 헤겔』에서 이루어진 헤겔 해석은 헤겔을 프로이센의 반동적 이데올로그로 평가하던 당시 공식적 마르크스주의의 입장에 상반된 것이었다. '마르크스-레닌주의'라는 이름으로 정통성을 주장하는 공식 철학(결국 스탈린주의로 귀결된)을 지지했을 때에도 그것은 플레하노프식으로 해석된 편협하고 교조적인 마르크스주의에 반대했기 때문이다. 이러한 반대는 결과적으로 공식 철학의 정통 노선과 충돌하는 방향으로 발전했다. 흔히 '사회주의 리얼리즘'을 이론적으로 정립하는 데 결정적 기여를 한 것으로 평가받는 그의 리얼리즘론 역시 그러했다. 1930년대 초중반부터 본격적으로 정초되기 시작한 그의 리얼리즘 구상은 외관상 유사한 언어를 사용하는 스탈린주의적 문학비평이 나아간 길과는 거리가 먼 것이었다. 이는 1957년에 이탈리아에서 처음 출판된 『비판적 리얼리즘의 현재적 의미』 중 사회주의 리얼리즘을 다루고 있는 제3장에서 분명하게 표현되고 있다. 결국 그는 철학과 문학담론에서 공식적 정통적 노선을 지지했지만 궁극적으로는 그 정통 노선을 부정하는 사유를 발전시켜나갔던 것이다. 이런 점 때문에 그는 "스탈린을 추종한다고 나 스스로 생각했을 때에도 이미 나는 객관적으로 스탈린적 방법들의 반

20 Georg Lukács, "Über Stalin hinaus"(1969), *Blick zurück auf Lenin. Georg Lukács, die Oktoberrevolution und Perestroika*, Detlev Claussen 엮음, Frankfurt am Main: Luchterhand, 1990, 217쪽.

대자였다"[21]고 회고할 수 있었다. 이런 식으로 중기 루카치의 이론적 작업은 아직은 전체로서의 스탈린 체제에 대항하는 것은 아니었지만 적어도 그 이데올로기 영역의 일부 공식적 경향들에 대해서는 맞서는 방향으로 진화되어나갔다. 따라서 당과 국가라는 집합체로 환원될 수 없는 일개인인 '빨치산'으로서 전개한 "빨치산 투쟁"의 대상은 후자, 즉 이데올로기 영역의 일부 공식적 경향들에 국한된 것으로 볼 수 있다. 하지만 그것은 또한 "당의 역사적 소명, 당에 의해 규정되는 중대한 전략적 노선과의 깊은 통일성" 내에서, "자신의 수단들을 가지고 자기 자신이 책임지는 가운데" 활동을 전개하는 '빨치산'—이런 면에서 보면 '스탈린주의적 사회주의의 빨치산'이라고 할 수 있을 터인데—으로서 파시즘을 대상으로 전개한 것이기도 하다. 이런 식으로 중기 루카치의 이론적 활동 대부분은 비대칭적인 "양면전"[22]으로 이루어졌다. 여기서 '비대칭적'이라 한 것은, 그 투쟁이 자본주의의 필연적이고 극단적인 발전 형태인 제국주의와 파시즘에 대해서는 전면적이고 공공연한 투쟁으로, '현실사회주의'와 관련해서는 그 이데올로기적 일부 영역들, 그중에서 특히 '공식적 사회주의 리얼리즘'에 대한 은밀한 투쟁으로 전개되었기 때문인데, 중기 루카치는 이런 "양면전"을 한 사람의 "빨치산"으로서 전개했던 것이다. 루카치의 이러한 "양면전"은 이후 체제로서의 스탈린주의 전체에 대한 전면적이고 공공연한 투쟁과 자본주의 이데올로기에 맞선 일관된 투쟁으로 발전하는바, 이것이 후기 루카치의 이론적 활동을 구성하게 된다.

21 같은 책, 221쪽.

22 "Zweifrontenkampf"를 옮긴 말이다. 루카치의 여러 글에서 등장하는 이 용어는 루카치의 글쓰기 방식과 그의 이론의 성격을 잘 보여주는 말이다.

일견 단순한 "빨치산 투쟁"이라는 표현이 실제로는 그리 간명하지 않게 읽히긴 하지만 그 표현으로 분명하게 드러나는 것이 있다. 그가 지휘관도, 지휘관의 명령을 일방적으로 따르는 병사도 아닌 '빨치산'으로서 이론적 활동을 전개했다는 것, 그리고 그 이론적 활동은 보통의 학자들이 수행하는 학문적 작업과는 달리 '투쟁'의 한 방식이었다는 것이 그것이다. 중기 루카치의 글쓰기의 대부분은 확신에 찬 마르크스주의자로서 인류 문화의 존망이 걸린 싸움의 현장 한가운데에서, 그 싸움에 적극적으로 개입하는 방식의 일환으로 이루어졌다. 단순한 학자, 단순한 이론가가 아니라 펜을 든 투사로서 당장 눈앞에 벌어지고 있는 전투에 참여한다는 자의식이 중기 루카치의 문학담론의 성격을 규정하고 있는 것이다. 여기에 그가 활동한 공간이 스탈린이 지배하는 사회주의 국가였다는 점이 추가됨으로써 그의 이론적 활동은 같은 시기에 서방 세계에서 활동한 다른 마르크스주의자들의 그것과는 확연히 다른 형태를 띠게 된다. '마르크스-레닌주의'로 불렸지만 실상은 스탈린주의에 다름 아니었던 동구 마르크스주의와 다르면서도, 변혁적 성격을 상실한 서구 마르크스주의와도 다른, '제3의 길'을 연 루카치의 마르크스주의는 이런 과정을 거쳐 형성되어나갔다.

2. 중기 장편소설론을 구성하는 텍스트들

1930년대 초부터 본격적으로 전개된 중기 루카치의 마르크스주의 문학론은 앞서 말했다시피 무엇보다도 반(反)파시즘 투쟁이라는 시대적 '정언명령'에 따라 '위대한 리얼리즘의 길'을 다지고 넓히기 위한 노력의 산물이었다. 1930년대에 루카치가 개진한 리얼리즘 담론은 거의 장편소설에 관한 성찰에 근거한 것이니만큼, 리얼리즘 문학에 대한 그의 연구와 모색은 자연히 장편소설에 대한 연구로서의 성격을 갖는다. 따라서 그의 문학론과 리얼리즘 담론 대부분이 장편소설론에 관한 논의에 포함될 수 있으나, 여기서는 특별히 미학적 장르론적 측면에서 장편소설을 고찰한 글들에 초점을 맞추고, 그 밖의 글들은 필요한 대목에 한해서 논의에 끌어들이도록 하겠다. 그럴 때에 맨 앞에 놓일 수 있는 글은 「소설(Der Roman)」이다.

1) 「소설」과 이에 부속된 글들

「소설」은 소련에서 간행 중이던 『문학백과사전(Литературная Энциклоредия)』[23]의 편집부 청탁에 따라 작성된 글로서, 1935년 5월에 발간된 『문학백과사전』 제9권의 '(장편)소설' 항목 제2부에 「부르주아 서사시로서의 소설(Роман как буржуазная эпопея)」이라는 제목으로 실렸다. 『문학백과사전』에 수록된 글은 루카치가 독일어로 작성한 원고(원래 제목은 "Der Roman"이었다)를 러시아어로 옮긴 것인데, 번역 과정에 루카치도 관여했으리라 짐작되지만 독일어본과 러시아어본 사이에는 약간의 차이가 있다.[24] 「소설」과 관련해 루카치가 쓴

23 『문학백과사전』은 소련에서 발간되었던 제1차 소비에트 대백과사전(1926~1947)의 한 부분으로서, 아나톨리 루나차르스키(Anatorii Lunacharskii)가 기획했다.

24 「소설」 및 이와 연관된 글들의 러시아어본을 일본어로 옮긴 책을 다시 우리말로 옮긴 책이 있다. 소련 콤 아카데미 문학부 편, 『소설의 본질과 역사』, 신승엽 옮김, 도서출

글은 세 편이 더 있다. 루카치의 원고가 『문학백과사전』에 수록되기 전에 이 글을 두고 모스크바 소재 공산주의 아카데미 철학연구소 문학 분과가 개최한 세 차례의 토론회가 있었다(1934년 12월 20일과 28일, 1935년 1월 3일). "소설론의 몇 가지 문제"[25]라는 제목으로 열린 이 토론회에 소련의 미학자, 문예학자, 철학자, 역사가, 예술사가들이 참석했는데, 루카치는 이 토론회를 위해 일종의 발제문으로 「'소설'에 대한 보고(Referat über den 'Roman')」를 작성하여 1934년 12월 20일 모임에 제출했다(이 글은 《문학비평가》 1935년 2호에 「소설론의 문제들. 공산주의 아카데미 철학연구소 문학문과에서 G. 루카치가 한 보고(Проблемы теории романа. Доклад Г. Лукача в секции литературы Института Философии Коммунистической Академии)」라는 제목으로 러시아어로 발표되었다). 토론에 루카치는 개입하지 않았는데, 설사 토론장에 참석했다 하더라도 루카치의 러시아어 구사 능력은 러시아어로 진행되는 토론에 참여할 수 있을 정도는 되지 못했다. 「'소설'에 대한 보고」는 글의 제목만 보면 이미 완성된 「소설」을 압축한 것으로 여겨질 수 있다. 하지만 「소설」을 단순히 요약한 글로 보기에는 세부 내용에서 약간의 차이가 있다. 예컨대 해당 사안을 대표하는 예로 드는 작가가 다르다든지, 장(章)의 제목은 같지만 논의의 초점이 다소 다르다든지 하는 등의 차이가 있다. 하지만 글 전체의 구성 방식이나 기본적인 입장에서는 '변화'라고 할 만한 것이 없다. 그리고 토론에 대해 루카치 자신이 내리고 있는 평가를 보더라도, 자신의 글

판 예문, 1988. 여기에 실린 글과 독일어본을 대조해보면 두 글의 차이를 확인할 수 있다.

25 토론회 제목을 "소설론의 문제들"이라고 적은 텍스트들도 있다.

이 보완해야 할 대목이 많다는 지적은 기꺼이 받아들이지만 방법론이나 관점에 대한 이의제기는 전혀 받아들이지 않는다. 《문학비평가》 1935년 3호에 러시아어로 「루카치 동지의 결론(Заключителное слово т. Лукача)」이라는 제목으로 발표된 「토론의 결어(Schlußwort zur Diskussion)」, 그리고 당시에 발표하지 않았던 「'소설론의 몇 가지 문제'에 대한 토론의 결어를 위한 테제(Thesen zum Schlußwort zur Diskussion über 'Einige Probleme der Theorie des Romans')」가 토론에 대한 그의 평가를 담고 있는 글이다.

위에서 우리는 『문학백과사전』에 수록된 러시아어본은 독일어본 「소설」을 번역한 것이라 했는데, 바흐친과 루카치를 비교 연구한 책을 쓴 갈린 티하노프(Galin Tihanov)의 견해에 따르면 두 텍스트 사이에는 단순히 번역 과정에서 이루어진 수정 이상의 차이가 있다. 「소설」은 토론회 및 이와 연관된 루카치의 글들보다 앞선 시점에, 따라서 1934년 12월 20일 이전에 작성된 것인데 반해, 러시아어본은 "토론에서 제기된 쟁점들에 주목했다는 것을 분명히 보여주는 흔적을 지니고 있"기 때문에 토론회 직후인 1935년 초에 작성된 것으로 추정할 수 있다는 것이 티하노프의 주장이다.[26] 하지만 러시아어본이 토론회에서 제기된 쟁점들에 대한 루카치의 관심을 반영하고 있다고 확정할 수 있을지 의문인데, 러시아어본을 옮긴 글[27]과 독일어본을 옮긴 「소설」을 비교해볼 때 두 텍스트의 차이는 「소설」과 「'소설'에 대

26 Galin Tihanov, *The Master and the Slave: Lukacs, Bakhtin, and the Ideas of Their Time*, 126쪽, 각주 23.

27 앞서 소개한 『소설의 본질과 역사』에 "부르주아 서사시로서의 장편소설"이라는 제목으로 실려 있다.

한 보고」 사이에서 확인할 수 있는 차이 정도를 넘어서지 않는다. 집필과 번역 과정이 실제로 어떠했는지 정확히 알 수는 없지만, 독일어본과 러시아어본 사이의 차이에 대한 티하노프의 해석과 평가는 다소 과한 것으로 보인다.

사실 「소설」은 루카치의 제자들에 의해 저평가되었던 글이다. 이 글과 「'소설'에 대한 보고」, 그리고 1939~1940년 소련에서 '리얼리즘의 승리' 문제를 중심으로 벌어진 문학논쟁 과정에 루카치가 쓴 글들이 처음 프랑스어로 번역되어 나왔을 때에[28] 루카치의 "가장 중요한 제자들"은 그 시기 루카치가 생산한 텍스트 중 굳이 출판할 가치가 없는 "가장 나쁜 텍스트들"을 묶어냈다고 비판한 바 있다.[29] 하지만 우리 문학에서 「소설」은 문학사적으로 각별한 의미를 갖는데, 루카치의 텍스트 중 최초로 수용된 텍스트이면서, 우리 문학 논의에 실제로 상당한 영향을 끼친 텍스트이기 때문이다.

루카치가 한국에 수용된 기점은 식민지 시대로 거슬러 올라간다. '식민지 시대'라는 규정에서 이미 짐작할 수 있듯이, 서양 사상은 식민지 종주국 일본의 중개를 거쳐 유입되는 것이 일반적인 양상이었다. 따라서 중개자인 일본의 지식 세계가 가하는 규정력(예컨대 관심 범위와 방향 등) 또한 서양 사상의 유입 과정에 추가되어 있다고 보아야 한다. 루카치 수용에서도 사정은 마찬가지였다. 루카치는 일본어 번역을 통해서 식민지 조선에 소개된다. 이런 점을 고려할 때 이미 1920년대 후반에 일부 지식인들이 '루카치'라는 이름을 접했을 것

28 Georges Lukács, *Ecrits de Moscou*, Claude Prevost 옮김, Paris: Éditions sociales, 1974.
29 Frank Benseler, "Einleitung", *Georg Lukács. Moskauer Schriften, Zur Literaturtheorie und Literaturpolitk 1934~1940*, Frank Benseler 엮음, 11쪽.

으로 짐작되는데, 이를 입증할 만한 실증적 자료가 없기 때문에 그저 짐작만 할 뿐이지만 그 가능성을 완전히 배제할 수는 없다. 그도 그럴 것이 1926년 12월 일본 공산당 재건 대회에서 당의 지도 원리로 '후쿠모토주의'가 채택되었는데, 이 후쿠모토주의를 이끈 후쿠모토 가즈오(福本和夫)의 이론적 근거가 바로 루카치의 『역사와 계급의식』이었다. 일본의 사회주의 세력 내에서 후쿠모토주의가 부상하던 무렵에 일본에 체류했던 조선인 유학생들 중심으로 결성된 일월회는 후쿠모토주의에 영향을 받았으며, 이들 중 일부는 1926년 여름에 귀국하여 정우회에 가담했으니, 이들을 통해 후쿠모토주의가 수용되는 과정에서 '루카치'라는 이름도 같이 전해졌을 가능성이 있다.[30] 문학에서도 후쿠모토주의의 영향이 있었는데, 1927년에 이루어진 카프(KAPF)의 '제1차 방향전환'이나 1920년대 후반에 임화, 권환 등이 전개한 창작활동을 후쿠모토주의와 연결하는 연구가 있다.[31] 그러나 앞서 말했다시피 '루카치'라는 이름을 당시 조선의 사회주의 문헌에서 찾을 수는 없다.

후쿠모토 가즈오는 일본에서 최초로 루카치를 소개하고 번역한

30 식민지 조선의 사회주의 운동과 후쿠모토주의의 관계에 대해서는 다음의 글들을 참고하라. 김석근, 「후쿠모토이즘과 식민지 하 한국사회주의운동」(《아세아연구》 38권 2호, 1995년 7월); 전상숙, 「제국과 식민지의 정치투쟁과 경제투쟁의 함의와 문제」(《한국동양정치사상사연구》 9권 1호, 2010년); 김영진, 「1920년대 식민지 조선에 수용된 변증법적 유물론의 계보와 마르크스주의 철학의 정전화」(《역사문제연구》 25권 1호, 2021년 4월). 그리고 후쿠모토 사상과 루카치의 관계에 관해서는 이토 아키라, 「후쿠모토 가즈오의 사상: 공산주의운동의 전환과 그 한계」, 후지이 다케시 옮김, 《역사연구》 14호(2004년 12월)를 참고하라.

31 한국문학 연구자 이성혁이 2016년 영미연구소 가을 정기학술대회 '세계문학과 한국문학'에서 발표한 「임화 초기 문학의 후쿠모토주의와 그 국제주의적 성격」이 그 한 예이다.

마르크스주의자이다. 1922년부터 1924년까지 독일 유학을 하던 중에 카를 코르쉬와 개인적 교류를 가졌으며, 『역사와 계급의식』을 통해 루카치를 접하게 되었다. 1925년에 일본의 좌파 잡지 《마르크스주의》에 「역사와 계급의식」이라는 제목의 글을 발표했으며, 1927년에는 루카치의 『역사와 계급의식』 중 「계급의식」과 「조직 문제의 방법론」을 발췌 번역하였다.[32] 이것이 일본에서 이루어진 루카치 수용사와 번역사의 출발점이었다.

후쿠모토주의는 1927년 7월 코민테른의 「일본 문제에 관한 테제」에서 '종파주의'로 비판받게 되면서 급속히 영향력을 상실했다. 그 후 2차 세계대전이 끝날 때까지 일본에서 루카치는 전적으로 문학과 미학의 영역에서만 수용되었는데, 그 기간에 발표된 연구물들은 논외로 하고 번역만 보면, 「소설의 이론(Die Theorie des Romans)」의 번역이 1935년에 출판된 《세계문화》에 수록되었고, 1938년에는 「부르주아 미학에서 조화로운 인간의 이상(Das Ideal des harmonischen Menschen in der bürgerlichen Ästhetik)」이 번역되었다. 그리고 같은 해에 『역사문학론』이 출판되었는데, 이 책은 루카치가 1936년 말부터 1937년 초 사이에 독일어로 집필하고 1937년과 1938년에 《문학비평가》에 수차례 러시아어로 연재했던 『역사소설(*Der historische Roman*)』의 전체 4장 중 3장 앞부분까지를 번역한 것이었다.[33]

32 Junji Nishikado, "Georg Lukács in Japan", *Lukács 2016*, R. Dannemann 엮음, Bielefeld: Asthesis, 2016, 243쪽.

33 게오르크 루카치, 『역사문학론』, 야마무라 후사지(山村房次) 옮김, 동경: 삼립서방, 1938년 11월. 1930년대부터 2차 세계대전에서 일본이 패한 1945까지, 일본에서 이루어진 루카치 관련 연구와 번역에 관해서는 Junji Nishikado, 앞의 책, 244~246쪽을 참고하라.

번역 상황에 대한 이러한 소개는 《루카치 2016(*Lukács 2016*)》에 수록된 니시카도 준지(西角純志)의 글을 참조한 것인데, 여기서 그는 "Mataroku Kumazawa"가 번역한 "Die Theorie des Romans"가 《세계문화》에 수록되었다고 적고 있다.[34] 독일어로 작성된 그의 글만 보면 혼동이 생길 수 있는데, 그가 말하는 "Die Theorie des Romans"는 우리가 본서 제1부에서 다룬 "*Die Theorie des Romans*"가 아니다. 아마도 「'소설'에 대한 보고」를 "Die Theorie des Romans"로 옮긴 듯하며,[35] "Mataroku Kumazawa"는 '구마자와 마타로쿠(熊澤復六)'를 독일어식으로 표기한 것이다. 그런데 니시카도의 글에는 여기서 우리가 주목하는 「소설」과 「'소설'에 대한 보고」, 「토론의 결어」가 번역되어 책으로 출판된 사실은 누락되어 있다.

구마자와 마타로쿠는 「'소설'에 대한 보고」를 「토론을 위한 보고연설」이라는 제목으로 옮겨 『문예백과전서: 소설의 본질(로만의 이론)』(구마자와 마타로쿠 옮김, 도쿄: 청화서점, 1936년 3월)에 토론의 속기록 번역 및 루카치가 쓴 「토론의 결어」 번역과 함께 수록했으며, 뒤이어 「부르주아 서사시로서의 장편소설」도 번역하여 『문예백과전서: 단편·장편소설』(구마자와 마타로쿠 옮김, 도쿄: 청화서점, 1937년 6월)에 수

34 같은 책, 245쪽.

35 황호덕이 쓴 글 「루카치 은하와 반도의 천공(天空), '문학과 사회' 상동성론의 성좌들: 루카치라는 형식, 고유한 수용의 고고학 1」(《문학과사회》 114호, 2016년 여름)을 보면 구마자와 마타로쿠가 옮긴 이 글의 일본어 제목은 「소설의 이론의 제문제(1)」이며—니시카도와는 달리 1935년이 아니라—1934년 《세계문화》 8호에 수록되었다고 한다. 황호덕, 같은 책, 244쪽, 각주 14 참조. 하지만 황호덕은 이 각주에서 "『소설의 이론』(1920) 관계 저작의 번역을 간단히 적어둔다"고 함으로써 그의 글이 전하는 정보의 신뢰성에 의문을 갖게 한다. 1920년에 책으로 출간된 『소설의 이론』은 이 맥락에서는 아무런 관계도 없기 때문이다.

록했다.[36] 러시아어로 된 글들을 옮긴 이 두 권의 책에 실린 루카치의 글은 곧바로 우리 문학 논의에 수용되었는데, 당시 식민지 조선의 대표적 문학이론가였던 김남천과 임화 그리고 백철과 최재서 등의 글에서 이를 확인할 수 있다.[37] 이렇게 보면 루카치의 「소설」 및 이에 딸린 글들은 우리 문학에 직접적으로 영향을 미친 그의 첫 번째 텍스트로서 위상을 지닌다.

「소설」은 루카치 스스로 "마르크스주의 장편소설론의 창조를 위한 첫걸음"[38]임을 거듭 강조하고 있듯이 마르크스주의 문학이론의 역사에서 장편소설론을 수립하기 위한 최초의 시도에 해당한다. '첫걸음'이니만큼 앞으로 보완하고 확장해야 할 많은 논점들이 있음을 자인하는 가운데 루카치는 장편소설론의 가장 기본적인 문제, 즉 장편소설 형식의 '본질적 원리' 문제와 장편소설 발전의 '시기 구분' 문제에 논의의 초점을 맞춘다. 루카치는 '초기 장편소설론'인 『소설의 이론』에서도 그런 식의 시도를 했다. 우리가 이미 보았듯이 『소설의 이론』은 장편소설의 일반적 원리를 다룬 제1부와 서구 장편소설의 역사

36 앞서 소개한 『소설의 본질과 역사』는 이 두 권의 일본어 번역서를 우리말로 옮긴 것이다.

37 식민지 조선의 문학 논의에 루카치가 수용된 양상에 관해서는 다음의 글들을 참고할 수 있다. 김윤식, 「루카치 소설론의 수용 양상」, 『한국근대문학사상사』, 한길사, 1984; 김윤식, 『내가 읽고 만난 일본』, 그린비, 2012, 67~86쪽; 조현일, 「임화의 「세태소설론」 읽기: 본격, 세태, 심리, 통속소설」, 『소설을 생각한다』, 비평동인회 크리티카 엮음, 문예출판사, 2018; 김미영, 「1930년대 후반기 리얼리즘론에 미친 루카치의 문예이론 영향 연구」, 《관악어문연구》 제22집, 1997. 최재서도 루카치를 읽었으리라는 추정은 김미영의 글에 따른 것이다.

38 Georg Lukács, "Schlußwort zur Diskussion", *Disput über den Roman. Beiträge zur Romantheorie aus der Sowjetunion 1919~1941*, Michael Wegner 외 엮음, Berlin · Weimar: Aufbau, 1988, 486쪽.

적 미학적 유형론을 제시하는 제2부로 구성되어 있다. 그 책을 집필한 지 정확히 이십 년 뒤에 루카치가 「소설」에서 제시하고 있는 새로운 장편소설론 역시 장편소설의 일반적 원리를 다룬 전반부와 장편소설의—유형론 대신—역사적 발전 과정을 다룬 후반부로 구성되어 있다.

2) 『역사소설』

루카치의 중기 장편소설론을 파악하기 위해서는 「소설」 및 이에 딸린 글들에 이어 『역사소설』을 주목해야 한다. 이 책에서 루카치는 앞서 소개한 토론회에서 제기된 여러 문제 가운데 미하일 리프쉬츠의 문제 제기에 답하려 시도한다. 「'소설'에 대한 보고」를 두고 벌어진 토론회에서 리프쉬츠는 루카치의 입장을 전반적으로 옹호하는 가운데 「소설」은 다루지 못했던 새로운 측면의 문제를 제기했다. 다음은 토론회에서 리프쉬츠가 한 말이다.

> 감히 주장하건대 이러한 고대의 '이야기(Geschichte)'와 중세의 장편소설보다 16~17세기의 유럽 드라마가 장편소설 장르의 형성에 훨씬 더 큰 영향을 미쳤다. 만일 부르주아의 사고가 16~17세기 고전적 드라마의 개화 단계를 거치지 않았더라면, 줄거리의 긴장에 찬 전개를 갖춘, 이전 시대들에도 다양한 형태로 있었던 단순한 '이야기(Erzählung)'와는 달리 장편소설을 장편소설로 만드는 것을 갖춘 스탕달도 발자크도 없었을 것이다.[39]

39 "Probleme der Theorie des Romans. Die Diskussion von 1934/1935 in der Sektion

루카치는 리프쉬츠의 이 주장에 동의하면서 『역사소설』에서 다음과 같이 적고 있다.

> 특히 셰익스피어의 드라마는 — 미하일 리프쉬츠가 장편소설의 이론에 대한 토론에서 올바로 강조했듯이 — 새로운 장편소설의 발전에 결정적인 영향을 미쳤다(6:107).

이러한 영향 관계는 장편소설과 극문학의 대상과 형식 원리를 선명하게 구분한 『소설의 이론』에서는 조명될 수 없었던 지점인데, 『역사소설』은 역사소설과 역사극을 비교하는 가운데 장편소설과 극문학의 관계를 이론적으로 규명하고 있다. 물론 이 작업은 책 전체의 내용 중 일부에 지나지 않는다. 책 제목이 말해주듯이 『역사소설』은 유럽의 근현대 역사소설을 그 형식의 원리적인 측면과 역사적 전개 과정의 측면에서 고찰한 저작이다. 이 책에서 역사소설은 몇몇 고유한 특성이 조명되지만 하나의 독자적 장르로서가 아니라 "장편소설 일반의 운명들"(6:205) 속에서 다루어진다. 그 과정에서 장편소설을 극문학, 그중에서도 특히 비극과 상호 대조하는 작업이 이루어짐으로써 「소설」에서 착수된 장편소설론이 더 정밀하고 풍부하게 된다(『역사소설』에서 이루어진 소설론 관련 논의는 루카치의 후기 장편소설론을 다루는 본서 제7장 3절에서 소개될 것이다).

『역사소설』의 독일어 원고는 1936년 말부터 1937년 초 사이의 겨

Literatur des Instituts für Philosophie der Kommunistischen Akademie Moskau", *Disput über den Roman. Beiträge zur Romantheorie aus der Sowjetunion 1919~1941*, 473/474쪽.

울 동안에 쓰였고, 곧이어 1937년 중반부터 1938년 후반까지 여러 차례에 걸쳐 《문학비평가》에 러시아어로 번역되어 발표되었다.[40] 이 책의 집필 시점은 1935년 코민테른 제7차 대회에서 채택된 반파시즘 민중전선정책[41]이 여전히 힘을 가졌던 시기였다. 따라서 "사회주의와 민주주의의 동맹", "민주주의로부터 성장해 나오는 사회주의"라는, 「블룸-테제」에서 처음 그 단초를 보였던 루카치 고유의 '민주주의 노선'이 그 어느 때보다도 고무되었던 시기이기도 했다.[42] 이러한 정세적 조건은 그로 하여금 반파시즘 민중전선정책의 정치적 의미를 지나칠 정도로 높이 평가하게 만들었는데, 『역사소설』에서 그는 "반파시즘 민중전선의 형성은 (…) 정치적으로 세계사적 파장을 지니는 사건"(6:319)이라고까지 말하고 있다. 하지만 이는 실상에 맞지 않는 것이었다. 코민테른 제7차 대회와 더불어 고조되었던 민중전선정책은 실제 정치에서는 사회민주당의 이탈로 금방 효력을 상실했다. 스페인 내전, 그리고 1939년 8월 23일 요아힘 폰 리벤트로프(Joachim von Ribbentrop)와 뱌체슬라프 몰로토프(Vyacheslav Molotov)가 체결한 독·소 불가침 협정은 이미 힘이 빠졌던 민중전선정책에 최종 파산을 고했다. 1955년 출판된 독일어판 『역사소설』 「서문」(1954년 3월)

40 《문학비평가》 1937년 7호와 8호, 그리고 1938년 1, 3, 8, 12호에 나뉘어 발표되었다. Karin Brenner, *Theorie der Literaturgeschichte und Ästhetik bei Georg Lukács*, 38쪽, 각주 71.

41 제5장에서 밝혔듯이 본서에서는 Volk를 '인민'이 아니라 우리에게 익숙한 '민중'으로 통일해서 옮긴다. 따라서 Volksfrontpolitik도 널리 쓰이는 '인민전선정책' 대신 '민중전선정책'으로 옮기며, Volksdemokratie는 '인민민주주의' 대신 '민중민주주의'로, Volkstümlichkeit는 북한에서 사용하는 '인민성'이 아니라 '민중성'으로 적는다.

42 「블룸-테제」에 관한 상세한 설명은 김경식, 『게오르크 루카치: 과거와 미래를 잇는 다리』, 81~87쪽을 참고하라.

에서 루카치는『역사소설』을 쓸 무렵 자신이 "독일 민중의 독자적 해방운동, 스페인 혁명 등등에 대한 과도한, 정말이지 잘못된 희망"(6:17)을 품고 있었다고 비판적으로 회고한다. 이러한 "희망"의 '과도함'은 당시 루카치가 스탈린에 대해, 스탈린주의가 지배하던 사회주의 국가 소련에 대해 지녔던 믿음이 '과도'했음과도 관련이 있을 것이다. 스탈린에 대한 루카치의 신뢰는 이즈음에 막 시작된 '모스크바 재판'(1936~1938)에 대한 그의 인정에서도 엿볼 수 있다. 그는 소련에서 점점 더 분명해지던 관료주의에 대해서도, 스탈린주의로 변질된 마르크스주의와 이에 따른 사회주의 당·국가 체제 자체의 문제로 보기보다는 아직 완전히 극복하지 못한 자본주의적 잔재의 결과로 파악했다. 스탈린주의와 소련식 사회주의 체제에 대한 내재적 비판은 후기 루카치에 가서야 이루어진다.

다시 말하지만『역사소설』은 실제 정치와는 별도로 적어도 문학과 예술 분야에서만큼은 민중전선정책 노선이 정점에 달했던 시기에 집필된 책이다.「소설」또한 문학 영역에서는 이미 민중전선정책이 작동되기 시작했던 시점에 집필된 글이지만, 이 글에는 1930년대 전반기 루카치의 계급주의적 관점이 중첩되어 있었다. 하지만『역사소설』은 전적으로 민중전선정책의 문제틀에서 쓰였다. 이 책에서 우리는「소설」에서는 크게 부각되지 않는 민중, 민중성 범주가 중심에 들어서고 '리얼리즘의 승리론'이 점점 뚜렷이 부상하는 모습을 확인할 수 있다.

『역사소설』은 1947년에 헝가리어로 처음 출판되었으며, 1955년에 독일어본(*Der historische Roman*)이 출간된다. 독일어판『게오르크 루카치 저작집』제6권에 수록된『역사소설』에는 "1937년 9월"에 집필된 것으로 적혀 있는 러시아어판 「서문」이 있다. 그리고 1955년에 출판된 독일어판을 위해 쓴 「서문」을 보면, 마치 러시아어로도 출판된 것처럼 적혀 있다. 독일어 원문은 다음과 같다.

Dieses Buch entstand im Winter 1936/1937 und erschien bald nach seiner Fertigstellung in russischer Sprache(6:17).

이를 국역본은 "이 책은 1936~1937년 겨울에 쓰였으며, 탈고되자마자 러시아어로 출판되었다"[43]로 옮기고 있는데, '발표되었다'라고 옮겼으면 좋았을 단어를 "출판되었다"고 하는 바람에 마치 한 권의 책으로 출판되었던 것인 양 오해하게 만들었다. 따지고 보면 잡지에 발표된 것도 "출판되었다"고 말할 수 있으니, 루카치가 "erschien"이라는 단어를 쓴 것이나 이를 "출판되었다"고 옮긴 것을 딱히 잘못이라고는 할 수 없다. 러시아어판 「서문」까지 있으니 마치 러시아어로 쓴 책이 출판되었던 것으로 오해하기 쉬운데, 단행본 출판이 준비는 되었지만 성사되지는 못했다. 앞에서 말했다시피 루카치는 독일어로 집필한 『역사소설』의 원고를 러시아어로 번역하여 《문학비평가》에 연재하기 시작했다. 그 과정에서 러시아어로 옮긴 글들을 한 권의 책으로 출판할 생각을 했는데, 아직 연재 중이던 "1937년 9월"에 「서문」을 썼으며(아마 책 전체를 독일어로 집필한 후 「서문」을 썼을 것이다), 연재를 마친 후에는 실제로 출판을 위해 인쇄 작업에 들어갔던 것으로 보인다. 일자리를 찾기 위해 1940년 12월 2일에 작성한 「이력서」에서 루

43 게오르크 루카치, 『역사소설론』, 이영욱 옮김, 거름, 1987, 5쪽.

카치는 "『역사소설』은 지금 인쇄 중에 있"[44]다고 적고 있다. 그 사이에 소련작가동맹 내에서는 루카치의 원고를 출판하는 것이 적합한지 여부를 둘러싼 의논이 있었다. 1939년 11월 29일에 발표된 빅토르 쉬클로프스키(Viktor Shklovsky)의 글 「루카치의 책 『역사소설』에 대한 리뷰(Retsenziia na knigu Georgiia Lukacha Istoricheskii roman)」가 이를 증명한다. 이 서평에서 쉬클로프스키는 "나는 이 책[루카치의 『역사소설』]의 출판에 찬성하는 입장을 밝히는 바이며, 이와 동시에 이 책을 설익은 것이라고 생각한다"[45]고 적고 있다. 쉬클로프스키가 출판에 찬성표를 던졌지만 『역사소설』 러시아어판은 출판될 수 없었다. 생애 마지막에 이루어진 대담에서 루카치는 "『역사소설』은 한 출판사에 원고를 건네주었지만 러시아에서 출판은 불가능했"다고 밝히고 있다. 그 이유에 대해 그는 다음과 같이 말했다.

> [모스크바 재판 시기에 있었던 체포의] 거대한 물결 속에서 체포되지는 않았지만, 출판사가 보기에 나는 의심스러운 인물이었어요. 내가 적일지 모른다는 의미에서 의심스러운 것이 아니라 파데예프가 정한 마르크스주의를 따르지 않은 인물로서 의심스러웠던 거죠.[46]

44 게오르크 루카치, 「이력서」, 『삶으로서의 사유: 루카치의 자전적 기록들』, 374쪽.

45 Viktor Shklovsky, "Review of Lukács' book *The Historical Novel*"(1939), https://www.marxists.org/archive/Lukács/works/1939/shklovsky.htm(2023년 10월 30일 최종 접속). 쉬클로프스키와 루카치의 관계에 관해서는 다음의 글을 참조하라. Galin Tihanov, "Viktor Shklovskii and Georg Lukács in the 1930s", *The Slavonic and East European Review* 78권 1호, 2000년 1월.

46 게오르크 루카치, 「삶으로서의 사유: 게오르크 루카치와의 대담」, 『삶으로서의 사유: 루카치의 자전적 기록들』, 227쪽.

이미 그 무렵 소련의 문학계에서 반파시즘 민중전선정책 노선은 퇴조했으며, 루카치가 주도적으로 참여했던 《문학비평가》는 당시 소련 문학계를 이끌던 파데예프 등에 의해 비판을 받고 있었다. 결국 1940년 11월에 소련 공산당 중앙위원회의 결의문(「문학비평과 서평에 대하여」)에 따라 《문학비평가》는 종간을 맞게 된다. 그리고 그다음 해인 1941년 6월에 루카치는 모스크바에서 암약한 헝가리 고정간첩 혐의로 체포되어 6월 29일부터 8월 26일까지 약 두 달간 구금되어 심문을 받는다. 다행히 코민테른 서기장이었던 게오르기 디미트로프의 개입으로 별 탈 없이 석방되었으나, 그 이후 소련 출판물에 러시아어로 글을 발표하는 일은 불가능했다. 이런 상황은 그가 헝가리로 귀국할 수 있었던 1944년 12월(또는 1945년 8월)[47]까지 지속되었다.

참고로 덧붙이자면, 『역사소설』은 루카치의 저서 중 가장 먼저 우리에게 소개된 책이다. 철학자 서인식은 「께오리 루카츠, 『歷史文學論』 解說」이라는 제목의 글을 《인문평론》 제2집(1939년 11월)에 발표했는데, 1938년 11월에 일본에서 『역사문학론』이라는 제목으로 번역된 『역사소설』을 소개하고 있는 글이다. 거창한 제목과는 달리 『역사소설』 제1장의 내용을 엉성하게 요약·소개하는 글에 지나지 않지만 어쨌든 우리나라에서 루카치의 저서를 구체적으로 소개한 것은 이 글이 처음이다.

47 '1944년 12월 귀국'은 현재 국제 게오르크 루카치 협회 의장인 뤼디거 다네만(Rüdiger Dannemann)의 주장에 따른 것이다. 하지만 헝가리의 대표적 루카치 연구자이자 게오르크 루카치 아카이브의 책임자였던 라슬로 시클러이(László Sziklai)는 루카치가 '1945년 8월'에 귀국했다고 한다. 한편 루카치 자신은 '1944년'에 귀국했다고 적고 있다. 게오르크 루카치, 「'마르크스로 가는 나의 길' 후기(1957)」, 『삶으로서의 사유: 루카치의 자전적 기록들』, 김경식·오길영 편역, 388쪽 참조.

3) 「서사냐 묘사냐?」

「소설」과 『역사소설』 사이에 쓴 글인 「서사냐 묘사냐? 자연주의와 형식주의에 대한 논의를 위하여(Erzählen oder beschreiben? Zur Diskussion über den Naturalismus und Formalismus)」 또한 중기 루카치의 장편소설론과 관련하여 주목해야 할 글이다. 1930년대에 루카치가 쓴 글 가운데 서사 이론의 측면에서 가장 중요한 텍스트로 꼽히는 「서사냐 묘사냐?」는 국제적인 민중전선 노선을 표방했던 잡지 《국제문학(*Internationale Literatur*)》 1936년 11월호와 12월호에 독일어로 처음 발표되었다. 이 글의 배경을 간단히 소개하자면 다음과 같다.

1936년 초 스탈린은 볼쇼이 극장에서 공연 중이던 드미트리 쇼스타코비치(Dmitrii Shostakovich)의 오페라 「므첸스크의 맥베스 부인」[48]을 관람했다. 그리고 며칠 뒤인 1월 28일에 소련 공산당 기관지 《프라브다(Правда)》에 「음악 대신 난장판」[49]이라는 제목을 단 익명의 사설이 발표되었고, 쇼스타코비치의 오페라는 볼쇼이 극장의 무대에서 조기에 막을 내리게 된다.

이 사설은 쇼스타코비치의 오페라를 '형식주의'라는 이름으로, 즉 순수한 형식 문제에 일방적으로 치중된 관심을 보이고 있다고 비난했다. 이를 기화로 일련의 글들이 발표되면서 논점은 점점 더 확대되어나갔는데, 이제 '형식주의'뿐만 아니라 외형상으로는 그것과 정반

48 영어로는 "Lady Macbeth of Mtsensk"로, 독일어로는 "Lady Macbeth auf dem Lande"로 옮겨져 있다.

49 영어로는 "Muddle instead of Music"으로, 독일어로는 "Wirrwarr statt Musik"으로 옮겨져 있다.

대 경향인 '자연주의'에 대해서도 비판이 이루어지면서, '형식주의'와 '자연주의'라는 용어는 서구의 '현대적인(modern)' 예술 경향을 지칭하는 슬로건이 되었다. 그리하여 일종의 '반(反)모더니즘'—비록 당시에는 아직 '모더니즘'이라는 용어가 사용되지 않았지만—캠페인으로 확산된 논의는 음악뿐만 아니라 문학과 연극, 심지어 아동문학에 이르기까지 예술의 전 부문을 대상으로 전개되면서 소비에트 문화 전체에 심대한 영향을 끼치게 된다.

스탈린의 오페라 관람에 뒤이어 당 기관지인 《프라브다》의 개입으로 촉발된 논쟁이었기 때문에 그것은 단순히 예술 영역 내부에서 벌어진 이론적 비평적 논쟁일 수가 없었다. 스탈린과 당의 눈에 거슬리는 예술가와 비평가에 대해 예술 바깥으로부터의 개입이 이루어졌다는 점에서 이미 그것은 "사회주의를 위한 [예술적] 양식과 방식들의 다양성을 싹틔울 수 있었던 자율적 방법으로서의 사회주의 리얼리즘이라는 관념의 종말"[50]을 고하는 논쟁이었다.

제1차 소비에트 작가 전(全) 연방대회(1934년 8월 17일~9월 1일)에서 소비에트 문학과 문학비평의 '주요 방법(Hauptmethode)'으로 처음 공식화되었던 '사회주의 리얼리즘'은 1930년대 초까지 소련에 존재했던 여러 문학 조직들, 예컨대 RAPP의 문학적 입장보다는 훨씬 더 유연하게, 여러 계급을 포괄하고 예술적 다양성을 허용하는 개념으로 받아들여졌다(적어도 루카치에게는 그렇게 받아들여졌다). 하지만 이미 그 당시에도 '사회주의 리얼리즘'이 예술적 미학적 논의로서만 다루어진

50 Robert Bird, "Articulations of (Socialist) Realism: Lukács, Platonov, Shklovsky", *e·flux journal #91*, 2018년 5월, 6쪽.

것은 아니었으며, 그 논의에 당국의 개입이 없었던 것도 아니었다. 일례로 빌란트 헤르츠펠더(Wieland Herzfelde)의 일화를 들 수 있다. 독일의 작가이자 출판인이었던 헤르츠펠더는 작가대회에서 제임스 조이스를 찬양하는 연설을 했는데, 저녁에 그에게 한 동료가 찾아와 빨리 도망가라고, 헤르츠펠더가 자리를 뜬 후에 당시 소련의 실권자 중 한 사람인 카를 라데크(Karl Radek)가 조이스를 비판하는 연설을 한 터라 총살당할 위험이 있다고 전했다 한다.[51]

이렇게 보면 루카치가 「서사냐 묘사냐?」를 발표한 1936년은 이미 1934년 '사회주의 리얼리즘'이 공식화되었을 때부터 존재했던 경직성이 보다 본격적으로 공고화되기 시작한 시점이라 할 수 있다. 이런 분위기에서 사회주의 리얼리즘 '이론'이 정상적으로 발전하기란 애당초 불가능한 일이었을지 모른다. 그런 정치적 이데올로기적 환경 속에서 거의 유일한 예외를 이루었던 이론가가 바로 루카치였는데, 그는 러시아어를 모른다는 구실을 내세워 당시 '사회주의 리얼리즘'을 표방하던 소비에트 문학을 거의 다루지 않는 대신 리얼리즘 일반에 관한 논의를 중심에 놓는 방식으로 자기 고유의 마르크스주의적 공산주의적 미학 노선을 '은밀히' 발전시켜나갔다.

루카치의 「서사냐 묘사냐?」는 쇼스타코비치의 오페라 「므첸스크의 맥베스 부인」을 기화로 전개된 '형식주의'와 '자연주의'에 대한 논쟁 말미에, 아울러 사회주의 리얼리즘에 관한 논의가 본격적으로 경색되기 시작하던 국면에 쓰인 글로서, 글의 부제("자연주의와 형식주의에

51 Cesare Cases, "L'irrealismo socialista", *L'Espresso*, 1984년 3월 11일. L'irrealismo socialista | György Lukács(wordpress.com)(2023년 3월 20일 최종 접속).

대한 논의를 위하여")가 말해주듯이, 자연주의와 형식주의에 대한 루카치 고유의 비판적 입장을 장편소설의 "두 가지 기본적인 현시 방법(Darstellungsmethoden)"(4:206)으로서의 '서사'와 '묘사'에 초점을 맞추어 개진하고 있는 글이다.

3. 중기 장편소설론의 기본 얼개와 방법론

마르크스주의 문학이론의 역사에서 장편소설론을 수립하기 위한 최초의 시도에 해당하는 「소설」에서 루카치는 먼저, 장편소설이 하나의 장르로서 식별 가능한 고유성을 지닌다면 그 고유성을 구성하는 원리는 무엇인지를 규명하려 한다. 이 문제를 대하는 루카치의 기본적인 입장은 「소설」의 첫 문단에서 분명하게 표현된다.

> 소설은 부르주아 사회의 가장 전형적인 문학 장르다. 고대와 중세 그리고 오리엔트에도 여러 면에서 소설과 유사한 점들을 보여주는 작품들이 있는 것은 사실이나, 소설의 전형적인 특징들은 그것이 부르주아 사회의 표현 형식이 되고 난 이후에야 비로소 나타난다. 다른 한편, 근대 부르주아 사회의 모든 특수한 모순은 바로 소설에서 가장 적합하고 전형적인 방식으로 형상화된다. 예컨대 드라마처럼 부르주아적 발전이 자신의 목적을 위해 개조하고 변형한 다른 형식들과는 달리, 소설에서 이루어진 서사 형식들 전반에 걸친 그 변화들은 아주 심각해서, 소설을 하나의 새로운 형식, 전형적으로 근대-부르주아적 형식이라 말해도 무방할 정도이다.[52]

루카치가 "소설에 대한 (…) 일반적인 규정"(50)이라고 말하고 있는 이 문단에서 그는 "소설의 전형적인 특징들은 그것이 부르주아 사회의 표현 형식이 되고 난 이후에야 비로소 나타난다"고 한다. '전형적인' 장편소설은 근대 부르주아 사회, 자본주의적 근대와 함께 본격적으로 생성된다는 것이다. 이와 더불어 그는 "근대 부르주아 사회의 모든 특수한 모순은 바로 소설에서 가장 적합하고 전형적인 방식으로 형상화된다"고 한다. 즉 자본주의 사회의 고유한 모순들을 가장 잘 형상화할 수 있는 문학 장르는 장편소설이라는 것이다. 이 두 가지 사실을 근거로 "소설은 부르주아 사회의 가장 전형적인 문학 장르"라는 그의 주장이 성립한다.

여기서 먼저 눈에 띄는 것은 그가 여러 차례 사용하고 있는 "전형적"이라는 표현이다. 이 표현은 흔히 오해하듯이 루카치가 장편소설을 근대 자본주의 사회에만 귀속되는 문학 장르로 보는 것은 아니라는 것을 말해준다. 그런 일은 오히려 헤겔 미학에서 발견된다는 것이 루카치의 주장이다. 이미 전(前) 마르크스주의 시기의 저작인 『소설의 이론』에서부터 루카치는 미학의 근본 범주들을 역사화하려고 한 점을 헤겔 미학의 가장 위대한 업적 가운데 하나로 인정하면서 자기화한다. 하지만 마르크스주의자 루카치의 눈으로 볼 때 헤겔은 그의 "방법과 체계의 모순들"(10:127)로 인해 그러한 역사화를 수미일관하게 관철시킬 수 없었다. 헤겔은 그의 변증법적인 방법과 모순되는 체계의 "건축학적 요구에 굴복"(10:128)함으로써 어떤 한 시기에 지배적

52 게오르크 루카치, 「소설」, 김경식 옮김, 『소설을 생각한다』, 비평동인회 크리티카 엮음, 49~50쪽. 본서 제6장에서 앞으로 「소설」을 인용할 경우 음영체로 본문에 쪽수만 표기한다.

인 예술이나 예술 장르를 고찰할 때에도 "현상을 어느 한 시기에 경직되고 인위적으로 귀속시키는 식으로 역사적 세계의 풍부함에 폭력을 가함으로써 난관에 빠질 때가 비일비재했다"(10:134)는 것이 루카치의 생각이다. 예컨대 건축을 오리엔트 예술의 전형적 형식으로 보거나 장편소설을 근대 부르주아 시대의 지배적인 예술 장르로 내세울 때 그러했는데, "헤겔은 자신의 체계로 인해 이 지배적인 예술 장르로 하여금 그것을 산출했고 그것을 지배적인 것으로 만드는 시기에**만** 등장하게 할 수밖에 없다"(10:134, 강조는 인용자)는 것이다.[53]

중기 루카치에 따르면 마르크스주의 미학은 유물론적 변증법에 기반함으로써 이러한 문제를 해결한다. "이론적이면서 역사적인—이 양자는 동시적이고 불가분한 것인데—과학적 미학의 토대를 구축한"(10:127) 헤겔 미학을 계승하면서도 헤겔 미학의 "관념론적인 경직성과 작위성"(10:134)을 모두 떨쳐낸 것이 마르크스와 엥겔스가 제시한 유물론적이고 변증법적인 미학적 접근법이라는 것이다. 이들은 예컨대 장편소설에 대한 고찰에서도 헤겔과 마찬가지로 장편소설을 근대 부르주아 시대의 주도적이고 지배적인 예술 장르로 보지만

53 「헤겔의 미학(Hegels Ästhetik)」(1951)에서 루카치가 하고 있는 이러한 설명에 대해 서정혁은 장편소설과 관련된 헤겔의 고찰에 대한 "과도한 해석"으로서, "헤겔 미학을 면밀히 검토해 보면 설득력이 떨어진다"고 한다. 그에 따르면 헤겔은 장편소설을 근대 부르주아 시대의 지배적 또는 전형적 예술 장르로 규정하지 않았을 뿐만 아니라, '근대의 서사시'로서의 '소설'이라는 규정조차도 일관되게 주장하기를 주저했다고 한다. 헤겔 미학의 여러 판본을 '면밀히 검토'하지도 못한 처지이기 때문에 서정혁의 이러한 평가에 말을 보태기가 어렵다. 다만 그가 그러한 평가의 근거로 들고 있는 사실, 즉 헤겔 미학에서 장편소설은 "여전히 '규정적 판단력'이 아니라 '반성적 판단력'이 적용되어야 하는 특수한 현상"이었으며 체계적으로 이론화되지도 않았다는 사실에 관해서는 루카치의 의견도 다르지 않을 것이다. 인용하고 참조한 곳은 서정혁, 「소설론: 루카치와 헤겔」, 『헤겔의 미학과 예술론』, 소명출판, 2023, 320쪽.

헤겔과는 달리 "장편소설의 불완전한 선행자들—사회적 필연성으로 인해 그 예술 장르의 완전한 전개에는 이를 수 없었던—이 서로 다른 시대에 걸쳐 어떻게 구체적으로, 어떻게 사회적 필연성을 띠고 등장하는지도 본다"고 한다(10:134). 그리하여 엥겔스는 고대 말엽의 장편소설들에 대해서도 주목하는데, 하지만 이때의 장편소설은 "고대 사회의 [중심부가 아니라] 주변부에서", 고대 사회가 "해체되는 현상들로부터" 발생한다는 것을, 그리고 그렇게 발생한 장편소설은 장편소설 장르의 완전한 전개에는 이르지 못한, 그런 의미에서 "**단지** 그것[장편소설]의 맹아"일 뿐이라는 것을 보여준다고 한다(10:134, 강조는 루카치). 루카치는 유물론적 변증법에 기반한 엥겔스의 이러한 접근법을 한편으로는 "헤겔의 역사적 예술이론이 지닌 관념론적 경직성을 넘어서는"(10:134) 것이면서 다른 한편으로는 "역사적 상대주의로 귀착"(10:135)되고 마는 "현대적인 속류 사회학적 장르 이론들을 미리 반박"(10:134)하고 있는 것으로 본다.

마르크스와 엥겔스의 접근법을 따르는 루카치 역시 서양의 고대와 중세는 물론이고 오리엔트에도 근대 장편소설과 '유사한 것'이 존재했다는 사실을 부인하지 않는다. 비록 루카치가 언급하지는 않지만 근대에도 그런 '비전형적인' 장편소설, 장편소설과 '유사한 것'은 존재한다. 흔히 '통속소설' 또는 '오락소설'이라고 불리는 것들이 그것인데, 그런 '장편소설'들은 근대 장편소설이 탄생했을 때부터 현재까지 늘 존재했고 앞으로도 계속 존재할 것이다.

이런 상황에서 루카치가 규명하려고 하는 것은 특정 서사 형식을 장편소설이게 하는 고유한 형식 원리, 장편소설의 '전형적인 특징'이다. 이것은 고대부터 현재까지 세계 각지에 산재해 있는 수많은 '장편소설'을 모두 다 조사하는, 사실상 불가능한 실증적 경험주의적 방식으로는 결코 파악될 수 없다는 것이 루카치의 생각이다. 그런 접근법으로는 기껏 몇 가지 외형적 공통성을 추출할 수 있을 뿐이며, 그것으로 구성된 '하나의 영원한 범주로서의 장편소설'이 각기 다른 시공간 속에서 어떻게 조금씩 다르게 현실화되는지를 확인하는 것 이상으로 나아갈 수 없다는 것이다. 위에서 우리가 인용한 「헤겔의 미학」에서 루카치가 "현대적인 속류 사회학적 장르 이론들"이라고 지칭한 것이 이런 접근법에 속할 것인데, 「'소설론의 몇 가지 문제'에 대한 토론의 결어를 위한 테제」에서 루카치는 토론 과정에서 발레리안 페레베르제프(Valerian Pereverzev)가 자신을 비판할 때의 입장이 바로 그런 것이라고 보며, 이에 대해 "초역사화, 역사적 무차별성", "장르의 역사성의 파기", "관념론으로 전변(轉變)"하는 "경험주의적 사회학주의" 등으로 비판한다.[54] 이와 달리 자신의 연구는 자본주의를 고찰한 마르크스의 작업과 마찬가지로 "역사적 체계적 연구"[55]라고 주장하는 루카치는, 마르크스가 자본주의의 메커니즘을 규명하기 위해 "자본주의의 가장 전형적인 고전적 형태"로서의 영국 자본주의를 분석했음을 상기시킨다.[56] 이를 통해 루카치가 주장하고자 한 것은, 마르크스가 영국 이외의 나라에는 자본주의가 존재하지 않는다고 생각했기 때문에 그랬던 것이 아니듯이, 장편소설의 형식 원리를 파악하기 위

54 게오르크 루카치, 「'소설론의 몇 가지 문제'에 대한 토론의 결어를 위한 테제」, 『소설을 생각한다』, 비평동인회 크리티카 엮음, 110쪽.

55 Georg Lukács, "Schlußwort zur Diskussion", *Disput über den Roman. Beiträge zur Romantheorie aus der Sowjetunion 1919~1941*, 483쪽.

56 같은 책, 484쪽.

해서는 고대나 중세의 '장편소설'이 아니라 장편소설의 가장 전형적인 형태인 근대 장편소설에 대한 고찰에서부터 출발해야 한다는 것이다. 그런 연후에야 비로소 서양의 근대 부르주아 사회와는 다른 역사적 시공간들에 존재했던 '장편소설'들의 역사적 미학적 성격 규정도, 오락물로서의 '장편소설'과의 구분도 가능해진다는 것이 루카치의 생각이다.

그런데 여기에는 또 다른 문제가 있다. 루카치식 구도에서 '유럽의 근대 장편소설'이 장편소설의 가장 전형적인 형태라면, 그중에서 다시 '가장 전형적인' 장편소설을 설정해야 하는 문제가 생기는 것이다. 유럽의 근대 장편소설 또한 수없이 많은데, 그러한 장편소설들을 고찰할 때에도 실증적 경험주의적 방식의 접근법이 부정되어야 한다면, 기준점(Orientierungspunkt) 또는 범례가 될 수 있는 작품이 설정되어야 한다. 그도 그럴 것이 "진정한 예술작품만이 생산적인 역사적 일반화나 미학적 일반화의 토대가 될 수 있다"(11:620)는 '후기 미학'의 입장은 이미 중기 루카치의 문학론에서도 관철되고 있는데, 그렇다면 근대 장편소설의 전형적인 특징들 또한 진정한 소설 작품, 즉 근대 장편소설 중 가장 전형적이고 고전적인 위치에 있는 소설 작품에 대한 고찰을 통해서 파악될 수 있는 것이다. 이는 필연적으로 작품에 대한 '평가' 문제로 이어진다. 진정한 장편소설, 위대한 장편소설이란 어떠한 것이며 현재의 장편소설은 어떠한 길을 가야 하는지를 고찰한 루카치의 일생의 작업은 결국 작품의 미적 가치를 묻고 근거 짓는 평가의 문제를 둘러싼 궁구라고 할 수 있다.

그런데 개별 작품의 예술적 질과 가치에 대한 평가는 이론적 미학적 입장에 따라 다를 수 있다. 모든 장편소설론의 가장 기본적인 문제, 즉 장편소설 형식의 근본원리와 장편소설의 발전에 관한 문제도 미학적 입장에 따라 다른 답이 제시될 수 있다. 이론적 미학적 입장이 다른 이론가들과 비교할 것도 없이 루카치 자신만 보더라도 그의 초기 장편소설론과 중기 장편소설론은 상이한 답을 제시하고 있다. 『발자크와 프랑스 리얼리즘(*Balzac und der französische Realismus*)』의 「서문」(1951년 10월)에서 루카치는 장편소설의 본질과 역사적 발전 과정에 대한 서로 다른 답은 서로 다른 미학적 관점에서 연유할 뿐만 아니라 그 미학적 관점 배후에서 작용하는 역사관에 기인하는 것이기도 하다고 한다. 이는 루카치 자신의 두 가지 장편소설론, 즉 『소설의 이론』의 장편소설론과 마르크스주의적 장편소설론을 염두에 두고 한 말이다. 그에 따르면 인류가 통과해왔고 지금도 통과하고 있는 "암담한 지평"을 "최종적이고 숙명적인 운명"으로 파악하는지 아니면 그것을 "비록 길긴 하지만 그래도 빠져나올 출구가 있는 터널"(6:433)로 파악하는지에 따라, 요컨대 역사관의 차이에 따라, 장편소설의 본질과 그 역사적 발전 과정을 달리 보게 된다. 전자가 『소설의 이론』의 역사관에 가깝다면 후자는 마르크스주의적 장편소설론, 즉 「소설」의 역사관이다.

둘 사이에는 이외에도 근본적인 차이가 있다. 그의 초기 장편소설론은 신칸트주의와 헤겔 미학 등이 독특하게 융합된 관념론에 입각한 것이라면, 중기 장편소설론은 마르크스주의적 유물론에 입각해 있다. 이러한 근본적 세계관의 차이는 상이한 방법론으로 표현되는데, 다양한 원천을 가진 사유들이 독창적으로 종합된 『소설의 이론』이 본질적으로 칸트주의 유형의 '초험적 방법론(die transzendentale Methodologie)'의 틀 안에 있는 것이라면, 루카치의 중기 장편소설론은 그의 사유에서 본격적으로 형성되기 시작한, 후기 미학과 존재론에서 더 완전한 모습으로 제시되는 '발생론적-존재론적인 방법론(die genetisch-ontologische Methodologie)' 내지 '발생론적-유물론적인 방법론(die genetisch-materialistische Methodologie)'의 틀 안에서 수립되어 가는 중에 있다고 말할 수 있다.[57] 이에 따라 두 시기 장편소설론에서 작동하고 있는, 겉보기에는 유사한 '역사적 체계적 방법'도 상이한 결과를 낳게 된다.

이러한 역사관과 세계관 등의 차이는 장편소설에 관한 전혀 다른 상(像)을 제시한다. 전(前) 마르크스주의 시기 소설론에서는 플로베르의 『감정교육』이 근대 유럽 장편소설의 전형으로 파악되고 도스토옙스키가 근대 서사문학의 절정 — 장편소설 형식 자체마저도 넘어서는 — 으로 배치되어 있다면, 그의 마르크스주의 소설론에서는 발자크와 톨스토이가 그 자리를 대신한다. 역사관과 세계관뿐만 아니라 인간관도 장편소설의 원리와 발전을 파악하는 데 결정적인 역할을 한다. 『비판적 리얼리즘의 현재적 의미』(1957)에서 특히 강조되고 있듯이 인간을 세계 속에 던져진 단독자로 파악하는지 아니면 사회역사적인 관계론적 존재로 이해하는지에 따라서도 작품에 대한 미적 평가가 달라진다. 요컨대 장편소설 형식의 원리와 발전 과정에 관한 이론적 파악은 단순히 미적 감각(Geschmack)과 일반 미학적 관점뿐만 아니라 역사관과 세계관, 인간관 등도 분리 불가능하게 혼융되고 내속된 가치평가적 미학적 입장에 따라 달리 이루어지는 것이다. 그도

57 이는 토마스 메처의 생각에 의거한 것이다. 참조한 곳은 Thomas Metscher, "Mimesis und künstlerische Wahrheit", *Zur späten Ästhetik von Georg Lukács. Beiträge des Symposiums vom 25. bis 27. März 1987 in Bremen*, Gerhard Pasternack 엮음, 125~126쪽.

그럴 것이 루카치는 위대한 작품, 진정한 작품에 준거하여 장편소설의 형식 원리를 파악하는데, 이때 어떤 소설이 위대한 작품인지는 그러한 가치평가적 미학적 입장에서 구축된 기준에 따라 가늠되기 때문이다.

중기 루카치는 자신의 미학적 입장에 부합하는 작품들을 19세기 전반기 중서부 유럽 장편소설(그리고 19세기 후반기 러시아 장편소설)에서 찾았다. 그러한 장편소설들에서 그는 "소설의 위대한 혁명적 고전적 전통과 업적"(51)을 인식하고 이에 준거하고자 했으며, 1930년대 중반부터 이를 '위대한 리얼리즘'의 이름으로 포괄하고자 했다. 이처럼 장편소설의 전형적 형태인 근대 장편소설 중에서 가장 전형적이고 고전적인 작품들을 중심으로 파악된 장편소설 고유의 예술적 원리들은 근현대의 장편소설들을 평가하는 미학적 기준 역할을 하는 한편, 장편소설의 탄생부터 함께 했던 "단순한 오락문학"(52)으로서의 '장편소설'과 진정한 장편소설을 구분 지을 수 있게 한다.

루카치는 장편소설의 '본질', 즉 형식 원리를 파악하기 위해서는 장편소설의 전형적 형태인 근대 장편소설 자체에 대한 발생론적이고 구조론적인 미학적 고찰뿐 아니라 다른 문학 장르들과의 대비도 필요하다고 본다. 헤겔을 위시한 독일 고전미학의 통찰들이 이 대목에서도 크게 활용되는데, 특히 '근대 부르주아 서사시로서의 장편소설'[58]이라는 헤겔의 명제는 『소설의 이론』에서와 마찬가지로 중기 장편소설론에서도 중요한 단서가 된다. 루카치에게 헤겔의 이 명제는

58 우리가 "근대 부르주아 서사시"로 옮긴 헤겔의 문구는 "moderne bürgerliche Epopöe"이다. '근대의 시민적 서사시' 또는 '근대 시민 서사시'로도 많이 번역된다.

역사적 관점과 미학적 관점이 통일된 가운데 장편소설을 규정한다는 점에서 각별한 의미가 있다. '근대 부르주아 서사시로서의 장편소설'이라는 헤겔의 명제는 필연적으로 고대 사회와 근대 부르주아 사회의 본질적 성질을 역사적으로 대조하는 가운데 서사시와 장편소설을 미학적으로 대조할 것을 요구한다. 그런데 헤겔의 그 명제는 서사시와 장편소설을 시대에 따라 차별적으로 발현하는 하나의 서사 형식으로 보기 때문에 서사시와 장편소설을 포괄할 수 있는 통일적 서사 형식을 지칭하는 범주를 필요로 하는바, 『소설의 이론』에서와 마찬가지로 「소설」에서도 '큰 서사문학(die große Epik)'이라는—이 역시 헤겔에서 가져온—범주가 그 역할을 한다. 그리하여—이 또한 『소설의 이론』에서와 마찬가지로—루카치는 '큰 서사문학'을 극(특히 비극), '작은 서사문학'(특히 노벨레) 등과 대조하는 한편 '큰 서사문학' 자체 내에서 서사시와 장편소설이 갖는 공통점과 차이를 역사적이고 미학적으로 규명함으로써 문학 체계 내에서 장편소설 형식이 가지는 상대적 고유성을 규정할 수 있다고 본다. 이것이 장편소설론을 수립하는 올바른 방법으로서 그가 내세우는 '역사적 체계적 연구'의 주된 내용이 되어야 할 것들이었다.

루카치 스스로 "마르크스주의 장편소설론의 창조를 위한 첫걸음"[59]이라 한 「소설」이 이 모든 내용을 포함하고 있는 것은 아니다. 「소설」은 마르크스주의 소설론의 구축을 위한 기본적인 문제를 부각시킨 것에 지나지 않는다는 것이 루카치의 자평이다. 그래서 주로 방

59 Georg Lukács, "Schlußwort zur Diskussion", *Disput über den Roman. Beiträge zur Romantheorie aus der Sowjetunion 1919~1941*, 486쪽.

법론과 원리적 측면, 그리고 시기 구분의 문제를 다루는 것으로 그치고 나머지 문제들은 앞으로의 과제로 남겨두었다는 것이다. 「'소설론의 몇 가지 문제'에 대한 토론의 결어를 위한 테제」에서 루카치는 마르크스주의 장편소설론이 제대로 구성되려면 앞으로 다루어야 할 과제로 세 가지를 꼽고 있다.

> 첫째, 결정적으로 중요한 역사적 체계적 양극(서사시와 부르주아 소설)을 확정한 후에 여러 과도적 형식 및 중간형식들(Zwischenformen)을 이론적으로 다루어야 한다. 둘째, 소설과 보다 작은 서사문학 장르들 간의 관계가 수립되어야 한다. 셋째, 소설과 다른 장르들, 특히 드라마와의 관계가 규명되어야 한다.[60]

「소설」에서는 서사시와 장편소설의 형식 원리를 대비·설명하는 작업만 이루어졌다. 장편소설과 드라마의 관계를 규명하는 작업은 『역사소설』에서 이루어지며, "장편소설과 보다 작은 서사문학 장르들 간의 관계를 수립"하는 작업은 루카치의 중기 단계에 속하는 여러 글에서 산발적으로 이루어지다가 후기 루카치의 텍스트인 「솔제니친: 『이반 데니소비치의 하루』(Solschenizyn: *Ein Tag im Leben des Iwan Denissowitsch*)」(1964)에서 다시 한 번 간략하게 이루어진다. 위에서 루카치가 "여러 과도적 형식 및 중간형식들"이라고 한 것에 대한 이론적 규명은 끝내 이루어지지 못했다. 이렇게 보면 초기 장편소설론인

60 게오르크 루카치, 「'소설론의 몇 가지 문제'에 대한 토론의 결어를 위한 테제」, 『소설을 생각한다』, 비평동인회 크리티카 엮음, 111쪽. "서사 장르들"로 옮겼던 것을 "서사문학 장르들"로 바꾸어 인용한다.

『소설의 이론』은 비록 매우 압축된 방식으로이긴 하지만 이 모든 과제, 즉 중기 루카치가 장편소설론이라면 의당 포함해야 한다고 본 과제들을 포괄하고 있다. 이런 점에서 보더라도 『소설의 이론』은 — 물론 중기 루카치가 자기비판하고 단절한 전혀 다른 세계관과 역사관에 입각해 이루어진 것이긴 하지만 — 장편소설론으로서도 보기 드문 포괄성을 지닌 이론적 성취임을 부인하기 어렵다.

「소설」에서는 장편소설론을 구성하는 또 다른 문제로서 장편소설의 발전 과정의 문제, 장편소설 발전의 시기 구분의 문제도 다루어지는데, 그에 앞서 근대 장편소설과 그 이전 서사 형식의 관계 문제가 근대 장편소설의 발생사와 관련하여 간략히 다루어진다. 여기서 루카치는 근대 장편소설을 중세의 서사문화에서 연원하는 것으로 파악한다. 그에 따르면 장편소설은 "셰익스피어의 드라마"와 동궤에 있는 것으로서, "민속적이고 통속적인, 왕왕 평민적이기도 한 방식으로 중세의 발전 과정에서 유기적으로 성장해 나온 (…) 예술 형식" 중 하나이다(50). 세르반테스와 프랑수아 라블레(Francois Rabelais)가 그 정점에 있는 유럽 최초의 근대 장편소설은 중세의 서사문화를 공격하고 해체하는 성격을 띠지만 바로 그렇게 공격하고 해체하는 방식으로 "중세의 서사문화에 직접적이고 유기적으로 (…) 연결되어"(50) 있는바, "소설 형식은 중세 서사문화의 해체의 소산"이면서 "중세 서사문화의 '평민화'와 부르주아화의 소산"(50)이라는 것이 루카치의 주장이다.

여기서 중세 서사문화의 부르주아화(Verbürgerlichung)"라는 번역어는 마르크스주의에서 통용되는 의미에서의 '부르주아'를 연상시킴으로써 오해를 야기할 수 있다. 「소설」에서 "부르주아"로 옮긴 단어는 독일어 "Bürger"와 그 형용사형인 "bürgerlich"이다(이 텍스트에서 프랑스어인 bourgeois는 사용되지 않지만 Bourgeoisie는 몇 군데 등장한다). 프랑스어에는 우리말로 '시민'으로 번역되는 단어로 부르주아(bourgeois)와 함께—'시민'으로뿐만 아니라 '공민', '국민'으로도 번역되는—시트와엥(citoyen)이 있는데, 독일어에는 이런 식으로 구별되는 함의를 지닌 별도의 단어가 없다. Bürger가 두 가지 뜻으로 사용되거나 '시트와엥'의 뜻을 Staatsbürger라는 복합어로 표현한다. 그렇기 때문에 Bürger를 '시민'으로 옮기는 것이 '부르주아'로 옮기는 것보다 더 무난할 수 있다. 하지만 그럴 경우 지금 우리가 널리 사용하고 있는 단어인 '시민'과 혼동될 소지가 있는 것도 사실이다. 번역 과정에서 어느 쪽의 혼동을 택하는 것이 상대적으로 나을지 고민했는데, 다른 곳은 몰라도 루카치의 「소설」에서는 Bürger를 '부르주아'로 옮기는 것이 낫겠다고 생각했다. bürgerliche Klasse나 Bürgerklasse라는 단어가 이 텍스트에서는 Bourgeoisie와 특별히 구분되지 않은 채 사용되고 있는 점도 감안했지만, '부르주아'가 자본주의의 역사적 발전 과정에서 내적 구성과 성격을 바꾸어나가는 것을 이해하는 데에도 그렇게 옮기는 것이 도움이 되리라 생각했다. 이런 견지에서 보면 마르크스주의에서 흔히 자본가와 동의어로 사용되는 부르주아, 따라서 생산수단의 소유자이자 착취자로서 프롤레타리아와 대립적 적대적 관계에 있는 부르주아는 19세기 초중반 이후에 본격적으로 형성된 부르주아로 볼 수 있는 반면, 루카치가 위에서 '부르주아화'라고 했을 때의 그 '부르주아'는 자본주의 사회 전체의 지배계급의 위치에 있는 부르주아가 아직 아니다. 즉 프롤레타리아계급과 함께 자본주의 사회의 양대 기본 계급 중 한 축을 이루는 부르주아계급으로 완전히 자기정립하지 못한, 오히려 사회의 지배집단인 왕과 귀족과 성직자 계층과 구분되면서 이들에 저항하는, 그러면서 농민과 노동자와도 구분되는, 자체 내에 다양한 직업군을 포함하고 있는 신생 사회집단으로서의 부르주아를 말한다. 장편소설 발생기의 이 부르주아는 아직 사회의 지배집단이라기보다는 넓은 의미에서의 '민중'에 속한다고 볼 수 있는데, 루카치가 '부르주아화'와 나란히 '평민화'라는 말을 사용하고 있는 것도 그렇게 볼 수 있게 한다. 그렇다면 루카치가 장편소설을 "중세 서사문화의 '평민화'와 부르주아화의 소산"이라고 한 것을 '중세 서사문화의 민중화의 소산'이라는 뜻으로 이해해도 큰 무리는 없을 듯하다. 이 점은 주목할 필요가 있는데, 중기 장편소설론에서 루카치는 근대 장편소설의 태생적 민중성을 시야에 담고 있기 때문이다(이는 『소설의 이론』에서는 전혀 고려될 수 없는 지점이었다). 「소설」과 『역사소설』 등에서 전개되는 루카치의 중기 장편소설론에서 서양의 근대 장편소설의 역사적 발전 과정에 대한 고찰은 이러한 민중성,[61] 그리고 예술의 본래적 속성으로서의 휴머니즘, 위대한 문학의 미적 원리로서의 리얼리즘 등을 기축으로 삼아 이루어지며, 그 과정에서 장편소설 장르의 발생과 발전을 규정하는 사회적 내용적 계기들을 부각하여 드러낸다. 이런 식으로 장편소설의 발전 과정을 파악하는 「소설」에서 루카치는 장편소설의 발전을 다섯 단계로, 즉 "발생기의 소설", "일상현실의 정복", "'정신적 동물왕국'의 포에지", "새로운 리얼리즘과 소설형식의 해체", "사회주의 리얼리즘의 전망"으로 시기 구분해서 볼 것을 제안한다.

61 『역사소설』을 위시한 1930년대 후반기의 저술들과 비교해서 볼 때 여전히 계급주의적 관점이 우위에 있는 「소설」에서는 아직 '민중성' 범주가 중심적 역할을 하지는 않는다.

4. 장편소설의 고유한 특징과 기본 원리

유럽에서 실제로 장편소설론이라 할 만한 글들은 19세기 후반기에 가서야 많이 나오기 시작했지만 그때의 장편소설론들(대표적으로 에밀 졸라의 '실험소설론')은 고전적이고 혁명적인 장편소설이 쇠퇴하고 난 이후의 소설들에 준거한 이론이며, 그래서 결과적으로는 "자연주의의 이론적 정초"이자 "소설 형식의 해체의 시작"(51)을 알리는 것들이라는 게 루카치의 생각이다. 이에 반해 "독일 고전미학"은 독자적인 장편소설론을 제시하지는 않았지만 "처음으로 소설론의 문제를 원칙적으로, 그것도 수미일관한 방식으로 체계적이자 동시에 역사적으로 제기"(52)했다고 보는데, 루카치가 그 가운데에서 특히 주목하는 것이 헤겔의 미학적 고찰이다.

헤겔에게는 특별히 장편소설'론'이라 할 만한 것이 없다. 그의 미학 체계에서 장편소설은 주변적인 위치에 있으며, 장편소설에 대한 그의 언급은 단편적이고 산발적으로 이루어지는데,[62] 그중에서 루카치는 '근대 부르주아 서사시로서의 장편소설'이라는 명제에 일차적으로 주목한다. 루카치의 텍스트 「소설」에서 헤겔의 이 명제는 흔히 오해하듯이 '근대의 서사시=장편소설'을 뜻하는 것이 아니다. 「소설」에서 "근대의 서사시"(57)는 볼테르(Voltaire)의 『라 앙리아드(*La Henriade*)』처럼 근대 자본주의 사회에서 실제로 시도된, 그래서 루카치의 논의에 따르면 필연적으로 실패할 수밖에 없었던 실제의 서사시를 지칭하

62 헤겔의 소설론을 다룬 국내 논문으로는 앞서 소개한 서정혁의 논문 「소설론: 루카치와 헤겔」이 읽어볼 만하다.

는 말로 사용되고 있다. 루카치는 헤겔이 이 명제를 통해 '근대의 서사시=장편소설'을 말한 것이 아니라, 장편소설을 근대 부르주아 사회를 기반으로 수립된, 고대 사회에서의 서사시에 상응하는 문학 장르로 규정한 것이라고 본다. 이런 의미에서, 오직 이런 의미에서만 장편소설을 '고대의 서사시'가 아닌 '근대의 서사시', 또는 '영웅 서사시'가 아닌 '부르주아 서사시'로 부를 수 있을 것이다.[63]

앞서 말했다시피 헤겔의 이 명제는 『소설의 이론』에서와 마찬가지로 중기 장편소설론에서도 중요한 이론적 단서가 되는데, 미학적인 문제와 역사적인 문제를 동시에 제기하고 있는 이 명제를 통해 근대 장편소설은 더 이상 '반쪽 예술'이 아니라 당당히 예술 장르들의 체계 속에서 그 위치가 일반적으로 규정될 수 있는 장르가 되었다는 것이 루카치의 생각이다. 여기에서 더 나아가 루카치는 헤겔로부터 '큰 서사문학'이라는 범주를 받아들인다. '근대 부르주아 서사시로서의 장편소설'이라는 헤겔의 명제는 서사시와 장편소설을 역사적 시대에 따라 차별적으로 발현하는 동류의 서사문학 형식으로 보기 때문에, 서사시와 장편소설이라는 두 '종(種)'을 포괄할 수 있는 '유(類)'로서의 범주를 필요로 하는바, '큰 서사문학'이 바로 그것이다. 그리하여 루카치는 다음과 같이 말한다.

63 루카치가 장편소설을 '근대의 서사시'로 지칭하지는 않지만 '부르주아 서사시'라는 표현은 사용한다. 독일어판 『게오르크 루카치 저작집』 제6권 맨 앞에 있는 「6권 서문(Vorwort zu Band 6)」(1964년 12월)에서 그는 "장편소설, 곧 부르주아 서사시(der Roman, die bürgerliche Epopöe)"(6:7)라고 적고 있다. 이 글 앞에서 소개했듯이 「소설」의 러시아어본 제목은 "근대 부르주아 서사시로서의 (장편)소설"이었다.

> 소설은 한편으로는 큰 서사문학의, [따라서] 서사시의 일반적인 미학적 특징들을 지니며, 다른 한편으로는 근본적으로 다른 성질을 띤 부르주아 시대에 필연적으로 따르는 모든 변형을 겪는다. 따라서 소설의 이론은 큰 서사문학의 일반이론의 한 역사적 단계가 된다(52).

그런데 이 인용문을 자세히 보면 '큰 서사문학'과 '서사시'와 '장편소설'의 관계가 바로 위에서 우리가 말한 것과는 조금 다르게 설정되어 있다. "소설의 이론은 큰 서사문학의 일반이론의 한 역사적 단계가 된다"는 문장만 보면, '큰 서사문학'이 '유'로, '장편소설'은 그 '유'의 한 '종'으로 설정된다. 이럴 경우 서사시 또한 '큰 서사문학'의 다른 한 '종'으로 이해되어야 한다. 즉 '큰 서사문학'은 서로 다른 사회적 역사적 조건에서 생겨난, 종차를 지닌 두 가지 종으로서의 '서사시' 형식과 '장편소설' 형식으로 발현된다고 볼 수 있는 것이다. 이렇게 볼 때 장편소설의 전형적인 특징들은 형식상 가장 근친적이면서 동시에 대극의 관계에 있는 서사시와의 대비를 통해 더욱 분명하게 드러날 수 있다는, 다음과 같은 루카치의 말은 충분히 설득력이 있다.

> 전체 사회를 서사적으로 형상화한 최초의 큰 형식, 즉 씨족 공동체의 원시적인 통일성이 여전히 형식을 규정하는 생생한 사회적 힘으로 작용하고 있는 호메로스의 서사문학이 위대한 서사적 포에지(die große epische Poesie, 큰 서사문학적 포에지)의 발전 과정에서 한 극(極)에 위치한다면, 그 다른 한 극을 이루고 있는 것은 최후의 계급사회인 자본주의의 전형적인 형식이다. 소설 형식의 법칙들은 이러한 대조로 가장 확실하고 분명하게 파악될 수 있다.[64]

그런데 앞서 인용한 문장, 즉 "소설의 이론은 큰 서사문학의 일반이론의 한 역사적 단계가 된다"라는 말에서 "큰 서사문학의 일반이론"이 '서사시의 이론'으로 읽힐 수도 있다. 그 문장 앞에서 "소설은 한편으로는 큰 서사문학의, [따라서] 서사시의 일반적인 미학적 특징들을 지니며"라고 말하고 있기 때문이다. 즉 "큰 서사문학의, [따라서] 서사시의"라는 말은 '큰 서사문학'과 '서사시'가 같은 차원에 있고 그런 '큰 서사문학=서사시'의 한 역사적 발현 형식으로 장편소설의 위치가 설정되어 있는 듯이 보이게 한다. 루카치의 서술을 이런 식으로 읽게 되면 "소설은 (…) 근본적으로 다른 성질을 띤 부르주아 시대에 필연적으로 따르는 모든 변형을 겪는다"고 했을 때의 그 "변형"이라는 것도 서사시를 근거로 확립된 "일반적인 미학적 특징들"의 변형에 지나지 않는 것으로 보일 수 있다. 이렇게 읽을 경우 '유'로서의 큰 서사문학과 '종'으로서의 장편소설의 관계는 "포섭(Subsumtion)의 관계"에 있는 듯이 보이게 되며, 장편소설의 기준점은 장편소설 그 자체가 아니라 서사시에 있는 듯이 보이게 된다. 서술의 모호함에 따른 이러한 문제점은 루카치의 후기 미학에서 큰 서사문학과 장편소설의 관계를 "포섭의 관계"가 아니라 "내속(Inhärenz)의 관계"로 볼 수 있게 하는 논의를 통해 불식된다. 『미적인 것의 고유성』에서 루카치는 개별 예술작품과 장르의 관계에 관해 다음과 같이 말하고 있다.

여기에서도 어떤 작품이 그 장르 및 법칙들과 맺는 관계는 결코 본질적인

64 Georg Lukács, "Referat über den 'Roman'", *Disput über den Roman, Beiträge zur Romantheorie aus der Sowjetunion 1919~1941*, 360쪽.

> 일반성에 개별 사례가 포섭되는 관계일 수 없다는 것, 그리고 미적이라는 이름에 상당하는 작품이 생겨나면 그에 타당한 법칙들의 내용과 형식은 적어도 모종의 수정을 경험하든지, 아니면 획기적인 형상화들에서 늘 볼 수 있듯이 [그 내용과 형식의] 결정적 변혁이 일어난다는 것은 아무리 반복해서 말하더라도 부족하다. 물론 덧붙여 말해야 할 것이 있는데, 장르들은 — 가장 일반적인 근본원리들과 관련해서 말하자면 — 역사적으로 변화하긴 하지만 이러한 변화 속에서 스스로를 보존하며, 그러한 '혁명들' 속에서 내적으로 장르로서 풍부하게 되고 심화된다(11:622).

루카치가 "연속성과 일점성(一點性, Punktualität)[65]의 변증법"(11:622) 또는 "연속성과 불연속성의 생동하는 변증법"(11:626)이라고 표현한 장르와 예술작품의 관계는 작품과 장르들이 예술 일반과 맺는 관계에도 — 더 높은 단계에서 더 복잡화되긴 하지만 — 적용된다.

> 작품과 장르가 예술 일반과 맺는 관계도 조금 더 복잡하긴 하지만 비슷하다. 여기서도 출발점이 되어야 할 것은, 개별 작품이 장르의 표본이나 하위종이 아니듯이 장르는 예술이라는 유의 표본이나 하위종이 아니라는 사실, 예술 일반은 장르의 특수성(Besonderheit) 속에서, 바로 이 특수성 속에서 모든 장르와 불가분하게 유기적으로 연결된 채 같이 정립되어 있으며, 이와 똑같이 — 이것이 여기에서 결정적인 관점인데 — 모든 개별 예술

65 루카치는 개별 예술작품의 일회적이고 유일무이한 "독특성(Singularität)"(6:619)을, 선(線) — 여기서는 '장르'를 의미하는 — 을 구성하지만 그것으로 환원될 수 없고 그 자체로 완결된 독특한 것으로서의 한 점(點)과 같은 성질을 띤다는 의미에서, "일점성"이라고 표현한다.

작품의 정립과도 그렇게 되어 있다는 사실이다. 이것은 내속의 관계이지 포섭의 관계가 아니다(11:631).

우리가 이러한 후기 미학의 논의를 염두에 두고 「소설」에서 발췌한 위 인용문을 읽으면, 장편소설은 서사시와 함께 큰 서사문학의 일반적인 미학적 특징들을 공유하면서도 서사시와는 질적으로 다른 '변형'을 함유함으로써 그 자체로 독자적인 장르로서 설정될 수 있다는 말로 이해할 수 있게 된다. 이럴 경우 루카치가 예컨대 미하일 바흐친처럼 서사시와 장편소설을 원칙적으로 다른 갈래로 보지 않고 하나로 묶는 '큰 서사문학'이라는 범주를 계속 유지한다 하더라도, 이제 그 '큰 서사문학'이라는 범주로 포괄하는 일반적인 미학적 특징들은 서사시를 근거로 확립되는 것이 아니라 역사적으로 열린 것으로, 즉 서사시뿐 아니라 장편소설을 통해서, 나아가 미래의 큰 서사문학에 의해서도 재규정될 수 있는 것으로 설정되어야 할 것이다. 그런데 루카치의 『소설의 이론』과 중기 장편소설론의 몇몇 표현은—설사 그의 의도는 아니었다 할지라도—서사시를 근거로 확립된 큰 서사문학에 장편소설이 포섭되는 경향을 노정하고 있는 것이 사실이다. 「소설」의 다음과 같은 문장도 서사시와 장편소설이 각기 독자적인 장르로서 대등한 관계에 있는 것이 아닌 것처럼 보이게 한다.

모든 위대한 소설은—물론 모순적이고 역설적인 방식으로—서사시를 지향하며, 바로 이러한 시도와 그것의 필연적 좌절 속에 소설이 갖는 문학적 위대성의 원천이 있는바, 이 점에 서사시와 소설이 갖는 공통성의 실천적 의의가 있다(57).

루카치의 초기 장편소설론도 이와 유사한 구도를 보여주었는데, 『소설의 이론』에 여러 차례 등장하는 "진정으로 서사적인[서사문학적인]" "순수 서사적인[서사문학적인]"이라는 표현은 곧 호메로스의 서사시들에서 구현된 '서사시적인'이라는 말과 동의어에 가깝다. 이러한 이론적 구도에 입각해 있기 때문에 『소설의 이론』에서든 「소설」에서든 장편소설의 긍정적으로 기대되는—두 경우 모두 각기 다른 방식으로 자본주의적 근대와는 다른 사회를 조건으로 요구하는—미래는 장편소설이 스스로를 지양하여 서사시에 가까워지는 것이 된다. 『소설의 이론』에서는 "소설을 쓰지 않았다"[66]고 진단된 도스토옙스키의 작품세계가, "사회적 존재(Gesellschaftswesen)"나 "추상적인 내면성"이 아니라 "순수한 영혼현실(Seelenwirklichkeit)의 영역"[67]에서 전개되는 '새로운 형식의 서사시'로서 탐색이 예고되고 있으며, 「소설」에서는 무계급사회의 건설을 토대로 형성된 사회주의 리얼리즘 소설이 "서사시로의 **경향**"(104, 강조는 루카치)을 보이는 것으로 해석되고 있다. 물론 두 경우 모두 고대 서사시로의 복귀를 말하는 것은 아니다. 루카치는 두 곳 모두에서 불가역적인 역사의 흐름은 과거로의 회귀를 불가능하게 한다는 것을 분명히 하고 있다. 그럼에도 불구하고 여기에는—후기 존재론에서 이론적으로 논파되는[68]—'부정의 부정'의

66 게오르크 루카치, 『소설의 이론』, 김경식 옮김, 183쪽.
67 같은 책, 182쪽.
68 후기 존재론에서 루카치는 '부정의 부정 법칙'에 대해 비판적으로 고찰하고 있다. 헤겔의 논리학적 존재론에서 연유하는 '부정의 부정' 구상이 엥겔스에 의해 무비판적으로 받아들여져 마르크스주의에서 '부정의 부정 법칙'으로 통용되었는데, 이는 마르크스의 유물론적인 존재론과는 전혀 무관하다는 것이 루카치의 입장이다. 이에 관해서는 게오르크 루카치, 『사회적 존재의 존재론을 위한 프롤레고메나 1』, 김경식·안소현

도식이 어른거리고 있다.

그런데 "모든 위대한 소설은 (…) 서사시를 지향"한다는 말은 단순히 이론적 구도에서 연유하는 것만이 아닌, 더 근본적인 내용적 실천적 문제의식을 내포하고 있는 말이다. 아니, 이러한 문제의식을 표현하고 있는 말로 읽어야 한다. 이와 관련해 우리는 다시 '근대 부르주아 서사시로서의 장편소설'이라는 헤겔의 명제로 돌아가 논의를 전개하도록 하겠다.

이미 여러 차례 말했듯이 헤겔의 이 명제는 미학적인 측면에서 큰 서사문학의 일반적인 미학적 특징들과 역사적으로 특수한 그 구현 양상에 주목하게 하는 한편, 서사시와 장편소설 각각이 근거하고 있는 양 시대의 역사적 대조를 요구한다. 이를 헤겔은 "포에지[시]의 시대와 프로자[산문]의 시대"(53)로 대비하는데, 이때 기준 역할을 하는 핵심적 규정들을 루카치는 인간의 "자립성(Selbständigkeit)과 자기활동성(Selbsttätigkeit)"(53), 개인(부분)과 사회(전체)의 "실체적 통일성"(53) 등에서 찾는다. 루카치에 따르면 이러한 규정들이 생생히 구현된 시대가 포에지의 시대이며 그런 시대의 전형적인 포에지가 호메로스의 서사시라면, 근대 부르주아 사회는 그런 규정들이 필연적으로 지양된 시대, 곧 '프로자의 시대'로서 장편소설이라는 예술 형식의 개화를 가져온다. 따라서 호메로스의 서사시가 '포에지 시대의 포에지'라고 할 수 있다면 장편소설은 '프로자 시대의 포에지'라고 할 수 있다. 이러한 견지에서 루카치는 장편소설의 고유한 특징을 분명히 하려면 서사시와 장편소설의 공통성과 차이를 규명하는 것이 가장 효과적이

옮김, 나남, 2017, 211쪽 이하를 참조하라.

라고 보았다. 그래서 그는 백과사전의 한 항목으로 쓴 글이기 때문에 구성과 분량에서 제약이 따를 수밖에 없었던 「소설」을 집필하면서 다른 무엇보다도 서사시와 장편소설의 관계를 조명하는 데 우선적으로 집중했던 것이다. 그만큼 서사시와 장편소설의 관계가 그에게는 중요했는데, "개인들의 운명에 의거해, 개개인의 행동과 고난을 통해"(64) "사회적 총체성을 서사적으로 형상화"[69]하는 '큰 서사문학'으로서 동류의 것이면서 대척적인 자리에 있는 서사시와의 관계 속에서 장편소설의 고유한 특징이 가장 선명하게 드러날 수 있다고 보았기 때문이다.

루카치에게 장편소설의 전형이 근대 자본주의 시대의 장편소설이라면 서사시의 전형은 호메로스의 서사시이다. 따라서 서사시의 역사적 미학적 규정은 호메로스의 서사시에 대한 분석을 근거로 하여 이루어진다. 호메로스의 서사시에서 루카치는 "씨족 집단의 원시적 통일성이 형식을 규정하는 사회적 내용으로 아직 생생하게 작용하고 있는"[70] 것을 본다. 호메로스 서사시의 형식을 규정하는 사회적 힘의 원천을 씨족 공동체에서 찾는 루카치의 견해가 사실에 부합하는 것인지 여부와는 별도로,[71] 여기에서 우리가 주목해야 할 것은 개인(영

69 Georg Lukács, "Referat über den 'Roman'", *Disput über den Roman. Beiträge zur Romantheorie aus der Sowjetunion 1919~1941*, 360쪽.

70 같은 곳.

71 「소설」에서 루카치는 호메로스의 시대를 "야만의 상위 단계"(64)라고 표현하기도 하는데, 이 표현은 미국의 인류학자 루이스 헨리 모건(Lewis Henry Morgan)이 『고대 사회(*Ancient Society*)』(1877)에서 사용한 규정으로, 루카치는 모건의 연구에 기반한 엥겔스의 『가족, 사유재산, 국가의 기원(*Der Ursprung der Familie, des Privateigenthums und des Staats: Im Anschluss an Lewis H. Morgan's Forschungen*)』(1884)에서 이를 인용하고 있다. 모건과 엥겔스에 따르면 고대 사회는 야생(Wildheit)에서 야만(Barbarei)을 거쳐

웅적 개인)이 자기가 속해 있는 사회(공동체)와 직접적 통일성 속에 있는 상태가 서사시의 내용과 형식에 각인된 **사회 역사적 토대**로 설정되고 있다는 점이다. 이 통일적 세계는 아직 사회적 분업이 상대적으로 부재하며, 계급 모순이 아직 발효되지 않은, 개인과 사회 간의 원시적 통일성(실체적 통일성)에 의해 주재되는 사회이다. 또한 본래 인간이 만들어냈던 것들이 그 인간적 연원을 지우고 독자적으로 되어 도리어 인간 삶을 지배하는 추상적인 사회적 힘들로 현상하고 작동하는 소외(Entfremdung)와 사물화(Verdinglichung)가 발생하기 이전 상태에 있는 사회로서, 그렇기 때문에 인간의 "진정한 개체적 총체성"(54)이 보존되고 "인간의 (…) 자립성과 자기활동성"(53)이 구현될 수 있었던 사회이다. 여기서 인간의 "개체적 총체성"은 "인간의 소질과 능력들의 조화"(4:299), "인격의 조화로운 완성"(4:300)을 뜻하는 것으로 이해할 수 있다면, 인간의 "자립성과 자기활동성"은 사물화와 소외, 자기소외로부터의 해방을 뜻하는 '자유' 및 '자유로운 활동성'과 통하는 것으로 이해해도 큰 무리는 없을 것이다. 루카치에 따르면 호메로스 서사시의 미적 원천은 바로 이러한 인간의 개체적 총체성, 자립성 및 자기활동성을 구체적이고 감각적으로 현시한 데에 있다. 마르크스주의자 루카치의 관점에서 그 후의 역사는, 호메로스의 서사시가 가장 전형적인 형태로 현시한 '포에지적인 세계상태'가 계급사

문명(Zivilisation)에 이르는데, 그중 야만의 시대는 야생의 시대와 마찬가지로 낮은 단계, 중간 단계, 높은 단계로 구분된다. 씨족적 사회 조직과 관련해 엥겔스는 그것이 야생의 중간 단계에서 발생해 야만의 낮은 단계에서 전성기에 다다랐다가 야만의 높은 단계(상위 단계)에서 그 기반이 허물어지며 문명기에 들어서면서 완전히 제거된다고 한다(MEW, 21:152).

회의 등장으로 빛이 바래가는 과정이기도 하다. 그 과정의 맨 끝에 "최후의 계급사회"[72]인 자본주의가 위치하는데, '포에지의 시대'를 대체한 이 '프로자의 시대'를 맞아 '예술의 종언'을 선포한 헤겔과는 달리, '프로자의 시대'의 절정인 근대 자본주의 사회 속에서 역설적이게도 '큰 서사문학'이 — 물론 서사시와는 전혀 다른 형식으로 — 다시 한 번 개화하게 된다는 것이 루카치의 독특한 주장이다.

루카치가 보기에 헤겔은 "장편소설과 부르주아 사회 사이의 깊은 연관관계를 인식"(55)하였지만 "자본주의 사회의 근본 모순, 곧 사회적 생산과 사적 전유의 모순"(54)도, "자본주의 발전의 진보성에 내재하는 모순"(55)도, 그리고 "역사가 그 부르주아 사회를 넘어서는 것"(55)도 구체적으로 인식할 수 없었다. '프로자의 시대'라는 그의 규정 자체에서 이미 알 수 있듯이 헤겔은 자본주의가 예술에 불리하다는 것을 파악했지만, 그러한 파악은 그의 관념론의 틀 내에서 "'정신'이 예술의 단계를 넘어서버렸다고 하는, 예술의 종말이라는 잘못된 이론으로 탈바꿈하고 만다"(55). 그리고 역사가 자본주의 사회를 넘어설 수 있다는 인식을 차단하는 그의 관념론적 목적론적 역사철학으로 인해, 그리하여 '역사의 완성'을 뜻하는 '역사의 종언'론으로 인해, "현실과의 반(反)낭만주의적 방식의 '화해'를 소설의 필연적 내실"(55)로 규정할 수밖에 없었다. 그럼으로써 헤겔은 "소설이 지닌 많은 중요한 문제와 가능성을 부주의하게 간과할 수밖에 없었다"(56)는 것이 루카치의 생각이다.

72 Georg Lukács, "Referat über den 'Roman'", *Disput über den Roman. Beiträge zur Romantheorie aus der Sowjetunion 1919~1941*, 360쪽.

루카치에게 자본주의가 발생하고 형성되는 과정은, 인간이 자연력의 속박을 극복하는 과정이고, 인간 상호 간의 관계가 "순수 사회적 관계"(2:361)로 전환되는 과정이자, "사회적 삶에서 지방적이고 고루한 중세적 질곡을 타파"(4:300)하고 생산과 사회를 혁명적으로 변화시켜나간 과정으로서, 호메로스 시대의 원시성에 비하면 "절대적인 진보"(54)이지만 "그것은 동시에, 그리고 그 진보와 불가분리하게, 인간의 퇴락(Degradation des Menschen)이자 포에지의 프로자로의 퇴락"(54)이 진행되는 과정이기도 하다. 전체로서의 인간 능력을 더욱더 풍부하게 만들지만 동시에 개별 인간을 일면적이고 편협하게 만들며 파편화시키는 자본주의적 분업과 자본주의 사회 특유의 사물화에서 비롯되는 "인간의 퇴락" 경향은 루카치가 호메로스 서사시에서 생생하게 표현되고 있다고 본 인간의 "진정한 개체적 총체성", 인간의 "자립성과 자기활동성"과는 정반대의 방향에 있는 것으로서, 사회의 자본주의화가 증대할수록 심화되고 강화되어간다. 하지만 아무리 그렇게 된다 하더라도 "진정한 개체적 총체성과 생생한 자립성에 대한 관심과 욕구"(54)가 완전히 사라지는 일은 없다고 하는데, 「소설」에서 피력되는 루카치의 이러한 입장은 헤겔의 생각을 별도의 해석이나 특별한 보완 없이 받아들인 것이다. 「소설」에서 정확한 출전을 밝히지 않은 채 인용하고 있는 헤겔의 관련 문장은 다음과 같다.

> 그러나 우리가 완성된 부르주아적 정치적 삶에서 그 상태의 본질과 발전을 아주 유익하고 이성적인 것으로 인정한다 하더라도, 그러한 진정한 개체적 총체성과 생생한 자립성에 대한 관심과 욕구는 결코 우리를 떠나지 않을 것이며 떠날 수 없을 것이다(54).

헤겔에 따라 루카치는 그러한 욕구를 어떠한 상황에서도 결코 근절될 수 없는 **인간의 근원적 욕구**로 설정한다. 이것은 『소설의 이론』에서 "존재의 총체성"이 부재하는 시대에 예술 형식을 낳는 궁극적인 근거로 설정된, "큼[大]과 펼침과 온전함이라는 영혼의 내적 요구들"[73] 또는 『역사와 계급의식』에서 사물화에 맞선 저항의 최후 보루로 설정된 "노동자의 인간적 영혼적 본질"(2:356)과 상통하는 것이다. 그렇다면 당장 드는 의문은, 이러한 근원적 욕구의 설정은 마르크스주의의 역사 유물론적 관점과 충돌하지 않는가 하는 점이다. 루카치의 「소설」과 이를 둘러싼 토론('소설론의 몇 가지 문제')을 고찰하고 있는 한 글에서 동독의 연구자 페터 케슬러(Peter Keßler)는 그러한 '충돌'을 확인하고 있는데, 그는 루카치의 전반적인 미학적 견해들과 소설미학은 "'자기(Selbst)'와 현실성의 우위 사이에서 벌어지는 줄타기"에 근거하고 있다고 하면서[74] 이 '자기' 개념에서 루카치의 마르크스주의 문학론에 함유된 '이상성(Idealität)'을 본다. 그리하여 그는 "루카치의 시각"은 "역사적 현실성과 이상성 사이에서 흔들리"[75]고 있다고 평가하며, 그 "이상성"을 "루카치의 역사 및 예술 구상에 스며들어 있는,

73 게오르크 루카치, 『소설의 이론』, 29쪽. 2007년 번역서에서는 "Größe"를 "위대성"으로 옮겼는데 이를 "큼"으로 바꾸며, "전체성"으로 옮겼던 "Ganzheit"는 "온전함"으로 고쳐 옮겼음을 밝혀둔다.

74 페터 케슬러, 「역사 유물론적 소설 장르론을 위한 입지 모색」, 『소설을 생각한다』, 비평동인회 크리티카 엮음, 120쪽. 인용 표시가 된 부분의 문구는 케슬러가 동독판 『미적인 것의 고위성』의 해제로 쓰인 귄터 레만의 글에서 가져온 것이다. 인용한 곳은 Günter K. Lehmann, "Ästhetik im Streben nach Vollendung", Georg Lukacs, *Die Eigenart des Ästhetischen*. Bd. 2, Berlin·Weimar: Aufbau, 1981, 872쪽.

75 페터 케슬러, 「역사 유물론적 소설 장르론을 위한 입지 모색」, 『소설을 생각한다』, 비평동인회 크리티카 엮음, 131쪽.

유물론적으로 완전히 '개조되지' 않은, 헤겔로 소급되는 관념론적 요소"[76]로 파악한다. 소설 미학을 위시한 루카치의 전반적인 미학적 견해에 대한 이와 유사한 방식의 비판은 「소설」이 발표될 당시에 조직되었던 토론에서도 이미 제기된 바 있으며 그 후로도 여러 논자들에 의해 반복적으로 이루어져왔다.

그런데 「소설」의 루카치는 우리가 '인간의 근원적 요구'라고 정식화한 것을, 인간의 탄생이 그러하듯이 기나긴 역사적 과정 속에서 생성된 것이며, 그렇게 생성된 이후에는 인간이 인간으로서 존재하는 한, 지금까지의 인류사에 의해 형성된 인간이 근본적으로 다른 존재가 되지 않는 한, 거의 항구적인 것으로 보일 정도로, 그래서 '인간의 본성'으로까지 여겨질 수 있을 정도로 장기 지속하는 '실체적' 욕구로 작동하는 것이라고 생각하는 듯하다. 여기서 우리가 사용한 '실체적'이라는 표현은 후기 루카치의 논의에 의거한 것이다. 『사회적 존재의 존재론을 위하여』에서 그는 '실체(성)'를 '부동의 원동자(unmoved original mover)'처럼 '생성(Werden, 되기)'과 대립하는 것이 아니라 "변화 속에 있는 지속이라는 존재론적 원리"(13:613)로 이해한다. 즉 "생성의 과정에 대해 자기보존의 정적 고정적 관계로서 경직되고 배타적으로 대립해 있는 것이 아니라 과정 중에 있으며 과정 속에서 변하고, 스스로를 갱신하며 과정에 참여하지만 그 본질에 있어서 자신을 보전"(13:681)하는 역동적 연속성으로 이해한다. 후기 루카치가 분명하게 규정하고 있는 이러한 '실체(성)' 개념을 염두에 둔다면, 우리가 '인간의 근원적 욕구'와 관련된 것으로 해석한 중기 루카치의 논술이

76 같은 책, 132쪽.

꼭 비역사적인 관념론 혐의를 받아야 할 까닭은 없어 보인다. 루카치의 이론체계에서 인간의 그러한 근원적 욕구는 자본주의의 그때그때의 경제적 사회적 상황, 이데올로기적 상황에 따라 활성화되기도 했다가 때로는 거의 소멸한 듯 보일 정도로 약화되기도 하는 것이며, 또 계급과 집단에 따라서도 그 활력과 강도가 달라지는 것으로 설정된다. 이런 식으로 루카치의 사유 속에 단단히 자리잡고 있는 이 '인간의 근원적 욕구'는 그의 논의에서 장편소설을 포함한 예술 일반의 인간학적 토대이자 예술적 창조의 근본적인 동력으로 위치한다. 루카치의 문학예술론에서 "인간적 실체의 파괴 불가능성"[77]을 전제로 한 휴머니즘이 예술의 본래적 속성으로 설정되는 것도 이런 맥락에서 이해할 수 있다.

그렇다면 이제 문제는 왜, 어떻게 이러한 인간의 근원적 욕구가 부르주아 사회의 태동과 함께 근대 장편소설이라는 문학 형식을 낳을 수 있었는가 하는 점이다. 먼저 루카치가 주목하는 것은 큰 서사문학 형식이 본격적으로 성립 가능한 사회적 조건이 자본주의 사회와 더불어 다시 마련되었다는 사실이다. 루카치에 따르면 "자본주의 사회는 역사상 처음으로 인간들의 전체 삶을 포괄하는 상호 간의 전면적 결합을 위한 경제적 기초를 창출한다(사회적 생산)"(66). 즉 자본주의는

77 Nicolas Tertulian, "Die Lukácssche Ästhetik. Ihre Ktitiker, Ihre Gegner", *Zur späten Ästhetik von Georg Lukács. Beiträge des Symposiums vom 25. bis 27. März 1987 in Bremen*, Gerhard Pasternack 엮음, 38쪽. 참고로 덧붙이자면, 테르툴리안은 루카치와 아도르노 사이에 존재하는 대립의 뿌리를 바로 이 "인간적 실체의 파괴 불가능성"에 대한 입장 차이에서 찾는다. 아도르노에게 그것은 인정될 수 없는 것이었다. 현대 자본주의 사회의 억압과 소외 및 이에 대한 저항과 관련하여 양자의 입장이 부딪치는 지점에 관한 테르툴리안의 설명은 36~39쪽을 참고하라.

중세의 지방적 국지적 폐쇄성을 타파하면서 "적어도 그 경향상, 하나의 통일적인 경제 과정에 종속되는"(2:266) 하나의 전체적 사회를 형성한다. 이로써 개인들의 운명을 매개로 사회적 총체성을 형상화하는 큰 서사문학 형식이 꽃필 수 있는 사회적 조건이 마련된 것이다.[78] 하지만 역사적으로 형성된 이러한 사회적 조건 자체는 예술 일반, 따라서 큰 서사문학이 개화하기에 불리한 조건이기도 하다. 앞서 말했다시피 자본주의적 진보의 모순성으로 인해 자본주의 사회에서는 인간의 "자립성과 자기활동성"이 개진될 여지가 중세에 비해 획기적으로 넓어지고 그에 대한 욕구가 크게 활성화된 시기에도 이미 "인간의 퇴락" 경향이 작동하며, 사회의 자본주의화가 증대될수록 그 경향은 강화될 수밖에 없다. 하지만 해체되어가는 중세의 품안에서 태동하여 발생·형성 중에 있던 자본주의에서는 그러한 경향의 부정성이 전면화되지 않았을 뿐 아니라, 중세의 질곡에서 인간을 해방시키는 데 복무한 부르주아 이데올로기도 아직 편협한 계급 이데올로기로 '순수화'·협소화되지 않았다. 신생의 부르주아 이데올로기는 "인류의 보편적 해방의 파토스"(75)를 포함하고 있는, 따라서 단순히 반(反)봉건

78 여기에서 우리는 당시 루카치의 문학이론적 사유에서 장편소설이 준거하는 사회적 지리적 기본 단위가 '국민국가'로 설정되어 있음을 엿볼 수 있다. 그렇다고 해서 중기 루카치가 자본주의는 태생적으로 국민국가적 한계를 벗어난다는 것을, 즉 '세계화'된다는 것을 간과하고 있었던 것은 아니다. 루카치는 자본주의가 "세계시장을 형성"하며, "이를 통해 세계경제 전체는 객관적으로 연관되어 있는 하나의 전체가 된다"는 것을 알고 있을 뿐만 아니라 이를 "자본주의의 역사적으로 진보적인 결정적 역할"로 인정하고 있다(4:316). 하지만 그러한 경제적 총체성의 포괄성과 밀집도가 증대함으로써 장악적인 것(das Übergreifende)으로서 작동하는 세계적인(global) 사회적 총체성은 아직 도래하지 않은 시대의 큰 서사문학으로서의 장편소설이 중기 루카치의 논의 대상이었다고 보는 것이 합당할 것이다.

적일 뿐 아니라 발생·형성 중인 자본주의와 자기 계급에 대한 비판과 자기비판, 심지어 공상적 사회주의에까지 이르는 반(反)자본주의적 내실도 포괄하고 있는 복합적이고 중층적인 것이었다. 근대 장편소설은 바로 이런 부르주아 이데올로기의 한 형태로,[79] 그것도 본래적으로 반자본주의적 휴머니즘적 경향성을 지닌 예술의 한 형식으로 태어났다. 그도 그럴 것이 루카치의 이론체계에서 인간의 "개체적 총체성" 및 "자립성과 자기활동성"에 대한 욕구가 예술적 창조의 근본적 동력으로 설정되어 있는 이상 예술은 본원적으로 반자본주의적 휴머니즘적 지향성을 가진 것이 된다.

1945년에 집필한 「마르크스-엥겔스의 미학 저술 입문」에서 루카치는 휴머니티 및 이와 결부된 휴머니즘이 모든 문학과 예술의 본질에 속한다고 한다.

> 그런데 휴머니티는, 다시 말해 인간의 인간적 성질에 대한 열정적 연구는 모든 문학, 모든 예술의 본질에 속한다. 이와 밀접히 연관된 것으로서, 모든 좋은 예술, 모든 좋은 문학은 인간을, 인간의 인간적 성질의 진정한 본질을 열정적으로 연구할 뿐만 아니라 인간의 인간적 온전성을 공격하고

79 루카치에게 이데올로기 개념은 '허위의식'과 같은 부정적 개념과 등치되는 것이 아니다. 루카치가 이해하는 이데올로기 일반 개념은 『정치경제학 비판을 위하여』 「서문」에서 마르크스가 "인간들이 그 안에서 이러한 갈등[사회적 존재의 토대로부터 생겨나는 갈등]을 의식하게 되고 그것과 싸워내는 법률적 정치적 종교적 예술적 또는 철학적인, 한마디로 이데올로기적인 형태들"(MEW, 13:9)이라고 했을 때의 그것이다. 루카치의 문학비평 역시 이데올로기의 한 형태로서 작용하는데, 따라서 그것은 좁은 의미에서의 '이데올로기 비판'에 국한되지 않고 스스로 긍정적인 가치들—궁극적으로 공산주의로 정향된 가치들—을 적극적으로 개진하는바, 이런 점에서 그를 단순한 학자가 아니라 '이데올로그'라고 할 수 있다.

깎아내리며 왜곡하는 모든 경향들에 맞서 그것을 옹호하는 점에서도 휴머니즘적이다(10:213).

이러한 "휴머니티 원칙"(10:214) 및 "휴머니즘 원칙"(10:213)을 문학과 예술의 본질로 설정하는 루카치에게 자본주의는 그 근본 경향이 예술에 적대적인 사회이다. 그도 그럴 것이 자본주의에서는 그 특유의 "사물화"로 "인간 존재의 근본 범주들이 전도"(10:213)되어 현상함으로써 "인간의 인간적 성질의 진정한 본질"이 은폐되며, 자본주의적 분업은 "인간을 파편화하고 구체적 총체성을 추상적 전문성들로 파편화"(10:214)한다. 이런 사회에서 진정한 예술가는, "개인적으로 이 점을 어느 정도까지 의식하고 창작하느냐와는 무관하게 휴머니즘 원칙에 대한 그런 유의 왜곡에 대해 본능적인 적"(10:213)일 수밖에 없다. "진정한 예술가라면 누구나—자신이 알든 모르든—인간을 형상화하는 작가로서 풍부하고도 폭넓게 개발된 인간들을 제시하려는 자신의 충동에 따르기 때문에 그 결과 필연적으로 자본주의 체제의 적대자일 수밖에 없다"(4:309).

그런데 이러한 예술로서의 장편소설이 뿌리를 둔 사회적 토대는 서사시의 그것과는 정반대의 메커니즘을 가진 것이어서, 근대 장편소설은 근대 자본주의 시대에 따른 그 자체만의 고유한 특징을 지닐 뿐만 아니라 큰 서사문학으로서 서사시와 공유하는 공통성마저도 서사시와는 전혀 다른 방식으로 구현할 수밖에 없다.

루카치에 따르면 사적인 것과 공적인 것, 개별적인 것과 보편적인 것이 통일되어 있는 원시적 공동체 사회에 뿌리를 두고 있는 호메로스의 서사시에서는 주인공들이 "사회 전체를 직접 대표함으로써 전형적"(65)이 될 수 있었다. 이에 반해 근대 장편소설은 "최후의 계급 사회"의 태동과 함께 발생한 문학 형식이다. 「소설」의 루카치에 따르면 계급사회인 자본주의에서 개인들의 성격과 행동은 전체 사회가 아니라 그 사회 내에서 "**투쟁하는 계급들 중의 한 계급**만을 대표할 수 있고, 또 그럼으로써 전형적으로 될 수 있다"(65, 강조는 루카치).[80] 이런 사회의 총체성이란 더 이상 동질적인 전체가 아니라 대립물들이 모순적·역동적으로 통일되어 있는 것인데, 문제는 이 "원칙적 대립물들이 원칙적으로 분명하게 서로 마주해 있는 상황이 부르주아적 일상현실에서는 생겨나지 않"(67)을 뿐만 아니라, 상호 적대적으로 연관되어 있는 본질적인 경향들로서의 사회적 힘들이 사물화로 인해 "추상적이고 비인격적"으로 "현상"(67)한다는 것이다. 따라서 프리드리히 실러가 말한 의미에서 '소박 문학'인 고대의 서사시와 달리 근대 장편소설은 작가들에게 일상적 경험과 현상의 피막을 뚫고 하강하여 그러한 경험과 현상보다 더 오래 지속하며 그것들을 발생시키거나 가능하게 만드는 심층의 사회적 연관관계들을 파악하는 인식 능력을 요구한다. 물론 여기서 요구되는 인식은 사회과학적 의미에서의 인

80 여기에서 우리는 1930년대 전반기까지 루카치가 견지했던 계급주의적 관점을 확인할 수 있다. 그런데 개인과 사회의 관계는 개인과 그가 속한 계급의 관계를 '장악적인 것'으로 포함하지만 그것으로 환원되지 않는다. 마르크스가 「포이어바흐에 관한 테제(Thesen über Feuerbach)」에서 "인간의 본질은 그 현실에 있어 사회적 관계들의 앙상블"이라고 했을 때 그 "사회적 관계들"은 계급적 관계로 환원될 수 없다. 이렇게 환원할 때 「소설」에서처럼 전형 개념도 계급적 전형으로 단순화되고 만다. 1930년대 중후반을 거치면서 루카치의 계급주의적 관점은 수정되어나간다. 그 과정에서 그는 변증법의 기본 명제를 '대립물들의 통일'이 아니라 '동일성과 비동일성의 동일성'으로 파악한 헤겔의 통찰을 적극 수용한다. 1950년대 중반 이후의 텍스트 여러 곳에서 표명되는 이러한 입장에 따르면 사회적 총체성도 적대적 계급들의 모순적 통일성으로 환원되지 않는, '동일성과 비동일성의 동일성' 차원에서 파악되어야 할 것이다.

식, 고도로 의식적인 이론적 인식을 뜻하지 않는다. 의식적으로든 직접적·직관적으로든 장편소설의 창작 과정에서 이루어지고 작품에서 구현된 인식이 문제일 뿐이다. 루카치는 예술적 인식의 이러한 성격을 분명히 하기 위해 "추상적 과학적 사회 분석의 의미에서"의 인식이 아니라 "형상화하는 예술가로서"의 앎, "창조적인 리얼리스트의 의미에서"(4:321)의 인식이라고 지적하고 있다. 「소설」에 나오는—국역본에서는 "창조적으로 인식하는 것"(63)이라고 옮겨져 있는—"창조적 인식(die schöpferische Erkenntnis)"이라는 표현도 그런 것이다.

그런데 큰 서사문학은 특정 사회의 본질적 규정들, 본질적 연관관계들을 개인들을 매개로, 즉 "개인들의 운명에 의거해, 개개인의 행동과 고난을 통해"(64) 감성적으로 가시화할 것을 요구받는 문학 형식이다. 여기서 결정적으로 중요해지는 것이 '행위(Handlung)'이다. 사회 및 인간에 대한 통찰과 인식이 아무리 깊고 포괄적이라 하더라도, 그리고 그러한 인식의 표현으로서의 묘사(Beschreibung)가 아무리 섬세하고 치밀하다 하더라도, 그것들이 작중인물이 펼치는 행위의 불가결한 계기가 되지 않는다면 추상적으로 머물러 있게 되고 문학적 "흥미(Interesse)"[81]를 키우지 않는다는 것이 루카치의 생각이다. 인

81 루카치는 "인간이 문학에서 느끼는 흥미의 가장 깊은 근거 중 하나"는 작품에서 그려지는 "인간적 실천의 풍부함과 다채로움, 변화무쌍함과 다양함"에 있다고 한다. 그런데 '관찰자적 태도'로 '묘사'를 기본적인 현시 방식으로 삼고 있는 '1848년 이후 시기' 소설들에서는 '행위'가 약화되는 가운데 인간의 내면적 삶과 실천의 상호관계를 배제하는 정도가 점점 더 심해지고, 이에 따라 "단조로움과 지루함이 더해간다"는 것이 「서사냐 묘사냐?」에서 루카치가 현대의 "공식적인 위대한 문학"에 대해 내리고 있는 진단이다(4:211). 이렇게 보면 루카치는 의무감이나 연구를 위해 읽어야 하는 현대의 고전적 소설들과는 달리, 자본주의적 일상의 직접성에 사로잡힌 인간의 의식을 '탈(脫)사물화'한다는 점에서 '혁명적'이고 문학적 재미를 느끼게 한다는 점에서 '대중적'

식은, 그것이 '창조적 인식'이라 하더라도 "본래적인 문학적 원리를 위한, **행위**의 고안과 완성을 위한 전제조건일 뿐이다"(63, 강조는 루카치).

그런데 — 인식과 행위에 관한 — 루카치의 이런 서술은 자칫 오해를 불러일으킬 수 있다. 마치 사회의 본질적 규정들에 대한 인식이 이루어지고 난 뒤 이렇게 파악된 내용에 적합한 장치 내지 형식(여기에서는 '행위' 또는 그 행위의 연속으로 구성되는, 독일어로는 마찬가지로 Handlung인 '줄거리')이 부여되는 순차적 과정을 말하는 것으로 읽힐 수 있는 것이다. 하지만 바로 위에서 말했다시피 루카치에게 문제는 언제나 작품에서 구현된 인식, 창작 과정에서 이룩된 인식이지 작품 이전에 작가가 지니고 있는 사상이나 인식이 아니다. 이렇게 작품에서 구현된 인식 내용은 모든 예술작품에서 그러하듯이 언제나 형식과 통일되어 있다. 따라서 "**행위**의 고안과 완성을 위한 전제조건"으로서의 '인식'이라는 루카치의 말은 양자의 관계를 시간적 순서가 아니라 논리적 관계에 따라 설명한 것으로 봐야 한다(이와 관련해서는 본서 제5장 「루카치의 '리얼리즘의 승리론'」 5절에서 상세히 다루었다).

앞에서 우리는 한 사회의 본질적 규정들, 본질적 연관관계들에 대한 깊고 포괄적인 인식이 작중인물이 펼치는 행위에 내속되어 있을 때 진정한 소설적 형상화가 이루어진다는 것이 루카치의 생각이라고 했다. 「소설」에서 루카치는 바로 이 행위의 서사적 형상화를 큰 서사문학, 즉 서사시와 장편소설의 공통의 형식적 원리로 설정하고 있

인 소설, 요컨대 — 「소설」에 나오는 표현을 빌리면 — "혁명적 대중성"(91)을 지닌 소설을 지향한다고 말할 수 있을 것이다.

다. 알다시피 서사시에서 행위의 중요성을 가장 먼저 강조한 사람은 아리스토텔레스이다. 일찍이 『시학』에서 그는 비극과 함께 서사시도 "행위하는 인간의 미메시스"의 한 방식으로 규정한 바 있다. 아리스토텔레스의 미메시스 개념을, 레닌의 반영론을 경유해 변증법적인 반영 개념으로 자기화한 '중기' 루카치는, 장편소설에서 행위가 중요한 것은 객관적 현실을 최대한 올바르게 문학적으로 반영해야 하는 필요성에서 나온 결과라고 한다(63). 어떤 사람이 사회 및 자연과 맺고 있는 실재적 관계는 그가 그렇다고 생각하는 것과 같다는 보장이 없다. 그는 그것을 알 수도 있고 모를 수도 있으며 그것에 대해 심히 잘못된 관념을 품고 있을 수도 있기 때문이다(여기서 루카치는 "그들은 그것을 모르지만 행한다"[82]는 마르크스의 말을 인용하고 있는데, 이 말은 나중에 『미적인 것의 고유성』의 모토가 되고, 사회적 존재론에서는 인간의 존재론적 근본사실로 설정된다). 따라서 사회와 자연에 대한 인간의 실재적 관계는 이에 대한 인간의 의식만이 아니라 그 의식의 토대를 이루고 있는 존재를 의식과의 변증법적인 관계 속에서 형상화할 때 제대로 드러날 수 있는데, 장편소설에서 그것이 가능한 유일한 길은 행위의 형상화라는 것이 루카치의 생각이다. 왜냐하면 "인간의 행위를 통해서만 그의 진정한 본질, 그의 의식의 진정한 형식과 진정한 내용

82 마르크스의 『자본(*Das Kapital*)』에 나오는 "Sie wissen das nicht, aber sie tun es"(MEW, 23:88)를 옮긴 것이다. 마르크스의 이 말은 원래 예수가 한 말을 살짝 바꾼 것인데, 십자가에 못 박힌 예수는 "아버지, 저들을 사하여 주옵소서 저희들이 하는 것을 알지 못하나이다"(『누가복음』, 23장 34절)라고 한다. 독일어 성서에는 이 말이 "Vater, vergib ihnen, denn sie wissen nicht, was sie tun!"으로 되어 있다. 참고로 『자본』 국역본은 이 문장을 "그들은 그것을 의식하지 못하면서 그렇게 행한다"로 옮기고 있다(『자본 I-1』, 강신준 옮김, 길, 2008, 137쪽).

이 그의 사회적 존재를 통해서 표현"(63/64)된다고 보기 때문이다. 장편소설의 형식에서 행위의 형상화를 이렇게 중심에 두기 때문에 루카치는 "작가의 문학적 상상력"을 인간의 "사회적 존재에서 전형적인 것이 행위를 통해 표현되는 플롯과 상황을 고안해내는"(64) 능력에 다름 아니라고 한다. 따라서 위대한 소설가란 사회에 대한 '창조적 인식'을 전제로 한 '문학적 상상력'을 통해 "자기 사회의 형상(Bild, 이미지)을 창조할 수 있"(64)는 작가를 말한다. 이렇게 보면 루카치의 중기 장편소설론에서 현실의 실상을 형상화하고 사회와 자연에 대한 인간의 실재적 관계를 형상화하는 길로서 제시된 '행위의 형상화'는, 『소설의 이론』에서 큰 서사문학으로서의 장편소설에 요구되는 '객관성'을 구현하기 위한 유일한 방도로서, "총체성을 창조하는 진정한 객관성의 유일하게 가능한 선험적 조건"[83]으로서 설정된 '반어(Ironie)'와 유사한 위치에 있으면서 그것을 대체하는 것으로 볼 수 있다. 루카치의 중기 장편소설론에서는 '반어'가 아니라 '행위'가 "소설의 형식 문제에서 핵심"(63)을 이루는 것이다. 이에 따라 이제 '반어'는 더 이상 소설의 "형식 원리"[84]로 일반화되는 것이 아니라 하나의 양식적 수단으로 이론적 위상이 조정된다.[85] 장편소설론에서의 이러한 변화는 "인간의 현존재에 있어서 대상화의, 실천의 (…) 우선성"이라는, 루카치가 마르크스의 『경제학-철학 수고』를 읽고 획득한 인식이 서

83 게오르크 루카치, 『소설의 이론』, 김경식 옮김, 108쪽.

84 같은 책, 85쪽.

85 이 점은 『소설의 이론』에서 이루어진 『빌헬름 마이스터의 수업시대』에 대한 루카치의 해석과, 같은 작품에 대한 중기 루카치의 다음 글을 비교해보면 확연히 알 수 있다. Georg Lukács, "Wilhelm Meisters Lehrjahre"(1936), *Georg Lukács Werke, Band 7. Deutsche Literatur in zwei Jahrhunderten*, Neuwied · Berlin: Luchterhand, 1964, 69~88쪽.

사문학론에 적용된 결과라고 할 수 있다.[86]

인물이 펼치는 행위를 서사적으로 형상화한다는 것은 대상세계를 자립적인 것이나 이미 완성된 '최종결과'로 대하고 이를 '관찰자'의 입장에서 '묘사(Beschreiben)'하는 것이 아니라, 인간 활동의 대상으로, 인간 활동과의 연관 속에서, 인간들과 인간 운명들 상호 간의 매개물로서 '서사(Erzählen)'한다는 것을 의미한다. 자본주의에서 인간적 연원을 지우고 '제2의 자연'으로 사물화된 대상세계는 인간들과의 관계 속에서 재맥락화됨으로써 더 이상 사물화된 결과로서가 아니라 사물화되는 과정 속에서 제시되며, 그런 식으로 인간 활동과 연관됨으로써 '유의미하게' 된다. 물론 장편소설적 서사에서 이렇게 달성되는 유의미성은 서사시에서의 그것과는 다르다. 주체와 대상세계가 단절 없이 조화롭게 통일되어 있는 서사시에서의 '긍정적 총체성'과는 달리, 자본주의의 '산문적 세계상태'가 궁극적인 물질적 조건으로 주어져 있는 장편소설에서 정작 분명하게 드러나는 것은 그러한 총체성을 가로막는 조건과 계기이며, 그것들에 의해 희생당하거나 그것들에 저항하는 인간의 운명이다. 그러한 저항이 최종적으로 실패할 수 밖에 없는 것이라 할지라도 그 저항 속에서 인간적 힘과 인간적 존엄이 빛을 발하며, 또한 패배를 통해서는 자본주의 사회에 의해 파괴되거나 부정당하는 '인간적 실체'가 고통스럽게 드러난다. 이런 식으로 근대 장편소설의 인물과 사물은 비로소 획득되어야 하는 '긍정적 총체성'에 대한 간극을 보여주는 부정적인 방식으로 '긍정적 총체성'을

86 인용한 곳은 Karin Brenner, *Theorie der Literaturgeschichte und Ästhetik bei Georg Lukács*, 191쪽.

환기시키며, 그것을 지향하는 인간의 근원적 욕구를 일깨우고 강화하는 기능을 한다. 이것이 자본주의 사회를 토대로 한 장편소설이 자본주의적 일상의 직접성에 사로잡힌 인간의 의식을 '탈(脫)사물화'하고 "인간의 퇴락" 경향에 저항하는 예술의 사명을 수행하는 기본적인 방식이라는 것이 루카치의 생각이다.

이상의 논의를 통해 우리는 앞에서 논의의 출발점으로 삼았던 루카치의 말, 즉 "모든 위대한 소설은—물론 모순적이고 역설적인 방식으로—서사시를 지향하며, 바로 이러한 시도와 그것의 필연적 좌절 속에 소설이 갖는 문학적 위대성의 원천이 있는바, 이 점에 서사시와 소설이 갖는 공통성의 실천적 의의가 있다"는 말이 뜻하는 바를 이해할 수 있게 되었다. "모든 위대한 장편소설은 (…) 서사시를 지향"한다는 말은 장편소설의 기준점을 서사시에 두고 있는 듯이 읽힐 수도 있으나, 이때 그 '기준점'이란 형식적 기준점이 아니라 그가 호메로스 서사시에서 소박하게 구현된 것으로 상정하는 인간의 자립성 및 자기활동성과 인간의 개체적 총체성, 요컨대 인간의 자율적 개체성에 대한 문학적·이념적 지향을 뜻하는 것이다. 이러한 지향은 예술에서는 처음부터 형식과 통일되어 있는데, 장편소설 형식은 서사시 형식과는 달리 이러한 지향을 "모순적이고 역설적인 방식"으로 구현하는바, 바로 이것이 장편소설의 고유한 형식을 이룬다. 그렇기 때문에 루카치의 논의는 장편소설의 형식 원리를 서사시의 형식 원리로 환원 내지 소급하는 것과는 거리가 멀다(이는 『소설의 이론』에서 루카치가 서사시의 '완전성' 내지 '완성'에 견주어서 장편소설의 '문제성', '미완성'을 말하지만 바로 그 '문제성' 자체가 장편소설의 형식적 고유성을 이룬다고 말하고 있는 것과 흡사하다).

루카치가 "모든 위대한 소설은 (…) 서사시를 지향"한다는 말로 표현한 그 문학적·이념적 지향은 그의 공산주의 전망[87]과 통일되어 있는 것이다. 루카치의 마르크스주의적 사상의 위대함은, "우리가 상상할 수 있는 거의 모든 주제와 거의 모든 장르"[88]를 다루면서 이러한 지향과 전망을 놀랍도록 일관되고 철저하게 관철시키고, 그 모든 곳에서 공산주의로 이어지는 사회적 인간적 힘들을 파악한 데에서 비롯한다. 문학비평과 미학을 포함한 루카치의 모든 이론적 작업은 이렇게 마르크스주의자(Marxist)로서 수행한 것이지, 전문적인 문학 연구자나 전문적인 마르크스 연구자(Marxologist)로서 수행한 것이 아니었다. 바로 이런 점이 수많은 평자들로 하여금 장편소설론을 포함한 그의 문학론에서 '이상주의적 성격'이나 '목적론적인 역사관'을 지적하게 만들었는데,[89] 그런 지적들은 루카치의 미학적 입장이 그들의 미학적 입장과는 근본적으로 다르다는 점을 보지 못한 데에서 연유하는 것이거나, 루카치의 그러한 미학적 입장 자체를, 경우에 따라서는 마르크스주의 자체를 이상주의적이고 목적론적인 역사관에 기반한 것으로 이해하고 부정하는 데에서 기인할 때가 많다. 물론 루카치의 그러한 미학적 입장이 실제비평이나 이론적 작업에서 도식적이거나 교조적이지 않으면서 얼마나 풍부하고 설득력 있게 관철되고 있는지는 루카치가 쓴 글들 각각에 따라 달리 평가되어야 할 문제이다.

87 이에 관해서는 본서 제7장 「후기 루카치와 장편소설론」 2절 중 "사회주의-공산주의" 부분을 참고하라.

88 마셜 버먼, 『맑스주의의 향연』, 문명식 옮김, 이후, 2001, 251쪽.

89 이와 관련해서는 본서 제5장 「루카치의 '리얼리즘의 승리론'」 5절 앞부분을 참고하라.

5. 장편소설 형식이 '해체'되는 두 가지 길

제6장 3절 마지막 부분에서 말했다시피 「소설」에서 루카치는 근대 장편소설의 발전 과정을 다섯 단계로, 즉 "발생기의 소설", "일상현실의 정복", "'정신적 동물왕국'의 포에지", "새로운 리얼리즘과 소설형식의 해체", "사회주의 리얼리즘의 전망"으로 구분해서 볼 것을 제안한다. 여기에서 근대 장편소설은 이미 탄생의 순간부터 자신에게 불리한 조건을 예술적으로 극복함으로써만 개화할 수 있는 장르로 설정되어 있다. 장편소설의 장르적 잠재력이 최대치로 발현되는 것을 가능케 한 근대 자본주의 사회 자체가 그 잠재력의 진정한 예술적 개화를 가로막는 작용을 한다. 이러한 사태를 루카치는 "자본주의의 예술적대성" 명제로 설명한 바 있는데, 이에 따르면 사회의 자본주의화가 증대할수록 예술—물론 루카치의 입장에서 봤을 때의 '진정한' 예술—에는 더욱더 불리한 조건이 조성된다.[90] 그 과정에서 '1848년'은 중서부 유럽문학사에서 결정적인 분기점을 이루는데, 루카치의 이론체계에서 중서부 유럽의 '1848년'은 혁명 와중에 파리에서 벌어진 '6월 전투'를 시발점으로 부르주아지와 프롤레타리아트 사이의 대립이 계급투쟁의 중심에 들어선 시점이자 자본주의가 자기구성을 끝내고 "'기성(旣成)'의 체제"(4:231)로 굳어진 시기로 자리매김된다. 이때부터 부르주아지의 보편주의는 '허위의식'으로서가 아니면 더 이상 지탱될 수 없게 되었으며, 지배이데올로기로 정착한 부르주아 이

90 루카치의 "자본주의의 예술적대성" 명제에 관해서는 김경식, 『루카치의 길: 문제적 개인에서 공산주의자로』, 134~147쪽을 참고하라.

데올로기는 체제 '변호론'('직접적 변호론'과 '간접적 변호론')으로 타락하기 시작, 바야흐로 '전반전인 쇠락기'로 접어든다.[91] 루카치의 문학사적 구도에서 이 '1848년'은 향후 서구문학의 주도적 경향이 되는 이른바 모더니즘 경향이 등장하기 시작한 시점으로서 의미를 지니는데, 「소설」에서는 이것이 "새로운 리얼리즘"(자연주의)[92]의 시발점으로 표현되고 있다. 장편소설과 관련해 루카치는 이 시기 이후 점차 강화되고 제국주의 시기에 이르러 더욱더 현저해진 자연주의적 모더니즘적 현상들을 총괄하여 "소설 형식의 해체"라는 표현을 사용하는데, 플로베르와 졸라에서 "장편소설 형식의 해체로 나아가는 기본 경향들이 (…) 처음으로 분명하게, 거의 고전적인 형태로 나타나기"(98) 시작하며, 프루스트와 조이스에서 "장편소설의 모든 내용과 모든 형식이 완전히 해체되기에 이른다"(100)고 한다. 비록 이것이 '전일적'인 것이 아니라 '지배적'인 경향으로서의 성격을 말하는 것이긴 하지만,[93] 현재의 입장에서 볼 때 그 표현 자체는 루카치의 중기 장편소설론에서

91 루카치의 이론체계에서 '1848년'이 갖는 의미에 관해서는 본서 제5장 「루카치의 '리얼리즘의 승리론'」의 3절에서 조금 더 자세히 다루었다.

92 「소설」에서는 "새로운 리얼리즘"으로, 「'소설'에 대한 보고」에서는 "자연주의"로 적고 있다. 이 자연주의와 모더니즘의 관계에 대해서는 본서 제5장 「루카치의 '리얼리즘의 승리론'」 4절에서 다루었다.

93 1930년대 초반까지의 계급주의적 관점에서 막 벗어나기 시작한 시점에 집필한 「소설」에서도 이미 루카치는 부르주아 문학 내에는 자기 계급의 사회적 예술적 쇠락의 "흐름을 거슬러" "장편소설의 위대한 전통을 생생히 보존하려는 영웅적 시도를 감행한 작가들[이] 항상 있다"(100)고 한다. 이러한 인식은 점점 강화되는데, 중기 루카치에서 후기 루카치로 넘어가는 과도기의 작품인 『비판적 리얼리즘의 현재적 의미』에서 루카치는 1848년 이후 시기(Post-1848) 리얼리즘 문학의 침체기를 역사적인 한 국면으로 상대화하고, 이어진 새 국면인 제국주의 시기에 이르러 "리얼리즘의 새로운 고양"(4:465)이 이루어졌음을 확인한다. 물론 리얼리즘의 이 새로운 고양을 '흐름을 거슬러' 이룩된 것으로 보는 점에서는 1930년대 중반의 인식에서 달라진 것이 없다.

작동하는 방법론의 문제점과 중기 루카치의 인식을 규정하고 있는 역사적 지평에 따른 문제점을 노정하는 것으로 보인다.

이 글 앞에서 우리는 루카치가 장편소설의 전형적 형태인 근대 유럽 장편소설에 대한 발생론적이고 구조론적인 미학적 분석을 통해 장편소설의 "전형적인 특징들"을 파악하려는 자신의 시도를 마르크스에 의거해 정당화하는 것을 보았다. 그런데 "소설 형식의 해체"라는 말은 루카치가 19세기 전반기 중서부 유럽의 장편소설에서 장편소설 구성의 기본 원리를 파악하고 이를 척도로 삼아 「소설」을 집필한 시점인 1930년대 중반까지의 장편소설 전체를 평가하고 있음을 은연중에 드러낸다. 상대적으로 독자적인 하나의 문학 형식으로서 장편소설이 지닌 잠재력을 최대치로 구현한 작품들로부터 획득한 미학적 기준들에 입각해, 그와는 다른 시공간에서 생성된 작품들과 현재 생산되고 있는 작품들을 이해하고 평가하는 방식은, 역사적 상대주의와 현재의 현상에 매몰되지 않는 장점을 지니지만 동시에 현재의 가능한 새로움에 더 많이 열린 관점을 필요로 한다. 그러지 못할 경우 그것은 부지불식간에 규범주의적인 입장으로 고착될 수 있으며, 그리하여 과거 특정 시기의 특정한 유형의 문학작품에 대한 해석으로서는 뛰어날 수 있으나 현재의 새로운 현상들에 대해서는 폐쇄적인 태도를 취할 위험이 있다. 이와 관련해 제임슨의 다음과 같은 지적은 어느 정도 설득력이 있다.

> 호의적인 현대성 이론가들에 비해 루카치가 우월한 점은 변별적이며 철저히 비교적인 사유양식에 있다. 그는 현대적 현상 내부에 위치하면서 그 근본적 가치들에 완전히 압도당하고 이 현상을 오직 그것의 눈으로만 볼

수 있는 사람과는 다르다. 그는 그것을 규정짓고, 하나의 역사적 계기로 서 그것의 경계를 확정하여 그것이 아닌 것들과 구분 지을 수 있다. 그러나 이런 비교는 바로 그 구조에서부터 언제나 과거의 항목 편에 선 판단을 함축하게 될 것이다.[94]

중기 루카치의 장편소설론이나 소설비평은 이러한 위험, 즉 "과거의 항목 편에 선 판단"의 위험에서 완전히 자유롭지는 못했는데, 그렇다고 해서 그가 과거의 특정 양식(Stil)을 규범으로 내세운 것은 아니었다. 오히려 특정한 사회적 역사적 시공간에서 제기된 중대한 문제들에 반응하는 작가의 특정 작품의 특정 양식의 근저에 놓여 있는, 그런 양식을 가능케 한 더 심층적인 원리의 차원에 있는 것이 그의 문학론에서 '규범'이라면 규범일 수 있다. 1930년대 초반의 그의 텍스트에서 자주 쓰였던 용어인 '창작 방법'도 그런 차원에 있는 것이었다. 그때의 '창작 방법'은 가령 1932년에 발표한 「르포르타주냐 형상화냐? 오트발트의 장편소설에 대한 비판적 논평(Reportage oder Gestaltung? Kritische Bemerkungen anläßlich des Romans von Ottwalt)」에서는 "전체 과정의 형상화"(4:44)로, 즉 직접적인 '사실'들에 사로잡히지 말고 그러한 사실들을 역동적인 전체 과정의 '계기'로 지양(Aufhebung) 또는 절합(節合, Gliederung)[95]해서 형상화할 것을 요구하

94 프레드릭 제임슨, 『맑스주의와 형식: 20세기의 변증법적 문학이론』, 여홍상·김영희 옮김, 238쪽.

95 '절합'이라는 말은 「서사냐 묘사냐?」에서 많이 등장하는데, "Das Erzählen gliedert, die Beschreibung nivelliert(서사는 절합하고, 묘사는 평평하게 만든다)"(4:214)라는 문장이 잘 알려져 있다. 여기서 "gliedern"을 "절합하다"로 옮겼는데, 원래 우리말에는 없는 '절합'이라는 말은 루이 알튀세르(Louis Althusser)의 주요한 용어인 articulation을

는 "전체 과정의 형상화"—다른 말로 하면 '총체성의 형상화'—로 제시되며, 1934년에 집필한 「예술과 객관적 진리(Kunst und objektive Wahrheit)」에서는 그러한 "창작 방법의 비밀"로서 "객관성"이 제시된다. 이때 그가 "객관성"이라는 말로 뜻한 것은 다음과 같다.

> 유산의 문제는 우리 작가들에게 한 시대에 대한 이 같은 적절한 형상화의 **근본 문제들**에 대한 생생한 직관을 제공하는 데 그 본질이 있다. 그도 그럴 것이 지난 시대의 위대한 작가들에게 배워야 할 것은 **이것**이지 그 어떤 기법적 형식적 외면이 아니다. 오늘날 그 누구도 셰익스피어나 발자크가 썼듯이 그렇게 쓸 수 없으며, 그렇게 써서도 안 된다. 중요한 것은 그들의 근본적인 창작 방법의 비밀을 간파하는 것이다. 이러한 비밀은 다름 아닌 객관성, 즉 시대를 그 본질적 특징들의 역동적인 연관관계 속에서 역동적이고 생생하게 반영하는 것, 내용과 형식의 통일, 객관적 현실의 가장 일반적인 연관관계들의 가장 집약적 반영으로서의 형식의 객관성이다(4:646, 강조는 루카치).

우리말로 옮길 때 쓰였고(이 용어를 '접합'으로 옮기는 번역자도 많다) 지금은 꽤 널리 사용되고 있다. articulation이라는 단어를 '분절과 결합의 동시적 수행'이라는 뜻을 가진 것으로 보고 '절합'이라는 신조어를 만든 것인데, articulation과 뜻이 같은 독일어 Gliederung은, 루카치가 「서사냐 묘사냐?」에서 주요하게 의존하고 있는 마르크스의 「정치경제학 비판 서론」에서 이미 주요 용어로 쓰이고 있다. 「서사냐 묘사냐?」의 영역본에서는 우리가 위에서 인용한 루카치의 문장을 "Narration establishes proportions, description merely levels(서사는 비율을 수립하고, 묘사는 그저 평평하게 만든다)"("Narrate or Describe?", Georg Lukács, *Writer and Critic, and Other Essays*, Arthur D. Kahn 편역, New York: The Universal Library, 1971, 127쪽)라고 심하게 의역함으로써, 「서사냐 묘사냐?」에서 여러 맥락에서 다양한 방식으로 사용되고 있는 gliedern/Gliederung의 뜻을 협소하게 만든다.

「소설」에서도 과거의 위대한 리얼리스트들을 배워야 할 '모범(Vorbild)'으로 내세우지만, '모범'을 설정한다고 해서 그것을 '모방'하라는 것은 전혀 아니다. 「소설」에서 루카치가 당시 사회주의 작가들에게 '모범'이 되는 과거 작가들로부터 배우고 자기화하기를 권하는 것은, 그들의 양식이나 기법적 형식적 외면이 아니라 "문제 제기와 해결책의 대담함과 엄격함"(107)이다.

이처럼 루카치가 과거의 위대한 작품들을 토대로 일반화한 미학적 기준들은 창작을 위한 어떤 '처방' 같은 것이 아니며 규범주의적인 의미에서의 규범과도 거리가 먼, 폭넓은 해석과 다양한 방식의 자기화를 가능케 하는 것이지만, 그럼에도 불구하고 그 기준들이 과거의 작품들을 토대로 수립된 이상 "과거의 항목 편에 선 판단"에 빠질 — 또는 그렇게 보일 — 위험성은 상존한다. 루카치는 그의 문학 연구 방법론의 구조에서 비롯하는 이러한 위험성을 점점 더 분명하게 의식하게 되는데, 후기에 이르면 이러한 위험성을 불식하는 이론적 입장을 언명한다. 후기 미학인 『미적인 것의 고유성』에서 그는 "진정한 예술작품"만이 "생산적인 역사적 일반화나 미학적 일반화의 토대가 될 수 있다"(11:620)고 하는데, 이는 중기 루카치의 입장과 다르지 않다. 그런데 여기서 그는 "진정한 예술작품"이란 "미적 법칙들을 확장함과 동시에 심화함으로써 미적 법칙들을 실현"(11:620)하는 작품이라고 말한다. 독일어판 『게오르크 루카치 저작집』 제6권 「서문」(1964년 12월)에서도 "모든 위대한 예술작품은 자기 장르의 법칙들을 실현함과 동시에 확장한다"(6:7)고 하는데, 이 문장에서 방점이 장르 법칙들의 '실현' 자체에 놓이는 것이 아니라 그 실현은 법칙들의 '확장'을 통해 이루어진다는 데 놓인다면, 이론은 더 많은 역사화를 필요로 하게 되며, 과거의 특정 시기에 산출된 작품들에 경사되어 있는 미학적 기준은 언제나 새로움에 열려 있기를 요구받게 된다. 그도 그럴 것이 그러한 기준이 고착되면 '확장'의 진정한 의미를 포괄할 수 없기 때문이다. 미적 장르적 법칙들의 '확장'을 통해 그 법칙들을 '실현'하는 작품만이 진정한 예술작품이라고 보는 입장은, 중기 루카치의 역사적 체계적 방법의 연장선상에서 강조점의 위치가 살짝 바뀐 것에 지나지 않는 것으로 보이지만, 그 '약간의' 변화는 역사적 과정 속에서 변해가는, 그때그때마다의 현재에 산출되는 문학적 현상들에 대해 훨씬 더 개방적인 태도를 요구하는 것이다. 다음 장에서 다룰 루카치의 후기 장편소설론에서 우리는 이론적 인식의 '사후적(post festum)' 성격에 대한 강조와 함께 이루어지는 이러한 '약간의' 변화가 낳은 적지 않은 효과를 확인할 수 있을 것이다.

「소설」에서 사용되는 "소설 형식의 해체"라는 말은—비록 이 표현 자체는 『소설의 이론』에서부터 후기 미학에 이르기까지 널리 사용되고 있지만—또 다른 문제점, 즉 1930년대 중반 루카치의 인식을 규정하고 있는 역사적 지평에 따른 문제점을 노정한다. 여기에서 문제가 되는 것은 이론의 역사성인데, 지금 우리가 살아가고 있는 자본주의의 메커니즘을 형성기 영국 자본주의에 대한 분석에서 획득된 인식만으로 규명할 수 있다고 생각하는 사람은 없을 것이다. 이와 마찬가지로 19세기 전반기의 장편소설에서 그 이후 백오십여 년도 더 넘게 지속된 장편소설의 역사를 온전히 해석하고 평가할 수 있는 척도를 확정할 수 있다고 생각하는 것은 합리적이지 않다. 앞서 우리는 「소설」을 집필할 당시 루카치가 자신의 연구는 자본주의를 고찰한 마르크스의 작업과 마찬가지로 "역사적 체계적 연구"임을 주장하면서 마르크스가 자본주의의 메커니즘을 규명하기 위해 "자본주의의 가장 전형적인 고전적 형태"로서의 영국 자본주의를 분석했음을 상기시키는 것을 보았다. 그러했던 루카치가 후기 텍스트인『사회적 존재의 존재론을 위하여』에서는 자본주의 발전과 관련하여 "그 고전적 장소가 지금까지는 영국이다"라는 마르크스의 말에 주목한다(13:646). 여기서 그는 "지금까지는(bis jetzt)"이라는 제한은 "어떤 경제적 발전 국면의 고전성은 순전히 역사적인 성격임을 지적하는"(13:646) 것이라고 하면서 고전성(전형성) 범주의 역사성을 분명히 한다. 그 연장선상에서 그는 "따라서 마르크스가 과거와 현재의 영국의 발전을 고전적인 것으로 규정한 것은, 우리에게는 가령 오늘날 미국의 형태를 고전적인 것으로 인정할 권리가 있음을 결코 배제하지 않는다"(13:647)고 한다. 이러한 인식은 장편소설에 대한 고찰에도 적용되어야 할 것이다(우리는 루카치의 후기 텍스트인「솔제니친의 장편소설들」에서 실제로 루카치 자신이 '중기 장편소설론'에서 개진한 이론적 인식들을 상대화하는 것을 확인할 수 있는데, 이에 관해서는 본서 제7장에서 살펴볼 것이다).

우리는 1930년대 중반의 루카치가 서 있었던 자리를 지나간 역사의 한 단계로 상대화할 수 있을 만큼 멀리 왔다. 그 당시의 루카치에게는 제국주의라는 최후의 단계에 도달한 자본주의와 이미 이를 극복해가는 도정에 있는 새로운 사회로서 사회주의가 분명한 형태로 주어져 있었다. 그것이 당시 루카치의 이론적 시야를 규정한 역사적 지평이었으며, 그 지평 안에서 그는 19세기 전반기까지의 장편소설에서 장편소설 일반에 적용되는 형식 원리를 규정할 수 있었다. 그가 "소설 형식의 해체"를 말했을 때 "해체"되는 것은 그 형식 원리였으며, 이때 그는 그 형식 원리의 '확장'보다는 '실현' 쪽에 기운 입장에서 장편소설의 역사를 개관했다.

비단 루카치의 이론만이 아니라 다른 모든 이론도 그런 식으로 주어진 역사적 지평에서 규정된 인식을 산출한다. 따라서 좋은 이론은 자신이 산출해낸 인식의 역사성에 대한 인정과 역사를 향해 스스로를 개방할 수 있는 능력을 자체 내에 원리적으로 포함하고 있어야 한다. 이런 점에서 보면 루카치가 중기 장편소설론에서 구사한 역사적 체계적 방법 자체는 실제 작동된 그 양상이 어떠하든 간에 그의 장편소설론이 좋은 이론이 될 수 있게 하는 핵심적 요소이다. 단, 앞에서도 말했다시피 중기 장편소설론보다는 역사의 흐름에 더 개방적이어야 하는데, 인식의 사후적 성격에 대한 분명한 자각, 그리고 이론적 파악은 언제나 '규정'이지 '결정'이 아니라는 원칙을 이론적 작업에서 철저하게 관철시킬 때 그럴 수 있을 것이다. "규정의 방법(Methode der Bestimmungen)"에 대한 명시적 정식화는 『미적인 것의 고유성』에서 이루어지지만 유물론적이고 역사주의적인[96] 토대 위에 있는 역사적 체

96 여기서 "역사주의(Historismus)"는 모든 존재를 역사적 과정으로 파악하며 이론이란 그러한 과정으로서의 현실 자체의 사상적 표현이라는 주장을 뜻하는 말로 사용했다. 「삶으로서의 사유」에서 루카치가 1930년대에 들어와 "『역사와 계급의식』에 관해 다시 한 번 더 숙고"한 "결과: 거기에서 중요한 것은 반(反)유물론이 아니라 마르크스주의의 역사주의를 끝까지 밀고가기, 그럼으로써 궁극적으로 철학으로서의 마르크스주의의 보편성[이라는 입장에 도달]"이라고 적었을 때의 그 "역사주의"와 같은 의미로 썼다. 인용한 곳은 「삶으로서의 사유」, 『삶으로서의 사유: 루카치의 자전적 기록들』, 349쪽. 이러한 '역사주의'는 일반적인 이론적 명제의 타당성은 특수한 역사적 조건에 따라 상대화된다는 주장을 뜻하는 '역사적 상대주의'와는 다른 것이다. 이론이 역사적 조건의 산물이라는 주장이, 이론의 타당성이 전적으로 그 발생 조건에 의존한다는 주장을 함축하는 것은 아니기 때문이다. 체코의 철학자 카렐 코지크(Karel Kosik)는 이 둘을 구분하여 전자를 'Historismus'로, 후자를 'Historizismus'로 표기했고, 우리말 번역자는 이를 '역사주의'와 '역사적 상대주의'로 옮겼다. 이와 관련해서는 카렐 코지크, 『구체성의 변증법』, 박정호 옮김, 거름, 1984, 114쪽 이하 참조.

계적 방법 자체는 이미 “규정의 방법”을 포함한다. 루카치의 용어 체계에서 ‘규정’은 ‘결정(정의)’과 대비되는 말이다. 외연적으로 내포적으로 무한한 대상에 비하면 필연적으로 부분적일 수밖에 없는 사유의 산물을, 최종적인 것인 양 고정시키는 것이 “결정의 방법(Methode der Definitionen)”이라면, 사고에 의한 파악은 항상 불완전하며, 따라서 언제나 잠정적이고 보완을 필요로 하는 것임을 자인하는 것이 “규정의 방법”이다(11:30). 이러한 “규정의 방법”은 어떠한 이론적 인식이든 언제나 과정적인 것이며 역사의 과정에 열려 있는 것, 아니 열려 있어야 하는 것임을 함의한다. 루카치의 장편소설론이 유물론의 바탕 위에서 수립된 역사적 체계적 방법에 충실한 한 “규정의 방법”은 필연적인 것이다.

지금까지 우리는 「소설」에서 루카치가 제국주의 시기 부르주아 문학에서 진행되는 것으로 파악한 “소설 형식의 해체”와 관련된 문제들을 살펴보았는데, 「소설」에는 이와는 또 다른 의미에서 이루어지는 “소설 형식의 해체”가 제시되고 있다. 단 이때의 “해체”는 좁은 의미에서의 ‘해체’가 아니라 ‘이행’의 뜻을 포함하는 ‘해체’인데, 우리가 “해체”로 옮긴 독일어 “Auflösung” 자체가 원래 해체, 해산 등의 뜻뿐 아니라 음악에서 불협화음을 협화음으로 ‘이행’시킨다는 뜻도 가지고 있는 단어이다. 「소설」에는 프롤레타리아 장편소설에서 사회주의 리얼리즘 장편소설로 이어지는 또 다른 소설의 발전 과정이 제시되고 있는데, 이 또한 소설 형식이 ‘해체’되는 길로 볼 수 있을 것이다.

루카치, 더 정확히 말하면 「소설」을 집필하던 당시의 루카치에 따르면 부르주아 이데올로기의 몰락기는 다른 한편으로는 프롤레타리아계급의 “계급의식이 혁명적으로 계발되는”(101) 시기이기도 하다.

"프롤레타리아계급은 자본주의 사회의 모순들에 대해 계급상(上) 필연적인 새로운 입장을 취하게"(102) 되는바, "이 새로운 입장으로부터, 이와 함께 변화된 소재의 매개를 거쳐"(102) 부르주아 장편소설과는 다른 새로운 양식의 "프롤레타리아 소설"(103)이 생겨난다. 사물화된 의식의 표현인 수동적이고 정관적(kontemplativ)인 태도로 자본주의 사회의 삶·현실을 "고정된 대상들의 '기성(旣成)'의 세계"(102)로 받아들이는 것이 아니라 그 현실의 모순, 온갖 형태의 자본주의적 억압과 착취에 맞서 비타협적으로 투쟁하는 인물들이 주인공인 프롤레타리아 소설은 "서사시로의 재접근"(103) 양상을 보여주는데, 그렇게 투쟁하는 주인공은 "긍정적 주인공"(103)이 될 수밖에 없다는 점에서, 그리고 "계급 대 계급의 투쟁" 형태로 "옛 서사시의 본질을, 즉 한 사회구성체가 다른 사회구성체에 맞서 벌이는 공동의 투쟁을 환기시켜주는 하나의 양식적 요소"(103)를 구현하고 있다는 점에서 그러하다는 것이 루카치의 생각이다.

이러한 프롤레타리아 장편소설은 사회주의 국가가 수립된 이후 사회주의 리얼리즘 소설로 진화한다. 「소설」에서 '사회주의 리얼리즘'은 프롤레타리아계급이 국가권력을 장악한 뒤 무계급 사회, 사회주의 사회를 건설하기 위해 펼쳐지는 제반 투쟁과 발전을 토대로 생성된 문학을 지칭하는 용어로 사용된다. "사회주의 리얼리즘은 사회적 모순들이 프롤레타리아계급과 이들을 이끄는 당의 활동을 통해 최종적인 해결의 방향으로 유도되고 있는 사회에서 성장한다"(106)는 것이다. 이 사회주의 리얼리즘에서 "근본적으로 새로운 소설 유형"(104)이 산출되는바, "사회주의 건설기의 소설"(104) 또는 "사회주의 리얼리즘의 소설"(106)이라 불리는 이 장편소설은, 바야흐로 막 성립중인 무계급 사회를 토대로 하는 까닭에 프롤레타리아 장편소설보다 훨씬 더 서사시에 가깝다. 하지만 장편소설의 서사시로의 전환은 아직은 "발전의 전망"(104)일 뿐인데, 왜냐하면 아직 프롤레타리아계급이 자본주의의 잔재들을 완전히 극복하지는 못했기 때문이다. 당시 유일한 사회주의 국가였던 소련의 작가와 비평가들에게 "발전의 전망을 발전의 현실 자체와 혼동"(104)하지 말라고 경고하는 루카치는, "문제는 서사시로의 **경향**이지 완성된 존재가 아니라는 것을 분명히 인식해야만 한다"(104, 강조는 루카치)고 역설한다. 아직은 새로운 사회주의의 건설을 위한 투쟁이 낡은 자본주의의 주·객관적 잔재들의 극복을 위한 투쟁과 같이 "서로 뗄 수 없게 변증법적으로 연결되어"(105) 진행되어야 하는 역사적 단계이기 때문에, 장편소설에서도 "서사시 요소들의 그 새로운 전개는 소설의 고전적인 발전과 절연되지 않는다"(105). 그렇기 때문에 사회주의 리얼리즘 장편소설은 "서사시의 위대성에 가까워지면서도 소설의 본질적 규정들을 보존해야만 하는 소설"(106)이라고 하는, "근본적으로 새로운 소설 유형"(104)이라는 것이 루카치의 주장이다.

여기에서 사회주의 리얼리즘 장편소설의 '전망'은 소설 형식이 해체되어 새로운 서사시로 전환되는 것으로 제시되고 있다. 일찍이 『소설의 이론』에서 "도스토옙스키는 소설을 쓰지 않았다"[97]고 하면서 그의 장편소설을 '새로운 형식의 서사시'로 자리 매겼던 구도가 여기서 되풀이되고 있음을 확인할 수 있다. 스탈린주의와 현실사회주의에 대한 '환상'에서 벗어나고 자본주의와 마르크스주의에 대한 이해

97 게오르크 루카치, 『소설의 이론』, 김경식 옮김, 183쪽.

가 심화되어간 후기에 이르면 그의 문학론에서 이러한 구도는 더 이상 등장하지 않는다. "소외시키고 소외된 사회적 세계"였던 "인류의 전사(前史)"[98]를 끝내고 "인류의 진정한 역사"[99]가 시작되는 공산주의 사회의 구체적인 형태를 원시 공산주의 또는 고대 폴리스와 같은 태곳적 사회 형태에서 유추하는 것이 바람직하지 않듯이, 그 새로운 세상에서 생성될 큰 서사문학을 서사시라는 오래된 규정으로 포괄하는 것은 생산적인 길이 아닐 것이다.

98 게오르크 루카치, 『사회적 존재의 존재론을 위한 프롤레고메나 2』, 김경식·안소영 옮김, 43쪽.

99 게오르크 루카치, 『사회적 존재의 존재론을 위한 프롤레고메나 1』, 김경식·안소영 옮김, 137쪽.

제7장
후기 루카치와 장편소설론

이미 「서장」에서 밝혔다시피 우리가 본서에서 '후기 루카치'라는 말로 지칭하는 것은 1950년대 중반 무렵부터 1971년 6월 4일에 생을 마감할 때까지의 루카치이다. 더 정확히 말하면, 소련 공산당 제20차 당대회(1956년 2월)와 '헝가리 민중봉기'(1956년 10/11월)가 있었던 1956년 이후의 루카치를 '후기 루카치'로 지칭하고자 한다. 물론 이렇게 가름한다고 해서 '중기 루카치'와의 관계에서 '단절'로 볼 수 있을 정도의 차이가 발생했다거나, '후기 루카치'로 통칭한 시기에 생성된 텍스트들 내부에는 유의미한 변화가 전혀 없었다는 것은 아니다. 그럼에도 불구하고 이 시기의 루카치를 '후기 루카치'로 묶는 것은 그 나름의 유익이 있다. 루카치 스스로 '성숙한 마르크스주의 시기'라는 말로 총칭한 시기를 굳이 '중기 루카치'와 '후기 루카치'로 나누어 보는 것은 무엇보다도 루카치가 말년에 이룩한 이론적 성취를 자세히 살펴볼 필요가 있기 때문이다. 특히 한국에서는 '후기 루카치'가 전혀 주목받지 못했던 터라 이러한 필요성은 더 크다 할 것이다.

후기 루카치는 동일한 마르크스주의적 세계관에 입각해 있는 중기 루카치와 연속선상에 있으면서도 분명히 달라진 면모를 보여주는데, 표면적인 차원에서 먼저 눈에 띄는 것은 스탈린주의에 대한 본격적이고 공개적인 비판이 시작된 점이다. 스탈린 사후, 특히 소련 공산당 제20차 당 대회 이후, 신성불가침의 절대자였던 스탈린의 위상이 흔들리면서 이제 루카치는 스탈린주의적 문예 노선에 대해 더 이상 "이솝의 언어(Äsopische Sprache)"를 동원한 은밀한 저항이 아니라 공공연한 투쟁을 개시한다(『비판적 리얼리즘의 현재적 의미』 제3장). 이어서 1957년에 작성하여 1958년에 이탈리아의 잡지 《새로운 논의(*Nuovi Argomenti*)》(1958년 33호)에 발표한 「마르크스로 가는 나의 길(La mia via al marxismo)」에서 루카치는 문예 영역을 넘어 스탈린주의 자체에 대한 비판적 입장을 드러낸다(이 글의 독일어판은 「'마르크스로 가는 나의 길' 후기(1957)(Postcriptum zu: Mein Weg zu Marx(1957)」라는 제목으로 1967년에 서독에서 처음 발표되었다). 이러한 입장은 점점 강화되어 나가는데, 1962년 소련 공산당 제22차 당 대회를 맞이해 《새로운 논의》가 실시한 설문에 대한 답변 형식으로 작성한 「스탈린주의에 대한 사신: 알베르토 카로치에게 보내는 편지(Privatbrief über Stalinismus: Brief an Alberto Carocci)」에서 루카치는 스탈린주의와의 본격적 대결을 개시한다. 이후 루카치는 스탈린주의와 근본적으로 단절할 때에야 비로소 진정한 마르크스주의, 진정한 사회주의의 부활이 가능하다는 입장을 점점 더 확고히 하면서, 이러한 입장에 입각한 이론적 작업에 여생을 바친다.[1] 그때그때의 이데올로기적 문학적 지형에 적극적으로 개입하고자 하는, 그래서 논쟁적 성격이 강했던 에세이들을 주로 썼던 중기 루카치와는 달리 후기 루카치에서는 체계적이고 종합적인 저작의 집필이 이론적 활동의 중심을 이루고 있다는 점 또한 두 시기를 나눠 보게 한다. 제국주의 국가들의 포위와 스탈린의 절대 권력 하에서 진행된 유일한 사회주의 국가 소련의 발전, 파시즘과 2차 세계대전, 종전 후 동구 사회주의 블록에 이어 사회주의 중국의 탄생, 그리고 냉전체제의 시작과 한국전쟁이 보여준 3차 세계대전 발발의 가능성 등을 역사적 조건으로 전개된 중기 루카치의 이론적 활동은 공산주의 운동이 직면했던 문제들과 아주 긴밀히 결부되어 있었다. 그만큼 그 시기에 제출된 문학론으로서의 리얼리즘론은 문학운동론으로서의 성격을 강하게 띠었다. 이에 비해 후기 루카치의 이론적 작업은 당장의 정치 이데올로기적 현장에서 한발 뒤로 물러난, 정확히 말하면 물러나도록 강요받은 위치에서 이루어졌다. 1930년대 초부터 1950년대 중반까지 '현장'에서 이루어진 문학비평과 개별 작가에 대한 연구, 특정 문제에 대한 이론적 작업 등을 통해 검증하고 연마한 개념들을 종합적이고 체계적인 이론으로 갈무리하는 한편 적잖은 이론적 자기갱신까지 이룬 것이 후기 루카치의 주된 작업이었는바, 마르크스주의 미학, 마르크스주의 윤리학, 존재론으로서의 마르크스주의 철학을 제시하려 한 시도가 그것이다. '소외의 역사'라고 부를 수 있을 지금까지의 세계사에서 인류가 해방된 새로운 세상을 만들기 위해 준거하고 형성해야 할 집단적 주체로서 1930년대 초까지는 '프롤레타리아계급'이, 1930년대 중후반부터는 '민중'이 논의의 중심

1 스탈린주의와 루카치의 관계에 대해서는 김경식, 『게오르크 루카치: 과거와 미래를 잇는 다리』 제2부와 제3부에서 비교적 소상하게 다루었다.

에 있었던 데 비해, 후기 루카치에서는 '인류'나 '인간'이 주어로서 더 많이 사용되고 있는 점 또한 중기 루카치와 후기 루카치를 달리 보게 한다. 이 차이는 역사적 상황 그 자체에서뿐만 아니라 그 상황을 파악하는 루카치 자신의 인식에서도 생겨난 변화와 함께, 윤리학을 지향하는 존재론 작업과 이미 존재론으로 나아가는 이행 과정에 있었던 후기 미학 작업의 이론적 대상 및 성격에서 연유하는 차이일 것이다. 이렇게 외관상으로 쉽게 눈에 띄는 차이들 외에도 마르크스주의 자체에 대한 이해의 측면, 문학이론 및 미학에서 개념들의 (재)정립과 배치의 측면, 그리고 개별 작가에 대한 평가의 측면 등등에서도 달라지는 지점들이 있는데, 이러한 차이 중 일부는 이 글이 전개되는 과정에서 다루어질 수 있을 것이다. 이 글에서는 『솔제니친』에 실린 두 편의 글을 소재로 삼아 장편소설에 관한 후기 루카치의 견해를 고찰할 것인데, 그 전에 먼저 후기 루카치의 삶의 궤적을 몇 가지 인상적인 대목을 중심으로 간략히 소개하고자 한다. 초기 또는 중기 루카치와는 달리 한국에서는 잘 알려지지 않은 대목이기 때문에 소략하게나마 소개할 필요가 있다고 생각했다. 논의의 편의를 위해 후기 루카치 이전 시기인 2차 세계대전이 끝난 시점부터 이야기를 시작하도록 하겠다.

1. 후기 루카치

1) 후기 루카치의 전사(前史)

오스트리아 빈에서 십여 년, 소련에서 근 사반세기에 걸친 망명 생활 끝에 1944년 말(또는 1945년 8월) 고국 헝가리로 돌아온 루카치는 파시즘에서 해방된 새로운 환경에서 이데올로기적 학술적 활동을 폭넓게 펼쳐나간다. 《자유 인민(*Szabad Nép*)》, 《새로운 말(*Uj Szó*)》, 《사회평론(*Társadalmi Szelmle*)》, 《포럼(*Forvm*)》 등의 잡지에 관여하면서 왕성한 집필 활동을 전개하는 한편, 1945년 11월 부다페스트 대학(당시 학교명은 페테르 파즈마니 대학)에 미학과 문화철학 담당 정교수로 취임하여 강단에서 학생들을 가르치는 교수로서의 삶을 살았다. 1948년에는 헝가리 학술원 회원으로 선출되었으며 1949년에는 헝가리 의회 의원으로 이름을 올린다. 새로 쓴 글들뿐만 아니라 모스크바 망명 시기에 집필했던 글들도 헝가리어로 출판되었으며 동독의 아우프바우 출판사를 통해 독일어로도 연이어 출간되면서 이 두 나라에서 루카치는 '마르크스주의 교사'로서 독보적인 위치를 차지하게 된다.

이렇게 다방면에서 열정적으로 활동하던 루카치는 서구에서도 주목받기 시작한다. 그가 서방 세계 지식인들에게 직접 모습을 드러낸 첫 무대는 1946년 제네바에서 열린 '제네바 국제 회합(Rescontres Internationales de Genéve)'이었다. '유럽의 정신'을 주제로 열린 이 대회에는 유럽 문화를 대표하는 문화예술계의 여러 인사들 외에도 카를 야스퍼스, 모리스 메를로-퐁티(Maurice Merleau-Ponty), 장 스타로뱅스키(Jean Starobinski) 등이 참석했다. 여기서 '소비에트 이데올로기'의 대표자로 소개된 루카치는 「마르크스주의 이전의 유럽 정신(L'esprit européen devant le marxisme)」이라는 제목의 강연을 했다.[2] 이 대회에서 그는 카를 야스퍼스 및 메를로-퐁티와 논쟁을 벌였는데, 특히 야스퍼스와의 논쟁은 큰 주목을 받으면서 이후 "일종의 철학사적 사건"으로 여겨지기까지 했다.[3] 당시 야스퍼스는 종전 후 서독에서 유행했던 실존철학의 대표자로, 장-폴 사르트르(Jean-Paul Sartre)와 함께 "세계관의 스타"[4] 자리를 차지하고 있었다. 한편 이 대회에서 루카치와 조우한 메를로-퐁티는 이후 『변증법의 모험(*Les Adventures de la Dialectique*)』(1955)에서 루카치의 『역사와 계급의식』을 서구 마르크스주의를 창시한 작품(das Gründungswerk des westlichen Marxismus)으로 규정함으로써, 이후 광범위하게 통용되는 '서구 마르크스주의'라는 개념의 역사에서 『역사와 계급의식』의 루카치를 출발점으로 자리매김하게 하는 역할을 한다. 루카치의 대외적 활동은 계속 이어졌다. 1947년 말에 밀라노에서 이탈리아 마르크스주의 철학자들과 만남을 가졌으며,[5] 1948년 8월 말에는 폴란드의 브로츠와프에서 열린 '평화 수호를 위한 문화 창조인 세계 대회'에 참석해 「갈림길에 선 지식인층

2 이 강연은 「귀족적 세계관과 민주적 세계관(Aristokratische und demokratische Weltanschauung)」이라는 제목의 글로 발표된다.

3 이 대회에서 루카치와 야스퍼스, 루카치와 메를로-퐁티 사이에 벌어진 논쟁에 관해서는 Dénes Zoltai, "Von Genf bis Wroclaw"(*Geschichtlichkeit und Aktualität. Beiträge zum Werk und Wirken von Georg Lukács*, Manfred Buhr·Jozsef Lukács 엮음, Berlin: Akademie-Verlag, 1987), 200~204쪽을 참조할 것. 인용한 곳은 200쪽.

4 Hans Heinz Holz, "Georg Lukács und das Irrationalismus-Problem". 같은 책, 61쪽.

5 이 만남에서 루카치가 한 강연은 「새로운 민주주의에서 마르크스주의 철학의 과제(A marxista filozófia feladatai az új demokráciában)」라는 제목의 글로 1948년에 헝가리어로 처음 발표되었다. 이 글에서 루카치는 '마르크스주의 윤리학'이라는 문제설정을 분명하게 보여준다.

(Die Intelligenz am Scheidewege)」이라는 제목의 강연을 했다.[6] 1949년에는 세계평화위원회 위원으로 선출되었으며, 같은 해 1월 파리에서 개최된 '헤겔 학술대회'에 참석해 「헤겔 철학 연구의 새로운 문제들(Les nouveaux problèmes de la recherche hégélienne)」을 발표하기도 했다. 프랑스에서는 이미 1948년에 당시 프랑스의 대표적 철학자였던 사르트르의 실존주의를 비판하는 내용을 담은 루카치의 책 『실존주의냐 마르크스주의냐?(*Existentialisme ou Marxisme?*)』가 출간되었다.[7] 이 책에서 루카치가 가한 비판에 발끈한 사르트르가 곧바로 루카치를 "마르크스주의자가 아니"라고 비난하는 인터뷰를 하기도 했다.[8] 이런 일들로 프랑스 지식인 사이에서 루카치에 대한 관심은 더 고조되었다.

당시 서구 지식인들에게 루카치의 출현은 '신선한 충격'을 주었는데, 그들이 자신에게 보인 반응에 대해 루카치는 다음과 같이 회고한 적이 있다.

6 이 강연은 「지식인의 책임에 관하여(Von der Verantwortung der Intellektuellen)」라는 제목의 글로 처음 발표되었다.

7 Georges Lukács, *Existentialisme ou Marxisme?*, E. Kelemen 옮김, Paris: Nagel, 1948. 이 책의 독일어판은 1952년 동독의 아우프바우 출판사에서 발간되었는데, 여기에는 마르틴 하이데거에 대한 비판이 「부록」으로 추가되어 있다.

8 「장 폴 사르트르가 루카치는 마르크스주의자가 아니라고 비난하다. 프랑수아 에르발과의 대담(Jean-Paul Sartre reproche à Georges Lukács de n'être pas marxiste. interview de Francois Erval)」, 《투쟁(*Combat*)》, 1949년 1월 20일. 하지만 곧이어 사르트르는 루카치의 글에서 '소외' 비판을 위한 생각들을 끌어냈으며, 『이성의 파괴』를 알게 된 후에는 루카치를 "유럽에서 동시대 사상의 경향들을 그 원인을 통해 설명하려 시도하는" "유일한 사람"으로 평가했다. 그렇지만 전체적으로 볼 때 사르트르는 루카치에 대해 비판적이었다. 사르트르와 루카치의 논쟁적 관계에 관해서는 Nicolas Tertulian, "Lukács heute", *Lukács 1998/1999. Jahrbuch der Internationalen Georg-Lukács-Gesellschaft*, Frank Benseler · Werner Jung 엮음, Paderborn: Institut für Sozialwissenschaften, Lukács-Institut, Universität Paderborn, 1999, 168~172쪽을 참고하라.

나는—비록 이전부터 개인적으로, 그리고 또한 저술가로서 몇몇 사람에게 알려져 있었지만—약간은 다음과 같은 식으로, 즉—[몽테스키외의] 『페르시아 서간』에 나오는 문구를 아마 기억할 텐데—'그 사람이 페르시아인이라구요? 어떻게 페르시아인일 수 있지요?'라는 식으로, 또는 몇 개의 언어를 말하고 학식 있고 소양을 갖춘 사람이 어떻게 마르크스주의자일 수 있을까라는 식으로 맞아들여졌습니다.[9]

하지만 그의 모국 헝가리에서 루카치는 1949년부터 시련기를 맞이하게 된다. 1945년 이후 공산당이 사회민주당 및 부르주아 진영과 공존하면서 경쟁을 벌이던 헝가리의 상황에서 라코시 정부는 루카치의 입장을 부르주아 지식인들을 공산당에 동조하도록 견인하는 데 적합한 것으로 여겼다. 그리하여 마차시 라코시(Mátyás Rákosi)와 그의 동료들은 루카치가 「블룸-테제」 이후, 특히 1930년대 중후반 이후에는 더욱더 일관되고 공공연하게 견지했던 입장에 입각해서 벌이는 활동을 "관대히 보아준다는 의미에서 받아들"임으로써, "1945년부터 1948까지" 루카치에게는 "모든 것이 허용되었다."[10] 하지만 헝가리가 민중 민주주의[인민 민주주의] 단계에서 사회주의 단계로 체제 전환을 시작한 1948년 이후부터 사정은 달라지기 시작한다. 공산당이 사회민주당과의 통합을 통해 일당 독재 체제—명목상으로는 프롤레타리아 독재 체제—를 수립해나가는 가운데 '사회주의적인 것'이 일방적으로 강조되기 시작한 1948~1949년 이후의 정치 이데올로기

9 게오르크 루카치, 「삶으로서의 사유: 게오르크 루카치와의 대담」, 『삶으로서의 사유: 루카치의 자전적 기록들』, 274쪽.

10 같은 책, 243쪽.

지형 속에서, 정치에서는 민주주의와 사회주의의 상호침투·상호강화를 통한 사회주의의 민주적 실현을, 문학에서는 부르주아 리얼리즘과 사회주의 리얼리즘의 계승·발전 관계를 주창하는 루카치의 입장은, 이데올로그로서의 그의 영향력이 컸기 때문에 그만큼 더 공산당의 새 진로에 걸림돌이 되었다. 여기에 더하여 소련과 유고슬로비아 사이의 갈등이 본격화되면서 급기야 유고슬로비아가 코민포름에서 축출되기에(1948년 6월) 이른 사태는 막 시작된 '냉전'의 시대적 환경 속에서 헝가리 공산당의 스탈린주의적 색채를 더 강화시켰다. "스탈린의 가장 뛰어난 학생"임을 자처했던 라코시가 이끌던 헝가리 공산당은 1936~1938년 모스크바 재판 시기를 연상시키는 방식의 통치를 전개했는데, 모스크바 재판 시기 소련에서는 '트로츠키주의자'라는 이름으로 대대적인 처형과 숙청이 이루어졌다면 이제는 '티토주의자'라는 이름이 정적을 제거하는 효과적인 도구로 추가되었다. 그리하여 충실한 스탈린주의자였으며 내무부 장관과 외무부 장관을 역임했던 라슬로 러이크(László Rajk)가 하루아침에 '티토주의자'라는 죄명으로 1949년에 처형당하는 사건이 벌어지기도 했다.

이러한 상황에서 루카치를 노린 최초의 화살은 소련에서 날라왔다. 소련작가동맹의 의장이었던 알렉산더 파데예프가 소련 공산당 기관지 《프라브다》 지면을 통해 '루카치는 소비에트 문학을 경시했다'고 비판했고, 이에 동조하여 헝가리에서 '반(反)루카치 캠페인'이 벌어진다.[11] 루카치는 소비에트의 새로운 작가들과 '사회주의 리얼

11 헝가리에서 벌어진 '반(反)루카치 캠페인'과 이에 따른 루카치의 '자기비판'을 둘러싼 정치적 맥락과 당시 루카치의 생각에 관해서는 김경식, 『루카치의 길: 문제적 개인에서 공산주의자로』, 49~50쪽을 참고하라.

리즘'을 제대로 평가하지 않는다고 하면서 비난의 실마리로 삼은 것은 루카치가 한 강연에서 했던 말이었다. 출판되지 않은 그 강연에서 루카치는 동시대 소비에트 문학과 고전적인 부르주아 문학의 질적인 차이를 '히말라야 산맥의 토끼와 평지의 코끼리' 비유를 통해 설명했다.[12] 이를 빌미로 삼아 당시 헝가리 당 대학 학장이었던 라슬로 루더시(László Rudas), 문화부 장관이었던 요제프 레버이(József Révai) 등이 전면에 나서 1948년에 재판(再版)이 나온 루카치의 책 『문학과 민주주의(*Irodalom és demokrácia*)』(1947)를 집중적으로 공격하기 시작했다. 과거 「블룸-테제」 사태 때 '우익적 일탈'로 비판받았던 것과 유사하게, 또 실제로 「블룸-테제」가 다시 소환되는 가운데(레버이는 루카치의 모든 문학적 활동의 정치적 이론적 토대는 「블룸-테제」에 있으며, 그 연장선상에서 루카치는 민중전선정책을 단순한 전술이 아니라 전략으로 보는 우를 범했다고 비판했다) '수정주의자'로 비판받은 루카치는 생명의 위험을 느끼고 지극히 외교적인 자기비판을 수행한다. 당시 상황이 그럴 만했는데, 러이크의 처형은 루카치에게 자신도 죽임을 당할 수 있다는 생각을 하게 했다(이후 루카치는 이 생각이 오판에 따른 것이었다고 말한다. 모스크바에서 망명생활을 했던 사람들은 손대지 말라는 소련의 지시가 있었는데, 당시 그는 이 사실을 모르고 자기비판을 했다는 것이다). 이

12 서독의 잡지 《슈피겔》 1963년 52호에 수록된 「루카치. 히말라야의 토끼(LUKÁCS. Kaninchen am Himalaja)」에 따르면, 루카치가 했던 강연의 일부가 1947년 한 신문에 소개되었다. 《슈피겔》이 전하는 루카치의 말을 인용하면 다음과 같다. "마르크스-레닌주의가 세계관들(Welt-Perspektiven) 가운데 히말라야 산맥인 것은 분명하다. 하지만 토끼가 히말라야에 오른다고 해서 저 아래 평지의 코끼리보다 더 크지는 않을 것이다." https://www.spiegel.de/kultur/kaninchen-am-himalaja-a-3fafd589-0002-0001-0000-000046173245(2023년 6월 18일 최종 접속).

자기비판의 연장선상에서 그는 소련의 사회주의 리얼리즘 문학과 관련된 글들을 연이어 발표했다. 이 글들은 1951년에 헝가리어로 출판한 『위대한 러시아 리얼리스트. 비판적 리얼리즘(*Nagy orosz realisták. Kritikai realizmus*)』(Budapest: Szikra, 1951)에 이어 바로 출판된 『위대한 러시아 리얼리스트. 사회주의 리얼리즘(*Nagy orosz realisták. Szocialista realizmus*)』(Budapest: Szikra, 1952)에 수록되었다. 이 책에 실린 글들은 고리키를 다룬 두 편의 글과 안드레이 플라토노프(Andrei Platonov)를 다룬 글(「플라토노프: 『불멸자들』」, 1937)을 제외하고는 모두 1949년부터 1952년 사이에 집필되었다.[13]

1949~1950년에 집중적으로 전개된 이 '반(反)루카치 캠페인'을 거치면서 루카치는 교수직만 겨우 유지한 채 일체의 공적 활동을 접게 된다. 교수로 재직하는 것이 허용된 대학에서도 강의나 세미나가 정상적으로 이루어지지 못했는데, 당국의 직접적인 감시를 받는 그의 수업에는 학생들이 더 이상 들어오지 않았다. 당시 루카치의 조교였던 이슈트반 메사로시의 증언에 따르면, 1951년에 루카치의 모든 책을 도서관에서 거두어들이는 일이 벌어질 정도로 루카치에 대한 학생들의 보이콧이 심각했다고 한다.[14] 이런 상황에서도 아그네스 헬러(Ágnes Heller)를 위시한 몇몇 학생이 루카치와의 관계를 유지하면서

13 이 두 권에 실린 글들 대부분은 새로 쓴 「솔제니친: 『이반 데니소비치의 하루』」와 함께 1964년에 서독에서 발간된 『게오르크 루카치 저작집』 제5권 『세계문학 속의 러시아 리얼리즘(*Der russische Realismus in der Weltliteratur*)』에 수록되었다.

14 참고한 곳은 1951년부터 1956년까지 루카치의 조교였던 이슈트반 메사로시가 1983년 브라질의 한 잡지에 발표된 대담에서 한 말이다. 「이슈트반 메사로시가 루카치를 말하다(István Mészáros racconta Lukács)」, https://gyorgyLukács.wordpress.com/2021/09/23/istvan-meszaros-racconta-Lukács/(2023년 6월 18일 최종 접속).

그와 함께 하는 세미나를 이어갔는데, 이들 중 일부가 나중에 '부다페스트학파'의 중심 멤버가 된다(헝가리에서와는 달리 동독에서는 '마르크스주의 교사'로서의 루카치의 위상에 변함이 없었고, 아우프바우 출판사는 그의 책을 계속 출판했다).

루카치는 정치적 활동은 물론이고 "직접적인 문학적 활동(비평가, 편집자 등등으로서의)에서[도] 은퇴"[15]할 수밖에 없게 된 이 상황에서 얻게 된 '자유 시간'을 활용하여 자신의 미학적 견해를 구체적으로 다듬는 작업에 착수한다. 그리하여 마침내 본격적인 체계적 미학—그의 표현을 빌면 "청년기에 품었던 꿈"(11:31)이었던—을 집필할 생각을 하게 되는데, 1950년대 초에 구상한 그 작업은 1950년대 중반부터 실제 집필로 이어진다.

2) 헝가리 민주화 운동과 루카치

루카치로 하여금 연구와 집필 활동만 하게 만든 헝가리의 이러한 상황은 1953년 3월 5일 스탈린의 사망 이후 서서히 달라진다. 스탈린의 죽음 이후 동구 사회주의 블록에 이른바 '해빙'의 시기가 도래하면서 루카치의 운신 폭도 조금씩 넓어지기 시작했다. 1956년 니키타 흐루쇼프가 스탈린의 개인숭배를 비판한 소련 공산당 제20차 당 대회(1956년 2월 14일~25일) 이후, 소련 공산당의 기조 변화와 함께 헝가리에서는 변화를 요구하는 목소리가 점차 아래로부터 일기 시작했다. 이를, 탈(脫)스탈린주의적인 방향으로 사회주의를 개혁하고 마르

15 Georg Lukács, "Art and Society"(1968), *Mediations* 제29권 2호, 2016년 봄, 14쪽.

크스주의를 혁신할 기회로 본 루카치는 그 과정에 이데올로그로서 영향을 미치고자 했다. 그렇다고 해서 루카치가 당장 헝가리에서 근본적인 변화가 이루어질 것이라고 기대한 것은 아니었다. 소련 공산당 제20차 당 대회 소식을, 정상적인 사회주의적 발전 방향으로 나아갈 길이 실제로 시작되었다고 감격해하면서 루카치에게 전한 제자들에게 루카치가 했다는 말이 있다.

> 긴 안목에서 나는 당신들의 감격에 전적으로 동의합니다. 하지만 20차 당 대회에서 나온 무언가가 헝가리에서도 현실이 되기까지에는 적어도 이십 년은 흘러야 할 거예요.[16]

그는 이렇게 "긴 안목"에서 헝가리의 현실사회주의를 개혁하는 도정에 적극적으로 참여했는데, 특히 '페퇴피 서클(Petöfi-kör)'[17] 공개 철학 논쟁에서 루카치가 한 연설은 이천여 명의 청중이 운집할 정도로 큰 관심을 끌었다. 1956년 6월 15일(또는 6월 16일)에 이루어진 그 연설(「마르크스주의 철학의 현재적 문제(A marxista filozófia időszerű

16 István Hermann, *Georg Lukács. Sein Leben und Wirken*, Wien·Köln·Graz: Verlag Hermann Böhlaus Nachf., 1986, 185쪽.

17 헝가리의 1848년 혁명의 시인이었던 산도르 페퇴피(Sándor Petőfi)의 이름을 딴 이 모임은 공산당원은 물론이고 1948년 일당독재가 시작되면서 밀려난 부르주아 지식인, 학생, 학자, 예술가 등 여러 성격의 성원들이 정기적으로 모여 '공개적인 토론'을 하는 모임으로 1956년 초에 생겨났다. 이 모임은 점차 라코시 체제를 비판하고 임레 너지(Imre Nagy)에 연대하는 목소리들이 소통되는 장이 되었다. 헝가리 민중봉기가 무력 진압된 후 이 모임은 "반혁명을 공모"한 집단으로 못박혔다. 참고한 곳은 https://ungarn1956.zeitgeschichte-online.de/node/89(2023년 6월 19일 최종 접속). 이 글에는 루카치의 연설 날짜가 "6월 16일"로 적혀 있는데, '6월 15일'로 적혀 있는 글들도 있다.

problémái)」)에서 루카치는 마르크스주의 철학의 현 상태와 헝가리 철학 교육의 현황을 비판하면서 마르크스주의의 이론적 기초에 대한 진지한 연구와 현대사회의 특수성에 대한 연구를 목표로 하는 '진정한 마르크스주의의 새로운 시작'을 역설했다. 이어서 6월 28일에는 헝가리 근로자당(당시 헝가리 공산당의 명칭) 정치 아카데미에서 「오늘날의 문화에서 진보와 반동의 투쟁(A haladás és a reakció harca a mai kultúrában)」을 주제로 강연했는데, 이미 여기에는 나중에 『사회주의와 민주화(*Sozialismus und Demokratisierung*)』(1968)에서 본격적으로 이루어질 스탈린 시대 및 그 영향에 대한 분석의 본질적 계기들이 포함되어 있었다.

헝가리 민중의 민주화와 개혁에 대한 요구는 1956년 10월 23일 시위로 절정에 이른다. 그 영향으로 10월 24일부터 임레 너지가 새 정부 구성의 책임을 맡게 되는데, 그가 이끄는 새 정부에서 루카치는 — 너지에 대해 충분한 신뢰를 가지지 않았음에도 불구하고[18] — 6인의 당 중앙위원 중 한 명으로 선출되고 문화부장관으로 임명된다. 이후 시위가 점점 더 '급진화'되는 가운데 너지 정부는 중앙위원이었던 루카치와 졸탄 산토(Zoltán Szánto)의 반대에도 불구하고 바르샤바 조약 탈퇴를 결정한다. 이에 루카치는 중앙위원직을 사임함으로써(문화부장관은 사실 이름뿐이었고 루카치는 한 번도 내각에 참석한 적이 없었다) 너지 정부에서 완전히 물러난다. 바르샤바 조약 탈퇴는 소련이 군사적

18 루카치는 임레 너지에게는 개혁을 위한 구체적인 프로그램이 없다고 생각했다. 임레 너지에 대한 루카치의 생각에 관해서는 게오르크 루카치, 「삶으로서의 사유: 게오르크 루카치와의 대담」, 『삶으로서의 사유: 루카치의 자전적 기록들』, 김경식·오길영 편역, 277~279쪽을 참고하라.

으로 개입할 구실이 될 것이라는 판단에 따른 루카치의 이러한 태도는, 당장 소련으로부터 완전히 벗어날 것을 요구했던 봉기 주도 세력의 입장에 반하는 것이었다. 그래서 헝가리 민중봉기를 예열하는 과정에서 중요한 역할을 했던 그는 졸지에 봉기 세력 일부에게 비난의 대상이 되기도 했다. 그동안 헝가리 사태의 추이를 살펴보던 소련은 11월 3일에서 4일로 넘어가는 밤에 마침내 군대를 투입해 무력 진압에 나서게 된다. 루카치는 '엉겁결에'[19] 너지 및 그의 지지자들과 함께 유고슬로비아 대사관으로 몸을 피하지만, 자진해서 대사관을 나온 11월 22일 KGB 요원들에 의해 체포되고, 임레 너지 등과 함께 루마니아로 이송된다. 처음에는 어디인지도 알 수 없었던 곳—나중에 스나고브(Snagov)의 한 성(城)임을 알게 된다—에서 "때로는 중죄인처럼, 때로는 귀한 손님처럼" 취급받은 약 오 개월간의 억류 생활을 거친 끝에 루카치는 정치적인 활동을 일체 하지 않는다는 조건으로 1957년 4월 11일 부다페스트로 돌아올 수 있었다(임레 너지는 귀국하지 못하고 그다음 해 6월 16일 처형당하고 만다). 이후 교수직을 포함한 모든 직책을 박탈당하고 공산당에서도 (비공식적으로) 축출당한 루카치는 출판마저 불가능해진 상황에서 홀로 마르크스주의를 갱신하는 이론적 작업에 매진한다. 그 첫 작업은 바로 마르크스주의 미학을 완

19 루카치는 이미 임레 너지 정부에서 물러난 상태였기 때문에 굳이 유고슬로비아 대사관으로 피신까지 할 필요가 없었는데, "잠이 덜 깬 상태에서"(같은 책, 285쪽) 유고 대사관으로 오라는 전화를 받은 탓에 그렇게 했다고 한다. 이를 루카치는 "이른바 신체상의 이유로 (…) 잘못을 저질렀"(같은 곳)다고 하는데, 그가 "잘못"이라고 말한 이유에 대해 니콜라 테르툴리안(Nicolas Tertulian)은 유고 대사관으로의 피신이 "죄가 있음을 시인하는 것으로 해석되었을 수도 있었기 때문일 것"이라고 본다. 인용한 곳은 Nicolas Tertulian, "On The Later Lukács", *Telos* 40호, 1979년 6월, 138쪽, 각주 8.

성하는 일이었다.

3) 루카치의 '후기 미학'

마르크스주의 이론의 역사에서 미학의 원리들을 체계적이고 종합적으로 규명한 최초의 시도인 루카치의 '후기 미학'은 이런 조건에서 탄생했다. 1962년 12월로 그 집필 날짜가 적혀 있는 『미적인 것의 고유성(*Die Eigenart des Ästhetischen*)』「서문」 말미에서 루카치는 자신의 미학의 "생성사"(11:31)를 회고하고 있는데, 초기 미학에서부터 후기 미학에 이르기까지의 과정을 간략하게나마 보여주는 문장이 있어 이를 소개한다.

> 나는 칸트의 미학에서, 그 뒤에는 헤겔의 미학에서 이론적 지주(支柱)를 구했던 문학비평가이자 에세이스트로 시작했다. 1911~1912년 겨울 피렌체에서 독자적인 체계적 미학의 첫 구상이 생겨났다. 나는 1912~1914년 하이델베르크에서 그 미학을 완성하는 일에 매달렸다. 나는 에른스트 블로흐와 에밀 라스크, 그리고 특히 막스 베버가 내 시도에 보여주었던 호의적인 비판적 관심을 지금도 고맙게 생각한다. 그 시도는 완전히 실패하고 말았다. 내가 이 책[『미적인 것의 고유성』]에서 철학적 관념론에 대해 격렬히 반대할 때, 그 비판은 항상 나 자신의 소싯적 경향들을 겨눈 것이기도 하다. 외면상으로 보면 전쟁의 발발로 그 작업이 중단되었다. 전쟁이 터진 첫해에 생겨난 『소설의 이론』만 하더라도 역사철학적인 문제들로 더 많이 쏠려 있었고, 미학적인 문제들은 그 문제들에 대한 증상이나 징후에 지나지 않았다. 그다음에는 윤리와 역사와 경제가 점점 더 강하게

내 관심의 중심사가 되었다. 나는 마르크스주의자가 되었다. 그리하여 내가 활발하게 정치적 활동을 했던 십 년의 시간은 마르크스주의와 내적 대결을 한 시기인 동시에 마르크스주의를 진정으로 자기화한 시기였다. 내가—1930년경에—다시 예술적 문제들을 집중적으로 연구하기 시작했을 때, 체계적 미학은 나의 시야에서 아주 멀리 있는 전망으로만 있는 상태였다. 그로부터 이십 년 뒤인 1950년대 초에야 비로소 나는 완전히 다른 세계관과 방법으로 내가 청년기에 품었던 꿈을 실현하는 일에 접근하고, 전혀 다른 내용들, 근본적으로 상반되는 방법들로 그 꿈을 실행할 생각을 할 수 있었다(11:31).

이렇게 생겨난 그의 후기 미학을 구성하는 텍스트에는 『미적인 것의 고유성』뿐만 아니라 『미학의 범주로서의 특수성에 대하여(*Über die Besonderheit als Kategorie der Ästhetik*)』도 포함된다. 1954년 동독의 《독일 철학지(誌)(*Deutsche Zeitschrift für Philosophie*)》에 발표한 「독일 고전철학에서 특수성의 문제(Die Frage der Besonderheit in der klassischen deutschen Philosophie)」에서부터 시작된, '특수성' 범주와 관련된 일련의 논문을 포함하고 있는 『미학의 범주로서의 특수성에 대하여』는 1956년 10월 봉기 전에 완성되었다. 이 책이 처음 출판된 곳은 이탈리아였는데, 1957년에 『마르크스주의 미학 서설. 특수성 범주에 대하여(*Prolegomeni all'estetica marxista. Sulla categoria della particolarità*)』라는 제목으로 출판된 이 책에는 1956년 12월에 루마니아의 수도인 부쿠레슈티에서 썼다고 적혀 있는 「서문」이 포함되어 있다. 헝가리에서도 이 책은 『미학의 범주로서의 특수성(*A különösség mint esztétikai kategória*)』이라는 제목으로 비슷한 시기에 출판되었으며(이 책 이후 헝가리에서 루카치의 책이 출판되기까지는 거의 십 년에 가까운 시간이 흘러야만 했다), 그로부터 십여 년 뒤인 1967년에 서독의 루흐터한트 출판사에서 『미학의 범주로서의 특수성에 대하여』 독일어 확장판[20]이 출판된다. 이 책은 루카치의 후기 미학에 포함되긴 하지만 이탈리아어 초판 제목이 말해주듯 일종의 서론적 성격의 글이고 또 '특수성'이라는 하나의 주제만 다루고 있다는 점에서 각론적 성격을 띤 텍스트라고 할 수 있다. 이에 비해 『미적인 것의 고유성』은 그 규모와 체계에서 그의 후기 미학의 본령을 이룬다고 할 수 있는데, 1956년 10월 봉기 전에 이미 약 육백 쪽 가량이 집필되어 있었던 이 책의 작업은 '유배지' 루마니아에서 돌아온 이후 본격적으로 이루어진다. 루카치는 일체의 공적 활동이 금지된 상황을 전화위복의 계기로 삼아 오로지 이 작업에만 매진했다.

부다페스트로 돌아온 지 이틀 뒤인 1957년 4월 13일 자 이탈리아 신문 《통일(*l'Unità*)》에는 집밖에 나온 루카치와 노상에서 짧게 나눈 대화가 실려 있는데(당시 정상적인 인터뷰는 금지되어 있었다), 그 대화에서 루카치는, 이미 10월 봉기 전에 미학 전체 작업의 계획이 잡혀 있었으며 총 삼 부로 구성될 미학 제1부의 첫 번째 책을 이미 절반가량 썼다고 밝히고 있다. 그러면서 제1부를 마치려면 약 8~10개월의 시간이 소요될 것 같다고 말했다.[21] 하지만 그의 희망 섞인 예측과는 달리 약 삼 년 뒤에, 그것도 삼 부 전체가 아니라 제1부만 겨우 끝낼 수 있었다. 1960년 2월에 다시 한 번 손을 보는 작업을 거친 끝에 나

20 1967년에 출판된 독일어본의 제6장 7절부터 12절까지의 내용은 새로 추가된 것이다.

21 「루카치와의 대화(Colloquio con Lukács)」, *l'Unità*, 1957년 4월 13일. https://gyorgyLukács.wordpress.com/2014/07/01/colloquio-con-Lukács/(2023년 9월 26일 최종 접속).

온 천칠백여 쪽 분량의 미학 제1부는 『미적인 것의 고유성』이라는 제목으로 1963년 서독의 루흐터한트 출판사에서 두 권(『게오르크 루카치 저작집』, 제11권과 제12권)으로 나뉘어 출판된다. 서독에서의 출판은 우여곡절을 겪었는데, 책의 초고를 검토한 헝가리 공산당 측에서는 루카치에게 서독에서 책을 출판하려면 헝가리를 떠날 것을 요구했다.[22] 루카치는 헝가리를 떠나라는 압박을 거부하고, 자신의 원고를 외국에 "밀수할 (…) 권리"[23]를 포기하지 않겠다는 입장을 고수했다. 『미적인 것의 고유성』은 이렇게 '밀반출'된 원고로 출판되었다.

4) 『비판적 리얼리즘의 현재적 의미』와 서방 세계의 루카치 수용

1957년부터 1960년대 중반까지 헝가리의 공적 담론에서 루카치는 거의 사라진 인물이었다. 미국의 좌파 활동가이자 작가였던 아네트 루빈스타인(Annette Rubinstein)이 1966년 헝가리를 방문했을 때 있었던 일은, 그 십 년간 헝가리에서 루카치가 어떤 처지에 있었는지를 짐작케 한다.

> 대강당에서 학생들에게 첫 강연을 할 때, 나는 이십 년 전 헝가리 방문에 처음 관심을 갖게 된 것은 그[루카치]의 작품 때문이었다고 말했다. 내가 그 이름을 언급하자마자 [학생들이] 엄청난 소리가 나도록 발을 굴렀다. 참석했던 교수 중 한 명은 다소 당황한 듯 보였지만 학장 대리는 그 열기에

22 게오르크 루카치, 「삶으로서의 사유: 게오르크 루카치와의 대담」, 『삶으로서의 사유: 루카치의 자전적 기록들』, 김경식·오길영 편역, 293쪽.
23 같은 책, 295쪽.

눈에 띄게 기뻐하면서, 루카치의 책은 학생들이 널리 읽고 토론했지만 대학에서 연사가 그를 직접 언급하는 것은 십 년 만에 처음 듣는다고 말했다.[24]

이 무렵부터, 그러니까 1960년대 중반부터 헝가리에서 루카치의 활동은 조금씩 자유로워지기 시작하며 1967년에는 마침내 당과 '화해'하기에 이른다.[25] 그의 책도 다시 출판되었는데, 『미학의 범주로서의 특수성』 이후 처음으로 1965년에 『미적인 것의 고유성』의 헝가리어판이 출판되었다.

동독에서 루카치의 책이 다시 출판된 것은 이보다 훨씬 뒤의 일이다. 1956년 이후에 동독에서 그에 대한 논의가 전혀 없었던 것은 아니지만 그러한 논의는 모두 정치적 판결과 결부된 비난에 가까운 방식으로 이루어졌다. 이러한 상황은 1967년 동독의 저명한 잡지 《의미와 형식(*Sinn und Form*)》 19권 1호에 브레히트 연구자 베르너 미텐츠바이(Werner Mittenzwei)의 논문 「브레히트-루카치 논쟁(Die Brecht-Lukács-Debatte)」이 발표된 이후 서서히 변화되어나갔다. 이 글을 기점으로 문예학이 정치적 지침에 일방적으로 종속된 상태에서 조금씩 벗어나면서 루카치에 대한 평가도 다른 식으로 이루어지기 시작했는데, 기본적으로 비판적이기는 하지만 그의 이론적 활동을 역사화하는 가운데 긍정적인 대목들을 일부 구제하는 방식의 논의들이

24 Annette Rubinstein, "Three Red Letter Days: Interviews with Gyorgy Lukács", *Science & Society* 48권 3호, 1984년 가을, 346쪽.

25 1967년에 이루어진 당과의 '화해'와 관련해서는 이슈트반 외르시, 「마지막 남긴 말의 권리」, 『삶으로서의 사유: 루카치의 자전적 기록들』, 15~18쪽을 참조하라.

나오기 시작했다. 그러한 과정을 거쳐 1977년에 미텐츠바이가 편찬한 『예술과 객관적 진리. 문학론과 문학사에 관한 에세이들(*Kunst und objektive Wahrheit. Essays zur Literaturtheorie und -geschichte*)』이 라이프치히 소재 레클람 출판사에서 출간되었는데, 이것이 1957년 이후 동독에서 처음 공간된 루카치의 저작이다. 동독에서 루카치의 '복권'이 이렇게 늦어진 데에는 그 사이 서독에서 루카치 수용이 활발했던 것도 한몫을 했을 것이다.

앞서 말했다시피 나치즘에서 해방된 동독에서 루카치는 '마르크스주의 교사'로서 확고한 영향력을 지니고 있었다. 1949년 헝가리에서 '반(反)루카치 캠페인'이 벌어진 이후에도 동독에서는 루카치의 이론적 위상이 흔들리지 않았다. 하지만 1956년 헝가리 민중봉기 이후에는 비방할 목적이 아닌 한에서는 그의 이름을 언급할 수 없게 되었으며 그가 쓴 글의 출판도 일체 금지되었다. 이렇게 동독에서 루카치가 축출되고 나서야 비로소 서독에서 루카치의 글이 출판 가능해졌다. 그래서 맨 처음 나온 책이 1958년 1월 함부르크 소재 클라센 출판사에서 발간된 『오해된 리얼리즘에 반대하여(*Wider den mißverstandenen Realismus*)』이었다. 이후 1960년대에 들어와 루카치의 여러 글들이 출판되는 가운데 서독의 루흐터한트 출판사는 1962년에 『이성의 파괴』를 『게오르크 루카치 저작집』 제9권으로 출판함으로써 1980년대 중반까지 이어지는 『게오르크 루카치 저작집』 발간을 시작한다. 당시 아도르노나 벤야민의 저작집도 나오지 않은 상태에서 헝가리 국적의 루카치 저작집이 발간되었다는 것은, 서독 지식사회에서 루카치가 얼마나 큰 관심을 받고 있었는지를 짐작케 한다.

『오해된 리얼리즘에 반대하여』는 스탈린이 죽고 난 뒤에, 하지만 소련과 헝가리에서 아직 탈(脫)스탈린화가 시작되지는 않았던 1955년 가을에 작성된 강연문 초안을 바탕으로 1956년 초에—따라서 소련 공산당 제20차 당 대회 직전에—유럽 여러 도시에서 강연한 것을 제20차 당 대회 이후에 글로 다시 고쳐 쓴 것인데, 그 수정·집필 과정에서 소련 공산당 제20차 당 대회에서 이루어진 논의도 반영되었다. 1956년 9월에 집필이 끝난 이 책은, 루카치가 헝가리 민중봉기의 물살에 휩쓸리게 되면서 헝가리와 동독에서 출판이 불가능해졌다. 그리하여 이 책은 헝가리어도 독일어도 아닌 이탈리아어로 1957년 토리노에서 『비판적 리얼리즘의 현재적 의미(*Il significato attuale del realismo critico*)』라는 제목의 책으로 처음 출간되었다. 이어서 1958년에 독일어판이 동독이 아닌 서독에서 공간되었는데, 그 책의 제목이 『오해된 리얼리즘에 반대하여』였다.

중기 루카치에서 후기 루카치로 가는 과도기적 작업[26]으로 볼 수 있는 이 책의 발간 직후 아도르노는 「강요된 화해(Erpreßte Versöhnung)」(1958)[27]라는 제목의 지극히 논쟁적인 텍스트를 통해 루카치 비판을 개시한다. 독일의 루카치 연구자 뤼디거 다네만이 "일종의 지적인 부친살해(eine Art intellektueller Vatermord)"[28]에 해당한다고 한 이 텍스트는

26 이 책에서 루카치는 소련 공산당 제20차 당 대회에서 이루어진 스탈린 비판을 긍정적으로 받아들이며 스탈린주의에 대한 심층적 비판의 필요성을 말하지만, 그러한 비판의 토대 위에서 스탈린의 '긍정적' 측면도 올바로 조명할 수 있다고 하면서, 레닌이 로자 룩셈부르크를 '비판'하면서 '구제'했던 방식을 언급한다. 로자 룩셈부르크를 스탈린과 비교한다는 것 자체는 스탈린주의에 대한 루카치의 인식이 아직 철저하지 못함을 방증하는 것인데, 이런 점에서도 이 책의 과도기적 성격을 확인할 수 있다.

27 Theodor Adorno, "Erpreßte Versöhnung. Zu Georg Lukács: *Wider den mißverstandenen Realismus*", *Der Monat* 제11권 11호, 1958.

28 Rüdiger Dannemann, "Umwege und Paradoxien der Rezeption. Zum 50. Todestag

루카치의 마르크스주의 문학론에 대해 이후 서독에서 전개된 각종 비판의 이론적 원천을 이루게 된다. 서방 세계에 가장 먼저 루카치를 알렸던 루시앙 골드만이 그랬듯이, 아도르노 또한 그 자신의 사유 세계를 형성하는 데 지대한 영향을 미쳤던 『역사와 계급의식』까지의 루카치와 그 이후의 루카치를 엄격히 구분한다. 골드만이 중후기 루카치를 철저히 무시하는 전략을 택했다면, 아도르노는 여기에서 한 걸음 더 나아가 격렬히 비판하는 데 앞장섰는데, 그를 필두로 해서 서방 세계에서는 『역사와 계급의식』 이후의 루카치, 특히 1930년 이후의 루카치를 스탈린주의적 내지 반(半)스탈린주의적 교조주의자이자, 천재적인 초기 사유를 스스로 배반한 타락한 지성으로 평가하는 '신화'가 만들어졌다.

이 글을 쓴 아도르노에 대해 루카치는 『소설의 이론』 신판 「서문」(1962)에서 "심연이라는 그랜드 호텔"에 거주하면서 안락한 절망을 향유하는, "비(非)순응주의로 위장한 순응주의"라는 말로 대꾸하는 이상의 반응을 보이지 않았다.[29] 루카치가 이러한 반응을 보인 데에는, 전적으로 부정적이고 비판적이기만 한 아도르노류(類)의 이론은 "부드러운 조작"[30]이 지배하는 자본주의 체제로서는 충분히 '소화'할

von Georg Lukács", http://zme-net.de/article/3833.umwege-und-paradoxien-der-rezeption.html(2023년 10월 5일 최종 접속).

29 게오르크 루카치, 『소설의 이론』, 김경식 옮김, 18쪽.

30 1960년대에 들어와서 루카치는 당시의 세계사적 상황을 총괄하는 표현으로 "조작의 시대", "조작의 체제"라는 말을 빈번히 사용했다. 스탈린주의의 굴레에서 벗어나지 못한 '현실사회주의'의 "난폭한 조작"과, 대량생산·대량소비에 의해 작동하는 당대 자본주의 사회의 "부드러운 조작"에 관해서는 김경식, 『루카치의 길: 문제적 개인에서 공산주의자로』, 191~193쪽을 참고하라.

만한 것이라는 이론적 판단뿐만 아니라 「강요된 화해」가 발표된 지면인 《모나트(*Der Monat*)》가 반공주의 성향의 잡지였다는 사실도 일정한 역할을 했을 것이다. 실제로 이 잡지는 — 아도르노가 알고 있었는지는 모르겠지만 — 미국 CIA로부터 자금을 지원받는 매체였으며, 여기서 발표된 글들은 역시나 CIA의 지원을 받는 영어권과 프랑스어권 잡지들을 통해 신속히 재생산·유통되었다.[31]

이후 서구 지식계에서 루카치를 대하는 주된 흐름은 아도르노의 방식과 대동소이했지만, 『역사와 계급의식』 이후의 루카치에 대해서도 비(非)스탈린주의적 비교조적 마르크스주의자이자, 자본주의도 스탈린주의적 사회주의도 아닌 '제3의 길'을 주창한 사상가로 보고 대화를 시도한 지적 흐름이 없었던 것은 아니다. 독일 분단 시절 서독에 국한해서 보더라도 레오 코플러(Leo Kofler), 이링 페춰(Iring Fetscher), 프리츠 라다츠(Fritz Raddatz), 페터 뷔르거, 토마스 메쳐 등이 그런 흐름에 속했다. 말이 나온 김에 덧붙이자면, 동구 사회주의 블록의 붕괴 이후에도 계속 루카치를 '전문적'으로 연구하는 학자들 대부분은 '천재적인 전기 루카치'와 '교조주의적인 후기 루카치'라는 식의 단순 이분법에는 전혀 동의하지 않는다. 심지어 이탈리아의 루카치 연구자 귀도 올드리니(Guido Oldrini)는 아도르노와는 정반대되는 주장을 하는데, 그에 따르면 "루카치의 진정한 독창적 사상은 1930년 이후 그의 성숙한 마르크스주의와 함께 비로소 펼쳐진다."[32]

31 이에 대한 신랄한 비판은 위에서 소개한 메사로시의 대담을 참고하라. 1948년에 창간된 《모나트》는 CIA와 관계된 조직인 '문화 자유 회의(Congress for Cultural Freedom)'의 지원을 받았다.

32 Guido Oldrini, "Lukács, ein Denker im Kampf für die Verteidigung der Menschlichkeit

아도르노가 막스 호르크하이머(Max Horkheimer)와 함께 창설한 '프랑크푸르트학파'를 계승하고 있는, 또한 아도르노와 마찬가지로 『역사와 계급의식』까지의 루카치에 편중된 관심을 가진 악셀 호네트(Axel Honnett)조차도 루카치를 "세계정상급 철학자이기도 했던 유일한 마르크스주의자"[33]로 인정하면서, 중후기 루카치가 이룩한 학문적 이론적 성취를 완전히 백안시하지는 않는다.

5) '68혁명'과 루카치

분단 독일 시절 서독에서 있었던 루카치 수용의 두 가지 흐름에서 공산주의 운동에 투신하기 전의 초기 루카치 및 『역사와 계급의식』의 루카치는 공히 적극적으로 주목받았다. 특히 『역사와 계급의식』은 1960년대 서방 세계 곳곳에서 광범위하게 전개된 학생운동에 큰 영향을 미치게 된다. 프랑스에서는 이미 1960년에 이 책에 거리를 두었던 루카치의 허락을 받지 않은 채로 번역본이 출간되었으며, 서독에서도 대학생들 사이에서 '해적판'이 폭넓게 읽혔다. 하지만 그 당시 루카치 본인은 서구 학생운동의 주도 세력 및 좌파 지식인들의 관심사와는 다른 문제에 몰두하고 있었다. 그는 『역사와 계급의식』이 생겨났던 1920년대 초와는 역사적 조건이 완전히 달라졌다는 인식에

des Menschen", *Lukács 1998/1999. Jahrbuch der Internationalen Georg-Lukács-Gesellschaft*, 35쪽.

33 Axel Honnett, "Der Realist der Zerrissenheit. Zum 50. Todestag des Philosophen Georg Lukács", https://taz.de/Der-Realist-der-Zerrissenheit/!5771153/(2023년 10월 5일 최종 접속).

서,[34] 『역사와 계급의식』 자체가 내장하고 있는 이론적 오류들을 극복한 새로운 마르크스주의 철학을 정립하고자 했다.[35]

그는 서방 세계의 좌파 지식인 및 대학생들이 『역사와 계급의식』을 역사화하지 않고 변혁 이론의 '직접적 모델'로 여기는 것에 대해 단호히 반대했다. 흔히 '68혁명'으로 총괄되는 서방 세계 대학생들 중심의 사회 정치적 운동에 대해서도 전적인 지지만 보낸 것은 아니었다. 그는 그 운동의 의미를 부정하지 않고 대단히 중요한 사건으로 평가했지만 그것이 진정한 혁명으로 전환될 수 있을지에 대해서는 회의적인 태도를 보였다. 엄격한 체계적 사상가였던 그로서는 학생 봉기의 행동주의와 '해프닝적 성격(Happening-Charakter)'을 진정한 혁명운동으로 받아들이기가 어려웠다. 1970년에 가졌던 한 대담에서 그는 자본주의 체제 전체가 심각한 위기에 봉착했음을 고지하는 그 운동

34 "1920년대는 지나간 시대예요. 우리가 관심을 가져야 하는 건 1960년대의 철학적 문제들입니다"라는 것이 루카치의 입장이었다. 인용한 곳은 게오르크 루카치, 「《신좌파평론》과의 대담」, 『삶으로서의 사유: 루카치의 자전적 기록들』, 401쪽.

35 『역사와 계급의식』에 대한 루카치의 자기비판은 1930년대에는 주로 '자연변증법'과 '모사론'(반영론)을 부정한 데에 그 초점이 맞추어져 있었다. 1960년대 후반에 루카치는 다시 한 번 포괄적인 자기비판을 시도하는데, 『역사와 계급의식』이 포함된 독일어판 『게오르크 루카치 저작집』 제2권의 「서문」(1967)에서 그는 『역사와 계급의식』이 마르크스주의의 역사 안에서 나타나는 한 경향, 즉 "마르크스주의를 오로지 사회이론으로서만, 사회철학으로서만 파악하면서 마르크스주의에 포함되어 있는 자연에 대한 입장을 무시하거나 배척"함으로써 "마르크스주의적 존재론의 기초들에 반(反)하는 (…) 경향"을 대변한다고 적고 있다(2:18). '자연'이 그 존재론적인 객관성을 상실하고 "사회적 범주"로만 파악됨으로써 "사회와 자연의 신진대사의 매개자인 노동"이 경제에서 누락되고 "노동과 노동하는 인간의 발전 사이에 존재하는 상호작용"도 사라지게 되는 한편 『역사와 계급의식』의 핵심 개념인 '실천'마저도 협소해졌고, 이에 따라 자본주의의 모순과 프롤레타리아계급의 혁명화에 대한 서술이 "과도한 주관주의"적 색채를 띠게 되었다는 것이 말년의 루카치가 『역사와 계급의식』에 대해 내리고 있는 자체 평가이다(2:19/20).

이 "조작적 자본주의 사회의 모순들에 대한 반대를 의미하기 때문에" "마땅히 긍정적으로 평가되어야" 하지만 "이데올로기상으로는 아직 심히 미숙한 수준에 있다"고 평가한다. 당시 루카치가 보기에 자본주의뿐만 아니라 사회주의도 위기에 처해 있었다. "세계사적으로 보면 우리는 전(全) 세계적 위기의 문턱에 있다. 이러한 시기는 오십 년도 더 지속될 수 있다." 하지만 마르크스주의는 레닌 이후 전개된 자본주의와 사회주의의 변화를 파악할 수 있는 능력을 상실했다는 것이 루카치의 판단이었다. '인류의 진정한 역사'가 시작되는 공산주의로 가는 길고 먼 길을 시야에 담고 있는 그는 — 더 이상 레닌의 혁명 이론이 직접적 모델이 될 수 없는 역사적 단계에서 — 진정한 혁명 이론의 부활이 서구와 동구 양쪽 모두에서 필요하다고 보았다. "혁명적인 이론 없이 혁명적인 실천 없다"는 레닌의 말을 여러 지면에서 환기시키는 그에 따르면, 진정한 혁명 이론의 부활은 마르크스주의 이론의 쇄신을 요구한다. 먼저 "마르크스주의적 방법을 갱신"하고 이에 의거해 새로운 단계에 접어든 "자본주의 발전에 대한 경제적 사회적 분석을 해야 하며 (…) 구체적인 문제들을 구체적으로 풀어야 한다"는 것이 그의 주장이었다. "이런 일이 일어날 때에야 비로소 우리는 위대한 결단들을 낳는, 실로 진지한 혁명운동을 말할 수 있다"는 것이 그의 입장이었다.[36] 그가 1960년대 내내 매진했던 작업, 즉 마르크스 사상을 유물론적이고 역사적인 존재론으로 재구축하는 작업은 이러한 입장에서 그가 내딛은 첫걸음이었다.

36 이상의 내용을 참조하고 인용한 곳은 Georg Lukács, "Nach Helgel nichts Neues. Gespräch mit Georg Klos · Kalman Petkovic · Janos Bremer, Belgrad"(1970), *Georg Lukács Werke, Band 18, Autobiographische Texte und Gespräche*, Bielefeld: Aisthesis, 2005, 437쪽.

6) 마르크스주의의 새로운 시작과 『솔제니친』

공산주의 전망에 의거한 이러한 작업을 '마르크스주의의 르네상스'를 기치로 내걸고 수행한 루카치였지만, 그리고 그러한 '마르크스주의의 재생'이 막 '시작'되었다고 본 루카치였지만, 그 '시작'은 근본부터 새로 출발하는 과정의 시작이었다. 그만큼 당대의 상황에 대해서 그는 '비관적'이었다. 그는 1960년대의 마르크스주의는 19세기 초반 노동운동이 막 시작되었을 때와 유사한 위치에 있다고 보았다. 요컨대 마르크스주의-공산주의 운동은 완전히 처음부터 새로 시작해야 한다는 입장이었던 것이다. 다음은 1966년에 가졌던 한 대담에서 루카치가 한 말이다.

> 그리고 우리가 분명히 알아야 할 것은, 오늘날 주체적 요소를 일깨우는 데에 있어서 1920년대를 회복하고 계승할 수 있는 것이 아니라, 지금까지의 노동운동과 마르크스주의를 통해 우리가 지니게 된 모든 경험을 가지고 새로운 시작의 지반 위에서 시작해야만 한다는 것입니다. 우리는 새로운 시작과 관계하고 있다는 것을, 혹은 — 비유를 사용하자면 — 우리는 지금 20세기의 20년대에 있는 것이 아니라 어떤 의미에서는 19세기의 초반에, 프랑스 혁명 이후 노동운동이 서서히 형성되기 시작했던 19세기 초반에 있다는 것을 분명히 알아야만 합니다.[37]

37 *Gespräch mit Georg Lukács: Hans Heinz Holz·Leo Kofler·Wolfgang Abendroth*, Theo Pinkus 엮음, 48쪽.

그는 자신이 시도하는 마르크스주의적 존재론이 이 "새로운 시작"을 함께하는 첫걸음이자 그가 옳다고 확신하는 방향으로 나아가는 작은 발걸음이라고 믿었다. 그는, 소련 공산당 제20차 당 대회 이후에도 스탈린주의의 영향이 여전했던 동구 사회주의 국가들에서 스탈린주의에 대한 비판이 개시된 점, 동구와 서구 양쪽에서 마르크스주의를 둘러싸고 '공식적 마르크스주의'보다 훨씬 더 폭넓고 유연한 논의들이 시작된 점, 그리고 유고슬로비아에서 스탈린주의와 선을 긋고 노동자 자주 관리가 도입된 점 등에서 '마르크스주의의 르네상스'의 '시작' 내지 '전야(前夜)'를 보았다. 그는, 아직 올바른 방향이 객관적으로 주어져 있지는 않지만 마르크스주의의 갱신 작업에 매진하는 루카치 자신의 목소리를 포함한 여러 목소리들이 토론과 논쟁을 통해 공통의 방향을 수립하고 스탈린주의에 의해 잃어버린 것들을 회복하기를 희망했다. 체계적 사상가 루카치는 그러한 "새로운 시작"을 위한 첫걸음으로, 다시 마르크스로 돌아가서 진정한 마르크스적 방법을 파악하고 유물론적이고 역사적인 존재론으로 마르크스 이론을 재구축하고자 했다. 이 작업을 위해 생애 마지막 십 년을 바친 그는 『사회적 존재의 존재론을 위하여(*Zur Ontologie des gesellschaftlichen Seins*)』와 『사회적 존재의 존재론을 위한 프롤레고메나(*Prolegomena zur Ontologie des gesellschaftlichen Seins*)』를 세상에 남겼다.

이 두 책으로 제시된 그의 '사회존재론'은 원래 '인간 행동의 체계에서 윤리의 위치(Die Stelle der Ethik im System der menschlichen Aktivitäten)'라는 제목 하에 집필하려 했던 '마르크스주의 윤리학'을 위한 서론 또는 제1장으로 착수한 작업의 결과물이다. 청년 시절 도스토옙스키 연구서가 그 서론인 『소설의 이론』만 완성된 채 발췌와 메모로 남았듯이,

칠십 대 중반을 넘어선 그가 착수했던 마르크스주의 윤리학 작업 역시 그 서론이 하나의 독자적 작업으로 성장하게 됨에 따라 발췌와 메모로만 남게 되었다.[38] 윤리학을 생각하고 착수한 작업은 『사회적 존재의 존재론을 위하여』에 마침표를 찍는 것으로 끝나고 말았고, 그 존재론 작업 자체도 루카치 스스로 만족할 만큼 충분히 조탁되지는 못했다. 1차 집필을 끝낸 『사회적 존재의 존재론을 위하여』의 체제를 새롭게 할 생각을 품고, 재구성할 이 책 앞에 배치할 『프롤레고메나』 집필을 겨우 마쳤을 즈음 루카치에게는 더 이상 사유하고 글을 쓸 정신적 신체적 여력이 남아 있지 않았다.[39]

앞으로 우리가 살펴볼 『솔제니친』은 존재론을 집필하던 그 십 년 사이에 루카치가 쓴 두 편의 문학비평으로 구성되어 있다. 우리는 이 두 편의 에세이에서 중기 루카치와의 통일성과 차이를 볼 수 있을 뿐만 아니라 후기 루카치 내부에서 진행된 변화도 엿볼 수 있다. 솔제니친의 노벨레들을 다룬 첫 번째 글 「솔제니친: 『이반 데니소비치의 하루』」는 『미적인 것의 고유성』을 출판한 뒤 마르크스주의 윤리학의 서론으로 설정한 사회적 존재의 존재론을 집필하던 과정의 초기 국면에 집필되었다. 『솔제니친』에 수록된 두 번째 글이자 루카치의 마지막 실제비평인 「솔제니친의 장편소설들」은 더 이상 윤리학의 서론이 아니라 그 자체로 독자적 기획이 된 『사회적 존재의 존재론을 위하여』의 초고를 완성한 뒤 『사회적 존재의 존재론을 위한 프롤레고메

38 이 발췌와 메모는 1994년에 공간되었다. *Georg Lukács. Versuche zu einer Ethik*, G. I. Mezei 엮음, Budapest: Akadémiai Kiadó, 1994.

39 1960년대 루카치의 작업과 존재론의 발생사에 관해서는 김경식, 『루카치의 길: 문제적 개인에서 공산주의자로』, 180~190쪽을 참고하라.

나』 집필에 착수한 시기에 쓴 것이다. 두 시기의 차이는, 예컨대 『미적인 것의 고유성』에서도 여전히 견지되었던 '변증법적 유물론'과 '역사적 유물론'의 구분, 비록 스탈린주의에 의해 이분화되고 말았던 양자의 불가분한 통일성을 누차 강조하고 있긴 하지만 그래도 용어상 유지되었던 양자의 구분이 『사회적 존재의 존재론을 위하여』에서는 양자의 통일성을 구체화하는 마르크스주의 존재론('유물론적 역사적 존재론')으로 해소되고 『사회적 존재의 존재론을 위한 프롤레고메나』에서는 '변증법적 유물론'이라는 이론틀 자체가 부정되기에 이르는 데에서도 엿볼 수 있다.[40] 루카치의 마르크스주의 이해에서 이루어진 이런 변화는 문학비평에도 어떤 식으로든 투영되어 있을 것이다. 『솔제니친』에 수록된 두 편의 비평 중 특히 「솔제니친의 장편소설들」은 마르크스주의에 대한 루카치의 새로운 이해를 함유하고 있는바, 그 글을 마르크스주의 장르 비평의 한 모범으로 평가하는 프레드릭 제임슨은 1981년에 출간된 『정치적 무의식: 사회적으로 상징적인 행위로서의 서사』에서 다음과 같이 적고 있다.

> 루카치는 책상에 앉아 한 편의 장르 비평을 써내는데, 나는 바로 그때가 최근의 마르크스주의적 사유의 역사에서 '고도의 진지성'이 발휘된 순간들 중 하나라고 생각한다.[41]

40 『사회적 존재의 존재론을 위한 프롤레고메나』에서 루카치는 '변증법적 유물론'과 '역사적 유물론'에 대한 스탈린주의적인 이해를 비판하는 와중에 '변증법적 유물론'이라는 표현은 마르크스의 것이 아니라고 하는데(『사회적 존재의 존재론을 위한 프롤레고메나 2』, 게오르크 루카치 지음, 김경식·안소현 옮김, 나남, 2017, 155~156쪽), 실제로 그 용어는 마르크스나 엥겔스가 아니라 게오르기 플레하노프가 처음 쓴 것으로 알려져 있다.

2. 솔제니친 · 사회주의 · 사회주의 리얼리즘

1) 『솔제니친』의 발생사

루카치의 『솔제니친』은 1970년 11월, 그가 이 세상을 하직하기 약 반 년 전에 서독의 루흐터한트 출판사에서 단행본으로 처음 발간되었다. 앞에서 말했다시피 『미적인 것의 고유성』 집필을 마친 1960년 초부터 생애 마지막 순간까지 루카치는 거의 전적으로 존재론 작업에만 매달렸다. 이 와중에 쓴 문학 관련 글은 두 편의 솔제니친 평문을 제외하면 짧은 에세이 몇 편, 그리고 독일어판 『게오르크 루카치 저작집』 가운데 1960년대에 발간된 책 몇 권에 붙인 「서문」이나 「발문」에 불과하다. 이런 점을 고려할 때 동시대에 소련에서 창작 활동을 개시한 알렉산드르 이사예비치 솔제니친(Aleksandr Isayevich Solzhenitsyn)을 다룬 두 편의 에세이는 그의 집필 이력에서 매우 이례적인 경우에 속한다. 베르톨트 브레히트의 후기 극작품이 지닌 '위대한 의미'를 본격적으로 밝히지 못한 것을 문학비평가로서 마땅히 해야 할 직무를 제대로 수행하지 못한 것으로 여겼으며,[42] 1960년대에 들어와 평가를 달리하게 된 프란츠 카프카(Franz Kafka)에 관해서도 새 글을 쓰지 못한 루카치였지만, 솔제니친에 대해서는 두 번에 걸쳐서 그것도 보기 드물 정도로 방대한 규모의 글로 다루었다. 이는 솔제니

41 프레드릭 제임슨, 『정치적 무의식: 사회적으로 상징적인 행위로서의 서사』, 이경덕 · 서강목 옮김, 132쪽.

42 이와 관련해서는 「삶으로서의 사유: 게오르크 루카치와의 대담」, 『삶으로서의 사유: 루카치의 자전적 기록들』, 김경식 · 오길영 편역, 192쪽 이하 참조.

친의 등장을 루카치가 얼마나 대단한 '사건'으로 여겼는지를 짐작케 한다.

『솔제니친』에 수록된 첫 번째 에세이 「솔제니친: 『이반 데니소비치의 하루』」는 1964년에 처음 발표되었다. 이 글에서 루카치는, 당시 소련 공산당 서기장이었던 니키타 흐루쇼프의 재가를 받는 절차를 거친 끝에야 간신히 세상에 나올 수 있었던 『이반 데니소비치의 하루』를 중심으로 솔제니친의 노벨레들을 고찰하고 있다. 이 글에서 루카치가 다루고 있는 솔제니친의 노벨레 중 『이반 데니소비치의 하루』는 소련작가동맹의 문예월간지 《노비 미르(*Novyi Mir*)》 1962년 11월호에 처음 발표되었으며, 『마트료나의 집』, 『크레체토프카 역에서 생긴 일』은 1963년 1월, 『대의를 위하여』[43]는 그해 7월에 발표되었다. 소련에서 러시아어로 발표된 이 작품들은 곧바로 헝가리어와 독일어로 번역되었는데, 루카치는 이 번역본들을 바탕으로 1963~1964년에 「솔제니친: 『이반 데니소비치의 하루』」를 집필했다. 이 글은 처음에는 「오늘날의 사회주의 리얼리즘. 스탈린 시대와의 비판적 대결(Sozialistischer Realismus heute. Kritische Auseinandersetzung mit der Stalinzeit)」이라는 제목으로 서독의 잡지 《노이에 룬드샤우(*Neue Rundschau*)》 1964년 3호(가을)에 발표되었으며, 같은 해에 발간된 독일

43 이 작품은 아직 번역되지 않았는데, 솔제니친을 다룬 러시아 문학 연구자들의 글을 보면 『일의 유익을 위하여』, 『공공을 위하여』 등으로 소개되고 있다. 『루카치가 읽은 솔제니친』에서 나는 이 노벨레의 독일어 번역본 제목인 "Zum Besten der Sache"를 『과업을 위하여』로 옮겼다. 그런데 미국의 루카치 연구자 리 콩돈(Lee Congdon)이 소개한 작품 내용을 보건대 『대의를 위하여』로 옮기는 것이 더 바람직해 보인다. 이 작품의 줄거리에 관해서는 Lee Congdon, "Revivifying socialist realism: Lukács's Solschenizyn", *Studies in East European Thought* 71권, 2019년 2호, 160~161쪽 참조.

어판『게오르크 루카치 저작집』 제5권『리얼리즘의 문제들 II. 세계문학 속의 러시아 리얼리즘(*Probleme des Realismus II. Der russische Realismus in der Weltliteratur*)』(Neuwied · Berlin: Luchterhand, 1964)에「솔제니친: 『이반 데니소비치의 하루』」라는 제목으로 수록되었다.

루카치가 1969년에 집필한 두 번째 에세이「솔제니친의 장편소설들」은 솔제니친의 두 편의 장편소설, 즉『제1권』[44]과『암 병동』을 다루고 있다. 루카치가 이 글을 쓸 무렵 솔제니친의 작품들은 더 이상 소련에서 발표될 수 없었다. 1964년 10월 흐루쇼프가 실각하고 레오니트 브레즈네프(Leonid Brezhnev)가 등장하면서 소련 사회는 다시 경직되기 시작했다. 그런 상황에서 소련에서는 출판이 금지되었던『암 병동』(1963~1967년 집필)의 프랑스어판과 독일어판이 1968년에 출간되며, 1957년부터 약 구 년 동안 집필한『제1권』은 1968년에 뉴욕의 한 출판사에서 러시아어판이 출간되고 같은 해에 영어와 독일어 번역본이 발간되었다. 이 작품은 원래 아흔여섯 장으로 구성되었는데, 1968년에 출판된 러시아어판은 여든일곱 장으로 축소된 것이었다. 처음 나온 영어본과 독일어본은 이를 번역한 것이었고, 루카치가 읽은 것은 이 독일어본이었다.

이 두 편의 장편소설을 접했을 때 루카치는, 체코슬로바키아 사태 이후 사회주의와 민주주의의 문제를 사회존재론적인 관점에서 구체화하는『사회주의와 민주화』[45]를 집필 중이었다. 체코슬로바키아에

44 솔제니친이 제목을 빌려온 단테의『신곡』번역서들에서도 그러하듯이『제1원(第一圓)』으로 번역되기도 하는데, 국역본(『第一圈』 전 2권, 이종진 옮김, 분도출판사, 1973~1974) 제목에 따라『제1권』으로 옮긴다. 루카치가 읽은 독일어 번역본 제목은『지옥의 제1권(Der erste Kreis der Hölle)』이다.

서 공산당 제1서기로 선출된 알렉산더 두브체크(Alexander Dubček)는 1968년 1월 5일 '인간의 얼굴을 한 사회주의'를 지향하는 개혁에 착수했다. 이 과정을 지켜보던 소련은 8월 21일에 소련과 바르샤바 조약기구의 군대를 체코슬로바키아에 투입하여 체코의 민주화 과정을 무력으로 진압했다. 당시 『사회적 존재의 존재론을 위하여』의 초고 집필을 막 마친 루카치는 그 원고를 다듬는 작업을 뒤로 미룬 채 그의 "정치적 유언"으로 불리는 『사회주의와 민주화』를 집필했다. 그 무렵에 루카치는 솔제니친의 두 편의 장편소설을 읽었고, 9월부터 집필하기 시작한 『사회주의와 민주화』를 12월에 끝내자마자 「솔제니친의 장편소설들」을 썼다.[46] 이미 그때 솔제니친은 소련 당국에 의해 반소(反蘇) 작가로 지목된 상태에 있었다. 솔제니친은 그다음 해인 1969년 11월 4일에는 소련작가동맹에서 제명당하기까지 하는데, 소련에서의 이러한 처지에 반해, 또는 그 덕분에, 서방 세계에서 그에 대한 관심은 급격히 높아졌고, 급기야 1970년 노벨문학상 수상자로 선정된다(그는 수상을 수락했지만 수상을 위해 외국으로 나가면 소련 당국이 입국을 막을 것이라고 생각해서 수상식에는 참석하지 않았다). 그 뒤 기록문학인 『수용소 군도』의 일부가 1973년 12월 20일 프랑스에서 출간되는데, 이 일로 그는 1974년 2월 13일 소련 당국에 의해 체포 및 투옥되었

45 이 책은 당시 정치적 상황에서는 출판될 수 없었다. 집필 이후 십칠 년이 지난 1985년에 『오늘과 내일의 민주화(*Demokratisierung heute und morgen*)』라는 제목으로 헝가리에서 처음 출판되었으며, 곧이어 1987년에 서독에서 『사회주의와 민주화(*Sozialismus und Demokratisierung*)』라는 제목으로 출간되었다. 이 책의 내용 일부에 관한 간략한 소개는 김경식, 『게오르크 루카치: 과거와 미래를 잇는 다리』, 215쪽 이하를 참고하라.

46 Lee Congdon, "Revivifying socialist realism: Lukács's Solschenizyn", 앞의 책, 161쪽 참조.

다가 시민권을 박탈당하고 추방 명령을 받는다. 그는 먼저 서독으로 갔다가 1976년에 미국으로 거처를 옮긴다. 그 사이 서방 세계에서는 『수용소 군도』와 함께 또 다른 기록문학인 『붉은 수레바퀴』도 출판되기 시작했다. 하지만 루카치는 『제1권』과 『암 병동』 이후에 나온 솔제니친의 작품들과 정치적 논설들은 접하지 못한 상태에서 세상을 하직했다. 1971년 6월 4일 타계한 루카치가 읽은 솔제니친은, 『이반 데니소비치의 하루』에서부터 『제1권』과 『암 병동』까지의 솔제니친이 전부였다.

2) '사회주의 리얼리스트' 솔제니친

이 사실을 강조할 필요가 있는데, 솔제니친의 이후 행적과 그의 정치 이데올로기적 영향—그의 의도와는 무관한, 아니 그의 의도에 반하는 영향까지 포함한—을 생각하면 『솔제니친』에서 루카치가 제시하는 해석과 평가를 쉽게 받아들이기 어려울 수 있기 때문이다. 서방 세계에서 솔제니친은 반(反)스탈린주의자를 넘어서 반(反)사회주의자로 받아들여졌고, 심지어 '반공의 투사'로까지 '이용'되었다. 실제로 프랑스의 이른바 '신철학자들(nouveux philosophes)'[47]만 하더라도 『수용

47 이들은 프랑스의 1968년 5월 혁명 당시 극좌파에 소속되어 학생운동을 한 전력이 있으나 자신들의 과거를 반성하면서 윤리화된 정치철학을 주창하고 공산주의와 전체주의를 도매금으로 싸잡아 비판한 새로운 유형의 우파 철학자들이었다. 1977년에 출간된 베르나르 앙리 레비(Bernard-Henri Lévy)의 『인간의 얼굴을 한 야만(*La Barbarie à visage humain*)』, 앙드레 글뤽스만(Andre Glucksmann)의 『사상의 거장들(*Les Maîtres penseurs*)』이 이들의 출발을 알린 저작이다. 이들은 솔제니친의 『수용소 군도』에서 큰 영향을 받았다고 했다. '마르크스주의=스탈린주의=전체주의'라는 이들의 공식은

소 군도』가 그들이 반(反)마르크스주의로 전향하는 데 큰 영향을 미쳤다고 공언한 바 있다. 1970년대 반공 파시즘 체제 하의 한국에서도 솔제니친은 반소련 반공산주의를 대표하는 작가이자 지식인으로 여겨졌다.[48] 이 점에서는 좌·우의 차이가 별로 없었는데, 군부독재정권과 편을 같이했던 우익 쪽에서 그를 '자유를 찾아 서방 세계의 품에 안긴 반공의 투사'로 선전했다면, 당시 대표적인 비판적 지식인으로 꼽혔던 리영희는 그를 "종교적 전통적 대러시아주의를 바탕으로 한 반공주의자"로 분류했다.[49] 1970년대에 국내외에서 이뤄진 이런 수용 상황을 고려할 때 『이반 데니소비치의 하루』를 비롯한 노벨레들에 관해서는 "사회주의 리얼리즘의 재생"을 위한 "서곡"으로 평가하고,[50] 두 편의 장편소설에 관해서는 "위대한 문학의 막강한 유산, 무엇보다 톨스토이와 도스토옙스키의 유산도 물려받고 있"(57)을 뿐만 아니라 "1920년대 사회주의 리얼리즘의 위대한 전통을 갱신"함으로

1970년대 말 프랑스 지식세계에서 마르크스주의를 주변부로 몰아내는 데 크게 기여했다.

48 솔제니친의 이력과 한국에서 그가 어떻게 수용되었는지에 관해서는 다음의 글을 참조할 만하다. 李烆宣(이행선), 「알렉산드르 솔제니친(1918~2008)의 번역 수용과 반공, 문화냉전 그리고 민족」, 《大東文化硏究》 제111집, 2020년 9월.

49 리영희에 따르면 "반(反)마르크스주의, 반혁명, 반사회주의, 반소비에트공화국연방적 이데올로기"인 "솔제니친적 이데올로기의 바탕은, 제정 러시아의 구질서적 가치체계에 대한 충성이다." 그는 솔제니친이 "전통적인 목가적 전원생활의 러시아 농민사회 질서와 그것의 물질적인 토대인 지주제 생산양식 및 그 정신문화적 지주인 기독교(러시아 그리스도 정교)로의 복귀에서 인간생활의 이상을 찾는다"고 보았다. 리영희, 「소련 반체제 지식인의 유형과 사상」(1975), 『리영희 저작집2, 우상과 이성』, 한길사, 2006, 394~431쪽. 李烆宣, 앞의 책, 213쪽에서 재인용.

50 게오르크 루카치, 「솔제니친: 『이반 데니소비치의 하루』」, 『루카치가 읽은 솔제니친』, 김경식 옮김, 20쪽. 본서 제7장에서 앞으로 이 책을 인용할 경우에는 음영체로 본문에 쪽수를 병기한다.

써 "사회주의 리얼리즘을 부활시키고 세계문학적 의미를 지니도록 그것을 향상"(53)시킨 것으로 평가하는 루카치의 논술은 몹시 이례적인 것이었다.

당장 문제가 되는 것은 솔제니친의 작품들을 '사회주의 리얼리즘의 부활'이라는 맥락에서 평가하는 대목이다. 1964년 에세이에서는 조심스레 이루어졌던 진단과 예측이 1969년 에세이에서는 확실한 인정으로 나아간다. 당시 논자들 사이에서 솔제니친의 작품을 리얼리즘 문학의 성취로 평가하는 데에는 별 이견이 없었다. 하지만 그것을 '사회주의 리얼리즘'으로 읽는 데에는 동조하는 이가 거의 없었다.

솔제니친의 '리얼리즘(Realismus)'에 '사회주의적(sozialistisch)'이라는 한정어를 부가함으로써 '사회주의 리얼리즘(sozialistischer Realismus)'으로 성격 규정하는 대목에 대한 가장 손쉬운 비판 방식은, 여기에서 루카치의 독단적 교조주의적 '맹목'을 확인하는 것이다. 루카치 사후 솔제니친의 행보까지 고려하면, 뿐만 아니라 소련 사회와 소련 문학의 이후 전개 과정까지 고려하면, 그러한 비판은 그럴 듯해 보일 수 있다. 이와 달리 루카치를 단순히 교조주의적 비평가로 몰아치지 않고 그의 '좋은 의도'를 이해하려고 하는 쪽도 있었다. 이들은 '사회주의 리얼리즘'이라는 용어를 동원한 루카치의 언설을, 솔제니친이 소련 당국의 심각한 비난의 대상이 되기 시작한 상황에서 '사회주의 리얼리즘'으로 솔제니친의 작품 세계를 규정함으로써 작가를 방어하려는, 루카치의 계산된 전술적 발언으로 읽었다. 1971년에 영어로 번역된 『솔제니친』의 서평을 쓴 패트리샤 블레이크(Patricia Blake)의 입장은 그 두 가지 평가 사이에 있다. "솔제니친의 작품은 사회주의 리얼리즘의 재생"이라는 루카치의 발언에 대해 그는 "교조주의의 불합리성과 좋은 의도가 뒤섞인 루카치의 불쾌한 혼합물의 가장 극단적인 사례"[51]라고 평가한다.

그런데 슬라보예 지젝은 루카치의 책이 출판된 직후에 이루어진 이러한 평가들과는 전혀 다른 입장을 취한다. 비록 『이반 데니소비치의 하루』만 다루고 있지만 이 작품에 대해 그는 '사회주의 리얼리즘'이라는 루카치의 평가가 옳다고 본다. 『이반 데니소비치의 하루』에는 주인공 슈호프가 긴 노역의 하루가 끝나갈 무렵 자기가 세우고 있던 장벽의 일부를 마저 완성하기 위해 감시원의 분노를 살 위험이 큼에도 불구하고 마지막 벽돌 한 쌍을 끼워 넣기 위해 달려가는 대목이 나온다. 루카치는 "일을 끝마치고자 하는 이 충동을, 물질적 생산을 창조적 충만감의 처소라고 보는 **사회주의 특유의 사고방식**이 굴락이라는 혹독한 조건 속에서조차 살아남아 있음을 보여주는 지표라고 읽었다"는 것이 지젝의 평가다. 그래서 그는 "『이반 데니소비치의 하루』라는 이 반체제의 씨앗과도 같은 서적이 가장 엄격한 사회주의 리얼리즘의 정의에 완벽하게 들어맞는다는 루카치의 역설적인 주장은 옳은 것"이라고 주장한다.[52] 지젝이 『이반 데니소비치의 하루』만 다루고 있다면, 루카치는 이 작품뿐만 아니라 『제1권』과 『암 병동』 같은 솔제니친 작품도 사회주의 리얼리즘과 연관해서 읽는다. 이는 단순히 솔제니친을 지키기 위한 '전술적 발언'이 아니라 루카치 자신의 이론틀

51 Patricia Blake, "Lukács, Georg. *Solzhenitsyn*. Transl. by William David Graf. Cambridge, Mass., The M.I.T. Press, 1971", *The Russian Review* 31권 3호, 1972년 7월, 316쪽.

52 슬라보예 지젝, 『전체주의가 어쨌다구?』, 한보희 옮김, 새물결, 2008, 208쪽. 강조는 인용자.

내에서 이루어진 확신에 찬 판단이었다. 이를 이해하기 위해서는 루카치가 생각하는 '사회주의'와 '사회주의 리얼리즘'에 관해 잠깐 살펴볼 필요가 있다.

3) 사회주의-공산주의

마르크스주의자 루카치는 사회주의를 공산주의와의 관계 속에서 규정한다. 그에게 공산주의는 단순히 유토피아나 이상이 아니며, 당위적 상태도 규제적 이념도 아니다. 그에게 공산주의는 역사적 현재에서 설정 가능한 최고의 '전망(Perpektive)'인바, 그는 그러한 "전망과 연관된 낙관"[53]을 끝까지 견지하면서 암울한 현재와 맞서 싸우기를 생애 마지막 순간까지 멈추지 않았다.

루카치의 용어 체계에서 '전망'은 그것이 아직 실재가 아니기 때문에 전망이지만, 그렇다고 유토피아나 이상과 같은 것은 아니다. 그것은 주관적인 소망이나 희망이 아니라 객관적인 사회적 발전의 필연적 귀결로서 가능한 미래적 상태이다. 역사 속에는 그것의 현실화로 향한 경향, 그것의 현실화를 추구하는 힘이 존재하며, 비록 그 경향과 힘이 현저히 약화될 때는 있지만 완전히 사라지는 일은 없다. 그것은 객관적으로 '필연적'인 것이지만 결코 '숙명론적' 의미에서 그런 것은 아니다. 그것이 숙명론적으로 불가피한 것이라면 결코 전망

53 루카치가 1961년 1월 23일 프랑크 벤젤러(Frank Benseler)에게 보낸 편지에 등장하는 문구이다. "Briefwechsel zur Ontologie zwischen Georg Lukács und Frank Benseler", *Objektive Möglichkeit. Beiträge zu Georg Lukács' "Zur Ontologie des gesellschaftlichen Seins"*, Rüdiger Dannemann · Werner Jung 엮음, 73쪽.

이 아니다.[54] 이러한 의미에서의 전망인 공산주의는 과거와 현재의 역사에서 도출 가능한 최고의 기대지평으로서 현재의 인간 행위에 '규제적(regulativ)'으로 작용할 수 있지만 그렇다고 해서 전혀 '구성적(konstitutiv)'이지 않은 것도 아니기 때문에, 또 현실화될 수 있고 현실화되어야 할 미래적 상태로 설정되는 것이기 때문에, 엄밀한 의미에서의 '규제적 이념'과는 다르다(따라서 공산주의를 유토피아와 연관시키는 에른스트 블로흐나 규제적 이념으로 파악하는 가라타니 고진의 공산주의관과 루카치의 공산주의관 사이에는 차이가 있다). '전망으로서의 공산주의'는 현재의 상황과 운동을 분석하고 판단하며 평가할 때 일종의 내재적 척도로서 작용하며 운동이 나아갈 방향을 잡아주는 역할을 한다. 그것은 "['당위적 상태'나 '이상'이 아니라] 현재의 상태를 지양하는 현실적[55] 운동"(카를 마르크스)으로서 구현되는바, 그러한 '현실적 운동으로서의 공산주의'는 현존 상황 및 역관계와 매개되지 않은 급진주의(근본주의)나 현재의 상황을 추수하는 점진주의(단계론)와는 달리, 공산주의로 향한 주체적 힘을 강화해가는 방향에서 현재의 모순을 극복해가는 운동이다. 루카치의 텍스트에서 우리는 '공산주의'가 이렇게 다의적으로, 즉 역사에 내재하는 힘 내지 경향의 필연적 귀결이자 궁극목표로서의 '미래 사회의 상태', 또는 '이념'이나 '관점'이라고 바꿔 말할 수도 있을 '전망', 또는 '현실적 운동' 등 여러 차원에서

54 이러한 전망 개념에 대한 루카치의 규정에 대해서는 김경식, 『게오르크 루카치: 과거와 미래를 잇는 다리』, 153쪽 이하를 참고하라. 그곳에서 다루어진 루카치의 '전망' 규정은 문학작품에서 구현되는 전망 문제와 관련된 것이기 때문에 전망 일반에 대한 규정과는 다소 차이가 있다.

55 여기서 "현실적"으로 옮긴 단어는 "wirklich"인데, '가능하고 필연적인(möglich und notwendig)'이라는 뜻을 가진 것으로 이해될 수 있다.

사용되고 있는 것을 볼 수 있다.

루카치는 공산주의자, 그것도 마르크스주의적 공산주의자였다. 그는 '역사적 공산주의'의 빛나는 순간뿐만 아니라 그것이 동반했던 오욕의 시간도 견디면서 끝까지 공산주의자임을 자랑으로 여겼다. 그에게 미래 전망으로서의 공산주의란, "소외시키고 소외된 사회적 세계"인 "인류의 전사(前史)"를 마감하고[56] "자기 목적으로 간주되는 인간적 힘의 발전"이 이루어지는 "자유의 나라(Reich der Freiheit)"[57]의 다른 이름이었다. 그가 온 삶을 바쳐 궁구한 문학과 예술, 정치와 이데올로기, 역사와 철학에 관한 모든 사유는 "자유의 나라"에서 자유로이 연대한 인간을 위한, 자유로운 인간들의 자유로운 사회를 위한 수단이었다. '전체주의'로 오독되는 '총체성'의 사상가 루카치가 일관되게 추구한 것은 "진정한 인간성의 자유"[58]이며, 그가 생애 마지막에 시도한, 그렇지만 결국 단장(斷章)으로만 남게 된 윤리학은 "자유의 윤리학(Freiheitsethik)"[59]이라는 이름이 부여될 수 있는 것이었다. 그 '자유'의 이념은 1930년대 중반, 루카치가 아직 스탈린에 대한 기대 섞인 환상을 품고 있었고 종파주의적인 입장에서 완전히 벗어나지 못했을 때조차도 인간의 "개체적 총체성", "인간의 자립성과 자기 활동성"을 인간의 근원적 욕구로, 예술 형식 일반의 인간학적 토대로 설정하는 식으로 그의 이론의 중심에 놓여 있었으며, 마르크스주

56 게오르크 루카치, 『사회적 존재의 존재론을 위한 프롤레고메나 2』, 김경식·안소현 옮김, 43쪽.

57 카를 마르크스, 『자본 III-2』, 강신준 옮김, 길, 2010, 1095쪽.

58 Frank Benseler, "Nachwort", *Georg Lukács Werke. Bd. 14, Zur Ontologie des gesellschaftlichen Seins, 2. Halbband*, Darmstadt·Neuwied: Luchterhand, 1986, 731쪽.

59 같은 곳.

의자가 되기 이전에 이미 "영혼의 내적 요구들"로 그의 사유의 중핵을 이루고 있었다.[60] 그 "자유의 나라"로서의 공산주의는 루카치에게는 "도달해야 할 상태로 고안된 완성의 유토피아적 사상적 선취"[61]가 아니었다. 그것은 인류가 자본주의의 사회주의적 변혁을 거쳐 사회주의가 올바로 실현되면서 도달하게 될 사회상태의 속성을 가리키는 말이자, "더 이상 소외에 지배받지 않는 삶"에 대한, 결코 근절된 적이 없었던 "인류의 동경"[62]으로서 역사 속에서 관류해왔던 것이며, 인류의 역사에서 오랜 시간 지속적인 영향력을 지닌 위대한 인격(루카치는 소크라테스와 예수를 대표적 예로 거론한다), 위대한 예술, 위대한 철학에서 그 표현을 찾아왔던 것이다. 요컨대 지금까지 없었던 것이 새로 시작되는 것이 아니라, "지금까지의 발전이 인간화의 중요한 업적들로서 산출하고 재생산했으며 모순에 찬 가운데 더 높이 발전시켰던 진정한 인간적 힘들"[63]이 실질적으로 전개되기 시작하는 것이 루카치가 생각하는 공산주의다. 자본주의 사회에서 그러한 공산주의는 자본주의적인 비인간화와 모순을 극복해나가는 여러 형태의 활동 속에서 작동하는 힘으로 존재한다. 그 힘을 심화·확대함으로써 전체 사회의 성격을 규정하는 힘으로 전환시키는 혁명적 과정을 거쳐, 그리고 그 과정에서 "자유의 나라"의 주체로서 인격이 발달된 인간들을 통해 공산주의는 본격적으로 이룩될 수 있다. 이런 의미에서 그에게

60 이에 관해서는 본서 제6장 「루카치의 중기 장편소설론」 3절의 내용을 참고하라.

61 게오르크 루카치, 「인간의 사유와 행위의 존재론적 기초」, 『게오르크 루카치: 과거와 미래를 잇는 다리』, 김경식 지음, 266쪽.

62 게오르크 루카치, 『사회적 존재의 존재론을 위한 프롤레고메나 2』, 김경식·안소현 옮김, 40쪽.

63 게오르크 루카치, 「인간의 사유와 행위의 존재론적 기초」, 앞의 책, 266쪽.

공산주의는 "오래된 미래"이면서 바로 지금 여기에서부터 시작되어야 하는 "자유의 나라"가 인류 전체의 삶을 형성하기 시작하는 사회라 할 수 있다. 루카치의 마르크스주의 사상의 위대함은, "우리가 상상할 수 있는 거의 모든 주제와 거의 모든 장르"[64]를 다루면서 이러한 지향과 전망을 놀랍도록 일관되고 철저하게 관철시키고, 그 모든 곳에서 공산주의로 이어지는 사회적 인간적 힘들을 파악한 데에서 비롯한다.

루카치의 입론에서 '사회주의'는 그러한 '전망으로서의 공산주의'를 현실화하는 과정으로서 역사적 의미를 갖는다. "자본주의 사회의 근본 모순"을 "사회적 생산과 사적 전유(專有)의 모순"[65]으로 파악하는 마르크스주의자 루카치의 시각에서 볼 때, 자본주의 사회의 그 근본 모순을 극복하는 방향은 사회적 생산과 이에 부합하는 사회적 소유를 골간으로 하는 사회주의일 수밖에 없다. 즉 사회주의는 자본주의의 근본 모순에서 비롯되는, 자본주의 체제를 극복하는 필연적인 경로인 것이다. 루카치에게 그런 사회주의 사회는 공산주의와 질적으로 구분되는 하나의 독자적인 사회구성체가 아니며, 그렇다고 해서 완전히 무계급 사회인 것도 아니다. 오히려 많은 계급들이 용해되는 용광로인 사회주의 사회는 자본주의적인 계급적대의 물질적 기반이 제거되는 사회이되, 지금까지의 모든 계급사회의 잔재들이 여전히 존재하는 사회이다. 따라서 사회주의는 자본주의와는 달라진 사회적 경제적 조건, 달라진 권력관계 하에서 그러한 잔재들의 극복을 중

64 마셜 버먼, 『맑스주의의 향연』, 문명식 옮김, 251쪽.
65 게오르크 루카치, 「소설」, 『소설을 생각한다』, 비평동인회 크리티카 엮음, 54쪽.

요한 과제로 삼는 사회이며, 사회적 모순들의 적대적 성격을 제거하고 인간 속에서 공산주의적 힘을 강화하는 것을 자기 목적으로 가진 사회이다. 그러한 과제와 목적을 실현하는 과정으로서의 사회주의는 그 자체로 독자적인 사회구성체가 아니라 "과도적인 구성체, 물론 자본주의에서 공산주의로 이행하는 과정에 있는 과도기"[66]라 할 수 있는데, 과도기이니만큼 그 사회 성원들의 주체적 역량과 능력에 따라 자본주의로 퇴행할 수도 있고 "사회주의의 가장 높은 형태"[67]인 공산주의로 나아갈 수도 있다. 루카치는 자본주의의 근본적인 적대관계를 철폐하는 정치적 사회적 변혁을 통해 수립된 사회주의가 더 높은 단계, "진정한 사회주의"가 되는 과정이 곧 공산주의화되는 과정이라고 본다. 이렇게 자본주의에서 공산주의로 이행하는 과정이자 "공산주의의 예비 단계"[68]라는 사회주의의 세계사적 위치는, 계급 없는 사회를 건설하는 과정이면서 "자유의 나라"의 구성원이 될 인간을 형성하는 과정이 될 것을 사회주의에 요구한다. 루카치는 그것을 진정한 사회주의로의 전환을 가능케 할 경제 발전과 이를 조정하는 구체적인 정치적 힘으로서의 "사회주의적 민주주의(sozialistische Demokratie)"를 통해 이루어져야 하는 것으로 보았다. 한 예로, 헝가리에서 1960년대 중반 무렵부터 시작된 경제 개혁에 대해 루카치는 '사회주의적 민

66 게오르크 루카치, 「《신좌파평론》과의 대담」, 『삶으로서의 사유: 루카치의 자전적 기록들』, 김경식·오길영 편역, 399쪽.

67 Georg Lukács, "Il dialogo nella corrente". 이 글은 루카치가 1970년 헝가리에서 가진 인터뷰인데, 1978년에 발표되었다. https://gyorgyLukács.wordpress.com/2020/03/11/il-dialogo-nella-corrente/(2023년 10월 14일 최종 접속).

68 Georg Lukács, *Sozialismus und Demokratisierung*, Frankfurt am Main: Sendler, 1987, 42쪽.

주주의'의 도입 없이는 이 새로운 경제가 실현될 수 없다고 본다. 이것이 이루어지지 않는 한 현실사회주의 국가들은 위기 상황에서 벗어날 수 없을 것이라는 게 그의 진단이었다.

> 새로운 경제 발전과 비민주적인 스탈린주의 체제로부터 사회주의적 민주주의로의 전환이라는 문제는 단일한 문제복합체입니다. 하나는 다른 하나 없이는 해결될 수 없습니다. 그러나 대부분의 국가에서 이것이 아직 인정조차 되지 않고 있기 때문에 (…) 우리 역시 어떤 의미에서는 이론과 실천 양면에서 어떻게든 극복되어야 하는 위기 상황에 처해 있습니다.[69]

루카치가 1950년대 중반부터 본격적으로 사용하기 시작한 용어인 '사회주의적 민주주의'란, 사회주의 사회에서 이루어지는 새로운 경제 발전을 "**물질적** 토대"로 하는 "유물론적인 민주주의"로서,[70] 그 물질적 토대 위에서 이루어지는 민주주의의 확산과 심화, 삶의 기초인 일상생활에까지, 아니 일상생활에서부터 관철되는 민주화여야 하는데, 이 점을 강조하여 루카치는 "일상생활의 사회주의"[71] 또는 "일상**생활**의 민주주의"[72]라고 지칭하기도 했다. 루카치는 이 모델을 "1871년의 파리 코뮌, 1905년의 러시아 혁명, 그리고 10월 혁명 자체 등 프롤레타리아 혁명이 벌어질 때마다 발생한 노동계급 민주주의의 체

69 Georg Lukács, "Interview with Georg Lukács: The Twin Crises", *New Left Review* 60호, 1970년 3/4월, 45쪽. 이 대담은 1969년에 이루어졌다.

70 게오르크 루카치, 「《신좌파평론》과의 대담」, 앞의 책, 398쪽. 강조는 루카치.

71 같은 곳.

72 게오르크 루카치, 「삶으로서의 사유」, 『삶으로서의 사유: 루카치의 자전적 기록들』, 김경식·오길영 편역, 357쪽. 강조는 루카치.

제인 소비에트의 부활"[73]에서 찾았다. 혁명의 와중에 폭발적·자생적으로 생겨났던 소비에트[평의회] 운동에서 루카치가 특히 주목한 것은, 그것이 "공적인 사안들에 있어서 대중들을 자기활동적인 행위방식에 (…) 익숙하게 만들었다"[74]는 점이다. "인간을 공적인 삶의 **시트와엥**[공민]과 사적인 삶의 **부르주아**[시민]로 나누는 것"을 "결정적인 원리"로 하는 "부르주아 민주주의"[75]와는 달리 공적인 사안들에서 인간의 자기활동적인 행위 방식이 활성화되는 데 주목하는 것은—우리가 본서 제6장 「루카치의 중기 장편소설론」에서 보았다시피—이미 1930년대 중반에 그가 호메로스 서사시의 근거로, 그리고 사회주의 리얼리즘 소설에 내포된 "서사시로의 **경향**"[76]의 근거로 주목한 인간의 "자립성과 자기활동성"[77]과 바로 통하는 지점이다. 그것을 '익숙하게 만든다'고 했을 때 루카치가 준거하고 있는 레닌의 "습관(Gewöhnung)"에 관한 발언은 1940년에 발표한 「민중의 호민관이냐 관료냐?」에서 이미 조명된 바 있었다. 이렇게 보면 '사회주의적 민주주의' 구상은 결코 "갑작스럽게"[78] 등장한 것이 아니라 오히려 루카치

73 게오르크 루카치, 「《신좌파평론》과의 대담」, 앞의 책, 399쪽.

74 Georg Lukács, *Sozialismus und Demokratisierung*, 106쪽.

75 게오르크 루카치, 「《신좌파평론》과의 대담」, 앞의 책, 397쪽. 강조는 루카치.

76 게오르크 루카치, 「소설」, 『소설을 생각한다』, 비평동인회 크리티카 엮음, 104쪽. 강조는 루카치.

77 같은 책, 53쪽.

78 Detlev Claussen, "Blick zurück auf Lenin", *Blick zurück auf Lenin. Georg Lukács, die Oktoberrevolution und Perestroika*, Detlev Claussen 엮음, Frankfurt am Main: Luchterhnad, 1990, 26쪽. 클라우센은 '사회주의적 민주주의'가 "갑작스럽게" 등장한다고 하는데, 이 말이 '사회주의적 민주주의'관에 내포된 루카치의 입장이 아니라 '사회주의적 민주주의'라는 용어 자체의 '갑작스러운' 등장을 의미할 뿐이라고 하더라도 이는 잘못된 것이다. 이미 『역사소설』(1936~1937년 집필)에도 "사회주의적 민주주

사유의 연속적인 면모를 정확히 보여주는 지점이라 할 수 있다. 다시 말해서, '사회주의적 민주주의'는 '큰 서사문학'의 사회적 인간학적 토대에 대한 그의 탐구와 1930년대 후반부터 본격적으로 가시화되기 시작한 그의 민주주의 구상이 발전하여 구체적인 표현을 얻은 것이라고 할 수 있는 것이다. 물론 여기에는 차이 또한 존재한다. 1930년대 중반에는 그가 프롤레타리아의 계급투쟁에서 생성되는 "인간의 영웅적인 자기활동성"[79]에 주목했다면, 이제 사회주의 사회에서 그것은 더 이상 '영웅적인' 모습이 아니라 '일상생활'의 '습관'이 될 수 있어야 한다는 것, 바로 이것이 사회주의적 경제 체제를 정상적으로 돌아가게 할 수 있는 구체적인 정치적 힘으로서 그가 주창하는 '사회주의적 민주주의'의 요체이다.

공산주의 전망에서 사회주의의 세계사적 위치와 과제를 말한 것이 루카치의 '규범적'인 사회주의관의 내용을 이루는 것이라면, 스탈린주의가 지배했던 '현실사회주의'는 이에 전혀 부합하지 않는 것이었다. 그럼에도 루카치는 1965년부터 생애 마지막 순간까지 몇몇 대담에서 "가장 나쁜 사회주의가 가장 좋은 자본주의보다 낫다"라는, 일견 이데올로기에 눈먼 듯이 보이는 발언을 한 바 있다.[80] 여기서 먼

의"(6:422)라는 말이 등장하며, 『비판적 리얼리즘의 현재적 의미』(1957)의 제3장에서는 그 말이 주요하게 사용된다.

79 게오르크 루카치, 「소설」, 앞의 책, 102쪽.

80 대담마다 표현은 약간씩 다르지만 그 뜻은 같았던 이 말은, 루카치가 이탈리아의 저명한 독문학자 체자레 카시스에게 보낸 1965년 1월 16일 자 편지에 처음 등장한다. 이어서 그는 여러 대담에서 이 말을 되풀이하는데, 가령 《새로운 포럼(*Neues Forum*)》 1969년 5월호에 수록된 대담에서는 "그러나 가장 나쁜 사회주의조차 가장 좋은 자본주의보다 항상 더 낫습니다. 언뜻 들으면 역설처럼 들리겠지만 말입니다"라고 말했으며, 그의 사후에 발간된 《신좌파평론》 1971년 7/8월호에 수록된 대담에서는 "나는 가

저 분명히 해둘 것은, 그가 "가장 나쁜 사회주의"라는 말로 가리키고 있는 것은—루카치 사후에 있었던 캄보디아의 폴 포트 정권처럼 극단적으로 야만적인 사회주의 국가가 아니라—스탈린이 지배한 소련이며, "가장 좋은 자본주의"라는 말로는—스웨덴이나 스위스 같은 수정자본주의 국가가 아니라—미국을 염두에 두고 있다는 사실이다. 인류의 문화를 말살하려 한 히틀러·파시즘의 세계지배를 차단한 결정적 힘은 "가장 좋은 자본주의"인 미국이 아니라 "가장 나쁜 사회주의"인 소련이었다는 것, 미국이 원자폭탄을 독점함으로써 야기할 수도 있었을 인류 파멸의 대재앙을 막은 것도 소련이었으며, 대량생산·대량소비 체제 및 이에 따른 소비주의 이데올로기에 의해 지배받는 "미국식 생활방식"의 지구적 확산을 저지한 것도 다른 자본주의 국가들이 아니라 소련이었다는 것이 당시 루카치의 생각이었다. 요컨대 인류의 문화를 지키고 인류의 종말을 막은 것은 그 어떤 자본주의 국가가 아니라 "가장 나쁜 사회주의"인 스탈린 치하의 소련, 스탈린 사후에도 여전히 스탈린주의가 지배한 그 소련이었다는 것이다.

이런 식으로 세계사적인 관점에서 소련의 긍정적인 역할을 인정한다 하더라도 그것은 "가장 나쁜 사회주의"에 지나지 않는다. 스탈린주의적 사회주의가 '진정한 사회주의'가 되기 위해서는 스탈린주의와 완전히 단절할 것을 주장한 루카치였지만, 그렇다고 해서 부르주아 민주주의를 그 대안으로 받아들일 태세마저 보였던 당시 사회주의권 내 '반체제' 지식인들의 노선에는 동의할 수 없었다. 스탈린주의적 사

장 나쁜 형태의 사회주의조차도 가장 좋은 형태의 자본주의보다 사람들이 살기에 더 좋다고 늘 생각해왔습니다"라고 말하고 있다.

회주의는 마르크스의 공산주의 전망과 레닌이 이끈 사회주의 혁명을 배반한 '사회주의'이지만, 그것을 극복하는 대안이 부르주아 민주주의가 되어서는 안 된다고 믿은 루카치는, "진정한 양자택일은 [스탈린주의냐 부르주아 민주주의냐가 아니라] 스탈린주의냐 사회주의적 민주주의냐이다"[81]라고 주장한다. '현실사회주의'가 부르주아 민주주의적 개혁에 나서는 순간, CIA의 개입으로 전복된 그리스의 전철을 밟게 될 것이라는 것이 1960년대 루카치의 생각이었다.

그 무렵 루카치는 '현실사회주의' 국가들이 "진정한, 사회주의적 민주주의(일상**생활**의 민주주의)로의 이행이냐 아니면 항구적인 위기냐"[82]하는 선택적 상황에 처해 있다고 판단했다. 그러한 판단은 '현실사회주의'의 운명을 결정지을 행로와 관련된 것이지, 자본주의에 비해 사회주의가 지닌 '역사적 선진성'을 의심하는 것과는 거리가 먼 것이었다. 루카치에게 스탈린주의적 사회주의도 — 비록 "가장 나쁜 사회주의"이긴 하지만 — 사회주의의 한 형태였다. 마르크스의 예측과는 달리 자본주의 선진국들이 아닌 러시아 일국에서 고립된 상태로 생겨난 소련의 사회주의는, 상대적으로 낙후된 경제와 제국주의 국가들의 포위 속에서나마 가능했던 발전 경로 중 가장 나쁜 방향으로 경화되어간 체제이긴 하지만, 다수 민중의 절박하고 정당한 요구를 근거로 탄생하였고 자본주의적인 지배·착취 관계의 근간이 철폐되었다는 점에서 자본주의에서 한 걸음 더 나아간 사회라는 것이 루카치의 생각이었으며(그는 스탈린이 지배한 소련 사회의 성격을 '관료주의적 국가

81 루카치의 '정치적 유언'이라 불리는 『사회주의와 민주화』 제2부의 제목이다.
82 게오르크 루카치, 「삶으로서의 사유」, 『삶으로서의 사유: 루카치의 자전적 기록들』, 김경식·오길영 편역, 357쪽. 강조는 루카치.

사회주의'로 파악했지, 일부 트로츠키주의자들처럼 '국가자본주의'로 보지 않았다), 그런 사회주의가 위기에서 벗어나지 못하고 끝내 자본주의로 역행하게 되는 것을 막을 유일한 출로는 사회주의적 민주주의의 활성화에 있다는 것이 루카치의 확신이었다(그런 점에서 그는 '굿바이! 사회주의'를 외친, 루카치의 제자들을 포함한 일부 포스트마르크스주의자들과는 입장이 달랐다). 그래서 그는 스탈린이 지배했던, 스탈린 사후에도 스탈린주의가 통치 방식으로 작동했던 '현실사회주의'에 대해 등을 돌리기보다는 '개혁'을 요구했다. 스탈린주의에 대해서는 "근본적인 단절"을 요구하면서도 '현실사회주의'에 대해서는 "반대가 아니라 개혁"[83]이라는 입장을 고수했던 것이다.

다시 말하지만 루카치에게 스탈린주의적 사회주의도, 비록 가장 나쁜 사회주의이긴 하지만 사회주의였다. 하지만 루카치에게 스탈린주의는 마르크스주의가 아니었으며, 따라서 스탈린주의적 사회주의는 루카치의 '규범적 사회주의'관에 부합하는 마르크스주의적 사회주의와는 다른 것이었다. 루카치에 따르면 스탈린은 비록 '마르크스-레닌주의'를 표방하고 있지만 고유한 '방법의 체계'를 갖춘 스탈린주의를 구축했는데, 그 핵심을 루카치는 마르크스와 레닌의 방법을 완전히 전도(顚倒)시킨 '전술주의'라고 규정한다. 이와 관련된 문제는 아래에서 '사회주의 리얼리즘'을 다루면서 살펴보도록 하겠다.

83 같은 곳.

4) 사회주의 리얼리즘

제1차 소비에트 작가 전(全) 연방대회(1934년 8월 17일~9월 1일)에서 소비에트 문학과 문학비평의 '주요 방법(Hauptmethode)'으로 처음 공식화되었던 '사회주의 리얼리즘'을 이론적으로 공고화하는 데 루카치가 한 기여는 잘 알려져 있다. 하지만 그의 이론적 작업은 '공식적 사회주의 리얼리즘'의 이론 및 실제가 나아간 방향과는 다른 방향으로 진행되었다는 것도 비교적 폭넓게 인정되고 있다. 그럼에도 그는 '사회주의 리얼리즘'이라는 범주 자체를 포기하지는 않았는데, 1960년대에 솔제니친에 관한 평문을 썼을 때 그는 '사회주의 리얼리즘'이라는 용어가 이미 자본주의 국가들에서는 말할 것도 없고 "사회주의 국가들에서마저 왕왕 경멸적인 욕설로 되어버린"(16) 상황을 잘 알고 있었음에도 불구하고 그 범주를 계속 사용한다. 이때 그는 '현실사회주의'를 '규범적 사회주의'와 구분 지었듯이, '공식적 사회주의 리얼리즘', 즉 '스탈린주의적 사회주의 리얼리즘'을 '진정한 사회주의 리얼리즘'—달리 말하면 '규범적 사회주의 리얼리즘'—과 구분하는 서술 전략을 취한다. 이런 식으로라도 '사회주의 리얼리즘'이라는 범주를 보존한 것은, 보통 막심 고리키를 그 효시로 보는 사회주의 리얼리즘이 다른 리얼리즘, 즉 당시 사회주의 국가들의 공식적 반(半)공식적 문예담론에서든 루카치 자신의 이론체계에서든 '부르주아 리얼리즘' 또는 '비판적 리얼리즘'으로 지칭된 것과는 질적인 차이가 있다고 보았기 때문이며, 그 차이를 담을 수 있는 용어로 '사회주의 리얼리즘'이 유효하다고 보았기 때문이다. 물론 이러한 인식은 사회주의 세계관, 사회주의 전망이 진정한 미적 원리로서의 리얼리즘의 심화를 가져올 수 있다는 미학적 입장, 그리고 가능하고 바람직한 인류의 미래로 사회주의-공산주의를 설정하는 역사관을 전제로 할 때 성립할 수 있는 것이다. 그렇다고 해서 루카치의 입론에서 부르주아 리얼리즘과 사회주의 리얼리즘의 '질적인 차이'가 예술적 위대성의 정도 차이와 직결되는 것은 아니다. 이 글 앞에서 우리는 '히말라야 산맥의 정상에서 노니는 토끼와 저 아래 계곡의 코끼리'라는 루카치의 비유를 소개한 바 있는데, 질적 차이를 곧바로 예술적 위대성의 차이와 동일시한 것이 공식적 마르크스주의의 문예담론이었다면, 루카치의 사회주의 리얼리즘론은 질적인 차이를 인정하되 사회주의 리얼리즘의 예술적 우월성은 선험적으로 단정할 수 없고 작품마다 따져봐야 할 문제로 남겨둔다.

사회주의 리얼리즘에 대한 루카치의 규정은 시기에 따라 조금씩 내용을 달리한다는 점도 염두에 둘 필요가 있다. 본서 제6장에서 보았듯이 우리가 루카치의 '중기 장편소설론'에서 다룬 「소설」에서 사회주의 리얼리즘은, 프롤레타리아계급이 국가권력을 장악한 뒤 사회주의 사회를 건설하기 위해 펼치는 제반 투쟁과 발전을 토대로 생성된 문학과 예술을 지칭하는 용어로 사용되고 있다. 그 글에서 루카치는 다음과 같이 말한다.

> 위대한 부르주아 리얼리즘의 사회적 조건들은 사회주의 리얼리즘의 발전이 이루어지는 조건들과 판이하다. 옛 리얼리스트들은 자본주의의 해결불가능한 모순들이라는 사회적 토대 위에서 작업한 반면, 사회주의 리얼리즘은 사회적 모순들이 프롤레타리아계급과 이들을 이끄는 당의 활동을 통해 최종적인 해결의 방향으로 유도되고 있는 사회에서 성장한다는 사

실만 생각해보라.[84]

이렇게 부르주아 리얼리즘과는 판이한 사회정치적 조건에서 생성된 사회주의 리얼리즘은 장편소설의 양식에서도 질적인 변화를 가져오는데, 「소설」에서 사회주의 리얼리즘 장편소설은 "서사시의 위대성에 가까워지면서도 소설의 본질적 규정들을 보존해야만 하는 소설"[85]로 규정되고 있다.

우리가 중기 루카치에서 후기 루카치로 넘어가는 과도기적 작품으로 본 『비판적 리얼리즘의 현재적 의미』의 제3장(「사회주의 사회 속의 비판적 리얼리즘」)에서 루카치는 스탈린주의적인 사회주의 리얼리즘에 대한 본격적이고 공공연한 비판에 나서는데, 그러면서도 사회주의 리얼리즘이라는 개념은 고수한다. 이 글에서는 '전망(Perspektive)' 범주가 중요한 역할을 하는데, 비판적 리얼리즘과 사회주의 리얼리즘을 구분하는 데에서도 전망의 성격 차이가 중심적 역할을 한다.[86] 루카치에 따르면 "사회주의와 그것의 실현을 위한 투쟁"이 전망과 관련된 문제들의 중심에 있는데, 사회주의 리얼리즘의 전망, 곧 "사회주의 전망"은 작품들마다 그 구현 양상에서 큰 차이가 있지만 이 차이를 관류하는 "공통적인 점"이 있다(4:551). 비판적 리얼리즘과의 질적인 차이를 낳는 이 "공통적인 점"은 흔히 생각하듯이 "사회주의 사회에 대한 단순한 긍정에 있는 것이 아니다"(4:551). 그러한 긍정은

84 게오르크 루카치, 「소설」, 앞의 책, 106~107쪽.

85 같은 책, 106쪽.

86 루카치의 '전망' 개념에 관한 좀 더 상세한 논의는 김경식, 『게오르크 루카치: 과거와 미래를 잇는 다리』, 148~160쪽을 참고하라.

비판적 리얼리즘에서도 있을 수 있기 때문이다. 루카치에 따르면 비판적 리얼리즘과 사회주의 리얼리즘의 차이는 오히려 그러한 긍정을 구체화하려 할 경우에 더 잘 드러난다. 비판적 리얼리즘에서 그것은 필연적으로 "내부로부터가 아니라 바깥으로부터(von außen, nicht von innen)"(4:551) 이루어지는 반면에 사회주의 리얼리즘에서는 사회주의와 그 실현을 위한 투쟁, 또는 그 실현을 조장하는 힘들이 "바깥으로부터가 아니라 내부로부터(von innen, nicht von außen)(4:551) 그려진다. 이러한 차이에도 불구하고 비판적 리얼리즘과 사회주의 리얼리즘 사이에 '만리장성'이 가로놓여 있는 것은 아니다. 사회주의 사회에서도 아직은 양자가 공존해야 하는 것으로 파악되는 한편, 사회주의 리얼리즘 자체는 달라진 사회적 정치적 토대 위에서 비판적 리얼리즘을 계승·발전시켜야 하는 것으로 파악된다. 이와 달리 공식적 마르크스주의의 문예담론은 보다 심층적이고 보다 풍부한 객관성을 의식적인 당파 취함(Parteinahme)과 결합시키는 레닌적 당파성(Parteilichkeit) 개념을 스탈린적 당파성 개념으로, 즉 객관성을 객관주의로 불법화하면서 수립된, 완전히 주관화된 당파성 개념으로, 그리하여 결국에는 "형식적인 당부합성"(118)으로 대체하고 그것을 사회주의 리얼리즘의 제1원리로 내세움으로써 비판적 리얼리즘과 사회주의 리얼리즘 사이를 완전히 갈라놓았다는 것이 루카치의 주장이다.[87]

그 입지점이 사회주의적 힘 내지 존재 내에 있으면서 사회주의적 세계관으로 현실을 리얼하게 형상화한 문학을 지칭하는 용어였던 사회주의 리얼리즘에 대한 루카치의 규정은 1960년대에 들어오면 더 느

87 루카치의 '당파성' 개념에 관해서는 같은 책, 160~173쪽을 참고하라.

슨해진다. 1963년에 가졌던 한 인터뷰에서 그는 동시대 사회주의 리얼리스트로, 흔히 초현실주의자로 분류되곤 하는 루이 아라공(Louis Aragon)(특히 그의 소설 『제국의 여행자들(*Voyageurs de L'Imperial*)』)과 프랑스의 시인 폴 엘뤼아르(Paul Éluard), 그리고 헝가리의 시인 어틸러 요제프(Attila József)를 거명함으로써, 사회주의 리얼리스트라고 해서 사회주의 세계의 작가들만 말하는 것이 아님을 분명히 한다. 이들을 사회주의 리얼리스트라고 부르는 것은 이들이 살고 있는 사회 체제의 성격이나 이들이 다루는 주제 때문이 아니라 동시대 부르주아 작가들과는 '질적으로' 구분되는 어떤 공통점이 있기 때문인데, 그것을 루카치는 "관점" 내지 "전망"의 공통성에서 찾는다.[88] 그렇다면 사회주의 리얼리즘은 사회주의 관점 내지 전망이 관철되는 가운데 리얼리즘적인 성취를 거둔 작품을 지칭하는 용어가 되는 셈이다.

한편 사회주의 국가였던 소련의 문학을 다루는 「솔제니친: 『이반 데니소비치의 하루』」에서 루카치는 소련에서는 "1920년대"에 "사회주의 리얼리즘의 고양기의 문학"(16)이 존재했다고 하면서 이에 해당하는 작가로 "숄로호프, A. 톨스토이, 청년기의 파데예프"(17)를 거명하고 있다. 여기서 눈에 띄는 점은, 그가 솔제니친의 작품들에서 부활의 가능성을 읽었던 사회주의 리얼리즘은 '사회주의 리얼리즘'이라는 명명이 공식화되기 이전에 창작된 작품들과 연관된 것이라는 점이다. 사회주의 리얼리즘이 사회주의 문학의 '주요 방법'으로 공식화

88 이상은 루카치가 체코슬로바키아의 저널리스트인 A. J. 리흠(A. J. Liehm)과 1963년 12월에 가졌던 인터뷰의 내용이다. 인용한 곳은 Georg Lukács, "A proposito di letteratura e marxismo creativo", https://gyorgyLukács.wordpress.com/2020/03/14/a-proposito-di-letteratura-e-marxismo-creativo/(2023년 12월 1일 최종 접속).

된 이후, 즉 1930년대 중반 이후 소련에서 생산된 문학은 몇몇 소설을 제외하면 사회주의 리얼리즘의 기형화에 지나지 않는다는 것이 루카치의 평가였다. 그는 소련 사회를 전일적으로 지배한 스탈린주의로 인해 이러한 현상이 초래되었다고 보는데, 그에 따르면 스탈린주의는 마르크스나 레닌의 '방법'과는 정반대되는 방법으로 작동하며, 그럼으로써 비록 '마르크스-레닌주의'라는 이름을 내세우고 있지만 실상은 마르크스-레닌의 사상과 이론을 형해화하고 왜곡한 것에 지나지 않는다.

루카치는 그러한 스탈린주의적 방법의 핵심을 '전술주의(tacticism)'로 규정하며, 스탈린 사후에도 세계 각국의 공산당들은 여전히 이러한 '전술주의'로부터 벗어나지 못했다고 진단한다.[89] "전략에 앞서며 사회적 존재의 존재론의 내용으로서의 인류의 전체 발전 경향에 관한 이론에도 당연히 앞서는 전술의 우선성이 스탈린적 방법의 핵심"[90]이라고 파악하는 그의 입장에서 보면, 스탈린주의는 이론(전망)과 전략(선전)과 전술(선동)의 관계를 마르크스-레닌과는 정반대로 설정함으로써 마르크스주의를 전도시킨 것이다. 그의 이러한 입장은 1969년에 가졌던 한 대담에서 명료하게 표현된다.

마르크스는 모든 것을 포괄하는 변증법적 방법으로부터 거대한 세계사적

89 '전술주의'는 1969년 브라질의 한 잡지에 발표된 대담에서 루카치가 사용한 표현이다. 이 대담은 영어로 번역되어 있다. "Interview: Georg Lukács — the self-critique of Marxism", https://huebunkers.wordpress.com/2022/01/08/Lukács-the-self-critique-of-marxism/(2023년 12월 5일 최종 접속).

90 Georg Lukács, *Sozialismus und Demokratisierung*, 65쪽.

전망을 도출했으며, 모든 종류의 방식으로 그것의 경제적 정치적 토대를 마련하려고 시도했습니다. 이 전망은 마르크스의 활동에 궁극적인 원동력을 제공했습니다. 이 궁극적인 힘은 그가 각 시기, 각 상황에서 전략적 상황을 분석하고 전략적 상황 내에서 전술적 근거를 분석할 수 있게 해주었습니다. 스탈린은 이 모든 것을 거꾸로 뒤집었습니다. 스탈린에게 가장 중요한 것은 어느 한 시기의 전술적 상황이었으며, 이 전술적 상황을 위해 그는 전략과 일반 이론을 만들어냈습니다.[91]

루카치에 따르면 레닌의 경우에도 마르크스와 마찬가지로 우선적인 것은 결코 전술적인 결정이 아니라 변증법적 방법에서 생겨난 "역사적 전망"이었다. 즉 전술적 결정은 인류의 거대한 역사적 발전 과정의 부분 계기일 따름인바, 레닌은 이러한 발전 과정에 대한 역사적 전망에 입각하여 당대의 역사적 경향을 과학적으로 분석해서 전략으로 집약하는 것이 가능하다고 보았으며, 그러한 역사적이고 이론적으로 정초된 틀 내에서 '구체적인 상황의 구체적인 분석'을 통해 "현실주의적인 전술"을 결정했다는 것이다.[92]

루카치가 보기에 마르크스 및 레닌과는 정반대로 전술적 결정의 절대적 우선성에서 출발하는 스탈린의 방법은 더 이상 마르크스주의라고 할 수 없는 것이다. 오히려 스탈린 고유의 방법이 존재하며 그러한 스탈린적 방법의 여러 계기가 하나의 통일적인 체계를 구성하고 있는바 이를 스탈린주의라고 지칭할 수 있다면, 그것은 '진정한 마

91 Georg Lukács, "Interview with Georg Lukács: The Twin Crises", *New Left Review* 60호, 39쪽.

92 Georg Lukács, *Sozialismus und Demokratisierung*, 57쪽.

르크스주의'의 완전한 왜곡과 전도일 뿐이지 더 이상 마르크스주의가 아니라는 것이 후기 루카치의 입장이었다.[93]

스탈린 시대는 물론 그의 사후에도 '공식적 마르크스주의'의 내실을 이루었던 스탈린주의는 당과 일체화된 국가 전체의 모든 부문을 전일적으로 지배했는바, 문학과 예술 또한 그 지배에서 벗어날 수 없었다. 그 결과 고리키로부터 시작하여 1920년대 소련 문학에서 실제로 이룩되었던 사회주의 리얼리즘의 왜곡이 진행되는데, 루카치는 그렇게 왜곡된 사회주의 리얼리즘 문학의 성격을 '도해(圖解) 문학(die illustrierende Literatur)'이라는 용어로 규정한다.

> 스탈린 시대의 '도해 문학'은 현재를 조잡하게 조작한 것이었다. 그것은 과거와 실질적인 목표 설정, 현실적 인간의 행동 등의 변증법에서 생겨난 것이 아니라, 기관이 내리는 그때그때의 결정에 의해 항상 그 내용과 형식이 규정되어 있었다. '도해 문학'은 삶에서 성장한 것이 아니라 [기관이 내리는] 결정 사항들에 대한 주해(注解)에서 생겨났기 때문에, 이를 위해 구성된 꼭두각시들은 현실적인 인간과는 달리 과거를 지닐 필요가 없었고 또 그럴 수도 없었다. 그 대신 그것들이 지녔던 것이라고는, '긍정적 주인공'으로 간주되는 것으로 볼지 아니면 '해악 분자'로 간주되는 것으로 볼지에 따라서 그 내용이 채워지는 '인사 서류'(인성 검사)뿐이었다(19).

여기서 도해되는 주된 대상은 당의 전술적 결정이다. 전술적 결정

93 스탈린주의적 방법에 관한 좀 더 자세한 논의는 김경식, 『게오르크 루카치: 과거와 미래를 잇는 다리』, 130~138쪽을 참고하라.

이 "형식을 요구하는 문학의 이념 내용"(4:583)으로서 위치하며, 작가는 이러한 이념 내용에 형식의 옷을 입히는 역할을 떠맡는다. 작가는 더 이상 현실을 고유한 방식으로 연구하여 조형화하는 '현실의 탐구자'가 아니라, 당의 결정이나 스탈린의 조치들을 '문학적으로' 예증하고 선동하는 도해가(圖解家)로 전락했다는 것이 루카치의 주장이다. 문학의 이 도해적 성격은 스탈린적 방법의 핵심, 즉 "전술주의"가 문학에 관철된 결과인데, 이제 문학에서 선동이 "규제 이념"(4:584)이 됨으로써 문학은 전술적 결정들을 '선동'하는 것으로 그 주된 임무가 규정된다.

루카치는 이러한 '도해 문학'적 성격을 지닌 공식적 사회주의 리얼리즘을 미학적인 차원에서는 "관변적[94] 자연주의가, 마찬가지로 관변적인 소위 혁명적 낭만주의와 결합된 채로 리얼리즘을 대신"(27)한 것이라고 규정한다. 공식적 사회주의 리얼리즘은 사회주의 리얼리즘이기는커녕 리얼리즘도 아닌, 자연주의의 변종에 불과하다는 것인데, 개별적인 것들이 한갓된 '사실'로서의 직접성에서 벗어나지 못한 채 추상적인 일반적 원리 — 스탈린의 지시, 당의 강령과 전술적 결정 등과 같은 — 와 직접적으로 결합되는 양상에서 루카치는 자연주의적 성격을 본다. 이런 점에서 중기 루카치가 고유한 리얼리즘론에 입각해 비판한 '자연주의'라는 용어는 "전술적 완곡 어법으로서" 사회주의 리얼리즘에 대한 "약호 기능"을 담당했다는 프레드릭 제임슨의 지적은[95] 어느 정도 타당하다. 하지만 미적 원리로서의 자연주의가 관

94 "관변적"으로 옮긴 단어는 "ärarisch"이다. 지금까지 내가 쓰거나 옮긴 글들에서는 '국가 공인적' 또는 '국가 귀속적인'으로 옮겼는데, 우리말로 어색한 이런 번역어보다는 약간의 뜻 차이가 있더라도 차라리 "관변적"으로 옮기는 것이 더 나아 보인다.

철된다고 하더라도 부르주아 문학의 자연주의와는 그 연원이 다른데, 부르주아 문학의 자연주의는 자본주의적인 분업 또는 자본주의적인 사물화의 산물이라면, "'사회주의적' 자연주의"(4:590)는 관료주의적 국가사회주의의 산물, 더 구체적으로는 스탈린주의적인 "전술주의"의 산물이다. 그리고 부르주아 문학의 자연주의가 모더니즘으로 연속되면서 "그릇된 객관주의와 그릇된 주관주의"라는 상호공속적인 양극 사이를 오간다면,[96] 사회주의적 자연주의는 그러한 자연주의 일반의 성격을 공유하면서 "혁명적 낭만주의"를 동반한다. "혁명적 낭만주의"는 정태적인 자연주의 문학에서 필연적으로 사라지는 "삶의 포에지"(4:591)를 보충하기 위해 고안된 것으로서, 스탈린의 "경제적 주관주의의 미학적 등가물"(4:591)이라는 것이 루카치의 주장이다.[97]

이러한 공식적 사회주의 리얼리즘의 이론과 실제는 문학을 선동의 우선성에 종속시킴으로써 예술적 전형성을 정치적 전형성과 동일시하고, '긍정적 주인공'을 '모범적 주인공'으로 둔갑시키며, "전망과 연관된 낙관"[98]으로서의 "세계사적 낙관주의"[99]를 '해피-엔딩'의 도식적 낙관주의로 왜곡하였다. 그 결과 사회주의 리얼리즘 문학은 "자연

95 Fredric Jameson, "History and Class Consciousness as an 'Unfinished Project'", *Rethinking Marxism* 1권 1호, 1988년 봄, 52쪽.

96 미적 원리로서의 자연주의와 모더니즘의 관계에 관해서는 본서 제5장 「루카치의 '리얼리즘의 승리론'」 4절을 참고하라.

97 공식적 사회주의 리얼리즘에 대한 루카치의 비판에 관한 좀 더 자세한 논의는 김경식, 『게오르크 루카치: 과거와 미래를 잇는 다리』, 146~177쪽을 참고하라.

98 "Briefwechsel zur Ontologie zwischen Georg Lukács und Frank Benseler", *Objektive Möglichkeit. Beiträge zu Georg Lukács' "Zur Ontologie des gesellschaftlichen Seins"*, 73쪽.

99 Georg Lukács, "Das Problem der Perspektive"(1956), *Georg Lukács, Schriften zur Literatursoziologie*, ausgewählt und eingeleitet von Peter Ludz, Neuwied·Berlin: Luchterhand, 1961, 257쪽.

주의와 낭만주의 그리고 키치가 뒤죽박죽 뒤섞인 혼합물"[100]로 전락하고 말았다는 것이 루카치의 평가이다. 그런 문학적 상황에서 새롭게 등장한 작가 중 한 명이 솔제니친이었는데, 그의 작품들에서 루카치는 1920년대 사회주의 리얼리즘 문학의 수준을 회복하는, 사회주의 리얼리즘의 부활 가능성을 보았던 것이다.

5) 솔제니친의 문학적 성취와 한계

1960년대의 세계를, 두 조작적 체제가 공히 위기에 봉착한 시공간으로 읽은 루카치는, 먼저 사회주의 국가들이 사회주의적 민주주의를 부활시켜 진정한 사회주의의 길로 나설 때에야 비로소 인류가 위기에서 벗어날 출로가 열릴 수 있다는 확신을 가지고 있었다. 그 일은 우선적으로 스탈린주의와의 철저한 단절에서 시작되는 마르크스주의의 자기갱신을 요구하는바, 마르크스주의는 이러한 갱신을 통해서야 사회주의-공산주의 이데올로기가 한때 지녔던 진정한 유인력과 파토스를 회복할 수 있다고 믿고 그 일에 매진한 이가 1960년대의 루카치였다. 그런 그에게 솔제니친은 스탈린주의와의 근본적 단절이라는 선결 과제를 문학적으로 탁월하게 성취한 작가로 다가왔으며 앞으로 나아갈 길을 함께 만들 수 있는 동반자로 보였다.

당시 루카치에게 사회주의 이데올로기와 사회주의 리얼리즘 문학의 중심 문제는 "스탈린 시대를 비판적으로 처리하는 것"(16)이었다.

100 Eugen Weber, "Georg Lukács", *sozialdemokratische Zeitschrift für Politik, Wirtschaft und Kultur* 50권, 1971년 7/8호, 231쪽.

사회주의 리얼리즘이 진정한 리얼리즘으로서의 수준을 회복하려면 현재의 인간을 리얼하게 형상화하는 길을 되찾아야 하는데, "이 길은 스탈린이 지배한 수십 년간의 시기를, 그 모든 비인간적 작태와 함께 핍진하게 그리는 과정을 통할 수밖에 없다"(16)고 보는 루카치에게, 솔제니친은 바로 그 길을 가고 있는 작가로 인식되었다. 솔제니친이 나아가는 길을 진정한 사회주의 리얼리즘의 재생 과정으로 파악하는 루카치에게 솔제니친의 작품에서 그려지고 있는 것은 스탈린주의에 대한 근본적 비판과 청산이지 사회주의에 대한 부정과는 무관한 것이었다. 이는 솔제니친의 노벨레들뿐만 아니라 그의 장편소설들에 대한 평가이기도 하다. 루카치는 솔제니친의 "두 장편소설을 아주 피상적으로 훑어보기만 해도, 왕정복고나 사회주의 체제의 붕괴 또는 자본주의의 부활을 지향하는 생각과 감정을 조금이라도 가진 인물은 전혀 없다는 점이 눈에 띈다"(102)고 한다. 실제로 솔제니친의 작품에서는 체제와 이데올로기로서의 사회주의 자체를 거부하거나 비판하는 입장이 드러나지 않는다. 레닌에 대해서조차도 전혀 비판적이지 않은데, "스탈린의 생애 마지막 시기의 요지부동의 상태"가 "규정적인 환경"(108)인 『제1권』에서 솔제니친은 스탈린의 내적 독백 장면을[101] 통해 레닌이 사회주의에서 "인간의 일상 전체의 실질적 민주화"를 이룩하는 것을 "전망"으로 삼고 있는 데 반해 스탈린의 "지도 방법"은 "철저히 반민주적인 정신"에 입각한 것임을 보여준다(81/82). "스탈린의 죽음[1953년 3월 5일] 이후 그의 유산을 청산하려는 최초의 시도들이 이루어진 시기"(100)를 배경으로 하는 『암 병동』에서도 소련

101 알렉산드르 솔제니친, 『第一圈』 上卷, 이종진 옮김, 분도출판사, 1973, 187쪽

사회의 현실을 레닌이 「4월 테제」에서 표명한 입장과 대비시킴으로써[102] 솔제니친은 스탈린주의적 사회주의가 레닌을 배반하고 왜곡했다는 인상을 전한다.

『암 병동』이 보여주고 있듯이 스탈린 사후 아직 실질적인 변화는 이루어지지 않았지만 변화의 조짐이 드러나기 시작한다. 스탈린 체제에 희생된 층에 속하는 인물들이 일련의 사건들에 대해 이전에는 침묵하고 있었던 분노를 표출하기 시작한 것도 그러한 변화의 조짐을 보여주는 것일 터인데, 『암 병동』의 주인공 코스토글로토프는 그러한 분노를 가장 직접적으로 표현하고 있는 인물이다. 하지만 루카치는 그의 분노를 사회주의 체제 자체에 대한 비판이나 탄핵이 아니라 "사회적 특권들에 대한 진정한 평민적 증오"(113)에서 발원하는 분노로 읽는다. 『암 병동』에서 스탈린주의적 사회주의에 대한 대안으로 직접 표현된 것이 있다면 슐루빈이 말하는 '도덕적 사회주의'이지 반사회주의나 자본주의는 아니다. 작품 속에서 코스토글로토프와 진심 어린 대화를 나누는 인물인 슐루빈은 자신을 짓밟은 역사에 대해 깊은 회환을 가진 인물이지만 그의 "대화 상대자에게 때때로 나타나는 사회주의에 대한 매도를, 더더구나 부르주아 사회에 대한 일체의 관대함을 열정적으로 거부한다"(114/115). 그는 가혹한 운명과 현실에 분노하여 사회주의에 등을 돌리려 했던 코스토글로토프에게 — 비록 루카치는 인용하지 않았지만 — 심지어 다음과 같이 말하기도 한다.

젊은 친구! 다시는 그런 실수를 반복하지 마! 자신의 고통과 이 잔인한 시

102 알렉산드르 솔제니친, 『암 병동 2』, 이영의 옮김, 민음사, 2015, 196쪽.

대 때문에 사회주의가 잘못된 것이라는 결론을 내리지는 마. 자네가 어떻게 생각하든 자본주의는 역사에서 영원히 부정되었으니.[103]

술루빈은 현실사회주의의 민주화에 대해서는 회의적이지만 코스토글로토프와의 대화에서 '도덕적 사회주의'에 대한 신념을 공언하며 이를 구체화할 때 블라디미르 솔로비요프(Vladimir Solov'yov)와 표트르 크로폿킨(Pyotr Kropotkin)의 이름을 든다.[104] 이 대목에 대해 루카치는, 솔제니친 자신이 "그러한 경향들의 사회적 인간적 가치에 대해 어떻게 생각하는지, 그가 그 경향들을 술루빈에게 특징적인 사고방식으로 보는지 아니면 하나의 실질적인 방도로 보는지는 그 대화의 형상화에서 드러나지 않는다"(115)고 신중하게 평가함으로써 솔제니친의 정치적 입장을 쉽게 확정하지는 않는다.

『이반 데니소비치의 하루』에서 그려진 노역장 장면에서 지젝이 노동에 대한 "사회주의 특유의 사고방식"을 읽었다면, 『암 병동』에 등장하는 의사들의 태도 역시 자본주의적인 것과는 거리가 멀다. 『암 병동』의 의사 중 "압도적 다수가 환자에 대해 지니고 있는 내적 입장"(102)은 자본주의적인 산업 체계에 포섭된 경쟁적 병원 시스템에서 대다수 의사들(물론 어디서나 그렇듯이 예외는 있다)이 갖고 있는 내밀한 심리와는 전혀 다르다. "그들 대다수의 심리는 일체의 무감각한 숙련, 환자들을 연구의 진보를 위한 (그럼으로써 자신의 경력을 쌓기 위한) 실험 대상으로 보는 일체의 '과학적' 불손함과는 아주 거리가 멀

103 같은 책, 241쪽.
104 같은 책, 244~247쪽.

다"(102). 『암 병동』에 등장하는 의사들의 이러한 심리는 자본주의에서는 겉으로 표방되는 '이데올로기'(실상을 은폐한다는 의미에서의)이지만 여기서는 진심이다. 자본주의에서 망각되거나 왜곡된 본래적인 것, 그래서 자본주의에서도 겉으로나마 표방하지 않을 수 없는 그런 것을 솔제니친은 『암 병동』의 등장인물들을 통해 환기시키고 있는데, 이 또한 — 지젝의 말을 빌자면 — '사회주의 특유의 사고방식'이 구현된 것으로 볼 수 있을 것이다. 솔제니친의 『이반 데니소비치의 하루』에 대해 루카치는 작품 속 현실은 일체의 전망이 암시조차 될 수 없을 정도로 암울하고 절망적이지만 인물들의 행위를 통해 현시되는 "모든 입증[인간으로서의 자기입증]과 모든 좌절은 인간관계의 미래적 정상적 방식을 말없이 가리키고 있다"(34)고 했는데, 이러한 평가는 솔제니친의 장편소설에 대한 평가로서도 유지될 수 있을 것이다.

그렇다고 해서 루카치가 솔제니친의 "이데올로기적 미학적 한계들"(53)을 보지 않은 것은 아니다. 그는 솔제니친의 문학적 성취를 충분히 높게 평가하면서도 「솔제니친의 장편소설들」 말미에서 "평민주의" 경향을 지적하며, 같은 평민주의적 세계관을 가졌던 톨스토이가 『전쟁과 평화』나 『부활』에서 보여주었던 수준의 의식성과 사회적 깊이에서 이루어지는 "평민주의의 자기비판이 지금까지의 솔제니친의 작품들에는 결여되어 있다"(128)고 평가한다. 이런 맥락에서 루카치는 솔제니친을 "스탈린 시기에 대한 공산주의적인 문학적 비판자가 아니라 단지 평민적인 문학적 비판자"(133)였다고 말하기도 한다. 그는 "솔제니친이 이후의 작품들에서 이러한 형상화 수준 너머로 성장하지 못한다면" "그 작품들의 문학적 위상"은 "제한"될 것이라고 예측하는데(133), 솔제니친이 나아간 이후의 행보는 루카치가 우려한 그 평민주의 경향이 강화되어간 과정으로 볼 수 있지 않을까. 아니, 사후적(事後的)으로 봤을 때는 그 평민주의 경향 자체에 이미 러시아 기독교(정교회)와 러시아 민족주의로의 경향이 내포되어 있었다고 말할 수도 있을 듯하다. 하지만 당시의 루카치가 이 지점까지 규명해내기란 원천적으로 불가능한 일이었다. 루카치가 읽을 수 있었던 솔제니친의 작품들에서는 아직 그런 경향이 전면에 드러나지 않았을 뿐 아니라 당시 솔제니친 자신도 그가 나중에 그랬던 것처럼 러시아 기독교를 완전히 받아들이지는 않았다.

루카치가 『솔제니친』을 발표했을 무렵에 솔제니친의 작품들에서 러시아 기독교로 이어질 '영적인 측면'을 주목한 사람이 전혀 없었던 것은 아니다. 루카치의 책과 함께 솔제니친의 작품을 다룬 최초의 저서에 해당하는 『A. I. 솔제니친(*A. I. Solzhenitsyn*)』을 발표한 R. 플레트네프(R. Pletnev)[105]는 그때까지 나온 솔제니친의 모든 작품을 고찰함으로써 현실성의 측면뿐만 아니라 영적인 측면도 주요하게 부각시켰다. 하지만 솔제니친에 관한 연구나 비평들에서 그 영적인 측면을 러시아 기독교와 연결시키는 일은 조금 더 뒤에 가서야 이루어졌다. 솔제니친의 작품과 논설에서 종교적인 색채가 점점 더 분명하게 드러나기 시작한 후에야 솔제니친의 사상을 기독교적인 측면에서 해석하는 일이 이루어질 수 있었는데, 알랭 바디우(Alain Badiou)의 다음과 같은 평가도 그런 해석의 한 사례이다.

105 R. Pletnev, *A. I. Solzhenitsyn*, München, 1970. 이 책은 루카치의 『솔제니친』이 나온 해에 독일 뮌헨에서 러시아어로 출판된 것이다. 플레트네프는 출판사를 찾지 못해 자비로 책을 냈다고 한다.

솔제니친의 주제의 핵심에는 영적인(spirituelle) 러시아가 있으며, 거기에서 러시아의 수난은 인류 전체를 위한 구원에 상당한다. 솔제니친의 관심을 끌어 비의적이고 장엄한 긴장으로 차 있는 그의 문장에 생기를 불어넣는 것은 러시아 인민(peuple)의 기독교적 소명이다. 스탈린의 러시아만이 세계를 향해 유물론적 이데올로기를 악(mal)으로 명명할 수 있도록 하는 데 필요한 십자가였던 것이다.[106]

거듭해서 하는 말이지만, 이런 유의 솔제니친상(像)은 『암 병동』까지의 솔제니친만 읽고서는 생각하기 어려운 것이다. 『암 병동』까지의 작품을, 그것도 플레트네프와는 달리 독일어나 헝가리어로 번역된 작품만 읽을 수 있었던 루카치로서는 솔제니친에게서 "러시아 인민의 기독교적 소명"이라는 주제의식을 읽어내기란 불가능한 일이었다. 그래도 루카치는 "러시아 인민"에 대한 솔제니친의 관심, 나중에 "러시아 민족주의(nationalisme)에 기반하여 사유"[107]하는 것으로 이어지는 그 지점을 '평민주의'라는 틀로 어렴풋이 파악했던 것으로 보인다. 솔제니친의 작품에는 톨스토이에서 볼 수 있는 것과 같은 수준의 평민주의에 대한 자기비판이 결여되어 있다는 루카치의 지적은, 반(反)공산주의자이되 동시에 물질주의적이고 개인주의적인 자본주의에도 등을 돌리고 러시아 기독교를 수용한 러시아 민족주의자의 길로 나아간 솔제니친의 이후 행보 — 루카치 자신은 목도할 수 없었던 — 에 대한 우려 섞인 예측이자 사태에 선행한 만류로도 읽을 수

106 알랭 바디우, 『정치는 사유될 수 있는가』, 박성훈 옮김, 길, 2017, 35쪽.
107 같은 책, 36쪽.

있을 것이다.

어쨌든 루카치가 솔제니친 문학에서 스탈린 시대에 대한 비판적 청산의 모범을 본 것은 분명한 사실이다. 그런데 그가 솔제니친의 작품에서 정말로 새롭고 획기적인 것으로 여긴 대목은 비판적 청산 그 자체가 아니라 그것을 수행하는 방식에 있었다. 그가 보기에 솔제니친이 『이반 데니소비치의 하루』를 통해 이룩한 진정한 문학적 성취는 강제수용소 생활을 문학의 주제 영역으로 개척한 것도, 이를 통해 스탈린 시대의 잔학상을 폭로한 것도 아니다. 솔제니친의 그 작품에서 "새로운 점과 획기적인 점"은 "수용소에서 한 인간이 어떤 형태로 (…) 자신의 인간적 온전성(Integrität)을 보존할 수 있는가 하는 문제"를 문학적으로 제기한 데에 있다는 것이 루카치의 생각이다.[108] 솔제니친은 스탈린 시기의 강제수용소라는 극히 절망적인 생활공간에서도 결코 동일하지 않은 "인간적 선택에 집중되어 있는 그의 현시방식"(26)을 통해 이러한 문학적 문제제기를 하는 데 성공하는데, 『이반 데니소비치』에서 이룬 이러한 성취는 솔제니친의 장편소설들에서 더 확장된 규모로 이어진다는 것이 루카치의 평가이다.[109] 솔제니친의 이러한 업적은 동시대 서구문학에도 시사하는 바가 많은데, 자본주의의 '전체적 조작체제'에 맞서는 싸움에서 문학적으로 유의미한 길을 보여주고 있다는 것이 루카치의 생각이다. 이 문제는 『솔제니친』의 루카치와 중기 루카치 사이의 통일성과 차이를 살펴보는 다음 절에서 다시 다루도록 하겠다.

108 *Gespräche mit Georg Lukács: Hans Heinz Holz · Leo Kofler · Wolfgang Abendroth*, Theo Pinkus 엮음, 55쪽.

109 특히 『제1권』은 『이반 데니소비치의 하루』를 "확장하고 총체화"(76)한 것이라고 한다.

3. 후기 장편소설론: 중기 장편소설론과의 통일성과 차이를 중심으로

1) 문학적 평가의 변화

루카치가 마르크스주의를 현실의 실상에 부합하는 세계관이자 이론적 접근 방식으로 이해하고 사회주의-공산주의 전망을 견지하는 이상 그의 문학론에서 '사회주의 리얼리즘' 범주는 계속 유지된다. 하지만『비판적 리얼리즘의 현재적 의미』에서 주요하게 사용되었던 세 가지 변별적 범주, 즉 비판적 리얼리즘, 사회주의 리얼리즘, 전위주의(모더니즘)가「솔제니친의 장편소설들」에서는 문학적 현상들을 파악하고 분류하는 범주로서 전면에 내세워지지 않는다. 중기 루카치의 소설론에서라면 토마스 만의『마의 산』과 싱클레어 루이스(Sinclair Lewis)의『마틴 애로우스미스』, 그리고 하인리히 뵐(Heinrich Böll)의『운전 임무를 마치고』는 비판적 리얼리즘 문학으로, 로베르트 무질(Robert Musil)의『특성 없는 남자』는 모더니즘 문학, 안톤 마카렌코(Anton Makarenko)의『교육시』와 솔제니친의『제1권』및『암 병동』은 사회주의 리얼리즘 문학으로 분류되어 고찰되었을 법하다. 하지만「솔제니친의 장편소설들」에서는 이 작품들이 1차 세계대전 및 1917년 러시아 혁명 이후의 "새로운 세계상태"[110]에 대한 문학적 대응으로서 "유사한 구성 방식"(60)을 가진 것으로, 양식적 공통성을 지닌 것으

110 「솔제니친의 장편소설들」에서 루카치는 "1차 제국주의 전쟁과 더불어, 그 전쟁이 제기한 문제들에 대해 1917년 10월의 위대한 날들이 제시한 대답과 더불어 새로운 세계상태가 사회적 현실이 되었다"(54)고 한다.

로 설정·파악되고 있다. 비판적 리얼리즘, 사회주의 리얼리즘, 전위주의(모더니즘)라는 범주를 통해 차별화되기보다는 오히려 양식(Stil)의 측면에서 동일면에 배치되어 작품들 사이의 '동일성과 비동일성의 동일성'[111]의 관계가 조명되고 있는 것이다. 그 과정에서 로베르트 무질의 『특성 없는 남자들』에 대한 평가가 변화된 것을 볼 수 있다. 『비판적 리얼리즘의 현재적 의미』에서는 전위주의에, 따라서 자연주의의 현대적 변종에 포함시켰던 그 작품이, 「솔제니친의 장편소설들」에서는 자연주의를 "진짜 예술적으로 극복한 (…) 경향들"(63)에 속하는 것으로 다루어진다. 루카치의 1960년대 텍스트들에서는, 보통 모더니스트로 분류되곤 하며 루카치 스스로도 이전 저술들에서 전위주의자로 분류했던 작가들에 대한 평가가 이런 식으로 달라지는 경우를 종종 볼 수 있다. 브레히트와 한스 아이슬러를 다른 표현주의 옹호자들과 분리하고 마르셀 프루스트를 제임스 조이스와 구분하며 카프카와 사무엘 베케트(Samuel Beckett) 사이를 나누는 것이 그런 경우에 해

111 루카치에게 '동일성과 비동일성의 동일성'은 '대립물들의 통일'을 대신하는 변증법의 원리로서 점점 더 중요하게 되는데, 중기 루카치에서 후기 루카치로 이행하는 과정에 쓴 『비판적 리얼리즘의 현재적 의미』 「서론」에서 그는 '동일성과 비동일성의 동일성'을 "우리 시대의 인간을 배치하는 새로운 형식의 (…) 원리"(4:465)라고 말한 바 있다. 1966년 9월에 독일의 학자들과 가졌던 대담에서 루카치는 "변증법의 기본 명제는 대립물들의 통일이 아니라 헤겔이 동일성과 비동일성의 동일성이라 부르는 것"이라고 한다. 인용한 곳은 *Gespräche mit Georg Lukács: Hans Heinz Holz·Leo Kofler·Wolfgang Abendroth*, Theo Pinkus 엮음, 58쪽. 「솔제니친의 장편소설들」에서도 같은 말을 하고 있는데, "헤겔은 단순히 모순들의 통일성을 변증법적 방법의 중심으로 규정하는 대신 정확히 통일성과 모순의 통일성에 관해 말한다"(116)고 하면서, 그 "통일성과 모순의 통일성"이 인류가 사회주의로 가는 이행 과정에 내재하는 모순들의 핵심적 구조와 그 이행 과정에서 진짜로 극복되어야만 하는 것의 정확한 모습을 분명하게 드러내는 것을 가능케 하는 원리라고 한다(116/117).

당한다.

독일의 음악가 한스 아이슬러 서거 3주기를 맞아 발표한 글에서 루카치는 과거 '표현주의 논쟁'에서 19세기 문학과의 단절을 주장하고 표현주의 문학을 옹호했던 작가들, 즉 '모더니스트'로 묶이는 작가들 중에는 "이른바 현실의 상실([고트프리트] 벤)"을 동시대 예술의 토대로 만들려는 쪽만 있었던 것이 아니라 이들과 나란히, "사회적 삶의 새로운 현상들에 내면 깊이 사로잡히고 충격을 받은, 그러면서 이와 동시에 이 시기 특유의 참상에 대해 휴머니즘적이고 혁명적인 대답을 찾아 나섰던 중요한 탐구자들"[112]이 있었다고 한다. 이 후자의 "'모더니즘'이란 무엇보다도 그들의 진지하고 부단히 구체화되며 점점 더 내용이 풍부해지는 저항을 표현하기 위한 양식적 수단이었다"[113]고 하면서, 브레히트와 한스 아이슬러의 작품이 그런 경우라고 한다. 이런 점을 무시하고 "모든 '모더니즘'을 기계적·행정적으로 추방한 즈다노프적 이데올로기의 지배는 (…) 잘못된 '전선'을 더 경직되게 만들었다"[114]고 하면서 통상 모더니즘 계열로 분류되는 작가들의 작품을 무차별적이고 도식적으로 취급하지 말고 보다 세분화해서 평가할 것을 주장한다. 이 글에서 루카치는 2차 세계대전 후 브레히트 및 아이슬러와 대화를 나누게 되면서 "우리는 터널 양쪽에서 구멍을 뚫어 필연적으로 중간에서 만날 것"이라는 느낌을 점점 더 강하

112 Georg Lukács, "In memoriam Hans Eisler. Zum dritten Todestage des Komponisten am 6. September 1965", *Alternative* 67/68호, 1969, 221쪽. 이 글은 *Zeit* 36호(1965년 9월 3일)에 처음 발표되었다.

113 같은 곳.

114 같은 책, 222쪽.

게 가지게 되었지만 "너무 바빠서" 이를 적절한 이론적 형태로 표현하지 못한 "큰 실착"을 범했다고 아쉬움을 표한다.[115] 여기서 루카치는 '양식 원리'와 구분되는 "양식적 수단"이라는 용어를 통해 자신의 미학적 입장이 이른바 모더니즘적 기법들에 대한 선험적 거부와는 전혀 거리가 멀다는 것을 다시 한 번 분명히 하고 있다. 브레히트, 아이슬러와—통상 사회주의 리얼리스트로 분류되는—아나 제거스는 "궁극적으로 한데 속하는 사람들"[116]이라고 함으로써, 글쓰기 방식이나 재현 기법과 같은 피상적인 차원에서 모더니스트로 분류되곤 하는 작가들의 작품들 중 어떤 것은 그 실질적인 내용과 형식의 측면에서 구체적으로 파악될 때 리얼리즘 문학으로 해석·평가될 수도 있음을 시사한다.

후기 루카치는 중기 장편소설론을 구성하는 텍스트인 「소설」에서 '1848년 이후 시기(Post-1848)'의 진지한 부르주아 문학의 주류적 경향이 제국주의 시기에 들어와 마침내 "소설 형식의 해체"를 낳기에 이른 것을 대표하는 작가로 같이 호명했던 프루스트와 조이스[117]를 구별 짓는 발언을 하기도 한다. 영국의 시인이자 비평가 스티븐 스펜더(Stephen Spender)가 《엔카운터(*Encounter*)》 1964년 12월호에 발표한 루카치와의 대담 기록에서 이 두 작가에 대한 루카치의 대비적 평

115 같은 곳.

116 같은 곳.

117 1934년에 집필한 「소설」에서 루카치는 플로베르와 졸라에서 "소설 형식의 해체로 나아가는 기본 경향들"이 "처음으로 분명하게, 거의 고전적인 형태로" 나타나며(98쪽), 그 문학적 경향들의 "발전의 끝(프루스트, 조이스)에서 소설의 모든 내용과 모든 형식이 완전히 해체되기에 이른다"(100쪽)고 했다. 인용한 곳은 게오르크 루카치, 「소설」, 『소설을 생각한다』, 비평동인회 크리티카 엮음, 문예출판사, 2018.

가를 볼 수 있다. 거기에서 루카치는 사람들이 『율리시스』가 중요한 작품이라고 해서 의무적으로 읽었는데, "지루하고 따분"했다고 하면서, "조이스는 특정 인물의 주관적 의식이 작동하는 메커니즘을 탐구한 것 말고는 별로 이룬 게 없었다"고 말한다.[118] 이에 스펜더가 "그러면 프루스트는요?"라고 묻자 루카치는 다음과 같이 대답한다.

> 프루스트의 경우는 조이스의 경우와 매우 다릅니다. 『잃어버린 시간을 찾아서』에는 연상들(associations)의 자연주의적인 — 그리고 과장되고 그로테스크한 — 포토몽타주(photomontage)가 아니라 리얼한 세계상이 있어요. 프루스트의 세계가 파편적이고 문제적으로 보일 수도 있습니다. 여러모로 그것은 프레데릭 모로가 1848년 혁명이 박살난 후 집으로 돌아오는 [플로베르의] 『감정교육』 마지막 장의 상황에 들어맞아요. 그[모로]는 더 이상 현실을 경험하는 것이 아니라 자신의 잃어버린 과거에 대한 그리움만 가지고 있습니다. 이러한 상황이 독점적으로 프루스트 작품의 내용을 제공하고 있다는 사실이 그 작품의 파편성과 문제성의 이유입니다. 그럼에도 불구하고 그것은 진짜 상황을 예술적으로 그리고 있어요. (…) 내가 장편소설에 요구하는 것은 그것이 나의 내면의 메커니즘 — 화장실에 앉아 자신의 생각들을 생각하고 있는 미스터 블룸 — 을 자연주의적으로 그리고 있는지 여부가 아니라 그것이 내 인생경험의 합을 증대시키는지 여부예요. 내게 프루스트는 그렇게 하는데 조이스는 안 그렇습니다.[119]

118 인용한 곳은, "With Lukács in Budapest by Stephen Spender", *Encounter*, 1964년 12월, 55쪽.

119 같은 책, 56쪽.

여기서 루카치는 삶에 대한 우리의 경험을 풍부하게 하는 힘을 장편소설의 가치를 평가하는 하나의 척도로 내세우면서 프루스트와 조이스를 구분하고 있다. 현실과 의식 사이 관계의 풍부함과 복잡함을 반영하는 다중적이고 다차원적인 세계를 창조하는 것이 참된 예술이라는 루카치 고유의 입장에 따른 이 척도는 카프카를 그와 유사한 경향을 지닌 다른 작가들과 구분할 때에도 적용된다.

후기 루카치가 이전과 달라진 면모를 보여준 것들 중에서 가장 널리 알려져 있는 것은 카프카에 대한 판단일 것이다. 루카치는 1950년대에 들어와서 카프카를 처음 접했던 것으로 보인다. 카프카에 관한 최초의 본격적 논의는 1957년 이탈리아어로 처음 출판된『비판적 리얼리즘의 현재적 의미』에서 이루어졌는데, "프란츠 카프카냐 토마스 만이냐?"라는 양자택일적인 제2장의 제목은 이 책이 "이데올로기적 목적론"[120]이 구현된 텍스트로 '악명'을 얻게 되는 데 적잖은 기여를 했다. 1956년 헝가리 사태 이후 루카치가 처하게 된 상황에 대해 분개하고 루카치에게 더 큰 관심과 이해를 보냈던 서방 세계 지식인 중 일부는 이 책에 크게 실망하게 된다. 아도르노는 앞에서 소개한「강요된 화해」라는 제목의 글을 통해 이러한 실망을 이론적으로 정당화해주었을 뿐 아니라 루카치의 마르크스주의 문학론에 대해 향후 서방 세계에서 이루어지는 비판의 원형을 제공했다. 그렇다고 해서 우호적인 반응이 전혀 없었던 것은 아닌데, 모더니즘에 대한 즈다노프식 언사와 평가만 난무하던 당시 사회주의 문예담론의 상황에 답답함을 느꼈던 일부 좌파 문학 연구자들에게 이 책은 모더니즘을 선동

120 페터 V. 지마,『문예미학』, 허창훈 옮김, 을유문화사, 1993, 451쪽.

이 아닌 이론의 층위에서 분석하고 비판했다는 사실만으로도 고무적인 텍스트로 받아들여졌다.[121]

『비판적 리얼리즘의 현재적 의미』에서 루카치는 자본주의 세계를 불가변적인 운명으로 받아들이는 "숙명론적 세계관"(4:464)의 토대 위에서 그 세계의 사회적 역사적 현실성을 제거하고 주관적으로 해체하는 경향, 그러한 숙명론적인 "문학적 '세계관'"(4:469)이 관철되는 가운데 등장인물은 사회적 역사적 성격이 탈각된, "영원히 본질적으로 고독한 (…) 개인"으로서의 "인간 '자체'('der' Mensch)"(4:470)로 규정되면서 이 "인간 '자체'의—존재론적인—고독"(4:470)이 "보편적인 또는 영원한 '인간의 조건(condition humaine)'"(4:471)으로 현시되는 경향, 그리하여 작품 전체가 "정태적인 성격"(4:487)을 띠게 되는 경향, 본질적으로 자연주의적인 이러한 경향과 아울러 나타나는, 현세의 의미 내재성을 원칙적으로 부정한 데 따른 "알레고리화"(4:493) 경향, 그리고 그 결과로 구체적 현실의 개별성을 구체성과 관계성이 탈각된 추상적인 개별특수성(Partikularität)으로 끌어내리고 추상적인 보편성으로서의 초월성과 직접 연결함으로써 "구체적인 전형성을 추상적인 개별특수성으로 대체하는 경향"(4:496) 등등에서 현대 전위주의 문학 유파들의 공통성을 인식하며, 카프카 문학을 그 계열에 포함시킨다. 루카치가 보기에 카프카는 전위주의 계열에서 가장 탁월한 작가이다. 내재적 의미라고는 일체 없는 불가변적 현실에 대한 "무력감"이 "충격적인 불안의 비전"으로 강화·고조되는 카프카의 작품은

121 예컨대 로이 파스칼, 「게오르크 루카치: 총체성의 개념」, 『루카치 미학 사상』, G. H. R. 파킨슨 엮음, 김대웅 옮김, 문예출판사, 1990, 234쪽; 데이비드 크레이그, 「역사는 어떻게 문학을 형성하는가」, 같은 책, 300쪽 참조.

"현대적 예술 전체의 상징"으로 자리매김될 수 있다고 한다(4:489). 또 다른 측면에서 루카치는, "인간적 존재와 인간적 활동에 있는 의미의 내재성"을 원칙적으로 거부함으로써 "예술적 세계관으로서의 현세지향성(Diesseitigkeit)"과 대립하는 "미적 양식방향(Stilrichtung)"인 "알레고리화"(4:493)로 치닫는 전위주의 문학에서 "가장 위대한 문학적 인물"인 카프카의 작품은 현대적인 "알레고리 예술의 원형"(4:496)으로 볼 수 있다고 하는가 하면, "알레고리화의 미적 결과"인 "형상화된 모든 것의 추상적 개별특수성"이 카프카의 작품에서 "절정에 달한다"고 평가하면서 그를 "우리 시대의 — 본질적으로 알레고리적인 — 전위주의 전체에 범례적인" 작가라고 규정하기도 한다(4:498). 이처럼 원칙적으로 비판적인 평가에도 불구하고 그 사이사이 루카치는 카프카 문학에 대한 경탄을 숨기지 않는데, "현실에 대한 맹목적이고 공포에 사로잡힌 불안"이라는 "작가적 감정이 (…) 가식 없는 정직성을 지니고 있을 뿐만 아니라 형상화된 세계가 이러한 감정에 부합하는 단순성과 자명성을 띠고 있음으로써" 유례없을 정도로 강력한 인상을 만들어내는 카프카의 "독창성"(4:534), 그 "독창성의 예술적 기초"를 이루고 있는, "그의 대상세계와 이 세계에 대한 그의 인물들의 반응이 보여주는 암시적이면서 동시에 격분을 야기하는 명증성"(4:534), "직접적 작용과 암시적 힘의 비상할 정로도 강력한 강렬성"(4:535), "대단히 표현이 풍부한 디테일들"(4:535) 등등이 경탄의 대상이 되고 있다. 그럼에도 카프카의 문학은 근본적으로 알레고리적 성격을 띤 것이라는 루카치의 부정적 판단은 이후 조금씩 뉘앙스를 달리하게 되는데, 그렇게 된 계기로 루카치 자신의 유배 경험이 거론되곤 한다.

헝가리 민중봉기가 소련군에 의해 무력 진압된 뒤 처음에는 어디인지도 알 수 없었던 곳에서 억류 생활을 하던 중에 루카치가 "결국 카프카는 리얼리스트였다(So Kafka was a realist after all)"고 토로했다는 소문이, 당시 루카치와 함께 있었던 그의 아내가 제자들에게 보낸 편지를 통해 널리 퍼졌다.[122] 하지만 루카치가 루마니아에서 돌아온 후 약 십 개월이 지난 시점에 『비판적 리얼리즘의 현재적 의미』의 독일어판을 아무런 수정이나 보충 없이 서독에서 『오해된 리얼리즘에 반대하여』라는 제목으로 출판한 점, 이 책의 출판 직후 그에게 쏟아진 공격에 대해 그가 놀라기는커녕 "전면적으로 연대한 우매함의 증거"[123]로 받아들인 점 등을 고려할 때 그 소문에 특별한 의미를 부여할 필요는 없어 보인다. 하지만 『오해된 리얼리즘에 반대하여』의 출간 이후 지인들과 제자들의 비판과 권유에 따라 그가 카프카를 다시 읽었고, 카프카에 관한 이전의 평가를 점차 수정해나갔던 것은 분명한 사실이다. 그는 카프카에 대해서 보다 긍정적으로 평가하게 되는데, 그렇지만 모더니즘(전위주의)을 보는 시각 자체에는 큰 변화가 없었다. 카프카에 대한 그의 적극적인 평가는 『비판적 리얼리즘의 현재적 의미』에서 피력한 모더니즘관 자체를 수정하는 것이 아니라, 카프카를 모더니즘에서 '구제'하는 방식으로 이루어졌다. 이는 자신이 『비판적 리얼리즘의 현재적 의미』에서 카프카 작품의 의미를 충분히 고찰하지 못했음을 인정하는 것이기도 한데, 루카치는 브라질의 비평가

122 Heinz Politzer, *Franz Kafka: Parable and Paradox*, Ithaca, N.Y.: Cornell University Press, 1966, 369~370쪽. 재인용한 곳은 Ehrhard Bahr·Ruth Goldschmidt Kunzer, *Georg Lukács*, New York: Frederick Ungar Publishing, 1972, 115쪽.

123 István Eörsi, "Der unliebsame Lukács", *Sinn und Form* 45권 1호, 1993, 438쪽.

카를로스 넬손 쿠티뉴(Carlos Nelson Coutinho)에게 보낸 1968년 2월 26일 자 편지에서 이를 분명히 하고 있다.

> 당신이 프루스트와 카프카를 중심인물로 본 것은 완전히 옳습니다. 두 사람, 특히 카프카를, 그들 뒤를 잇는 문학과 통상 그렇게 하는 것보다 더 확실하게 구분했더라면 좋았을 것입니다(이 점에서 내 연구도 만족스러울 만큼 나아가지 못했습니다). 당신이 카프카의 작품에서 어떤 노벨레적인 요소들을 강하게 부각시킨다면, 이는 전적으로 옳습니다. 『변신』과 같은 몇몇 노벨레는 새로운 문학에서 아주 큰 의미를 가지며, 이후의 문학과 아주 뚜렷하게 대조를 이룹니다. (…) 유감스럽게도 나는 매우 불리한 상황에서 내 작은 책(『비판적 리얼리즘의 현재적 의미』)을 너무 급하게 끝냈는데, 그래서 거기에서는 특정한 관점들이 충분히 강력하게 표현되지 못했습니다.[124]

그렇다고 해서 루카치가 카프카의 의미를 "충분히 강력하게 표현"하는 본격 비평을 다시 쓴 것은 아니다. 그 대신 그는 1960년대에 발표한 글이나 대담들에서 카프카를 유사한 경향을 지닌 다른 작가들과 여러 측면에서 간단하게 대비하는 방식을 통해 카프카의 독특한 위치를 규정해나갔다.

카프카에 관한 루카치의 판단에서 생긴 변화는 『미적인 것의 고유성』에서 맨 먼저 확인할 수 있다. 출판은 1963년에 이루어졌지만 「서

124 Nicolas Tertulian, "Die Lukácssche Ästhetik. Ihre Ktitiker, Ihre Gegner", *Zur späten Ästhetik von Georg Lukács. Beiträge des Symposiums vom 25. bis 27. März 1987 in Bremen*, Gerhard Pasternack 엮음, 35쪽 각주 5에서 재인용.

문』(1962년 12월)을 제외한 나머지 부분의 최종 집필은 이미 1960년 초에 끝난[125] 이 책에서 카프카와 관련해 특히 주목되는 지점은 책 마지막 부분인 제16장에서 '알레고리'와 '상징'을 다루고 있는 대목(12:727~12:775)이다. 앞에서 보았듯이 『비판적 리얼리즘의 현재적 의미』에서 루카치는 카프카의 작품을 현대적인 "알레고리 예술의 원형"으로, 그를 "우리 시대의 — 본질적으로 알레고리적인 — 전위주의 전체에 범례적인" 작가로 평가했다. 그런데 '상징'과 대비하는 가운데 '알레고리' 예술의 역사와 이론을 『비판적 리얼리즘의 현재적 의미』에서보다 훨씬 더 포괄적이고 상세하게 고찰하고 있는 미학의 그 대목에서 특이하게도 카프카는 단 한 번도 거론되지 않는다. 그렇다고 해서 『미적인 것의 고유성』에서 카프카가 아예 등장하지 않는 것은 아닌데, 루카치는 카프카를 유사한 경향을 지닌 다른 작가들과 비교하는 방식으로 몇 차례 짤막짤막하게 다룬다. '내면성(Innerlichkeit)'의 측면에서 카프카를, 같은 지향을 가졌던 동시대의 작가들과 비교하면서 그의 경우에는 "내면으로의 전환을 야기하는, 대상성 세계에 대한 이러한 관계[거부]가 (…) 작품 속에서 체험 가능하게 된다"는 점에서 "진정한 내면성의 미적 구현"이 이루어지고 있다고 평가하는 대목(11:664), 찰리 채플린(Charlie Chaplin)의 연기와 카프카의 작품을

125 미카엘 뢰비는 1963년 5월 체코의 리블리체에서 공산주의 작가와 평론가들이 개최한 '카프카 국제회의'가 루카치에게 카프카에 관한 새로운 해석의 필요성을 촉발했을 가능성이 크다고 한다(Michael Löwy, "'Fascinating Delusive Light': Georg Lukács and Franz Kafka", *Georg Lukács: The Fundamental Dissonance of Existence: Aesthetics, Politics, Literature*, Timothy Bewes·Timothy Hall 엮음, New York: Continuum, 2011, 183쪽). 그런데 『미적인 것의 고유성』은 그보다 훨씬 전에 집필이 끝난 것이기 때문에 뢰비의 추측은 받아들이기 어렵다.

비교하는 가운데 "채플린이 [연기로] 형상화한 것의 감정 영역 및 그 사회적 유발인자가 카프카의 세계와 얼마나 가까운지를 잊어서는 안 된다"고 하면서 "공포에 대해 승리하는" 채플린의 "세계사적 유머"의 "깊이"를 "카프카적 문제들을 객관화하면서 심화하는 것"으로 읽는 대목(12:512), 카프카의 『성』과 베케트의 『몰로이』를 비교하는 대목(11:796) 등에서 카프카에 관한 루카치의 견해를 확인할 수 있다.

루카치는 카프카와 그의 뒤를 잇는 문학을 비교할 때 항상 베케트를 끌어들이는데, 베케트를 후세대 작가 중 대표 주자로 여겼기 때문일 것이다. 방금 말했다시피 『미적인 것의 고유성』에서 그는 카프카의 『성』과 베케트의 『몰로이』를 비교한다. 이 두 작품에서는 공히 키르케고르 철학이 선구적으로 개진한 "인간의 익명성(Inkognito)"이 "예술적 실천의 세계관적 기초"(11:795)를 이루고 있지만 양자 사이에는 분명한 차이가 있다고 한다.

> 전자[『성』]에서는 개별특수적(partikular) 인간의 절대적 익명성이 격분시키고 격분을 일깨우는 인간 실존의 비정상성으로, 따라서 — 소극적(negativ)으로나마 — 유의 운명(Gattungsschicksal)의 토대 위에서 나타나는 반면, 후자[『몰로이』]는 물신적으로 절대화된 개별특수성 속에 자아도취 상태로 주저앉아 있다. (…) 베케트 같은 사람의 가상적 깊이란, 우리 시대의 자본주의가 제공하는 직접적 표면의 어떤 증상들에 달라붙어 있는 것에 다름 아니다(11:796).

이런 식으로 루카치는 카프카의 작품에서는 — 사회역사적인 지금·여기의 특징들은 흐릿해진 채로 — 인간 유(Menschengattung)의 운명의 토대 위에서 인간 실존의 비정상성이 비정상성으로서 거부되고 이에 대한 격분이 환기된다고 본 반면, 베케트의 작품에서는 직접적인 개별특수성의 수준에 머물러 있음으로써 동시대 자본주의 세계의 부정성을 절대화하고 그럼으로써 오히려 그것에 사로잡혀 있는 것을 본다.

1960년대에 루카치가 카프카를 두고 한 여러 발언 중 가장 흥미로운 것은 조너선 스위프트(Jonathan Swift)와 카프카를 비교하는 대목이다. 독일어판『게오르크 루카치 저작집』제6권 앞에 수록된「제6권 서문(Vorwort zu Band 6)」(1964년 12월)에서 루카치는 스위프트와 카프카 사이의 유사성을 밝힘으로써 카프카의 문학을 비전통적 방식의 리얼리즘으로 문학사에 기재한다. "총체적 완결적 서사문학 형식과 작품 전체 및 디테일들의 내용의 의식적인 역사성 및 사회성을 통일시킴으로써 근대적 서사 형식들의 위대한 확장적 실현을 가져온"(6:8) 월터 스콧의 등장 이래 '역사성'이 장편소설 형식의 원리로 자리잡게 되면서 19세기 장편소설은 18세기 장편소설과 현저히 달라지지만, 스위프트의 경우에는 장편소설의 이러한 발전 과정에서 "예외"를 이루면서도 위대한 문학적 성취를 거두었다고 평가하는 루카치는, 근대 부르주아 장편소설 발전의 초기 단계에 있었던 스위프트와 유사한 경우가 부르주아 장편소설 발전의 후기 단계에 속하는 카프카를 통해 다시 한 번 발현되었다고 본다. 루카치의 관련 발언을, 조금 길지만 그대로 소개한다.

> 예술사에서는 예외 없음이란 없다. 18세기의 장편소설과 19세기의 장편소설 간의 대비는 금방 눈에 띈다. 그러나 이러한 대립은 스위프트에게

는 해당되지 않는다. (…) 그도 그럴 것이 그의 작품에는 사회 역사적인 지금·여기의 의식적 표현이 결여되어 있을 뿐만 아니라 형상화를 통해 아예 배제된다. 인류의 한 시대 전체(eine ganze Menschheitsepoche)가 그려져 있는데, 그 시대의 가장 일반적인 갈등들을 인간 일반(또는 그의 시대의 희미해진 특징들을 지닌 인간)이 대면하고 있다. 그러한 것을 오늘날 '인간의 조건(la condition humaine)'이라고 부르는데, 이 표현에서는 스위프트의 작품에서 말하는 것이 인간 일반이 아니라 역사적으로 특정한 한 사회에서의 인간의 운명이라는 점이 간과된다. 스위프트의 비범한 천재성은, 사회를 보는 그의 시선이—예언적으로—한 시대 전체(eine ganze Epoche)를 포괄하고 있는 데에서 드러난다. 우리 시대에 그와 유사한 것을 제공하는 작가는 카프카뿐인데, 그의 작품에서는 비인간성의 한 시기(Periode) 전체가 프란츠 요제프(Franz Joseph)의 마지막 통치기를 살아가는 (보헤미아에 살고 독일어를 쓰며 유태인이기도 한) 오스트리아인의 맞상대로 작동된다. 그리하여 그의—형식상으로, 단지 형식상으로만 인간의 조건으로 해석될 수 있는—세계는 깊고도 충격적인 진실을 보존하는데, 이는 그러한 역사적 배경 없이, 그러한 토대와 전망 없이 한갓된 추상적—그리고 추상화에서 왜곡된—인간 실존 일반으로 직접 향해 있으며 완전한 공허(eine vollendete Leere)에, 무(無, ein Nichts)에 어김없이 봉착하는 작가들과는 다른 점이다. 이러한 무는 예컨대 실존주의와 같은 임의의 장식으로 치장될 수도 있겠지만, 스위프트는 물론 카프카와도 달리 공허한 무(ein leeres Nichts)로 머물러 있다(6:9/10).

스위프트와 카프카에서 루카치는 지금까지 그가 리얼리즘론을 통해 강조했던 "사회 역사적인 지금·여기"가 아예 배제되는 방식으로 형상화가 이루어진다고 말할 정도로 '구체적 개별성'이 희미해진 것을 보지만, 이것은 두 작가의 문학적 비전이 '추상적'이어서가 아니라 그들이 문학적으로 대응하는 대상성 세계의 범위가 그만큼 포괄적인 데서 연유하는 것으로 읽는다. 스위프트의 시선이 "인류의 한 시대 전체", 즉 자본주의 시대 전체를 "예언적으로" "포괄"하고 있다면, 카프카의 시선은 "비인간성의 한 시기 전체"를 — 파시즘의 시기를 겨냥하고 있다는 점에서 역시나 '예언적'으로 — 포괄하고 있다는 점에서 스위프트 문학의 스케일이 카프카 문학의 그것보다 더 광대하긴 하지만, 두 작가의 양식은 공통성을 지닌다는 것이 루카치의 판단이다. 근대 문학 초기 국면에서 스위프트가 그러했듯이 현대문학에서 카프카는 유일무이한 방식으로 문학적 성취를 이루었는데, 카프카 이후 카프카 문학과 외양이 비슷한 작품들이 등장했지만 그것들은 스위프트나 카프카와는 달리 탈역사적인 추상화의 산물이라는 것이 루카치의 평가이다. 그것들이 그려내고 있는 '무'는 역사적인 '무'가 아니라 "공허한 무"에 머물러 있다는 것이 루카치의 생각인데, 「솔제니친: 『이반 데니소비치의 하루』」에서 그렇게 "공허한 무"에 머물러 있는 작가로 베케트를 거명함으로써 다시 한 번 카프카와 베케트를 구분 짓는다. 거기에서 루카치는 "카프카의 비전(Vision)은 실제로 히틀러 시대의 암울한 무(無), 모종의 숙명적 현실을 향해 있는 것이지만, 베케트 같은 작가의 무는 역사적 현실에서 그 어떤 본질적인 것도 더 이상 부합하지 않는 허구적 심연들을 가지고 벌이는 단순한 유희이다"(43)라고 한다.

이 말의 의미는 루카치가 폴란드의 연극이론가이자 셰익스피어 전공자인 얀 코트(Jan Kott)에게 보낸 1964년 8월 15일 자 편지에서 보다 분명하게 드러난다. 이 편지에서 루카치는 1차 세계대전 이후의 역사 발전을 "숙명적 메커니즘의 공포 시기(the period of fear of fatal mechanism)"로 정식화하며, "이 시기의 근본적인 분위기를 카프카가 지극히 암시적으로 표현했다"고 한다.[126] 이와 달리 오늘날은 이 시기가 이미 쇠퇴하고 "다소간 부드러운 조작의 시기(a period of a more or less mild manipulation)"[127]로 이동하고 있는데, 그럼에도 베케트나 외젠 이오네스코(Eugene Ionesco) 같은 작가는 여전히 "카프카-프레임"[128]으로 창작을 하고 있다는 점에서 "아류"[129]에 지나지 않는다는 것이 루카치의 평가이다. 카프카의 경우에는 그가 문학적으로 반응한 "암울한 무"로서의 구체적 현실이 실재했다면, 베케트나 이오네스코는 이미 바뀐 현실이 아닌, "허구적 심연들"을 대상으로 작품 활동을 하고 있다는 것이다. 위에서 우리는『미적인 것의 고유성』에서 '알레고리'를 논할 때 카프카의 이름은 단 한 번도 등장하지 않는다고 했는데, 여기서 그 이유를 짐작해볼 수 있다.『비판적 리얼리즘의 현재적 의미』에서는 카프카의 문학을 자본주의적 소외 상황을 숙명적인 '인간의 조건'으로 탈역사화·절대화하는 "문학적 '세계관'"이 구현된 알레고리 문학의 정점으로 읽었다면, 이제는 카프카의 비전이 히틀러 시대의 실제로 불가항력적인 숙명적 현실을 향해 있는 것으로 읽는다. 내재적 의미를 찾기 힘든 "암울한 무"로서의 실제 역사적 시기

126 "An Unpublished Letter by Georg Lukács", *Science & Society* 41권 1호, 1977년 봄, 66쪽.

127 같은 곳.

128 같은 책, 67쪽.

129 같은 책, 66쪽.

를 겨냥하고 있는 것으로 그의 작품을 평가하는 이상, 그것은 더 이상 루카치가 규정하는 의미에서의 알레고리가 아니며, 카프카는 "우리 시대의—본질적으로 알레고리적인—전위주의 전체에 범례적인" 작가라는 평가도 유지할 수 없게 된다.

그렇지만 루카치에게 카프카는 여전히 문학사에서 희귀한 "예외"적 현상이다. 그것은 특정한 역사적 시공간에서 특정한 위치에 있었던 한 비범한 작가가 이룩한 예외적이고 유일무이한 문학적 성취이지 현대문학이 나아갈 경로로 일반화하기 힘든 현상이다. 얀 코트에게 보낸 편지에서 루카치는 시대의 변화에 따라 "숙명적 메커니즘의 공포의 시기를 [카프카와는] 매우 다른 방식으로 반영하고 표현하는 작가들이 도처에서 출현"[130]하고 있다고 하면서, 『머나먼 여행(*Le grand voyage*)』의 호르헤 셈프룬(Jorge Semprun)과 함께 『이반 데니소비치의 하루』의 솔제니친을 거명한다.

루카치는 현대 자본주의에 대해 "회의와 염세주의"(44)의 입장에서 "소외된 회의의 양식 형태들"(45)로 대응한 베케트나 이오네스코와는 달리, 이들이 대면하고 있는 상황보다 더 절망적이고—히틀러 시기와 마찬가지로—"불가항력적인 메커니즘"[131]을 갖춘 스탈린 시기를 다룬 『이반 데니소비치의 하루』에서 솔제니친이 "수용소에서 한 인간이 어떤 형태로 (…) 자신의 인간적 온전성을 보존할 수 있는가 하는 문제"를 제기하고 있는 점에 주목한다. 절대적인 소외 상태라고까지 표현할 수 있을 정도로 현실이 암울하고 절망적이라 하더라도, 그러

130 같은 곳.
131 같은 책, 67쪽.

한 현실 속에서 살아가고 그것에 대응하는 인간들의 반응은 몹시 다양할 수 있다는 것을 보여주면서, 그처럼 "불가항력적인 메커니즘"이 지배하는 시공간에서조차도 "인간적 온전성"이 어떻게 보존될 수 있는지를 탐구하는 솔제니친의 문학적 실천은, 당대 서구문학에도 "조작에 문학적으로 항복하지 않는" 길, 문학이 "조작에 맞서 벌이는 싸움에 극히 많이 기여할 수 있을"[132] 길을 보여주고 있다는 것이 루카치의 평가이다.

이 글 앞부분에서 말했다시피 당대를 "조작의 시대"라고 규정하는 루카치에 따르면, 마르크스와 레닌이 활동했던 시대와는 현저히 달라진 현대 자본주의 사회에서 보편적으로 된 "조작"—루카치는 이를 "소외의 새로운 형태"[133]라고 하는데—은, "인간들의 모든 욕구와 특히 욕구충족의 방식을 아주 광범위하게 관리하는 것을 목표"로 하는데, "이러한 [조작의 보편적] 지배는 마치 인간이 조작 권력들에 아무런 저항 없이 복종함으로써, 바로 그 속에서 그리고 그것을 통해서 진정한 개체성을 표현하는 것처럼 보이는 형식을 띠고"[134] 이루어진다. 개별특수화된 '개성'과 그것의 '실현'으로 포장한 채 자발적

132 *Gespräch mit Georg Lukács: Hans Heinz Holz · Leo Kofler · Wolfgang Abendroth*, Theo Pinkus 엮음, 55쪽.

133 같은 책, 101쪽. '소외' 문제는 루카치 사상의 알파이자 오메가라고 할 수 있다. 이미 첫 번째 책 『근대 드라마의 발전사』에서 그는 게오르크 지멜(Georg Simmel)의 영향 하에서 인간 실존의 '물상화(物象化, Versachlichung)' 내지 '사물화(Verdinglichung)'에 관한 고찰을 시작한다. 이후 마르크스주의적 관점에서 계속된 '소외'에 관한 그의 고찰은 『사회적 존재의 존재론을 위하여』의 마지막 장(章)에서 집대성된다. 소외와 그것의 극복이라는 문제설정은 루카치 사유 세계 전체를 꿰뚫는 '붉은 실(roter Faden)'과 같은데, 이에 관한 본격적 고찰은 차후의 과제로 남겨둔다.

134 게오르크 루카치, 『사회적 존재의 존재론을 위한 프롤레고메나 2』, 김경식·안소현 옮김, 192쪽.

으로 소외에 복종하고 그것을 내면화하도록 만드는 '조작'에 맞선 이데올로기 투쟁에서는 조작되고 관리되는 욕구와는 다른, "인격 발전의 진정한 욕구들을 인간들 속에서 불러일으키는 것"[135]이 특히 중요한바, 이데올로기의 한 형태인 문학 또한 인간의 진정한 개체성으로서의 인격(Persönlichkeit)에 대한 욕구를 일깨우는 역할을 해야 한다고 루카치는 주장한다. 조작에 맞선 이데올로기 투쟁은 현실에 대한 비판을 불가결한 구성요소로 포함하지만, 비판과 부정 일변도의 '순수한 부정성의 입장'은 비인간적인 것에 대한 근본적 비판이 되기에는 충분치 않다는 것, 현대 자본주의는 그런 부정주의적 입장에서 이루어지는 비판은 소화할 수 있을 만큼 '크고 튼튼한 위장'을 갖고 있다는 것이 루카치의 생각이었다. 1969년에 가졌던 한 대담에서 그가 아도르노의 부정적 변증법에 대해 비꼬는 투로 한 다음과 같은 말도 그런 맥락에서 이해될 수 있다.

> 아도르노의 부정적 변증법은 근본적으로 보자면 다음과 같은 것에 다름 아닙니다: 나는 지적인 사람으로서, 자본주의가 오늘날 인간의 존엄을 해치고 저열한 체제라는 것을 안다. 그러나 존재하는 것은 부정적 변증법뿐이고, 낡은 마르크스에서 볼 수 있는 것과 같은 긍정적 변증법은 존재하지 않기 때문에, 나는 그런 식으로 체제 속에서 아주 잘 살아갈 수 있다. 체제는 나를 끼워넣을 만큼 완전히 폭이 넓으며, 나에게 이 방면에서 최고의 명예를 부여할 만큼 폭이 넓다. 그리하여 나는 나의 부정적 변증법

135 *Gespräch mit Georg Lukács: Hans Heinz Holz·Leo Kofler·Wolfgang Abendroth*, Theo Pinkus 엮음, 45쪽.

과 더불어 계속 수준 높은 인간으로 있는다(18:393).

조작에 맞선 이데올로기 투쟁은 반드시 부정성을 포함해야 하고 또 그럴 수밖에 없지만 그것으로 그쳐서는 안 되고 '긍정적인 것'을 제시해야 할 필요가 있다는 것이 그의 생각인데, 여기에서 "지금까지의 발전이 인간화의 중요한 업적들로서 산출하고 재생산했으며 모순에 찬 가운데 더 높이 발전시켰던 진정한 인간적 힘들",[136] 달리 말하면 '인간적 가치들'이나 '인간적 실체들' 또는 '인간의 가능성들'이라고 할 수 있는 것을 분명히 하는 것이 중요해진다.[137] 루카치가 보기에 솔제니친의 작품들은 "인간적 온전성"을 중심에 둔 문학적 문제제기 방식을 통해 이를 수행하는데, 이 점에서 솔제니친의 문학은 조작에 굴복하지 않고 맞서 싸우는 서구문학에도 시사하는 바가 많다는 것이 그의 생각이었다.

136 게오르크 루카치, 「인간의 사유와 행위의 존재론적 기초」, 『게오르크 루카치: 과거와 미래를 잇는 다리』, 김경식 지음, 266쪽.

137 앞서 우리는 『이반 데니소비치의 하루』에서 루카치가 "물질적 생산을 창조적 충만감의 처소라고 보는 사회주의 특유의 사고방식이 굴락이라는 혹독한 조건 속에서조차 살아남아 있음을 보여주는 지표"로 읽었다고 지젝이 말한 장면을 소개했는데, 같은 장면을 유시민은 "강제 노역에 동원된 죄수들이, 노동 그 자체가 주는 순수한 즐거움에 몰입하는"(201/202쪽) 것을 그린 장면으로 읽고 거기에서 어떠한 상황에서도 보존할 가치가 있고 보존되어야 하는 "사람의 모습"(201쪽)을 본다. 인용한 곳은 「슬픔도 힘이 될까. 알렉산드르 솔제니친, 『이반 데니소비치의 하루』」, 『청춘의 독서: 세상을 바꾼 위험하고 위대한 생각들』, 유시민 지음, 웅진지식하우스, 2017(초판 1쇄는 2009년). 지젝이 "사회주의 특유의 사고방식"이 구현되어 있는 것이라고 '역사화'해서 말한 것, 유시민이 어떠한 상황에서도 보존할 가치가 있는 "사람의 모습"이라고 '일반화'해서 표현한 것과 같은 것도 루카치가 말하는 역동적 연속성으로서의 '인간적 실체'에 해당할 것이다.

2) 리얼리즘의 이론적 위상의 변경

위에서 우리는, 루카치의 1960년대 텍스트들에서 이데올로기로서의 모더니즘과 모더니즘의 미적 원리로서의 자연주의를 비판하는 입장은 그대로 유지되지만 개별 작가, 개별 작품에 대한 문학적 평가는 일부 수정된 것을 확인할 수 있었다. 작품에 대한 평가와 작가에 대한 판단에서 생기는 변화는 부단히 자기쇄신하는 비평가에게는 얼마든지 있을 수 있는 일이기 때문에 그 자체는 문제가 되지 않는다. 오히려 "사상가의 위대함은 자신의 잘못을 바로잡을 수 있는 능력에 있다"[138]는 미카엘 뢰비의 말이 더 타당해 보인다. 통상 모더니즘으로 분류되는 작품들에 대한 판단이 이전에 비하면 더 세분화되고 더 유연해진 것 또한 사실인데, 이와 함께 후기 루카치의 담론에서 리얼리즘 개념의 폭과 넓이는 더 확장된다.

『미적인 것의 고유성』에서 루카치는 "미학의 두 가지 근본 명제"(11:565)로, "모든 예술의 리얼리즘적 본성"(11:566), 즉 모든 예술은 리얼리즘을 본질적 성질로 갖고 있다는 명제와, "모든 미적 대상성은 (…) 찬성 아니면 거부의 당파취함(Parteinahme)을 내포하고 있다"(11:566)는 명제를 제시한다. 여기서 우리가 주목하는 것은 '예술작품의 당파성(Parteilichkeit)' 문제로 이어지는 두 번째 명제가 아니라[139] 리얼리즘과 관련된 첫 번째 명제인데, 루카치는 "[고유한] 세계를 창조하는 모든 예술의 미메시스적 성격에서 연유하는" 이 첫 번째 명제

138 Michael Löwy, 앞의 책, 183쪽.

139 이와 관련해서는 김경식, 『게오르크 루카치: 과거와 미래를 잇는 다리』, 164~173쪽을 참고하라.

는 "형식상으로는 미메시스적인 것 자체를 달리 표현한 것에 지나지 않지만", 리얼리즘으로 코드를 바꾼 "이 새로운 정식화는 새로운 내용들도 드러내준다"(11:565)고 하면서 다음과 같이 말하고 있다.[140]

> 문제는 모든 예술의 리얼리즘적 본성이다. 다시 말해, 구체적인 예술 발전에 있어서 리얼리즘은 여러 다른 양식들 가운데 하나가 아니라 형상화하는 예술 일반의 기본 특성이며, 다양한 양식들은 오직 리얼리즘의 영역 안에서만 분화될 수 있다는 식으로 종종 설명했던 규정이 중요한 것이다. 여기에서 표현되는 내용상의 새로움은 무엇보다 리얼리즘 개념의 폭넓음(Weite)이다. 리얼리즘 개념은 객체 세계의 그 자체로 존재하는 대상성(Gegenständlichkeit)으로의 최대치의 접근뿐만 아니라 (…) 현상들의 감각적 직접성을 붙잡는 것도 포괄한다. 물론 이것은 예술의 우주에서 리얼리즘의 보편성(Universalität des Realismus)이 지닌 양극만을 확정한 것이다. 다시 말하면, 한편으로는 객체(Objekt)의 존재와 본질, 객체가 갖는 그때그때의 연관관계, 객체의 그때그때의 총체성에 대한 충실함을, 또 다른 한편으로는 모든 대상(Gegenstand)이 자신의 직접적 감각적 현상 방식과 불가분하게 결합된 채 형상화되는 한에서, 삶의 직접성으로의 회귀를 확정하는 것이다(11:566).

140 이 부분은 국역본 『루카치 미학』에 포함되어 있다. 우리가 인용하는 대목은 『루카치 미학』 제2권 111쪽에 있는데, 다른 점은 차치하더라도 『루카치 미학』(반성완·임홍배·이주영 옮김, 미술문화, 2000~2002)에서 '미메시스'가 "모사"로 번역되어 있는 것은 이해하기 힘들다. 반영과 예술적 실천이 통일을 이루고 있는 미메시스 개념을 "모사"로 번역함으로써 루카치의 후기 미학이 개진하고 있는 새로움을 볼 여지를 좁힌다.

1930년대 초부터 제출된 루카치의 마르크스주의 문학론에서 리얼리즘은 점차—양식(Stil) 개념 수준에서 사용될 때가 전혀 없었던 것은 아니지만—진정한 문학의 보편적인 미적 원리로 정립되어나갔다. 루카치가 1939년 《독일 신문(*Deutsche Zeitung*)》 47호(1939년 2월 27일)에 발표한 「리얼리즘의 경계들」에서 한 말, 즉 "호메로스에서부터 고리키까지 위대한 문학은 리얼리즘적이었다"[141]는 말은, 그에게 리얼리즘은 더 이상 특정 시대나 특정 장르에 한정된 예술적 현상이 아닐뿐더러 특정 사조도 특정 양식도 아니라는 것을 분명히 보여준다. 그의 이러한 입장은 1949년에 발표한 「세계문학에서 푸슈킨의 자리(Puschkins Platz in der Weltliteratur)」에서 "리얼리즘은 하나의 양식이 아니라 실로 위대한 모든 문학의 공통의 기초"이며 중요한 양식의 변화들은 리얼리즘 내부에서 이루어진 것으로 파악해야 한다는 주장으로 이어진다(5:27). 『비판적 리얼리즘의 현재적 의미』(1957)에서도 루카치는—"위대한 문학"을 "모든 문학"으로 살짝 바꾼 가운데—같은 주장을 되풀이하고 있는데, 그에 따르면 "리얼리즘은 여러 양식들 가운데 하나가 아니라 오히려 모든 문학의 기반이며, 양식들은 단지 그것의 영역 내부에서만 또는 그것에 대한 특정한 관계(적대적인 관계를 포함하는) 속에서만 생겨날 수 있다"(4:501).[142] 우리가 『미적인 것의 고유성』에서 발췌한 위 인용문은 이러한 논의들을 총괄적으로 재

141 Georg Lukács, "Grenzen des Realismus", *Zur Tradition der deutschen sozialistischen Literatur. Eine Auswahl von Dokumenten 1935~1941*, 569쪽.

142 여기서 루카치는 바로 이렇게 "모든 문학작품에서 어느 정도의 리얼리즘은 불가피하기 때문"에, 즉 "리얼리즘이 이렇게 편재"하기 때문에 리얼리즘 경향과 반리얼리즘 내지 비리얼리즘 경향 사이의 경계선은 언제나 불투명한 것이라고 한다(4:501).

정식화하고 있는 것인데, 여기에서 루카치는 "형상화하는 예술 일반의 기본 특성"으로서 "리얼리즘의 보편성"을 주장하는 데까지 나아가고 있다. 그런데 리얼리즘 개념에 대한 이러한 규정은 중기 루카치, 특히 1930년대 중후반 및 1940년대 루카치의 문학론에서 리얼리즘으로 한데 뭉뚱그려졌던 미학적 계기들이 분화됨으로써 이루어진 것이기도 하다. 구체적으로 말하자면, 미적 원리로서의 총체성과 또 다른 미적 원리로서의 특수성(Besonderheit)[143] 등이 중기 루카치의 '위대한 리얼리즘' 담론에서는 이론적으로 미분화된 채로 리얼리즘 개념에 혼융되어 있었다면, 후기 미학에서 그것들은 각기 고유한 내용을 지닌 미적 원리로서 분화·재규정되고 또 다른 미적 원리로서의 리얼리즘과 체계적으로 재연관되고 있는 것이다. 이렇게 수립된 후기 미학

143 중기 루카치의 문학론에서 '특수성' 개념은 '개별성(Einzelheit)'과 특별한 구별 없이 사용되는 경향이 있다. 거기에서는 '개별성'이 아니라 '전형성(das Typische)' 개념이 후기 루카치가 본격적으로 규명하는 '특수성' 개념의 단초를 보여준다. 후기 루카치가 고찰하는 '특수성'은 '개별성' 및 '일반성(Allgemeinheit, 보편성)'과 함께 단지 인식론적인 범주일 뿐만 아니라 일차적으로는 존재론적인 범주로 파악되는데, 이 세 범주는 자립적인 것이 아니라 처음부터 상호연관된 현실의 형식들(Formen der Wirklichkeit)로 존재한다. 루카치의 후기 미학에서 '특수성' 범주는 "미적인 것의 영역 범주"로서 중심적인 위치를 차지하고 있는데, 여기에서 '특수성'은 단순히 개별성과 일반성을 "매개"하는 것이 아니라 "조직화하는 중심(organisierende Mitte)"으로 정립된다. 따라서 과학적 인식에서는 일반성과 개별성이 종점이고 '특수성'은 통과범주로서 매개의 장이라면, 미적인 것에서 '특수성'은 '조직화하는 중심'으로서 출발점이자 종점을 이룬다. 루카치의 '특수성' 범주에 관한 고찰은 차후의 과제로 남겨두고, 여기에서는 이 단어의 영어 번역을 소개하는 것으로 그치겠다. 영어에는 독일어 Besonderheit에 상응하는 단어가 따로 없다. 그렇기 때문에 영어로 쓴 글들에서는 필자에 따라 '개별성'은 particularity 또는 singularity 또는 individuality로 번역되며, '특수성'은 individuality 또는 specificity 또는 particularity로 번역되고, '일반성[보편성]'은 generality 또는 universality로 번역되는 것을 볼 수 있다. 영어로 쓰인 루카치 관련 텍스트를 읽을 때 이런 점을 고려해야 혼란이 덜할 것이다.

에서 리얼리즘은 예술을 구성하는 미적 원리들 중 하나로 규정되면서 그 개념 자체의 외연은 더 확장되는데, 이렇게 되면 루카치의 문학이론 체계에서 리얼리즘의 위상은 재설정될 수밖에 없다. "호메로스부터 고리키까지 모든 위대한 문학은 리얼리즘적이었다"는 1930년대 후반의 명제는 그대로 유지되지만, 그때와는 달리 '리얼리즘적'이라고 해서 바로 '위대한 문학'이라고는 할 수 없게 된 것이다. 리얼리즘을 위대한 문학 자체가 아니라 위대한 문학을 구성하는 한 가지 핵심적 원리로 파악할 만큼 루카치의 미학적 사유가 더 복잡하고 풍부하게 되었다고도 볼 수 있는데, 이에 따라 리얼리즘은 더 이상 작품의 최종적 평가 범주일 수가 없게 된다. 후기 미학에서 예술과 문학은 "인간 유(人間 類, Menschengattung)의 자기의식"의 표현으로 파악되며, 이에 따라 "예술의 진리는 인간 유의 자기의식의 진리"(12:677)로 규정된다. 이러한 예술적 진리는 현실의 실상의 문학적 재현이라는, 중기 루카치의 리얼리즘론에서 제시된 척도만으로는 가늠할 수 없는 것이다. 「솔제니친의 장편소설들」에 나오는 다음과 같은 문장도 후기 루카치의 미학에서 이루어진 리얼리즘의 위상 변경과 관련해 읽을 수 있다.

> 호메로스에서 오늘날에 이르기까지 모든 시대의 위대한 문학은 궁극적으로, 주어진 사회상태·발전단계·발전경향이 인간존재와 인간화의 방향에 어떻게 영향을 미치며, 탈(脫)인간화, 인간의 자기 자신으로부터의 소외의 방향에는 또 어떻게 영향을 미치는지를 보여주는 것으로 '만족'했다. 이런 식으로 보여주는 것은 구체적으로 작동하고 있는 사회적 힘들의 형상화 없이는 문학적으로 생각도 할 수 없는 일이다. 그렇기 때문에 사회적 존

재 자체가 직접 산출할 수 있는 것보다 한층 더 명확한 사회적 존재의 형상이 이러한 견지에서 생겨난다(56).

"호메로스에서 오늘날에 이르기까지 모든 시대의 위대한 문학은" 이라는 첫 문장은 앞서 소개한 "호메로스부터 고리키까지 모든 위대한 문학은 리얼리즘적이었다"는 문장을 떠올리게 한다. 하지만 이제 그의 이론체계에서는 중기 장편소설론에서처럼 리얼리즘이 아니라 '인간'과 관련된 문제, 즉 인간의 인간화와 탈인간화, 인간의 소외와 탈소외가 '상위의 포괄적(übergreifend)' 계기가 되고 '인류', '인간 유' 개념이 중심에 놓이면서 "인류적 계기"가 "미적인 것의 본질에서 중심적 위치"(11:622)를 차지하게 된다.

1930년대 중후반 반파시즘 문학론의 수립 과정에서 루카치는 "반파시즘 문학의 살아 있는 힘은 휴머니즘의 재각성이다"(4:311)라고 주장하면서 리얼리즘, 민중성과 함께 휴머니즘을 진정한 문학의 본래적이고 내재적인 성질로서 그의 문학론의 중심에 배치했다. 이와 결부되어 그의 문학론에서 '인간'이 점차 중심에 자리잡게 되는데, 1936년 말에 발표한 「서사냐 묘사냐?」의 제사(題詞)는 이후 그의 문학론이 나아갈 경로를 미리 암시하는 것처럼 보인다. "근본적이라 함은 사태를 그 뿌리에서 파악한다는 것이다. 그런데 인간에게 그 뿌리는 인간 자신이다"(MEW, 1:385)라는, 마르크스의 「헤겔 법철학 비판 서론(Zur Kritik der Hegelschen Rechtsphilosophie. Einleitung)」에서 인용한 그 제사는, 『비판적 리얼리즘의 현재적 의미』에서 "문학적 형성물(Gebilde)의 직접적인 출발점, 구체적인 주제, 직접적인 목표 등이 무엇이건 간에, 그것의 가장 심층적인 본질은 인간이란 무엇인가 하는 문제에서 표현된다"(4:469)라는 주장으로 이어지며, 「솔제니친: 『이반 데니소비치의 하루』」에서 "문학에서는 구체적 인간, 특수한 인간이 일차적인 것이며 형상화의 출발점이자 종점"(28)이라는 발언으로 귀착된다.

이러한 사유의 전개는 그의 리얼리즘론의 철학적 기초였던 반영론에도 변화를 가져온다. 1934년에 글의 일부 또는 초고가 집필된 「예술과 객관적 진리」에서 그의 문학이론의 인식론적 토대로 본격 도입된 변증법적 반영론 자체는 주로 레닌의 『유물론과 경험비판론』 및 『철학 노트』에 의거하여 수립된 것으로, 루카치 고유의 이론이라 할 수는 없는 것이었다. 이러한 반영론을 문학예술론의 토대로 확립한 것이 루카치의 이론적 업적이라면 업적이라고 할 수 있는데, 여기서 예술적 반영은 객관적 현실에 대한 핍진한—결과적으로는 언제나 점근(漸近)적인—인식이라는 목표에서는 과학적 반영과 다를 바 없지만 그 현시 방식, 즉 재현과 제시 방식에서 고유한 특수성을 갖는 것으로 파악되었다. 하지만 그의 문학론에서 사회의 전체적 과정, 사회적 총체성 등으로 표현된 객관적 현실 자체로부터 그 현실에 규정받고 반응하면서 그 현실을 형성하는 '인간'으로 방점이 이동하면서 예술적 반영에서도 인간중심적이고 인간연관적인 성격이 부각되기 시작한다. 1951년에, 그러니까 미학 집필을 진지하게 고려하기 시작한 시점에 발표된 「상부구조로서의 문학과 예술(Literatur und Kunst als Überbau)」에서 루카치는 "예술적 반영도 역시 우리의 의식으로부터 독립해 있는 객관적 현실을 재현하지만—이 점은 선명하게 강조되어야 한다—이 객관적 현실을 항상 인간과의 연관성 속에서 반영한다"(10:446)고 한다. 이러한 인식은 후기 미학에 이르면 반영 그 자체에서 개념적 분화를 낳기에 이르는데, 예술적 반영은 "인간연관적 반영"으로, 과학적 반영은 "탈(脫)인간연관적 반영"으로 구분되어 규정된다.[144] 루카치에 따르면 "과학적 반영은 모든 인간학적 한정들, 감각적 정신적 한정들로부터 벗어나고자 하며, 대상들과 그 관계들을 그것들이 즉자적으로(an sich), 의식과는 무관하게 있는 그대로 모사하려고 노력"(11:25)하는바, 이를 그는 "탈인간연관적" 반영이라고 지칭한다. "이에 반해 미적 반영은 인간의 세계에서 출발하고, 인간의 세계로 지향되어 있"(11:25)으며, "각 대상, 특히 대상들 전체를 인간의 주관성과의 — 설사 직접적으로는 명백하지 않을지라도 — 불가분한 연관 속에서 파악하려고 노력한다"(11:564). 양자의 관계를 "'……에 대한 의식(Bewußtsein über……)'과 '……의 자기의식(Selbstbewußtsein von……)'의 대립"(11:621) 관계 속에서 규정하는 루

144 여기서 "인간연관적"이라고 옮긴 단어는 "anthropomorphisierend"이며 "탈(脫)인간연관적"으로 옮긴 단어는 "desanthropomorphisierend"이다. 미적 반영의 인간중심적 인간연관적 특성을 표현하기 위해 루카치는 anthropomorphisieren의 현재분사형인 anthropomorphisierend를 사용한다. 이 단어와 연관된 Anthropomorphismus가 신학이나 철학 텍스트에서 '신인동형동성론(神人同形同性論)'으로 옮겨지는 것을 볼 수 있는데, 신이란 인간이 자기 자신의 '실체' 내지 '본질'을 환영적으로 투사하여 경배의 대상으로 만든 것이므로 결국 인간과 '동형동성'이라는 뜻을 그 단어가 담고 있다고 생각했을 것이다. 루카치는 이 단어를 미적 반영과 관련하여 사용하는데, 예술작품은 — 신이 그렇듯이 — 인간의 형성물(Gebilde)이라는 것, 그리고 예술작품에는 인간의 '실체'가 투영되어 있다는 것, 나아가 예술작품에는 인간의 주관성이 관철되고 그것의 모든 구성요소는 인간과 유의미한 관계 속에 있다는 것 등을 표현하고자 했을 것이다. 이런 식으로 이 단어가 미적 반영의 '인간중심적 인간연관적' 특성을 표현한다고 보았기 때문에 우리는 '신인동형동성론적'이라거나 '인간형태적'이라는 기존의 번역어 대신 '인간연관적' '인간연관화하는' 등으로 옮긴다. '인간중심적'이라고 옮길 수도 있겠으나, 루카치의 미학 텍스트에는 정확하게 '인간중심적'이라고 옮길 수 있는 anthropozentrisch라는 단어가 따로 사용되고 있기 때문에 이 단어와 외형상 구분되는 번역어가 필요했다.

카치는, 과학은 "현실에 대한 의식(설사 인간의 자아가 문제인 경우라 하더라도)"을 산출하는 것이며, 예술은 "인류의 자기의식(설사 그것이 가령 사람 없는 정물화, 풍경화에서 객관화된다 하더라도)"(11:610)을 표현하는 것이라고 한다. 루카치의 텍스트에서 "인간 유의 자기의식"으로도 표현되는 "인류의 자기의식"에서 이 "자기의식"은 비록 "인류의" 자기의식이긴 하지만 '자기의식'인 한에서 주관적인 것이다. '개인'으로서의 작가의 의식이 '인류'의 '의식'이 아니라 '자기의식'으로 고양된다는 점에서[145] 주관성의 이중적 심화라고 할 수 있는 이 주관성은 주관주의를 의미하지 않는데, 이때에도 반영되고 형상화되는 세계는 "즉자적으로 있는 그대로의 세계"(11:305)이기 때문이다. 다만 미적 반영에서는 "이 즉자 존재(das An-sich-Sein)가 극복 불가능하게 인간과, 사회적으로 생성되고 사회적으로 전개되는 인간의 유적 욕구들(Gattungsbedürfnisse)과 연관되어 있다"(11:305)는 것인데, 이를 루카치는 "인간연관적" 반영이라는 말로 표현한다.

루카치의 이러한 이론체계에서 객관적 현실에 대한 올바른 반영은 개인의 주관적 의식이 "인류의 자기의식"으로 고양되는 데 필수적인 전제조건으로 설정된다. "의식으로부터 독립해 있는 현실을 올바로 반영하는 것, 주관이 이 현실 속에 침잠하는 것이 오히려 그러한 성질을 가진 모든 자기의식의 불가결한 전제조건이다"(11:618). 그렇다

145 이는 '미적인 것의 특성'에 힘입어 이루어지는 것인데, 『미적인 것의 고유성』에서는 한 개인으로서의 작가의 의식이 예술적 창작 과정에서 '인류의 자기의식'으로 고양되는 것에 관한 설명이 '리얼리즘', '특수성' 및 '내속성', '동질적 매체' 등의 범주를 통해 다각도에서 다층적으로 이루어진다. 루카치 후기 미학의 중심에 놓여 있는 이 문제에 관한 논구는 그의 미학 전체를 본격적으로 고찰하는 별도의 작업을 필요로 한다.

면 개인의 주관적 의식으로부터 독립해서 존재한다는 의미에서 '객관적인' 그 현실의 실상에 육박하고자 하는 예술적 지향으로서의 리얼리즘은 "인류의 자기의식"의 예술적 표현을 위한 필수적 전제조건이라고 할 수 있다. 그것은 모든 예술의 전제조건이면서 장르에 따라서는 예술적 성취에 따른 결과로 가시화될 수 있는데, 「솔제니친의 장편소설들」에서 인용한 위 문장에서 루카치가 "이런 식으로 보여주는 것은 구체적으로 작동하고 있는 사회적 힘들의 형상화 없이는 문학적으로 생각도 할 수 없는 일"이며 "그렇기 때문에 사회적 존재 자체가 직접 산출할 수 있는 것보다 한층 더 명확한 사회적 존재의 형상이 이러한 견지에서 생겨난다"고 한 것은 위대한 장편소설에서 리얼리즘이 필수적인 전제조건이자 결과로서 구현되는 모습을 가리키는 말로 볼 수 있을 것이다.

위 인용문과 관련해 덧붙이자면, "모든 시대의 위대한 문학은 궁극적으로, (…) 보여주는 것으로 '만족'했다"는 표현도 주목할 필요가 있다. 이 말은, 문학작품의 위대성을 판단하는 기준이 정치적 사회적 문제나 인간적 도덕적 문제에 대해 작품이 제시하는 답이나 해결책에 있는 것이 아니라 문제 자체가 얼마나 올바르고 깊이 있게 제기되는지에 있음을 의미하는 것으로 읽을 수 있다. 인간으로서의 존재, 인간의 인간화 또는 탈인간화와 관련된 중대한 문제들이 문학적으로 얼마나 깊고 강렬하게, 얼마나 포괄적이고 구체적으로 제기되고 있는지가 작품의 위대성을 판단할 때 관건이 된다는 것이다. 루카치가 1943년에 미국의 한 출판물에 발표했다고 알려진 「도스토옙스키(Dostojewskij)」에서는 **"문제의 해결과 문제의 올바른 제기"**(5:162, 강조는 루카치) 사이를 딱 잘라 구분한 안톤 체호프의 말이 그대로 인용되고 있는 것을 볼 수 있다. 루카치가 아무런 주석도 덧붙이지 않고 그대로 인용하고 있는 체호프에 따르면 "오직 후자[문제의 올바른 제기]만이 예술가의 의무이다. 『안나 카레니나』와 『오네긴』에서는 단 하나의 문제도 해결되어 있지 않다. 그렇지만 그 작품들은 [우리를] 완전히 만족시키는데, 그 작품들 속에서는 모든 문제가 올바로 제기되어 있다는 오직 그 이유 때문이다"(5:162).[146] 루카치가 읽은 솔제니친의 작품들도 해결책을 제시하지 않는다. 심지어 일체의 전망이 절제되며 구체적인 전망은 포기된다. 그런데 루카치가 솔제니친 문학의 "이데올로기적 미학적 한계들"(53)을 지적하는 것은 그런 점 때문이 아니다. "진정한 작가의 의무는 대답을 직접 제시하는 게 아니라 강렬한 질문하기로 집약된다는 입장"(133)에서 "작품의 토대를 이루고 있는 솔제니친의 기본적인 질문 방식"(134)의 수준을 볼 때, 솔제니친은 "스탈린 시기에 대한 공산주의적인 문학적 비판자가 아니라 단지 평민적인 문학적 비판자"(133)라는 것이 루카치의 판단이었다. 그렇지만 루카치에게 그 질문 방식 자체는 새롭고 획기적인 것이었는데, 가히 절대적인 소외 상황이라고 할 수 있는 시공간에서 인간이 어떻게 자신의 인간적 실체, 인간적 온전성을 보존할 수 있는가 하는 문제를 문학적으로 제기하고 있는 점이야말로 솔제니친 문학의 위대성과 현

146 물론 문제의 제기와 해결을 반드시 단절적으로 볼 필요는 없을 것이다. 문제제기 자체가 올바르다면, 만약 작품이 그에 대한 답을 제시할 경우 답도 올바로 제시될 가능성이 크다. 하지만 작품이 제시하는 답 내지 대안이 문제 제기와 유기적으로 연결되지 않을 수도 있다. 답이나 대안은 특히 작가의 의식적 입장이나 인식이 직접적으로 표출될 가능성이 가장 큰 대목으로, 이를 통해 작품 내적인 균열 내지 모순이 발생할 수도 있다. 1930년대 후반기에 루카치가 장편소설과 관련하여 부각시켰던 '리얼리즘의 승리' 명제도 이 문제와 관련해서 읽을 수 있다.

재성을 이룬다는 것이 루카치의 생각이었다.

3) 장편소설론의 확장

(1) 노벨레와 장편소설의 역사적 미학적 관계

위에서 우리는 중기 루카치의 텍스트들과 1960년대 루카치의 텍스트들 사이에서 드러나는 몇 가지 인식 변화를 살펴봤는데, 1960년대에 산출된 텍스트들 내부에서도 루카치 사유의 변화 과정을 엿볼 수 있는 대목들이 있다. 『솔제니친』에 국한해 보더라도 여기에 수록된 두 편의 글 사이에 '약간의' 인식 변화가 생긴 것을 확인할 수 있는데, 장편소설에 대한 이해와 관련된 대목이 그중 하나이다. 이 문제를 다루기 위해 먼저 노벨레와 장편소설의 관계에 관한 그의 논의부터 살펴보도록 하겠다. 루카치가 1964년에 발표한 「솔제니친: 『이반 데니소비치의 하루』」의 제1장은 노벨레와 장편소설의 '역사적 관계'(10)에 관한 논의로 시작된다.

> 노벨레는 큰 서사문학 형식과 극(劇) 형식을 통한 현실 정복의 전조(前兆)로서 등장하거나 아니면 한 시기의 종반에 후위(後衛)로서, 종결부로서 등장한다. 달리 말해서 노벨레는 그때그때의 사회적 세계에 대해 문학적으로 보편적인 처리를 아직 못하는 단계에 나타나거나 혹은 더 이상 못하는 단계에 나타난다(10).

"그때그때의 사회적 세계에 대해 문학적으로 보편적인 처리를 아직 못하는 단계에 나타나거나 혹은 더 이상 못하는 단계"는 "형상화될 수 있는 총체성이 아직 없거나 더 이상 없는 단계"(12)라는 말로도 표현되는데, 예컨대 이탈리아에서 조반니 보카치오(Giovani Boccaccio)의 노벨레가 "아직 못하는 단계"(아직 없는 단계)의 산물로서 부르주아 장편소설의 전조로 나타난 것이라면, 프랑스에서 기 드 모파상(Guy de Maupassant)의 노벨레는 "더 이상 못하는 단계"(더 이상 없는 단계)의 산물로서, "발자크와 스탕달이 그 발생을 그렸고 플로베르와 졸라가 극히 문제적인 그 완성을 그렸던 그 세계에 대한 일종의 후절(後節)로서 나타난다"(11)는 것이다.

루카치는 노벨레와 장편소설의 이러한 "역사적 관계"는 두 형식의 "장르적 특성의 기반 위에서만 발생할 수 있다"(11)고 하면서, 노벨레와 장편소설의 "미학적 관계"(9)에 관한 간략한 서술을 이어간다. 「솔제니친: 『이반 데니소비치의 하루』」에서 이루어지는 장편소설에 대한 규정은 그의 중기 장편소설론을 구성하는 텍스트인 『역사소설』에서 제시된 것과 별로 다르지 않다. "장편소설의 외연적 보편성의 가장 특징적인 면모"는 "객체들의 총체성"(11)이라는 규정, 그리고 극의 총체성과 마찬가지로 — 비록 내용과 구조는 다르지만 — 장편소설의 총체성 역시 "모사되는 삶의 포괄적 전체성(Ganzheit)을 지향한다"(11)는 규정이나, 장편소설 형식은 "사회적 현실 전체를 형상화할 것을 요구"하며 "이 전체성을 근본적이고 현재적인 문제의 견지에서 볼 때 나타나는 바대로 형상화할 것을 요구"(11)한다는 규정은 중기 장편소설론에서 확인할 수 있는 것들이다.

루카치에 따르면 노벨레 형식은 장편소설 형식의 이러한 지향과 요구를 갖지 않는다. 즉 노벨레는 삶의 포괄적 전체성을 지향하지 않으며 사회적 현실 전체를 형상화할 것을 요구하지도 않는다.

> 노벨레는 개별 사건에서 출발하며 — 형상화의 내재적 범위에 있어서 — 거기에 머물러 있다. (…) 노벨레의 진실성은 어떤 — 대개는 극단적인 — 개별 사건이 어떤 특정한 사회에서 특정한 발전 단계에 가능하다는 사실, 그리고 그 단순한 가능성으로써 그 개별 사건은 그 발전 단계의 특징을 나타낸다는 사실에 근거하고 있다. 그렇기 때문에 노벨레는 인물들 및 그들이 맺는 관계, 그리고 그들이 그 속에서 행동하는 상황 등의 사회적 발생사를 포기할 수 있다. 그렇기 때문에 노벨레는 이러한 상황을 작동시키기 위한 어떠한 매개도 필요로 하지 않으며, 또 그렇기 때문에 구체적인 전망들을 포기할 수 있다(11/12).

장편소설과 노벨레의 이러한 장르적 특성이, 위에서 "아직 아님[아직 없음]"과 "더 이상 아님[더 이상 없음]"으로 표현된 노벨레와 장편소설의 "역사적 관계"를 가능하게 만든다는 것이 루카치의 생각이다. 하지만 이와 동시에 루카치는 "아직 아님[아직 없음]과 더 이상 아님[더 이상 없음]의 양자택일이 장편소설과 노벨레의 역사적 관계의 전부인 것은 결코 아니"(12)라는 것을, "문학사는 우리가 여기에서는 다룰 수 없는 전혀 다른 상호관계들을 다양하게 보여주고 있다"(14)는 것을 강조한다. 이러한 단서를 달면서도 굳이 앞서 말한 양자택일적 관계를 제시하는 까닭은, 이를 통해 장편소설과는 다른 노벨레의 장르적 특성이 더 선명하게 부각될 수 있을 뿐만 아니라 소련 사회의 현 상황과 그 속에서 솔제니친의 노벨레가 갖는 성격과 위치를 분명히 할 수 있다고 보았기 때문이다.

오늘날 소련문학에서도 진보의 힘들은 — 서정시를 별도로 친다면 — 노벨레 주위로 집중되고 있다. 솔제니친만이 유일하게 그런 것은 아니지만, 우리가 아는 한 그가 스탈린적인 전통의 이데올로기 장벽을 부수고 진정한 돌파구를 만드는 데 성공한 사람임은 분명하다. 그에게는 (…) 앞서 거론한 중요한 부르주아 작가들[모파상, 『태풍』과 『그림자의 선』의 조지프 콘래드(Joseph Conrad), 『노인과 바다』의 어니스트 헤밍웨이(Ernest Hemingway)]의 경우와는 달리 한 시기의 종결이 문제가 아니라 시작이 문제이며, 새로운 현실의 최초의 탐색이 문제이다(15).

소련문학에서 노벨레 주위로 진보적 힘들이 집중되고 있는 것을 루카치는 "더 이상 아님[더 이상 없음]"이 아니라 "아직 아님[아직 없음]" 단계의 문학적 표현으로 본다. 보카치오와 이탈리아 노벨레에 대해 루카치가 한 말(10/11)을 여기에 적용하자면, 솔제니친의 노벨레는 진정한 사회주의 사회(보카치오의 경우에는 부르주아 사회)의 생활형태들이 스탈린주의적인 사회주의 사회(보카치오의 경우에는 중세 사회)의 생활형태들을 파괴하고 그것들을 대체하던 시대의, 하지만 진정한 사회주의 사회의 맥락 속에 있는 "객체들의 총체성, 인간관계 및 행동방식의 총체성은 아직 존재할 수 없었던 시대의 세계를 형상화"(11)한 것이 된다. 루카치는 이런 의미에서 솔제니친의 노벨레를 "아직 아님" 단계의 문학적 표현으로 위치 설정하며 "새로운 현실의 최초의 탐색"으로 성격 규정한다. 그런데 그의 작품이 "스탈린적인 전통의 이데올로기 장벽을 부수"었다는 점은 인정할 수 있다 하더라도 과연 "진정한 돌파구를 만드는 데 성공"하고 있는지는 따로 따져봐야 할 문제이다. 한 시기의 종반에서 그 시기를 비판적으로 회고·

결산하고 있지만 새로운 시기의 시작의 단초들을 발굴하고 있다고 보기는 어렵다는 평가도 있을 수 있기 때문이다(이는 솔제니친의 노벨레들에 관한 루카치의 해석 및 평가가 아니라 솔제니친의 노벨레들 자체를 대상으로 하는 논제인 까닭에 여기서는 다루지 않는다).

솔제니친의 경우에는 "한 시기의 종결이 문제가 아니라 시작이 문제"라는 루카치의 평가에는 현실사회주의의 개혁 가능성에 대한 그의 기대 섞인 낙관이 어느 정도 전제되어 있었던 것으로 보인다. 하지만 1960년대 중반을 거쳐 후반으로 갈수록 루카치는 현실사회주의가 조만간 개혁될 가능성에 대해 점점 더 비관하는 입장을 갖게 된다. 루카치의 자서전을 편찬한 이슈트반 외르시(István Eörsi)는 바르샤바 조약군이 프라하로 진격한 지 얼마 지나지 않았던 1968년 가을에 루카치와 나눈 사적인 대화를 소개하는데, 루카치는 "어쩌면 1917년에 시작했던 실험 전체가 실패였던 것 같습니다. 전부 다시 한 번, 다른 곳에서 시작되어야만 합니다"[147]라는 말을 했다고 한다. 하지만 사회주의의 자체 개혁 말고는 다른 대안을 생각할 수 없었던 루카치는, 더 긴 안목에서 공산주의 전망과 연관된 확신 — 그의 표현을 빌자면 "세계사적 낙관주의" 또는 "전망과 연관된 낙관" — 을 견지하는 가운데[148] 당장에 필요한 경제 개혁과 더불어 사회주의적 민주주의가 갖

147 이슈트반 외르시, 「마지막 남긴 말의 권리」, 『삶으로서의 사유: 루카치의 자전적 기록들』, 게오르크 루카치 지음, 24쪽.

148 이와 관련해 1968년에 헝가리 작가 조지 어번(George Urban)과 가졌던 인터뷰에서 루카치가 한 말이 인상적이다. "루카치는 단기적으로는 상황이 여전히 암울하겠지만 자신은 역사의 광대한 흐름을 염두에 두고 있다고 말했다. 이성에 기반한 좋은 삶(the good life based on reason)이 출현하려면 수천 년은 아니더라도 수 세기는 걸릴 테지만, 그는 그것이 인간의 의식이 나아가는 길이라고 확신했다. 좌절은 있겠

는 결정적 중요성을 더욱더 강하게 주장하는 한편 다시 마르크스로 돌아가 마르크스주의 이론을 처음부터 새로 정립하는 길을 여는 데 매진했다.

그 과정에서 장편소설에 대한 그의 이해도 수정·확장되는데, 1969년에 집필된 「솔제니친의 장편소설들」은 「솔제니친: 『이반 데니소비치의 하루』」에서 표명되고 있는, 중기 장편소설론의 연장선상에 있는 견해와는 다른 지점을 제시하고 있다. 「솔제니친: 『이반 데니소비치의 하루』」에서처럼 "장편소설의 외연적 보편성의 가장 특징적인 면모"를 "객체들의 총체성"으로 규정한다면, 보편적 문학으로서의 장편소설은 진정한 사회주의 사회의 맥락 속에 있는 "객체들의 총체성, 인간관계 및 행동방식의 총체성"이 어느 정도 형성될 때에야 도래할 문학이 된다. 하지만 솔제니친은 노벨레들을 발표하던 그 시기에, 아니 그 이전부터 장편소설을 집필하고 있었고 이미 초고를 완성한 작품도 있었다. 『제1권』은 1957~1959년에 초고가 완성되었으며, 『암병동』은 1963~1967년에 집필되었고, 루카치는 접할 수 없었던 『수용소 군도』도 이미 1963년부터 집필이 시작되었다.[149] 솔제니친의 경우에 장편소설은 앞으로 "도래할"(24) 문학, "지금 도래가 예고되고 있는"(26) 문학이 아니라 이미 도래해 있는 문학이었다. 그렇게 산출된 두 편의 장편소설을 접한 루카치는, 그 소설들을 어떤 상황, 어떤 시

지만 발전의 큰 흐름은 변하지 않을 것이다[라고 그는 말했다]." A conversation with György Lukács from 1968, https://communistpartyofgreatbritainhistory.wordpress.com/2021/01/21/conversation-Lukács-1968/(2023년 12월 1일 최종 접속).

149 László Illés, "Das Solschenizyn-Bild von Georg Lukács", *Neohelicon*, XXXII권, 2005년 1호, 211쪽 각주 12 참조.

기에서든 있을 수 있는 여느 소설이 아니라 "현재의 세계문학에서 잠정적인 정점"(53)에 해당하는 작품으로 평가한다. 그렇다면 중기 장편소설론 및 그 연장선상에 있는, 「솔제니친: 『이반 데니소비치의 하루』에서 표명된 그의 견해를 곧이곧대로 유지하기는 어렵게 되는데, 루카치는 「솔제니친의 장편소설들」에서 이전의 장편소설론을 상대화하는 견해를 제시함으로써 그 문제를 해결한다.

(2) '객체들의 총체성'과 '반응들의 총체성'

중기 장편소설론에 해당하는 텍스트인 『역사소설』에서 루카치는 「소설」에서 다루지 못하고 과제로 남겨두었던 문제, 즉 극문학과 비교하는 가운데 장편소설 형식의 특징을 파악하는 작업을 시도했다. 그는 여기에서도 우선 큰 서사문학 및 극문학(특히 비극)을 서정문학과 구분 짓고, 이어서 큰 서사문학과 다른 서사문학을 구분 짓는 데에서 논의를 시작한다.

> 비극과 큰 서사문학 — 서사시와 장편소설 — 은 모두 객관적인 **외부세계**를 현시한다. 여기에서 인간의 내면생활은 그의 감정과 사고가 행동과 행위 속에서, 객관적인 외부현실과의 가시적인 상호작용 속에서 드러나는 만큼만 현시된다. 이것이 서사문학 및 극문학을 서정문학과 결정적으로 가르는 구분선이다. 나아가 큰 서사문학과 극 양자는 객관적 현실에 대한 하나의 **총체적 형상**을 제공한다. 이를 통해 이들은 내용과 형식에서 여타의 서사문학 장르들(이들 중에서 특히 노벨레가 근대의 발전 과정에서 중요하게 되었다)과 구분된다. 서사시와 장편소설은 바로 이 총체성 의

향(Totalitätsgedanken)을 통해 서사문학의 다른 모든 아종(亞種)과 구분된다. 이러한 구분은 결코 규모에 따른 양적 구분이 아니라 예술적 양식, 예술적 형식 부여에 따른 질적 구분이며, 형상화의 모든 개별 계기를 관통하는 구분이다(6:108, 강조는 루카치).

이러한 루카치의 말에 따르면 큰 서사문학과 극문학(비극) 양자는—한편으로는 서정문학, 다른 한편으로는 노벨레 같은 서사문학의 다른 "아종들"과 달리—인물의 행위를 통해 객관적 현실의 총체적 형상(Bild)을 제공한다는 점에서 공통점을 지닌다. 이는 "비극과 큰 서사문학 양자는 삶의 과정의 총체성(Totalität des Lebensprozesses)을 형상화할 것을 요구한다"(6:109)는 말로 표현되기도 하는데, 루카치에 따르면 이러한 총체적 형상은 객관적 현실 내지 삶의 "무한한 현실적 내용적 외연적 총체성"의 "가장 본질적인 특징들"을 "예술적으로 반영하는 가운데 이루어지는 형식적 집약의 결과"로서 이루어질 수밖에 없다(6:109). 이런 점에서 그것은 내포적·외연적으로 무한한 삶·현실의 총체성에 대한 "상대적이고 불완전한" 정신적 재생산이자 모상이다. 하지만 삶과 현실의 이 상대적 모상이 예술에서는—상대성을 시인할 수 있고 또 그래야 하는 과학적 반영과는 달리—"상대성의 낙인"을 지니고 있지 않은(6:109), 그 자체로 '고유한 세계'로 "절대화"(6:110)된다. "예술에 의해 창조된 새로운 직접성"(6:110)의 형태로 제시되는 이 고유한 "가상의 세계"(6:110)는 "삶 자체처럼, 아니 객관적 현실의 삶이 그런 것보다 더 고양되고 더 강렬하며 더 생생한 삶처럼 작용해야"(6:109) 하며—이렇게 만드는 것이 바로 "예술적 형상화의 본질"(6:109)인데—그리하여 수용자 속에서 "삶의 총체성의 체험을 불러일으켜야 한다"(6:110).

『소설의 이론』에서는 큰 서사문학은 "삶의 외연적 총체성을 형상화"하는 것으로, 극은 "본질적인 것의 내포적 총체성을 형상화"[150]하는 것으로 규정되었다면, 여기 루카치의 중기 장편소설론에서는 큰 서사문학과 비극 모두 "삶의 과정의 총체성을 형상화할 것을 요구"하는 것으로 규정되고 있다. 이는 삶·현실과 총체성에 대한 루카치의 입장과 이론적 틀이 달라진 데에서 연유하는 것인데, 『소설의 이론』에서는 삶과 본질 또는 삶과 의미가 형이상학적으로 양분된 개념으로 논의의 중심에 놓여 있으며, 서사시의 시대에서는 그 양자가 통일되어 있다가 그 이후로 양자의 분열이 점차 심화되고, 근대에 와서는 오직 예외적인 순간 또는 예외적인 삶 — "진정한 삶", "생생한 삶"으로 표현된 — 에서만 양자가 통일되는 '존재의 총체성'이 이룩된다는 식으로 서술되고 있다. 하지만 마르크스주의자 루카치에게 삶·현실 또는 '존재'는 상호 전환하는 관계에 있는 현상과 본질(현상보다 더 오래 지속하면서 그것을 발생시키거나 가능하게 만드는)의 통일체로 이해되고, 삶·현실 또는 '존재'를 구성하는 계기들이 부단히 상호작용하는 관계에 있는 역동적 과정으로 파악되며, 이런 의미에서 그 자체로 총체적인 것으로서 규정된다. 다만 자본주의에서는 그 특유의 노동 분업 및 이에 따른 사물화로 인해, 그리고 사회를 구성하는 매개들이 점점 더 풍부해지고 복잡해짐에 따라, 현상의 직접성에 머물러 있는 일상적 의식이 삶·현실의 총체성을 인지하기가 점점 더 불가능해지는데, 우리가 본서 제5장 「루카치의 '리얼리즘의 승리론'」과 제

150 게오르크 루카치, 『소설의 이론』, 김경식 옮김, 2007, 49쪽.

6장 「루카치의 중기 장편소설론」에서 보았듯이 중기 루카치에게 리얼리즘은 본질을 은폐하고 왜곡하는 직접적 현상의 피막을 뚫고 들어가 총체적인 것으로서의 삶·현실의 실상을 반영하는 고유한 세계를 예술적으로 창조하는 길로 제안된 것이었다. 큰 서사문학과 비극의 공통성에 관한 중기 루카치의 규정은, 두 장르에서 이러한 리얼리즘이 구현된 작품에 의거해 이루어진 것이다. 『역사소설』에서 루카치는 그렇게 공통성을 규정한 뒤에 큰 서사문학(특히 장편소설)과 비극의 차이를 총체성의 형상화, 인물의 형상화, 갈등의 형상화, 공공성(Öffentlichkeit)의 문제 등의 측면에서 규명하는데, 여기에서는 '삶·현실의 총체성의 형상화'라는 공통성 내에서 발생하는 차이에 관한 그의 논의만 살펴보도록 하겠다.

이 문제를 다룰 때 "객체들의 총체성(Totalität der Objekte)"과 "운동의 총체성(Totalität der Bewegung)"이라는, 헤겔에서 가져온 개념이 중요한 역할을 한다. 루카치에 따르면 큰 서사문학이나 극은 공히 "삶의 과정의 총체적 형상화를 지향"하는데, 이때 큰 서사문학은 "인간 사회의 전체성을 현시"하고자 한다면, 극의 총체성은 "확고한 중심, 즉 극적 갈등에 집중되어 있다"(6:111). 큰 서사문학이 어떤 역사적 발전 단계에 있는 인간 사회의 전체성을 현시하기 위해서는 인간의 활동뿐만 아니라 활동의 객체를 이루고 있는 대상들의 주변 세계[151]도 현시해야 하는데, 루카치에 따르면 헤겔이 큰 서사문학의 세계 형상화와 관련된 제1요구사항으로 내세운 "'객체들의 총체성' 요구"(6:110)

151 여기에는 "인간의 사회적 삶이 연계되어 표현되는 죽은 객체들뿐만 아니라 인간 사회의 특정 단계의 특수성과 발전 방향이 나타나는 모든 관습, 일과, 습관, 관례 등도 포함"(6:167)된다.

가 의미하는 것이 그것이라고 한다. 헤겔이 요구한 "객체들의 총체성"은 대상세계를 독자적인 것으로 형상화하는 것과는 전혀 무관한 것으로서, 인간 활동의 대상이자 인간 및 인간 운명들의 상호관계의 매개물로서의 대상들을 현시해야 한다는 요구이다. 이에 비해 "극은 삶의 반영을 하나의 중대한 갈등의 형상화로 집중한다"(6:113). 극은 하나의 중대한 갈등을 중심으로, 그 "갈등이 생겨나는 원천이자 그 갈등이 작동시키는, 인간들의 저 사회적 도덕적 심리적 **운동들**"(6:113, 강조는 루카치)을, "극단적인, 하지만 바로 그 극단성 속에서 전형적인 운동들로서 완전히 완결된 체계"(6:112)를 이루도록 형상화하는데, 헤겔은 그러한 구성을 "운동의 총체성"(6:113)이라는 말로 특징지었다는 것이 루카치의 설명이다.

그런데 「솔제니친의 장편소설들」에서는 중기 장편소설론에서 큰 서사문학의, 따라서 장편소설의 형식 원리 중 하나로 설정되었던 "객체들의 총체성" 대신 "반응들의 총체성(Totalität der Reaktionen)"이 전면에 부상한다. 이는 솔제니친의 장편소설들이 지닌 새로운 형식적 특징들을 파악하는 과정에서 이루어진 것인데, 루카치는 그 새로운 특징들의 원리를 해명하기 위해서는 토마스 만이 『마의 산』에서 구현한 "형식적 혁신"(59)을 참조해야 한다고 주장한다. 루카치에 따르면 이미 장편소설 형식의 발생기부터 위대한 리얼리즘 장편소설은 "객체들의 총체성"에 초점을 맞추었는데, 이 "객체들의 총체성" 요구는 자연주의에서까지도 관철된다(58). 다만 위대한 리얼리즘 장편소설에서는 "객체들의 총체성"이 토대를 이루되 "'객체들의 총체성'의 가장 중요한 서사적 형상화상(上)의 결과, 즉 객체들에 대한 인간적 반응들의 총체성"(58/59)이 수반된 반면에 자연주의에서는 그 총체성 요구가 — 사회는 "'사회학적으로' 규정된 '환경(Milieu)'으로", 그리고 인물의 전형성은 "평균성으로 환원"하는 식으로(58) — 추상적으로 구현됨으로써 "인간적 반응들의 총체성은 사라져버렸거나 아니면 최소한 심하게 퇴색해버렸다"(59)고 한다. 그렇지만 여하튼 "객체들의 총체성"이 장편소설 형식의 토대임에는 변함이 없었는데, 이와는 다른 양식을 통해 장편소설의 형식적 혁신을 선도한 것이 바로 토마스 만의 『마의 산』이었다는 것이 루카치의 주장이다. 그 형식적 혁신의 핵심은 "객체들의 총체성"이 아니라 "반응들의 총체성 문제를 이 장편소설[(마의 산)] 구성의 중심에"(59) 둔 것인바, 이제 "반응들의 총체성"은 "객체들의 총체성"에 수반되는 결과가 아니라 그 자체로 장편소설의 기본적인 구성 방식이 되었다는 것이다.

루카치는 『마의 산』이 이룩한 구성상의 혁신을 일단 형식적인 측면에서 보면 "무대의 통일성이 서사적 구성의 직접적 기반으로 만들어진다고 기술할 수 있다"(59)고 한다. 『마의 산』에서 '결핵 요양소'라는 단일한 무대는 도처에 잠재했던 이데올로기상(上)의 문제들을 실제적이고 직접적으로 유발하며 "그 총체적인 모순성 속에서 펼쳐져 의식되기에" 이르도록 하는 역할을 한다(60). 여기서 인물들이 새로운 환경에 대해 행하는 반응들은 "보편성"의 수준에까지 도달하는 "폭과 깊이"를 가짐으로써 『마의 산』은 "반응들의 총체성"을 구현한 "보편적 장편소설"이 된다는 것이 루카치의 주장이다(60). 루카치는 프레드릭 제임슨이 "'밀폐된 실험실 상황'이라고 칭할 만한 (…) '장르'"[152]

152 프레드릭 제임슨, 『정치적 무의식: 사회적으로 상징적인 행위로서의 서사』, 이경덕·서장목 옮김, 186쪽.

라고 한 이 새로운 양식을 일회적인 것으로 보지 않는다. 그는 "이러한 구성 방식이 실제로 유사한 사회적 미학적 필요에 따라 도처에서 생겨났다"(63)고 한다. 그는 토마스 만이 『마의 산』에서 최초로 실현한 그 양식을, 발자크와 스탕달 등의 활동 무대였던 19세기 전반기의 프랑스처럼, 또는 '1920년대 사회주의 리얼리즘'의 대상이었던 20세기 초반의 소련처럼 격렬한 계급투쟁과 혁명들로 점철되었던 격변의 시공간을 뒤로 하고 "이데올로기상(上)의 문제들이 사회에서 필연적으로 첨예화되고 인간 생활에서 과거 그 어느 때보다도 더 중요하게 되었던 1917년 이후"(61) 시기의 세계가 제기하는 문제들에 대해 문학적으로 대응하는 서사적 구성 방식의 일환으로서 성립된 것으로 파악한다. 그리하여 『마의 산』 이후 유사한 구성 방식이 거듭 등장했다고 보는데, 그 예로 싱클레어 루이스의 『마틴 애로우스미스』, 로베르트 무질의 『특성 없는 남자』, 하인리히 뵐의 『운전 임무를 마치고』, 그리고 마카렌코의 『교육시』를 거론하며, 솔제니친의 두 편의 장편소설도 그 연장선상에 있는 것으로 본다.

그가 사례로 들고 있는 작품들에서 알 수 있듯이, 제임슨이 "밀폐된 실험실 상황"이라고 한 그 단일한 무대는 새로운 체류 장소(『마의 산』의 결핵 요양소나 『교육시』의 교화 시설, 또는 솔제니친의 두 소설에서는 '지옥의 제1권'으로 불리는 특별 수용소와 오지의 암 병동)일 수도, 특정한 사건(『특성 없는 남자』의 '위대한 행동'이나 『운전임무를 마치고』의 재판)일 수도 있는데, 루카치는 "대답을 야기하는 사회적 현상"으로서의 그 무대가 "반응들을 유발하는 그와 같이 익숙지 않은 힘이 내재해 있는 사회적으로 객관적인 어떤 것이기만 하면 된다"(62)고 한다. 그리하여 평소 직접적으로는 이질적이고 서로 무연한 표현들이 새롭게 심화됨으로써 “보편성”의 수준에까지 도달하는 “폭과 깊이”를 가질 때 그 소설은 “반응들의 총체성”을 구현한 “보편적 장편소설”에 값하는 것이 된다는 것이다.

루카치에 따르면 이와 같은 새로운 현시 방식에서는 “일관된[단일한] 서사적 플롯의 필연성은 불필요하게 된다”(67). 단일한 무대 속에서 사회적 존재는 단순한 환경(Milieu)이 아니라 “그것과의 접촉을 통해 인간들이 자신의 사회적 존재와 맺고 있는 관계의 결정적 문제들을 의식하고 이데올로기적이고 실천적으로 처리하도록 내몰려지는 바로 그런 사회적 힘(경우에 따라서는 단순한 사회적 동인)이기 때문에, 별도로든 서로 연결되어서든 집약된 고도의 극적 긴장(Dramatik)이 내재해 있을 수 있는 개별 장면들의 전체적 계열이 생겨난다”(68). 마치 극적 긴장이 내재하는 노벨레들의 종합배열(Konstellation, 성좌)과 같은 이러한 유형의 장편소설에서는 “일관된[단일한] 플롯의 결여에도 불구하고, 아니 바로 이 결여의 결과로 고도의 서사적 역동성과 내적인 극적 긴장이 주조를 이루고 있다”(68)는 것이다. 사회적으로 단일한 무대가 상이한, 심지어는 대립적이기까지 한 결정들을 드러내고 촉발하지만 이러한 결정들은 사회적 맥락에서 연속적으로 작용하기 때문에 “직접적으로는 아무 관계도 없는 듯이 보이는 개별 장면들로부터 극적 역동성을 띤 통일적인 서사적 연관관계들이 생겨날 수 있으며, 그것들이 어떤 중요한 문제복합체에 대한 인간적 반응들의 총체성으로 서사적으로 조립될 수 있다”(68/69). 중기 루카치의 문학론에서라면 사용되지 않았을 ‘조립하다(zusammenfügen)’라는 단어를 사용하고 있는 루카치의 이 말은 ‘비유기적 총체성’, 아니 루카치의 용어 체계에서는 형용모순인 ‘몽타주적 총체성’이라고도 부를 수 있을 것을 "서사적 종합의 아주 새로운 형식"(72)으로 승인하는 것이며, 그럼으로써 루카치는 "고전적인 서사문학의 척도"(72)를 역사화·상대화한다.

이렇게 상대화되고 역사화되는 '척도'에는 1930년대에 루카치 자신이 제시한 척도도 포함될 것이다. 물론 이런 식으로 척도가 역사적인 것으로 상대화된다고 해서 그 척도에서 유효했던 모든 것이 부정된다거나 무조건 상대화되는 것은 아니다. 그 척도에서 장편소설의 형식 원리 내지 장르 법칙으로 규정된 것 중 어떤 것은 여전히 원리적 법칙적 차원에서 유효하며 어떤 것은 더 이상 형식 원리가 아니라 형식적 구성 방식, 곧 양식 중 하나로 위상의 조정이 이루어질 수 있다. '단일한 플롯'으로 '객체들의 총체성'을 형상화하는 '전통적인' 리얼리즘 소설 양식이 그런 것인데, 그것은 더 이상 '서사문학의 척도'로서의 지위를 점할 수 없게 되었다. 그렇다고 해서 그 양식이 사라지는 것은 아니다. 현재의 "사회적 미학적 필요"(63)에 부응해서 생겨나는 새로운 양식들과 공존하면서 나름의 역할을 할 수 있는 예술적 힘이 다 소진되지 않는 한 옛 양식이 쉽게 사라지는 일은 없다. 옛 양식과 새 양식이 공존하거나 지배적인 위치가 교체되는 방식으로 이루어지는 장르의 성장과 발전은 "개별 예술작품의 실현에 의존한다"(640). 예술작품과 장르의 관계에 관해서는 본서 제6장 「루카치의 중기 장편소설론」 3절에서 "포섭의 관계"가 아니라 "내속의 관계"에 있다고 말했는데, 거기에서 인용했던 문장을 다시 한 번 인용한다.

> 여기에서도 어떤 작품이 그 장르 및 법칙들과 맺는 관계는 결코 본질적인 일반성에 개별 사례가 포섭되는 관계일 수 없다는 것, 그리고 미적이라는

이름에 상당하는 작품이 생겨나면 그에 타당한 법칙들의 내용과 형식은 적어도 모종의 수정을 경험하든지, 아니면 획기적인 형상화들에서 늘 볼 수 있듯이 [그 내용과 형식의] 결정적 변혁이 일어난다는 것은 아무리 반복해서 말하더라도 부족하다. 물론 덧붙여 말해야 할 것이 있는데, 장르들은—가장 일반적인 근본원리들과 관련해서 말하자면—역사적으로 변화하긴 하지만 이러한 변화 속에서 스스로를 보존하며, 그러한 '혁명들' 속에서 내적으로 장르로서 풍부하게 되고 심화된다(11:622).

루카치는 예술작품—물론 위에서 "미적이라는 이름에 상당하는 작품"이라고 표현한 진정한 예술작품—이 장르의 법칙성을 실현하는 이러한 방식, 즉 위 인용문에서 "모종의 수정을 경험"한다든지 "결정적 변혁이 일어난다"는 말로 표현한 법칙들의 "확장적 실현"(6:8)은, "개별 작품과 장르 간 상호 내속의 (…) 관계가 미적인 것의 본질에 속한다는 것을 분명하게 입증해주는 것이다"(11:639)라고 한다.

후기 루카치가 보여주는 이러한 인식은 『소설의 이론』이 표명하고 있는 이론적 입장과는 상당히 달라진 것이다. 거기에서 루카치는 다음과 같이 말하고 있다.

그러나 극과 서정시 그리고 서사문학은—그 위계를 어떻게 생각하든—하나의 변증법적 과정 속에서 정(Thesis), 반(Antithesis), 합(Synthesis)으로 있는 것이 아니다. 그것들 각각은 서로 질적으로 완전히 다른 종류의 세계 형상화(Weltgestaltung)이다. 따라서 각 형식의 긍정성이란 각기 고유한 구조적 법칙을 실현하는 것이다.[153]

초기 장편소설론에서 진정한 예술작품은 그것이 속하는 장르의 "고유한 구조적 법칙을 실현"한 것으로 파악되었다면 후기 루카치의 미학적 담론에서 "모든 위대한 예술작품은 자기 장르의 법칙들을 실현함과 동시에 확장"(6:7)하는 것으로 파악된다. 루카치의 중기 장편소설론은 후기 미학에서 명확하게 표현되는 이론적 방향으로 나아가고 있지만 아직 초기 장편소설론을 연상시키는 모호한 표현이 등장하고 있는 것도 사실이다. 우리가 인용한 초기 장편소설론의 문장과 후기 장편소설론의 문장은 겉보기에는 '실현'에서 '확장적 실현'으로 '약간의' 변화가 일어난 것에 불과해 보이지만, 이 '약간의' 변화는 『소설의 이론』이 본질적으로 칸트주의 유형의 "초험적 방법론(die transzendentale Methodologie)"의 틀 안에 있는 반면에 후기 미학은 "발생론적-존재론적인 방법론(die genetisch-ontologische Methodologie)" 내지 "발생론적-유물론적인 방법론(die genetisch-materialistische Methodologie)"에 입각해 수립된 데 따른 중요한 차이다.[154] 이에 따라 두 시기 장편소설론에서 작동하고 있는, 겉보기에는 유사한 '역사적 체계적 방법'도 상이한 결과를 낳게 되는 것이다. "발생론적-유물론적인 방법론"에 입각해 예술작품과 장르의 관계를 상호 내속의 관계로 파악하는 한, 장르의 법칙에 대한 이론적 인식은 사후적 인식이 될 수밖에 없으며, 늘 새로운 것에 대해 열려 있기를 요구받는다.

한편 "반응들의 총체성"은 동일한 사회적 힘에 대한 인간의 주체

153 게오르크 루카치, 『소설의 이론』, 김경식 옮김, 152쪽.

154 참조하고 인용한 곳은 Thomas Metscher, "Mimesis und künstlerische Wahrheit", *Zur späten Ästhetik von Georg Lukács. Beiträge des Symposiums vom 25. bis 27. März 1987 in Bremen*, Gerhard Pasternack 엮음, 125~126쪽.

적 반응들이 "보편적 장편소설"의 산출을 가능하게 할 만큼 다양할 수 있다는 것을 전제로 하는데, 이러한 입장은 '필연성'에 관한 새로운 이해와 궤를 같이 한다. 루카치는 앞서 말한 "서사적 종합의 새로운 형식"의 "관념상(上)의[155] 뿌리와 통계상으로 합법칙적인 현실관 사이"에는 "친화성"(72)이 있다고 말한다. 「솔제니친의 장편소설들」에서 그는 "반응들의 총체성"이라는 새로운 서사적 구성 방식을 정당한 서사적 구성 방식으로 인정할 수 있게 하는 정신적 기반을 "현실 처리에서 평가 방식의 변화"(64), 즉 자연과학에서 시작해 사회적인 것에서도 폭넓게 확산된 새로운 "인식 방식"(64)에서 찾는다. 그것은 "개별적인 인과계열, 인과연관의 단순한 합법칙적 결합이 통계적 확률[개연성]의 방법을 통해 대체된 것"(64)인데, 이는 『사회적 존재의 존재론을 위하여』와 『프롤레고메나』에서 제출된 "연기적(緣起的) 필연성"[156] 개념과 상통하는 것이다.

후기 루카치의 존재론에서 '역사성'과 함께 존재론의 기본 원리로 제시된 '복합체성'('총체성')은 사회를 "복합체들로 구성된 복합체"로 파악하는 것을 가능하게 만듦으로써 사회적 발전의 불균등성(불균등발전)을 이론적으로 강조할 수 있게 한다. 이를 근거로 루카치는 '경제결정론' 및 이에 의거한 직선적이고 획일적인 역사관, "진보 신앙" 등등과 결부되어 있는 "무조건적 절대적 필연성" 구상을 논박하면서

155 "ideell"을 옮긴 말인데, "이념적"으로 옮겼던 것을 바꾸어 옮긴다.

156 "Wenn-Dann-Notwendigkeit"를 옮긴 말이다. 다른 글에서는 '조건부적 필연성'으로 옮기기도 했는데, '조건부적 필연성'도 "연기적 필연성"과 마찬가지로 '필연성' 내지 '법칙성'이 그 외부적 조건에 기대고 있음을 분명히 드러내는 말이긴 하지만, '조건'을 나타내는 Wenn뿐만 Dann의 뜻까지 담을 수 있는 번역어로는 "연기적"이 더 적합하다고 생각했다.

"연기적 필연성" 개념을 제출하고 '목적론적 역사철학'으로 왜곡된 마르크스주의를 바로잡으려고 시도했다.[157] 후기 루카치에 따르면 사회뿐만 아니라 심지어 자연에도 "무조건적 절대적 필연성"이란 없다. 따라서 그 "절대적 필연성을 통해 작동하는 인과성"으로 설정된 "고전적인 의미에서의 인과적 성격"[158]은 객관적 현실에 근거한 것이 아니라 관념적으로 고안된 것일 따름이다. 루카치에 따르면 존재상(上) '필연성'은 언제나 특정한 전제조건에 결부되어 있는 "연기적 필연성"으로서, 이 "연기적 필연성"은 "우리에게는 필연적인 것으로 현상하지만 실제로는 아주 높은 확률의 경향들일 뿐"[159]이다. 루카치는 현대 과학에서 "'고전적인' 인과적 방법과 대립하는 (…) 통계학적 방법"이 점점 더 지배적으로 되어가고 있다고 보며, 이를 "불가역적 과정들의 단지 경향적인 성격이 적어도 헤게모니를 잡아가는 도정에 있음을 말해주는 징후"라고 한다.[160]

'필연성'에 관한 후기 루카치의 이러한 이해는 중기 루카치의 입장과는 상당히 달라진 것인데, 중기 루카치의 텍스트에 해당하는 「마르크스와 이데올로기의 쇠락 문제(Marx und das Problem des ideologischen Verfalls)」(1938)에서 루카치는 통계적 확률로서의 필연성 개념에 대해 분명한 반대 입장을 표명했다. 거기에서 루카치는 "인과성을 통계적 확률을 통해 대체하는 것"은 "허무주의적 상대주의, 비과학적인 신비

157 이상에 관한 보다 구체적인 설명은 김경식, 『게오르크 루카치: 과거와 미래를 잇는 다리』, 197~212쪽을 참고하라.

158 게오르크 루카치, 『사회적 존재의 존재론을 위한 프롤레고메나 1』, 김경식·안소현 옮김, 186쪽.

159 같은 책, 194쪽.

160 같은 책, 187쪽.

주의를 확산하는 데 사용된다"(4:266)고 비판하고 있다. 중기 루카치와의 이러한 대비를 통해 후기 루카치의 존재론적 사유가 지닌 새로움이 분명히 드러난다. 이 '새로움'과 관련해 프랑스의 철학자 니콜라 테르튈리안(Nicolas Tertulian)은 다음과 같이 말한 바 있다.

> 이렇게 존재론은 사회이론에서 볼 수 있는 일종의 과장된 합리주의에 대한 비판을 통해 [루카치 자신의] 이전 작업과의 관계에서 그것이 지닌 생산성과 새로움을 입증하고 있다. 역사적 법칙 개념과 역사적 필연성 개념의 물신화의 지양은 이러한 방향 설정이 낳은 성과이다(존재론적 접근 방식은 실제로 이러한 개념들의 타당성을 한층 더 정확하게 제한하는 것을 가능하게 만든다. 즉 법칙은 항상 경향적인 성격을 지니는데, 그도 그럴 것이 법칙의 근저에 놓여 있는 결합들이 현실의 내재성 내부에서 홀로 작용하는 것이 아니어서 필연성은 부단히 상대화된다. 그것은 항상 '연(緣)-기(起)(Wenn … dann)'의 원리에 따라 작동한다. 그것은 연기적 필연성이다).[161]

필연성 개념의 이러한 변화는 사회와 개별 인간의 관계에 있어서 사회의 '규정성'을 '결정성'으로 이해하는 것을 더욱 확실하게 방지하며, 사회적 규정에 대한 인간의 주체적 반응에 더 많이 주목하는 것을 가능하게 한다. 「솔제니친의 장편소설들」에서 루카치는 현대 과학에서 통계적 확률로서의 필연성 개념이 점차 지배적으로 되어가는 것을 확인하며, 거기에서 "우리의 유일한 관심사는, 그 출발점(그

161 Nicolas Tertulian, "Ontologie des gesellschaftlichen Seins", *Kritisches Wörterbuch des Marxismus, Bd. 5*, Georges Labica·Gérard Bensussan 엮음(독일어판은 Wolfgang Fritz Haug 엮음), Berlin: Argument, 1986, 953쪽.

리고—특히 사회에서는—그 종착점)이 동일한 개별 인과계열들이, 여기에서 작용하는 동인(動因)에 개별 요소들(사회에서는 인간들)이 구체적으로 어떻게 반응하는가 하는 측면에서 종합될 수 있다는 점이다"(64/65)라고 한다. 이러한 견지에서 보자면, 사회적 현실에서 작동하는 동인 쪽에 무게중심이 가 있는 형상화 방식이 "객체들의 총체성"이라면, "반응들의 총체성"은 이 동인에 개별 요소들, 즉 인간들이 구체적으로 어떻게 반응하는가 하는 측면에서 서사적 종합을 꾀하는 형상화 방식이라고 할 수 있다. 그러니만큼 이 형상화 방식은 개별 인간들의 고유성에 더 많은 주목을 요한다.

이런 식으로 루카치는 자신이 이전에 제시했던 장편소설론의 일부를 수정했다. 이러한 자기수정은 비단 장편소설론에만 국한된 것이 아닌데, 루카치의 일생의 사유는 부단한 자기쇄신의 과정 중에 있었다고 해도 과언이 아닐 것이다. 생애 말기에 자본주의 체제와 사회주의 체제가 동시에 위기에 봉착한 새로운 역사적 조건에서 새로운 이론적 안목으로 장편소설론을 쇄신하는 과감한 시도를 개시한 루카치에게는, 하지만 그러한 시도를 장편소설에 관한 새로운 '이론'으로 정립할 여력이 남아 있지 않았다. 「솔제니친의 장편소설들」을 집필한 후 불과 이 년 뒤에 그는 세상을 떠났는데, 그렇게 짧게 남은 시간 동안 그에게 최우선적인 과제는 근 십 년의 시간을 바친 『사회적 존재의 존재론을 위하여』를 '완성'하기 위해 『사회적 존재의 존재론을 위한 프롤레고메나』를 쓰는 일이었다. 이 책의 초고를 간신히 끝마쳤을 때 그에게는 더 이상 집필할 힘이 남아 있지 않았다.

종장
루카치, 과거와 미래를 잇는 다리

1916년 《미학과 일반예술학지(誌)》에 두 부분으로 나뉘어 발표되었던 『소설의 이론』이 책으로 출판된 것은 1920년이었다. 독일 베를린에 소재한 파울 카시러 출판사에서 1920년 2월에 출간되었을 때 루카치는 이미 마르크스주의자가 되어 있었다. 본서 제1부 제1장에서 말했듯이 1918년 12월 중순 헝가리 공산당에 입당한 이후 그는 자신의 과거 생활과 철저히 단절했다. 자수성가하여 귀족 작위까지 받은 대(大)부르주아 요제프 뢰빙게르의 아들인 '게오르크 폰 루카치 박사(Dr. Georg von Lukács)'로서의 실존을 뒤로 했으며, 미학을 집필하고자 한 학문적 기획도, 대학교수를 직업으로 갖기 바랐던 소망도 깨끗이 지워버렸다. 과거의 삶을 이렇게 털어버린 것이 얼마나 철저했는지는 이른바 '하이델베르크 트렁크' 일화가 잘 보여준다. 루카치가 세상을 뜬 지 이 년 뒤인 1973년에 하이델베르크의 한 은행에서 그의 원고와 메모, 일기와 천육백여 통의 편지, 사진 등이 들어 있는 트렁크가 발견되었는데, 살아생전 그는 그것에 대해 단 한마디 말도 한 적이 없었다.[1] 어쩌면 그 존재를 '망각'해버렸을 정도로 과거의 한 부분을 의식 깊숙한 곳에 묻어버린 것일지도 모른다. 그랬던 그였기에 아직 마르크스주의자가 되기 전에 쓴 글인 『소설의 이론』을 마르크스주의자가 되고 난 후에 책으로 출판한 것은 예사로운 일로 보이지 않는다. 그래서인지 그의 생애 마지막에 이루어진 대담에서 인터뷰어가 이 점을 거론한다.

인터뷰어: 여하튼 당신이 그 책을 1914년에 쓰셨다는 건 흥미롭습니다. 하지만 전쟁이 끝나고 나서야 출판될 수 있었지요.

루카치: 그것은 사실이 아닙니다. 『소설의 이론』은 전쟁 중에 《미학과 일반 예술학지》에 실렸습니다. 책의 형태로 나온 것이 전쟁 뒤지요.

인터뷰어: 당신이 쓴 것에 대해 더 이상 동의하지 않게 되셨을 때죠.

루카치: 그때는 **신조**의 일관성이 확신들의 통일성보다 우선했습니다.[2]

몇 년 전 이 글을 우리말로 옮길 때 마지막 문장을 어떻게 이해해야 할지 고민한 적이 있었다. 영역본의 옮긴이도 이 문장의 뜻을 정확히 이해하고 전달하기에 어려움을 느꼈던 것 같다. 그래서인지 그는 내가 『소설의 이론』을 번역하고 해석할 때 "의향"으로 번역했고 여기서는 "신조"라고 바꾸어 옮긴 독일어 단어 "Gesinnung"을,[3] "principle"이

1 이른바 '하이델베르크 트렁크'에 관해서는 본서 제1장 4절에서 조금 더 자세히 소개했으니 참고하라.

2 게오르크 루카치, 「삶으로서의 사유: 게오르크 루카치와의 대담」, 『삶으로서의 사유: 루카치의 자전적 기록들』, 김경식·오길영 편역, 100쪽. 강조는 루카치.

라는 상당히 다른 뜻을 가진 단어로 옮기고 있다.[4] "신조" 내지 "의향"으로 옮기든 영어본의 번역자처럼 "원칙" 내지 "원리"로 옮기든 이해하기가 쉽지 않기는 마찬가지인데, 우리말로 옮길 때 가졌던 생각을 적어보자면 대략 이러하다. 여기에서 루카치는 과거에 자신이 쓴 글(『소설의 이론』)에 대해 더 이상 동의하지 않게 되었지만, 다시 말해 역사관을 포함해 정치적 이론적 비평적 층위에서의 "확신들"은 달라졌지만, 그럼에도 그 글과 그것을 책으로 발간할 당시의 자신 사이에는 "신조의 일관성"이 관류하고 있다고 여겼으며, 이 점이 그 글을 책으로 발간할 생각을 하게 했다는 말이 아닐까, 그랬을 때 그가 말하는 그 일관된 "신조"란 자본주의 체제 자체를 거부하는 혁명적인 의향을 뜻하는 것이 아닐까 생각했다. 물론 『소설의 이론』까지는 그 '혁명'이라는 것이 문화적 혁명, 정신적 혁명 이상이 아니었다.

> 그 당시[『소설의 이론』 집필 당시] 나는 세계전쟁을 유럽 문화 전체의 위기로 보았다. 현재를 나는 — 피히테의 말을 빌려 — 완전히 죄에 빠진 시대로, 혁명 말고는 출로가 있을 수 없는 문화의 위기로 보았다. 물론 이러한 세계상 전체는 아직 순전히 관념론적인 기반에 기댄 것이었다. 이에 따라 '혁명'이라는 것도 정신적 층위에서만 일어날 수 있는 것이었다. 이런 식

3 이 문장의 독일어 원문은 다음과 같다. "In dieser Zeit ging die Einheit der *Gesinnung* über die Einheit der Überzeugungen." Georg Lukács, *Gelebtes Denken. Eine Autobiographie im Dialog*, István Eörsi 엮음, Hans-Henning Paezke 옮김, Frankfurt am Main: Suhrkamp, 1981, 77쪽.

4 독일어본을 옮긴 영어본의 번역은 다음과 같다. "At the time the unity of *principle* took precedence over the unity of particular beliefs." Georg Lukács, *Record of a Life. An Autobiographical Sketch*, István Eörsi 엮음, Rodney Livingstone 옮김, London: Verso, 1983, 49쪽.

으로 한편으로는 — 세르반테스에서부터 톨스토이까지의 — 부르주아 장편소설의 시대가 과거, 즉 서사시적 조화(호메로스)의 시대와 역사철학적으로 대립해 있으며, 다른 한편으로는 사회적 대립들의 인간적(정신적) 해결의 미래적 가능성이 전망으로서 부상하고 있다. 그리고 당시 나는 — 나의 그 당시의 관점에서 보자면 — 더 이상 장편소설이 아니었던 도스토옙스키의 작품들을 이러한 '혁명'의 하나의 전조(前兆)로, 선구자로 보았다.[5]

이러한 태도는 그가 문학 활동을 시작했을 때 가장 큰 영향을 받았던 헝가리 시인 엔드레 어디(Endre Ady)의 "혁명 없는 혁명주의(der revolutionslose Revolutionarimus)"[6]의 연장선상에 있는 것으로 볼 수 있다. 위에서 소개한 대담에서 루카치는 1906년에 출판된 엔드레 어디의 시집 『새로운 시(*Új versek*)』가 자신에게 "가히 혁명적인 영향을 미쳤"다고 말한 바 있다. "거칠게 표현하자면 『새로운 시』는, 내가 집으로 가는 길을 그 속에서 발견했던, 그리고 내 일부로 여겼던 최초의 헝가리 문학작품이었습니다."[7] 그러면서 그는 어디에 대한 소싯적의 이해와 『소설의 이론』과의 관계에 대해서도 말하는데, 해당 대목을 소개하자면 다음과 같다.

5 György Lukács, *Müvészet és társadalom*, Elöszó, Budapest: Magreto, 1968, 7쪽. 재인용한 곳은 *Georg Lukács. Sein Leben in Bildern, Selbstzeugnissen und Dokumenten*, Éva Karádi · Éva Fekete 엮음, Stuttgart: Metzler, 1981, 66쪽. 「서문(Elöszó)」 전체가 영어로 번역되어 있으나 — 본서 제1장에서 몇 군데 인용한 「예술과 사회(Art and Society)」가 그것인데 — 이 대목은 독일어 번역을 인용했다.

6 이슈트반 외르시, 「마지막 남긴 말의 권리」, 『삶으로서의 사유: 루카치의 자전적 기록들』, 김경식 · 오길영 편역, 28쪽.

7 게오르크 루카치, 「삶으로서의 사유: 게오르크 루카치와의 대담」, 같은 책, 80쪽.

인터뷰어: [『소설의 이론』에서] 당신이 소설 형식과 역사를 연결시킨 것은 그 당시에 획기적으로 새로운 것이었음에 틀림없습니다.

루카치: 그 책에는 올바른 관찰들도 어느 정도 있습니다. 그러나 전체적으로 보아 그 책은 톨스토이와 도스토옙스키를 세계문학에서 혁명적 소설의 정점으로 보는 구상에 기초하고 있습니다. 그것은 잘못된 구상이지요. 어쨌든 그 책은 — 물론 아직은 부르주아 문학 내에서 — 혁명적인 소설의 이론을 논구하고 있어요. 그 당시에 그러한 연구는 선례가 없는 것이었습니다. 당시에 있던 것은 예술과 이데올로기 양 측면에서 똑같이 보수적이었던 정신과학적인 소설 개념이었습니다. 나의 소설 이론은 사회주의적 혁명주의의 의미에서는 혁명적이 아니었지만 당시의 문예학과 소설론에 비추어보면 혁명적이었습니다. 궁극적으로 『소설의 이론』은 엔드레 어디에 관해 썼던 에세이의 속편에 다름 아닙니다. [그 에세이에 담긴 생각들을] 장르와 주제 면에서 국제적으로 일반화한 것이지요.[8]

여기서 그가 말하고 있는 "엔드레 어디에 관한 에세이"는 1913년에 출판한 『미적 문화(*Esztétikai kultúra*)』에 수록된 「엔드레 어디(Endre Ady)」[9]인데, 이 글에서 그는 어디를 "혁명 없는 헝가리 혁명가들의 시인"(1/1:438)이라고 규정하고 있다. 모든 것을 갈아엎는 혁명 말고는 아무런 구제책이 없을 정도로 절망적인 상태이지만 실제 혁명이 시

8 같은 책, 98쪽.

9 1909년에 헝가리어로 쓴 원래 글의 제목은 「어디 엔드레(Ady Endre)」인데, 인용한 독일어 번역본에 따라 「엔드레 어디」로 적는다.

도될 가능성은 희박한 헝가리의 현실에서 혁명을 희구하는 심적 상태(Seelenzustand)의 소산인 시, "혁명이 박탈된 혁명주의의 세계에서 발원"(1/1:439)하는 헝가리 시가 어디의 시라는 것이다. 『소설의 이론』이 전체 유럽의 근대를 대상으로 현시하고 있는 세계상 역시 청년 루카치가 읽은 어디의 세계상과 크게 다르지 않았는데, 러시아 혁명을 거치면서 루카치의 정신세계는 큰 변화를 겪게 된다. 1917년의 러시아 혁명과 1918년 헝가리 혁명의 영향을 받아 루카치는 봉건 잔재로 점철된 헝가리에서도—더 이상 정신적 층위에서의 혁명에 국한되지 않고—정치혁명과 이를 통해, 이와 함께 이루어지는 사회혁명·문화혁명이 가능할 수 있다는 쪽에—파스칼(Pascal)의 용어를 빌려 말하자면—'내기'를 걸고 마르크스주의와 공산주의 운동에 투신하게 된다.[10] 이런 식으로 『소설의 이론』의 루카치와 그 글을 책으로 발간했을 때의 루카치 사이에는 확연한 차이가 있지만, 근대 자본주의 체제(비록 『소설의 이론』에서는 '자본주의'라는 용어가 사용되지는 않지만)의 부분적 개혁이 아니라 체제 전체의 극복을 지향한다는 점에서는 '신조' 내지 '의향'의 일관성이 있다고 할 수 있다. 루카치가 『소설의 이론』을 집필할 무렵 톨스토이와 도스토옙스키에서 눈여겨본 것도 바로 그런 점이었다. 그들의 작품에서 그는 자본주의적 근대의 몇

10 이른바 '파스칼의 내기(Pari de Pascal)'라는 말이 나와서 하는 말인데, 독일의 연구자 이링 페쳐는 다른 맥락에서 루카치를 "공산주의의 파스칼"이라고 한다. "정말이지 그 말["공산주의의 파스칼"]은 내가 그를 위해 찾은 가장 멋진 말이었어요. 파스칼은 교회에 순종했지만 자유로운 기독교 사상가였습니다. 루카치도 그런 식으로 공산주의 영역에서 헤겔과 마르크스의 노선에 있는 자유로운 사상가였습니다." "Pascal des Kommunismus. Ein Gespräch mit Iring Fetscher", *Zeitschrift für Ideengeschichte* 8권 4호: *Kommisar Lukács*, 2014년 겨울, 76쪽.

몇 부정적 현상들에 대한 부분적 비판이나 폭로가 아니라, 자본주의 "체제 전체가 그 자체로 비인간적"이기에 "통째로 거부"[11]되고 자본주의적 근대의 인간형과는 다른 인간, 자본주의적 근대와는 다른 세계 — 그 당시의 루카치에게는, 자신이 이해하고 있었던 '사회주의'와도 다른 세계이긴 했지만 — 가 현시되고 있는 것을 본 것이다. 그렇기 때문에 『소설의 이론』을 책으로 발간했던 1920년의 루카치, 즉 이미 마르크스주의적 공산주의자가 된 루카치는 『소설의 이론』을 당시 자신이 지닌 의식의 직접적 전사(前史)로 여겼을 법하다.

미국의 철학자 제이 번스타인의 해석은 여기서 한 걸음 더 나아간다. 그는 『소설의 이론』, 그중에서도 특히 제1부에서 이루어지고 있는 "루카치의 소설 분석에 **작동하는** 전제들은 마르크스주의적"[12]이라고까지 주장한다. 『소설의 이론』에서 명시된(stated) 전제들은 마르크스주의적인 것이 아니지만, 소설 분석에 실제로 작동하고 있는(operative) 전제들은 마르크스주의적이라는 것이다.

> [『소설의 이론』에서] 장편소설에 관해 그가 하는 주장의 타당성은 명백히 마르크스주의적인 전제들을, 정말이지 그가 『역사와 계급의식』에서 옹호하고 있는, 마르크스주의 이론에 대한 바로 그 특별한 해석을 필요로 한다. 그의 주장의 전제들이 마르크스주의적이고 그의 주장이 타당하다면, 그의 분석 자체가 마르크스주의적임에 틀림없다. 장편소설에 대한 그의 분

11 게오르크 루카치, 「삶으로서의 사유: 게오르크 루카치와의 대담」, 『삶으로서의 사유: 루카치의 자전적 기록들』, 김경식·오길영 편역, 97쪽.

12 Jay M. Bernstein, *The Philosophy of the Novel: Lukács, Marxism and the Dialectics of Form*, xiii쪽. 강조는 번스타인.

석에서 계급 요소가 없는 것은 그러한 주장의 전제들에서 벌충된다.[13]

심지어 그는 의식적이고 명시적으로 마르크스주의적인 중기 루카치의 문학이론보다도 『소설의 이론』이 "『역사와 계급의식』에서 개요가 제시된, 마르크스주의 이론과 비평을 위한 프로그램에 더 가깝다"고까지 주장한다.[14] 이때 그는 루카치 스스로가 '성숙한 마르크스주의 시기'의 소산이라 생각한 1930년 이후 루카치의 마르크스주의가 아니라 『역사와 계급의식』에서 제시된 마르크스주의가 '더 마르크스주의적'이라고 보고 있다.

하지만 루카치는 번스타인의 평가와는 달리 『역사와 계급의식』이 마르크스주의 이론으로서 근본적인 오류를 포함하고 있다고 파악했으며, 이론적 자기쇄신의 오랜 과정을 거친 끝에 마르크스주의적 존재론에 이르게 된다. 그 도정에 있었던 중기 루카치는 『역사와 계급의식』뿐 아니라 『소설의 이론』에 대해서도 번스타인과는 전혀 다른 평가를 내리고 있다. 가령 1938년에 발표한 「문제는 리얼리즘이다」에서 그는 『소설의 이론』에 대해 "관념론적 신비주의로 가득 차 있고 역사적 발전 과정을 평가하는 데 있어서도 오류 투성이인지라 모든 점에서 반동적인 작품"(4:334)이라고 혹평한다. 이런 식으로 중기 루카치는 자신의 초기 장편소설론과의 관계에서 '불연속성'에 방점을 두는데, 그도 그럴 것이 마르크스주의자 루카치에게 장편소설의 본질과 역사적 발전을 파악하는 미학적 관점은 그 자체로 존립하는 것

13 같은 곳.
14 같은 책, xiv쪽.

이 아니라 언제나 역사관, 인간관 등과 결합되어 있는 것이기 때문이다. 마르크스주의로 전향한 이후 실천적 경험과 이론적 연마를 통해 새로이 확립한 역사관과 인간관은 자신의 소설 미학의 성격과 방향도 근본적으로 변화시켰다는 것이 루카치의 생각이다. 그렇기 때문에 그는 자신의 텍스트들이 서구에서 수용되는 양상이 마음에 들 수 없었다. 중기 루카치가 자신의 청년기 작품과의 관계에서 '불연속성'에 방점을 두었듯이 서방 세계의 이론가 다수도 그 관계를 '단절'했다. 하지만 루카치와는 정반대의 입장에서 그렇게 했는데, 『영혼과 형식』이나 『소설의 이론』의 루카치, 아니 『역사와 계급의식』까지의 루카치를 일방적으로 주목하는 한편 그 이후의 루카치, 특히 1930년 이래의 루카치, 우리에게 리얼리즘의 이론가로 알려진 그 루카치에 대해서는 스탈린주의에 투항한 교조주의자로 평가하거나 그냥 무시해버리는 것이 주된 수용 양상이었다. 서방 세계에서 가장 먼저 루카치의 초기 작품들(특히 『영혼과 형식』, 『소설의 이론』, 그리고 『역사와 계급의식』)에 주목하고 그를 "20세기의 가장 위대한 사상가"[15]라고 칭송했던 프랑스의 철학자 루시앙 골드만도 그러했는데, 그는 중기 루카치를 스탈린주의자로 표나게 매도하지는 않았지만 초기 루카치 및 『역사와 계급의식』의 루카치에 대한 주목에 비하면 거의 무시에 가까운 태도로 중기 루카치를 대했다. 그는 자신의 이론적 사유에 지대한 영향을 미친 루카치에게 자신이 쓴 책 『숨은 신(*Le dieu caché*)』(1955)을 보냈는데, 이에 대해 루카치가 보낸 답신을 보면 서방 세계에서 자신을

15 인용한 곳은 Nicolas Tertulian, "Lukács im Eck. Die letzten Jahre aus dem Nachlaß", *Context XXI. Forvm* 315/316호, 1980년 3월. http://www.contextxxi.at/Lukács-im-eck.html(2023년 10월 15일 최종 접속).

수용하는 양상에 대해 그가 어떤 생각을 하고 있었는지가 잘 드러난다. 『숨은 신』을 "아주 흥미로운 작품"이라고 하면서 골드만에게 보낸 1959년 10월(또는 9월) 1일 자 편지에는 다음과 같은 문장이 포함되어 있다.

> 만약 내가 [『역사와 계급의식』 출판 다음 해인] 1924년에 죽어서 나의 불멸의 영혼이 저 세상에서 당신의 문필 활동을 보게 된다면, 내 영혼은 나의 초기 작품들에 대한 [당신의] 집중적인 논구에 대해 정말로 감사하는 마음으로 충만할 것입니다. 하지만 나는 죽지 않았고 [그 후] 삼십사 년간 나의 본래적인 필생의 작품을 창조해왔습니다. (당신에게는 이 필생의 작품은 아예 존재하지 않는 것이지요.) 그렇기 때문에 관심이 당연히 자신의 현재 활동에 쏠려 있는 살아 있는 사람으로서 나는 당신의 설명에 입장을 표명하기가 몹시 어렵습니다.[16]

2019년에 타계한 루마니아 출신 프랑스 철학자로 특히 루카치 연구에서 일가를 이루었던 니콜라 테르툴리안에 따르면 이 편지로 두 사람 사이의 교류는 끝이 났다.[17] 그런데 자신의 초기작들을 대하는 루카치의 태도는 후기로 갈수록 '관대'해진다. 이는 골드만을 대하는

16 재인용한 곳은 같은 글. 이 문장을 인용하면서 테르툴리안은 '1959년 10월 1일' 자 편지라고 하는 데 반해, 같은 문장을 인용하고 있는 볼프강 뮐러-풍크는 '9월 1일' 자 편지라고 한다. Wolfgang Müller-Funk, "Lukács: Philosoph eines Jahrhunderts"(2021), Wolfgang Müller-Funk: Lukács: Philosoph eines Jahrhunderts-Internationale Stiftung Lukács-Archiv(lana.info.hu)(2023년 10월 15일 최종 접속). 편지 원문을 확인할 수 없었기 때문에 어떤 날짜가 맞는지 확정할 수 없었다.

17 Nicolas Tertulian, 같은 글.

그의 태도가 변한 데에서도 확인할 수 있는데, 아그네스 헬러의 증언에 따르면 그가 골드만의 글을 접하고 처음 보인 반응은 이런 식이었다. "이 골드만이라는 친구는 알 수가 없네." "좋은 녀석이긴 하지만 내 초기 글에서 어떤 먹이를 찾는지 모르겠군." 이런 태도는 말년에 이르러 조금씩 변한다. 그는 자신의 청년기를 "역사화"함으로써 자기 삶으로 받아들였다. 그리하여, "어쩌면 거기에 뭔가가 있을 수도 있겠네." "골드만 이 친구가 거기에서 한 말은 재미있군"이라고 말할 수 있게 된다.[18] 후기 미학인 『미적인 것의 고유성』에서는 초기 미학인 『하이델베르크 예술철학(1912~1914)』으로부터 "동질적 매체(das homogene Medium)", "전체적 인간"과 "인간적 전체" 개념을 가져오기도 한다.[19] 그리하여 생의 마지막 순간에 이루어진 회고에서는 심지어 마르크스주의로의 전향을, 따라서 초기 루카치와 마르크스주의자

18 인용한 곳은 Agnes Heller, "Der Schulgründer", *Objektive Möglichkeit. Beiträge zu Georg Lukács' "Zur Ontologie des gesellschaftlichen Seins"*, Rüdiger Dannemann · Werner Jung 엮음, Opladen: Westdeutscher Verlag, 1995, 119쪽.

19 우리가 여기서 "전체적 인간"과 "인간적 전체"로 옮긴 단어는 "ganzer Mensch(또는 der ganze Mensch)"와 "Mensch ganz(또는 der Mensch ganz)"이다. 후기 미학에서 "전체적 인간"은 다양한 비동질적 관계들 속에 얽혀 있으며 개인적 우연적 개별특수성(Partikularität)에 머물러 있는 일상생활의 인간 상태와 연관된 말로, "인간적 전체"는 내적으로 동질적인 미적 순수경험 속에서 개별특수성을 넘어서는 인간 상태와 관련된 말로 사용되고 있는 듯하다. "전체적 인간"과 "인간적 전체"라는 우리말 번역으로는 이런 뜻을 제대로 전달하기 힘든 게 사실이지만 아직 적절한 번역어를 찾지 못했다. 영어로 된 글들에서도 이 용어가 아직 통일된 번역어를 찾지 못한 것을 확인할 수 있는데, 이 용어에 대한 필자들의 이해에 따라 'whole person'과 'person as a whole'로, 또는 'whole man'과 'man wholly', 'whole man'과 'man's totality', 'whole man'과 'totally committed man' 등으로 옮겨지고 있다. 루카치의 초기 미학을 중심으로 후기 미학까지 고찰하고 있는 한 글에서 프레드릭 제임슨은 'a whole man'과 'man-made-whole'로 옮기고 있다. Fredric Jameson, "Early Lukács, Aesthetics of Politics?", *Historical Materialism* 23권 1호, 2015, 17쪽 참조.

루카치와의 관계조차도 “단절”이 아니라 “질적인 변화”로 파악하기에 이른다.

> 젊은 시절의 경향들과—물론 아주 많이 수정된, 그렇지만 근본원리들에 근거를 둔—접속 가능성(마르크스주의: 질적인 변화, 하지만 다른 많은 사람들과는 달리 발전 과정에서의 단절은 아님).[20]

자신의 삶과 사유의 진화 과정 전체를 이런 식으로 이해할 수 있게 됨에 따라 그는 “내 경우에 모든 것은 무언가의 연속입니다. 나의 발전에는 비유기적 요소란 없다고 생각합니다”[21]라는, 자기 삶과 사유에 대한 '마지막 말'을 할 수 있게 된다. 자신의 초기작들과의 관계에서 불연속성을 일방적으로 강조했던 중기 루카치의 일면적 입장과는 사뭇 달라졌지만 그렇다고 해서 그의 사유의 진화 과정을 오롯이 연속적인 발전의 관계로만 볼 수는 없다. 이와 관련해서는 초기작들과 '성숙한 마르크스주의 시기' 저술 간의 관계를 “연속성과 불연속성의 통일”로 이해한 1960년대 루카치의 자기이해를 참조하는 것이 유익하다. 1964년에 발간된 독일어판 『게오르크 루카치 저작집』 제7권 『두 세기의 독일문학』을 위해 쓴 「서문」(1963년 11월)에서 그는 그 관계를 “연속성과 불연속성의 통일”로 규정하면서 그 “연속성”의 측면을 “헤겔적인 삼중의 의미에서 지양되어 있”는 것으로, 즉 그 경향이 “근본적으로 변화되긴 했지만 보존되고 보다 높은 차원으로 고양된”

20 게오르크 루카치, 「삶으로서의 사유」, 『삶으로서의 사유: 루카치의 자전적 기록들』, 김경식·오길영 편역, 354~355쪽.

21 게오르크 루카치, 「삶으로서의 사유: 게오르크 루카치와의 대담」, 같은 책, 169~170쪽.

것으로 이해한다(7:7). 루카치의 이러한 자기이해는 마르크스주의를 진리에 다가가는 가장 올바른 길이라고 확고히 믿고 있는 마르크스주의자 루카치의 입장에서 이루어진 것이기 때문에, 전(前) 마르크스주의 시기의 작품들은 마침내 도달할 마르크스주의 시기 작품들의 미성숙한 전(前) 단계로만 파악되고 전자가 고유하게 내포할 수도 있는 유의미한 것들이 일방적으로 사상(捨象)될 위험이 있다. 하지만 그 '연속성'은 루카치 스스로가 말하고 있듯이 '불연속성과 통일'되어 있는 것이다. 즉 루카치 사유의 연속성은 가장 근본적인 차원에서의 연속성이며, 그것도 불균등한 방식으로, 불연속적인 개별 단계들을 통해 관류하는 연속성이지 단순한 직선적 연속성이 아니다. 따라서 루카치 사유의 내용 전체가 연속적이기만 한 것은 아닐뿐더러, 사유 진화의 각 단계는 그다음 단계에서 지양된 형태로 보존될 수 없는, 지양 불가능한(unaufhebbar) 이질적 요소들을 포함할 수 있으며, 새로운 단계에는 전혀 새로운 요소들이 발생할 수 있다. 루카치의 자기회고적인 시선에서는 부차적인 것으로 지나쳐질 수 있는 그런 요소들이, 루카치와는 다른 시공간에서 그를 읽는 사람들의 시각에는 오히려 더 중요한 함의와 무게를 지닌 것으로 포착될 수 있으며, 그리하여 루카치 사유의 "연속성과 불연속성의 통일"은 계속 새롭게 재구성될 수 있다.

사실 루카치가 살았던 삶은 사상가나 철학자의 삶으로서는 유사한 사례를 찾기 힘들 정도로 수많은 굴곡으로 점철되어 있다. 그리고 그러한 삶 못지않게 그의 사유 또한 한 사람에게서 나온 것이라고 믿기 어려울 정도로 다채로운 역동성을 보여준다. 하지만 그렇게 불연속적인 국면들로 가득한 그의 삶과 사유 전체를 꿰뚫고 있는 근본적인 연속성 또한 유달리 뚜렷한데, 그의 몇 안 되는 제자 중 한 사람이었던 죄르지 마르쿠시는 그것을 '문화(Kultur)' 이념으로 정식화한 바 있다. 스승의 삶과 사유 세계 전체를 관통하는 "핵심적 관심사"가 있다면 그것은 "**문화의 가능성**에 대한 물음"[22]이라고 규정하는 그에 따르면, 자본주의적 근대에 대한 안티테제로서, 자본주의적 현재와는 전혀 다른 미래 세계를 갈구하는 유토피아 정신 속에서 생성된 루카치의 '문화' 이념은 언제나 "**삶**의 문제, '의미가 내재하는 삶(Lebensimmanenz des Sinnes)'과 동일한 의미를 지니는 것"[23]이었다. 달리 말하면 소외로부터 자유로운, 내외적으로 파편화되지 않은 인간적 삶의 가능성에 대한 일관된 모색과 추구가 루카치의 '문화' 이념이라는 것이다. 루카치는 그러한 '문화' 이념을 한때는 실존주의적 미학주의적 방식의 탐색으로, 또는 '새로운 공동체'로서의 '영혼현실(Seelenwirklichkeit)'에 대한 모색으로 추구했다. "낭만주의적인 반자본주의의 입장"[24]이라는 루카치 자신의 규정으로 포괄할 수 있을 이러한 단계들을 거친 후 마르크스주의자가 되면서부터 그 '문화' 이념은 현재의 사회와 인간이 상관적으로, 총체적으로 변혁되고 개혁됨으로써만 구현될 수 있는 것으로 재구축되며, 여러 형태의 내외적 소외로부터 자유로운 인간들이 공생하는 세상인 공산주의('자유 공생주의')에 대한 모색과 추구를 내실로 하는 것이 된다. 일찍이 그가 "계급 없는

22 György Márkus, "Die Seele und das Leben. Der junge Lukács und das Problem der 'Kultur'", *Die Seele und das Leben. Studien zum frühen Lukács*, Agnes Heller 외 엮음, 102쪽. 강조는 마르쿠시.

23 같은 곳. 강조는 마르쿠시.

24 게오르크 루카치, 『소설의 이론』, 김경식 옮김, 15쪽.

사회가 상호 간의 사랑과 이해의 사회가 될 때"[25]라고 한 그런 세상에 대한 추구로서의 그 '문화' 이념의 중심에는 조화롭고 온전한 인간의 '이상'이 자리하고 있다. 그의 중후기 텍스트에서 인간의 '개체적 총체성', 인간의 '인간적 온전성' 등으로 표현되기도 한 그 이상은 "개별 인간의 심적 능력들(seelisch[e] Fähigkeiten)의 조화 가능성에 대한 믿음"[26] 속에서 "감정과 오성과 이성의 조화"[27]를 지향하는 것을 포함한다. 이러한 그의 지향은 이성(Vernunft)이나 오성(Verstand) 중심의 계몽주의적 경향들과도, 정서(Emotion)나 정동(Affekt) 중심의 포스트 이성주의적 경향들과도 다른 마르크스주의적인 공산주의적 휴머니즘을 구성하는바, 이러한 휴머니즘은 그의 사유의 근본적인 추동력으로 작용하면서 철학과 미학과 비평에서 그가 평가하고 선택하며 투쟁하는 작업을 수행할 때 일종의 '방법론적 기준' 역할을 한다. 다른 한편, 마르크스주의자인 루카치에게는 당연하게도 이러한 "휴머니즘 원칙"(10:213)은 그에 부합하는 새로운 사회의 수립과 동시적·상관적으로 실현되는 것이다. 개별 인간의 '개체성'의 형성은 역사적으로 창출된 '유적 성질'의 구현과 불가분하게 결합되어 있는바, 각인(各人)의 '개체적 총체성'은 그것을 파괴하고 왜곡하는 힘에 맞서 싸우는 활동 속에서, 만인이 소외에서 자유로운 삶을 사는 '자유의 나라'를 창조하는 활동 속에서 도달할 수 있는 것이자 마침내 그 '자유의 나라'에서

25 Georg Lukács, "Die moralische Grundlage des Kommunismus"(1919), *Taktik und Ethik: Politische Aufsätze I. 1918~1920*, Jörg Kammler·Frank Benseler 엮음, Darmstadt·Neuwied: Luchterhand, 1975, 86/87쪽.

26 Georg Lukács, "Das wirkliche Deutschland"(1941/1942), *Deutsche Zeitschrift für Philosophie* 63권 2호, 2015, 392쪽.

27 같은 책, 391쪽.

온전히 이룩될 수 있는 것으로 설정된다.

루카치의 사유 세계를 처음부터 끝까지 추동한 "깊은 내적 추진력"은 "개별 주체와 사회 양쪽 모두와 관련해서 올바른 삶(ein richtiges Leben)을 위한 기반을 만들어내고자 하는 윤리적 자극"[28]이었다는 베르너 융의 평가 또한 루카치의 사유 세계 전체를 관통하는 근본적인 연속성의 성격을 비슷한 맥락에서 규정하고 있는 것이다. 이 놀라운 지적 연속성은 하지만 항상 "변화 중에 있는 연속성"[29]이었다. 이는 루카치 스스로 "연속성과 불연속성의 통일"로 파악한 초기작들과 마르크스주의 시기 저작들 간의 관계뿐 아니라 마르크스주의로 전향한 이후의 사유 세계에도 해당할 것인데, 이를 우리는 '초기 루카치', '마르크스주의 수업기의 루카치', '중기 루카치', '후기 루카치'라는 구분을 통해 드러내고자 했다. 루카치의 장편소설론들도 초기·중기·후기로 시기 구분하여 고찰함으로써 근본적인 연속성뿐만 아니라 불연속적인 면모도 파악하고자 했다. 하지만 의도와 결과는 다를 수 있으니, 의도에 합당한 결실이 조금이라도 산출되었기를 희망할 뿐이다.

마르크스주의자가 된 이후에 수행된 그의 이론 작업에서는 당연

28 Werner Jung, "Zur Aktualität von Georg Lukács. Fünfzig Jahre nach seinem Tod"(2021년 6월), https://literaturkritik.de/zur-aktualitaet-von-georg-Lukács-fuenfzig-jahre-nach-seinem-tod,27947.html(2023년 4월 4일 최종 접속). 이 글에서 독일의 대표적 루카치 연구자 베르너 융은 루카치가 일생동안 잊지 않았던 "사상적 소실점은 윤리(Lukács' denkerischer Fluchtpunkt — die Ethik)"라고 규정하고 있다. 이와 연관해 『삶으로서의 사유: 루카치의 자전적 기록들』을 번역하면서 저지른 '치명적인' 실수를 바로잡고자 한다. 이 책에 수록한 「이력서(Curriculum vitae)」(1918)에서 "Ethik", 즉 '윤리'를 "미학"(366쪽)으로 잘못 옮기는 실수를 범했기에 이 자리를 빌려 바로잡는다.

29 Frank Benseler · Werner Jung, "Von der Utopie zur Ontologie. Kontinuität im Wandel: Georg Lukács", *Georg Lukács Werke, Band 18. Autobiographische Texte und Gespräche*, Bielefeld: Aisthesis, 2005, 471쪽.

히 연속성의 측면이 더 두드러질 것인데, 그중 하나가 방법(Methode)에 대한 탐구이다. 1918년 12월 중순, 창당한 지 삼 주가 된 헝가리 공산당(1918년 11월 24일 창당)에 입당한 그는, 이후 오십여 년의 시간 동안 누구보다도 충직한 마르크스주의자로서의 삶을 살았다. 그런 그에게 이론적 층위에서 마르크스주의는 무엇보다도 '방법', 더 정확히 말하면 "마르크스적 방법의 진정한 원리들"(4:676)과 관련된 것이었다. 『전술과 윤리』(1919)에 처음 수록되었다가 『역사와 계급의식』(1923)에 그 수정본이 수록된 「정통 마르크스주의란 무엇인가?(Was ist orthodoxer Marxismus?)」에서 이미 표명된 이러한 입장은 후기에 이르도록 변함이 없었다. 독일어판 『게오르크 루카치 저작집』 제2권을 위해 쓴 「서문」(1967년 3월)에서 루카치는 그러한 입장이 「서문」을 쓰고 있는 "현재의 나의 확신에 비추어 보아 객관적으로 올바를 뿐만 아니라, 마르크스주의 르네상스의 전야인 오늘날에도 상당한 의미를 가질 수 있을"(2:28) 것이라고 적고 있다. 그가 이 「서문」에서 그 의미를 강조하면서 인용하고 있는 해당 구절은, 마르크스주의에 대한 그의 일관된 이해를 담고 있는 것이기 때문에 다소 길지만 그대로 옮긴다.

> 최근의 연구에 의해 마르크스의 개별 진술들 전부가 사실적으로 부정확하다는 것이 이론의 여지없이 증명되었다고 — 비록 인정할 수는 없지만 — 가정하더라도, 진지한 '정통' 마르크스주의자라면 누구나 이 모든 새로운 성과들을 거리낌없이 인정하고 마르크스의 개별 주장들(Thesen) 전부를 거부할 수 있을 것인데, 그렇다고 해서 자신의 마르크스주의적 정통성을 한순간이라도 포기할 필요는 없다. 따라서 정통 마르크스주의는 마르크스의 연구 결과를 무비판적으로 인정하는 것을 의미하지 않으며 이런

저런 주장에 대한 '믿음'이나 어떤 '신성한' 책의 해석을 의미하지도 않는다. 마르크스주의의 문제에서 정통성이란 오로지 **방법**에만 관련된다. 정통성은 변증법적 마르크스주의 속에서 올바른 연구 방법이 발견되었으며 이 방법은 오직 그 창시자들의 뜻(Sinn)에 따라서만 확장되고 연장되며 심화될 수 있다는 과학적 확신이다. 또한 그것은 그 방법을 극복하거나 '개선'하려는 모든 시도는 결국 천박화, 진부함, 절충주의로 귀착되어 왔고 또 그럴 수밖에 없었다는 과학적 확신이다(2:28. 강조는 루카치).

「정통 마르크스주의란 무엇인가?」에서 피력하고 있는 이러한 입장은 사십여 년 뒤에 쓴 『미적인 것의 고유성』「서문」(1962년 12월)에서도 재확인된다. 여기에서 그는 자신의 초기 미학이 "그릇된 방법"으로 인해 좌초할 수밖에 없었으며 이제 "근본적으로 대립하는 방법들로" 자신의 소싯적 꿈, 즉 '체계적인 미학'의 집필이라는 꿈을 실현하는 일에 접근할 수 있게 되었다고 한다(11:31). 이 「서문」에서 루카치는 자신의 미학적 탐구를 "마르크스주의를 미학의 문제에 최대한 올바로 적용"(11:16)하려는 시도로 규정하는데, 여기에서 그가 마르크스주의라는 말로 지칭하는 것의 핵심은 "마르크스에 의해 발견된"(11:18) "유물론적 변증법의 방법"(11:17)이다. 이렇게 보면 마르크스주의자가 된 이후 그가 걸었던 기나긴 사유의 도정은 올바른 마르크스주의적 '방법'을 찾고 그것을 구체적 대상에 대한 구체적 분석에서 구현하면서 확장·심화해나가는 과정이었다고 해도 과언이 아니다. 이런 점 때문에 그는 "방법을 물신화(物神化)한다"[30]는 비판을 받기도 했다. 하지만 루카치가 말하는 '방법'은 길을 어떻게 가야 할지를 알려주는 '실마리' 내지 '길잡이'(Leitfaden)일 뿐, 그 자체만으로 길을 가는 구체적 행위를 대신하는 것이 아니다. 따라서 방법을 "적용"한다는 말도, 이미 선험적으로 주어진 어떤 일반적 원리를 개별 영역에서 확증하는 것으로 이해되어서는 안 된다. 변증법을 몇 가지 자연법칙과 같은 것으로 "법전화(法典化)"(13:309)함으로써 현실에 대한 구체적인 분석을 법칙 적용의 사례 연구로 탈바꿈시킨 스탈린주의적 마르크스주의 — 실은 더 이상 마르크스주의가 아닌 — 와는 달리 루카치에게 인식의 목표는 부단히 운동하는 객관적 현실을 그 참된 모습에서, "그 참된 객관성에서"(11:18) 파악하는 것이며, 방법은 그러한 목표를 달성하기 위한 방도로서 필요불가결한 것이다. 따라서 그에게 '마르크스주의에 충실하다'는 것은 그 방법, 그 방법적 원리에 충실함으로 그치는 것이 아니라 필연적으로 현실에 충실함을 요구하는 것으로, 그에게 마르크스주의는 현실을 가장 충실히, 가장 핍진하게 파악할 수 있게 하는 이론적 접근법이었다. 이렇게 이해된 그의 마르크스주의 방법은 상호작용하는 복합체적이고 과정적인 존재자들을 과정적 복합체 그 자체로서 파악할 수 있게 하는 유일한 방법으로서, 특정한 대상을 연구할 때 그 대상의 논리를 대상 자체에서 파악할 것을 요구하는 것이지, 대상에 선험적인 원리를 기입하는 것이 아니다. '구체적 대상의 구체적 분석'이라는 유물론적인 탐구 원칙은 이런 식으로 관철됨으로써 마르크스주의 방법 자체도 확장·심화될 수 있다.

당연하게도 루카치의 이러한 입장은 마르크스가 발굴한 "방법의 완벽함(completeness of methode)"[31]을 확신하기에 성립할 수 있다.

30 Detlev Claussen, "Blick zurück auf Lenin", *Blick zurück auf Lenin. Georg Lukács, die Oktoberrevolution und Perestroika*, Detlev Claussen 엮음, 25쪽.

31 Franko Ferrarotti, "Conversation with György Lukács", *Worldview*, 1972년 5월, 31쪽.

1970년 11월 19일에, 즉 그의 사망 일곱 달 전에 이탈리아의 사회학자 프랑코 페라로티(Franko Ferrarotti)와 가진 대담에서 루카치는 "역사적으로 변화하는 사회를 전체적으로 연구하는 본질적 접근법"으로서의 마르크스의 "방법", 마르크스의 "프레임워크"는 "완벽"하다고 확언한다.[32] 그에 따르면 마르크스와 엥겔스, 그리고 레닌이 이러한 방법에 근거하여 사회와 역사의 일반이론을 제시했다면, 스탈린은 "전술들로 이론을 대체"[33]함으로써 마르크스의 방법을 "뒤집어엎어버렸다."[34] 따라서 그가 보기에 "스탈린주의는 마르크스주의에 대한 잘못된 해석이거나 결함이 있는 적용 이상의 것이다. 그것은 마르크스주의의 부정이다."[35] 그는 스탈린 이후 시대에도 마르크스주의는 여전히 스탈린주의를 극복하지 못했으며, 따라서 마르크스주의는 레닌에서 멈춰서 있다고 한다. "우리는 레닌으로 멈추었다. 레닌 이후에 마르크스주의는 없었다."[36] 레닌을 끝으로 중단된 마르크스주의를, 그 창시자들이 살았던 시대와는 질적으로 달라진 사회적 역사적 현실을 감당할 수 있는 일반이론으로 되살리기 위해 루카치가 경주한 노력은 늘 방법 문제를 중심에 두고 이루어졌다. 마르크스의 진정한 방법을 계속 탐구하는 한편 부단히 변화하는 현실을 감당할 수 있도록 "창시자들의 뜻에 따라서" 그 방법을 확장·심화하는 간단없는 작업이 그의 이론적 작업의 근저에 자리잡고 있는 것이다. 마르크스주의

32 같은 곳.
33 같은 책, 32쪽.
34 같은 책, 31쪽.
35 같은 책, 32쪽.
36 같은 책, 34쪽.

에서 이렇게 '방법'의 문제를 중심에 두고 "마르크스적 방법의 진정한 원리들"을 탐구하기를 그치지 않았던 루카치는 말년인 1970년 3월에 쓴 『게오르크 루카치 저작집』 제4권 「발문(Nachwort)」에서 이론가로서의 자신의 정체성을 "마르크스의 진정한 방법의 해석자"(4:678)로 규정하기도 했다. 스스로 독창적인 이론가가 아니라 그저 마르크스에 충실한 한 명의 이론가이기를 자처한 그의 활동이 특히 선구적이고 독보적인 성취를 이룬 곳이 문학과 미학의 영역이었기 때문에 그는 한때 "미학의 마르크스"로 불리기도 했다. 생애 말년에는 그를 심지어 "새로운 마르크스"라고까지 여기는 사람들이 있었는데, 이에 대해 루카치는 1970년에 가졌던 한 인터뷰에서 다음과 같이 말한 바 있다.

> 나는 정치가가 아닙니다. 그리고 내가 새로운 마르크스가 아니라는 것도 확실합니다. 마르크스는 현실을 읽고 나는 마르크스를 읽습니다. 수준을 혼동하지 맙시다. (…) 하지만 감히 말하건대 나는 마르크스를 최대한 이해했습니다. 내 역할은, 내 뒤에 올 사람들을 위해 이론적 작업의 방향을 세우는 것이라고 요약할 수 있습니다. 만약 내가 올바른 방법을 발견하는 데 성공한다면 나는 잘 살았다고, 산 가치가 있었다고 말할 수 있을 겁니다. 내가 옳았는지 아닌지는 내가 죽고 난 뒤 이십 년은 지나야 알 수 있을 거예요.[37]

"마르크스는 현실을 읽고 나는 마르크스를 읽습니다"라는 말은, 마

37 "Il dialogo nella corrente", https://gyorgyLukács.wordpress.com/2020/03/11/il-dialogo-nella-corrente/(2023년 10월 14일 최종 접속).

르크스의 사상을 따르고 마르크스의 이론을 연구하고 해석하는 한 명의 마르크스주의자로서 취하는 겸손의 표현이라 하더라도, 첨언할 필요가 있어 보이는 말이다. 루카치는 마르크스와 같은 "담론성(discursivité)의 창설자"[38]는 아니다. 마르크스주의자 루카치는 마르크스가 한편으로는 서구 사유의 산물들과, 다른 한편으로는 사회적 역사적 현실과 대결한 끝에 '창설'한 담론 체계 안에서 이론 활동을 전개한 사람이다. 그렇다고 해서 그가 '현실을 읽지 않았다'고 할 수는 없는데, "마르크스적 방법의 진정한 원리들"에 대한 그의 탐구는 언제나 현실 파악과 함께 이루어졌기 때문이다. 그에게 마르크스주의는 '보편 철학'이면서 동시에 인류가 인간의 진정한 인간성을 구현할 수 있는 객관적 조건과 주체적 역능을 파악하고 그 역능을 강화하고자 하는 '실천철학(Praxisphilosophie)'이었다. 따라서 매우 추상적인 철학적 담론 형태로 제시될 경우에도 그것은 끊임없이 운동하는 현실의 경제적 사회적 정치적 문화적 모순들에 대한 파악을 전제로 하는 것이며, 그 모순들을 제대로 지양할 수 있는 길을 모색하고 제시하는 이론 활동의 일환으로서 존립한다. 그렇기 때문에 그의 이론적 작업의 요체인 "마르크스의 진정한 방법"에 대한 그의 이해도 마르크스주의에 입문한 이후부터 생애 마지막 순간까지 부단한 쇄신의 과정을 거쳤던 것이다. 위에서 인용한 루카치의 말도 이러한 전제 위에서 이해되어야 한다. 이러한 부연 설명과 함께 이 대담이 1970년에 이루어졌다는 사실을 고려하면, 루카치가 한 말을 충분히 이해할 수 있게 된다. 이 대담이 있기 전 십여 년의 시간 동안 그는 정말로 마르크스

38 미셸 푸코, 「저자란 무엇인가」, 『미셸 푸코의 문학비평』, 김현 엮음, 257쪽.

를 읽었다. 스탈린 시기를 거치면서 만신창이가 된 마르크스주의를 존재론으로, "유물론적 역사적 존재론"[39]으로 재구축하기 위해 그는 '다시' 마르크스로 돌아가 마르크스 이론의 핵심을 '새로' 읽어내고자 했으며, 그리하여 십여 년간 마르크스적 방법의 근본원리들을 재탐색하고 재규정하는 작업에 일로매진했다. 그는 그러한 자신의 작업이 후학들에 의해 이루어질 작업, 마르크스와 레닌이 살았던 시대와는 현격히 달라진 현실을 구체적으로 분석하고 그 현실에 대응하는 작업에 이론적 방향을 제공하는 것이 될 수 있기를, 그리하여 이룩될 '마르크스주의의 르네상스'를 자극하는 역할을 할 수 있기를 바랐다. 그런 식으로 루카치는 자신의 이론적 작업이 '과거와 미래를 잇는 다리'로 쓸모가 있기를 희망했다. 다음은 루카치가 저작집 제7권「서문」에서 한 말이다.

> 내가 현재를 위해 과거와 미래 사이에 놓으려고 했던 다리가 정말로 오래 갈 것인지는 결정적일 수 없는 별개의 문제이며 중요한 문제도 아니다. 내가 극히 불리한 시대 속에서 단지 부교(浮橋)를 놓은 데 불과하다면, 이 연결이 정신적 삶을 위해 제 몫의 의미를 획득하자마자 철거되고 보다 견고한 것으로 대체될 것이다. 매우 혼란스러운 과도기적 시대에 다만 소수의 사람들에게라도 내가 과거와 미래 사이의 길을 수월하게 해줄 수 있었다면 나 개인으로서는 대단히 만족스럽다(7:19).

39 게오르크 루카치,「인간의 사유와 행위의 존재론적 기초」,『게오르크 루카치: 과거와 미래를 잇는 다리』, 김경식 지음, 250쪽.

이렇게 루카치는 스스로를 "과도기적 시대, 즉 자본주의적 서구와 스탈린주의적 사회주의 양쪽 모두의 옛 가치들이 심각한 위기에 처한 시대이자 새로운 가치들이 불확실하게 잉태 중인 시대"[40]에 사유한 '과도기의 사상가'로 여겼다. 헤겔처럼 "기념비적인 작품들에서 역사를 총체화하길 꾀하는 철학자"와는 달리 자신의 이론적 작업은 "필연적으로 불확실성을 더듬는 특징을 지니는 '과도기' 사상가"의 산물이라는 것이다.[41] 이러한 자기인식은 특히 후기 루카치에서 두드러지는데, 그 "'과도기' 사상가"의 작업인 미학과 존재론을 통해 그는 '마르크스주의의 르네상스'의 — '완성'이 아니라 — '도래'를 자극하고자 했다. 그의 이러한 생각은 『미적인 것의 고유성』이 출판된 후 그 방대한 체계에 강한 인상을 받은 — 오스트리아의 마르크스주의자로 오랜 친구였던 — 에른스트 피셔(Ernst Fischer)가 루카치의 작업은 헤겔의 미학을 방불케 한다고 하자 이에 답한 루카치의 편지(1964년 6월 12일)에서 잘 표현되고 있다.

> 헤겔과의 비교는 물론 나를 으쓱하게 하는 발림소리이긴 하지만 과장된 것이기도 합니다. 재능의 차이를 떠나서, 헤겔은 한 시대를 종결할 수 있었던 반면 나의 미학은 마르크스주의의 새로운 고양을 자극하는 것에 지나지 않습니다.[42]

『미적인 것의 고유성』은 고대했던 만큼의 반향을 얻지 못했다. 그

40 Nicolas Tertulian, "On the Later Lukács", *Telos* 40호, 1979, 140쪽.
41 같은 책, 139쪽.
42 같은 책, 140쪽.

가 죽고 난 뒤 십오 년이 지나서야 완간된 존재론은 아예 외면당하다시피 했다. 이미 시대와 사유의 흐름이 변했던 것이다. 우리는 "내가 옳았는지 아닌지는 내가 죽고 난 뒤 이십 년은 지나야 알 수 있을 거예요"라고 말한 바로 그 루카치의 사후에 어떤 일이 벌어졌는지를 알고 있다. 말년의 루카치가 기대하면서 촉발하고자 한 "마르크스주의의 새로운 고양"이 실현되기는커녕, 그리하여 '현실사회주의'가 그가 바란 '진정한 사회주의'로 갱신되기는커녕, 마르크스주의는 지식 세계에서 점차 변방으로 밀려났고, 그가 삶의 거처로 삼았던 동구 사회주의 체제는 와해되고 말았다. 동독을 위시한 동구 사회주의 블록이 1989년부터 연쇄적으로 붕괴되기 시작했으며, 그의 사후 정확히 이십 년 뒤인 1991년 말에는 마침내 소련마저 해체되고 만다. 후기 루카치가 마르크스주의의 갱신, 마르크스주의의 르네상스를 위해 근 이십 년의 시간을 바쳐 이룩한 마르크스주의 미학과 존재론은 그 사이에 거의 읽히지도 알려지지도 않았다. 20세기 "극단의 시대"(에릭 홉스봄) 속에서 "신발보다 더 자주 나라를 바꾸면서 전쟁들과 계급들을 지나갔던"(베르톨트 브레히트, 「후손들에게」 중에서) 삶을 살았던 실천적 사상가 루카치의 영웅적인 삶은 이렇게 보면 영락없이 비극으로 끝난 삶이 되고 만다. 하지만 현재가 열린 역사적 과정의 한 국면이라면 미래는 확정된 게 아니다. 자본주의적 생활형식(Lebensform)이 일종의 물신(物神)이 되어 인류의 공멸보다 자본주의 체제의 변혁을 상상하기가 더 어렵게 된 시대이지만, 현재의 자본주의 체제를 바꾸지 않는 한 대다수 인류의 삶은 더 비참해질 뿐이라는 위기의식이 조금 더 진지하고 구체적으로 형성되고 확산될 때에, 자본주의의 진정한 변화의 불가능성을 직간접적으로 선전하는 일체의 이데올로기에 맞서 이론의 전 영역에서 비타협적으로 투쟁했던 루카치의 사유는 더 많은 주목을 받게 될 것이다. 최근 십여 년 사이 서양에서는 자본주의의 형성기부터 시작되었던, 보다 포괄적인 의미에서의 사회주의 전통을 재평가하고 사회주의를 재발명하려는 목소리, 일찍이 프레드릭 제임슨이 한 말을 빌면 "새로운 전지구적 상황에 합당한 어떤 사회주의 개념을 재창조"[43]하려는 목소리가—여전히 "분단 체제"(백낙청)'의 속박에서 벗어나지 못한 한국에서와는 달리—특히 젊은이들 사이에서 새로이 폭넓게 나오고 있는 것은 진정한 변화의 불가피성에 대한 인식이 자본주의와는 근본적으로 다른 새로운 사회 형태에 대한 모색으로 나아가고 있음을 보여주는 증좌이다. 그러는 가운데 루카치에 대한 관심이 다시, 새로이, 이전에 비해서는 확연히 고조되고 있는데, 이러한 '루카치 다시/새로 읽기'는 다른 한편으로 보면 자본주의에 대한 부정적 입장은 명확하나 자본주의와는 다른 새로운 사회에 대한 상, 아니 그런 사회를 실현하는 길의 구체적 형태에 대해서는 아직 적극적인 답을 찾을 수 없는 곤경의 소산이기도 할 것이다. 그렇지만 분명한 것은, '마르크스-레닌주의'라는 이름으로 포장된 스탈린주의를 근본적으로 넘어서지 못했던 동구 마르크스주의도, 급진적인 실천철학으로서의 성격을 현저히 상실하고 만 서구 마르크스주의도 아닌, 양쪽 어디로도 분류할 수 없는 제3의 마르크스주의로서 '루카치의 마르크스주의'는, 그러한 답을 찾아나가는 데 어떤 식으로든 크게 기여할 수 있을 것이라는 점이다. 그렇게 될 때—물론 이

43 프레드릭 제임슨, 「특별대담 프레드릭 제임슨/백낙청: 맑시즘, 포스트모더니즘, 민족문화운동」, 《창작과비평》 제18권 2호, 298쪽.

것은 결정된 것이 아니라 우리가 어떤 현재를 만들어나가느냐에 달려 있는데—루카치의 삶은 비극적이기만 한 것이 아니라 "잘 살았다고, 산 가치가 있었다고 말할 수 있을" 삶으로 다시 살아날 것이다.

하지만 그 길이 아직 아득한 것 또한 엄연한 사실이며, 그런 한에서 루카치의 삶은 여전히 비극적인 것으로, 마르크스주의자이자 공산주의자로서의 그의 사유는 상당 기간 '구시대적인' 것으로 머물러 있을 것이다. 그런데 다시 생각해보면 그의 사유는 그가 살아서 활동할 때에도 이미 '시대에 맞지 않는(unzeitgemäß)' 것, '시대착오적인(anachronistisch)' 것으로 취급받기 일쑤였다. 서구 자본주의와 동구 사회주의 양 진영 모두에서 그러했는데, 그의 리얼리즘 담론이 대표적인 사례이다. 우리에게 '리얼리즘'은 특히 백낙청이 이끌었던 《창작과 비평》 그룹의 진지하고 끈질긴 탐구에 힘입어 적어도 문학판에서는 상당히 오랫동안 가장 현재적인 논제였다. 하지만 서양에서는 사정이 달랐다. 소련을 포함한 동구 사회주의 블록에서 그의 리얼리즘 담론은 그 이전의 리얼리즘(이른바 부르주아 리얼리즘 내지 비판적 리얼리즘)에 비해 이미 질적인 우월성을 확보한 '사회주의 리얼리즘' 문학의 성취를 충분히 고려하지도 평가하지도 않는다는 이유로 '시대에 맞지 않다'는 비난을 여러 차례 받았다. 다른 한편 서방 세계에서는 이미 모더니즘이 문학장(場)의 주류가 된 상황에서 그의 리얼리즘 담론이 소개되었다. 그래서 그것은 처음부터 '시대착오적인' 것으로 평가되기 일쑤였으며, 그런 평가는 '포스트모더니즘'의 유행을 거친 후인 지금은 거의 상식이 되어버렸다. 하지만 그의 리얼리즘 담론은 애당초 '흐름을 거스르는(gegen den Storm)' 사유인 까닭에 '구시대적인' 것이 아니라 '반시대적인' 것이었을 수 있다. 공식적 사회주의 리얼리즘 문학 및 이와 연관된 담론의 소멸로 루카치의 '반시대적' 사유의 상대적 정당성이 입증되었다면, 전위주의 내지 모더니즘 예술이 아카데미즘의 이론적 전유물이 되고 '아방가르드'의 작품이 다국적 기업 CEO의 사무실 벽에 아무런 저항감도 유발하지 않는 장식품으로 걸려 있는 상황은, 그것들의 '이데올로기'와 일관되게 맞섰던 그의 사유가 단순히 '시대착오적'이기만 한 것은 아니었음을 일깨워준다. 다수 민중이 나날이 살아가는 구체적인 현실이 문제적인 한, 문학과 예술에서 리얼리즘이라는 문제틀이 사라지는 일은 결코 없을 것인데, 몇 년 전 독일에서 새로이 이루어졌던 리얼리즘 논의는[44] 루카치의 리얼리즘 담론이 현재의 자본주의 체제에 대해서도 응전할 능력이 있다는 것을, 인간의 인간화를 위한 새로운 사유의 발양을 자극하는 적극적 유산으로서 새롭게 전유될 수 있다는 것을 보여준다. 그가 남긴 방대한 사유 속에는 이런 식으로 새로이 활성화되기를 기다리는 통찰들이 적지 않게 적재되어 있다. 마르크스주의 시기의 산물에 한정해서 보더라도 『역사와 계급의식』에서 제시된 '사물화'론이나 『사회적 존재의 존재론을 위하여』의 마지막 장을 이루고 있는 '소외'론(여기에는 수정된 사물화론이 부분으로 포함되어 있으며 루카치가 결국 쓰지 못했던 윤리학의 요점이 담겨 있다), 헤겔-마르크스주의적인 '총체성' 개념, 특히 '특수성'과 '미메시스' 및 '카타르시스'에 관한 후기 미학의 고찰, 유물론적이고 역사적인 존재론으로 마르크스주의를 재구축하고자 한 시도 등은 더 깊이 조명되고 새롭게 전유될 만한 이론적 잠재력이

44 이러한 논의의 하나로 다음의 책을 참조하라. Bernd Stegemann, *Lob des Realismus*, Berlin: Verlag Theater der Zeit, 2015.

소진되지 않았다. 물론 그의 사유에 대한 새로운 탐구는 역사적 상황의 변화를 충분히 고려하면서 이루어져야 할 것이다. 혁명적 시기에 혁명적으로 계급 이전(移轉)을 한 『전술과 윤리』의 루카치와 자기동일시하고, 러시아 혁명 모델을 이론적으로 접목한 『역사와 계급의식』을 '직접' 자기화하려 한 1960년대 서구 학생운동의 주동자들에게 그 책들은 이미 지나간 시대의 산물임을 루카치가 계속 상기시켰듯이, 1960년대 루카치의 작업 또한 그것이 아무리 장기적인 안목에서 이루어진 것이라 할지라도 이미 지나간 시대가 된 시공간적 지평 속에서 수행된 것임을 잊지 말아야 할 것이다.

늦어도 1950년대 중반 이후 누구보다도 먼저 현실사회주의 체제와 자본주의 체제의 연관성을 인식하고 두 체제의 동시적 위기를 파악한 루카치였지만, 지금 우리는 루카치에게는 아직 의미가 있었던 두 체제의 구분이 더 이상 큰 의미가 없어진, '지구적 자본주의 시대'라고 불러도 무방할 현실을 살아가고 있다. 사회주의를 표방하는 국가들마저 — 북한처럼 의도적으로, 폭력적으로 배제되지 않는 이상 — 자본주의 세계체제의 경제 논리에 포획된 시대, 세계 인구 대부분이 자본의 흐름에 의존하고 있어서 "한편으로 우리는 자본 없이 생존할 수가 없"지만 다른 한편으로 바로 그 자본이 "자멸의 길을 향해 가고 있는"[45] 그런 시대에 자본주의는 "그만 내리고 싶어도 내릴 수 없는 기차"(백무산, 「기차에 대하여」 중에서)와 같아서, "이대로 가다가는 다 죽는다는 걸 알아도 대부분의 사람들로 하여금 내릴 수 없게 만드

45 데이비드 하비, 『자본주의는 당연하지 않다: 어쩌다 자본주의가 여기까지 온 걸까』, 강윤혜 옮김, 선순환, 2021, 24쪽.

는 위력을 가진 것"[46]이 되고 말았다. 제어할 상대가 없는 괴물이 되어 점점 더 폭주하는 자본주의가 지구적 차원에서 사회적 불평등과 환경 파괴를 견딜 수 없는 지경으로까지 밀어붙이고 있지만, 한 나라에서의 체제 변혁은 거의 불가능할 뿐 아니라 설사 일시적으로 성사된다 하더라도 변혁 이후 체제를 지탱하기 어렵게 된 시대, 생산만이 아니라 삶의 전 영역이 자본에 실질적으로 포섭된, 가히 '절대 자본주의'라고 할 수 있는 사회가 현실이 된 시대, 1960년대 루카치가 대결한 "소외의 새로운 형태"로서의 '조작'과는 비교도 할 수 없을 정도로 증폭된 디지털 자본주의 시대의 조작이 개별특수성(Partikularität)을 극대화하는 신자유주의적 메커니즘과 어우러져 개개인은 말할 것도 없고 반체제적이었던 사회운동들마저도 개별특수주의(Partikularismus)에 갇혀 있게 할 정도로 막강해진 시대이면서 이와 동시에 자본이 지구 주민 대다수의 일상생활 깊숙이 파고들어서 역설적이게도 통일된 '인류'로서의 인간 존재를 일상에서도 실감할 수 있게 되고 인류의 지평에서 사유하도록 요구받게 된 시대, 그동안 무자비하게 학대당하고 수탈되었던 자연의 대갚음이 시작된, 그리하여 더 이상 이대로 살아서는 안 된다는 의식이 더욱더 절박해지고 진지해지기를 요구받게 된 시대, 인간의 인간화 또는 휴머니즘의 내실이 자연뿐만 아니라 '포스트휴먼', '트랜스휴먼'까지 포괄하여 정립되기를 요구받게 된 시대, 변혁 주체로서의 프롤레타리아계급을 대공장–남성–노동자로 상정할 수 없게 된 지 이미 오래여서 새로운 집합적 주체를 발명하고 형

46 백낙청, 「기후 위기와 근대의 이중 과제: 대화 「기후 위기와 체제 전환」을 읽고」, 《창작과 비평》 제49권 제1호, 2021년 봄, 289쪽.

성하기를 요구받게 된 시대 등등으로 규정할 수 있는 시대가 우리가 살고 있는 시대이다. 루카치가 그 속에서 살고 사유했던 역사적 시공간과는 이렇게 달라진 시대에, 인간의 진정한 인간성, 인간의 인간적 온전성을 위해 자본주의를 '자연화'하고 '물신화'하는 자본주의 이데올로기들에 맞서 그것들을 비판하고 그 대안을 제시하려 한 루카치의 필생의 노력에서 '무엇을' '어떻게' 수용하고 발전시킬 것인가라는 물음에 답을 찾아가는 작업은, 그것이 진지하게 수행된다면 루카치 사유에 대한 (재)탐색의 깊이를 더하는 것으로서도 의미가 있겠지만, 현재 상황에 대한 우리의 인식을 더 구체적이고 비판적으로 만드는 데에도 생산적으로 작용할 수 있을 것이다. 그도 그럴 것이 루카치 사유의 성격 자체가 언제나 의식과 현실의 상호관계를 파악할 것을 요구하는 것인 한, 루카치의 사유에서 역사화할 것과 현재화할 것을 찾아가는 이론적 작업은 그 자체를 위해서라도 현 상태에 대한 구체적 비판적 인식을 전제로 이루어질 수밖에 없다.

이제 책을 마칠 때가 되었다. 루카치가 남긴 마지막 글의 마지막 문장을 음미하는 것으로 글을 막음하는 것도 대단원으로서 제법 어울릴 성싶다. 그가 죽기 직전에 자서전 집필을 위해 초(草)를 잡은 글인 「삶으로서의 사유」는 다음과 같은 문장으로 끝난다.

(진정한!) 호기심과 허영심의 투쟁으로서의 삶—주요한 악덕으로서의 허영심: 인간을 개별특수성에 못 박음(개별특수성의 수준에 멈추어 있는 것으로서의 좌절감).[47]

"호기심"과 "허영심"이라는 일견 평범한 단어가, 죽음을 목전에 둔 여든여섯 나이의 노사상가가 남긴 마지막 문장을 이루고 있으니 예사롭게 보이지 않는다. 이 한 문장을 두고도 여러 방향으로 생각을 이어갈 수 있겠지만, 여기서는 노자(老子)의 『도덕경』을 읽다가 만난 한 구절에 잇대어 '호기심'에 대해 한마디하는 것으로 책을 마무르도록 하겠다.

『도덕경』 일흔한 번째 가름에는 "知不知, 上; 不知知, 病"이라는 말이 나온다. 이를 도올 김용옥은 "알면서도 아는 것 같지 않은 것이 가장 좋은 것이다. 알지 못하면서도 아는 것 같은 것은 병이다"[48]라고 옮기고 있다. 나는 루카치가 말한 "(진정한!) 호기심"을 노자가 말하는 "知不知"와 같은 뜻으로, 즉 모른다는 것을 아는 것으로, 나아가 "아는 것을 가지고 모르는 것을 키워나가는 것"[49]으로 읽고자 한다. 그리하여 끊임없이 다가오는 더 많은 모름의 세계에 대해 겸손하고 끊임없이 자기를 비운다는 뜻으로 김용옥이 말한 "허기심(虛其心)"[50]이 곧 루카치가 말한 "(진정한!) 호기심"의 한 측면이라고 생각한다. 아그네스 헬러가 스승 루카치의 마지막 순간을 회상하면서 "죽음도 개념파악(begreifen)하고자 했"던 사람, "마지막까지 로고스"[51]였던 사람이라고 한 것은, 그가 삶을 마치는 마지막 순간까지 "(진정한!) 호기심"

47 게오르크 루카치, 「삶으로서의 사유」, 『삶으로서의 사유: 루카치의 자전적 기록들』 김경식·오길영 편역, 358쪽.

48 김용옥, 『노자가 옳았다』, 통나무, 2020, 441쪽.

49 같은 곳.

50 같은 곳.

51 Agnes Heller, "Der Schulgründer", *Objektive Möglichkeit. Beiträge zu Georg Lukács' "Zur Ontologie des gesellschaftlichen Seins"*, Rüdiger Dannemann·Werner Jung 엮음, 125쪽.

을 잃지 않았다는 말로도 읽을 수 있지 않을까. 그렇게 죽음을 맞이한 루카치는, "앎이 아는 바를 가지고서 앎이 알지 못하는 바를 키워 나가는 것, 그리하면서 천수를 다 누리고 도중에 일찍 죽지 않는 것, 그것이야말로 앎의 최상품이다"[52]라는 장자(莊子)의 문장에 따른다면, 적어도 학인(學人)으로서는 "앎의 최상품"의 삶을 살았다고 할 수 있을 것이다. 1971년 6월 4일, 루카치는 그렇게 삶을 마쳤다.

52 『장자』「대종사(大宗師)」에 나오는 문장을 김용옥이 옮긴 것이다. 『노자가 옳았다』, 441쪽. 원문은 다음과 같다. "知人之所爲者, 以其知之所知, 以養其知之所不知, 終其天年, 而不中道夭者, 是知之盛也"

부록
게오르크 루카치 연보

다음의 루카치 연보는 『삶으로서의 사유: 루카치의 자전적 기록들』(게오르크 루카치 지음, 김경식·오길영 편역, 산지니, 2019)에 실린 연보를 바탕으로 삼아 잘못된 것을 수정하고, 본서 『루카치 소설론 연구』에서 인용하거나 거론한 텍스트들을 추가하는 방식으로 작성했다. 루카치의 텍스트 중 우리말로 번역된 것이 있을 경우 같이 소개하였으니 참고하기 바란다.

1885년 ___ 4월 13일, 오스트리아·헝가리 이중군주국 시절 부다페스트에서 유대인 은행장 아버지 요제프 뢰빙게르(József Löwinger. 헝가리어식으로 표기하면 Löwinger József)와 빈의 부유한 유대인 집안 출신 어머니 아델레 베르트하이머(Adele Wertheimer) 사이에서 2남 1녀 중 둘째로 태어남[원래 3남 1녀였는데, 루카치보다 한 해 늦게 태어난 파울은 세 살 때 디프테리아로 사망했음]. 태어났을

때 이름은 죄르지 베르나트 뢰빙게르(György Bernát Löwinger)[헝가리어식으로 표기하면 Löwinger György Bernát]. 1890년, 부친이 유대인의 성(姓)인 '뢰빙게르'를 헝가리인의 성 '루카치(Lukács)'로 바꿈. 1899년, 부친이 귀족 칭호를 받음. 이에 따라 루카치의 이름은 '세게디 루카치 죄르지 베르나트(Szegedi Lukács György Bernát)[독일어로는 '게오르크 베른하르트 루카치 폰 세게딘(Georg Bernhard Lukács von Szegedin)']로 바뀜. 이후 몇몇 글에서는 필명으로 '죄르지 폰 루카치' 또는 '게오르크 폰 루카치'를 사용하기도 했지만 공산당에 입당한 이후에는 귀족 집안 출신임을 나타내는 '폰(von)'을 더 이상 사용하지 않고 '죄르지 루카치' 또는 '게오르크 루카치'라는 필명을 씀.

***1902**년* ___ 김나지움 재학 중인 17세 때 《헝가리 정신(*Magyarság*)》과 《헝가리 살롱(*Magyar Szalon*)》에 각각 두 편의 연극 평 발표. 문필 활동이 시작됨. 《헝가리 살롱》에 1903년 6월까지 계속 연극 월평 발표. 《미래(*Jövendö*)》에도 두 편의 평론 발표. 1902년, 김나지움 졸업 직후 창작자의 꿈을 접고 열다섯 살 무렵부터 써 놓았던 드라마 원고를 모두 불태움.

***1902~1909**년* ___ 부다페스트 대학에서 법학과 경제학 공부. 이후 철학과로 전과. 특히 칸트와 빌헬름 딜타이, 게오르크 지멜 연구에 몰두.

***1906**년* ___ 콜로주바르 대학에서 정치학(Staatswissenschaft) 박사학위를 받음.

***1906/1907**년* ___ 독일 베를린 대학에서 게오르크 지멜을 만남.

***1908**년* ___ 『근대 드라마의 발전사』 초고로 키슈펄루디 협회가 수여

하는 크리스티너-루카치상 수상. 게오르크 지멜의 영향이 두드러진 이 책의 초고는 1906~1907년 베를린에서 헝가리어로 집필되었음. 1908~1909년에 초고를 결정적으로 개작, 1911년에 다시 다듬어 두 권의 책으로 출판(*A modern dráma fejlödésének története I·II*). 독일어본(*Entwicklungsgeschichte des modernen Dramas*)은 『게오르크 루카치 저작집』 제15권으로 1981년에 출판됨.

1908/1909*년* ___ 독일 베를린 대학에서 딜타이, 지멜 등의 강의 수강. 김나지움 졸업 즈음에 『공산당 선언』을 통해 처음 접했던 마르크스의 『루이 보나파르트의 브뤼메르 18일』과 『자본』 제1권, 엥겔스의 『가족, 사유재산, 국가의 기원』 등을 읽음.

1909*년* ___ 『근대 드라마의 발전사』의 제1, 2장으로 구성된 『드라마의 형식(*A dráma formája*)』으로 부다페스트 대학에서 철학 박사 학위를 받음.

1910*년* ___ 칸트, 피히테, 셸링, 헤겔 등 이른바 '독일 관념론'을 집중적으로 연구. 에른스트 블로흐를 만남. 1908년부터 발표한 에세이들을 묶은 『영혼과 형식(*A lélek és a formák*)』 헝가리어본 출간.

1911*년* ___ 『영혼과 형식』 헝가리어본을 루카치가 직접 독일어로 번역하고, 「동경과 형식: 샤를르 루이 필립」과 「비극의 형이상학: 파울 에른스트」를 추가한 『영혼과 형식(*Die Seele und die Formen*)』 독일어본 출간. 1911년 5월 18일에 다뉴브 강에 몸을 던져 생을 마감한 이르머 세이들레르(Irma Seidler)에게 이 책을 헌정함. 국역본: 『靈魂과 形式』, 반성완·심희섭 외 옮김, 심설당, 1988; 『영혼과 형식』, 홍성광 옮김, 연암서가, 2021.

1912년 __ 이르머 세이들레르의 자살로 충격을 받고, 그녀의 죽음에 대한 자신의 책임을 윤리적으로 결산하려는 시도로 「마음의 가난에 관하여(Von der Armut am Geiste)」 집필. 헝가리어로 쓴 이 글을 러요시 퓔레프(Lajos Fülep)와 함께 만든 잡지 《정신(*A Szellem*)》에 발표(1911년 11월. 이 잡지는 2호로 종간됨). 이어서 독일어로 고쳐 쓴 것을 1912년 《새로운 지면(*Neue Blätter*)》에 발표함. 이 글을 끝으로 루카치의 이른바 '에세이 시기'(1908~1911)가 끝남. 국역본: 『소설의 이론』(김경식 옮김, 문예출판사, 2007)에 「마음의 가난에 관하여: 한 편의 대화와 한 통의 편지」라는 제목으로 수록되어 있음; 홍성광이 옮긴 『영혼과 형식』(연암서가, 2021)에도 「마음의 가난에 대하여: 대화와 편지」라는 제목으로 실려 있음.

1912년 __ 그 사이 베를린, 피렌체 등을 거쳐 하이델베르크로 옴. 블로흐와 함께 막스 베버 서클('일요 서클')에 참여하고 하인리히 리케르트, 에밀 라스크 등과도 사귐.

1913년 __ 영화에 대한 최초의 이론적인 글에 속하는 「'영화'의 미학에 관한 생각들(Gedenken zu einer Ästhetik des 'Kino')」을 《프랑크푸르트 신문》(9월 10일)에 발표. 영화에 대한 루카치의 고찰은 1963년에 출판된 『미적인 것의 고유성(*Die Eigenart des Ästhetischen*)』에서 이어짐. 국역본: 「영화미학에 관한 생각들」, 『매체로서의 영화』, 카르스텐 비테 엮음, 박홍식·이준서 옮김, 이론과실천, 1996.

1913년 __ 1907년부터 쓰고 발표한 글들을 묶은 청년 루카치의 또 다른 에세이집인 『미적 문화(*Esztétikai kultura*)』가 출간됨(1912년

에 출판되었다는 기록도 있음). 이 책의 독일어 번역본은 아이스테지스 출판사가 다시 발간하고 있는 『게오르크 루카치 저작집』 제1권 제1분책[*Georg Lukács Werke, Band 1(1902~1918). Teilband 1 (1902~1913)*, hrgg. von Zsuzsa Bognár·Werner Jung·Antonia Opitz, Bielefeld: Aisthesis, 2016]에 수록됨.

***1912~1914**년* ___ 독일 하이델베르크 대학에서 교수 자격을 얻기 위해 1912년에 집필을 시작했으나 1차 세계대전이 발발하면서 중단된 원고로서, 루카치 사후에 『하이델베르크 예술철학(1912~1914)(*Heidelberger Philosophie der Kunst(1912~1914)*)』이라 이름 붙인 책의 원고 집필. 독일어판 『게오르크 루카치 저작집』 제16권(1974)으로 출간됨.

***1914**년* ___ 5월 20일, 집안의 반대에도 불구하고 하이델베르크에서 옐레나 안드레예브나 그라벵코(Jeljena Andrejewna Grabenko)와 결혼식을 올림(1917년 가을에 결별).

***1914**년* ___ 1차 세계대전 발발. 도스토옙스키에 관한 연구서 집필에 착수. 루카치는 이 저작의 도입부를 이루는 「서론」을 마친 후 1915년에 작업을 중단했는데, 그 「서론」이 바로 『소설의 이론』임. 그가 남긴 도스토옙스키론 원고는 1985년에 부다페스트에서 『도스토옙스키. 메모와 구상(*Dostojewski. Notizen und Entwürfe*)』이라는 제목으로 출판됨.

***1915**년* ___ 징집되어 귀국. 벨러 벌라주와 함께 부다페스트에서 '일요 서클'을 결성함.

***1916**년* ___ 『소설의 이론』 발표. 도스토옙스키론의 한 부분으로서, 1916년에 학술지인 《미학과 일반예술학지(誌)》에 처음 발표

되었고, 책으로는 1920년에 베를린에서 처음 출간됨(*Die Theorie des Romans. Ein geschichtsphilosophischer Versuch über die Formen der großen Epik*). 이 책은 헤어진 첫 번째 부인 옐레나 안드레예브나 그라벵코에게 헌정됨. 국역본: 『루카치 小說의 理論』, 반성완 옮김, 심설당, 1985; 『소설의 이론』, 김경식 옮김, 문예출판사, 2007.

***1916~1918**년* ___ 1916년에 루카치는 전쟁 발발로 중단되었던 체계적인 미학을 재집필하고자 시도함. 이 새로운 미학은 1918년 초에 네 개의 장이 완성됨. 다섯 개의 장으로 구성된 미완의 작업을 1918년 5월 하이델베르크 대학에 교수자격청구 논문으로 제출했지만, 교수자격을 취득하는 데 실패. 루카치 사후에 이 논문은 『하이델베르크 미학(1916~1918)(*Heidelberger Ästhetik(1916~1918)*)』이라는 제목으로 독일어판 『게오르크 루카치 저작집』 제17권(1974)으로 출간됨.

***1917**년* ___ 모친 아델레 베르트하이머 사망.

***1917**년* ___ 11월 하이델베르크에서 부다페스트로 돌아옴. 부다페스트에서 '일요 서클' 성원들과 같이 '정신과학을 위한 자유학교' 설립, 1918년까지 강연 활동을 함.

***1918**년* ___ 『벌라주 벨러와 그를 좋아하지 않는 사람들(*Balázs Béla és akiknek nem kell*)』 출간됨. 이 책은 1909년부터 1913년 사이에 벌라주의 시와 극작품에 관해 쓴 글들과 1918년에 쓴 두 편의 글을 묶은 책임. 이 책에 수록된 글 중 1918년에 쓴 「치명적인 청춘(Haláos fiatalság)」 일부가 김경식이 번역한 『소설의 이론』에 「도스토옙스키의 영혼현실」이라는 제목으로 번역되어 있음.

***1918**년 **12**월 중순* ___ 1918년 11월에 창당된 헝가리 공산당에 입당.

그 전에 이미 그의 두 번째 부인이자 여생을 함께 할 게르트루드 보르츠티베르(Gertrud Bortstieber)와 밀접한 관계를 맺음.

1919년 __ 2월, 공산당 지도자 벨러 쿤의 체포 이후 헝가리 공산당 중앙위원이 됨. 헝가리 평의회[소비에트] 공화국 수립. 3월 21일부터 6월 중순까지 교육제도 담당 인민위원 대리로, 그 이후 책임 인민위원으로 활동. 루마니아와 체코슬로바키아의 침공으로 벌어진 전쟁에서는 육 주간 정치위원으로 참전. 『전술과 윤리(*Taktika és ethika*)』 출간(네 편의 글 중 세 편은 프롤레타리아계급 독재, 즉 평의회 공화국의 수립 이전에 쓴 것이며, 나머지 한 편은 독재 기간에 쓴 것임). 이 책의 독일어본은 『게오르크 루카치 저작집』 제2권(1968)에 수록되어 있음.

1919년 __ 8월, 평의회 공화국의 붕괴 후 부다페스트에 남아 비합법 활동을 하다가 9월에 오스트리아 빈으로 망명. 10월에 헝가리 정부의 범죄인 인도 요구에 따라 체포되었으나 토마스 만, 하인리히 만 등 독일의 저명한 작가와 지식인들이 서명한 호소문 「게오르크 루카치를 살려라!(Rettet Georg Lukács!)」가 독일 베를린의 한 신문에 발표됨. 1919년 말에 석방됨.

1919~1929년 __ 빈에 체류하면서 헝가리 공산당 활동을 계속함.

1923년 __ 『역사와 계급의식(*Geschichte und Klassenbewußtsein*)』이 독일 베를린의 말리크 출판사에서 출간됨. 이 책은 "서구 마르크스주의"의 기초가 되는 저작으로, 특히 프랑크푸르트학파의 발전에 결정적인 영향을 미침. 국역본: 『역사와 계급의식: 맑스주의 변증법 연구』, 박정호·조만영 옮김, 거름, 1986.

1924년 __ 6~7월, 코민테른 제5차 세계대회에서 부하린, 지노

비예프 등이 루카치, 카를 코르쉬 등 이른바 '좌익 일탈자(Linksabweichler)'에 대해 공격. 데보린, 라슬로 루더시도 루카치의 『역사와 계급의식』에 대한 공격에 가세함. 레닌 사망(1924년 1월 21일) 이후인 그해 가을에 『레닌: 그의 사상의 연관관계에 대한 연구(*Lenin: Studie über den Zusammenhang seiner Gedanken*)』를 빈의 아르바이터부흐한들룽 출판사와 베를린의 말리크 출판사에서 출판함. 국역본: 『레닌』, 게오르크 루카치 외 지음, 김학노 옮김, 녹두, 1985. 이 책에 수록된 루카치의 글은 영역본을 옮긴 것임.

***1925**년 또는 **1926**년* ___ 『역사와 계급의식』에 대한 데보린과 루더시의 공격에 맞서 그들을 비판하면서 『역사와 계급의식』의 기본 입장을 고수하는 『추수(追隨)주의와 변증법(*Chvostismus und Dialektik*)』 집필. 하지만 루카치는 살아생전 이 글에 대해서 단 한마디도 한 적이 없었음. 독일어로 쓰인 이 글은 1996년에 헝가리에서 처음 출판되었으며, 영역본은 2000년에 『'역사와 계급의식'에 대한 방어: 추수주의와 변증법(*A Defence of 'History and Class Consciousness': Tailism and Dialectic*)』이라는 제목으로 출판됨.

***1925**년* ___ 「라살의 서한집 신판(Die neue Aufgabe von Lassalles Briefen)」 발표. 『역사와 계급의식』의 기본 입장과 차이 드러나기 시작함.

***1926**년* ___ 「모제스 헤스와 관념론적 변증법의 문제들(Moses Hess und die Probleme der idealistischen Dialektik)」 발표. 서구의 다수 연구자들은 이 글을 이른바 소련판 '테르미도르 반동'인 스탈린주의와의 타협을 이론적으로 정당화하는 글로 평가.

***1928**년* ___ 루카치를 정신적·경제적으로 지원했던 부친 요제프 루

카치 사망.

1928년 __ '블룸'이라는 가명으로 「블룸-테제(Blum-Thesen)」 작성. 국역본: 「블룸 테제」, 『루카치의 문학이론: 1930년대 논문선』, 게오르크 루카치 지음, 김혜원 편역, 세계, 1990. 이 번역은 「블룸-테제」의 일부분을 옮긴 것임.

1929년 __ 헝가리 공산당과 코민테른에 의해 「블룸-테제」는 '프롤레타리아계급의 독재'를 배반하고 '제3의 길'을 추구하는 '우익 일탈자'가 쓴 것으로 공격받고 '자기비판'을 강요당함. 이 일을 계기로 루카치는 정치 일선에서 물러남. 문학과 미학의 영역으로 복귀.

1930년 __ 1929년, 오스트리아 정부에 의해 다시 체포되었다가 석방되어 빈을 떠나게 됨. 베를린을 거쳐 부다페스트에서 세 달 동안 '지하 활동'을 하다가 1930년에 소련 공산당 지도부의 소환에 따라 모스크바로 망명지 옮김. '마르크스-엥겔스-레닌 연구소'에서 『마르크스-엥겔스 전집(*MEGA*)』 발간 작업에 참여. 그때까지 출판된 적이 없었던 마르크스의 초기 저작들, 특히 『경제학-철학 수고』 간행 작업에 직접 참여함. 마르크스의 이 책은 루카치에게 사유의 '새로운 시작'을 가능하게 할 정도로 강한 영향을 미침.

1931년 __ 「마르크스-엥겔스와 라살 사이의 지킹엔 논쟁(Die Sickingendebatte zwischen Marx-Engels und Lassalle)」 집필. 이 글의 발표는 1933년에 이루어졌는데, 루카치는 독일에서 다시 모스크바로 돌아온 직후 《국제문학(*Internationale Literatur*)》 2호(1933년 3/4월)에 이 글을 발표. 국역본: 「지킹엔 논쟁과 유물론 미학의

확립」이라는 제목으로 『맑스주의 문학예술논쟁. 지킹엔 논쟁』(맑스·엥겔스·라쌀레 외 지음, 조만영 엮음, 돌베개, 1989)에 수록되어 있음.

1931*년 여름* ___ 독일 베를린으로 파견되어 프롤레타리아·혁명적 작가동맹(BPRS)을 조직적·이론적으로 지도. BPRS의 기관지 《좌선회(*Linkskurve*)》에 여러 편의 글 발표. 국역본: 《좌선회》에 발표한 글 중「빌리 브레델의 소설들」,「경향성이냐 당파성이냐?」,「풍자의 문제」가『루카치의 문학이론: 1930년대 논문선』(게오르크 루카치 지음, 김혜원 편역, 세계, 1990)에 수록되어 있음.

1933*년* ___ 1월, 히틀러의 권력 장악 이후에도 비합법 조직 건설을 위해 베를린에 머물러 있다가 3월에 체코슬로바키아를 거쳐 모스크바로 탈출.

1933~1940*년* ___ 소련작가동맹의 기관지이자 이른바 '신사조(Neue Strömung)' 그룹의 잡지인 《문학비평가(*Literaturnyj kritik*)》에 참여. 모스크바 망명기에 쓴 리얼리즘 관련 주요 논문 대부분은 먼저 이 잡지를 통해 러시아어로 번역되어 발표됨.

1933*년* ___『파쇼 철학은 어떻게 독일에서 생겨났는가?(*Wie ist die faschistische Philosophie in Deutschland entstanden?*)』 집필. 이 책은 1982년에 부다페스트에서 출판됨.

1933*년* ___「표현주의의 '위대성과 몰락'('Größe und Verfall' des Expressionismus)」 발표. 이 글은 1933년 7월 《문학비평가》에 러시아어로 처음 발표했다가 《국제문학》 1934년 1호에—마지막 부분에서 한 쪽 반 정도의 분량을 덧붙여—독일어로 다시 발표함. 몇 년 뒤 '표현주의 논쟁'이 벌어졌을 때 에른스트 블로

흐에 의해 소환됨. 국역본: 「표현주의의 위대성과 몰락」, 『문제는 리얼리즘이다』, 게오르크 루카치 외 지음, 홍승용 옮김, 실천문학사, 1985.

***1934*년** ___ 「예술과 객관적 진리(Kunst und objektive Wahrheit)」 집필. 이 글의 러시아어 번역본은 1935년에 발표되었는데, 대폭 확장된 독일어본은 1954년에 발표됨. 국역본: 「예술과 객관적 진리」, 『리얼리즘 美學의 기초이론』, G. 루카치 외 지음, 이춘길 옮김, 한길사, 1985. 반성완이 번역한 「예술과 객관적 진리」(『현대문학비평론』, 김용권 외 엮음, 한신문화사, 1994)도 있음. 두 번역 모두 총 다섯 개의 장으로 구성된 원문 중 제4장까지만 번역한 것임. 당시의 사회주의 문학을 다룬 제5장은 『발자크와 프랑스 리얼리즘』(변상출 옮김, 문예미학사, 1998)에 「문학과 문학이론에 있어 객관성 문제의 현실성」이라는 제목으로 수록되어 있음.

***1934/1935*년** ___ 「소설(Der Roman)」 집필 및 발표. 이 글은 소련에서 간행 중이던 『문학백과사전』의 편집부 청탁에 따라 작성된 글로서, 1935년 5월에 발간된 『문학백과사전』 제9권의 '장편소설' 항목 제2부에 「부르주아 서사시로서의 소설(Роман как буржуазная эпопея)」이라는 제목으로 실림. 국역본: 「부르주아 서사시로서의 소설」 및 이와 연관된 글들의 러시아어본을 일본어로 옮긴 책을 다시 우리말로 옮긴 책은 『소설의 본질과 역사』, 소련 콤 아카데미 문학부 편, 신승엽 옮김, 도서출판 예문, 1988. 독일어본은 김경식에 의해 번역됨. 「소설」, 『소설을 생각한다』, 비평동인회 크리티카 엮음, 문예출판사, 2018.

1935년 ___ 코민테른 제7차 대회(7월 25일~8월 20일): 기존의 '사회파시즘 테제'와 결별하고 반파시즘 인민전선정책[민중전선정책] 채택.

1936년 ___ 소련에서 벌어진 '자연주의-형식주의 논쟁'과 관련하여 「예술적 형상화의 지적 인상(Intellektuelle Physiognomie des künstlerischen Gestaltens)」과 「서사냐 묘사냐?(Erzählen oder beschreiben?)」 발표. 국역본: 「예술적 형상화의 지적 인상(人相)」 전체 세 개의 장 중 제2장까지의 영역본을 우리말로 옮긴 「등장인물의 지적 인상」이 『예술의 새로운 시각』(에른스트 피셔 외 지음, 정경임 옮김, 지양사, 1985)에 수록되어 있음.

1936~1938년 ___ 『역사소설』에 수록될 글들을 1936~1937년에 집필, 1937~1938년에 러시아어로 《문학비평가》에 연재. 책으로 출판할 예정이었지만 당시 소련 문학계를 주도했던 파데예프의 노선에 부합하지 않는다는 의심을 받아 결국 책으로는 출판될 수 없었음. 1947년 헝가리어본이 나왔으며, 1955년에 동독의 아우프바우 출판사에서 독일어본(*Der historische Roman*) 처음 출판됨. 국역본: 『역사소설론』, 이영욱 옮김, 거름, 1987.

1937년 ___ 러시아어로 된 『19세기 문학이론들과 마르크스주의』가 출판됨. 가을에 『청년 헤겔(*Der junge Hegel*)』 집필 완료(일부 연구자는 1938년에 완성했다고 함). 헤겔을 "프랑스 혁명에 맞선 봉건주의적 반동의 대표자"로 평가한 당시 소련의 공식 철학에 반하는 입장 때문에 출판하지 않고 있다가 1948년에 스위스에서 처음 출판. 이로부터 육 년 뒤인 1954년에 동독에서도 출판됨. 이 책은 1930년대 루카치가 당 노선에 굴종했다는, 또는 초기 저작을 자기배반하고 지성을 희생시켰다는 '신화'에 대한 대표적인 반박 자료로 여겨짐. 국역본: 『청년 헤겔 1』, 김재기 옮김, 동녘, 1986; 『청년헤겔 2』, 서유석·이춘길 옮김, 동녘, 1987.

***1938**년* ___ '표현주의 논쟁'(1937~1938)에 참여하여 월간지 《말(*Das Wort*)》 1938년 6호에 「문제는 리얼리즘이다(Es geht um den Realismus)」 발표. 국역본: 「문제는 리얼리즘이다」, 『문제는 리얼리즘이다』, 게오르크 루카치 외 지음, 홍승용 옮김, 실천문학사, 1985.

***1938**년* ___ 《국제문학(*Internationale Literatur*)》 1938년 7호에 「마르크스와 이데올로기의 쇠락 문제(Marx und das Problem des ideologischen Verfalls)」 발표.

***1939**년* ___ 1934년부터 1938년까지 발표한 문학 관련 글 중 일부를 모은 『리얼리즘의 역사에 관하여(К истории реализма)』(러시아어) 출판.

***1939~1940**년* ___ '리얼리즘의 승리' 문제를 중심으로 문학논쟁이 벌어짐. 루카치의 책 『리얼리즘의 역사에 관하여』가 비판의 대상이 됨.

***1940**년* ___ 1940년 11월에 내려진 소련 공산당 중앙위원회의 결정(「문학비평과 서평에 대하여(О литературной критике и библиографии)」)에 따라 《문학비평가》는 11/12월호[1940년 3호]로 종간됨.

***1941**년* ___ 헝가리 고정간첩 혐의로 체포, 1941년 6월 29일부터 8월 26일까지 구금, 조사받음. 불가리아 공산주의자로서 코민테른

서기장이었던 게오르기 디미트로프의 개입으로 석방.

***1941/1942**년* ___ 독일과 소련 사이 전쟁 발발 후 소련 당국의 지시에 따라 타슈켄트로 이주. 그곳에서 『독일은 어떻게 반동 이데올로기의 중심이 되었는가?(*Wie ist Deutschland zum Zentrum der reaktionären Ideologie geworden?*)』 집필(1982년에 부다페스트에서 출판됨). 이 책은 1933년에 집필한 『파쇼 철학은 어떻게 독일에서 생겨났는가?』와 함께 『이성의 파괴(*Die Zerstörung der Vernunft*)』의 바탕이 됨.

***1944**년 **12**월* ___ 헝가리로 귀국(1944년 12월에 귀국했다는 루카치의 회고와는 달리 1945년 8월에 귀국했다는 연구자도 있음).

***1945**년* ___ 부다페스트 대학 미학과 문화철학 담당 정교수로 취임. 『발자크, 스탕달, 졸라』(헝가리어) 출판(이 책의 독일어판은 『발자크와 프랑스 리얼리즘』이라는 제목으로 동독에서 1952년에 나옴). 국역본: 『발자크와 프랑스 리얼리즘』, 변상출 옮김, 문예미학사, 1999.

***1945**년* ___ 「당 문학(Parteidichtung)」 집필.

***1945/1946**년* ___ 『제국주의 시대의 독일문학(*Deutsche Literatur während des Imperialismus*)』이 1945년에, 『독일문학에서의 진보와 반동(*Fortschritt und Reaktion in der deutschen Literatur*)』이 1946년에 동베를린 아우프바우 출판사에서 출간됨. 이 두 책의 합본이 『근대 독일문학 약사(略史)(*Skizze einer Geschichte der neueren deutschen Literatur*)』라는 제목으로 1953년에 출판됨. 국역본: 『독일문학사. 계몽주의에서 제1차 세계대전까지』, 반성완·임홍배 옮김, 심설당, 1987.

1946년 ___ 『괴테와 그의 시대』(헝가리어본) 출간. 독일어본(*Goethe und seine Zeit*)은 스위스 베른에서 1947년에 출간. 국역본: 이 책 일부가 『게오르크 루카치. 리얼리즘 문학의 실제비평』(반성완·김지혜·정용환 옮김, 까치, 1987)에 수록되어 있음.

1946년 ___ 『니체와 파시즘(*Nietzsche és a fasizmus*)』이 부다페스트에서 출간됨.

1946년 ___ 제네바에서 열린 '유럽의 정신. 제네바 국제 회합(Rescontres Internationales de Geneve)'에 참석. '유럽의 정신'을 주제로 열린 이 대회에는 카를 야스퍼스(Karl Jaspers), 모리스 메를로-퐁티(Maurice Merleau-Ponty), 장 스타로뱅스키(Jean Starobinski) 등도 참석했는데, 여기서 그는 「마르크스주의 이전의 유럽 정신(L'esprit européen devant le marxisme)」이라는 제목으로 강연함.

1947년 ___ 『문학과 민주주의(*Irodalom és demokrácia*)』가 부다페스트에서 출간됨.

1948년 ___ 『청년 헤겔』 출간됨. 1931년부터 발표한 리얼리즘 관련 논문들을 묶은 『리얼리즘에 대한 에세이들(*Essays über Realismus*)』 출간. 이를 대폭 보완한 책이 1970년 『게오르크 루카치 저작집』 제4권 『리얼리즘의 문제들 I. 리얼리즘에 대한 에세이들』로 출간됨.

1949년 ___ 『세계문학 속의 러시아 리얼리즘(*Der russische Realismus in der Weltliteratur*)』, 『토마스 만(*Thomas Mann*)』을 동독 아우프바우 출판사에서 출간. 『세계문학 속의 러시아 리얼리즘』을 보완한 같은 제목의 책이 『게오르크 루카치 저작집』 제5권으로 1964년에 출간됨. 1949년에 헝가리에서는 반(反)루카치 캠페인(Anti-

Lukács-Kampagne)이 벌어짐. 당 대학의 책임자인 라슬로 루더시, 문화부 장관이자 《자유 인민》의 편집장이었던 요제프 레버이 등이 『문학과 민주주의』를 빌미 삼아 루카치를 공격함. 이번에도 역시 '우익적 일탈자'라는 비판을 받고, 루카치는 살아남기 위해 '자기비판'을 함. 국역본: 『세계문학 속의 러시아 리얼리즘』에 수록된 대부분의 글은 『변혁기 러시아의 리얼리즘 문학』(조정환 옮김, 동녘, 1986)에, 『토마스 만』에 수록된 대부분의 글은 『게오르크 루카치. 리얼리즘 문학의 실제비평』에 실려 있음.

***1952**년* ___ 『실존주의냐 마르크스주의냐?(*Existentialismus oder Marxismus?*)』가 동독 아우프바우 출판사에서 발간됨.

***1953**년* ___ 3월 5일 스탈린 사망. 동구사회주의권에 이른바 '해빙'의 시기가 시작됨.

***1954**년* ___ 동베를린의 아우프바우 출판사에서 『청년 헤겔』, 『이성의 파괴』, 『미학사 논총(*Beiträge zur Geschichte der Ästhetik*)』이 시리즈로 출간됨. 국역본: 『미학사 논총』은 『미학 논평』(홍승용 옮김, 문화과학사, 1992)이라는 제목으로 옮겨져 있으며, 그중 일부는 『루카치 미학사 연구: 쉴러에서 니체까지』(김윤상 옮김, 이론과 실천, 1992)에도 수록되어 있음. 『이성의 파괴』는 세 가지 번역본이 있는데, 전태국이 옮긴 『이성의 파괴 1: 혁명들 사이의 비합리주의』(열음사, 1993)는 절반만 번역한 것이고 『이성의 파괴』(변상출 옮김, 백의, 1996)와 『이성의 파괴』(한기상·안성권·김경연 옮김, 심설당, 1997)는 완역한 것임.

***1956**년* ___ 아우프바우 출판사에서 『운명의 전환: 새로운 독일

이데올로기를 위한 기고(*Schicksalswende: Beiträge zu einer neuen deutschen Ideologie*)』 발간됨. 이 책의 초판은 1948년에 나왔는데, 1956년 판은 그 초판에서 리얼리즘 문제와 관련된 「서사냐 묘사냐?」, 「표현주의의 '위대성과 몰락'」을 빼고 파시즘 시기의 결정적 문제들을 보충하는 소논문 몇 편을 추가한 개정판임. 독일 파시즘 이데올로기, 독일 파시즘과 니체 및 헤겔의 관계, 토마스 만, 아르놀트 츠바이크, 요하네스 R. 베혀 등의 작품을 다룬 글들, 그리고 마지막에 「지식인의 사회적 책임」이 수록되어 있음.

1956년 ___ 소련 공산당 제20차 당 대회(1956년 2월 14일~25일). 니키타 흐루쇼프(Nikita Khrushchyov)가 스탈린 시기 '개인 숭배'를 비판한 비밀 연설을 함. 10월, 헝가리 민중봉기 발발. 루카치는 임레 너지 정부에서 당 중앙위원과 문화부 장관으로 임명되지만 너지 정부가 바르샤바 조약 탈퇴를 결정하자 사임. 11월 3/4일 소련군의 유혈 진압. 11월 22일 체포, 루마니아로 이송.

1957년 ___ 4월 11일, 일체의 정치적 활동을 하지 않는다는 조건으로 부다페스트로 돌아옴. 일종의 가택연금 상태에서 미학 작업에 매진.

1957년 ___ 이탈리아어로 『마르크스주의 미학 서설. 특수성 범주에 대하여』가 로마에서 출판됨. 헝가리어판도 같은 해에 출판. 이 책의 독일어 확장판은 1967년에 『미학의 범주로서의 특수성에 대하여(*Über die Besonderheit als Kategorie der Ästhetik*)』라는 제목으로 서독에서 출판됨. 국역본: 『미와 변증법: 미학의 범주로서의 특수성』, 여균동 옮김, 이론과실천, 1987; 『미학 서설』, 홍

승용 옮김, 실천문학사, 1987.

1958년 ___ 1957년 이탈리아의 토리노에서 『비판적 리얼리즘의 현재적 의미(*Il significato attuale del realismo critico*)』라는 제목으로 처음 출판된 책이 1958년에 서독 함부르크 소재 클라센 출판사에서 『오해된 리얼리즘에 반대하여(*Wider den mißverstandenen Realismus*)』라는 제목으로 출판됨. 이 책은 서독에서 최초로 출판된 루카치의 저서임. 이 글은 『게오르크 루카치 저작집』 제4권에 『비판적 리얼리즘의의 현재적 의미(*Die Gegenwartsbedeutung des kritischen Realismus*)』라는 제목으로 수록되어 있음. 여기에 실린 세 편의 글은 1955년 가을(소련 공산당 제20차 당 대회가 열리기 몇 달 전)부터 1956년 9월(헝가리 민중봉기가 본격화되기 직전) 사이에 쓰였음. 국역본: 『우리 시대의 리얼리즘』, 문학예술연구회 옮김, 인간사, 1986; 『현대 리얼리즘론』, 황석천 옮김, 열음사, 1986. 이 두 번역본은 독일어본이 아니라 영역본을 옮긴 것임. 독일어 원문을 옮긴 것은 전체 세 장 중 제1장을 옮긴 「전위주의의 세계관적 기반」(『문제는 리얼리즘이다』, 게오르크 루카치 외 지음, 홍승용 옮김, 실천문학사, 1985)이 있음.

1962년 ___ 루카치가 합의한 독일어판 『게오르크 루카치 저작집』이 서독의 루흐터한트 출판사에서 발간되기 시작함. 1962년에 첫 번째 책으로 제9권 『이성의 파괴』가 나옴. 루흐터한트 출판사는 제2권, 제4권부터 제17권까지 발간했지만 1986년 이후 루카치의 책을 더 이상 출판하지 않음. 완간되지 못한 저작집은 아이스테지스 출판사가 새로이 간행 중에 있음. 젊은 시절의 일기와 자전적인 글들, 그리고 말년에 나눈 대담

들을 수록한 제18권은 2005년에 출간됨(*Georg Lukács Werke, Band 18. Georg Lukács. Autobiographische Texte und Gespräche*, hrgg. von Frank Benseler·Werner Jung unter Mitarbeit von Dieter Redlich, Bielefeld: Aisthesis, 2005). 저작집 제1권은 두 권으로 분권되어 나옴: *Georg Lukács Werke, Band 1(1902~1918). Teilband 1(1902~1913)*, hrgg. von Zsuzsa Bognár·Werner Jung·Antonia Opitz, Bielefeld: Aisthesis, 2016; *Georg Lukács Werke, Band 1(1902~1918). Teilband 2(1914~1918)*, hrgg. von Zsuzsa Bognár·Werner Jung·Antonia Opitz, Bielefeld: Aisthesis, 2018. 제1권과 마찬가지로 두 권으로 분권되어 출간될 저작집 제3권은 현재 제1분책이 출판되어 있음. *Georg Lukács Werke, Band 3. Teilband 1*, hrgg. von Zsuzsa Bognár·Werner Jung·Antonia Opitz, Bielefeld: Aisthesis, 2020. 제3권 제2분책은 2024년 하반기에 출간될 예정임.

***1963**년* __ 4월 28일, 평생의 동지이자 반려였던 게르트루드 보르츠티베르 사망. 같은 해에 독일어판 『게오르크 루카치 저작집』 제11/12권으로 출간된 『미적인 것의 고유성』을 그녀에게 헌정함. 국역본: 『루카치 미학』, 반성완·임홍배·이주영 옮김, 미술문화, 2000~2002. 이 책은 『미적인 것의 고유성』 전체가 아니라 그중 '미메시스' 관련 부분만 묶어 네 권으로 발간된 『미학(*Ästhetik*)』을 옮긴 것임.

***1960~1971**년* __ 총 삼 부로 구상된 미학 중 제1부인 『미적인 것의 고유성』 집필을 끝낸 후 윤리학 작업에 착수. 하지만 윤리학은 곧 존재론 작업으로 대체됨. 발췌문과 구상을 적어놓은 미완의 윤리학은 1994년 공간됨. *Georg Lukács. Versuche zu einer Ethik*, hrgg. von G. I. Mezei, Budapest: Akadémiai Kiadó, 1994.

1967년 __ 1960년대 중반부터 루카치의 활동 반경이 점차 넓어짐. 1956년 민중봉기 이후 루카치를 비공식적으로 출당시켰던 당이 1967년에 그의 복당을 승인함. 교수직도 되찾았지만 더 이상 강의는 하지 않음.

1967년 __ 서독의 학자인 한스 하인츠 홀츠, 레오 코플러, 볼프강 아벤트로트 등이 루카치와 나눈 대담이 출간됨. 이 책은 그때까지 세상에 알려지지 않았던 루카치의 존재론에 대한 논의를 처음 담은 책임. Theo Pinkus(Hrsg.), *Gespräche mit Georg Lukács*, Reinbek bei Hamburg: Rowohlt, 1967. 국역본: 총 삼 부 가운데 제1부가 「존재론과 미학, 미학과 존재론」이라는 제목으로 『게오르크 루카치: 과거와 미래를 잇는 다리』(김경식 지음, 한울, 2000)에 실려 있음. 이 책에는 루카치가 존재론에 대한 강연문으로 작성한 글인 「인간의 행위와 사유의 존재론적 기초」(1969)도 같이 수록되어 있음.

1968년 __ 9월, 서독의 『게오르크 루카치 저작집』 책임 편집자 프랑크 벤젤러에게 보낸 편지에서 『사회적 존재의 존재론을 위하여(*Zur Ontologie des gesellschaftlichen Seins*)』 1차 기록이 끝났다고 알림. 이후 내용을 수정하고 구성을 바꾸는 작업을 하려 했으나 결국 못하게 됨. 초고 상태의 원고는 루카치 사후 십삼 년이 지나 『게오르크 루카치 저작집』 제13권(1984)과 제14권(1986)으로 출간됨. 국역본: 『사회적 존재의 존재론』 전 4권, 권순홍·정대성·이종철 옮김, 아카넷, 2016~2018.

1968년 __ 서구에서 일어난 이른바 '68혁명' 그리고 특히 체코슬로

바키아 사태(소위 '프라하의 봄')에 직면하여 정치적 이론적 개입의 필요성을 강하게 느낀 루카치는 사회주의와 민주주의의 문제를 사회존재론의 차원에서 구체화하는 연구서를 집필함. 루카치의 '정치적 유언'이라 불리는 이 글이 공개된 것은 한참 뒤였음. 헝가리에서는 『오늘과 내일의 민주화(*Demokratisierung heute und morgen*)』라는 제목으로 1985년에, 서독에서는 『사회주의와 민주화(*Sozialismus und Demokratisierung*)』라는 제목으로 1987년에 출간됨. 국역본: 『사회주의와 민주화 운동』, 박순영 옮김, 한겨레, 1991.

***1970**년* ___ 11월, 암 진단받음. 같은 달에 서독 루흐터한트 출판사에서 『솔제니친(*Solschenizyn*)』 발간됨. 이 책은 루카치가 살아생전 출판한 마지막 책임. 국역본: 『루카치가 읽은 솔제니친』, 김경식 옮김, 산지니, 2019.

***1971**년* ___ 연초에 『사회적 존재의 존재론을 위한 프롤레고메나(*Prolegomena zur Ontologie des gesellschaftlichen Seins*)』 초고 집필을 마치고, 병상에서 자서전 작업을 함. 1월에 구술하여 작성해놓은 자서전 초안 「삶으로서의 사유」를 바탕으로 3~5월, 이슈트반 외르시, 에르제베트 베제르와의 대화를 통해 자서전 작업. 자서전 독일어본은 1981년에 출판됨(*Georg Lukács. Gelebtes Denken. Eine Autobiographie im Dialog*, Frankfurt am Main: Suhrkamp, 1981). 『사회적 존재의 존재론을 위한 프롤레고메나』는 1984년에 출판된 『게오르크 루카치 저작집』 제13권에 수록됨. 국역본: 자서전은 『게오르크 루카치: 맑스로 가는 길』(김경식·오길영 편역, 솔, 1994)에 수록되어 있으며, 이 책의 개정증보판인 『삶으로서

의 사유: 루카치의 자전적 기록들』(김경식·오길영 편역, 산지니, 2019)에도 수록되어 있음. 『사회적 존재의 존재론을 위한 프롤레고메나』는 김경식·안소현의 번역으로 2017년 나남 출판사에서 두 권으로 출간됨.

***1971**년* ___ 6월 4일. 86세의 나이로 자택에서 세상을 뜸. 부다페스트의 케레페시 공동묘지에, 먼저 작고한 아내 게르트루드 보르츠티베르와 함께 안장됨.

참고 문헌

I. 1차 문헌

1. 『게오르크 루카치 저작집』에 수록된 문헌

독일어판 『게오르크 루카치 저작집(*Georg Lukács Werke*)』(Darmstadt · Neuwied · Berlin: Luchterhand, 1962~1986; Bielefeld: Aisthesis, 2005~2024)에서 인용한 경우에는 본서 본문에 권수와 면수만 적고 글의 제목은 따로 밝히지 않았다. 아래에서는 인용한 텍스트의 독일어 제목과 면수를 적고, 우리말 번역물이 있는 경우에는 이 책을 쓰면서 참조한 텍스트를 적어놓았으니 참고하기 바란다. 인용할 때 국역본을 참조하긴 했지만 번역은 원문에 따라 수정하였다는 것도 밝혀둔다.

Bd. 1. *Georg Lukács Werke, Band 1(1902~1918). Teilband 1(1902~1913)*, Bielefeld: Aisthesis, 2016.
_______ "Endre Ady"(1909), 438~446쪽.

Bd. 2. *Frühschriften II. Geschichte und Klaassenbewußtsein*, Darmstandt ·

Neuwied: Luchterhand, 1968.

_______ "Vorwort"(1967), 11~41쪽. (「서문(1967)」, 『역사와 계급의식: 맑스주의 변증법 연구』, 박정호·조만영 옮김, 거름, 1986)

_______ "Taktik und Ethik"(1919), 45~53쪽.

_______ *Geschichte und Klassenbewußtsein. Studien über marxistische Dialektik*(1923), 161~517쪽. (『역사와 계급의식: 맑스주의 변증법 연구』, 박정호·조만영 옮김, 거름, 1986)

_______ *Lenin*(1924), 519~588쪽. (『레닌』, 루카치 外 지음, 김학노 옮김, 녹두, 1985. 이 책은 영역본을 옮긴 것임)

_______ "Die neue Aufgabe von Lassalles Briefen"(1925), 612~639쪽.

_______ "Moses Hess und die Probleme der idealistischen Dialektik"(1926), 643~686쪽.

_______ "Blum Thesen"(1928), 698~722쪽. (「블룸 테제」, 『루카치의 문학이론: 1930년대 논문선』, 김혜원 편역, 세계, 1990)

Bd. 4. *Probleme des Realismus I. Essays über Realismus*, Neuwied·Berlin: Luchterhand, 1971.

_______ "Willi Bredels Romane"(1931/1932), 13~22쪽. (「빌리 브레델의 소설들」, 『루카치의 문학이론: 1930년대 논문선』)

_______ "Tendenz oder Parteilichkeit?"(1932), 23~34쪽. (「경향성이냐 당파성이냐?」, 『루카치의 문학이론: 1930년대 논문선』)

_______ "Reportage oder Gestaltung?"(1932), 35~68쪽. (제1부의 일부는 「르포르타지냐 문학적 형상화냐? 오트발트의 장편소설에 대한 비판적 견해」라는 제목으로, 제2부의 일부는 「전화위복」이라는 제목으로 번역. 『루카치의 변증 유물론적 문학이론』, 차봉희 편저, 한마당, 1987)

_______ "'Größe und Verfall' des Expressionismus"(1933/1934), 109~150쪽. (「표현주의의 위대성과 몰락」, 『문제는 리얼리즘이다』, G. 루카치 外 지음, 홍승용 옮김, 실천문학사, 1985)

_______ "Erzählen oder beschreiben? Zur Diskussion über den

Naturalismus und Formalismus"(1936), 197~242쪽.

_______ "Marx und das Problem des ideologischen Verfalls"(1938), 243~298쪽.

_______ "Das Ideal des harmonischen Menschen in der bürgerlichen Ästhetik"(1938), 299~311쪽.

_______ "Es geht um den Realismus"(1938), 313~343쪽. (「문제는 리얼리즘이다」, 『문제는 리얼리즘이다』)

_______ "Ein Briefwechsel zwischen Anna Seghers und Georg Lukács"(1938/1939), 345~376쪽. (「제거스·루카치 往復書簡」, 신태영 옮김, 『文學과 行動』, 백낙청 책임편집, 태극출판사, 1978. 이 글은 네 편의 왕복 서한 중 앞의 두 편을 옮긴 것임)

_______ "Schriftsteller und Kritiker"(1939), 377~412쪽.

_______ "Volkstribun oder Büroktat?"(1940), 413~455쪽.

_______ *Die Gegenwartsbedeutung des kritischen Realismus*(1957), 459~603쪽. (『우리 시대의 리얼리즘』, 우리예술연구회 옮김, 인간사, 1986; 『현대리얼리즘론』, 황석천 옮김, 열음사, 1986. 이 두 번역서 모두 영역본을 옮긴 것임)

_______ "Kunst und objektive Wahrheit"(1934/1954), 607~650쪽. (「예술과 객관적 진리」, 『리얼리즘 美學의 기초이론』, G. 루카치 外 지음, 이춘길 옮김, 한길사, 1985)

_______ "Lob des neunzehnten Jahrhunderts"(1967), 659~664쪽.

_______ "Nachwort"(1970), 676~678쪽.

Bd. 5. *Probleme des Realismus II. Der russische Realismus in der Weltliteratur*, Neuwied·Berlin: Luchterhand, 1964.

_______ "Puschkins Platz in der Weltliteratur"(1949), 23~52쪽. (「푸시킨: 세계문학에서의 푸시킨의 위치」, 『변혁기 러시아의 리얼리즘 문학』, 조정환 옮김, 동녘, 1986)

_______ "Dostojewskij"(1943), 161~176쪽. (「도스토예프스키」, 『변혁

기 러시아의 리얼리즘 문학』)

Bd. 6. *Probleme des Realismus III. Der historische Roman*, Neuwied · Berlin: Luchterhand, 1965.

_______ "Vorwort zu Band 6"(1964), 7~13쪽.

_______ *Der historische Roman*, 17~429쪽. (『역사소설론』, 이영욱 옮김, 거름, 1987)

_______ "Vorwort zu *Balzac und der französische Realismus*"(1951), 433~445쪽. (「서문」, 『발자크와 프랑스 리얼리즘』, 변상출 옮김, 문예미학사, 1999)

Bd. 7. *Deutsche Literatur in zwei Jahrhunderten*, Neuwied · Berlin: Luchterhand, 1964.

_______ "Vorwort"(1963), 7~19쪽. (「서문」, 『리얼리즘 문학의 실제비평』, 반성완 · 김지혜 · 정용환 옮김, 까치, 1987)

_______ "Wilhelm Meisters Lehrjahre"(1936), 69~88쪽. (「빌헬름 마이스터의 수업시대」, 『리얼리즘 문학의 실제비평』)

_______ "Hölderlins Hyperion"(1934), 164~184쪽. (「횔더린의 휘페리온」, 『리얼리즘 문학의 실제비평』)

Bd. 8. *Der junge Hegel: Über die Beziehungen von Dialektik und Ökonomie*, Neuwied · Berlin: Luchterhand, 1967. (『청년 헤겔 1』, 김재기 옮김, 동녘, 1986; 『청년헤겔 2』, 서유석 · 이춘길 옮김, 동녘, 1987)

Bd. 9. *Die Zerstörung der Vernunft*, Neuwied · Berlin: Luchterhand, 1962. (『이성의 파괴』, 전 3권, 한기상 · 안성권 · 김경연 옮김, 심설당, 1997)

Bd. 10. *Probleme der Ästhetik. Beiträge zur Geschichte der Ästhetik*, Neuwied · Berlin: Luchterhand, 1969.

_______ "Hegels Ästhetik"(1951), 107~146쪽. (「헤겔의 미학」, 『미학 논평』, 홍승용 옮김, 문화과학사, 1992)

_______ "Einführung in die ästhetischen Schriften von Marx und Engels"(1945), 205~232쪽. (「맑스와 엥겔스의 미학 저술 입문」, 『미학 논평』)

_______ "Literatur und Kunst als Überbau"(1951), 433~458쪽. (「상부구조로서의 문학과 예술」, 『미학 논평』)

_______ "Die Sickingendebatte zwischen Marx-Engels und Lassalle"(1931), 461~503쪽. (「지킹엔 논쟁과 유물론 미학의 확립」, 『맑스주의 문학예술논쟁. 지킹엔 논쟁』, 맑스·엥겔스·라쌀레 外 지음, 조만영 엮음, 돌베개, 1989)

_______ *Über die Besonderheit als Kategorie der Ästhetik*(1957/개정 증보판, 1967), 539~789쪽. (『美學序說: 미학 범주로서의 특수성』, 홍승용 옮김, 실천문학사, 1987)

Bd. 11/12. *Die Eigenart des Ästhetischen*, Neuwied·Berlin: Luchterhand, 1963. (『루카치 미학』, 전 4권, 반성완·임홍배·이주영 옮김, 미술문화, 2000~2002. 이 책은 *Die Eigenart des Ästhetischen* 전체가 아니라 '미메시스' 관련 부분만 묶어 네 권으로 발간된 *Ästhetik*을 옮긴 것임)

Bd. 13. *Prolegomena. Zur Ontologie des gesellschaftlichen Seins. 1. Halbband*, Darmstadt·Neuwied: Luchterhand, 1984.

_______ *Prolegomena zur Ontologie des gesellschaftlichen Seins*, 7~324쪽. (『사회적 존재의 존재론을 위한 프롤레고메나』, 전 2권, 김경식·안소현 옮김, 나남, 2017)

_______ *Zur Ontologie des gesellschaftlichen Seins. 1.* 325~690쪽.

Bd. 14. *Prolegomena. Zur Ontologie des gesellschaftlichen Seins. 2. Halbband*, Darmstadt·Neuwied: Luchterhand, 1986.

_______ *Zur Ontologie des gesellschaftlichen Seins. 2.* (『사회적 존재의 존재론』, 전 4권, 권순홍·정대성·이종철 옮김, 아카넷, 2016~2018)

Bd. 16. *Frühe Schriften zur Ästhetik I. Heidelberger Philosophie der Kunst(1912~1914)*, Darmstadt·Neuwied: Luchterhand, 1974.

Bd. 17. *Frühe Schriften zur Ästhetik II, Heidelberger Ästhetik(1916~1918)*, Darmstadt·Neuwied: Luchterhand, 1974.

Bd. 18. *Autobiographische Texte und Gespräche*, Bielefild: Aisthesis, 2005.

_______ "Die Deutschen — eine Nation der Spätentwickler? Gespräch mit Adelbert Reif"(1969), 383~394쪽.

_______ "Nach Hegel nichts Neues. Gespräch mit Georg Klos·Kalman Petkovie·Janos Brener, Belgrad"(1970), 431~440쪽.

2. 그 외의 에세이와 책

아래는 독일어판 『게오르크 루카치 저작집』 바깥에서 인용한 루카치의 에세이와 책의 목록이다. 이 중 대부분은 최근에 각각 두 권으로 발간된 『게오르크 루카치 저작집』 제1권과 제3권에 수록되었으나, 본서에는 아래의 문헌들로부터 인용하였다. 발표 또는 집필 순서에 따라 적었으며, 우리말 번역물이 있는 경우에는 내가 참조한 텍스트를 적어놓았다.

"Ästhetische Kultur"(1910), *Lukács 1996. Jahrbuch der Internatioalen Georg-Lukács-Gesellschaft*, Frank Benseler·Werner Jung 엮음, Bern: Peter Lang, 1997.

"Über Form und Wesen des Essays: Ein Brief an Leo Popper"(1910), Georg Lukács, *Die Seele und die Formen. Essays*, Neuwied·Berlin: Luchterhand, 1971.

(「에세이의 본질과 형식: 레오 포퍼에게 보내는 편지」, 『靈魂과 形式』, 반성완·심희섭 옮김, 심설당, 1988)

"Von der Armut am Geiste. Ein Gespräch und ein Brief"(1911/1912), *Neue Blätter*, 1912년 2권 5/6호. (「마음의 가난에 관하여: 한 편의 대화와 한 통의 편지」, 『소설의 이론』, 김경식 옮김, 문예출판사, 2007)

Dostojewski. Notizen und Entwürfe(1914~1915), J. C. Nyiri 엮음, Budapest: Akadémiai Kiadó, 1985.

Die Theorie des Romans. Ein geschichtsphilosophischer Versuch über die Formen der großen Epik, Neuwied·Berlin: Luchterhand, 1963. (『소설의 이론』, 김경식 옮김, 문예출판사, 2007)

Die Theorie des Romans. Ein geschichtsphilosophischer Versuch über die Formen der großen Epik, Bielefeid: Aisthesis, 2009.

"*Solovjeff, Wladimir: Die Rechtfertigung des Guten*. Ausgewählte Werke, Bd. II. Jena 1916"(1917), *Archiv für Sozialwissenschaft und Sozialpolitik* 42권, 1916/1917.

"Tödliche Jugend"(1918), *Georg Lukács, Karl Mannheim und der Sonntagskreis*, Éva Karádi·Erzsébet Vezér 엮음, Frankfurt am Main: Sendler, 1985. (「도스토옙스키의 영혼현실」, 『소설의 이론』. 도스토옙스키 관련 부분만 발췌·번역)

"Der Bolschewismus als moralisches Problem"(1918), *Georg Lukács. Taktik und Ethik. Politische Aufsätze I. 1918~1920*, Jörg Kammler·Frank Benseler 엮음, Darmstadt·Neuwied: Luchterhand, 1975.

"Die moralische Grundlage des Kommunismus"(1919), *Georg Lukács. Taktik und Ethik. Politische Aufsätze I. 1918~1920*.

"Entstehung und Wert der Dichtungen"(1922), *Die Rote Fahne. Kritik, Theorie, Feuilleton 1918~1933*, Manfred Brauneck 엮음, München: Fink, 1973.

Chvostismus und Dialektik(1925/1926), Budapest: Áron, 1996.

Wie ist die faschistische Philosophie in Deutschland entstanden?(1933), Lászlo Sziklai 엮음, Budapest: Akadémiai Kiadó, 1982.

"Grand Hotel 'Abgrund'"(1933), *Revolutionäres Denken: Georg Lukács. Eine Einführung in Leben und Werk*, Frank Benseler 엮음, Darmstadt · Neuwied: Luchterhand, 1984.

"Der Roman"(1934), *Disput über den Roman. Beiträge zur Romantheorie aus der Sowjetunion 1919~1941*, Michael Wegner 外 엮음, Berlin · Weimar: Aufbau, 1988. (「소설」, 김경식 옮김, 『소설을 생각한다』, 비평동인회 크리티카 엮음, 문예출판사, 2018)

"Referat über den 'Roman'"(1934), *Disput über den Roman. Beiträge zur Romantheorie aus der Sowjetunion 1919~1941*.

"Thesen zum Schlußwort zur Diskussion über 'Einige Probleme der Theorie des Romans'"(1935), *Disput über den Roman. Beiträge zur Romantheorie aus der Sowjetunion 1919~1941*. (「'소설론의 몇 가지 문제'에 대한 토론의 결어(結語)를 위한 테제」, 김경식 옮김, 『소설을 생각한다』)

"Schlußwort zur Diskussion"(1935), *Disput über den Roman. Beiträge zur Romantheorie aus der Sowjetunion 1919~1941*.

"Grenzen des Realismus"(1939), *Zur Tradition der deutschen sozialistischen Literatur. Eine Auswahl von Dokumenten 1935~1941*, Berlin · Weimar: Aufbau, 1979.

"Prinzipielle Fragen einer prinzipienlosen Polemik"(1939), *Georg Lukács. Moskauer Schriften. Zur Literaturtheorie und Literaturpolitik 1934~1940*, Frnak Benseler 엮음, Frankfurt am Main: Sendler, 1981.

"Die Widersprüche des Fortschritts und die Literatur"(1940), *Georg Lukács. Moskauer Schriften*.

"Verwirrungen über den 'Sieg des Realismus'"(1940), *Georg Lukács. Moskauer Schriften*.

"Marxismus oder Proudhonismus in der Literaturgeschichte?"(1940), *Georg Lukács. Moskauer Schriften*.

"Das wirkliche Deutschland"(1941/1942), *Deutsche Zeitschrift für Philosophie* 63권 2호, 2015.

"Parteidichtung"(1945), *Georg Lukács. Schriften zur Ideologie und Politik*, Peter Ludz 엮음, Darmstadt · Neuwied: Luchterhand, 1967.

"Das Problem der Perspektive"(1956), *Georg Lukács, Schriften zur Literatursoziologie*, Peter Ludz 엮음, Neuwied · Berlin: Luchterhand, 1961.

"Brief an Alberto Carocci"(1962), *Georg Lukács. Schriften zur Ideologie und Politik*.

"Art and Society"(1968), *Mediations* 29권 2호, 2016년 봄.

Sozialismus und Demokratisierung(1968), Frankfurt am Main: Sendler, 1987. (『사회주의와 민주화 운동』, 박순영 옮김, 한겨레, 1991)

"Die ontologischen Grundlagen des menschlichen Denkens und Handelns" (1969), *Objektive Möglichkeit. Beiträge zu Georg Lukács' "Zur Ontologie des gesellschaftlichen Seins"*, Rüdiger Dannemann · Werner Jung 엮음, Opladen: Westdeutscher Verlag, 1995. (「인간의 사고와 행위의 존재론적 기초」, 『게오르크 루카치: 과거와 미래를 잇는 다리』, 김경식 지음, 한울, 2000)

"Über Stalin hinaus"(1969), *Blick zurück auf Lenin. Georg Lukács, die Oktoberrevolution und Perestroika*, Detlev Claussen 엮음, Frankfurt am Main: Luchterhand, 1990.

Solschenizyn, Neuwied · Berlin: Luchterhand, 1970. (『루카치가 읽은 솔제니친』, 김경식 옮김, 산지니, 2019)

Georg Lucács: Sein Leben in Bildern, Selbstzeugnissen und Dokumenten, Eva Fekete · Eva Karadi 엮음, Stuttgart: Metzler, 1981.

Georg Lukács. Gelebtes Denken. Eine Autobiographie im Dialog, István Eörsi 엮음, Hans-Henning Paezke 옮김, Frankfurt am Main: Suhrkamp, 1981. (『삶으로서의 사유: 루카치의 자전적 기록들』, 김경식 · 오길영 편역, 산지니, 2019)

Georg Lukács. Record of a Life. An Autobiographical Sketch, István Eörsi 엮음, Rodney Livingstone 옮김, London: Verso, 1983.

Georg Lukács. Versuche zu einer Ethik, G. I. Mezei 엮음, Budapest: Akadémiai Kiadó, 1994.

3. 편지와 대담

"An Unpublished Letter by Georg Lukács", *Science & Society* 41권 1호, 1977년 봄.

Georg Lukács: Briefwechsel 1902~1917, Éva Karádi·Éva Fekete 엮음, Stuttgart: Metzler, 1982.

"Briefwechsel zur Ontologie zwischen Georg Lukács und Frank Benseler", *Objektive Möglichkeit. Beiträge zu Georg Lukács' "Zur Ontologie des gesellschaftlichen Seins"*.

"Colloquio con Lukács", *l'Unità*, 1957년 4월 13일. https://gyorgyLukács.wordpress.com/2014/07/01/colloquio-con-Lukács/(2023년 9월 26일 최종 접속).

"A proposito di letteratura e marxismo creativo"(1963), https://gyorgyLukács.wordpress.com/2020/03/14/a-proposito-di-letteratura-e-marxismo-creativo/(2023년 12월 1일 최종 접속).

"With Lukács in Budapest by Stephen Spender", *Encounter*, 1964년 12월.

Gespräche mit Georg Lukács: Hans Heinz Holz·Leo Kofler·Wolfgang Abendroth, Theo Pinkus 엮음, Reinbek bei Hamburg: Rowohlt, 1967. (총 삼 부 가운데 제1부의 번역: 「존재론과 미학, 미학과 존재론」, 『게오르크 루카치: 과거와 미래를 잇는 다리』, 김경식 지음, 한울, 2000)

"A conversation with György Lukács from 1968"(1968), https://communistpartyofgreatbritainhistory.wordpress.com/2021/01/21/conversation-lukacs-1968/(2023년 12월 1일 최종 접속).

"Interview: Georg Lukács — the self-critique of Marxism"(1969), https://huebunkers.wordpress.com/2022/01/08/Lukács-the-self-critique-of-marxism/(2023년 12월 5일 최종 접속).

"Georg Lukács: the final interview"(1969), https://www.versobooks.com/blogs/5309·georg·Lukács·the·final·interview(2023년 6월 20일 최종 접속).

"Interview with Georg Lukács: The Twin Crises"(1969), *New Left Review* 60호,

1970년 3/4월.
"Il dialogo nella corrente"(1970), https://gyorgyLukács.wordpress.com/2020/03/11/il-dialogo-nella-corrente/(2023년 10월 14일 최종 접속).
"Lukács on his Life and Work", *New Left Review* 68호, 1971년 7/8월. (『신좌파평론』과의 대담」, 『삶으로서의 사유: 루카치의 자전적 기록들』)
Ferrarotti, Franko: "Conversation with György Lukács", *Worldview*, 1972년 5월.
Rubinstein, Annette T.: "Three Red Letter Days: Interviews with Gyorgy Lukács", *Science & Society* 48권 3호, 1984년 가을.

II. 2차 문헌

1. 한국어 문헌

1) 한국 저자 문헌

강경석, 「장편소설이라는 아포리아」, 《자음과 모음》 23호, 2014.
김경식, 『게오르크 루카치: 과거와 미래를 잇는 다리』, 한울, 2000.
김경식, 「'기술적 복제가 가능한 시대의 예술작품'을 읽기 위하여」, 《크리티카》 4호, 비평동인회 크리티카 엮음, 올, 2010.
김경식, 「루카치 장편소설론의 역사성과 현재성」, 《창작과비평》 41권 2호, 2013년 여름.
김경식, 『루카치의 길: 문제적 개인에서 공산주의자로』, 산지니, 2018.
김동수, 「발자끄와 리얼리즘: '리얼리즘의 승리'를 다시 생각한다」, 《창작과비평》 41권 4호, 2013년 겨울.
김미영, 「1930년대 후반기 리얼리즘론에 미친 루카치의 문예이론 영향 연구」, 《관악어문연구》 제22집, 1997.
김상봉, 「백종현과 전대호의 비판에 대한 대답」, 《한겨레》(2018년 6월 27일 등록), http://www.hani.co.kr/arti/culture/book/850905.html(2023년 11월 1일 최종 접속)

김석근, 「후쿠모토이즘(福本主義)과 식민지 하 한국사회주의운동」, 《아세아연구》 38권 2호, 1995년 7월.

김영진, 「1920년대 식민지 조선에 수용된 변증법적 유물론의 계보와 맑스주의 철학의 정전화」, 《역사문제연구》 25권 1호, 2021년 4월.

김용옥, 『노자가 옳았다』, 통나무, 2020.

김윤식, 「루카치 소설론의 수용 양상」, 『한국근대문학사상사』, 한길사, 1984.

김윤식, 「사상과 문체: 아도르노, 루카치, 하이데거」, 《문학동네》 통권 제10호, 1997년 봄.

김윤식, 「공부도 참공부를 해라: 『소설의 이론』 게오르크 루카치」, 《샘터》 2007년 11월.

김윤식, 『내가 읽고 만난 일본』, 그린비, 2012.

나인호, 「'문명'과 '문화' 개념으로 본 유럽인의 자기의식(1750~1918/19)」, 《역사문제연구》 10호, 2003년 6월.

박배형, 「헤겔 미학에 대하여」, 『헤겔 미학 개요: 『미학강의』 서론 해설』, 서울대학교출판문화원, 2014.

박정호, 「루카치의 역사철학에서 사물화와 주체성의 문제」, 서울대학교 철학과 박사학위 논문, 1993.

반성완, 「부다페스트의 지식인들: 루카치, 하우저, 만하임」, 『변증법적 미학에 이르는 길: 루카치와 하우저의 대화』, 반성완 엮음, 문학과비평, 1990.

백낙청, 「문학의 사회적 의미와 사회학적 연구」(1979), 『민족문학과 세계문학 II. 백낙청 평론집』, 創作과批評社, 1985.

백낙청, 「모더니즘 논의에 덧붙여」(1985), 같은 책.

백낙청, 「작품·진리·실천」(1986), 『현대문학을 보는 시각』, 솔, 1991.

백낙청, 「민족문학론과 리얼리즘론」(1990), 같은 책.

백낙청, 「문학이 무엇인지 다시 묻는 일: 촛불과 세계적 경제위기의 2008년을 보내며」, 《창작과비평》 36권 4호, 2008년 겨울.

백낙청, 『서양의 개벽사상가 D. H. 로렌스』, 창비, 2020.
백낙청, 「기후 위기와 근대의 이중 과제: 대화 「기후 위기와 체제 전환」을 읽고」, 《창작과 비평》 49권 1호, 2021년 봄.
백종현, 「칸트철학에서 '선험적'과 '초월적'의 개념 그리고 번역어 문제」, 《칸트연구》 제25집, 2010년 6월.
백종현 편저, 『동아시아의 칸트철학』, 아카넷, 2014.
서영채, 「루카치 『소설의 이론』 세 번 읽기」, 《문학과사회》 114호, 2016년 여름.
서인식, 「께오리 루카츠, 『歷史文學論』 解說」, 《인문평론》 제2집, 1939년 11월.
서정혁, 「소설론: 루카치와 헤겔」, 『헤겔의 미학과 예술론』, 소명출판, 2023.
유시민, 「슬픔도 힘이 될까. 알렉산드르 솔제니친, 『이반 데니소비치의 하루』」, 『청춘의 독서: 세상을 바꾼 위험하고 위대한 생각들』, 웅진지식하우스, 2017.
유종호, 「급진적 상상력의 비평: 그 기본 개념에 대하여」, 《세계의 문학》 45호, 1987년 가을.
이병훈·이양숙, 「사회주의 리얼리즘과 1930년대 세계관과 창작방법 논쟁」, 《러시아연구》 28권 1호, 2018.
이성혁, 「임화 초기 문학의 후쿠모토주의와 그 국제주의적 성격」, 2016년 영미연구소 가을 정기학술대회 '세계문학과 한국문학' 발표 논문.
이성훈, 「반영 테제와 리얼리즘의 문제」, 《문예미학 4: 루카치의 현재성》, 문예미학회 편, 1998년 9월.
이재황, 「안나 제거스의 망명기 문학과 그 미학적 기초: 소설 『제 7의 십자가』와 『통과』를 중심으로」, 서울대학교 독어독문학과 박사학위 논문, 1996.
이정우, 『개념: 뿌리들 01』, 산해, 2004.
이진숙, 「루카치의 소설이론에 대한 비판적 고찰」, 서울대학교 독어독문학과 석사학위 논문, 1994.
이행선, 「알렉산드르 솔제니친(1918~2008)의 번역 수용과 반공, 문화냉전 그리고 민족」, 《大東文化研究》 제111집, 2020년 9월.

임철규, 「루카치와 황금시대」, 『왜 유토피아인가』, 민음사, 1994.
임한순, 「루카치의 소설론: 『소설의 이론』을 중심으로」, 《소설과사상》 제8권 제2호, 1999년 여름.
임홍배, 「루카치의 괴테 수용에 대한 비판적 고찰」, 《문예미학 4: 루카치의 현재성》, 문예미학회 편, 1998년 9월.
전상숙, 「제국과 식민지의 정치투쟁과 경제투쟁의 함의와 문제」, 《한국동양정치사상사연구》 9권 1호, 2010.
정진배, 『중국사상과 죽음 이데올로기: 나는 존재하는가』, 성균관대학교출판부, 2022.
조동일, 『소설의 사회사 비교론 1』, 지식산업사, 2001.
조현일, 「임화의 「세태소설론」 읽기: 본격, 세태, 심리, 통속소설」, 『소설을 생각한다』, 비평동인회 크리티카 엮음, 문예출판사, 2018.
한기욱, 「주변에서 중심의 형식을 성찰하다: 호베르뚜 슈바르스의 소설론」, 《안과밖》 39호, 2015.
홍승용, 「루카치 리얼리즘론 연구: 그 중심개념들의 현실성」, 서울대학교 독어독문학과 박사학위 논문, 1993.
황정아 외, 『다시 소설이론을 읽는다: 세계의 소설론과 미학의 쟁점들』, 황정아 엮음, 창비, 2015.
황호덕, 「루카치 은하와 반도의 천공, '문학과 사회' 상동성론의 성좌들: 루카치라는 형식, 고유한 수용의 고고학 1」, 《문학과사회》 114호, 2016년 여름.
한국문화예술위원회, 『100년의 문학용어 사전』, 한국문화예술위원회 지음, 아시아, 2008.
「한국문학 '100년의 향기' 담았다」, 《중앙일보》 2009년 1월 3일, 20쪽. https://www.joongang.co.kr/article/3442949#home(2023년 4월 4일 최종 접속)

2) 번역 문헌

가다머, 한스-게오르크, 『진리와 방법 I: 철학적 해석학의 기본 특징들』, 이길우 외 옮김, 문학동네, 2000.

가라타니 고진, 『근대문학의 종언』, 조영일 옮김, 도서출판b, 2006.

괴테, 요한 볼프강 폰, 『서동시집』, 김용민 옮김, 민음사, 2007.

괴테, 요한 볼프강 폰, 『괴테 자서전. 시와 진실』, 전영애·최민숙 옮김, 민음사, 2009.

라쿠-라바르트, 필립/ 낭시, 장-뤽, 『문학적 절대: 독일 낭만주의 문학이론』, 홍사현 옮김, 그린비, 2015.

레닌, V. I., 『레닌의 문학예술론』, 이길주 옮김, 논장, 1988.

루나차르스키, 아나톨리 外, 『사회주의 리얼리즘: 세계관과 창작방법의 문제』, 김휴 엮음, 일월서각, 1987.

마르크스, 카를, 『자본 I-1』, 강신준 옮김, 길, 2008.

마르크스, 카를, 『자본 III-2』, 강신준 옮김, 길, 2010.

마슈레, 피에르, 「반영의 문제」, 『유물론 반영론 리얼리즘』, 도미니크 르쿠르 외 지음, 이성훈 편역, 백의, 1995.

만, 토마스, 『토니오 크뢰거. 트리스탄』, 안삼환 외 옮김, 민음사, 1998.

메사로시, 이슈트반, 「루카치의 변증법 개념」, 『루카치 미학 사상』, G. H. R. 파킨슨 엮음, 김대웅 옮김, 문예출판사, 1986.

모레티, 프랑코, 「루카치의 『소설의 이론』에 대하여」, 강동호 옮김, 《문학과 사회》 114호, 2016년 여름.

바디우, 알랭, 『정치는 사유될 수 있는가』, 박성훈 옮김, 길, 2017.

버먼, 마셜, 『맑스주의의 향연』, 문명식 옮김, 이후, 2001.

벤야민, 발터, 『독일 비애극의 원천』, 조만영 옮김, 새물결, 2008.

벤야민, 발터, 『독일 비애극의 원천』, 최성만·김유동 옮김, 한길사, 2009.

벤야민, 발터, 「이야기꾼」, 임홍배 옮김, 『소설을 생각한다』, 비평동인회 크리티카 엮음, 문예출판사, 2018.

벤야민, 발터, 『브레히트와 유물론』, 윤미애·최성만 옮김, 길, 2020.

벨러, 에른스트, 『아이러니와 모더니티 담론』, 이강훈·신주철 옮김, 東文選,

2005.
뷔르거, 페터, 「문예학에서의 반영개념의 역할」, 『리얼리즘 미학의 기초이론』, 루카치 외 지음, 이춘길 편역, 한길사, 1985.
뷔르거, 페터, 『미학이론과 문예학 방법론』, 김경연 옮김, 문학과지성사, 1987.
소렐, 조르주, 『폭력에 대한 성찰』, 이용재 옮김, 나남, 2007.
소련 콤 아카데미 문학부 편, 『소설의 본질과 역사』, 신승엽 옮김, 예문, 1988.
솔제니친, 알렉산드르, 『第一圈』 전 2권, 이종진 옮김, 분도출판사, 1973~1974.
솔제니친, 알렉산드르, 『암 병동』 전 2권, 이영의 옮김, 민음사, 2015.
슈람케, 위르겐, 『현대소설의 이론』, 원당희·박병희 옮김, 문예출판사, 1995.
아도르노, 테오도르 W., 「강요된 화해」, 『문제는 리얼리즘이다』, 게오르크 루카치 외 지음, 홍승용 옮김, 실천문학사, 1985.
아도르노, 테오도르 W., 「동시대 소설에서 화자의 위치」, 정성철 옮김, 『소설을 생각한다』, 비평동인회 크리티카 엮음, 문예출판사, 2018.
엘리아스, 노르베르트, 『문명화 과정 I』, 박미애 옮김, 한길사, 1996.
외르시, 이슈트반, 「마지막 남긴 말의 권리」, 『삶으로서의 사유: 루카치의 자전적 기록들』, 게오르크 루카치 지음, 김경식·오길영 편역, 산지니, 2019.
이토 아키라, 「후쿠모토 가즈오의 사상: 공산주의 운동의 전환과 그 한계」, 후지이 다케시 옮김, 《역사연구》 14호, 2004년 12월.
제임슨, 프레드릭, 「특별대담 프레드릭 제임슨/백낙청: 맑시즘, 포스트모더니즘, 민족문화운동」, 《창작과비평》 18권 2호, 1990년 봄.
제임슨, 프레드릭, 「루카치·브레히트 논쟁 재론」, 『비평의 기능』, 테리 이글턴·프레드릭 제임슨 지음, 유희석 옮김, 제3문학사, 1991.
제임슨, 프레드릭, 「장 쉬둥과의 인터뷰」, 『문화적 맑스주의와 제임슨: 세계 지성 16인과의 대화』, 신현욱 옮김, 창비, 2014.

제임슨, 프레드릭, 『정치적 무의식: 사회적으로 상징적인 행위로서의 서사』, 이경덕·서강목 옮김, 민음사, 2015.
제임슨, 프레드릭, 『맑스주의와 형식: 20세기의 변증법적 문학이론』, 여홍상·김영희 옮김, 창비, 2019(개정판 2쇄).
지마, 페터 V., 『문예미학』, 허창훈 옮김, 을유문화사, 1993.
지젝, 슬라보예, 『전체주의가 어쨌다구?』, 한보희 옮김, 새물결, 2008.
지젝, 슬라보예, 『지젝이 만난 레닌』, 정영목 옮김, 교양인, 2008.
칸트, 임마누엘, 『순수이성비판 1』, 백종현 옮김, 아카넷, 2006.
캘리니코스, 알렉스, 『현대철학의 두 가지 전통과 마르크스주의』, 정남영 옮김, 갈무리, 1995.
캘리니코스, 알렉스, 『이론과 서사: 역사철학에 대한 성찰』, 박형신·박선권 옮김, 일신사, 2000.
케슬러, 페터, 「역사유물론적 소설 장르론을 위한 입지 모색」, 김경식 옮김, 『소설을 생각한다』, 비평동인회 크리티카 엮음, 문예출판사, 2018.
코지크, 카렐, 『구체성의 변증법』, 박정호 옮김, 거름, 1984.
쿠자누스, 니콜라우스, 『박학한 무지』, 조규홍 옮김, 지만지, 2013.
크레이그, 데이비드, 「역사는 어떻게 문학을 형성하는가」, 『루카치 미학 사상』, G. H. R. 파킨슨 엮음, 김대웅 옮김, 문예출판사, 1990.
파스칼, 로이, 「게오르크 루카치: 총체성의 개념」, 같은 책.
푸코, 미셸, 「저자란 무엇인가」, 『미셸 푸코의 문학비평』, 김현 엮음, 문학과지성사, 1989.
푸코, 미셸, 『담론의 질서』, 이정우 해설, 새길, 1993.
플로티노스, 『영혼·정신·하나: 플로티노스의 중심 개념』, 조규홍 옮김, 나남, 2008.
하르트, 디트리히, 「루카치와 블로흐 초기 저작에서의 근대 비판」, 《문예미학 4. 루카치의 현재성》, 1998년 9월.
하비, 데이비드, 「특별대담 데이비드 하비/백낙청: 자본은 어떻게 작동하며 세계와 중국은 어디로 가는가」, 《창작과비평》 제44권 3호, 2016년 가을.
하비, 데이비드, 『자본주의는 당연하지 않다: 어쩌다 자본주의가 여기까지

온 걸까』, 강윤혜 옮김, 선순환, 2021.
헤벨, 프리드리히, 『유디트/헤롯과 마리암네』, 김영목 옮김, 문학과지성사, 2011.

2. 외국어 문헌

1) 외국 저자 문헌

Adorno, Theodor W., "Erpreßte Versöhnung. Zu Georg Lukács: *Wider den mißverstandenen Realismus*", *Der Monat* 제11권 11호, 1958.

Arato, Andrew/Breines, Paul, *The Young Lukács and the Origins of Western Marxism*, New York: Seabury, 1979.

Barck, Simone, "Wir wurden mündig erst in deiner Lehre …. Der Einfluß Georg Lukács' auf die Literaturkonzeption von Johannes R. Becher", *Dialog und Kontroverse mit Georg Lukács*, Werner Mittenzwei 엮음, Leipzig: Reclam, 1975.

Batt, Kurt, "Erlebnis des Umbruchs und harmonische Gestalt. Der Dialog zwischen Anna Seghers und Georg Lukács", *Dialog und Kontroverse mit Georg Lukács*.

Behler, Ernst, *Irony and the Discourse of Modernity*, Seattle·London: University of Washington Press, 1990.

Bendl, Julia, "Zwischen Heirat und Habilitation in Heidelberg", *Lukács 1997. Jahrbuch der Internationalen Georg-Lukács-Gesellschaft*, Frank Benseler·Werner Jung 엮음, Bern: Peter Lang, 1998.

Benseler, Frank, "Einleitung", *Georg Lukács. Moskauer Schriften. Zur Literaturtheorie und Literaturpolitk 1934~1940*, Frank Benseler 엮음, Frankfurt am Main: Sendler, 1981.

Benseler, Frank, "Nachwort", *Georg Lukács Werke. Bd. 14, Zur Ontologie des gesellschaftlichen Seins*, 2. Halbband, Darmstadt·Neuwied:

Luchterhand, 1986.
Benseler, Frank/ Jung, Werner, "Von der Utopie zur Ontologie. Kontinuität im Wandel: Georg Lukács", *Georg Lukács Werke, Band 18. Autobiographische Texte und Gespräche*, Bielefeld: Aisthesis, 2005.
Bernstein, Jay M., *The Philosophy of the Novel: Lukács, Marxism and the Dialectics of Form*, Minneapolis: University of Minnesota Press, 1984.
Bird, Robert, "Articulations of (Socialist) Realism: Lukács, Platonov, Shklovsky", *e-flux journal #91*, 2018년 5월.
Blake, Patricia, "Lukács, Georg. Solzhenitsyn. Transl. by William David Graf. Cambridge, Mass., The M.I.T. Press, 1971", *The Russian Review* 31권 3호, 1972년 7월.
Bloch, Ernst/ Eisler, Hans, "Die Kunst zu erben", *Zur Tradition der deutschen sozialistischen Literatur. Eine Auswahl von Dokumenten 1935~1941*, Berlin·Weimar: Aufbau, 1979.
Brenner, Karin, *Theorie der Literaturgeschichte und Ästhetik bei Georg Lukács*, Frankfurt am Main·Bern·New York·London: Peter Lang, 1990.
Bürger, Peter, "Was leistet der Widerspiegelungsbegriff in der Literaturwissenschaft?", *Vermittlung — Rezeption — Funktion*, Frankfurt am Main: Suhrkamp, 1979.
Butler, Judith, "Introduction", *Soul and Form*, Georg Lukács 지음, Anna Bostock 옮김, New York: Columbia University Press, 2010.
Cases, Cesare, "L'irrealismo socialista", *L'Espresso*, 1984년 3월 11일. L'irrealismo socialista | György Lukács(wordpress.com)(2023년 3월 20일 최종 접속).
Claussen, Detlev, "Blick zurück auf Lenin", *Blick zurück auf Lenin. Georg Lukács, die Oktoberrevolution und Perestroika*, Detlev Claussen 엮음, Frankfurt am Main: Luchterhand, 1990.
Congdon, Lee, *The Young Lukács*, Chapel Hill and London: University of North Carolina Press, 1983.

Congdon, Lee, "Revivifying socialist realism: Lukács's Solschenizyn", *Studies in East European Thought* 71권, 2019년 2호.

Corredor, Eva Livia, *György Lukács and the Literary Pretext*, New York: Peter Lang, 1987.

Dannemann, Rüdiger, "Ethik, Ontologie, Verdinglichung: Grundlinien der Ethik Georg Lukács' und die aktuellen Probleme »weltgeschichtlicher Individualität«", *Diskursüberschneidungen Georg Lukács und andere. Akten des Intemationalen Georg-Lukács-Symposiums "Perspektiven der Forschung", Essen 1989*, Werner Jung 엮음, Bern · Berlin · Frankfurt am Main · New York · Paris · Wien: Peter Lang, 1993.

Dannemann, Rüdiger, "Ursprünge Radikalen Philosophierens beim frühen Lukács. Chaos des Lebens und Metaphysik der Form", *Lukács 2006/2007: Jahrbuch der Internationalen Georg-Lukács-Gesellschaft* 10/11호, Bielefeld: Aisthesis, 2007.

Dannemann, Rüdiger/ Meyzaud, Maud/ Weber, Philipp 엮음, *Hundert Jahre "transzendentale Obdachlosigkeit". Georg Lukács' Theorie des Romans neu gelesen.* Sonderband des Georg Lukács–Jahrbuches, Bielefeld: Aisthesis, 2018.

Dannemann, Rüdiger, "Umwege und Paradoxien der Rezeption. Zum 50. Todestag von Georg Lukács"(2021), http://zeitschrift–marxistische–erneuerung.de/article/3833.umwege–und–paradoxien–der–rezeption.html(2023년 4월 4일 최종 접속).

Dembski, Tanja, *Paradigmen der Romantheorie zu Beginn des 20. Jahrhunderts: Lukács, Bachtin und Rilke*, Würzurg: Königshausen & Neumann, 2000.

Dogà, Ulisse, *»Von der Armut am Geiste« Die Geschichtsphilosophie des jungen Lukács*, Bielefeld: Aisthesis, 2019.

Duncan, Ian, "History and the Novel after Lukács", *Novel: A Forum on Fiction* 제50권 3호, 2017년 11월.

Durzak, Manfred, "Der moderne Roman. Bemerkungen zu Georg Lukács' *Theorie des Romans*", *Basis* 제1권, 1970.

Eiden-Offe, Patrick, "Lebensform Revolution. Zum Projekt einer neuen Lukács-Biografie", *Lukács 2019/2020. Jahrbuch der Internationalen Georg-Lukács-Gesellschaft*, Rüdiger Dannemann 엮음, Bielefeld: Aisthesis, 2021.

Engels, Friedrich, *Der Ursprung der Familie, des Privateigenthums und des Staats. Im Anschluss an Lewis H. Morgan's Forschungen*, in: *Karl Marx-Friedrich Engels – Werke*(MEW) Bd. 21, Berlin: Dietz, 1984.

Eörsi, István, "The Story of a Posthumous Work: Lukács' Ontology", *The New Hungarian Quarterly* 16호, 1975년 여름.

Eörsi, István, "Der unliebsame Lukács", *Sinn und Form* 45권 1호, 1993.

Fichte, Johann Gottlieb, *Die Grundzüge des gegenwärtigen Zeitalters*, Mit einer Einleitung von Alwin Diemer, Hamburg: Felix Meiner Verlag, 1978.

Gluck, Mary, *Georg Lukács and His Generation 1900～1918*, Cambridge/M. A.: Harvard University Press, 1985.

Goldmann, Lucien, "Zu Georg Lukács: *Die Theorie des Romans*", *Dialektische Untersuchung*, Neuwied·Berlin: Luchterhand, 1966.

Goldmann, Lucien, *Soziologie des Romans*, Darmstadt·Neuwied: Luchterhand, 1972(2쇄).

Göcht Daniel, *Mimesis-Subjektivität-Realismus. Eine kritisch-systematische Rekonstruktion der materialistischen Theorie der Kunst in Georg Lukács' "Die Eigenart des Ästhetischen"*, Bielefeld: Aisthesis, 2017.

Grauer, Michael, *Die entzauberte Welt. Tragik und Dialektik der Moderne im frühen Werk von Georg Lukács*, Königstein-Ts.: Hain, 1985.

Günther, Hans, *Die Verstaatlichung der Literatur. Entstehung und Funktionsweise des sozialistisch-realistischen Kanons in der sowjetischen Literatur der 30er Jahre*, Stuttgart: Metzler, 1984.

Hebing, Niklas, "Die Historisierung der epischen Form. Zu einer philosophischen Gattungsgeschichte des Prosaischen bei Hegel und Lukács", *Georg Lukács. Werk und Wirkung*, Christoph J. Bauer 외 엮음, Duisburg: Universitätsverlag Rhein-Ruhr, 2008.

Hebing, Niklas, *Unversöhnlichkeit: Hegel Ästhetik und Lukács' Theorie des Romans*, Duisburg: Universitätsverlag Rhein-Ruhr, 2009.

Hedeler, Wladislaw, "'Gestehen Sie Ihre Spionagetätigkeit'. Georg Lukács in der Lubjanka", *Deutsche Zeitschrift für Philosophie* 48권, 2000년 3호.

Heller, Agnes, "Der Schulgründer", *Objektive Möglichkeit. Beiträge zu Georg Lukács' "Zur Ontologie des gesellschaftlichen Seins"*, Rüdiger Dannemann · Werner Jung 엮음, Opladen: Westdeutscher Verlag, 1995.

Hermann, István, *Georg Lukács. Sein Leben und Wirken*, Wien · Köln · Graz · Böhlau: Hermann Böhlaus Nachf., 1986.

Hoeschen, Andreas, *Das 'Dostojewsky' Projekt. Lukács' neukantianisches Frühwerk in seinem ideengeschichtlichen Kontext*, Tübingen: Niemeyer, 1999.

Hohendahl, Peter Uwe, "Neoromantischer Antikapitalismus. Georg Lukács' Suche nach authentischer Kultur", *Geschichtlichkeit und Aktualität. Studien zur deutschen Literatur seit der Romantik: Festschrift für Hans-Joachim Mähl zum 65. Geburtstag*, Klaus-Detlef Müller 엮음, Tübingen: Niemeyer, 1988.

Hohlweck, Patrick, "Georg Lukács und der Verfasser der *Theorie des Romans*", *Hundert Jahre "transzendentale Obdachlosigkeit". Georg Lukács' Theorie des Romans neu gelesen*.

Holz, Hans Heinz, "Georg Lukács und das Irrationalismus-Problem", *Geschichtlichkeit und Aktualität. Beiträge zum Werk und Wirken von Georg Lukács*, Manfred Buhr · Jozsef Lukács 엮음, Berlin: Akademie-Verlag, 1987.

Honnett, Axel, "Der Realist der Zerrissenheit. Zum 50. Todestag des Philosophen Georg Lukács", https://taz.de/Der-Realist-der-

Zerrissenheit/!5771153/(2023년 10월 5일 최종 접속)

Illés, László, "Die 'erzwungene Selbstkritik' des Messianismus im Vorfeld der Realismus-Theorie von Georg Lukács", *Hungarian Studies* 8권, 1993년 2호.

Illés, László, "Das Solschenizyn-Bild von Georg Lukács", *Neohelicon* XXXII권, 2005년 1호.

Jameson, Fredric, "Reflections in Conclusion", *Aesthetics and Politics*, Ronald Taylor 편역, London · New York: Verso, 1980.

Jameson, Fredric, "History and Class Consciousness as an 'Unfinished Project'", *Rethinking Marxism* 1권 1호, 1988년 봄.

Jameson, Fredric, "Fünf Thesen zum real existierenden Marxismus", *Das Argument* 214호, 1996.

Jameson, Fredric, "Early Lukács, Aesthetics of Politics?", *Historical Materialism* 23권 1호, 2015.

Janz, Rolf-Peter, "Zur Historität und Aktualität der *Theorie des Romans* von Georg Lukács", *Jahrbuch der deutschen Schillergesellschaft* 22호, 1978.

Jung, Werner, *Wandlungen einer ästhetischen Theorie. Georg Lukács' Werke 1907~1923*, Köln: Pahl-Rugenstein, 1981.

Jung, Werner, *Georg Lukács*, Stuttgart: Metzler, 1989.

Jung, Werner, "Von der Utopie zur Ontologie. Das Leben und Wirken Georg Lukács'", *Diskursüberschneidungen Georg Lukács und andere*.

Jung, Werner, "Zur Ontologie des Alltags. Die späte Philosophie von Georg Lukács", *Von der Utopie zur Ontologie: Zehn Studien zu Georg Lukács*, Bielefeld: Aisthesis, 2001.

Jung, Werner, "Die Zeit — das depravierende Prinzip. Kleine Apologie von Georg Lukács' Romanpoetik", *Lukács 2006/2007. Jahrbuch der Internationalen Georg-Lukács-Gesellschaft* 10/11호, Frank Benseler · Werner Jung 엮음, Bielefeld: Aisthesis, 2007.

Jung, Werner, "Nachwort", Georg Lukács, *Die Theorie des Romans. Ein geschichtsphilosophischer Versuch über die Formen der großen Epik*, Bielefeid: Aisthesis, 2009.

Jung, Werner, "Das frühe Werk", *Georg Lukács, Werke Band 1(1902~1918). Teilband 2(1914~1918)*, Bielefeld: Aisthesis, 2018.

Jung, Werner, "Zur Aktualität von Georg Lukács. Fünfzig Jahre nach seinem Tod"(2021년 6월), https://literaturkritik.de/zur-aktualitaet-von-georg-lukacs-fuenfzig-jahre-nach-seinem-tod,27947.html(2023년 4월 4일 최종 접속).

Kalinowski, Inga, *Das Dämonische in der "Theorie des Romans" von Georg Lukács*, Hamburg: tredition, 2015.

Karadi, Eva, "Lukács' Dostojewski-Projekt. Zur Wirkungsgeschichte eines ungeschriebenen Werkes", *Lukács 1997. Jahrbuch der Internatioalen Georg-Lukács-Gesellschaft*, Frank Benseler·Werner Jung 엮음, Bern: Peter Lang, 1998.

Kavoulakos, Konstantinos, "Literatur, Geschichtsphilosophie und utopische Ethik. Georg Lukács' frühes 'Dostojewski-Projekt'", *Deutsche Zeitschrift für Philosophie*, 2013년 4호.

Kavoulakos, Konstantinos, *Ästhetizistische Kulturkritik und Ethische Utopie: Georg Lukács' Neukantianisches Frühwerk*, Berlin: De Gruyter, 2014.

Kavoulakos, Konstantinos, *Georg Lukács's Philosophy of Praxis: From Neo-Kantianism to Marxism*, London: Bloomsbury, 2018.

Keller, Ernst, *Der junge Lukács. Antibürger und wesentliches Leben, Literatur- und Kulturkritik 1902~1915*, Frankfurt am Main: Sendler, 1984.

Klatt, Gudrun, *Vom Umgang mit der Moderne: Ästhetische Konzepte der dreißiger Jahre Lifschitz, Lukács, Lunatscharski, Bloch, Benjamin*, Berlin: Akademie, 1984.

Lehmann, Günter K., "Ästhetik im Streben nach Vollendung", Georg Lukacs, *Die Eigenart des Ästhetischen*. Bd. 2, Berlin·Weimar: Aufbau, 1981.

Lenin, W. I., *Über Kunst und Literatur*, Moskau: Progreß, 1977.

Li, Qiankun, "Georg Lukács in China", *Lukács 2017/2018. Jahrbuch der Internationalen Georg-Lukács-Gesellschaft*, Rüdiger Dannemann 엮음, Bielefeld: Asthesis, 2018.

Lopez, Daniel, "The Conversion of Georg Lukács"(2019년 1월 19일), https://jacobin.com/2019/01/Lukács-hungary-marx-philosophy-consciousness(2023년 10월 10일 최종 접속).

Löwy, Michael, *Georg Lukács. From Romanticism to Bolshevism*, P. Camiller 옮김, London : Verso, 1979.

Löwy, Michael, "Der junge Lukács und Dostojewski", *Georg Lukács. Jenseits der Polemiken. Beiträge zur Rekonstruktion seiner Philosophie*, R. Dannemann 엮음, Frankfurt am Main: Sendler, 1986.

Löwy, Michael, "Die revolutionäre Romantik von Bloch und Lukács", *Verdinglichung und Utopie. Ernst Bloch und Georg Lukács zum 100. Geburtstag. Beiträge des internationalen Kolloquiums in Paris, März 1985*, A. Münster·M. Löwy·N. Tertulian 엮음, Frankfurt am Main: Sendler, 1987.

Löwy, Michael, "'Fascinating Delusive Light': Georg Lukács and Franz Kafka", *Georg Lukács: The Fundamental Dissonance of Existence: Aesthetics, Politics, Literature*, Timothy Bewes·Timothy Hall 엮음, New York: Continuum, 2011.

Machado, Carlos Eduardo Jordao, "Die 'Zweite Ethik' als Gestaltungapriori eines neuen Epos", *Lukács 1997. Jahrbuch der Internatioalen Georg-Lukács-Gesellschaft*, Frank Benseler·Werner Jung 엮음, Bern: Peter Lang, 1998.

Márkus, György, "Nachwort", *Georg Lukács Werke. Bd.17. Frühe Schriften zur Ästhetik II. Heldelberger Ästhetik(1916~1918)*, Darmstadt·Neuwied: Luchterhand, 1974.

Márkus, György, "Die Seele und das Leben. Der junge Lukács und das Problem der 'Kultur'", *Die Seele und das Leben. Studien zum frühen*

Lukács, Agnes Heller 외 엮음, Frankfurt am Main: Surkamp, 1977.
Márkus, György, "Lukács' 'erste' Ästhetik. Zur Entwicklungsgeschichte der Philosophie des jungen Lukács", 같은 책.
Marx, Karl/ Engels, Friedrich, *Marx and Engels. On Literature and Art*, Andy Blunden 옮김, Moscow: Progress Publishers, 1976.
Marx, Karl, "Zur Kritik der Hegelschen Rechtsphilosophie. Einleitung", *Karl Marx-Friedrich Engels—Werke*(MEW) Bd. 1, Berlin: Dietz, 1988.
Marx, Karl, *Zur Kritik der Politischen Ökonomie, Karl Marx-Friedrich Engels—Werke*(MEW) Bd. 13, Berlin: Dietz, 1985.
Marx, Karl, "Einleitung zur Kritik der Politischen Ökonomie", *Karl Marx-Friedrich Engels—Werke*(MEW) Bd. 13, Berlin: Dietz, 1985.
Mesterházi, Miklós, "Größe und Verfall des Lukács—Archivs. Eine Chronik in Stichworten. Zugleich ein Nachruf", https://www.lana.info.hu/de/archiv/chronik/(2023년 3월 21일 최종 접속).
Metscher, Thomas, "Mimesis und künstlerische Wahrheit", *Zur späten Ästhetik von Georg Lukács. Beiträge des Symposiums vom 25. bis 27. März 1987 in Bremen*, Gerhard Pasternack 엮음, Frankfurt am Main: Vervuert, 1990.
Mittenzwei Werner, "Lukács' Ästhetik der revolutionären Demoktratie", *Georg Lukács. Kunst und objektive Wahrheit. Essays zur Literaturtheorie und -geschichte*, Werner Mittenzwei 엮음, Leipzig: Reclam, 1977.
Moretti, Franco, "Lukács's *Theory of the Novel*", *New Left Review* 91호, 2015년 1/2월.
Müller—Funk, Wolfgang, "Lukács: Philosoph eines Jahrhunderts"(2021), Wolfgang Müller—Funk: Lukács: Philosoph eines Jahrhunderts—Internationale Stiftung Lukács—Archiv (lana.info.hu)(2023년 10월 15일 최종 접속).
Nishikado, Junji, "Georg Lukács in Japan", *Lukács 2016, Jahrbuch der Internationalen Georg-Lukács-Gesellschaft*, Rüdiger Dannemann 엮음,

Bielefeld: Asthesis, 2016.

Nyíri, Kristóf, "Arnold Hauser on his Life and Times (part 1), *The New Hungarian Quarterly* 21권, 80호, 1980년 겨울.

Nyíri, J. C.(=Kristóf Nyíri), "Einleitung", Georg Lukács, *Dostojewski. Notizen und Entwürfe*, J. C. Nyiri 엮음, Budapest: Akadémiai Kiadó, 1985.

Oldrini, Guido, "Lukács, ein Denker im Kampf für die Verteidigung der Menschlichkeit des Menschen", *Lukács 1998/1999. Jahrbuch der Internationalen Georg-Lukács-Gesellschaft*, Frank Benseler·Werner Jung 엮음, Paderborn: Institut für Sozialwissenschaften, Lukács-Institut, Universität Paderborn, 1999.

Ortheil, Hanns-Josef, *Der poetische Widerstand im Roman. Geschichte und Auslegung des Romans im 17. und 18. Jahrhundert*, Konigstein/Ts.: Athenaum, 1980.

Pike, David, "Il campione del realismo socialista", *Lettera Internazionale* 23호, 1990. https://gyorgylukacs.wordpress.com/2015/11/18/il-campione-del-realismo-socialista/(2023년 10월 25일 최종 접속).

Sanders, Hans, *Institution Literatur und Roman. Zur Rekonstruktion der Literatursoziologie*, Frankfurt am Main: Suhrkamp, 1981.

Scheit, Gerhard, "Der Gelehrte im Zeitalter der 'vollendeten Sündhaftigkeit'. Georg Lukács' *Theorie des Romans* und der romantische Antikapitalismus", *Textgelehrte. Literaturwissenschaft und literarisches Wissen im Umkreis der Kritischen Theorie*, Nicolas Berg·Dieter Burdorf 엮음, Göttingen: Vandenhoeck & Ruprecht, 2014.

Schramke, Jürgen, *Zur Theorie des modernen Romans*, München: Verlag C. H. Beck, 1974.

Shklovsky, Viktor, "Review of Lukács' book The Historical Novel"(1939), https://www.marxists.org/archive/Lukács/works/1939/shklovsky.htm(2023년 10월 30일 최종 접속).

Simonis, Linda, *Genetisches Prinzip. Zur Struktur der Kulturgeschichte bei Jacob*

Burckhardt, Georg Lukács, Ernst Robert Curtius und Walter Benjamin, Tübingen: Niemeyer, 1998.

Stegemann, Bernd, *Lob des Realismus*, Berlin: Verlag Theater der Zeit, 2015.

Sziklai, Lászlo, *Georg Lukács und seine Zeit 1930~1945*, Wien·Graz·Köln: Böhlau, 1896.

Tertulian, Nicolas, "On the Later Lukács", *Telos* 40호, 1979년 6월.

Tertulian, Nicolas, "Lukács im Eck. Die letzten Jahre aus dem Nachlaß", *Context XXI. Forvm* 315/316호, 1980년 3월, http://www.contextxxi.at/lukacs-im-eck.html(2023년 10월 15일 최종 접속).

Tertulian, Nicolas, "Ontologie des gesellschaftlichen Seins", *Kritisches Wörterbuch des Marxismus, Bd. 5*, Georges Labica·Gérard Bensussan 엮음, 독일어판은 Wolfgang Fritz Haug 엮음, Berlin: Argument, 1986.

Tertulian, Nicolas, "Die Lukácssche Ästhetik. Ihre Ktitiker, Ihre Gegner", *Zur späten Ästhetik von Georg Lukács. Beiträge des Symposiums vom 25. bis 27. März 1987 in Bremen*, Gerhard Pasternack 엮음, Frankfurt am Main: Vervuert, 1990.

Tertulian, Nicolas, "Lukács heute", *Lukács 1998/1999. Jahrbuch der Internationalen Georg-Lukács-Gesellschaft*, Frank Benseler·Werner Jung 엮음, Paderborn: Institut für Sozialwissenschaften, Lukács-Institut, Universität Paderborn, 1999.

Tihanov, Galin, "Viktor Shklovskii and Georg Lukács in the 1930s", *The Slavonic and East European Review* 78권 1호, 2000년 1월.

Tihanov, Galin, *The Master and the Slave: Lukács, Bakhtin, and the Ideas of Their Time*, New York: Oxford University Press, 2000.

Weber, Eugen, "Georg Lukács", *sozialdemokratische Zeitschrift für Politik, Wirtschaft und Kultur* 50권, 1971년 7/8호.

Wegner, Michael 외 엮음, *Disput über den Roman. Beiträge zur Romantheorie aus der Sowjetunion 1919~1941*, Berlin·Weimar: Aufbau, 1988.

West, Cornel, "Lukács: A Reassessment", *Minnesota Review* 19호, 1982년 가을.

Westerman, Richard, "From myshkin to marxism: The role of dostoevsky reception in Lukács's revolutionary ethics", *Modern Intellectual History* 16권 3호, 2019년 11월.

Westerman, Richard, *Lukács's Phenomenology of Capitalism: Reification Revalued*, Cham · Switzerland: Palgrave Macmillan, 2019.

Witte, Bernd 외 엮음, *Goethe-Handbuch. Band 4/1: Personen, Sachen, Begriffe A-K*, Stuttgart: J. B. Metzler, 1997.

Zoltai, Dénes, "Von Genf bis Wroclaw", *Geschichtlichkeit und Aktualität. Beiträge zum Werk und Wirken von Georg Lukács*, Manfred Buhr · Jozsef Lukács 엮음, Berlin: Akademie-Verlag, 1987.

2) 대담과 신문 기사, 기타 문헌

Fetscher, Iring, "Pascal des Kommunismus. Ein Gespräch mit Iring Fetscher", *Zeitschrift für Ideengeschichte* 8권 4호: *Kommisar Lukács*, 2014년 겨울.

Mészáros, István, "István Mészáros racconta Lukács"(1983), https://gyorgyLukács.wordpress.com/2021/09/23/istvan-meszaros-racconta-Lukács/(2023년 6월 18일 최종 접속).

"Lukács. Kaninchen am Himalaja", *DER SPIEGEL* 52호, 1963년, https://www.spiegel.de/kultur/kaninchen-am-himalaja-a-3fafd589-0002-0001-0000-000046173245(2023년 6월 18일 최종 접속).

"Der Mann mit dem Koffer", *DER SPIEGEL*, 1973년 35호(1973년 8월 26일), https://www.spiegel.de/kultur/der · mann · mit · dem · koffer · a · 4bca5968 · 0002 · 0001 · 0000 · 000041926433(2023년 10월 15일 최종 접속).

"Ungarn 1956", https://ungarn1956.zeitgeschichte-online.de/node/89(2023년 6월 19일 최종 접속).

"Return the Lukács statue and reopen the Lukács Archives in Budapest!"(2017년 4월 5일), https://www.transform-network.net/de/blog/article/return-the-Lukács-statue-and-reopen-the-Lukács-archives-in-budapest/(2023년 3월 21일 최종 접속).

"Erinnerung in Orbáns Ungarn, Wo ist Georg Lukács?"(2019년 7월 24일), https://taz.de/Erinnerung-in-Orbans-Ungarn/!5613088/(2023년 2월 20일 최종 접속).

"Lukács 50. Publications, programmes on the 50th anniversary of Lukács's death"(2021), https://www.lana.info.hu/en/Lukács-50-2/(2023년 4월 4일 최종 접속).

"G. Sinowiew gegen die Ultralinken"(1924), *Georg Lukács. Schriften zur Ideologie und Politik*, ausgewählt und eingeleitet von Peter Ludz, Heinz Maus 외 엮음, Darmstadt·Neuwied: Luchterhand, 1967.

"Offener Brief des Exekutivkomitees der Kommunistischen Internationle an die Mitglieder der Kommunistischen Partei Ungarns"(1928), *Georg Lukács. Schriften zur Ideologie und Politik*.

"Aus der Resolution der Parteizelle des Instituts der Roten Professur für Philosophie und Naturwissenschaft in Moskau, 1930", *Nikolai Bucharin/Abram Deborin. Kontroversen über dialektischen und mechanistischen Materialismus*, Frankfurt am Main: Suhrkamp, 1974.

"Probleme der Theorie des Romans. Die Diskussion von 1934/1935 in der Sektion Literatur des Instituts für Philosophie der Kommunistischen Akademie Moskau", *Disput über den Roman. Beiträge zur Romantheorie aus der Sowjetunion 1919~1941*.

찾아보기

인명

ㅋ

ㅌ

ㅍ

ㅎ

주요 개념과 용어

ㄱ

ㄴ

ㄷ

ㄹ

ㅇ

ㅈ

ㅎ

이 책은 대우재단의 지원을 받아 연구 및 출간되었습니다.

루카치 소설론 연구

대우학술총서 649

1판 1쇄 찍음 | 2024년 11월 29일
1판 1쇄 펴냄 | 2024년 12월 20일

지은이 | 김경식
펴낸이 | 김정호

책임편집 | 박수용
디자인 | 이대응

펴낸곳 | 아카넷
출판등록 | 2000년 1월 24일(제406-2000-000012호)
주소 | 10881 경기도 파주시 회동길 445-3
전화 | 031-955-9511 (편집) · 031-955-9514 (주문)
팩시밀리 | 031-955-9519
www.acanet.co.kr

© 김경식, 2024

Printed in Paju, Korea.

ISBN 978-89-5733-960-2 94800
ISBN 978-89-89103-00-4 (세트)